KB117936

패시지 2

패시지 2

저스틴 크로닌 장편소설
송섬별 옮김

arte

V
문득 나타난 소녀

저승으로부터 어떻게 돌아왔는지
아무도 기억하지 못할 것이다.
나는 다시금 말할 수 있다
망각으로부터 돌아오는 이들은
돌아와 목소리를 찾는 거라고.

— 루이즈 글릭, 「야생 붓꽃」

24

92년 여름 파수 기록

51일: 조짐 없음.

52일: 조짐 없음.

53일: 조짐 없음.

54일: 조짐 없음.

55일: 조짐 없음.

56일: 조짐 없음.

57일: 피터 잭슨이 제1플랫폼에 주둔(테오 잭슨에게 자비를 행하기 위해). 조짐 없음.

58일: 조짐 없음.

59일: 조짐 없음.

60일: 조짐 없음.

이 기간 동안: 접촉 0건. 감염자 0, 사망자 0.

산제이 파탈이 (테오 잭슨의 사망으로) 부사령관이 공석임을 선언.

이상을 하우스홀드에 보고합니다.

파수단 총사령관 S. C. 라미레스.

성벽 위에서 기다리던 여드레째 아침, 피터는 흙길을 따라 다가오는 가축 떼의 소리에 눈을 번쩍 떴다.

분명 밤이 절반쯤 지난 어느 순간에선가 '잠깐만 눈을 붙이는 거야. 체력을 회복해야 하니까.' 하고 생각했던 것이 기억났다. 그러나 앉아서 성벽에 등을 기대고 가슴 앞에 팔짱을 낀 채 피로에 지친 머리를 숙이자마자 그대로 잠들어버린 게 분명했다.

"일어났구나?"

알리시아가 앞에 서 있었다. 피터는 눈을 비비고 일어나 알리시아가 내미는 수통을 군말 없이 받아 마셨다. 뼈 대신 출렁거리는 액체가 흐르는 파이프라도 들어가 있는 것처럼 팔다리가 무겁고 축축 처졌다. 피터는 미지근한 물을 한 모금 마신 뒤 성벽 너머를 바라보았다. 불을 붙여 표시한 저지선 너머 언덕에서 희미한 안개가 일고 있었다.

"내가 얼마나 잠든 거야?"

"괜찮아. 눈 한번 못 붙이고 7일 밤을 내리 지새웠잖아. 어차피 그사이에 별일도 없었어. 누가 뭐라고 하면 내가 책임지지 뭐."

아침 종이 울렸다. 피터와 알리시아는 아무 말 없이 게이트가 열리며 성벽 속으로 들어가는 장면을 바라보았다. 어서 나가고 싶어 안달하던 가축 떼가 열린 게이트 밖으로 쏟아져 나가기 시작했다.

"집에 가서 좀 자." 벌목꾼들이 게이트 밖으로 나갈 준비를 할 때 알리시아가 말했다.

"비석 생각은 이따가 해도 되니까."

"형을 기다릴 거야."

그 말에 알리시아가 그의 얼굴을 지그시 들여다보았다.

"피터. 벌써 7일째잖아. 집으로 돌아가."

그때 누군가가 사다리를 올라오는 소리가 들리더니 홀리스 윌슨이 성벽 위로 몸을 내밀고 두 사람을 바라보며 얼굴을 찌푸렸다.

"피터, 계속 거기 서 있을 거야?"

"그럴 리가." 알리시아의 대답이었다. "내려갈 거야."

"여기 있겠다고 했잖아."

교대 시간이었다. 또 다른 파수꾼, 가르 필립스와 비비언 슈가 사다리를 타고 올라오고 있었다. 가르가 무슨 이야기를 하자 비비언이 따라 웃었다. 그러나 그들은 성벽 위에 서 있는 세 사람을 보자마자 갑자기 입을 다물더니 얼른 성벽 위 캣워크를 따라 걸어가버렸다.

홀리스가 입을 열었다.

"피터, 여기 계속 있겠다면 난 상관없어. 하지만 내가 당번인 이상 수에게 보고를 해야겠어."

"아니, 피터는 내려갈 거야." 알리시아의 말이었다.

"진심으로 하는 얘기야, 피터. 이건 부탁이 아니야. 홀리스는 대놓고 말하지 않겠지만 나는 할게. 집으로 돌아가."

반박하고 싶은 충동이 일었지만 대답을 하려고 입을 여는 순간 문득 밀려오는 슬픔에 피터는 굴복하기로 했다. 알리시아의 말이 맞았다. 끝이었다. 테오는 돌아오지 않는 게 분명했다. 포기해야 하는데, 그저 기진맥진할 뿐이었다. 피로감이 너무나 깊어서 이 피로감을 앞으로 남은 평생 사슬처럼 질질 끌고 다녀야 할 것만 같았다. 바닥에 두었던 석궁을 들어 올리는 것만으로도 남은 기운을 다 써야 했다.

"테오 일은 진심으로 안타깝게 생각해, 피터." 홀리스가 말했다.

"일주일이 지났으니까 이제는 말해도 될 것 같아서."

"고마워, 홀리스."

"그럼, 이제 네가 하우스홀드에 들어가는 건가?"

피터는 아직까지 그런 생각까지는 해보지 않았다. 아마도 그렇게 될 것이다. 더 나이가 많은 사촌 데이나와 리가 있긴 했지만, 피터의 아버지가 하우스홀드에서 물러났을 때 데이나는 그 자리를 이어받길 거부했었고, 리는 성소에서 갓 태어난 아기를 돌보고 있으니 아마 하우스홀드에는 관심이 없을 것이다.

"그럴 것 같아."

"음, 그래. 축하한다." 홀리스가 어색하게 어깨를 으쓱했다.

"축하라는 말이 좀 이상하지만, 내 마음 알지?"

피터는 소녀에 대한 이야기를 누구에게도, 심지어 그의 말을 믿어줄지도 모르는 알리시아에게도 하지 않았다.

쇼핑몰 지붕의 높이는 피터가 생각한 것보다 낮았다. 아래에 있던 알리시아와는 달리 피터로서는 건물 아래에 쌓인 모래언덕의 높이를 가늠할 수 없었는데, 결국 머리부터 떨어졌을 때 충격을 흡수해준 것이 그 비스듬하게 높이 쌓인 모래언덕이었다. 피터는 여전히 도끼를 한 손에 쥔 채 암말인 오메가에 타고 있는 알리시아의 뒷자리로 기어올랐다. 배닝을 지나고 나서야 바이럴이 추격해오지 않는다는 것을 알 수 있었고, 한숨 돌린 피터는 그들이 어떻게 탈출했는지, 어째서 말들이 죽지 않았는지에 대한 의문을 품기 시작했다.

알리시아와 케일럽은 식당의 주방을 통해 아트리움을 빠져나갔다. 거기서부터 몇 개의 통로를 지나면 하역장이 나왔다. 커다란 화물용 문은 녹이 슬어 있었지만 그중 하나의 살짝 열린 틈새로 가느다란 햇빛이 새어나오고 있었다. 두 사람은 파이프를 지렛대로 사용해 힘껏 비틀어 열고 그 사이로 몸을 비집고 나갔다. 그렇게 햇빛 속으로 굴러나가자 그곳은 쇼핑몰의 남쪽이었다. 그때 아무것도 모른 채 잡초를 뜯어 먹고 있는 말 두 마리가 보였다. 믿기지 않는 행운이었다. 알리시아와 케일럽은 그렇게 말에 올라 쇼핑몰 주위를 빙빙 돌다가 문이 열리는 소리를 들었고, 지붕 위의 피터를 발견했다고 했다.

"말을 발견했을 때 왜 그냥 가지 않았어?" 그 이야기를 듣고 피터는 그렇게 물었다. 일행이 말에게 물을 먹이려고 발전소 길에 잠시 멈췄을 때였다. 엿새 전 숲속의 바이럴을 발견했던 곳에서 그리 멀지 않은 지점이었다. 남은 물은 수통에 있는 것이 전부였지만 셋은 각자 조금씩 마신 다음 남은 물을 손바닥에 따라 말에게도 먹였다. 피터의 다친 팔꿈치는 입고 있던 저지를 잘라 만든 붕대로 동여맨 뒤였다. 상처는 깊지 않았지만 꿰매야 할 것 같았다.

"나는 지난 일은 생각 안 해, 피터." 날카로운 목소리였다. 화가 난 걸까?

"그게 옳은 일이라고 생각했을 뿐이야. 그 생각이 맞았고."

아마 그때 소녀에 대한 이야기를 할 수 있었을 것이다. 그러나 피터가 망설이는 동안 그 순간은 지나가버렸다. 혼자 있던 어린 소녀, 그 애가 회전목마 아래에서 피터의 몸을 자기 몸으로 덮어 보호해주었던 일, 두 사람이 주고받은 눈빛, 피터의 볼에 와 닿던 입맞춤, 그리고 갑자기 쾅 닫혀버린 문. 어쩌면 절체절명의 상황에서 헛것을 본 건지도 몰랐다. 피터는 그냥 계단을 찾아 탈출했다고만 말하고 소녀에 대해서는 입을 다물었다.

그들이 돌아왔을 땐 큰 소란이 벌어졌다. 예정보다 나흘이나 늦게 도착하는 바람에 실종자로 처리되기 직전이었던 것이다. 그들의 귀환 소식이 알려지자 수많은 사람이 게이트 앞에 모였다. 리는 아를로가 죽은 것이 아니라 발전소에 남아 있는 거라는 설명을 듣기도 전에 기절해버렸다. 피터는 성소에 있을 모사미에게 테오의 소식을 전할 엄두가 나지 않았다. 누군가 언젠가는 모사미에게 말해주겠지. 마이클도, 사라도 게이트 앞으로 나왔다. 피터의 다친 팔꿈치를 소독하고 꿰매준 것은 사라였고, 그동안 피터는 바위에 앉아서 고통으로 얼굴을 찌푸린 채 형을 잃고부터 쭉 느꼈던 무감각한 환각 상태가 상처를 꿰뚫는 바늘 앞에선 통하지 않는다는 사실에 속은 기분이 되었다. 사라는 상처에 제대로 된 붕대를 감아준 다음 그를 끌어안더니 울음을 터뜨렸다. 그러다 어둠이 내리자 사람들은 양쪽으로 물러서 피터가 지나갈 길을 만들어주었고, 두 번째 저녁 종이 울렸을 때 피터는 성벽 위로 올라가 형에게 '자비'를 행할 준비를 했다.

피터는 알리시아에게 집으로 돌아가 잠을 자겠다고 약속한 뒤 사다리 아래에서 그녀와 헤어졌다. 그러나 집에는 도저히 가고 싶지 않았다. 막사에서 자는 사람은 미혼 남성 몇 명이 다였다. 막사는 발전소만큼이나 더럽고 악취가 났다. 그러나 피터는 이제부터 막사에서 살 작정이었다. 집에서 몇 가지 물건만 챙겨오면 될 터였다.

동쪽 터를 면하고 있는 방 다섯 개짜리 통나무집인 그의 집에 도착했을 때는 이미 성큼 떠오른 아침 해가 그의 어깨를 따뜻하게 적시고 있었다. 성소에서 나온 뒤로 피터는 쭉 이 집에서 살았다. 어머니가 돌아가신 뒤로는 테오도, 피터도 잠만 자고 나오다시피 하던 집이었다. 집을 깔끔하게 유지하기 위한 노력은 별로 하지 않았다. 개수대에는 접시가 쌓여 있고, 옷은 바닥에 널브러져 있고, 표면이란 표면은 전부 기름때로 끈끈해 불쾌했지만 그렇다고 피터도 군이 청소를 할 엄두는 나지 않았다. 어머니는 항상 집을 깔끔하고 청결하게 가꾸었다. 바닥을 닦고, 러그를 털고, 벽난로의 재를 쓸어내고, 부엌에 음식물 쓰레기가 남아 있지 않도록 관리했다. 1층에는 방이 두 개 있었는데 각각 피터와 테오의 방이었고, 2층 처마 밑에 부모님이 쓰던 방이 있었다. 피터는 자기 방으로 들어가서 배낭에 며칠 입을 옷가지를 서둘러 챙겼다. 그다음 테오의 물건을 살펴봤는데, 저장소에서 가져가기 전에 자신이 쓸 만한 것들을 미리 챙겨두고 싶어서였다. 저장소에서는 형의 옷과 신발을 분류한 뒤 콜로니 안의 사람들에게 재분배하게 될 것이다. 어머니가 돌아가신 뒤 분배 절차를 지켜본 것은 테오였다. 피터가 그 일을 차마 할 수 없을 것을 익히 알았기 때문이었다. 그 뒤로 1년 가까이 지난 어느 겨울날, 피터는 글로리아 파탈이 눈에 익은 스카프를 두르고 있는 모습을 보았다. 글로리아는 시장의 좌판 앞에 앉아 꿀이 담긴 병을 정리하고 있었다. 살짝 올이 풀린 그 스카프는 어머니의 물건이 분명했다. 너무 기분이 이상해서, 마치 비행의 현장에 있기라도 한 것처럼 도망쳐버렸다.

짐을 다 챙긴 피터는 노출된 들보 아래 부엌과 거실을 합친 공간으로 들어갔다. 스토브에 몇 달이나 불을 피우지 않았으니 이제 바깥에 쌓인 장작더미에는 쥐가 들끓을 것이다. 표면이란 표면에는 끈끈하게 먼지가 앉아 있었다. 애초 아무도 살지 않았던 집 같았다.

그래, 그 말이 맞는지도 모른다.

집을 떠나기 직전 피터는 충동을 이기지 못하고 2층 부모님의 방으로 들어갔다. 텅 빈 서랍, 침구를 다 벗겨놓은, 축 늘어진 매트리스, 오래된 옷장 속 문을 열자 출렁이는 거미줄 말고는 아무것도 없는 선반. 어머니가 물잔과 안경 ─ 피터가 유품으로 간직하고 싶었으나 그러지 못했던, 1세어짜리 보기 좋은 안경 ─ 을 올려두던 자그마한 협탁에는 둥근 얼룩들이 희미하게 남아 있었다. 몇 달이 나 창문을 열지 않아 방 안의 공기는 쾌쾌했다. 이 방 또한 피터가 제대로 돌보 지 않아 방치된 것이었다. 그렇다. 피터는 마치 모두를 실망시킨 것만 같은 기분 이었다.

　서서히 더워지는 아침 공기 속으로 짐을 날랐다. 사방에서 활기가 느껴졌다. 마구간의 말들이 발을 구르고 히힝 우는 소리, 대장간의 망치들이 탕탕 부딪치 는 소리, 성벽의 파수꾼들이 주간 근무조와 교대하는 소리. 구시가지로 들어가 자 성소 마당을 뛰어다니며 노는 아이들이 웃으며 꺅꺅 소리를 질러대는 것이 들렸다. 아이들이 쥐 떼처럼 마구 뛰어놀 수 있는 아침 휴식 시간이었다. 어느 밝고 추운 겨울날, 빼앗기 놀이를 하던 어린 피터가 덩치도 크고 나이도 훨씬 많은 남자아이 ─ 윌슨 쌍둥이 중 한 명이었던 것 같다 ─ 가 들고 있던 막대기 를 힘도 안 들이고 쑥 빼앗은 다음 선생이 손모아장갑을 낀 손으로 손뼉을 쳐서 아이들을 안으로 도로 불러 모을 때까지 혼자서 가지고 놀았던 기억이 났다. 폐 속에 들어차던 날카롭고 차가운 공기, 건조한 갈색빛을 띤 겨울의 풍경, 자기를 잡으러 오는 아이들을 이리저리 피하는 동안 이마에 맺힌 땀에서 피어오르던 김. 살아 있는 기분이었다. 피터는 기억을 더듬어 테오를 떠올리려고 했지만 ─ 당연히 그날 아침 뛰어놀던 아이들 중에는 형도 있었을 테니까 ─ 어쩐지 그때 형의 모습이 전혀 기억나지가 않았다. 형이 있어야 할 자리가 텅 비어 있었다.

　피터는 훈련장으로 향했다. 땅에 20미터 길이로 파놓은 커다란 세 개의 구덩 이는 날아다니는 볼트와 화살, 잘못 던진 칼을 막기 위해 흙을 다져 만든 높은 벽으로 둘러싸여 있었다. 가운데 구덩이의 끝에 다섯 명의 신입 훈련생이 차렷 자세로 서 있었다. 여자아이 셋, 남자아이 둘, 나이는 아홉 살에서 열세 살 사이 였다. 경직된 자세와 불안한 표정을 보자 피터는 처음 훈련장을 찾아왔던 때, 자 기를 증명하고자 하는 욕구로 가득 차 잔뜩 힘이 들어가 있던 자신이 떠올랐다. 테오는 피터보다 3학년 위였다. 형이 주자로 선발되던 날 아침, 돌아서서 처음으로 성벽을 향해 걸어갈 때 그가 지었던 자랑스러운 미소를 떠올렸다. 피터 또한 자랑스러웠다. 곧이어 자신도 형의 뒤를 따를 테니까.

그날 아침의 담당 교관은 윌럼 삼촌의 딸이자 피터에게는 사촌뻘인 데이나였다. 피터보다 여덟 살이 많은 데이나는 첫딸 엘리를 낳고 나서 성벽을 내려와 훈련 담당이 되었다. 둘째 딸 캣은 아직 성소에 있었지만 엘리는 지난해에 성소를 나와 지금은 1학년이 되어 이 훈련장에 있었다. 나이에 비해 키가 크고 어머니를 닮아 날씬했으며, 길고 검은 머리를 파수꾼 스타일로 땋아 내리고 있었다.

데이나는 훈련생들 앞에 서서 마치 도살장에 끌려갈 숫양이라도 고르는 것처럼 엄혹한 표정으로 훈련생들을 살펴보았다. 이 역시 의식의 일부였다.

"우리에게 주어진 것은?" 데이나가 물었다.

훈련생들이 한목소리로 대답했다. "한 방!"

"그들은 어디에서 오지?"

이번에는 더 큰 목소리로 대답했다. "위에서 내려온다!"

데이나가 말을 멈추고 발뒤꿈치를 까닥거리다가 피터를 발견했다. 그녀는 피터에게 서글픈 웃음을 한 번 지어 보이더니 다시 인상을 잔뜩 쓴 채 훈련생들에게로 시선을 돌렸다.

"오답이야! 식사 전에 벌로 훈련장을 세 바퀴 더 돌아야겠다. 자, 이제 두 줄로 서서 활을 들어."

"무슨 생각 중이냐?"

산제이 파탈이었다. 생각에 잠겨 있느라 그가 다가오는 것을 미처 몰랐다. 산제이는 피터의 곁에 바짝 다가와 가슴 앞에 팔짱을 낀 채 훈련장을 바라보고 있었다.

"아이들도 곧 알게 될 거다."

훈련생들이 아침 연습을 시작했다. 가장 어린 아이 중 하나인 대럴네 아들이 오발사를 하는 바람에 화살이 턱 소리를 내며 과녁 뒤 울타리에 꽂히고 말았다. 다른 아이들이 웃음을 터뜨렸다.

"형 일은 안타깝게 생각한다." 산제이가 돌아서서 피터를 마주 보는 바람에 그는 훈련장에서 관심을 거두고 산제이를 바라보았다. 산제이는 체구는 작았으나 강퍅한 인상을 주는 사람이었다. 얼굴은 항상 깨끗이 면도했고, 회색이 드문드문 섞인 머리카락은 두피가 드러나도록 바짝 깎았다. 치아가 작고 하얬으며 움푹 들어간 눈가는 양털처럼 숱 많은 눈썹으로 그늘져 있었다.

"테오는 좋은 아이였어. 그런 일이 일어나서는 안 됐는데."

피터는 대답하지 않았다. 할 말이 없어서였다.

"네가 했던 이야기를 되짚어 생각하고 있었다." 산제이는 말을 이었다.

"솔직히 말하면, 앞뒤가 전부 맞아떨어지는 것은 아니야. 잰더 일도 그렇고, 도서관에서 있었다는 일도 말이다."

피터는 자신이 한 거짓말을 떠올리며 잠깐 오싹해졌다. 세 사람은 당분간 총 이야기는 하지 않기로 말을 맞췄다. 하지만 알고 보니 그건 생각보다도 더 복잡한 일이 되고 말았다. 총 이야기를 빼고 나니 이야기가 구멍투성이였다. 총이 없다면 발전소 지붕에는 왜 올라간 것이며, 무슨 수로 케일럽을 구하고, 잰더를 죽이고, 도서관에 들어갔단 말인가?

"전부 다 말씀드렸습니다." 피터가 말했다.

"잰더는 바이럴에게 물린 게 틀림없어요. 아마 도서관에서 물린 게 아닌가 하는 생각이 들어서 확인하러 가본 겁니다."

"하지만 테오가 어째서 그런 무모한 짓을 했을까? 아니면, 도서관에 가보자는 건 알리시아의 아이디어였나?"

"왜 그렇게 생각하시죠?"

그러자 산제이가 헛기침을 해서 목을 골랐다. "피터, 알리시아와 친한 사이라는 건 잘 안다. 또, 알리시아의 기술이 뛰어나다는 데는 한 치의 의문도 없지. 그러나 그 애는 사냥 솜씨는 빠를지 몰라도 성정이 무모해."

"알리시아의 잘못이 아니었어요. 어느 누구의 잘못도 아니고요. 그냥 운이 나빴을 뿐이에요. 모두 함께 결정한 사항이었습니다."

산제이는 다시 한번 가만히 훈련장을 내려다보았다. 피터는 이 침묵이 제발 대화의 끝이기만을 바랐다.

"그래도 이해가 잘 안 되는구나. 그런 우연에 의지하다니 테오답지 않아. 아마 영영 알 수 없겠지."

산제이가 머리를 설레설레 저은 뒤 다시 고개를 돌려 피터를 바라보았다. 표정이 아까보다 풀어져 있었다.

"심문하다시피 질문을 던져 미안하구나. 몹시 피곤하겠지. 그런데 기왕 만났으니 할 이야기가 하나 더 있다. 하우스홀드에 대한 이야기야. 네 형의 자리가 비었으니 말이다."

거기까지만 들어도 이미 피곤했지만, 어쨌거나 피터가 수행할 의무였다.

"제가 무얼 하면 되는지 알려주세요."

"내가 네게 하고 싶은 말이 바로 그거야, 피터. 네 아버지가 하우스홀드의 자리를 네 형에게 넘긴 것은 실수였다. 그 자리에 앉을 권한을 가진 건 데이나였어. 그때도, 지금도, 잭슨 가문의 최연장자는 데이나이니까."

"하지만 데이나가 하우스홀드에 들어가기를 원치 않았잖아요?"

"맞아. 하지만, 우리 둘 사이에서만 하는 이야기인데, 그때의 결정을…… 불편해한 사람도 있단다. 데이나는 당시에 크게 괴로워하고 있었어. 너도 알다시피 데이나의 아버지가 사망한 직후였잖겠니. 하우스홀드 구성원 대부분은 만약 네 아버지가 데이나에게 압박을 주지 않았더라면 데이나 역시도 사양하지 않고 하우스홀드의 자리를 받아들였으리라고 생각한다."

도대체 무슨 소리야? 그러니까, 하우스홀드에는 데이나가 들어가야 한단 소린가?

"무슨 뜻으로 하시는 말씀인지 잘 모르겠어요. 테오 형은 이런 말은 한 번도 한 적이 없었습니다."

"그래, 안 했겠지." 산제이는 잠시 침묵했다.

"네 아버지와 나는 서로 눈도 마주치지 않는 사이였다. 너도 아마 알 거야. 내가 '긴 여정'을 처음부터 반대했지만, 네 아버지는 그렇게 많은 사람이 목숨을 잃은 뒤에도 고집을 꺾지 않았지. 네 형이 '긴 여정'을 부활시키게 할 속셈이었던 거다. 그래서 테오를 하우스홀드에 들인 거야."

이제 훈련생들은 훈련장을 나와 경계 주변을 달리기 시작했다. 발전소에서의 그날 밤 테오는 산제이가 자기 할 일을 잘하는 사람이라고 했었다. 그 모든 것을 생각하니 얼마 전만 해도 눈에 띄는 아무에게나 넘겨버리고 말았을 하우스홀드 직위를 무슨 수를 써서라도 지켜야겠다는 생각이 들었다.

"여전히 이해가 안 됩니다."

"네가 이해하고 말고는 상관없다, 피터. 하우스홀드에서 회의가 열렸다. 전원 합의했지. 하우스홀드의 공석은 적법한 절차에 따라 데이나의 자리가 된다."

"데이나도 동의했습니까?"

"설명을 듣자 알겠다고 하더군." 산제이가 피터의 어깨에 한 손을 올렸다. 위로의 손짓인 게 분명했지만 조금도, 하나도 위로가 되지 않았다.

"나쁘게 받아들이지 않았으면 한다. 이번 결정은 피터 너에 대한 처벌이 아니야. 테오의 평판이 아주 높았으니, 이번 사태는 눈감아줄 의향이 있어."

결국은 이렇게 테오는 잊히는 거구나, 하고 피터는 생각했다. 테오의 셔츠는 아직도 서랍 속에 개어져 있고, 침대 밑에는 여분의 부츠가 있는데, 사람들은 마치 형이 애초부터 존재하지 않은 것만같이 행동한다.

산제이가 훈련장 너머로 시선을 던졌다. "수가 오는구나."

돌아보자 수 라미레스가 게이트 쪽에서 성큼성큼 다가오는 모습이 보였다. 옆에는 지미 몰리노도 함께였다. 수는 키가 크고 머리가 모래 빛인 40대 초반의 여성이었고, 윌럼 삼촌이 죽고 나서 총사령관 자리에 올랐다. 분노를 터뜨리면 아무리 강인한 파수꾼이라도 겁을 먹는 다혈질이었지만, 굉장히 유능한 사람이었다.

"피터, 널 찾아다녔어. 며칠 동안 파수는 쉬도록 해. 비석에 이름을 새길 생각이 들면 나에게 알려주고. 몇 마디 남기고 싶어서 말이야."

"나도 같은 생각이었다." 산제이가 끼어들었다.

"마음이 정리되거든 우리에게 알려다오. 그리고 되도록 며칠 푹 쉬거라. 서두를 것 없지."

수가 마침 이때 나타난 건 우연이 아니라는 사실을 피터는 깨달았다. 모두가 작당해서 그를 아이 다루듯 하는 게 분명했다.

"알겠어요." 피터가 간신히 대답했다. "그럴게요."

"나도 네 형을 참 좋아했어." 지미가 말했다. 그저 이 자리에 있다는 이유만으로 굳이 한마디 얹는 게 분명했다.

"캐런도 그렇고."

"고맙습니다. 그런 말 많이 들어요."

뱉고 보니 지나치게 날카로운 말투여서 피터는 매부리코를 한 지미의 얼굴을 보자마자 곧바로 후회했다. 지미는 테오와 같은 부사령관으로 친한 사이였던 데다가 형제를 잃은 경험도 있었다. 지미의 형 코너는 5년 전 목초지까지 접근한 바이럴을 쫓아내다가 사망했다. 파수꾼 중 수 다음으로 연장자인 지미는 30대 중반으로 아내와 두 딸이 있었다. 이미 수년 전에 은퇴를 선언했다 한들 누구도 토를 달지 않았겠으나 그는 파수꾼으로 남기를 선택했다. 때로 그의 아내인 캐런이 따뜻한 음식을 가져다주면 파수꾼들이 다들 놀려대는 바람에 창피해했지만, 그가 속으론 기뻐한다는 것은 모두가 잘 알았다.

"미안해요, 지미."

지미는 어깨를 으쓱했다.

"괜찮아. 나도 그 맘 아니까."

"진심으로 하는 이야기야, 피터. 네 형은 우리 모두에게 중요한 사람이었어." 그렇게 힘주어 말한 산제이는 수를 향해 권위 있어 보이는 동작으로 턱짓을 했다. "잠시 시간 좀 내주겠습니까?"

수는 피터에게서 눈을 떼지 않은 채로 고개를 끄덕였다.

"진심이야, 피터." 그러면서 수가 피터의 팔꿈치 바로 위를 꽉 잡았다.

"쉬고 싶은 만큼 푹 쉬라고."

피터는 세 사람이 떠나갈 때까지 잠시 제자리에 서서 기다렸다. 조금 전 산제이와 나눈 대화가 이상하리만치 그를 동요시켜서, 예민해진 동시에 집중이 잘 되지 않았다. 그냥 대화일 뿐이었고, 뜻밖의 소식을 들은 것도 아니었는데 말이다. 예상했던 어색한 애도의 말, 그리고 그가 하우스홀드의 일원이 되지 못할 거라는 소식이 전부였다. 피터는 콜로니를 운영하는 의무에는 조금도 관심이 없었기에, 예전 같았다면 반겨 마땅했을 결정이었다. 그럼에도 불구하고 조금 전의 대화에서 피터는 어쩐지 잔잔한 수면 아래에 심상치 않은 조류가 흐른다는 것을 감지할 수 있었다. 마치 모두가 그가 모르는 무언가를 알고 있는 것처럼, 사람들이 그를 묘하게 대하는 느낌이 들었다.

피터는 텅 빈 것이나 다름없는 가방을 한쪽 어깨에 짊어지고 곧장 막사를 향하는 대신 반대쪽으로 가기로 마음먹었다.

'어둠의 밤 비석'은 광장 끝에 있었다. 비석은 사람 키만 한 높이의 배 모양 화강암 덩어리로 회색 바탕에 군데군데 분홍색 석영이 보석같이 박혀 있었다. 비석의 표면에는 실종자와 사망자의 이름들이 새겨져 있었다. 그가 이곳에 온 것은 이 때문이었다. 162개의 이름. 레빈 가문과 대럴 가문의 전원. 보예스 가문의 아홉 명 모두. 그린버그, 파탈, 슈, 슈트라우스 가문의 이름들과 함께 새겨진, 도나디오라는 성씨를 가진 두 이름은 알리시아의 부모인 존 도나디오와 에인절 도나디오였다. 이 비석에 처음으로 이름이 새겨진 잭슨 가문의 사람은 피터의 조부모인 달라 잭슨, 테일러 잭슨으로, 북쪽 성벽 아래 당신들이 사시던 집 잔해에 깔려 사망했다. 두 분이 돌아가신 것은 15년 전으로, 조부모님이 살아계시던 시절은 피터의 기억에 없는, 그에게는 단지 '옛날'에 불과한 때였기에, 피터의 상상 속 두 분은 항상 노인의 모습이었다. 그러나 사실 테일러 할아버지는 돌아가실 때 고작 마흔 남짓이었고, 할아버지의 두 번째 부인인 달라는 서른여섯 살에 불과했다.

원래 이 비석은 '어둠의 밤'에 숨진 이들을 기리기 위함이었으나 이후 사망자와 실종자 모두를 이 비석에 기록하는 것이 자연스레 콜로니의 전통이 되었다. 잰더의 이름도 벌써 비석에 새겨진 뒤였다. 잰더의 이름은 혼자가 아니었다. 그의 아버지, 누이들, 그리고 오래전에 잰더와 결혼했던 아내의 이름도 그 위에 새겨져 있었다. 잰더는 결혼은 고사하고 누구와 대화를 나누는 장면조차 상상하기 힘든 유의 사람이었기에 피터는 그가 결혼을 한 적이 있었다는 사실을 까맣게 잊고 있었다. 이름이 저널이었던 그 여자는 '어둠의 밤' 몇 달 뒤에 아이를 낳다가 아기와 함께 사망했다. 아기는 아직 이름이 없어서 기록할 수가 없었기에, 그 아이가 지상에서 보낸 짧은 순간은 어디에도 기록되지 않은 채 사라져버렸다.

"원하신다면 제가 테오의 이름을 새겨드릴게요."

피터가 돌아보자 샛노란 색 스니커즈를 신은 케일럽이 서 있었다. 신발이 너무 커서 꼭 물갈퀴가 달린 오리발 같았다. 케일럽의 크고 우스꽝스러운 신발을 보자 갑자기 죄책감이 훅 끼쳤다. 이 신발은 쇼핑몰에서 일어난 불의의 사태의 증거, 정확히는 유일한 증거인 셈이었으니까. 그래도 만약 테오가 케일럽의 신발을 본다면 그저 웃음을 터뜨리겠지. 아마도 무슨 농담을 던질 테고, 피터는 한참이 지나서야 농담인 줄 알았을 것이다.

"네가 잰더의 이름을 새겼니?"

피터가 묻자 케일럽이 어깨를 으쓱했다. "제가 정을 잘 다루거든요. 딱히 아무도 잰더한테는 신경 쓰지 않는 것 같아서요. 사람들이랑 좀 친하게 지내면 좋았을 텐데." 아이가 입을 다물더니 피터의 어깨 너머를 바라보았다. 잠깐이었지만 케일럽의 눈이 눈물로 흐려지는 것이 보였다.

"쏘길 잘하셨어요. 잰더는 바이럴을 정말 싫어했거든요. 절대로 감염되고 싶지 않다고 했어요. 빨리 끝나버려서 다행이에요."

그 순간 피터는 테오의 이름을 비석에 새기지 않겠다고 마음먹었다. 어느 누구도 새기지 못하게 할 테다. 형의 죽음이 확실해지기 전까지는.

"요즘 어디서 지내니?" 그가 케일럽에게 물었다.

"막사에서 지내죠. 거기 말고 갈 데가 어디 있겠어요?"

피터가 한쪽 어깨를 으쓱해 배낭을 보여주었다. "나도 막사에 가서 지내도 되겠니?"

"마음대로 하세요."

나중에, 피터가 짐을 풀고 드디어 막사 위의 지나치게 푹신한 매트리스에 몸을 뉘었을 때에서야 그는 케일럽이 자신의 어깨 너머 비석을 보며 찾던 것이 무엇이었는지 깨달았다. 그 아이가 찾던 건 잰더의 이름이 아니라 그 위에 적힌 세 개의 이름이었다. 리처드 존스, 메릴린 존스, 그리고 그 아래 적힌 케일럽의 누나인 낸시 존스라는 이름. 육체노동자였던 케일럽의 아버지는 '어둠의 밤'이 시작되고 혼란으로 가득한 첫 몇 시간 사이에 어둠 속에서 살해당했고 어머니와 누나는 성소의 지붕이 무너졌을 때 깔려 사망했다. 그때 케일럽은 태어난 지 몇 주밖에 안 된 아기였다.

그제야 피터는 그날 밤, 알리시아가 왜 자신을 발전소 지붕 위로 데려갔는지 깨달았다. 별을 보여주려던 게 아니었다. 케일럽 존스는 알리시아처럼 '어둠의 밤'에 고아가 된 아이였다. 알리시아 말고는 콜로니에 케일럽의 편은 아무도 없었다.

그녀는 케일럽을 기다리기 위해 피터를 데리고 지붕 위로 올라갔던 것이다.

조명 및 전력 부서의 수석 엔지니어 마이클 피셔는 라이트하우스에 앉아 유령에게 귀를 기울이고 있었다.

마이클은 그것을 유령이 보내는 신호라고 불렀다. 원래대로라면 아무것도 들리지 않아 마땅한, 가청주파수스펙트럼 맨 끝을 차지하는 잡음 속에 끼어드는 소리. 파편의 파편, 들리면서도 들리지 않는 신호. 창고에서 찾은 라디오 매뉴얼에 따르면 할당되지 않은 주파수였다.

"미리 말해줄 걸 그랬구나." 엘턴이 말했다.

두 사람이 그 신호를 들은 것은 구호대가 돌아온 지 사흘 뒤였다. 마이클은 아직 테오가 죽었다는 것이 실감 나지가 않았다. 마이클이 마더보드를 가져다 달라고 부탁한 건 테오의 죽음과 아무런 관련이 없다고 알리시아가 아무리 설득해도 마이클은 그게 자기 책임이라는, 친구를 죽게 한 일련의 사건 중 하나를 일으키고 말았다는 자책감을 느꼈다. 심지어 마이클은 마더보드를 가져다 달라고 부탁했던 걸 까맣게 잊고 있었다. 테오 일행이 발전소를 향해 출발한 다음 날 마이클은 오래된 배터리 흐름 제어장치를 뜯어 필요한 것을 얻었던 것이다. 피온은 아니었지만 주파수스펙트럼의 맨 끝에서 신호를 잡아내기에는 충분했다.

설령 마이클이 필요한 처리장치를 구하지 못했다 한들 뭐 그리 중요한 일이었을까? 테오가 목숨까지 걸 만한 일이 절대 아니다.

그런데 마이클이 잡아낸 1,432메가헤르츠의 이 신호는 아주 작지만 무언가를 속삭이듯 '말하고' 있는 것이 분명했다. 바라보면 볼수록 눈앞에서 달아나는 것만 같은 그 말이 도대체 무슨 뜻일까 하는 생각이 자꾸만 마이클을 괴롭혔다. 반복되는 이 디지털신호는 수수께끼처럼 나타났다가 살아났다. 그러다가 한참이 지나서야 그는 — 솔직히 말하면 엘턴이 — 이 신호가 90분에 한 번씩,

242초간 이어지다가 멎는다는 사실을 알았다.

그리고 그 신호는 점점 커졌다. 매시간, 매번 돌아올 때마다, 특히 밤이 되면 더 커졌다. 신호는 산을 넘어 올라오는 것 같았다. 이제 마이클은 다른 신호를 탐색하길 그만두고 패널 앞에 꼼짝도 하지 않고 앉아서 시간을 재며 그 신호가 돌아오기를 기다렸다.

90분에 한 번 주기로 돌아온다는 것은 이 신호가 자연적일 리가 없다는 것이었다. 위성도 아니었다. 배터리에서 나는 소리도 아니었다. 마이클이 아는 그 무엇도 아니었다. 도대체 무엇인지 알 수 없었다.

엘턴 역시 이 신호를 잡아내는 데 몰두하고 있었다. 수년간 마이클이 알아온 해맑기 그지없던 엘턴은 간데없었다. 그 자리에는 이제 무뚝뚝한 얼굴의 비듬투성이 남자가 말 한마디 없이 앉아 있었다. 헤드폰을 귀에 바짝 붙이고 다문 입술을 쭉 내민 채 신호를 들으며 고개를 설레설레 젓고는 가끔 잠을 더 자야겠다고 할 뿐이었다. 두 번째 종이 울릴 때 조명을 켜는 일조차 제대로 하지 않았다. 남은 전력을 다 사용해 콜로니 안을 대낮처럼 훤하게 밝혀버리더라도 엘턴은 아무 말도 하지 않을 것 같았다.

그는 목욕도 거의 하지 않았다. 두 사람 다 마찬가지였다.

무엇 때문일까? 테오가 죽었기 때문에? 구호대가 돌아온 이래 콜로니 안은 불안한 침묵에 사로잡혔다. 잰더가 케일럽을 타워 위에 올려놓았다는 이야기는 누가 생각해도 말이 되지 않았다. 산제이를 비롯한 하우스홀드 구성원들이 조용히 일을 처리하려고 했지만 소문은 빨리 퍼졌다. 물론, 혼자 산 밑에서 몇 달씩 틀어박혀 살아서 그런지 잰더가 좀 맛이 간 사람이라는 것은 누구나 알았다. 그 사람이 아내와 아이가 죽고 나서부터 이상해졌다는 것도 모두가 알았다.

또, 산제이도 어쩐지 이상했다. 마이클로서는 이해가 되지 않았다. 이틀 전 밤에 마이클이 패널 앞에 앉아 있는데 갑자기 문이 활짝 열리더니 산제이가 나타났다. 마치 '아하!' 하는 듯한 표정으로 눈을 휘둥그레 뜨고 있었다. 그때 마이클은 모든 게 다 끝이라고 생각했다. 머리에 헤드폰까지 쓰고 있는 모습을 들킨 이상 ― 그보다 더 명백한 증거는 없었을 것이다 ― 이제 죽은 목숨이라고 생각했다. 무슨 수로 알게 된 건지는 몰라도 산제이가 라디오에 대해 알게 된 이상 마이클은 성벽 밖으로 추방될 게 분명했다.

하지만 이상했다. 산제이는 아무 말도 하지 않았던 것이다. 그는 그저 문간에 서서 마이클을 바라보기만 했고, 그대로 침묵 속에서 시간이 흘러가자 마이클은 산제이의 표정이 자신이 짐작했던 것과는 다른 의미라는 것을 깨달았다. 한밤중에 범죄 현장을 급습하고 노여워하는 표정이 아니라, 꼭 짐승의 얼굴처럼 아무 뜻 없는 멍한 표정이었다. 산제이는 잠옷 차림에 맨발이었다. 여기가 어디인지 모르는 것 같았다. 그는 몽유병에 사로잡힌 채 걸어 다니고 있었던 것이다. 콜로니에는 몽유병에 걸린 사람들이 많았다. 때로는 콜로니 사람들 절반이 잠든 채로 걸어 다니는 것만 같을 때도 있었다. 밤이 되어도 완전히 꺼지지 않는 조명 때문인지도 모른다. 마이클 역시 한두 번 그런 경험이 있었다. 그중 한 번은 부엌으로 들어가 얼굴에 꿀단지의 꿀을 처바르던 중에 정신이 들었다. 하지만 다른 누구도 아닌 산제이, 절대 몽유병 따위엔 시달리지 않을 것만 같은, 하우스홀드의 수장 산제이 파탈?

마이클은 재빨리 머리를 굴렸다. 일단 산제이가 정신을 차리기 전에 라이트하우스에서 내보내야 했다. 여러 가지 방법을 모색하고 있는데 ― 꿀로 꾀어내야 할까? ― 산제이가 갑자기 얼굴을 홱 찌푸리면서 먼 곳의 소리에 귀를 기울이듯 고개를 한쪽으로 젖히더니 딱딱한 걸음으로 그에게 다가왔다.

"산제이, 뭐 하시는 거예요?"

산제이가 패널 앞에서 갑자기 걸음을 멈췄다. 늘어뜨리고 있던 오른손이 잠깐 꿈틀거렸다.

"잘…… 모르겠어."

마이클이 용기를 내어 말을 이었다. "잘 모르겠지만, 지금 가셔야 할 다른 곳이 있는 것 아니에요?"

산제이는 대답하지 않았다. 그가 손을 들어 올리더니 얼굴 앞에서 천천히 이리저리 뒤집었다. 마치 손이 누구의 몸에 달렸는지도 모르는 것만 같은 혼란스러운 표정으로 손을 바라보았다.

"뱁…… 콕?"

바깥에서 또 다른 발걸음 소리가 들리더니 다음 순간 글로리아가 방 안으로 들어왔다. 글로리아 역시 잠옷 차림이었다. 낮에는 질끈 묶었던 머리카락이 등 위로 늘어뜨려져 있었다. 집에서부터 산제이를 따라 달려온 건지 숨을 가쁘게 몰아쉬고 있었다. 이제 놀랐다기보다는 다른 사람의 결혼생활의 사적인 부분을 목격하고 당황스러워하는 마이클의 표정에도 개의치 않고 글로리아는 남편에게 다가가 팔꿈치를 잡고 힘주어 끌어당겼다.

"산제이, 다시 자러 가자."

"이거 내 손 맞지?"

"맞아." 글로리아가 조바심을 냈다. "당신 손 맞아."

그녀는 남편의 팔꿈치를 붙잡은 채 마이클을 향해 시선을 돌리더니 입 모양으로 '몽유병이야' 하고 말했다.

"이거 정말, 정말 내 손 맞지?"

그러자 글로리아는 한숨을 쉬었다. "산제이, 어서 가자. 더 이상 못 참아."

그 순간 다시 정신을 차렸는지 산제이의 표정이 바뀌었다. 그가 방 안을 이리저리 둘러보다가 마이클과 눈을 마주쳤다.

"안녕, 마이클."

헤드폰은 이미 책상 밑으로 숨긴 뒤였다.

"안녕하세요, 산제이."

"내가…… 밤 산책을 좀 했던 것 같군."

마이클은 웃음이 새어 나오려는 것을 꾹 참았다. 라이트하우스까지 산책이라니, 말도 안 되는 소리였다.

"글로리아가 고맙게도 나를 데리러 왔구나. 그러니까 나도 이제 가야겠다."

"네."

"고맙다, 마이클. 중요한 일을 하고 있었을 텐데 방해해서 미안하구나."

"괜찮아요."

말이 끝나자마자 글로리아 파탈이 남편을 끌고 문밖으로 나갔다. 잠자리로 돌아간 산제이는 아마 자신을 잠 속에서 일으켜 세운 그 불안한 꿈을 마저 꾸겠지.

이 일을 어떻게 해석해야 할까? 다음 날 아침 엘턴에게 간밤의 사건을 말해주자 그는 다만 이렇게 말했다.

"다른 사람들과 마찬가지로 산제이에게도 '그 일'이 닥친 모양이야."

그러나 마이클이 "'그 일'이 뭔데요? 무슨 소리세요?"라고 물었을 때 엘턴은 아무 말도 해주지 않았다. 어쩌면 딱히 뾰족한 대답이 없었던 듯도 싶었다.

곱씹고 또 곱씹어보니 사라의 말이 맞았다는 생각이 들었다. 그 말대로, 걱정에 사로잡혀 너무 오랜 시간을 보낸 것 같았다. 신호는 주기적으로 되돌아오니 다음 신호까지는 40분 정도 더 기다려야 했다.

달리 할 일이 없었기에 그는 배터리 모니터를 불러내며 좋은 소식이 있길 빌었지만 그렇게 되지는 않았다. 온종일 배터리 저장소가 있는 곳에 바람이 쌩쌩 불었던 터라 저녁 종이 울린 지 2시간밖에 되지 않는데 벌써 배터리 잔량이 50퍼센트를 밑돌았다.

마이클은 엘턴을 라이트하우스에 남겨둔 채 머릿속을 정리하기 위해 산책을 하기로 했다. 1,432메가헤르츠의 신호. 분명 무슨 의미가 있을 것이다. 하지만 무엇일까? 143214321432식으로 네 개의 정수가 반복되는 게 무의미한 신호일 리는 없었다. 어쩌면 우연일지도 모르지만, 이 유령 신호는 도무지 우연 같지는 않게 느껴졌다.

마이클은 선스팟으로 향했다. 선스팟에는 밤늦은 시간까지도 사람들이 돌아다닐 때가 많았다. 그는 선스팟의 불빛 아래에서 눈을 깜박였다. 비석 아래에 한 여자가 무릎에 손을 겹쳐 얹은 채 그 위로 검은 머리카락을 휘날리며 앉아 있었다. 모사미였다.

마이클이 헛기침을 해 인기척을 냈다. 하지만 그가 가까이 다가가도 모사미는 알은체를 하지 않았다. 그 의미는 분명했다. 혼자 있고 싶다는 뜻이겠지. 하지만 어둠 속에서 유령을 추적하며 몇 시간이나 라이트하우스에 혼자 — 물론 엘턴도 있었지만 그건 별로 중요하지 않았다 — 보낸 마이클은 말동무가 간절했기에 상대가 달가워하느냐 마느냐는 나중 문제였다.

"안녕." 그가 모사미 옆에 다가가 섰다.

"나도 여기 앉아도 될까?"

그 말에 모사미가 고개를 들자 뺨에 길게 눈물 자국이 나 있는 게 보였다.

"미안해. 자리 피해줄게."

하지만 모사미는 고개를 저었다. "괜찮아. 앉고 싶으면 앉아."

그래서 마이클은 모사미 옆에 앉았다. 어깨가 스칠 만큼 가까이 다가가 나란히 비석에 등을 대고 앉아 있자니 어색했다. 침묵이 길어지면 길어질수록 괜히 앉겠다고 했나 하는 생각이 들었다. 같이 있겠다고 한 이상, 왜 울고 있냐고 물어보고 위로의 말도 해줘야 하는 게 아닌가 싶었던 것이다. 마이클은 여자가 임신을 하면 바람의 방향이 중구난방으로 바뀌듯이 기분도 요동을 친다는 걸 알고 있었다. 사라도 변덕을 자주 부리기는 했지만 그래도 누나니까 이해할 수 있었다.

"아기 가졌다는 소식 들었어. 음, 축하할 일인 거지?"

모사미가 손끝으로 눈물을 찍어냈다. 콧물이 흐르고 있었지만 마이클이 마땅히 건네줄 만한 닦을 것이 없었다.

"그래, 고마워."

"네가 밖에 나와 있는 걸 게일런도 알아?"

그러자 그녀는 울적한 웃음을 터뜨렸다. "아니, 몰라."

그 말을 들은 마이클은 모사미가 괴로워하는 것은 기분이 오락가락해서가 아니라는 것을 깨달았다. 모사미는 테오를 생각하며 비석을 찾아온 게 분명했다. 테오 때문에 눈물을 흘리는 거였다.

"나는……." 하지만 무슨 말을 하면 좋을지 알 수 없었다.

"모르겠어." 결국 마이클은 어깨만 으쓱했다. "안타까워. 나도 테오와 친했으니까."

그때 모사미가 깜짝 놀랄 만한 행동을 했다. 무릎 위에 올려두었던 마이클의 손에 자기 손을 올린 다음 깍지를 끼었던 것이다.

"고마워, 마이클. 사람들은 네 진가를 모르는 것 같아. 하지만 나는 딱 그 말이 듣고 싶었어."

잠시 두 사람은 아무 말 없이 가만히 있었다. 모사미는 손을 거두지 않았다. 이상했다. 이 순간이 와서야 테오가 없다는 게 뼈저리게 느껴지기 시작했다는 사실이. 슬펐지만, 슬픔 말고 다른 감정도 느껴졌다. 외톨이가 된 기분이었다. 그 감정을 말로 표현하고 싶었다. 하지만 속에 있는 말이 미처 말이 되어 나오기도 전에 광장 저쪽에 두 사람의 형체가 나타나더니 이쪽으로 곧장 다가왔다. 게일런, 그리고 산제이였다.

모사미가 입을 열었다. "리시가 하는 말에 일일이 신경 안 썼으면 좋겠어. 리시는 원래 그러잖아. 리시도 언젠가 너의 진가를 알아볼 거야."

리시라니? 왜 갑자기 리시 이야기를 하는 거지? 하지만 생각이 채 정리되기도 전에 이미 게일런과 산제이가 두 사람 앞에 성큼 다가서 있었다. 게일런은 마치 성벽 안을 몇 바퀴나 달리기라도 한 것처럼 땀을 비 오듯 흘리며 숨을 몰아쉬고 있었다. 그리고 산제이는 이틀 전 몽유병에 취해 정신을 놓고 걸어 다니던 모습은 간데없이 언제나처럼 권위적이고 독선적인 표정으로 그를 쏘아보고 있었다.

"대체 이게 무슨 짓이야?" 게일런이 붉으락푸르락한 표정으로 눈을 가늘게 뜨고 모사미를 노려보았다.

"모스, 성소를 나오면 안 되잖아."

"괜찮아, 게일." 그러더니 모사미는 게일런을 쫓아 보내듯 손을 휘휘 저었다. "집으로 돌아가."

두 사람 위로 상체를 숙여 굽어보는 산제이의 존재는 조명을 받은 덕에 한층 더 위압적으로 느껴졌다. 환하게 빛을 받은 그가 마치 낙담한 아버지처럼 보였다. 마이클과 눈이 마주치자 산제이는 눈썹을 까딱해 보일 뿐이었는데, 그 순간 이틀 전의 몽유병 사건을 혹시라도 산제이가 기억하고 있지 않을까 하고 마이클이 품고 있었던 실낱같은 희망은 사라져버렸다.

"모사미, 지금까지는 참았지만 더 이상은 안 돼. 도대체 왜 이렇게까지 하는 거야? 성소에 얌전히 있어야 하잖아."

"난 여기 마이클이랑 있을 거야. 마음에 안 들면 마이클이랑 얘기해."

그 말에 마이클은 심장이 쿵 떨어지는 것만 같았다. "아니……."

"넌 빠져, 서킷." 게일런이 마이클의 말을 가로막았다.

"그런데 도대체 내 아내랑 이 오밤중에 뭐 하는 짓거리야?"

"내가?"

"그래, 이게 무슨 짓이야?"

"제발 이러지 마, 게일런." 모사미가 한숨을 쉬었다.

"정신 차려. 애초에 여기 나온 건 마이클이 아니라 나야."

마이클은 모두가 자기를 보고 있다는 사실을 알아차렸다. 바람 좀 쐬고, 말동무를 찾아 잡담이나 나누고 싶었을 뿐인데 이 무슨 운명의 장난이람? 게일런의 얼굴은 수치심으로 이글이글 불타고 있었다. 마이클은 게일런이 자신에게 몸싸움을 걸어올 가능성이 있는지 재어보았다. 게일런이 무능하고 굼떠 보인다고 해서 그의 힘까지 간과해서는 안 되었다. 일단 게일런이 마이클보다 체중이 14킬로그램은 더 나갔다. 자신의 명예를 지키기 위해서라면 무슨 짓을 할지 몰랐다. 마이클이 살면서 해본 몸싸움이라고는 성소에 살던 어린 시절 별거 아닌 일로 투닥거려본 게 다였다. 그때는 자신도 주먹을 몇 번 날렸지만, 이번에는 어림도 없었다. 게일런이 마음먹고 한 방 날리면 그것으로 끝일 것 같았다.

"내 말 좀 들어봐, 게일런." 마이클이 다시 입을 열었다. "나는 그냥 산책을……."

이번에 그의 말을 끊은 것은 모사미였다.

"괜찮아, 마이클. 게일런도 알아."

그러면서 모사미가 마이클을 바라보았다. 울어서 눈이 퉁퉁 부어 있었다.

"모두에게 각자 할 일이 있는 거겠지?"

모사미는 다시 한번 마이클의 손을 끌어와 꽉 잡았다. 마치 협상이라도 체결하는 것 같은 동작이었다.

"시키는 대로 하고, 까탈스럽게 굴지 않아야 하는 상황인 거지? 좋아. 당분간 얌전히 있을게."

게일런이 모사미를 일으켜주려고 다가왔지만 그녀는 게일런을 무시하고 스스로 몸을 일으켰다. 아직도 빛을 받고 있던 산제이가 허리에 양손을 얹은 채로 한 걸음 물러났다.

"모스, 대체 뭐가 그렇게 힘들단 건데." 게일런이 말했다.

하지만 모사미는 들은 척도 하지 않고 두 남자에게서 등을 돌려 아직 비석에 기대앉아 있는 마이클을 바라보았다. 주고받은 눈빛 속에서 그녀의 체념이, 명령에 복종하는 굴욕감이 읽혔다.

"말동무해줘서 고마워, 마이클." 그러면서 모사미가 서글프게 웃었다.

"네가 해준 말, 정말 고마웠어."

사라는 병원에서 게이브 커티스가 죽어가는 것을 지켜보고 있었다.

말을 몰고 돌아오자마자 마르가 사라의 집을 찾아왔다. 게이브가 신음을 하고 경련을 하며 숨이 끊어져간다는 것이었다. 샌디 역시 어쩔 줄 모르고 있다고 했다. 게이브를 위해 와줄 수 있을까?

사라는 구급상자를 챙겨 마르와 함께 병원으로 갔다. 병실의 커튼을 걷고 들어가자 가장 먼저 눈에 들어온 것은 침상 앞에 어색하게 서서 아버지의 입가에 찻잔을 기울여주고 있는 제이컵이었다. 게이브는 컥컥거리며 피를 토하고 있었다. 사라는 얼른 게이브 옆으로 다가가 제이컵의 손에서 조심스레 찻잔을 빼앗았다. 그다음에는 게이브를 옆으로 돌려 눕히고 — 불쌍한 게이브는 이제 뼈와 거죽만 남아서 무게가 거의 나가지 않다시피 했다 — 한 손으로 카트에 있던 철제 대야를 집어 게이브의 턱밑에 받쳤다. 게이브는 두 번 더 마른기침을 했다. 뱉어낸 피는 선홍색이었고 새까맣게 죽은 조직이 군데군데 섞여 있었다.

'다른 샌디'가 문 뒤 어둠 속에서 걸어 나왔다.

"미안해, 사라." 그녀는 초조하게 손을 떨고 있었다.

"기침이 심하시기에 혹시 차를 마시면 나을까 싶어서……."

"그래서 제이컵에게 차를 주라고 시켰다는 거야? 제정신이야?"

"아빠는 어떻게 되는 거야?" 혼란스럽고 무력한 얼굴로 침대 옆에 서 있던 제이컵이 우는소리를 했다.

"아버지는 많이 아프셔, 제이컵." 사라가 말했다.

"너한테 화내는 거 아니야. 넌 아버지를 잘 돌봐드렸어."

제이컵이 또 몸을 긁기 시작했다. 그는 오른손 손톱으로 이미 상처 난 팔뚝을 긁어댔다.

"제이컵, 내가 최선을 다해서 아버지를 간호해드릴 거야. 믿어도 돼."

게이브의 내출혈이 시작되었다는 것을 사라는 알 수 있었다. 암 덩어리가 어떤 기관을 파열시킨 것이 분명했다. 게이브의 배에 손을 올리자 속에서 피가 울컥 흘러넘치는 것이 느껴졌다. 청진기를 꺼내 귀에 꽂고 게이브가 입고 있던 저지를 걷은 다음 폐를 청진했다. 깡통 안의 물이 출렁거리는 것처럼 척척 소리가 났다. 얼마 안 남았다. 그래도 몇 시간은 걸릴 것 같았다. 마르에게 시선을 돌리자 그녀는 고개를 끄덕였다. 게이브가 최고로 꼽는 간호사가 사라였다는 말이 무슨 뜻이었는지, 어째서 마르가 사라를 병원으로 불렀는지 사라도 알 수 있었다.

"샌디, 제이컵을 데리고 나가 있어."

"나가서 어떻게 하면 돼?"

제기랄, 왜 말귀를 못 알아듣는 거야?

"알아서 해." 사라는 심호흡을 하며 마음을 가라앉혔다. 화를 낼 때가 아니었다.

"제이컵, 샌디를 따라 밖으로 나가렴. 그렇게 해줄 수 있지?"

제이컵의 눈빛을 보니 그는 여전히 아무것도 이해하지 못하고 있었다. 그 눈 속에는 오로지 두려움, 그리고 지금까지 오랜 세월 길들어 습관이 된 무조건적인 복종만이 읽혔다. 제이컵은 시키는 대로 병실을 나갈 것이다.

제이컵이 마지못한 듯 고개를 끄덕였다. "알았어요."

"고마워, 제이컵."

샌디가 제이컵을 데리고 병실을 나갔다. 바깥 문이 열리고 닫히는 소리가 났다. 침대 반대편에 앉은 마르는 남편의 손을 꼭 쥐고 있었다.

"사라…… 그거 가지고 있죠?"

누구도 대놓고 입 밖에 내지 않는, 단지에 담아 지하실 철제 선반에 보관 중인 약초였다. 사라는 마르에게 양해를 구하고 지하실에 내려가서 그녀가 찾는 것을 가지고 돌아왔다. 호흡을 늦추는 디기탈리스, 심장에 자극을 주는, '천사의 나팔'이라고 불리는 식물의 검은 씨앗, 그리고 의식을 흐리게 하는 쓰디쓴 독미나리의 뿌리 조각. 사라는 그것들을 전부 테이블 위에 올려놓고 고운 갈색 가루가 될 때까지 빻은 다음 종이 위에 붓고 조심스럽게 컵 속에 집어넣었다. 그러고는 테이블 위에 있던 것을 전부 치운 다음 다시 밖으로 나갔다.

병실 밖에서 사라는 물을 끓였다. 주전자에 있던 물이 아직 따뜻했기에 약은 곧 완성되었다. 씁쓸한 흙냄새가 나는, 바닷말처럼 옅은 푸른색 액체가 완성되자 사라는 그것을 가지고 병실로 들어갔다.

"이게 도움이 될 거예요."

마르가 고개를 끄덕이더니 사라의 손에서 컵을 받아들었다. 말로는 표현하지 않았지만 마르의 행동이 무슨 뜻인지는 이해가 갔다. 이 일을 사라에게 시킬 수는 없었던 것이다.

마르가 컵 속을 내려다보았다.

"얼마나 마셔야 하지?"

"전부요."

사라가 게이브의 머리맡으로 다가가 그의 어깨를 일으켰다.

마르는 게이브의 입가에 잔을 대고 마시라고 했다. 게이브는 여전히 눈을 뜨지 못하고 있었다. 의식이 없는 것 같았다. 게이브에게 약을 마실 힘조차 남아 있지 않은 걸까 생각했지만, 그는 이내 웅덩이의 물을 콕콕 찍어 마시는 새처럼 컵에 든 액체를 한 모금 한 모금 천천히 들이마시기 시작했다. 약이 바닥나자 사라는 다시 게이브를 침대에 눕혔다.

"얼마나 걸릴까?" 마르는 사라를 쳐다보지 않고 물었다.

"얼마 안 걸려요. 약효가 빨라요."

"끝날 때까지 옆에 있어줄 거지?"

사라는 고개를 끄덕였다.

"제이컵은 모르겠지?" 마르는 애원하는 표정으로 이쪽을 바라보았다.

"그 애가 알아선 안 돼."

"절대 모르게 할게요." 사라가 대답했다.

그렇게 사라와 마르는 단둘이 가만히 기다렸다.

피터는 그 소녀가 나오는 꿈을 꾸고 있었다. 회전목마 밑, 천장이 낮은 먼지 투성이 공간이었다. 소녀는 그의 등 위에 올라타 꿀 냄새가 나는 숨결을 그의 목에 내뿜고 있었다. '넌 누구지?' 피터는 생각했다. '넌 누구야?' 그러나 그 말은 털실 뭉치처럼 그의 안에서 꽉 막힌 채 입 밖으로 나오지 않았다. 목이 말랐다. 몸을 돌려 소녀를 바라보고 싶었지만 움직여지지 않았다. 다음 순간 그의 등에 올라탄 소녀는 바이럴로 바뀌어 있었고, 바이럴의 이빨이 목을 꿰뚫는 순간 피터는 비명을 지르고 싶었지만 아무 소리도 나지 않았다. 그는 죽어가면서 생각했다. 정말 이상해, 죽는 건 처음이야. 죽는다는 건 이런 기분이구나.

피터는 흠칫 놀라며 깨어났다. 심장이 쿵쿵 뛰었고 꿈은 단숨에 흩어져 비명의 희미한 메아리 같은 공황감만을 남기고 흐릿해졌다. 그는 꼼짝도 하지 않고 누운 채 여기가 어디인지 천천히 생각했다. 목을 들어 침대 옆 창밖을 내다보자 바깥에는 조명등이 빛나고 있었다. 입안이 바싹 마르고 혀는 부어서 오돌토돌하게 느껴졌다. 목이 타는 꿈을 꾼 건 실제로 목이 말라서였던 것이다. 침대 밑 바닥에 놓인 수통을 손으로 더듬어 찾은 뒤 물을 마셨다.

옆 침대에서 케일럽이 자고 있었다. 어둠 속에서 코를 골며 자는 남자들의 형체를 세어보니 모두 네 명이었다. 이들이 들어오는 기척조차 느끼지 못하고 잤던 것이다. 이렇게 곤히 잔 게 얼마 만이더라?

어둠 속에 누워 있자니 발전소에서 돌아온 이래 쭉 가슴속을 떠나지 않은 초조와 불안이 다시금 그를 동요시켰다. 이 불안감을 해결할 답은 성벽 위로 올라가 근무를 시작하는 것뿐일 테지만, 파수단 총사령관인 수의 태도로 보건대 적어도 며칠간은 그를 성벽에 올려 보내지 않을 생각인 것 같았다.

그는 앤티를 보러 가기로 마음먹었다. 아직 앤티에게 테오 이야기는 하지 않았다. 어쩌면 이미 알고 있을지도 모르지만, 그래도 자기 입으로 알리고 싶었다.

서쪽 터의 작은 집에서 혼자 사는 앤티에 대해 완전히 잊고 살 때도 있었다. 그녀의 이야기가 나올 때마다 사람들은 이제야 그녀의 존재가 기억났다는 듯 '아, 앤티' 하곤 했다. 사실 앤티는 그렇게 늙었는데도 남의 도움을 거의 받지 않고 잘 지내고 있었다. 피터나 테오가 가끔 나무를 해다 주거나 사소한 집수리를 해주었고, 사라가 저장소까지 모셔다드리기도 했다. 하지만 앤티는 집 뒤 해가 잘 드는 빈터에 채소밭과 약초밭을 가꾸고 있었기에 사실상 누구의 도움도 받지 않고 자급자족할 수 있었다. 앤티는 앉아 밭일을 할 때 말고는 주로 집 안에서 의자에 앉아 마치 지나간 시간에 대한 기념물 같은 종이 무더기에 파묻힌 채 과거를 헤집으며 시간을 보냈다. 목에 안경 줄을 세 개나 걸고 용도에 따라 안경을 바꿔 썼으며 겨울에도 맨발로 다녔다. 앤티는 거의 백 살이 다 된 나이였다. 사람들의 말로는 앤티가 두 번이나 결혼을 했다고 했지만 아이는 없었다. 그녀가 이렇게 오래 살아가는 것은 기적이었다. 그녀가 '어둠의 밤'에서 무슨 수로 살아남았는지 아무도 알지 못했다. 지진이 일어났을 때도 집이 거의 상하지 않았고, 아침이 되어 사람들이 찾아가자 그녀는 부엌에서 마치 아무 일도 없었다는 듯 지독한 맛이 나는 것으로 악명 높은 차를 홀짝이며 앉아 있었다. "내 피는 별로 안 먹고 싶었나 보지." 앤티가 한 말은 그뿐이었다.

밤공기가 서늘해져 있었다. 앤티의 집으로 다가가자 창 안이 희미하게 밝은 것이 보였다. 앤티는 자신에게는 밤이나 낮이나 똑같아서 잠을 자지 않는다고 했는데, 그 말대로 피터가 찾아갈 때마다 앤티는 늘 깨어서 뭔가 하고 있었다. 그는 문에 노크를 한 뒤 살짝 열었다.

"앤티? 저 피터예요."

집 안 깊숙한 곳에서 종이 넘기는 소리가 났고 오래된 마룻바닥에 의자가 삐걱 긁히는 소리도 났다.

"피터니? 들어오려무나."

피터는 집 안으로 들어왔다. 불빛이라고는 집 뒤쪽에 얼기설기 덧붙여 지은 부엌에 켜놓은 랜턴 하나뿐이었다. 앤티의 집 안에는 물건이 많아 어수선한 한편으로 깔끔하기도 했는데, 가구며 물건들 — 탑처럼 쌓아놓은 책들, 돌로 만든 단지, 오래된 동전, 뭔지도 알 수 없는 잡동사니 — 이 나름대로의 질서를 갖추어 수십 년째 제자리를 지키고 있었기 때문이다. 부엌 앞 복도에 앤티가 나타나 들어오라는 손짓을 했다.

"딱 맞춰 왔구나. 방금 차를 끓였거든."

앤티의 집에는 언제나 갓 끓인 차가 있었다. 이 차는 갖가지 풀떼기를 모아 끓인 것이었는데 일부는 뜰에서 키운 약초였지만 앤티가 길가에서 아무렇게나 뜯어온 풀도 있었다. 앤티가 돌아다니다가 몸을 구부려 이름 모를 약초를 꺾어서는 그대로 입에 집어넣는다는 건 유명했다. 앤티와 친구가 되려면 그녀가 끓인 차를 마시는 대가를 치러야만 했다.

"감사합니다. 잘 마실게요."

앤티는 목에 건 안경 중 필요한 것을 찾느라 수선을 떨다가 마침내 제대로 된 안경을 찾아 쪼글쪼글한 갈색 얼굴에 걸쳤다. 마치 세월의 흔적이 머리부터 시작되어 발끝으로 타고 내려가기라도 하는 것처럼 얼굴이 온통 주름투성이였다. 안경을 쓴 앤티가 피터를 바라보더니 이제야 그를 알아보았다는 듯 이가 다

빠진 입으로 웃었다. 언제나처럼 수년에 걸쳐 온갖 옷에서 떼어온 천 조각을 얼기설기 이어붙여 지은, 목선이 둥글게 파인 헐렁한 원피스 차림이었다. 머리카락이 거의 다 빠지고 없는 머리통에는 흰머리 한 줌만 간신히 붙어 있었고 얼굴에는 온통 주근깨와 점의 중간쯤 되는 얼룩덜룩한 반점이 흩어져 있었다.

"그럼 부엌으로 가자꾸나."

피터는 맨발을 질질 끌며 걷는 앤티를 따라 좁은 복도를 지나 집 뒤 부엌으로 갔다. 부엌은 커다란 떡갈나무 식탁 때문에 움직일 공간이 거의 없었으며 찌그러진 알루미늄 주전자에서 나오는 후끈한 김이 공기 중에 온통 감돌았다. 그 훈김 때문에 땀구멍이 열리는 게 느껴졌다. 앤티가 차를 따르는 동안 피터는 하나뿐인 창문을 살짝 열어 바람이 통하게 한 다음 의자를 찾아 앉았다. 앤티는 주전자를 가지고 와 식탁 위 철제 삼발이에 올려놓았다. 개수대에서 펌프질을 해 컵 두 개를 헹군 다음 그것도 식탁으로 가져왔다.

"그래, 피터. 무슨 일로 찾아왔니?"

"안 좋은 소식이 있어요. 테오 형 일이에요."

하지만 그 말에 앤티는 손을 절레절레 저어 보일 뿐이었다.

"아, 이미 다 알고 있단다."

앤티는 피터의 맞은편에 앉아서 비쩍 마른 어깨에 걸친 원피스를 손으로 당겨 단정하게 한 다음 두 다리를 쭉 뻗고서 컵 위에 거름망을 놓고 차를 따랐다. 차는 오줌처럼 노란색을 띠었고, 다 따르고 나자 거름망 위에는 벌레를 으깨놓은 것처럼 기분 나쁘게 생긴 초록색과 갈색 찌꺼기가 남았다.

"어쩌다가 그리되었니?"

피터가 한숨을 내쉬었다. "이야기가 길어요."

"이야기를 들을 시간은 차고도 넘친단다, 피터. 네가 이야기만 해준다면야 얼마든지 듣지. 자, 차도 준비되었으니 식기 전에 어서 이야기를 시작해보려무나."

피터가 뜨거운 차를 한 모금 들이켰다. 희미한 흙 맛이 났고 뒷맛이 너무 써서 과연 먹어도 되는 것인지 알 길이 없었다. 그는 예의를 지키고자 차를 겨우 꿀꺽 삼켰다. 식탁 위에는 앤티가 항상 글을 쓰는 책이 놓여 있었다. 앤티가 '기억의 책'이라고 부르는, 양가죽 표지에 손으로 제본한 두꺼운 책으로 페이지마다 앤티가 까마귀 깃털과 직접 만든 잉크로 적어 넣은 조그만 글씨가 빼곡했다. 앤티는 톱밥을 끓여 만든 펄프를 낡은 창틀로 만든 틀에 부어서 종이까지 직접 만들었다. 종이가 집 뒤에 설치된 빨랫줄에 한 줄로 걸려서 굳어가고 있는 것을 보니 오늘도 종일 종이를 만들고 있었던 게 분명했다.

"책은 어떻게 되어가고 있어요, 앤티?"

"도무지 끝이 나지 않는구나." 앤티가 주름투성이 얼굴로 미소를 지었다.

"쓸 게 너무나 많은데, 나야 가진 게 시간뿐이니. 지금껏 일어난 모든 일, 예전의 세상, 불을 뚫고 우릴 여기로 데려온 기차, 테런스, 마지 같은 사람들 이야기까지 떠오르는 대로 적어 내려가고 있단다. 이 다 늙은 할머니 말고는 아무도 쓰지 않는데 어떡하겠니. 먼 훗날에 후세 사람들이 여기서 무슨 일이 일어났는지 궁금할지도 모르니까 말이다."

"그렇게 생각하세요?"

"피터, 그렇게 생각하는 게 아니라, 알고 있단다." 그녀는 핏기 없는 입술을 쩝쩝거리며 차를 홀짝 마시더니 얼굴을 찌푸렸다.

"민들레를 좀 더 넣을걸 그랬지 뭐야."

앤티가 다시 안경 너머로 눈을 가늘게 뜨고 피터를 쳐다보았다.

"그런데, 이 책에 무엇을 쓰느냐고 네가 물어봤던가?"

앤티의 사고는 그런 식이었다. 자꾸만 아까 일과 중첩되고, 이상한 연결고리를 만들어 과거를 건드렸다. 앤티는 기차를 같이 타고 온 테런스 이야기를 자주 했다. 어떤 때는 오빠라고 했고, 또 어떤 때는 사촌이라고 했다. 다른 사람들 이야기도 했다. 마지 슈, 빈센트 검이라는 남자아이, 샤리즈라는 여자아이. 루시 피셔와 렉스 피셔. 하지만 이렇게 지난 세월을 더듬다가도 앤티는 간간이 깜짝 놀랄 정도로 맑은 정신을 되찾곤 했다.

"테오 이야기도 쓰셨어요?"

"테오라니?"

"제 형요."

앤티의 눈이 허공을 잠시 맴돌았다.

"발전소에 내려갔다 온다고 했었는데, 언제쯤 돌아오려나?"

그러니까 앤티는 아직 테오의 일은 모르는 게 분명했다. 아니면 잊어버렸거나. 아마 그 소식은 앤티의 마음속에서 다른 이야기들과 뒤섞였을지도 모른다.

"형은 돌아오지 않을 거예요." 피터가 말했다. "그 이야기를 전하러 왔어요, 죄송해요."

"아니야, 죄송할 것 없다." 앤티가 말했다.

"네가 모르는 이야기가 이 책을 가득 채울 테니까. 우습지? 책이라니. 자, 이제 어서 이야기해보렴. 차도 좀 마시고."

피터는 앤티에게 더 이상 그 이야기는 하지 않아야겠다고 생각했다. 앤티 같은 할머니에게 또 죽은 사람 이야기를 들려줘서 좋을 것도 없었다. 피터는 쓰디쓴 차를 또 한 모금 마셨다. 아까보다 맛이 더 지독했다. 토기가 올라왔다.

"자작나무 껍질이 들어가서 쓰단다. 소화에 좋지."

"맛있어요."

"그럴 리가. 그래도 그걸 마시고 나면 밤새 몸 안에서 좋은 작용을 해서 다음 날 아침에 새하얀 토네이도처럼 장 청소를 싹 해줄 거다."

그제야 피터는 또 하나 전할 소식이 떠올랐다. "참, 저 별을 봤어요."

그 말에 앤티의 표정이 환하게 밝아졌다.

"그래? 이야기 좀 해주려무나." 그러면서 앤티가 주름진 손끝으로 그의 손등을 어루만졌다.

"별 이야기라니 참 좋구나. 자, 보니까 어떻든?"

피터는 리시와 함께 발전소 지붕 위에 드러누워 있었던 순간을 떠올렸다. 눈앞에 별이 총총해서 손으로 쓸어내릴 수도 있을 것만 같았다. 이제 와 생각하니 그때가 마치 몇 년 전, 전생의 마지막 순간처럼 멀게만 느껴졌다.

"말로 표현하기가 어렵네요, 앤티. 정말 그런 건 처음 봤어요."

"그래, 정말 근사했지?" 피터의 뒤 벽을 응시하던 앤티의 눈이 별빛을 떠올리듯 형형하게 빛났다.

"어릴 때 별을 보고 다시는 못 봤지. 네 아버지도 꼭 지금의 너처럼 별을 보고 와서 나한테 이야기해주곤 했단다. 앤티, 별을 봤어요. 그러면 내가 그래, 어떻든, 디모? 내 별들이 어떻게 생겼든? 하고 물었지. 그렇게 지금 우리 둘이 하는 것처럼 즐거운 대화를 나누었단다."

앤티는 차를 한 모금 마시더니 식탁에 컵을 내려놓았다.

"왜 그렇게 놀란 표정이냐?"

"아버지도 그러셨어요?"

앤티가 그 말에 얼굴을 재빨리 찌푸렸지만, 아직도 별빛처럼 반짝거리는 두 눈은 그를 놀리듯 웃고 있었다.

"왜, 안 믿기니?"

"잘 모르겠어요." 피터가 겨우 말을 뱉었다. 그 말이 사실이었다. 아버지도 앤티를 찾아오곤 했다는 건 까맣게 몰랐다. 아버지, 위대한 디미트리어스 잭슨이 이 후끈한 부엌에 앤티와 마주 앉아 '긴 여정' 이야기를 풀어놓는 모습은 좀처럼 상상이 되지 않았다.

"아버지가 다른 사람들과도 대화하는 줄은 몰랐어요."

그러자 앤티가 웃었다.

"몰랐구나, 네 아버지와 나는 대화를 즐겨 나누었단다. 아주 많은 이야기를 했지. 별에 대한 이야기도 나누고."

혼란스러웠다. 아니, 혼란스러운 정도가 아니었다. 아를로 윌슨이 철망에 기어오른 바이럴을 사살한 그날로부터 고작 며칠이 지났을 뿐인데 세상의 근본 개념이 완전히 뒤틀려버린 것만 같았다. 그 변화가 정확히 어떤 것인지는 누구도 말해주지 않았지만 말이다.

"아버지가…… 워커 이야기도 하신 적이 있어요, 앤티?"

앤티가 입으로 숨을 빨아들이자 두 볼이 쏙 들어갔다.

"워커? 글쎄, 기억이 안 나는구나. 테오가 워커를 봤다니?"

한숨이 절로 나왔다. "형 말고, 저희 아버지가요."

그러나 앤티는 더 이상 피터의 말에 귀를 기울이지 않고 있었다. 피터의 뒤쪽 벽을 바라보던 눈빛은 이미 먼 곳을 헤매고 있었다.

"그래, 테런스가 워커 이야기를 해줬었지. 테런스, 루시. 루시는 꼬마였어. 울면 테런스가 달래줬지. 아이 달래는 데는 선수였거든."

이제 더는 희망이 없었다. 앤티가 이렇게 옛 기억 속을 헤매기 시작하면 몇 시간, 때로는 며칠이 지나서야 현재로 돌아오곤 했다. 그럴 수 있는 앤티가 부럽기도 했다.

"그래, 물어보고 싶은 게 뭐라고?"

"아니에요, 앤티. 다음에 이야기해요."

그러자 앤티는 뼈밖에 없는 어깨를 으쓱 들어 올렸다. "그러자꾸나."

그대로 잠시 침묵이 흘렀다. 그러다가 앤티가 다시 입을 열었다.

"피터, 궁금하구나. 너는 전지전능하신 하느님을 믿니?"

그 말에 피터는 말문이 막혔다. 앤티는 신에 대한 이야기를 종종 했지만 피터에게 신을 믿느냐고 물은 것은 처음이었다. 그리고, 지붕 위에서 별을 바라보던 그 순간 무언가, 그들을 넘어선 어떤 거대한 존재가 있다는 느낌을 받은 것은 사실이었다. 꼭 별들이 그들을 지켜보고 있는 것만 같았다. 하지만 그 순간, 그 느낌은 곧 사라져버렸다. 그런 것을 믿는다면 정말 기분이 좋겠지만, 그래도 피터는 신을 믿을 수는 없을 것 같았다.

"아니요." 그렇게 말하는 목소리에 울적함이 묻어 나왔다.

"그냥 사람들이 말만 그렇게 하는 것 같아요."

"그렇게 생각하니? 정말로 안타깝기 짝이 없는 일이구나."

앤티가 또 입술을 쩝쩝거리며 마지막 차 한 모금을 들이켰다.

"자, 이제 테오 이야기를 해보렴. 테오는 어디로 갔니?"

대화를 마무리할 때가 된 것 같았다. 피터는 이만 떠나려고 자리에서 일어서서 앤티의 정수리에 입을 맞췄다. "차 잘 마셨어요, 앤티."

"아무 때나 찾아오렴. 대답할 말이 생각나면 그때 오려무나. 그때 테오 이야기를 해보자꾸나. 즐거운 대화를 나누자고. 그리고 피터?"

부엌문을 막 나서려던 피터가 돌아섰다.

"혹시나 해서 알려주는 건데 말이다. 그녀가 오고 있단다."

그 말에 피터는 화들짝 놀랐다.

"앤티, 누가 오고 있다는 소리예요?"

앤티는 선생처럼 인상을 찌푸렸다.

"알잖니. 하느님이 너를 창조한 그 순간부터 너도 알고 있었잖니."

피터는 부엌문 앞에 선 채 잠시 아무 말도 할 수 없었다.

"오늘은 여기까지밖에 말할 수가 없구나."

앤티가 이만 가보라는 듯, 파리를 쫓듯 손을 휘휘 내저었다.

"마음의 준비가 되면 다시 찾아오려무나."

"글 쓰시다가 밤새우지 마세요, 앤티." 피터가 겨우 인사를 건넸다.

"잠도 좀 주무시고요."

앤티의 얼굴에서 미소가 배어나왔다.

"잠이야 죽어서도 실컷 잘걸."

앤티의 집을 나오자 서늘한 밤공기가 얼굴을 간지럽히더니 후끈한 부엌에서 솟아난 땀도 씻겼다. 차를 마셔서 그런지 배가 꾸루룩거렸다. 그는 잠깐 제자리에 선 채 빛에 적응하느라 눈을 깜박였다. 앤티가 한 말은 이상했다. 그래도 앤티가 그 소녀의 존재를 알 리는 없었다. 앤티의 마음속에서는 여러 이야기가 하나로 중첩되고 과거와 현재가 온통 뒤섞이기에, 어쩌면 다른 사람 얘기일 수도 있었다. 어쩌면 이미 수년 전에 죽은 누군가에 대한 이야기였는지도 모른다.

바로 그 순간 중앙 게이트 쪽에서 고함 소리가 들렸고 순식간에 콜로니 안은 아수라장이 되고 말았다.

그 일의 시작은 대령이었다. 처음 몇 시간 동안 콜로니의 사람들이 파악할 수 있었던 건 딱 거기까지였다.

지난 며칠간 대령을 본 사람은 아무도 없었다. 양봉장에도, 마구간에도 없었고, 때때로 대령이 밤이면 올라가던 성벽 위에도 없었다. 피터 역시도 성벽 위에서 '자비'를 기다리던 이레 밤 동안 대령을 한 번도 보지 못했지만, 그렇다고 이상하다는 생각은 하지 않았다. 대령은 언제나 혼자만의 수수께끼 같은 계획에 따라 오갔고 때로는 며칠간 얼굴을 드러내지 않을 때도 있었기 때문이다.

사람들이 알고 있었던 사실, 그리고 홀리스가 보고하고 추후에 다른 사람들이 확인한 바에 따르면 대령은 밤의 절반이 지난 직후 성벽 위 캣워크, 제3발포 플랫폼 언저리에 모습을 드러냈다. 바이럴이 습격할 조짐이 없는 고요한 밤이었다. 달이 저물고 있었고 성벽 아래로 펼쳐진 빈터가 조명등의 불빛을 받아 빛나고 있었다. 대령이 그곳에 서 있다는 사실을 알아챈 사람은 몇 없었고 그 모습을 본 사람들도 딱히 깊게 생각하지 않았다. '어, 저기 대령이 있네.' 하고 말았을 것이다. 저 늙은이가 내려올 생각이 없나 보군. 오늘 밤 할 일이 없는 모양인데 안됐어.

대령은 그 자리에서 이빨 목걸이를 매만지며 잠시 서서 아래의 빈터를 내려다보았다. 홀리스는 그가 알리시아와 이야기를 나누러 온 것 같다고 생각했으나, 그로서는 알리시아가 어디에 있는지 알 수 없었고, 또 대령 역시도 그녀를 찾으려는 기미가 보이지 않았다고 했다. 홀리스가 다시 한번 성벽 위를 올려다보자 대령은 사라지고 없었다. 나중에 주자인 킵 대럴은 대령이 사다리를 내려와 흙길을 따라 축사 쪽으로 가는 모습을 보았다고 주장했다.

그다음으로 사람들이 대령을 목격한 것은 그가 빈터를 달려가는 모습이었다.

"조짐입니다! 바이럴이 나타났습니다!" 주자 중 누군가가 고함을 질렀다.

홀리스가 그것을, 그들을 보았다. 빈터 가장자리에서부터 셋으로 구성된 바이럴 무리가 조명등 불빛 속으로 뛰어들고 있었다.

대령은 놈들을 향해 달려가고 있었다.

놈들은 대령을 파도처럼 순식간에 덮쳐서 쩔꺽대고 으르렁거리며 그의 피를 빨아 마셨고 동시에 성벽 위에서는 열두 명의 파수꾼이 석궁의 시위를 놓았으나 거리가 너무 멀었다. 가장 멀리까지 날아간 화살조차도 빗맞았다. 그들은 대령이 죽어가는 모습을 속수무책으로 바라볼 수밖에 없었다.

그리고 그때, 소녀가 나타났다. 어둠 속에서 빈터 가장자리에 서 있던 소녀의 형체가 성큼 나타났다. 홀리스의 말에 따르면 처음에는 모두 그 소녀가 또 하나의 바이럴이라고 생각했고, 또 그들은 움직임이 느껴지는 순간 곧장 활시위를 당길 준비가 되어 있었다. 소녀가 빈터를 가로질러 중앙 게이트를 향하자 파수꾼들의 석궁이 빗발치듯 볼트를 쏟아냈고 그중 하나가 소녀의 어깨에 꽂혔다. 턱 하고 볼트가 꽂히는 소리가 홀리스의 귀에 들릴 정도였다. 볼트에 맞은 소녀는 충격으로 팽이처럼 빙글 돌았지만 그래도 멈추지 않고 게이트를 향해 다가오기 시작했다.

"확실한 건 아니지만." 홀리스는 나중에 털어놓았다.

"그 애를 맞힌 게 나였던 것 같아."

알리시아가 나타난 것은 바로 그 순간이었다. 그녀는 사격을 중지하라고 고래고래 고함을 지르며 성벽 아래로 내려갔다. '바이럴이 아닌 사람이야, 인간이라고! 그리고 밧줄 가져와, 지금 당장 그 빌어먹을 밧줄 가져오란 말이야!' 한동안 혼란이 일었다. 총사령관 수는 그 자리에 없었는데 수의 허가 없이는 누구도 성벽을 넘어선 안 되었다. 그래도 알리시아는 멈추지 않았다. 누가 채 입을 열기도 전에 한 손으로 밧줄을 움켜쥔 채 성벽을 훌쩍 넘어 밖으로 나가버린 것이다.

홀리스의 말로는 그다음에 일어난 일은 그가 태어나서 본 것 중 가장 끔찍한 광경이었다고 했다.

알리시아는 밧줄에 매달려 허공에서 두 발로 성벽을 디디며 달려 내려갔고 위에서는 세 사람이 밧줄을 쥔 채 그녀가 바닥에 떨어지지 않게 미친 듯이 당겨 댔다. 금속이 우그러지는 소음과 함께 알리시아는 땅에 착지한 뒤 먼지 속을 빙글 구르다가 일어나서 달렸다. 바이럴들은 20미터 떨어진 곳에서 여전히 대령의 시체에 입을 대고 피를 빨아먹는 중이었다. 알리시아가 바닥에 부딪히는 소리를 듣자 그들은 한꺼번에 움찔하더니 쩍쩍 소리를 내며 공기 중에서 입맛을 다셨다.

신선한 피.

소녀는 이제 성벽 아래까지 다가와 벽을 기어오르려고 애쓰고 있었다. 피범벅이 되어 번들거리는 작은 배낭이 아까 맞은 볼트로 인해 소녀의 몸에 고정되어 있었다. 알리시아가 자루를 움켜쥐듯 소녀를 낚아채서 어깨에 둘러멘 다음에 온 힘을 다해 달리기 시작했다. 이제 밧줄을 타고 올라올 수는 없었다. 성벽 안으로 들어오려면 게이트를 열어야 했다.

모두가 얼어붙었다. 무슨 일이 있어도 결코 열어서는 안 되는 것이 바로 중앙 게이트였다. 밤에는 절대, 그 누구도, 알리시아조차도 게이트를 열고 들어올 수 없었다.

바로 그때, 앤티의 집에서부터 내달린 피터가 집합 장소에 도착했다. 막사에 있던 케일럽도 달려와 막 중앙 게이트에 도착한 참이었다. 피터는 성벽 바깥에서 무슨 일이 일어나고 있는지 알 수 없었다. 홀리스가 성벽 위에서 고함을 치는 소리만 들릴 뿐이었다.

"리시야!"

"뭐라고?"

"리시라고! 리시가 바깥에 있어!" 홀리스가 고래고래 고함을 질렀다.

조종실에 먼저 도착한 것은 케일럽이었다. 나중에 피터가 죄가 없다고, 모든 것이 케일럽의 책임이라는 판결이 내려진 근거가 바로 그것이었다. 알리시아가 게이트에 도착한 순간 게이트는 정확히 알리시아와 소녀가 통과할 만큼만 열려 있었다. 만약 알리시아가 들어오자마자 게이트가 닫혔더라면 이후의 사태는 벌어지지 않았을 것이다. 하지만 케일럽의 손이 조종간을 놓치고 말았다. 무게 추가 떨어지면서 사슬이 속도를 높이며 미끄러지자 중력의 법칙에 따라 게이트가 벌어졌다. 피터가 조종간을 움켜쥐었다. 온 사방이 고함 소리, 석궁이 볼트를 발사하는 소리, 파수꾼들이 사다리를 타고 집합 장소로 내려오는 쩽쩽거리는 발소리로 뒤덮였다. 다른 손들 — 벤 슈와 이안 파탈, 데일 레빈이었다 — 이 나타나 조종간을 함께 붙잡았다. 속이 타들어갈 듯한 느린 속도로 조종간이 서서히 반대 방향으로 돌기 시작했고 마침내 게이트가 닫혔다.

하지만 너무 늦었다. 세 마리 바이럴 중 게이트로 들어온 것은 단 한 마리였으나 그걸로 충분했다.

바이럴은 곧장 성소를 향했다.

바이럴이 지붕으로 뛰어오르는 순간 가장 먼저 성소에 도착한 것은 홀리스였다. 바이럴은 물수제비를 뜨는 돌멩이처럼 지붕 꼭대기를 가로질러 성소 안쪽 마당으로 뛰어내렸다. 홀리스가 정문으로 달려 들어가는 순간 안에서 유리 깨지는 소리가 들려왔다.

홀리스가 큰 방에 도착했을 때 반대편 복도를 통해 모사미도 동시에 그곳에 도착했다. 모사미에게는 무기가 없었고 홀리스에게는 석궁이 있었다. 그런데 그들의 예상과는 달리 큰 방은 조용했다. 홀리스는 아이들이 비명을 질러대며 마구 뛰어다니는 난장판을 상상하고는 마음의 준비를 단단히 했다. 그러나 아이들은 침대에 누워서 아무것도 이해하지 못한 채 공포에 질려 눈만 크게 뜨고 있었다. 그중 몇 명은 침대 밑에 숨었던 것 같다. 홀리스가 문턱을 넘는 순간 가장 가까이 늘어선 줄에서 제이 삼총사, 즉 준, 제인, 줄리엣 중 누군가가 침대에서 내려와 밑으로 쏙 들어가는 모습이 보였다. 방 안에 빛이라고는 깨진 유리창을 통해 들어오는 것이 전부였다. 블라인드가 찢어져서 간신히 모서리만 틀에 붙은 채로 아직도 흔들거리고 있었다.

바이럴은 도라의 요람 앞에 서 있었다.

"이봐!" 모사미가 고함을 지르며 머리 위로 손을 흔들었다. "이봐! 이쪽을 보라고!"

리는 어디 갔지? 선생은? 바이럴이 모사미의 소리를 듣고 고개를 들더니 눈을 껌벅거리고 기다란 목 끝에 붙은 머리를 한쪽으로 기울였다. 바이럴의 축축한 목구멍 안쪽에서 쩍쩍 소리가 새어 나왔다.

"이쪽이다!" 홀리스도 모사미를 따라 고함을 지르며 손을 흔들어서 바이럴의 시선을 이쪽으로 돌렸다. "이쪽을 보라고!"

바이럴이 돌아서서 홀리스를 똑바로 바라보았다. 바이럴은 목에 보석처럼 빛나는 무언가를 걸고 있었다. 그러나 그것을 쳐다보고 있을 시간이 없었다. 홀리스가 석궁을 바이럴에게 겨누었다. 그 순간 리가 방 안으로 들어왔다. 사무실에서 잠이 들어서 아무 소리도 못 들었다고 했다. 리가 비명을 지르는 순간 홀리스가 석궁의 시위를 놓았다.

화살은 바이럴의 급소에 깔끔하게 명중했다. 화살이 시위를 벗어나는 바로 그 순간 홀리스도 그 화살이 정확히 명중할 것임을 본능적으로 느꼈다. 그리고 화살이 5미터도 안되는 그 짧은 거리를 날아가는 순간 홀리스는 알아차렸다. 바이럴이 목에 걸고 있는 열쇠. 바이럴의 눈빛에 감도는 애절한 감사의 표정. 바이럴의 가슴 한가운데에 자비롭고, 지독하고, 돌이킬 수 없는 그 화살이 적중하는 순간 홀리스의 입에서 그 한마디가 터져 나왔다.

"아를로."

홀리스는 제 손으로 자신의 형제를 죽였던 것이다.

사라가 ─ 물론 그 사실을 기억하지 못하고, 앞으로도 그럴 것이지만 ─ 이 소녀의 존재를 처음 알게 된 순간은 꿈속에서였다. 다시 어린아이가 되어 있는 혼란스럽고 불쾌한 꿈이었다. 사라는 부엌의 스툴 위에 서서 커다란 나무 그릇에 담긴 반죽을 휘젓고 있었는데, 그 부엌은 그녀의 집 부엌인 동시에 성소의 부엌이었고, 눈이 내리고 있었다. 그 눈은 하늘에서 내리는 것이 아니었다. 하늘은 없었으니까. 눈은 눈앞의 허공에서 생겨나는 것 같았다. 이상했다. 콜로니에서는 눈이 내리는 일이 거의 없었고, 그녀가 알기로는 집 안에서 내리는 일은 절대 없었는데, 어쨌든 지금 사라에게 중요한 건 눈이 아니었다. 그날은 사라가 성소에서 나가는 날이었고, 선생이 곧 그녀를 데리러 올 텐데, 옥수수빵을 어서 만들지 않으면 바깥세상에서 먹을 게 없었다. 선생은 바깥세상에서는 사람들이 옥수수빵만 먹고 산다고 알려주었던 것이다.

그때 한 남자가 나타났다. 게이브 커티스였다. 게이브는 부엌 식탁에 빈 접시를 놓고 앉아 있었다. '준비됐냐?' 게이브가 사라에게 묻더니 옆에 앉아 있던 어린 소녀에게 '난 원래 옥수수빵을 아주 좋아한단다.' 하고 말했다. 사라는 그 아이가 대체 누구일까 생각하면서 그 아이의 얼굴을 보려고 했지만, 어쩐지 보이지가 않았다. 사라가 눈을 두는 곳마다 이미 그 아이는 떠나고 없었고, 다음 순간 서서히, 동시에 순식간에, 배경이 새로운 곳으로 바뀌었다. 사라는 선생이 그녀를 데려갔던 방에 있었다. 세상의 진실을 알려준 그 장소. 부모님이 문간에 서서 기다리고 있었다. '가거라, 사라.' 게이브가 말했다. '그들을 따라가거라, 온 힘을 다해 달리고 또 달려라.' '하지만 당신은 죽었잖아요.' 사라가 말했다. 다음 순간 부모님을 바라보았더니 그들의 얼굴이 있어야 할 자리는 마치 굽이치는 물 아래를 들여다보는 것처럼 흐릿했다. 목 위가 뭔가 이상했다. 갑자기 방 바깥에서 쿵쿵 소리가 나더니 어떤 목소리가 그녀의 이름을 불렀다.

'당신들은 모두 죽었다.'

그 순간 사라는 잠에서 깼다. 불기 없는 벽난로 앞에 의자를 놓고 앉아 있다가 잠이 들었던 것이다. 잠에서 깬 것은 문 두드리는 소리 때문이었다. 누군가 밖에서 그녀의 이름을 부르고 있었다. 마이클은 어디 갔지? 지금이 몇 시야?

"사라! 문 열어요!"

케일럽 존스가 무슨 일이지? 케일럽이 새빨갛게 언 주먹으로 문을 다시 두드리려는 찰나, 사라가 문을 열었다.

"간호사가 필요해요." 케일럽이 숨을 몰아쉬었다. "누가 석궁에 맞았어요."

그 순간 잠이 확 달아난 사라는 문간 테이블에 두었던 구급상자를 챙겼다.

"누가?"

"리시가 데려왔어요."

"리시? 리시가 석궁에 맞았어?"

케일럽이 여전히 숨을 거칠게 쉬며 고개를 저었다.

"리시가 아니라 여자애예요."

"여자애라니?"

케일럽의 눈은 놀라움으로 가득했다. "워커가 찾아왔어요."

두 사람이 병원에 도착했을 때는 먼동이 서서히 트기 시작한 무렵이었다. 케일럽이 한 말을 듣고 병원에 사람이 잔뜩 모여 있을 거라고 짐작했는데, 이상하게 아무도 없었다. 사라는 계단을 올라 병실 안으로 뛰어 들어갔다.

문에서 가장 가까운 침대에 한 소녀가 누워 있었다.

소녀는 얼굴을 위로 하고 똑바로 누워 있었다. 어깨에는 여전히 볼트가 박힌 채였다. 등에 시커먼 무언가가 붙어 있었다. 알리시아가 피투성이 저지 차림으로 소녀 옆에 서 있었다.

"사라, 어떻게 좀 해봐." 알리시아가 말했다.

사라는 서둘러 다가가 손으로 소녀의 목을 만져 기도를 확인했다. 소녀는 눈을 감고 가느다랗게 쌕쌕 숨을 몰아쉬고 있었다. 손에 닿는 피부가 차갑고 축축했다. 맥박을 확인했더니 새처럼 파닥파닥 뛰고 있었다.

"쇼크를 받은 거야. 아이를 돌려 눕혀줘."

볼트는 소녀의 왼쪽 어깨, 빗장뼈가 둥글게 파인 곳 바로 아래에 꽂혀 있었다. 케일럽이 소녀의 발을 붙잡는 동안 알리시아는 손으로 소녀의 어깨를 받쳤고 두 사람은 힘을 합쳐 소녀를 옆으로 돌려 눕혔다. 사라는 가위를 꺼내 피에 흠뻑 젖은 배낭을 잘라내고 얇아빠진 티셔츠도 잘랐다. 목 부분에 가위집을 내어 찢어버렸더니 가슴에 몽우리가 잡힌, 이제 막 사춘기를 맞아가는 새하얀 몸이 드러났다. 볼트의 비비 꼬인 끄트머리가 견갑골 바로 위에 별 모양의 상처를 내면서 살갗을 찢고 들어가 있었다.

"볼트를 뽑아야겠어. 이 가위보다 더 큰 게 필요해."

그 말에 케일럽이 고개를 끄덕이더니 병실을 뛰쳐나갔다. 그가 커튼 바깥으로 나가자마자 수 라미레스가 안으로 뛰어 들어왔다. 긴 머리가 아무렇게나 흐트러져 있었고 얼굴은 흙투성이였다. 수가 침대 발치에서 급히 걸음을 멈췄다.

"이런 제기랄. 어린아이잖아."

"도대체 '다른 샌디'는 어디 간 거예요?" 사라가 따져 물었다.

수는 여전히 넋이 나간 얼굴이었다.

"도대체 이 아이는 어디서 나타난 거지?"

"수, 지금 병원에 저뿐이잖아요. 샌디는 어디 갔냐구요."

수가 고개를 들어 사라를 바라보았다. "샌디는…… 아마 성소에 있을 거야."

바깥에서 여러 발소리와 목소리가 소란스럽게 일었다. 병원 안에 구경꾼들이 들이닥친 모양이었다.

"수, 저 사람들 내보내세요." 사라가 목소리를 높여 커튼 바깥을 향해 외쳤다.

"여러분, 나가세요! 지금 당장 모두 병원 밖으로 나가 주세요!"

수가 고개를 끄덕이더니 바깥으로 나갔다. 사라는 다시 한번 소녀의 맥을 짚었다. 소녀의 피부에는 눈이 오기 직전의 겨울 하늘처럼 희미한 얼룩이 여기저기 있었다. 몇 살일까? 열네 살? 열네 살짜리 아이가 어둠 속에서 뭘 하고 있었을까?

사라는 알리시아에게로 고개를 돌렸다.

"네가 데려왔어?"

알리시아가 고개를 끄덕였다.

"무슨 말이라도 했어? 혼자 왔대?"

"사라." 알리시아의 눈이 멍했다. "나도 몰라. 그래, 혼자 있었던 것 같아."

"이 피는 네가 흘린 거야, 아니면 이 애가 흘린 거야?"

그 말에 알리시아는 고개를 떨어뜨려 저지 앞섶에 묻은 피를 보았다. 마치 이제야 피가 묻은 것을 알아차린 듯했다.

"이 애의 피일 거야."

바깥은 아까보다 더 소란스러워졌고 "들어갈게요!" 하는 목소리가 들리더니 케일럽이 커튼 안쪽으로 불쑥 들어와 사라의 손에 절단기를 건넸다.

기름 범벅이 된 낡은 절단기였지만 지금 필요한 물건이 맞았다. 사라는 절단기의 날에, 그다음에는 자신의 손에 알코올을 부은 다음 헝겊 조각에 닦았다. 소녀를 모로 눕혀둔 채 사라는 절단기로 볼트의 머리 부분을 끊어낸 다음 알코올을 한 번 더 부었다. 그러고는 케일럽에게 자신처럼 손을 닦으라고 알려준 다음 선반에 있던 털실 뭉치를 꺼내 실을 길게 끊은 뒤 작고 단단하게 뭉쳐 지혈대를 만들었다.

"하이톱, 내가 볼트를 뽑아내면 이 실을 볼트가 뚫고 들어간 상처에다가 꽉 눌러. 살살 누르지 말고 힘을 주어 세게 눌러야 해. 내가 반대쪽 상처를 봉합하면서 출혈을 늦춰볼 테니까."

케일럽은 반신반의하는 듯 고개를 끄덕였다. 넋이 나간 것만 같았지만 사실 지금 제정신인 사람은 아무도 없었다. 앞으로 몇 시간 뒤까지 아이가 살아 있을지 말지는 출혈량에 따라, 내상이 얼마나 심한지에 따라 갈릴 것이다. 그들은 다시 소녀를 바로 눕혔다. 케일럽과 알리시아가 소녀의 어깨를 받치고 있는 동안 사라가 볼트를 잡고 뽑아내기 시작했다. 금속 볼트가 움직이면서 파괴된 조직이 우직거리는 소리, 금이 간 뼈가 찔걱이는 소리가 들렸다. 부드럽게 뽑아낼 방법은 없었다. 최대한 빨리 뽑아내는 게 중요했다. 힘을 주어 한 번에 뽑아내자 상처에서 피가 뿜어져 나왔다.

"맙소사, 그 애잖아."

그 말에 사라가 고개를 돌리자 문간에 피터가 서 있었다. 그 애라니, 무슨 뜻이지? 피터가 이 아이를, 이 애가 누군지를 아는 걸까? 있을 수 없는 일이었다.

"피터, 여기 와서 이 애를 옆으로 뉘어줘."

사라는 아이의 등 뒤로 가서 바늘과 실을 들고 상처를 봉합하기 시작했다. 이제 피는 매트리스를 적시고 바닥에 뚝뚝 떨어지고 있었다.

"사라, 제가 어떻게 하면 돼요?" 케일럽이 누르고 있는 지혈대가 벌써 피에 흠뻑 젖어 있었다.

"그냥 힘만 꽉 주고 누르고 있어." 사라는 아이의 피부에 바늘을 통과시키며 봉합한 선을 단단하게 매만졌다. "너무 어두워. 누가 랜턴 좀 가져와."

세 바늘, 네 바늘, 다섯 바늘, 상처의 입구가 천천히 봉합되었다. 하지만 소용없다는 걸 사라는 알았다. 화살이 분명 쇄골하동맥을 건드렸을 것이다. 몇 분 뒤면 아이는 죽을 것이다. 열네 살이라니. 너는 대체 어디서 왔니?

"피가 멎고 있는 것 같아요." 케일럽이 말했다.

사라는 마지막 한 땀을 단단히 당겼다.

"아니야. 계속 힘주고 있어."

"진짜예요. 와서 보세요."

다시 아이를 바로 눕힌 뒤 사라는 상처를 막고 있던 푹 젖은 지혈대를 치웠다. 정말이었다. 피가 서서히 멎고 있었다. 볼트가 뚫고 들어간 상처는 심지어 아까보다 더 작아졌고, 가장자리가 분홍색으로 쪼글쪼글해지고 있었다. 아이의 얼굴은 낮잠이라도 자는 듯 잠잠했다. 사라는 아이의 목에 손가락을 대어보았다. 손끝에 규칙적으로 세차게 뛰는 박동이 느껴졌다. 이게 어떻게 된 거지?

"피터, 랜턴 좀 비춰봐."

피터가 아이의 얼굴을 랜턴으로 비추었다. 사라는 아이의 왼쪽 눈꺼풀을 뒤집었다. 까맣고 촉촉한, 동그란 동공이 수축하면서 젖은 흙 빛깔인 홍채가 드러났다. 그런데 무언가 이상했다. 아이의 눈빛에서 무언가가 느껴졌다.

"더 가까이 대줘."

피터가 랜턴을 기울여 눈을 바짝 비추는 순간 사라는 그것을 느꼈다. 쓰러질 것 같은, 마치 발밑의 땅이 갈라지는 것만 같은 감각, 죽음보다 더 고통스러운 감각이었다. 온 사방이 지독한 어둠이었고 사라는 그 속으로 끝을 모르고 떨어지는 것만 같았다.

"사라, 왜 그래?"

사라는 비틀비틀 뒷걸음질을 쳤다. 심장이 요동치고 손이 바람에 나부끼는 나뭇잎처럼 벌벌 떨렸다. 다들 사라를 쳐다보고 있었다. 말을 하려고 입을 벌렸지만 아무 말도 나오지 않았다. 방금 뭘 본 거지? 아니, 본 것이 아니라 느낀 것이다. 사라는 그것이 무엇인지 표현할 말이 떠올랐다. '외톨이.' 외톨이! 그 소녀는, 그리고 그들 모두는 외톨이였다. 어둠 속으로 영영 굴러떨어지고 있을 부모님의 영혼 역시도 외톨이였다. 우리는 외톨이다!

병실 안에 다른 사람들도 들어온 것이 느껴졌다. 산제이, 그리고 옆에 수 라미레스가 서 있었다. 그 뒤에는 파수꾼이 두 명 더 있었다. 다들 사라가 무슨 말을 하기를 기다리고 있었다. 그들의 시선이 뿜어내는 열기가 느껴졌다.

산제이가 한 걸음 앞으로 다가왔다.

"살아날 것 같나?"

사라는 마음을 가라앉히려고 심호흡을 했다. "잘 모르겠어요." 목소리가 잘 나오지 않았다.

"상처가 깊어요, 산제이. 출혈이 심했어요."

산제이는 소녀를 한참 바라보았다. 그 애를 뭐라고 생각해야 할지, 그 애가 이곳에 나타났다는 사실을 어떻게 설명해야 할는지 고민하는 것 같았다. 그러더니 이번에는 피에 흠뻑 젖은 붕대를 손에 들고 침대 옆에 서 있는 케일럽을 향했다. 분위기가 어딘가 사나워졌다. 문간에 서 있던 파수꾼들이 칼에 손을 댄 채 앞으로 걸어 나왔다.

"따라와라, 케일럽."

두 파수꾼, 지미 몰리노와 벤 슈가 양쪽에서 케일럽의 팔을 움켜쥐었다. 케일럽은 너무 놀라 저항하지도 못했다.

"산제이, 무슨 짓입니까?" 알리시아가 말했다.

"수, 이게 무슨 일이야?"

그 말에 대답한 것은 산제이였다.

"케일럽을 체포한다."

"체포라뇨?" 케일럽이 꽥꽥 비명을 질렀다. "저를 왜 체포해요?"

"케일럽이 게이트를 열었다. 콜로니의 법을 잘 알고 있을 테지. 지미, 케일럽을 끌어내."

지미와 벤이 몸부림치는 케일럽을 끌고 커튼 밖으로 나갔다. "리시!" 케일럽이 부르짖었다.

알리시아가 문 앞을 막아섰다.

"수, 어서 말해주세요. 제 잘못이잖아요. 성벽을 넘은 건 저예요. 저를 체포하세요."

산제이의 옆에 서 있던 수는 아무 말도 하지 않았다.

"수?"

그러나 수는 고개를 저었다.

"그럴 수 없어, 리시."

"그럴 수 없다뇨?"

"이 일은 수의 소관이 아니기 때문이지." 산제이가 말했다.

"선생이 죽었어. 케일럽을 살인죄로 체포한다."

아침나절이 되자 콜로니의 주민 모두가 전날 밤의 일에 대해 제 나름의 방식대로 알게 됐다. 성벽 바깥에서 워커가 나타났다. 케일럽이 게이트를 여는 바람에 바이럴이 들어왔다. 어린 소녀인 그 워커는 파수꾼의 석궁을 맞고 병원에서 죽어가고 있다. 대령이 죽었는데, 자살로 추정되며 — 도대체 그가 어떻게 성벽 밖으로 나갔는지는 아무도 모른다 — 아를로 역시 성소에서 제 형제의 화살에 죽었다.

그러나 그중 가장 끔찍한 죽음은 선생의 죽음이었다.

선생의 시신은 큰 방 창문 아래에서 발견되었다. 텅 빈 침대들이 죽 늘어서 있는 뒤편이라 홀리스가 미처 살펴보지 못한 것이었다. 선생은 바이럴이 지붕에서 뛰어내리는 소리를 듣고 맞서 싸우려고 시도한 것 같았다. 그녀의 손에 칼이 쥐어져 있었던 것이다.

물론, 지금까지 여러 명의 선생이 있어왔다. 그러나 동시에 선생은 오직 하나뿐이기도 했다. 선생이라는 자리를 물려받은 여성은 수년간 그 일에 종사하면서 직책과 하나가 되었다. 그날 밤 죽은 선생은 정확히는 대럴 가문의 사람인 에이프릴 대럴이었다. 피터가 어린 시절에 바다에 관해 묻자 웃어넘겼던 그 선생이었다. 물론 그때는 지금의 피터와 나이 차이가 크게 나지 않을 정도로 젊었으며, 마치 병을 앓아 집 밖에 나가지 못하고 지내는 누이처럼 나긋하고 창백한, 예쁜 사람이었다. 또, 사라가 성소에서 나가던 날 아침, 끔찍한 진실이 숨어 있는 깜깜한 다락방으로 이어지는 계단을 내려가듯 수많은 질문을 들었던 그날, 어머니의 품에 안겨 세상의 진실을 알고 흐느낀 그날 함께했던 선생이기도 했다. 선생은 보람 없이 고되기만 한 직업이었다. 아이들과 함께 성소에 갇혀 지내는, 근처에 어른이라고는 머릿속이 자기 아이들의 생각으로 꽉 차 있는 임신한 여자, 육아 중인 여자밖에 없는 삶이었다. 모두에게 세상의 진실을 알려주는 것이 선생의 일이었기에, 그 트라우마에서 나온 집단적 분노의 표적이 된 것 역시 선생이었다. '최초의 밤'이 오면 잠시 선스팟에 모습을 드러내는 것 외에 선생은 성소를 나오는 일이 거의 없었으며, 그렇게 드물게 외출할 때에도 마치 모두의 보이지 않는 배신감에 둘러싸이기라도 한 것처럼 혼자 조용히 다녔다. 피터는 선생이 안타까운 마음이 들었지만 그 역시도 선생과 눈을 마주치기 어려운 것은 사실이었다.

동이 트자마자 하우스홀드가 소집되어 비상사태를 선포했다. 주자들이 집마다 돌아다니며 하우스홀드의 전언을 알렸다. 사태를 파악하기 전까지 성벽 내의 모든 활동은 중지였다. 가축 떼는 성벽 외부로 나갈 수 없고, 육체노동자들 역시 마찬가지였다. 게이트도 열리지 않을 것이다. 케일럽은 감옥에 갇혔다. 수많은 목숨이 희생되고, 공포와 혼란이 콜로니를 사로잡은 이상, 당분간 케일럽에게 선고는 내려지지 않는다는 결정이 떨어졌다.

다음 문제는 그 소녀였다.

이른 아침, 산제이는 하우스홀드 구성원들과 함께 소녀의 상태를 확인하러 병원을 찾았다. 어깨의 상처는 겉보기에도 심각해 보였다. 아직 의식을 찾지 못한 상태였다. 바이러스 감염의 징후는 없었지만, 애초 소녀가 모습을 드러낸 것 자체가 수수께끼였다. 어째서 바이럴들이 이 아이를 공격하지 않았을까? 도대체 무슨 수로 어둠 속에서 혼자 살아남았을까? 산제이는 이 소녀와 접촉한 사람들은 전부 옷을 벗고 몸을 씻을 것, 그리고 입었던 옷은 소각할 것을 명했다. 소녀가 갖고 있던 배낭과 입었던 옷가지 역시 불 속에 던져졌다. 소녀에 대해서는 엄중한 격리 조치가 내려졌다. 사태를 파악하기 전까지 오로지 사라만이 병원에 출입할 수 있었다.

진상규명은 성소의 오래된 교실에서 열렸다. 피터는 이곳이 성소를 나오던 날 선생이 자신을 데리고 들어갔던 곳임을 알아차렸다. 산제이는 '진상규명'이라는 말을 썼지만, 피터로서는 처음 들어보는 단어였다. 피터에게 이 말은 누구에게 죄를 물릴지를 결정하는 절차에 그럴싸한 이름을 붙인 것으로밖에는 느껴지지 않았다. 산제이는 돌아가며 심문을 받는 동안 네 사람, 즉 피터, 알리시아, 홀리스, 그리고 수가 서로 이야기를 나누지 못하도록 금지했다. 그들은 파수꾼 한 명 — 산제이의 조카인 이안이었다 — 이 감시하는 가운데 복도 벽에 한 줄로 붙여놓은 작은 책상에 끼어 앉은 채 대기했다. 성소 전체가 기이하리만치 잠잠했다. 큰 방을 소독하는 동안 어린이들은 2층으로 옮겨갔기 때문이다. 당분간 선생의 역할을 대신해줄 샌디 슈가 어젯밤의 일을 아이들에게 도대체 뭐라고 설명하는지는 알 길이 없었다. 아마 전부 꿈이라고 이야기해버릴지도 모른다. 성소에 있는 아주 어린 아이들에게는 그런 수법이 통하기도 했다. 하지만 좀 더 큰 아이들에게는 뭐라고 할까? 어쩌면 그 아이들은 예정보다 일찍 성소에서 나오게 되는지도 모르겠다.

첫 순서로 불린 사람은 수였는데, 그녀는 얼마 지나지 않아 다시 밖으로 나오더니 시달려 해쓱해진 얼굴로 복도를 성큼성큼 걸어 나가버렸다. 다음으로 불린 사람은 홀리스였다. 책상 아래에 욱여넣었던 긴 다리를 펴는 홀리스는 마치 마음을 칼로 도려내버리기라도 한 것처럼 힘이 하나도 없어 보였다. 이안이 문을 붙든 채 홀리스를 제외한 나머지에게 성마른 경고의 표정을 지었다. 홀리스는 문턱까지 가서 모두를 되돌아보더니 모두가 입을 다물고 있었던 1시간 만에 처음으로 입을 열었다.

"아무 이유도 없이 일어난 일은 아니라는 걸 알고 싶어."

그들은 다시 대기했다. 문이 닫힌 교실 안쪽에서 웅얼거리는 목소리가 새어 나왔다. 피터는 이안에게 뭐라도 아는 것이 있느냐고 묻고 싶었지만, 이안은 감히 말을 붙일 엄두도 못 낼 표정을 짓고 있었다. 이안과 그의 아내 해나에게는 성소에 사는 키라라는 어린 딸이 있었다. 아마 그 때문에 이안이 저런 표정을 짓고 있는 거겠지. 부모, 그러니까 아버지의 표정인 것이다.

홀리스가 교실 밖으로 나왔고, 피터와 눈이 마주치자 그는 짧게 묵례를 한 뒤 복도를 지나 사라졌다. 피터가 자리에서 일어나려고 하자 이안이 막았다. "넌 아직이야, 잭슨. 다음 순서는 리시야."

잭슨이라고? 누군가가, 특히 파수단의 일원이 자신을 이름이 아닌 성으로 부른 것은 처음이었다. 그리고 잭슨이라는 이름이 이안의 입에서 나오는 순간 생경하게 들린 것은 무엇 때문일까?

"상관없어." 알리시아가 힘없이 일어섰다. 지금까지 그녀가 이토록 패배감에 찬 모습을 보인 것은 처음이었다. "어서 끝내는 게 나으니까."

그 말을 남기고 알리시아가 교실 안으로 사라지자 이제 복도에 남은 것은 피터와 이안 둘뿐이었다. 이안은 어색하게도 피터의 머리 위 벽에만 시선을 고정하고 있었다.

"이안, 리시의 잘못이 아니야. 누구의 잘못도 아니라고."

그 말에 이안의 표정이 굳는 것이 보였지만, 그는 아무 말도 하지 않았다.

"너도 그 자리에 있었더라면 똑같이 했을 거야."

"그런 말은 기다렸다가 산제이 앞에서 해. 우리는 서로 대화하면 안 돼."

피터가 꼬박꼬박 졸기 시작했을 때에야 알리시아가 바깥으로 나왔다. 그녀는 교실을 나오면서 말없이 눈빛으로 피터에게 '나중에 만나'라는 의사를 전달했다.

교실 안으로 들어서는 순간 피터는 느꼈다. 지금부터 일어날 일은 이미 다 정해진 것이라는 것을. 여기서 무슨 말을 하건, 달라지는 것은 없으리라는 것을. 수가 이 심문에서 빠지게 된 탓에 출석한 하우스홀드 구성원은 총 다섯 명이었다. 긴 테이블 중앙에 산제이가 앉아 있었고 그를 둘러싸고 올드 슈, 지미 몰리노, 월터 피셔, 그리고 피터의 사촌인 데이나가 잭슨 집안의 자리를 차지하고 앉아 있었다. 홀수구나. 수가 없기에 의견이 반반으로 갈릴 일이 없어진 것이다. 테이블과 마주 보는 자리에 빈 의자가 하나 놓여 있었다. 방 안에 맴도는 긴장감이 생생하게 느껴졌다. 누구도 입을 열지 않았고, 피터와 눈을 마주치는 사람은 올드 슈뿐이었다. 모두가, 심지어 데이나까지도 피터의 눈을 피했다. 의자 위에 늘어지듯 앉아 있는 월터 피셔는 여기가 어디인지조차 모르는 듯 무관심했다. 평소처럼 지저분하고 구겨진 옷차림에 코를 찌르는 술 냄새를 풍기고 있었다.

"앉거라, 피터." 산제이가 입을 열었다.

"괜찮다면 서 있고 싶습니다."

피터는 작게나마 반항했다는 생각에 작은 만족감을 느꼈다. 그러나 산제이는 아무 반응도 하지 않았다.

"빨리빨리 진행하도록 하지." 산제이가 헛기침으로 목을 한번 고르더니 말을 이었다.

"이 시점에 아직 혼동의 여지가 있긴 하지만, 케일럽의 진술에 상당 부분 바탕을 두고 하우스홀드가 갖게 된 일반적인 견해는 게이트가 개방된 사태에 대해 피터 네 책임은 없고, 전부 케일럽의 행동이었다는 것이다. 이게 네 생각과도 일치하니?"

"제 생각요?"

"그래, 피터." 산제이가 초조한 기색을 숨기지 못하고 한숨을 쉬었다. "네가 생각하는 이 사건 말이다. 실제로 일어났다고 네가 믿는 바와 일치하느냐는 소리야."

"저는 아무것도 믿지 않습니다. 하이톱이 뭐라고 말했습니까?"

올드 슈가 한 손을 들더니 앞으로 몸을 내밀었다. "산제이, 잠시 내가 한마디 해도 되겠나?"

그 말에 산제이는 얼굴을 찌푸렸지만 토를 달지는 않았다.

올드 슈는 테이블 위에 상체를 기댔다. 권위를 나타내는 자세였다. 그의 얼굴은 나긋나긋하고 주름투성이였고, 촉촉한 두 눈은 그에게 절대적인 진정성을 부여하는 것만 같았다. 올드 슈는 테오의 아버지에게 그 자리를 넘겨주기 전까지 오랜 세월 하우스홀드의 수장이었기에 지금도 필요할 때 그 권위를 얼마든지 활용할 수 있었다. 그러나 그런 일은 거의 없었다. '어둠의 밤'에 아내를 잃은 뒤 올드 슈는 훨씬 젊은 새 아내를 얻었고, 지금은 사랑하는 벌들에 둘러싸여 양봉장에서 대부분의 시간을 보냈다.

"피터, 케일럽이 스스로 옳다고 여기는 바대로 행동했다는 사실은 누구도 의심하지 않는다. 지금 중요한 것은 의도가 아니야. 너는 게이트를 열었느냐, 열지 않았느냐?"

"케일럽을 어떻게 하실 생각이십니까?"

"아직 결정 나지 않았어. 질문에 대답해다오."

피터는 데이나와 눈을 마주치려 했으나 그녀는 여전히 피터의 시선을 피한 채 테이블 위만 내려다보고 있었다.

"제가 먼저 도착했더라면 저도 게이트를 열었을 겁니다."

산제이가 분개한 듯 의자에서 엉덩이를 뗐다.

"보십시오, 제가 말한 대로이지 않습니까?"

그러나 올드 슈는 산제이의 개입에는 괘념치 않은 채 피터의 얼굴에 못 박힌 시선을 거두지 않았다.

"그러면, 네 대답은 '아니다'라는 것이지? 먼저 도착했더라면 게이트를 열었을 테지만, 결국 열지 않았다는 소리니까." 올드 슈가 테이블 위에 양손을 겹쳐 놓았다. "필요하다면 잠시 생각할 시간을 가지거라."

피터는 올드 슈가 자신을 보호해주고 있는 것이라는 생각이 들었다. 그러나 일어난 일을 곧이곧대로 말하면 케일럽이 모든 것을 뒤집어쓰게 될 것이다. 피터가 먼저 조타실에 도착했더라면 그 역시 케일럽이 했던 행동과 똑같이 했을 텐데도.

"네가 친구들에게 의리를 지키고자 한다는 사실은 누구도 의심하지 않는다." 올드 슈가 말을 이었다. "나 역시 네가 그러기를 기대하고. 그러나 지금은 모두의 안전을 지키는 것이야말로 진정한 의리야. 다시 한번 묻겠다. 너는 케일럽을 도와 게이트를 열었느냐? 아니면, 상황을 파악한 뒤 게이트를 닫고자 노력했느냐?"

심연의 끄트머리에 서 있는 느낌이 들었다. 지금 하는 대답은 돌이킬 수 없을 것이었다. 그러나 그가 할 수 있는 말은 사실 그대로가 전부였다.

피터는 고개를 저었다. "그러지 않았습니다."

"무엇을 하지 않았단 말이냐?"

피터가 심호흡을 한 뒤 말을 이었다. "저는 게이트를 열지 않았습니다."

그 대답에 올드 슈가 한시름 놓은 것이 눈에 보였다. "고맙구나, 피터." 그가 하우스홀드의 다른 구성원들을 둘러보았다. "다른 질문이 없다면……."

"잠깐만." 산제이가 끼어들었다.

그 순간, 방 안의 공기가 경직되는 것이 느껴졌다. 심지어 월터마저도 갑자기 긴장감을 찾은 듯했다. 드디어, 그 질문이구나.

"네가 알리시아와 친하다는 것은 모두가 잘 안다." 산제이가 말했다. "알리시아가 너를 크게 신뢰하지. 내 말이 맞니?"

피터가 힘없이 고개를 끄덕였다. "그런 것 같습니다."

"알리시아가 그 소녀를 알고 있다는 언질을 준 적은 없었나? 예전에 본 적이 있었다거나?"

속이 꽉 죄어왔다. "왜 그렇게 생각하십니까?"

산제이는 나머지 사람들을 한 번 둘러본 끝에 다시 피터에게 눈길을 돌렸다.

"이 우연한 사태에 대한 의문이 남기 때문이지. 너희 세 사람은 발전소에 다녀왔다. 그런데 너희들이 잰더에 대해, 그리고 테오에 대해 한 이야기는…… 글쎄, 조금 이상했지."

아까부터 참았던 노여움이 터져 나왔다. "그러면 이 모든 걸 저희가 계획한 거라고 생각하십니까? 저는 그때 제 형을 잃었습니다. 살아서 돌아온 것이 다행이었습니다."

다시금 방 안이 쥐죽은 듯 고요해졌다. 이제 데이나마저도 의심스러운 눈길로 피터를 쳐다보고 있었다.

"다시 한번 확인하겠다. 너는 그 워커를 모른다고, 그 아이를 이전에 단 한 번도 본 적이 없다는 것이지?"

이제 의심의 대상은 알리시아가 아니었다. 피터였다.

"저는 그 아이가 누군지 전혀 모릅니다." 피터가 대답했다.

산제이는 한참 동안 피터의 얼굴을 빤히 바라보았다. 부자연스럽게 느껴질 정도로 긴 시간이 흐른 뒤에야 그는 고개를 끄덕였다.

"그래, 피터. 솔직하게 대답해주어서 고맙구나. 이제 가보아도 좋다."

그렇게 심문은 갑자기 끝나버렸다.

"이게 다입니까?"

산제이는 벌써 앞에 두었던 서류를 부산스레 챙기고 있었다. 피터의 말에 그는 아직까지 방을 나가지 않았느냐는 듯 얼굴을 찌푸리며 고개를 들었다.

"그래, 지금 당장은 말이다."

"그럼…… 저에게 어떤 조치도 취하지 않으실 겁니까?"

산제이는 어깨를 으쓱했다. 이미 그의 관심은 피터를 떠난 듯했다.

"무슨 조치를 원하지?"

그 말에 피터는 예기치 못한 실망감을 느꼈다. 바깥에서 알리시아, 홀리스와 함께 대기하는 동안 그는 심문의 결과를 함께 나누어 감당해야 한다는 유대감을 느꼈던 것이다. 무슨 조치가 내려지건 간에 그것은 세 사람이 함께 감당하게 될 거라고 생각했다. 그런데 이제 세 사람은 조각조각 분리되고 말았다.

"네 말대로라면, 너에게는 아무런 잘못이 없어. 이 사태를 촉발한 건 케일럽이다. 수는 네가 형의 일로 오랫동안 성벽을 지키고 있느라 상당한 스트레스를 받은 것을 감안해달라고 했고, 지미 역시 동의했어. 파수 일은 며칠 쉬도록 해. 그 뒤의 일은 차차 생각해보도록 하지."

"다른 두 사람은 어떻게 됩니까?"

그 말에 산제이는 잠시 머뭇거리다 입을 열었다.

"어차피 모두가 알게 될 테니, 네게 숨길 이유가 없구나. 수 라미레스는 파수단 총사령관 자리에서 내려오겠다고 청했고 하우스홀드로서는 내키지 않았으나 수락할 수밖에 없었다. 바이럴의 습격 당시에 근무지를 이탈했으니 책임을 묻지 않을 수가 없었지. 총사령관 자리는 지미가 맡게 될 것이다. 홀리스는 당분간 휴직하다 준비가 되면 돌아오기로 했어."

"리시는 어떻게 됩니까?"

"리시는 파수단에서 제명되었다. 육체노동 부서로 재배치되었어."

지금까지 일어난 그 어떤 일보다 이해하기 어려운 결정이었다. 알리시아가 육체노동자가 된다니. 피터로서는 도무지 상상할 수도 없었다.

"농담이시지요?"

그 말에 산제이가 풍성한 눈썹을 치켰다. "아니, 그럴 리가."

피터는 데이나와 빠르게 눈빛을 주고받았다. '알고 있었어?' 데이나의 눈빛은 그렇다고 말했다.

"자, 궁금증이 해결됐으면……." 산제이가 말했다.

피터는 문을 향해 걸어갔다. 그러나 문턱에 다다르기 직전, 갑자기 마음속에서 의심이 불쑥 솟아났다. 그는 다시 뒤를 돌아보았다.

"발전소는 어떻게 되는 겁니까?"

산제이가 지쳤다는 듯 한숨을 쉬었다. "발전소가 뭐 어쨌단 말이냐, 피터?"

"아를로가 죽었다면 누군가를 발전소에 보내야 할 것 아닙니까?"

그 말에 모두가 깜짝 놀란 표정을 짓는 것을 보고 피터는 처음에 자신의 이 말 때문에 마지막 순간 자신이 또다시 의심을 받기 시작한 게 아닌가 하고 생각했다. 그러나 다음 순간, 아무도 거기까지 미처 생각지 못했을 뿐이라는 사실을 알 수 있었다.

"동이 트자마자 발전소로 사람을 보내지 않았단 말입니까?"

산제이는 지미를 향해 몸을 돌렸고, 지미는 빠져나갈 도리가 없다는 듯 초조하게 어깨를 으쓱했다.

"이미 늦었잖아." 지미가 낮은 목소리로 말했다. "지금 출발하면 해가 지기 전에 도착하지 못할 거야. 내일까지 기다리는 수밖에 없어."

"무슨 소리야, 지미."

"거기까지 생각 못 했다고, 알았어? 지금 해결할 문제가 한둘이 아니야. 핀과 레이는 무사할 거야."

산제이가 마음을 가라앉히려고 심호흡을 하는 것이 보였다. 화가 머리끝까지 난 게 분명했다.

"고맙구나, 피터. 방금 한 이야기는 상의해보겠다."

이제는 더 이상 할 말이 없었다. 피터는 방을 나와 복도로 갔다. 이안은 아까 그 자리에서 가슴 앞에 팔짱을 낀 채 벽에 기대서서 기다리고 있었다.

"리시 이야기 들었지?"

"들었어."

이안이 어깨를 으쓱했다. 아까의 경직된 태도는 사라지고 없었다.

"둘이 친하단 건 알아. 아무리 그래도, 성벽을 넘었으니 그 정도는 각오했어야지."

"그럼 그 어린애는 어쩌고?"

그 말에 이안의 눈에 노여운 불길이 일었다.

"그 어린애는 어쩌냐니, 제정신이야? 나한테도 애가 있어, 피터. 그런데 워커가 문제야?"

피터는 아무 말도 하지 않았다. 이안이 화를 내도 할 말이 없었다.

"네 말이 맞아." 한참 뒤에야 피터가 다시 입을 열었다. "리시가 어리석었어."

하지만 이미 이안의 표정은 풀어진 뒤였다. "피터, 모두가 당황했을 뿐이야. 화내서 미안하다. 네 잘못이라고 생각하는 사람은 아무도 없어."

하지만 아니야, 피터는 생각했다. 그건 피터의 잘못이었다.

마이클에게 응답이 도달한 것은 동이 튼 직후였다. 예상했던 1,432메가헤르츠의 신호였다.

공식적으로는 존재하지 않는 대역폭이었다. 실제로는 군에 할당된 것이었기 때문이다. 중앙처리장치를 찾아 90분 간격으로 순환하는 근거리 디지털신호였다.

밤새도록 이 신호는 점점 더 강해졌다. 이제 이 신호는 말 그대로 문턱까지

도달해 있었다.

암호해독은 어렵지 않을 것이었다. 문제는 어디 있는 무엇인지 알 수 없는 신호발신장치를 어떻게 중앙처리장치에 연결해서 읽어낼지가 문제였다. 그것만 알면 나머지는 데이터를 업로드하기만 하면 되는 간단한 문제였다.

이 신호는 무엇을 찾고 있는 거지? 이 신호가 90분에 한 번씩 묻고 있는 질문에 대한 답은 무엇일까?

엘턴은 아까 잠자리에 들기 직전 이렇게 말했다. '누군가 우리를 부르고 있어.'

바로 그때 마이클은 자신에게 필요한 것이 무엇인지 알아차렸다. 라이트하우스의 선반에 늘어선 통마다 온갖 잡동사니가 담겨 있었다. 군용 핸드헬드도 있었다. 또 오래된 리튬전지도 있었다. 단 몇 분간 전력을 공급하는 데 그치겠지만 그 정도면 충분했다.

마이클은 신호가 다시 찾아올 90분의 간격을 염두에 둔 채 시계를 주시하며 서둘러 작업을 진행했다. 문밖에서 뭔가 소란이 일고 있다는 걸 희미하게 알아챘지만, 마이클이 알 바 아니었다. 신호가 들어오는 순간 컴퓨터에 핸드헬드를 꽂아서 내장된 식별자를 포착한 뒤 패널을 통해 조작할 수 있을 터였다.

엘턴은 라이트하우스의 구석진 곳에 놓인 움푹 팬 침대에서 코를 골며 자고 있었다. 제기랄, 엘턴이 하루빨리 목욕을 하지 않으면 무슨 짓을 해버릴지 모르겠다는 생각이 들었다. 온 사방에서 발 냄새 같은 고릿한 냄새가 진동했다.

작업을 끝내자 정오가 다 되어 있었다. 의자에서 꼼짝도 하지 않은 채로 몇 시간을 보낸 거지? 모사미와의 일이 있고 나서 불안감에 잠이 오지 않아 다시 이곳으로 돌아온 게 10시간 전이었다. 엉덩이가 아픈 걸 보니 적어도 10시간 동안 앉아 있던 건 맞는 듯했다. 소변이 마려워 견딜 수 없었다.

작업장 밖으로 너무 급하게 뛰쳐나가는 바람에 한낮의 햇빛이 그의 눈을 아프게 찔러왔다.

"마이클!"

게이브의 아들 제이컵 커티스였다. 제이컵이 느릿느릿 달려오며 그에게 팔을 흔들어 보이고 있었다. 마이클은 마음의 준비를 하느라 심호흡을 했다. 제이 컵의 잘못이 아니었지만 그 아이와 이야기하는 건 고문이나 마찬가지였다. 게이브는 병에 걸리기 전에 때때로 아들을 라이트하우스에 데리고 와서 마이클더러 소일거리라도 시켜보라고 했었다. 마이클은 최선을 다했지만, 제이컵은 거의 아무것도 이해하지 못했다. 아주 단순한 것 하나를 설명하는 데도 하루가 통째로 날아가곤 했다.

제이컵이 마이클 바로 앞까지 달려와서는 걸음을 멈추고 무릎에 손을 받친 채로 숨을 몰아쉬었다. 덩치만 커다랬지 움직이는 모양새는 어린아이처럼 허술했고 팔다리가 제멋대로 따로 놀았다.

"마이클." 제이컵이 침을 꿀꺽 삼켰다. "마이클……."

"진정해, 제이컵. 차분하게 말해."

제이컵이 마치 입안으로 산소를 부채질해 넣듯이 얼굴 앞에서 손을 파닥거렸다. 화가 난 건지, 들뜬 건지 마이클로서는 통 알 수가 없었다.

"사라를…… 만나고 싶어요." 제이컵이 숨을 몰아쉬며 내뱉었다.

마이클은 사라는 여기 없다고 말해주었다.

"집에는 가봤어?"

"거기도 없어요!" 제이컵이 고개를 들었다. 눈을 휘둥그레 뜬 채였다.

"사라를 봤어요, 마이클."

"어디 있는지 모른다며?"

"사라가 아니에요. 다른 사라예요. 자고 있었는데 보였어요!"

제이컵은 늘 말이 안 되는 소리를 하곤 했지만, 이 정도로 흥분한 건 마이클도 처음 보았다. 얼굴이 공황감으로 뒤덮여 있었다.

"제이컵, 아버지한테 무슨 일이라도 생겼니? 아버지는 괜찮으셔?"

그러자 아이의 얼굴이 찌푸려졌다. "아, 죽었어요."

"게이브가 죽었다고?"

제이컵의 목소리는 불편할 정도로 감정이 없었다. 날씨 이야기라도 하는 투였다.

"죽어서 이제는 못 일어난대요."

"이런, 제이컵. 정말 안타깝다."

그때 마르가 달려오는 모습이 보였다. 순식간에 마음이 놓였다.

"제이컵, 어디 있었니?" 마르가 두 사람 앞에 달려와 섰다. "몇 번이나 말했니? 그렇게 함부로 뛰어가버리면 안 된다고 했잖아!"

그러자 제이컵이 기다란 팔을 마구 휘저으며 뒤로 물러섰다.

"사라를 찾아야 해요!"

"제이컵!"

마르의 목소리가 화살처럼 내리꽂혔다. 제이컵은 그 자리에 바로 얼어붙었지만, 얼굴은 정체를 알 수 없는 두려움으로 여전히 꿈틀대고 있었다. 입이 벌어지고, 숨이 거칠어졌다. 마르가 예측할 수 없는 커다란 짐승에 다가가듯 조심스레 제이컵에게 다가갔다.

"제이컵, 엄마 보렴."

"엄마……."

"조용히 해. 말은 이제 그만. 엄마 봐." 마르가 두 손을 들어 제이컵의 양 뺨을 감싸고 눈을 맞췄다.

"사라를 봤어요, 엄마."

"그래. 하지만 그건 꿈이야, 제이컵. 기억 안 나니? 우리 다시 집으로 돌아가서 엄마가 널 침대에 눕혔고, 넌 잠들었잖아."

"그래요?"

"그래, 아가. 넌 잠이 들었어. 아무것도 아니야. 꿈이었을 뿐이야."

이제 제이컵의 거친 숨소리가 잦아들었고, 어머니의 손길 아래에서 몸동작도 유순해졌다.

"이제 집에 가서 기다리렴. 사라는 더 이상 찾아다니지 말고. 엄마 말 들을 수 있지?"

"하지만 엄마……."

"하지만 같은 건 없어, 제이컵. 엄마가 시키는 대로 할 거지?"

제이컵은 어쩔 수 없다는 듯 고개를 끄덕였다.

"착하구나." 마르가 물러서며 제이컵을 놓아주었다.

"곧바로 집으로 가라."

제이컵은 마이클을 슬쩍 한 번 더 쳐다보더니 다시 달려갔다.

드디어 마르가 마이클에게로 고개를 돌렸다.

"애가 말을 안 들으면 이렇게 하는 수밖에 없다니깐." 마르는 힘없이 어깨를 으쓱해 보였다. "이래야 말을 듣거든."

"게이브 이야기 들었어요." 마이클이 겨우 입을 열었다. "정말 안타깝습니다."

마르의 눈은 마치 너무 많이 울어서 더 이상 남은 눈물조차 없는 듯했다.

"고맙다, 마이클. 마지막 순간에 게이브의 곁에 사라가 있었기에 제이컵이 사라를 찾아다닌 것 같아. 사라는 참 좋은 친구였어, 우리 모두에게."

마르는 잠시 말을 멈췄다. 고통스러운 표정이 그녀의 얼굴을 스쳤지만, 마치 슬픈 생각을 떨쳐내듯이 고개를 흔들어버렸다.

"우리 모두 사라를 생각하고 있다고 전해주겠니? 제대로 고맙다고 말할 짬이 없었거든."

"근처에 있을 것 같아요. 병원엔 가보셨어요?"

"당연히 사라는 병원에 있지. 제이컵도 제일 먼저 병원으로 갔어."

"무슨 소리세요? 사라가 병원에 있는데, 제이컵이 왜 못 만난 거예요?"

그 말에 마르가 당황한 듯 마이클을 바라보았다.

"격리 명령 때문에 그렇지."

"격리 명령이라니요?"

마르의 표정이 어두워졌다. "마이클, 여태 어디서 뭘 하고 있었던 거야?"

알리시아는 결국 그를 찾아오지 않았다. 피터가 그녀를 찾아간 것이다. 알리시아가 어디 있을지는 뻔했다.

그녀는 대령의 오두막 바깥에 있는 그늘 속에서 장작 무더기에 등을 기대고 무릎을 세워 가슴 앞에 끌어안은 자세로 앉아 있었다. 피터가 다가오는 소리에 그녀는 고개를 들더니 손등으로 눈물을 훔쳤다.

"이런 젠장, 젠장." 그녀가 중얼거렸다.

피터가 바닥에 알리시아와 나란히 앉았다.

"괜찮아."

알리시아가 괴롭게 한숨을 내쉬었다.

"안 괜찮아. 내가 이러고 있는 거 소문 내면 죽여버릴 거야, 피터."

둘은 한참 동안 말없이 그대로 앉아 있었다. 햇살이 옅은, 흐린 날이었고, 매캐한 공기 속에 톡 쏘는 악취가 실려 왔다. 성벽 바깥에서 시신을 태우는 냄새였다.

"항상 궁금한 게 있었는데 말이야." 피터가 입을 열었다.

"왜 그분을 대령이라고 불렀던 걸까?"

"그게 대령의 이름이니까. 다른 이름은 없었어."

"왜 성벽 바깥으로 나갔던 걸까? 그럴 분이 아니었는데. 그렇게 목숨을 버릴 분이 아니었잖아."

그러나 알리시아는 아무 대답도 하지 않았다. 그녀는 평소에도 대령과의 관계에 대해서는 입 밖에 내는 법이 거의 없어서 두 사람 사이의 자세한 이야기는 아무도 몰랐다. 그 부분은 피터가 모르는 그녀의 아주 사적인 영역이었다. 그러나 그런 영역이 존재한다는 것은 피터 역시도 오래전부터 알고 있었던 바였다.

그는 알리시아가 대령을 아버지로 생각한다고 믿지 않았다. 지금까지 두 사람 사이에서 부녀지간의 따스한 정은 전혀 느껴지지 않았으니까. 가끔 대령이라는 이름이 누군가의 입에 오르거나, 대령이 한밤중에 성벽 위에 올라오면 알리시아는 딱딱하게 굳으며 냉정한 거리를 유지했다. 그렇다고 대놓고 차가운 태도를 취하는 건 아니어서 아마 그 사실을 알아차린 건 피터 혼자였을 것이다. 그러나 대령이 알리시아에게 무엇이었건 간에 두 사람 사이에 유대감이 존재했다는 것은 분명한 사실이었다. 알리시아가 눈물을 흘린 것은 그 때문이었을 것이다.

"말이 돼?" 알리시아가 괴로워하며 내뱉었다.

"나 파수단에서 쫓겨났어."

"산제이가 분명 마음을 고칠 거야. 어리석은 사람은 아니잖아. 곧 실수였다는 걸 깨달을 거야."

그러나 알리시아는 피터의 말에는 귀를 기울이지 않는 것 같았다.

"아니야, 산제이 말이 맞아. 그렇게 성벽을 넘는 게 아니었어. 바깥에 그 아이가 있는 걸 보고 제정신이 아니었어." 그녀는 절망적이라는 듯 고개를 저었다.

"어차피 아무 소용없는 일이었어. 그 애 상처가 얼마나 심각한지 봤잖아."

그 소녀, 하고 피터는 생각했다. 아직 그 소녀에 대해서는 아무것도 몰랐다. 그 애는 누굴까? 어떻게 살아남았을까? 그 애 같은 사람들이 또 있을까? 어떻게 바이럴에게 잡히지 않고 걸어왔을까? 그러나 이대로 소녀가 죽는다면 그 대답은 영영 듣지 못할 것이다.

"노력은 해봐야지. 네가 한 일은 옳았어. 케일럽이 한 일도 마찬가지야."

"산제이가 케일럽을 성벽 밖으로 추방할 생각인 거 몰라? 하이톱을 추방한다니, 말도 안 돼."

추방. 그것은 콜로니의 사람들이 상상할 수 있는 가장 끔찍한 운명이었다.

"그럴 리가."

"농담이 아니야, 피터. 하우스홀드가 지금 케일럽의 추방을 논의하고 있어."

"다른 사람들이 들고 일어날걸."

"다른 사람들은 애초에 의견이란 걸 가진 적도 없다고. 피터 너도 그 방에 들어가 봤잖아. 다들 겁에 질려 있어. 선생이 죽은 데 대해 책임을 떠넘길 사람이 필요한 거야. 케일럽에게는 자기편이 아무도 없잖아. 그래서 케일럽을 희생양으로 삼으려는 거야."

피터는 심호흡을 한 뒤 숨을 참았다.

"알리시아, 나도 산제이가 어떤 사람인지 알아. 거만하기는 해도 나쁜 사람은 아니야. 게다가 모두가 케일럽을 좋아한다고."

"모두가 아를로도 좋아했지. 네 형도. 사람들의 사랑을 받는다고 죽음을 피할 수 있는 건 아니야."

"점점 우리 형 말투를 닮아가네."

"그럴지도 모르지." 알리시아는 햇빛에 눈을 찌푸린 채 앞을 바라보고 있었다.

"내가 아는 건 케일럽이 어젯밤 내 목숨을 구해줬다는 것뿐이야. 산제이가 케일럽을 추방할 작정이라면 그 전에 나부터 상대해야 할 거야."

"리시, 말조심해. 방금 한 말 잘 생각하라고."

"잘 생각하고 한 말이야. 케일럽이 추방당하는 일은 절대로 있어선 안 돼."

"난 네 편이야."

"안 그러는 게 좋을걸."

콜로니 안은 기이하리만치 조용했다. 모두가 그날 이른 새벽에 일어난 사건 때문에 충격을 받았기 때문이다. 이 침묵은 어떤 사건 이후에 뒤따르는 것일까, 아니면 누군가에게 죄를 묻기 직전에 감도는 침묵일까? 알리시아의 말이 맞았다. 모두 겁에 질려 있었다.

"그 아이에 대해서 내가 말하지 않았던 게 있어." 피터가 입을 열었다.

감옥은 콜로니의 동쪽 트레일러 파크에 있는 오래된 공중화장실이었다. 피터와 알리시아가 그쪽을 향해 가는데 사람들이 웅성거리는 소리가 들려왔다. 부품을 떼어낸 차체들이 미로처럼 쌓여 있는 사이를 뚫고 지나가며 두 사람은 걸음을 빨리했다. 감옥 입구에 도착하자 열두어 명의 사람들이 파수꾼 데일 레빈을 촘촘하게 둘러싸고 서 있었다.

"이게 무슨 일이야?" 피터가 목소리를 낮추어 속삭였다.

알리시아의 표정이 어두워졌다. "벌써 시작된 거야. 바로 저렇게."

데일은 체구가 작은 사람이 아니었지만 지금만큼은 작아 보였다. 군중을 마주하고 서 있는 그는 구석에 몰린 짐승 같았다. 데일은 청력에 작은 문제가 있어 누군가가 말을 하면 잘 들리는 귀로 들으려고 오른쪽으로 머리를 기울이는 버릇이 있어 산만한 인상을 주곤 했다. 하지만 지금만큼은 그런 인상은 온데간데없었다.

"미안하다, 샘." 데일이 말하고 있었다. "나도 아는 게 없어."

데일이 상대하고 있는 사람은 올드 슈의 조카인 샘 슈였다. 살면서 말하는 것도 몇 마디 들어본 적 없는 겸손하기 짝이 없는 사람이었다. 그는 '다른 샌디'의 남편으로 두 사람 사이엔 다섯 명의 아이가 있었으며 그중 셋이 성소에서 살고 있었다. 피터와 알리시아가 군중들 끄트머리에 가서 서자 상황이 읽히기 시작했다. 모여 있는 사람들은 전부 아이가 있는 부모였다. 이안과 마찬가지로 감옥 앞에 서 있는 사람들은 전부 아이가 있는 사람들이었다. 패트릭 필립스와 에밀리 필립스 부부, 호드 그린버그와 리사 그린버그 부부, 그레이스 몰리노, 벨라 라미레스, 그리고 해나 피셔 파탈이었다.

"그 녀석이 게이트를 열었어."

"나더러 어쩌란 소리야? 네 삼촌에게 여쭤보는 게 나을 거다."

그러자 샘이 감옥 벽 높은 곳에 달린 창문을 향해 목소리를 높였다.

"내 말 들려, 케일럽 존스? 네가 무슨 짓을 한 건지 우린 다 알아!"

"그만둬, 샘. 그 불쌍한 녀석을 가만두라고."

데일의 말이 떨어지자마자 군중 속에서 또 다른 남자가 한 발 나섰다. 마일로 대럴이었다. 형인 핀과 마찬가지로 육체노동 종사자였고, '렌치' 특유의 탄탄한 체격과 무뚝뚝한 태도로 무장한 사람이었다. 키가 크고 어깨는 처졌으며, 수염이 무성했고 멋대로 뻗친 머리가 눈을 가릴 정도로 길었다. 그의 뒤에는 마일로의 큰 키 덕분에 훨씬 작아 보이는 아내 페니가 서 있었다.

"데일, 너도 자식이 있잖아." 마일로가 말했다.

"그런데 어떻게 그렇게 아무렇지도 않게 서 있는 거야?"

그러고 보니 마일로는 제이 삼총사 중 하나인 준 레빈의 아버지였다. 데일의 얼굴은 희게 질려 있었다.

"내가 그걸 몰라서 이래?"

지금까지 데일을 군중으로부터 떼어놓을 수 있었던 한 점의 권위마저도 사라지고 있었다.

"아무렇지도 않게 서 있는 게 아니야. 하우스홀드가 처리하게 놔둬."

"그 녀석을 추방해야 해요!"

군중 한가운데서 한 여자 목소리가 외쳤다. 레이의 아내 벨 라미레스였다. 두 사람의 딸이 제인이었다. 벨의 손은 달달 떨리고 있었고 막 눈물을 쏟을 것만 같은 표정이었다. 샘이 그쪽으로 다가가더니 벨의 어깨에 팔을 둘러 감쌌다.

"알겠어, 데일? 저 자식이 무슨 짓을 한 건지 알겠느냐고!"

바로 그 순간 알리시아가 어깨로 사람들을 밀치며 군중 속을 뚫고 나가더니 고통스러워하는 벨을 무력하게 바라보고 있는 데일 앞에 섰다.

"데일, 석궁 이리 줘."

"리시, 그럴 수 없어. 지미의 명령이야."

"상관없어, 어서 내놔."

알리시아는 기다리는 대신 데일의 손에서 석궁을 빼앗은 뒤, 석궁을 옆구리에 느슨하게 낀 채 군중을 향해 돌아섰다. 위협적이지 않게 보이려고 계산한 태도였으나, 그럼에도 알리시아는 알리시아였다. 그녀가 그곳에 서 있는 것만으로도 사람들은 위압감을 느꼈다.

"여러분, 지금 무척 괴로우시리라는 걸 압니다. 저 역시 충분히 그럴 만하다고 생각하고요. 하지만 케일럽 존스 역시 여러분과 마찬가지로 우리 중 한 사람입니다."

"너한테야 그렇게 쉬운 문제겠지." 이제 마일로는 샘과 벨에게 다가가 서 있었다.

"성벽 밖으로 나간 사람이 바로 너였잖아."

군중들이 웅성거리며 동의를 표하기 시작했다. 알리시아는 그 순간이 지나갈 때까지 서늘한 눈으로 마일로를 가만히 바라보았다.

"맞아, 마일로. 하이톱이 없었더라면 난 죽은 목숨이었겠지. 그러니까 네가 그 애한테 손끝 하나라도 대면 내가 가만있지 않을 거야."

"어쩔 건데?" 샘이 비웃음을 흘렸다. "그 석궁으로 우릴 다 쏘기라도 하게?"

"설마." 알리시아가 농담이라는 듯 얼굴을 살짝 찌푸렸다.

"너 하나만 쏠 거야. 마일로한테는 칼을 쓰지 뭐."

남자들 몇 사람이 초조한 듯 웃음을 터뜨렸지만 곧 그 웃음소리마저 잦아들었다. 마일로가 한 걸음 물러섰다. 여전히 군중 가장자리에 서 있던 피터는 자기도 모르게 손을 허리에 찬 칼에 가져가고 있었음을 깨달았다. 이 상황이 다음 순간 어떻게 흘러갈지가 결정적이라는 생각이 들었다.

"허세 떨지 마." 샘은 알리시아의 얼굴을 빤히 노려보고 있었다.

"그렇게 생각해? 날 잘 모르네."

"하우스홀드가 케일럽을 추방할 거야. 시간문제라고."

"그 말이 맞을지도 모르지. 하지만 우리가 결정할 문제는 아니야. 지금 우리가 할 수 있는 일은 아무것도 없으니 여기서 다른 사람들을 동요하게 하는 짓은 하지 말라고. 그건 내가 용납 못 해."

그러자 군중이 순식간에 조용했다. 피터는 사람들이 혼란스러워한다는 것을 느꼈다. 분위기가 바뀌고 있었다. 샘, 그리고 마일로 외에는 진심으로 노여워하는 사람은 없었다. 다들 그저 두려워하고 있을 뿐이었다.

"리시 말이 맞아, 샘." 마일로가 말했다. "이제 가자고."

노여움으로 이글거리는 샘의 시선은 여전히 알리시아의 얼굴에 못 박혀 있었다. 아직 알리시아가 옆구리에 끼고 있는 석궁은 꼼짝도 하지 않았지만, 아마 그녀가 진짜로 석궁을 쏠 일은 없을 것 같았다. 두 남자의 뒤에 서 있는 피터가 아직도 손으로 칼자루를 잡고 있었으니까. 모두가 자리를 떠나기 시작했다.

"샘." 가까스로 제 목소리를 찾은 데일이 입을 열었다. "제발 이제 가줘."

그러자 마일로가 샘의 팔꿈치를 잡고 끌어당겼다. 하지만 샘은 팔을 털어냈다. 마치 마일로의 손이 그를 환각 상태에서 끌어내기라도 한 것처럼 흠칫 놀란 표정이었다.

"알았어, 알았다고. 갈게."

두 사람이 트레일러 사이의 미로 속으로 사라지고 나서야 피터는 자기도 모르게 쭉 참고 있었던 숨을 토해냈다. 공포가 사람들 ― 그가 잘 아는, 자기 일을 열심히 하고 살림을 꾸리고 성소의 아이들을 찾아가던 사람들 ― 을 성난 군중으로 바꾸어놓을 수 있다는 사실을 불과 어제만 해도 상상도 하지 못했다. 그리고 샘 슈. 그 사람이 이렇게 화가 난 모습은 처음이었다. 아예 화를 내는 모습을 본 적이 없었다.

"이게 무슨 일이야, 데일?" 알리시아가 말했다. "언제부터 이랬어?"

"케일럽이 감옥에 들어온 직후부터."

군중이 사라지고 나서야 데일의 얼굴에 방금 있었던, 아니 거의 있을 뻔했던 일이 남긴 충격이 번졌다. 마치 아주 높은 곳에서 떨어진 뒤 뒤늦게 다친 데 없이 멀쩡하다는 사실을 깨달은 사람 같았다.

"제기랄, 저 사람들을 거의 감옥에 들여보내기 직전이었어. 너희들이 오기 전에 저 사람들이 무슨 말을 해댔는지 들었어야 해."

그때 감옥 안에서 케일럽의 목소리가 들렸다. "리시, 리시예요?"

알리시아가 감옥의 창문을 향해 외쳤다. "잘 버티기만 해, 하이톱!" 그러더니 그녀가 다시 데일을 바라보았다.

"가서 다른 파수꾼들을 모아 와. 지미가 무슨 생각인지는 모르겠지만, 감옥을 지킬 사람이 셋은 있어야겠어. 네가 자리 비운 동안 나와 피터가 이곳을 지킬

게.”

“리시, 널 이곳에 둬선 안 돼. 산제이에게 된통 당할 거라고. 심지어 넌 이제 파수꾼도 아니잖아.”

“그렇겠지. 그래도 피터는 파수꾼이잖아. 그리고 언제부터 산제이가 파수단에 명령을 내리는 위치가 됐지?”

“오늘 아침부터야.” 데일은 혼란스러운 표정으로 두 사람을 바라보았다.

“지미가 그러라고 했어. 산제이가, 뭐라더라…… 비상사태를 선포했거든.”

“우리도 알아. 하지만 그렇다고 해서 산제이가 통수권을 잡는 게 말이 돼?”

“그 얘기는 지미한테 해봐. 지미도 산제이의 말에 동의하니까. 게일런도 그래.”

“게일런? 갑자기 게일런이라니?”

“못 들었어?” 데일이 두 사람의 얼굴을 재빨리 훑어보았다.

“못 들었나 보군. 게일런이 이제 부사령관이야.”

“게일런 슈트라우스가?”

데일이 어깨를 으쓱했다. “나도 말이 안 된다고 생각해. 지미가 모두를 불러 모아서 이제부터 게일런이 네 빈자리를 대신하고, 이안이 테오의 자리를 이어받는다고 했어.”

“지미의 자리는? 지미가 총사령관이 되었다면 부사령관 자리는 누구한테 간 거야?”

“벤 슈.”

벤과 이안은 말이 됐다. 둘 다 사령관 후보였으니까. 하지만 게일런이라니?

“열쇠 이리 주고 파수꾼을 두 명 더 데려와. 사령관은 안 돼. 혹시 수를 만날 수 있다면 내가 한 말을 전해.”

“아니, 나는…….”

“농담하는 거 아니야, 데일.” 알리시아가 말했다. “어서 가.”

두 사람은 감옥 문을 열고 안으로 들어갔다. 감옥은 아무 특색 없이 헐벗은 콘크리트 상자에 불과했다. 오래전에 변기를 떼어낸 화장실 칸들이 한쪽 벽에 줄지어 붙어 있었다. 화장실 칸 맞은편에 잔금이 잔뜩 간 긴 거울 위로 파이프가 한 줄로 이어져 있었다.

케일럽은 창문 아래 바닥에 주저앉아 있었다. 물 주전자와 양동이 하나를 넣어준 것이 전부였다. 리시는 화장실 칸막이 위에 석궁을 걸쳐놓고 케일럽 앞에 쪼그려 앉았다.

"사람들은 갔어요?"

알리시아가 고개를 끄덕였다. 피터도 케일럽이 얼마나 겁에 질렸는지 알 수 있었다. 울고 있었던 것 같았다.

"저는 이제 끝이에요, 리시. 산제이가 절 추방할 거예요."

"그런 일은 절대 없어. 약속해."

케일럽이 줄줄 흐르던 콧물을 손등으로 훔쳤다. 얼굴과 손은 더럽고, 손톱 밑에는 때가 끼어 있었다.

"어떻게요?"

"그건 내가 생각할게." 알리시아가 허리춤에 차고 있던 칼을 꺼냈다.

"칼 쓰는 법은 아니?"

"이런, 리시. 제가 칼을 어디다 쓰겠어요?"

"만약의 사태를 대비해야지. 쓸 줄 알아?"

"칼로 뭘 깎을 줄은 알아요. 잘은 못해요."

알리시아가 케일럽의 손에 칼을 쥐어주었다. "눈에 띄지 않게 숨겨둬."

"리시." 피터가 나지막한 목소리로 입을 열었다.

"잘 생각해."

"무기도 없이 케일럽을 여기 둘 수는 없어." 그녀는 다시 케일럽을 바라보았다. "잘 버티고 마음의 준비를 하고 있어. 만에 하나라도 무슨 일이 일어난다면, 탈출 기회가 있다면 절대로 놓치지 마. 성벽이 트인 곳을 향해 온 힘을 다해 달려. 거기에 숨어 있으면 내가 찾으러 갈게."

"왜 거기예요?"

바깥에서 사람들의 목소리가 들렸다.

"설명하자면 길어. 알아들었지?"

데일이 파수꾼 한 명을 달고 감옥 안으로 들어왔다. 서니 그린버그였다. 고작 열여섯 살 먹은 주자였고 아직 성벽 위로도 올라갈 수 없는 초짜였다.

"리시, 내 말 허투루 듣지 마. 여기서 어서 나가."

"진정해, 이제 나갈 거야." 그러나 일어나서 문간에 서 있는 서니를 보는 순간 알리시아는 그대로 멈추었다. 눈빛에 노여움이 감돌았다.

"고작 이게 최선이었어? 주자를 데려온 거야?"

"나머지는 다들 성벽 위에 있어."

12시간 전만 해도 알리시아는 원하는 파수꾼 누구라도 데려올 수 있었을 것이다. 그러나 이제 주어진 것에 감사하는 신세가 되었다.

"수는?" 알리시아가 한 번 더 밀어붙였다. "수는 만났어?"

"어디 있는지 모르겠어. 아마 수도 성벽 위에 있는 것 같아." 데일이 피터에게로 눈길을 돌렸다.

"제발 알리시아를 데리고 나가주겠어?"

그때 지금까지 한마디도 입을 열지 않았던 서니가 감옥 안으로 성큼 들어섰다.

"데일, 뭐 하는 거예요? 지미의 명령이라고 했었잖아요. 어째서 알리시아가 명령을 내리는 거죠?"

"리시는 우리를 돕는 거야."

"데일, 알리시아는 사령관이 아니잖아요. 심지어 이제 파수꾼도 아니고요."

그러더니 서니가 알리시아를 재빨리 바라보며 미안하다는 기색을 담아 어깨를 으쓱해 보였다.

"기분 나쁘라고 한 말은 아니었어요."

"기분 안 나빠." 알리시아가 서니가 차고 있던 석궁을 가리켰다.

"석궁 잘 쏘니?"

그러자 서니는 겸손한 척 어깨를 으쓱했다. "저희 학년에서 점수가 제일 높았어요."

"그래, 그 말이 맞길 바란다. 이제 막 파수꾼으로 승급한 모양이니까."

그러더니 알리시아는 다시 케일럽을 돌아보았다.

"잘 버틸 수 있지?"

케일럽이 고개를 끄덕였다.

"내가 한 말만 명심해. 오래 걸리지 않을 거야."

그리고 말을 마친 알리시아가 마지막으로 데일과 서니를 바라보았다. 그 눈빛은 '실수는 꿈도 꾸지 마, 이건 개인적으로 경고하는 거야.' 하는 메시지를 전달하고 있었다. 그러더니 알리시아는 피터를 이끌고 감옥을 나섰다.

하우스홀드의 수장 산제이 파탈의 관점에서 보면, 이 모든 일이 수년 전부터 시작되었다고 말할 수도 있었을 것이다. 시작은 꿈이었다.

물론 그 소녀 이야기가 아니었다. 확실히, 그러니까 기억하는 한에서 꿈에 그 소녀가 나온 적은 없었다. '문득 나타난 소녀'는 — 모두가, 심지어 올드 슈마저도 그 아이를 그렇게 불렀다. 그날 아침이라는 짧은 시간 동안 그것이 그 아이의 이름이 되었다 — 어둠 속에서 태어난 살과 피를 가진 유령처럼 그들 속에 별안간 등장했다. 등장 자체가 말도 안 되는 일이었지만, 일단은 그 소녀가 눈앞에 실제로 존재한다는 사실 자체가 그 반증이었다. 아무리 기억을 들쑤셔보아도 처음 보는 소녀였다. 그러니까, 또 다른, 꿈을 꾸는 비밀스러운 산제이가 아니라, 그가 산제이 파탈이라고 여기는 사람의 관점에서는 말이다.

아주 옛날부터 산제이는 그런 느낌을 품고 살아왔다. 그가 완전히 다른 사람이라는 느낌, 하나의 몸속에 살아가는 완전히 다른 영혼이 있다는 느낌. 이름, 그리고 그의 안에서 노래처럼 읊조리는 목소리를 가진 영혼.

'내 것이 되어주렴. 나는 너의 것, 너는 나의 것이니, 둘을 합치면 우리 둘을 합친 것 이상의 존재가 될 수 있어.'

산제이는 성소에 살던 어린 시절부터 그 꿈을 꾸기 시작했다. 오래전 사라진 세계, 그리고 그의 내면에서 노래하는 목소리로 이루어진 꿈이었다. 그 꿈은 평범한 꿈과 마찬가지로 소리와 빛, 감각으로 이루어진 것이었다. 부엌에서 담배를 피우며 일하는 뚱뚱한 여자가 나오는 꿈. 동굴처럼 커다란 입에 음식을 쑤셔넣고, 이쪽에서 말을 하면 상대편이 들을 수 있는 전화기라는 이상한 물건에 대고 말을 하는 여자. 어쩐지 산제이는 그 물건이 전화기라는 것을 알 수 있었고, 이런 이유 때문에 그것이 단순한 꿈이 아니라는 것을 알 수 있었다. 그것은 꿈이 아닌 환영이었다. '지난 역사'를 보여주는 환영. 그의 머릿속에서 노래하는 목소리한테는 수수께끼 같은 이름이 있었다.

'나는 뱁콕이다.'

'나는 뱁콕이다. 우리는 뱁콕이다.'

'뱁콕, 뱁콕, 뱁콕.'

산제이는 어린 시절 뱁콕이 일종의 상상 속의 친구라고 생각했다. 알고 보면 흉내 내기 놀이와 다를 바 없었다. 물론 그 놀이가 영영 끝나지 않았다는 점만 빼면.

뱁콕은 큰 방에서도, 마당에서도, 밥을 먹을 때도, 밤에 잠자리에 들 때도 그와 함께였다. 꿈속에서 일어나는 일들은 평범한 꿈에 나오는 것과 마찬가지로 목욕을 하거나 타이어를 기어오르며 놀거나 도토리를 먹는 다람쥐를 바라보는 것처럼 일상적이기만 한, 바보 같고 유치한 것들이었다. 때때로 그런 일들이 꿈에 나왔고, 어떤 날에는 '지난 역사' 속 그 뚱뚱한 여자가 나왔다. 그 꿈속에서 일어나는 일들은 전부 하나도 말이 되지 않았다.

오래전, 큰 방에 둥그렇게 둘러앉아 있을 때 선생이 이렇게 말했던 것이 기억났다. '친구란 무엇인지 이야기해봅시다.' 아이들은 막 점심을 먹은 참이었다. 배가 불러 따뜻하고 졸렸다. 다른 아이들은 웃으면서 장난을 치고 있었지만 산제이는 선생의 말을 잘 듣는 아이였기 때문에 가만히 있었는데, 그때 선생이 손뼉을 짝 쳐서 아이들을 조용히 시키더니 유일하게 말을 들었던 산제이를 바라보며 꼭 선물, 그러니까 선생의 관심이라는 대단한 선물이라도 주는 것 같은 표정으로 이렇게 말했다. '자, 산제이, 너의 친구는 누구니?'

"뱁콕요." 산제이는 그렇게 대답했다.

생각을 하고 답한 것이 아니었다. 자신도 모르게 뱁콕이라는 이름이 튀어나왔다. 다음 순간 산제이는 비밀스러운 이름을 말해버린 것이 실수라는 사실을 깨달았다. 입 밖에 내자마자 그 이름은 마치 햇볕에 타 시들어버리는 것만 같았다. 선생은 당황한 듯 눈살을 찌푸렸다. 선생은 뱁콕을 몰랐으니까. '뱁콕이라고?' 선생이 되물었다. '내가 제대로 알아들은 것이 맞니?' 그제야 산제이는 다른 사람은 뱁콕을 모른다는 사실을 깨달았다. 당연하지, 어째서 안다고 생각했을까? 뱁콕은 특별하고 비밀스러운 혼자만의 친구였다. 그리고 그렇게 아무 생각 없이 오로지 선생에게 고분고분해 보이기 위해 그의 이름을 입 밖에 내버린 것은 실수였다. 아니, 실수라기보다는, 폭력에 가까웠다. 입 밖에 낸 순간 그 이름이 가진 특별함은 사라져버렸다. '뱁콕이 누구니, 산제이?' 그 말에 따라붙은 침묵 속에서 — 아이들은 전부 떠들던 것을 멈추고 그 낯선 이름에 정신을 빼앗긴 채였다 — 누군가 킬킬 웃는 소리가 들렸다. 그가 기억하는 바에 따르면, 제일 먼저 웃은 사람은 심지어 그 시절에조차 산제이가 미워했던 디모 잭슨이었다. 그리고 또 다른 웃음, 또 다른 웃음이 터지기 시작하더니 마치 작은 불꽃이 큰불이 되듯 둘러앉은 아이들 모두가 웃음을 터뜨리고 말았다. 디모 잭슨, 맞아. 그 녀석이었다. 산제이 역시 디모와 마찬가지로 최초의 가문이었지만, 디모가 부드럽고 능숙한 미소로 자연스럽게 사람들의 사랑을 받는 것을 보면 마치 세상에는 최초의 가문보다 더 희귀한, '최초 중의 최초'라는 카테고리가 있고, 그 카테고리에 속한 것은 오로지 디모 잭슨 하나뿐인 것처럼 느껴졌다.

하지만 그때 어린 산제이에게 가장 상처를 준 건 디모가 아닌 라지였다. 자신을 우러러보아야 할, 그러니 마땅히 입을 다물었어야 할 두 살 어린 동생 라지마저도 다른 아이들을 따라 웃기 시작했던 것이다. 그 아이는 무릎을 꿇은 채 산제이의 왼쪽에 앉아 있었는데 — 산제이를 6시 방향으로 놓았을 때 디모는 12시, 라지는 오전 한가운데라고 보면 되었을 것이다 — 산제이가 끔찍한 기분으로 바라보는 가운데 동생은 디모에게 인정받고 싶어 안달이 난 눈빛을 했다. '봤어?' 라지의 눈은 그렇게 말하고 있었다. '나도 산제이 형을 비웃을 수 있다고.' 선생이 손뼉을 짝 쳐서 다시 아이들을 조용히 시켰다. 산제이는 무언가 어서 하지 않으면 놀림이 끝없이 계속되리라는 것을 알았다. 아이들이 밥 먹을 때마다, 불 꺼진 뒤에, 선생이 없을 때 마당에서 놀 때도 찢어지는 목소리로 그를 놀려대는 소리가 귓가를 영원히 맴돌 것이다. '뱁콕이래! 뱁콕! 뱁콕!' 욕이나

다름없을 것이다. '산제이는 뱁콕이랑 논대!'

산제이는 자신이 뭐라고 말하면 될지 잘 알았다.

"죄송해요, 선생님. 디모라고 말하려던 거였어요. 디모가 제 친구예요." 그러면서 산제이는 맞은편에 앉은 새까만 머리 — 잭슨 가문 특유의 머리 — 에 진주알 같은 이, 멈출 줄 모르고 두리번거리는 눈을 가진 소년을 향해 최선을 다해 진심 어린 미소를 지어 보였다. 라지가 디모에게 잘 보이려 안달을 내는 것처럼 나도 그럴 수 있어. '디모는 저의 가장 친한 친구예요.'

오랜 세월이 지난 지금에 와서 그 시절을 생각하니 기분이 이상했다. 디모 잭슨은 흔적도 없이 사라져버렸다. 윌럼도, 그리고 라지도. 그날 오후 산제이와 함께 둥그렇게 모여 있던 아이들의 절반이 죽거나 사라졌다. 그중 대다수는 '어둠의 밤'에 죽었다. 나머지는 각자의 때가 왔을 때 사라졌다. 마치 누군가가 조금씩 잘근잘근 갉아먹는 것처럼. 삶은 그런 식, 그런 느낌으로 진행되었다. 이렇게 오랜 시간이 지나는 동안 — 시간의 흐름 자체가 놀랍기 그지없었다 — 뱁콕은 내내 산제이와 함께했다. 그의 마음속의 목소리가 되어, 언제나 말을 거는 것은 아니었지만 다른 사람들 누구도 할 수 없는 방식으로 그의 친구가 되겠다고 조용히 부추기는 목소리. 뱁콕은 산제이가 세상을 바라보는 눈 그 자체였다. 성소에서의 그날 이후 산제이는 뱁콕 이야기는 단 한 번도 입 밖에 낸 적 없었다.

그리고 시간이 지날수록 뱁콕에 대한 느낌도, 꿈도, 점점 변해갔다. 아주 가끔 나타나긴 하지만 '지난 역사'의 뚱뚱한 여자도 더 이상 나타나지 않았다. (그러고 보면, 산제이가 어느 밤 라이트하우스에서 도대체 무슨 일을 했는지는 그 자신도 기억나지 않았다.) 이제 꿈속에 등장하는 것은 과거가 아닌 미래였고, 그 안에서 산제이의 자리가 서서히 드러났다. 어떤 일, 무언가 엄청난 일이 곧 일어날 것 같았다. 정확히 무엇인지는 알 수 없었다. 콜로니가 영원하지 않으리라는 디모의 말은 맞았다. 조 피셔도 그렇게 말했다. 언젠가 콜로니의 불빛은 꺼질 거라고. 그들은 빌린 시간을 살고 있었다. 군대는 사라졌다. 죽었다. 영영 돌아오지 않을 것이다. 어떤 사람들은 아직도 군대의 귀환을 믿었지만 산제이 파탈은 아니었다. 지금 그들을 찾아올 그 무언가는 군대가 아니었다.

산제이 역시 총의 존재를 알고 있었다. 사실 그건 딱히 비밀도 아니었다. 그에게 총에 대해 알려준 사람은 라지가 아니었다. 예상은 했지만 라지가 자신이 아니라 디모에게 그 비밀을 털어놓았다는 것이 꽤나 실망스러웠다. 그러나 라지가 총에 대한 이야기를 미미에게 하자, 미미는 다시 그 이야기를 글로리아에게 전했다. 라지가 아내에게 털어놓은 비밀은 단 5초도 지속되지 못했다. 어쨌든 그의 아내는 라미레스 가문 사람이었으니까. 그리고 글로리아는 디모 잭슨이 아무도 모르게 칼도 가지지 않은 채 게이트를 나가 사라져버린 바로 다음 날 '당신도 알고 있는지 모르겠지만……' 하면서 곧바로 그 이야기를 입 밖에 냈다.

글로리아가 눈을 빛내며 열띤 얼굴로 은밀하게 목소리를 낮추어 말한 바에 따르면 총이 들어 있는 컨테이너는 모두 열두 개였다. 발전소의 비밀 벽 속에 있다고 했다. 번쩍거리는 새 총, 디모와 라지를 비롯한 원정대가 발견한 군용 총이었다. '이거 중요한 거야?' 글로리아는 그렇게 물었다. '내가 이 이야기한 거, 잘한 거 맞지?' 그러나 그녀의 불안한 표정은 전부 가짜였다. 입은 그렇게 말했지만, 눈빛은 진실을 말하고 있었다. 글로리아 역시도 이 총이 무슨 의미인지 알았던 것이다. '그래.' 산제이는 차분하게 대답했다. '그래. 그런 것 같아. 이 이야기는 우리 둘만 아는 비밀로 하자. 알려줘서 고마워, 글로리아.'

산제이는 오로지 자신만이 이 비밀을 알고 있으리라고 생각하지 않았다. 그는 곧장 미미를 찾아가 절대 누구에게도 이 이야기를 해서는 안 된다고 단단히 입단속을 했다. 하지만 이 비밀은 분명 새어나갈 것이 뻔했다. 잰더는 당연히 알고 있었을 것이다. 발전소는 전적으로 그의 소관이었으니까. 또, 디모에게서 모든 것을 보고받는 올드 슈도 알고 있을 것이다. 수, 지미, 그리고 윌럼의 딸 데이나는 모를 것이다. 살짝 찔러봤더니 모르는 것 같았다. 하지만 분명 이 일에 대해 아는 사람이 또 있을 것이다. 예를 들면 테오 잭슨. 그 사람들은 또 누구에게, 그날 아침 글로리아가 했던, '말해줘야 할 비밀이 있어' 하고 속삭이며 이 이야기를 알렸을까? 그러니까 문제는 총이 사람들의 눈에 드러나는 것이 아니라, '언제', '어떤 상황에서' 드러날 것인가, 그리고 — 그가 성소에서의 그날 아침에 배운 교훈인 — 누가 누구의 친구인가 하는 문제였다.

산제이는 모사미를 테오 잭슨에게서 떼어놓기 위해서라도 파수단에서 나오게 하고 싶었다.

모사미가 세상에 태어난 순간부터 산제이는 오로지 딸만을 위해 살았다. 물론 때로, 사실은 얼마 전까지만 해도, 산제이가 자신의 빈 곳을 채워줄 아들이 있었더라면 하고 생각할 때가 있었다. 그러나 글로리아는 이제 아이를 낳을 수 없었다. 유산을 반복했고 이제 생리도 멎었기 때문이다. 모사미를 임신한 동안에도 두 사람은 이번에도 유산될 거라고 생각했고 — 글로리아는 모사미를 임신한 내내 출혈이 있었다 — 출산의 고통은 이틀이나 지속되었으며, 병실 바깥에서 강제로 글로리아의 신음을 그저 듣고 있을 수밖에 없었던 산제이에게 그 고통은 인간이 견딜 수 있는 것이 아닌 것 같았다.

그럼에도 글로리아는 무사히 아기를 낳았다. 몇 시간이나 이어진 기다림과 병실에서 들려오는 끔찍한 비명 소리로 넋을 잃고 머리를 감싸 쥐고 있었던 산제이에게 딸을 데려와 보여준 것은 다른 누구도 아닌 디모의 아내 프루던스 잭슨이었다. 이미 아이가 죽을 거라고, 글로리아도 죽을 거라고, 혼자 쓸쓸히 살아남게 될 거라고 생각하기 시작할 즈음이었다. 강보에 꽁꽁 싸맨 아이를 받아드는 동안에도 믿기지 않아서, 그는 잠시 동안 프루던스 잭슨이 자기에게 죽은 아기를 안겨주고 있다고 생각했다. '딸이에요.' 프루던스가 말하고 있었다. '아주 건강한 딸이랍니다.' 그 말을 들으면서도 말뜻을 자신의 품에 안긴 낯설고 새로운 무언가와 연결시키기까지는 시간이 걸렸다. '아버지가 되었네요, 산제이.' 그리고 마침내 강보를 걷어 아이의 놀랍도록 인간다운, 조그만 입과 검은 머리와 부드럽게 튀어나온 눈을 보는 순간, 그는 태어나서 처음으로, 단 한 번, 사랑을 느꼈다.

그렇게 사랑하는 딸을 산제이는 다시 한번 잃을 뻔했다. 그것도 그 아버지에 그 아들이라더니, 심지어 상대가 테오 잭슨이라는 사실이 씁쓸했다. 모사미는 산제이에게 테오와의 관계를 필사적으로 숨기려고 했고, 글로리아 역시 산제이가 그 사실을 알지 못하게 보호했다. 그럼에도 산제이는 다 알고 있었다. 조만간 모사미가 테오와 결혼을 하기로 결심했다고 말하겠거니 하고 있던 산제이에게 글로리아가 전한 소식은 구원 같았다. 결국 게일런 슈트라우스를 선택하다니! 물론, 게일런은 아버지로서 딸의 짝으로 선택하고 싶은 상대와는 거리가 멀었다. 홀리스 윌슨이나 벤 슈처럼 더 건장한 녀석을 골라왔으면 했다. 그래도 테오 잭슨보다는 게일런이 나았다. 게일런은 잭슨 가문과는 아무런 관련이 없고, 그 녀석이 모사미를 사랑하는 건 누가 보아도 확실했다. 그 사랑이 나약함이건 간절함이건 산제이는 아무래도 좋았다……

여기까지가 한낮, 병원에 서서 그 소녀를 바라보고 있는 동안 산제이의 머릿속에 떠오른 생각이다. '문득 나타난 소녀.' 산제이의 삶을 떠돌던 모든 것, 모사미, 뱁콕, 글로리아, 총, 그리고 나머지 모든 것들이 이 수수께끼 같은 소녀의 존재 안에서 하나로 엮이는 것만 같았다.

소녀는 잠든 것 같았다. 아니면 잠처럼 보이는 어떤 상태거나. 산제이는 지미와 함께 사라를 병실 밖으로 내보냈다. 벤과 게일런이 병원 바깥을 지키고 서 있었다. 어쩐지 산제이는 혼자서 그 아이를 살펴보고 싶었다. 상처는 겉보기에도 심각했다. 사라가 해준 이야기에 따르면 이 아이는 살아남지 못할 것 같았다. 그러나 지금 눈을 감고 가만히 누워 있는 아이의 얼굴에는 고통도 괴로움도 없었고 숨을 내쉬고 들이쉬는 작은 떨림조차 없었다. 아이가 보기보다 회복력이 빠른 것 같다는 생각을 지울 수 없었다. 파수꾼의 석궁에 맞았다니, 그토록 심각한 부상을 당했다면 성인 남자라도 사망했을 것이다. 이 나이대의 여자아이라면 말할 것도 없었다. 하지만 이 아이는 몇 살일까? 열여섯 살? 열세 살? 나이가 더 많을까, 아니면 더 적을까? 사라는 최선을 다해서 아이의 몸을 씻기고 가운을 입혀놓았다. 수년간 빨기를 반복해 회색으로 바랜, 앞섶이 트인 면 가운이었다. 오른쪽 소매만 제대로 아이의 팔에 꿰어 있었고 왼 소매는 보이지 않는 팔이 들어 있는 것처럼 텅 비어 있었다. 열린 가운 사이로 새하얀 목만 겨우 드러낼 정도로 아이의 가슴과 깡마른 한쪽 어깨를 완전히 뒤덮어 둘둘 감은 두꺼운 붕대가 드러나 보였다. 아이의 몸은 성숙한 여성의 몸이 아니었다. 엉덩이와 가슴은 남자아이처럼 납작했고 가운의 너덜너덜한 밑단 아래로 드러난 미끈한 다리와 울퉁불퉁한 무릎은 아직 미숙한 청소년의 것이었다. 어린아이의 무릎에는 보통 그네에서 떨어지거나 마당에서 뛰어놀며 생긴 상처가 한두 개 있기 마련인데 깨끗하다는 점이 놀라웠다. 산제이는 아이의 피부를 눈여겨보며 무릎, 팔, 마침내 얼굴에 이르기까지 아이의 몸을 전체적으로 한번 훑어보았다. 하얗다는 말도, 창백하다는 말도, 이 아이의 피부가 가진 나지막한 광채를 표현할 수 없었다. 피부색이 너무나 옅어서 색이 없는 것이 아니라 그 자체로 하나의 색으로 보였다. 옅음. 그러니까 이 아이의 피부색을 표현할 수 있는 단어는 옅음이었다. 그러나 햇살이 그 애의 손과 팔과 얼굴에 드리우자 뺨과 코에 희미한 주근깨가 퍼져 있는 것이 보였다. 어쩐지 기억 속에서 불러낸 것만 같은 온화한 부성애가 느껴졌다. 모사미도 어릴 때 이런 주근깨가 있었지.

아이의 옷가지와 배낭은 소각했지만 그 전에 하우스홀드의 사람들이 두꺼운 장갑을 끼고 그 안에 있던 피에 흠뻑 젖은 사소한 소지품들을 하나하나 확인했다. 무엇을 기대했는지는 모르지만, 산제이가 기대했던 것은 아니었다. 가방은 흔히 볼 수 있는 평범한 캔버스 천 소재였다. 군용 배낭 같기도 했지만, 알 도리는 없었다. 그 안에 있던 몇 가지 물건은 전부 실용적인 것들이라고 하우스홀드의 의견이 일치했다. 주머니칼, 깡통 따개, 두꺼운 노끈 뭉치. 그러나 그 안에는 도대체 무슨 의미인지 알 수 없는 물건들도 있었다. 놀라울 정도로 매끈한 돌멩이 하나. 햇볕에 표백된 뼈 한 조각. 안에 아무것도 들어 있지 않은 로켓 목걸이. 삽화가 있는 찰스 디킨스의 『크리스마스 캐럴』이라는 의미를 알 수 없는 제목의 책 한 권. 화살이 과녁을 뚫듯 이 책을 뚫고 지나가는 바람에 페이지마다 아이의 피로 흠뻑 물들어 있었다. 올드 슈는 크리스마스란 '최초의 밤'처럼 지난 역사의 사람들이 모여 즐기던 명절이었다고 말해주었지만, 실제로 크리스마스를 기억하는 사람은 아무도 없었기에 오로지 그 아이만이 그 말이 무슨 뜻인지 설명해줄 수 있을 것이다. '문득 나타난 소녀'는 침묵의 물거품 속에 가만히 누워 있었다.

이 소녀의 등장은 아주 중요한 의미를 품고 있었다. 콜로니 바깥에 살아 있는 사람이 있다는 뜻이었다. 그 사람들이 누구인지, 어디인지 몰라도 이들은 자기를 보호할 수도 없는 어린아이를 황야로 쫓아냈고, 아이가 무슨 수를 썼는지는 몰라도 여기까지 왔다. 축하할 만한 좋은 소식이었다. 그러나 아이의 등장 이래 콜로니는 불안한 침묵에 휩싸여 있었다. '우리는 혼자가 아니야. 이 아이가 나타났다는 건 그런 뜻이야. 세상은 죽어버린 공간이 아닌 거야' 하고 말하는 사람은 아무도 없었다. 선생 때문이었다. 선생이 죽었다는 사실 때문이 아니다. 성소를 떠나는 날 선생이 알려준 것 때문이다. 사람들은 종종 성소에서 나오던 날을 돌아보며 웃곤 했다. '내가 얼마나 난리를 쳤는데!' 다들 그렇게 말했다. '내가 얼마나 울었는지 네가 봤어야 했어!' 사람들은 어린 시절의 순수한 자기 자신이 이해와 연민의 대상이 아니라 마치 지금과는 완전히 다른, 사뭇 우스꽝스러운 존재인 것처럼 굴었다. 그것은 사실이었다. 세상이 죽음으로 들끓는다는 사실을 배우고 나면, 진실을 알기 전의 어린 자신이 더 이상 자기 자신으로 느껴지지 않게 된다. 성소에서 나온 날 모사미의 괴로운 표정을 보았을 때가 산제이가 살면서 겪은 가장 고통스러운 순간이었다. 영영 그 충격을 극복하지 못하는 사람도 있지만 — 그런 사람들은 결국 스스로 목숨을 버리곤 했다 — 대부분은 어떻게든 삶을 이어갔다. 희망을 병에 담아 어딘가의 선반에 올려놓고 각자의 삶에 부과된 의무들을 수행하는 것이다. 산제이처럼, 글로리아, 모사미, 그들 모두가 그랬듯이.

그런데 이제 이 소녀가 나타난 것이다. 이 아이의 존재에 담긴 모든 것이 진실을 뚜렷하게 가리키고 있었다. 어둠 속에서 나타난, 그것도 자기 자신을 지킬 힘조차 없는 어린아이는 한여름에 내리는 눈만큼이나 근원적인 불편함을 안겨주는 존재였다.

산제이는 다른 사람들의 눈빛에서 이 같은 불편함을 읽을 수 있었다. 올드 슈, 월터 피셔, 수, 지미, 나머지 모든 사람의 눈빛으로부터. 모두가 '이건 잘못되었어. 말도 안 돼.' 하고 생각했다. 희망은 고통을 준다. 이 아이의 존재가 바로 그 고통스러운 희망이었다.

얼마나 오랫동안 이 아이를 바라보며 서 있었던 걸까? 그는 헛기침을 해 목을 골랐다.

"일어나려무나."

대답이 없었다. 하지만 분명 아이의 눈꺼풀 아래가 무의식적으로 꿈틀한 것 같다. 산제이는 목소리를 높여 다시 한번 입을 열었다.

"내 말이 들리거든 일어나려무나."

그때 뒤에서 인기척이 느껴지는 바람에 산제이의 머릿속에서 꼬리에 꼬리를 물던 생각은 중단되었다. 사라가 지미를 뒤에 달고 커튼 안쪽으로 들어왔다.

"산제이, 그 아이를 가만히 두세요."

"이 아이는 포로야, 사라. 우리가 알아내야 할 것들이 많아."

"포로라니요, 이 아인 환자예요."

산제이가 다시 소녀를 내려다보았다.

"죽어가는 것처럼 보이지는 않는데."

"저로서도 알 수 없어요. 출혈량을 생각하면 지금 살아 있다는 것 자체가 기적이에요. 부탁이니 이만 나가 주시겠어요? 이렇게 다들 들락거리면 병실 안을 청결하게 유지할 수가 없다고요."

산제이는 사라가 얼마나 기진맥진한 상태인지 알 수 있었다. 머리는 땀에 젖어 헝클어져 있었고, 눈은 피곤해서 침침해 보였다. 모두에게 고단한 밤이었다. 이제 한층 더 고단한 하루로 이어지겠지. 그럼에도 사라의 얼굴에는 권위가 담겨 있었다. 병원의 책임자는 사라였기 때문이다.

"아이가 깨어나면 알려주겠지?"

"예, 그러겠다고 말씀드렸잖아요."

산제이가 커튼 옆에 서 있는 지미에게로 몸을 돌렸다. "좋아, 가자."

그러나 지미는 대답이 없었다. 그는 아이를 빤히 바라보고 있었던 것이다.

"지미!"

호통 소리에 지미가 눈을 들었다. "뭐라고 하셨습니까?"

"가자니까. 사라가 아이를 간호하도록 우린 이만 떠나자고."

지미가 어물거리며 고개를 흔들었다. "죄송합니다. 잠깐 정신을 놓고 있었어요."

"가서 좀 자." 사라가 말했다. "산제이도요."

두 사람이 병원을 나오자 벤과 게일런이 더운 날씨에 땀을 흘리며 서서 병원 현관을 지키고 서 있는 모습이 보였다. 아까는 사람들이 워커를 보겠다고 몰려들었지만 벤과 게일런이 전부 돌려보냈다. 정오가 지난 시각이었다. 돌아다니는 사람은 얼마 없었다. 길 건너편에서 마스크와 무거운 장화 차림에 양동이를 들고 성소를 향하는 육체노동자 한 명이 보였다. 성소의 큰 방을 다시 청소하러 가는 모양이었다.

"정확히는 모르겠지만 그 아이가 조금……." 지미가 입을 열었다. "아이의 눈을 보셨습니까?"

산제이가 그 말에 깜짝 놀랐다. "지미, 그 아이는 눈을 감고 있었잖아."

지미는 무언가를 바닥에 떨어뜨려 찾고 있는 사람처럼 눈을 찡그리고 현관 바닥을 바라보고 있었다.

"생각해보니까 눈을 감고 있었던 것 같네요." 지미가 말했다.

"그런데, 어째서 그 아이가 저를 쳐다보고 있었다는 느낌이 들었던 걸까요?"

산제이는 그 질문에 아무 답도 하지 않았다. 애초에 말이 되지 않는 질문이었다. 하지만 지미가 한 말이 어딘가 그의 신경을 건드렸다. 그 아이를 보고 있을 때 산제이 자신도 마치 그 아이가 자신을 지켜보고 있는 것만 같은 느낌이 들었던 것이다.

그는 현관쯤에 서 있던 다른 두 명의 파수꾼을 향해 고개를 돌렸다.

"지미가 무슨 소리를 하는지 이해하는 사람?"

벤이 어깨를 으쓱했다. "당최 무슨 소린지. 그 애가 지미 너한테 홀딱 반했나 보지."

그러자 지미가 고개를 홱 돌렸다. 땀으로 번들거리는 그의 얼굴은 공황감에 사로잡혀 있었다.

"농담이 아니라고. 들어가서 보면 무슨 소린지 알 거야. 정말 이상했다고."

벤이 그 말에 얼른 게일런을 쳐다보았지만, 게일런은 난처하다는 듯 어깨만 으쓱할 뿐이었다.

"왜 이래, 그냥 농담이었어. 왜 갑자기 예민하게 굴어?"

"난 농담하는 게 아니라고, 젠장. 게일런, 너는 왜 실실 웃는 거야?"

"나? 난 한마디도 안 했는데."

산제이의 인내심이 드디어 한계에 다다랐다.

"너희 셋, 이제 그만해. 지미, 아무도 병원 안으로 들여보내지 마라."

지미가 꾸중을 들은 아이처럼 고개를 끄덕였다. "알겠습니다. 말씀대로 하겠습니다."

"분명히 말했다. 어느 누구도 들여보내선 안 돼."

산제이는 지미의 얼굴을 천천히 들여다보았다. 지미는 수 라미레스가 아니었다. 알리시아도 아니었다. 내가 무슨 생각으로 지미를 총사령관 자리에 앉힌 거지?

"하이톱은 어떻게 할까요?" 지미가 물었다.

"정말로 추방하는 건 아니지요?"

케일럽을 생각하니 피로가 몰려왔다. 케일럽 존스에 대해서는 가능한 한 생각하지 않고 싶었다. 위기가 발생한 직후에는 사람들의 분노를 집중시킬 표적이 필요했다. 그러나 막상 날이 밝고 보니, 그 아이를 추방한다는 것은 잔인하기 짝이 없고 무의미한 일로 결국 모두가 후회하고 말 거라는 생각이 들었다. 게다가 케일럽은 정말로 용감했다. 형벌을 선고받는 순간 그 아이는 하우스홀드 앞에 똑바로 서서 모든 책임을 망설임 없이 받아들였다. 때때로 예기치 못한 곳에서 용기를 발견할 때가 있는데, 산제이는 케일럽 존스라는 육체노동자에게서 바로 그 용기를 보았다.

"감시를 붙일 거야."

"샘 슈는요?"

"샘이라니?"

지미가 잠시 머뭇거리다가 말을 이었다. "산제이, 샘과 마일로, 그리고 또 몇몇이 케일럽을 추방하려 한다는 이야기가 있습니다."

"누구한테 들었지?"

"제가 아니라 게일런이 들었다고 합니다."

"예, 제가 들었습니다." 게일런이 나섰다.

"킵이 말해주었습니다. 집에 있다가 식구들이 하는 말을 들었다더군요."

파수단의 주자인 킵은 마일로의 큰아들이었다.

"그래? 정확히 뭐라고 했지?"

게일런은 자신이 하는 이야기에서 거리를 두려는 듯 애매하게 어깨를 으쓱했다. "하우스홀드와 파수단이 케일럽을 추방하지 않는다면 샘이 직접 내쫓겠다고요."

이럴 걸 예상했어야 한다는 생각이 들었다. 사람들이 문제를 자기 손으로 직접 해결하려고 나서는 사태까지는 와서는 안 됐다. 그런데 샘 슈라니, 산제이가 아는 사람 중 가장 유순한 성격인 그가 이성을 잃을 정도로 화가 나서 그런 말을 했다는 것이 답지 않아 보였다. 샘은 슈 가문이 쭉 해오던 대로 온실에서 일했다. 사람들 말로는 그가 콩이며 당근, 상추를 애완동물처럼 애지중지한다고 했다. 아마 그의 자식들이 성소에서 지내고 있기 때문이리라. 산제이가 볼 때마다 샘은 축하주를 마시고 뻗어 있고 그의 아내인 '다른 샌디'는 임신한 상태였다.

"벤, 샘은 네 사촌이잖아. 아무 소리도 못 들었어?"

"들을 시간이 어디 있었겠습니까? 새벽부터 여기를 지키고 있었는데요."

산제이는 감옥을 지키는 파수꾼을 두 배로 늘리라고 이른 뒤 길로 나섰다. 바깥은 지독하리만치 고요했다. 심지어 새 하나 울지 않았다. 너무 조용해서, 병원에 누워 있던 소녀, 그리고 그 소녀에게 감시를 당하는 듯했던 느낌이 다시금 떠올랐다. 달콤하게 잠에 빠진 듯한 그 얼굴 아래에서 ― 산제이는 어쩐지 그 얼굴이 어린아이처럼 달콤하다는 생각이 들었다. 마치 어린 모사미가 큰 방의 침대로 기어올라 산제이가 잘 자라고 입 맞춰주기를 기다리던 시절이 떠올랐다 ― 부드러운 눈꺼풀로 가려진 그 아이의 마음이 자신의 눈을 찾아다니고 있는 듯한 느낌이었다. 지미의 말이 틀린 게 아니었다. 그 아이에게는 무언가 이상한 것이 있었다. 그 아이의 눈빛은 묘했다.

"산제이?"

그러고 보니 또 생각에 빠져 넋을 잃고 있었나 보다. 돌아보자 지미가 계단 맨 위에 서서 눈을 가늘게 뜬 채 막 무슨 선언을 하려는 것처럼 앞으로 몸을 기울이고 서 있었다.

"무슨 일이지?" 갑자기 입안이 바싹 마르는 것 같았다.

지미가 입을 열었다. 그러나 하려던 말이 입 밖으로 도저히 나오지 않는 것 같았다.

"아무것도 아닙니다." 지미는 마침내 그렇게 말하더니 시선을 피했다.

"사라의 말이 맞았나 봅니다. 눈을 좀 붙여야겠어요."

오랜 세월이 흐른 뒤 피터는 그 소녀가 나타난 뒤 일어난 모든 일이 연속된 춤을 닮았다는 것을 깨닫게 될 것이다. 신체들이 모였다가 흩어지고, 짧은 순간 훌쩍 멀어지며 더 커다란 궤도를 그렸다가 다시금 어느 알 수 없는, 중력처럼 고요하고 피할 수 없는 힘의 자장 속으로 끌려 들어오는 동작이었다.

전날 밤 병원에 들러 그 소녀를 보았을 때 — 온통 피투성이였고 케일럽이 지혈을 하는 가운데 사라가 미친 듯이 상처를 봉합했다 — 피터가 느낀 것은 공포도, 놀라움도 아니었다. 아는 사람을 보았을 때 느끼는 익숙함이었다. 회전목마에서 만났던 소녀였다. 어둠 속을 미친 듯 내달릴 때 복도에서 만났던 소녀. 그에게 입을 맞추고 문을 닫았던 소녀.

입맞춤. 테오에게 자비를 행하기 위해 성벽 위에 서서 기다리던 오랜 시간 동안 피터는 자꾸만 그 입맞춤을, 그 당혹스러운 의미와 형태를 생각했다. 그날 밤 조명등 아래에서 나누었던 사라와의 키스와는 달랐다. 친구 사이의 입맞춤도, 심지어 엄밀히 말하자면 어린아이다운 면이 있긴 해도 어린아이의 순진무구한 입맞춤도 아니었다. 시작하기도 전에 끝난 것 같은, 은밀하게 서둘렀으며 수줍은 듯 짧았던 입맞춤, 그리고 그가 채 뭐라고 말하기 전에 곧바로 소녀가 돌아서서 복도로 나가 문을 닫아버렸던 것. 그 모든 것을 담은 동시에 어떤 것도 담지 않은 입맞춤. 그리고 그 의미를 피터는 병원에 들어서서 누워 있는 그 소녀를 바라본 뒤에야 이해하게 되었다. 그건 약속이었다. 말이 없는 소녀의, 말만큼이나 분명한 약속. '내가 당신을 찾아갈게요.'라는 약속이었다.

알리시아와 테오는 성소의 벽 아래 노간주나무 숲 뒤에 몸을 숨긴 채 산제이가 성소 밖으로 나서는 모습을 지켜보았다. 지미는 잠시 후에야 걸음을 옮겼다. 어쩐지 방향감각을 잃은 듯 께느른한 지미의 몸놀림이 평소와는 다르다는 생각이 들었다. 마치 어디로 가야 할지, 자기 몸을 어쩔 줄 모르는 것 같아 보였다. 지미가 떠나자 현관의 그늘 아래에는 벤과 게일런만이 남았다.

알리시아는 고개를 저었다. "저들을 설득할 수 없을 것 같은데."

"이리 와." 피터가 말했다.

그는 알리시아를 이끌고 건물 뒤, 병원과 온실을 잇는 보호벽이 쳐진 작은 길을 향했다. 건물의 뒷문과 창문은 전부 벽돌로 막아두었지만, 텅 빈 컨테이너 더미 뒤에 금속으로 된 격벽이 하나 숨겨져 있었다. 그 안에 지하실로 이어지는 오래된 화물 운송장치가 있었다. 어머니가 혼자 병원에서 일할 때, 피터가 아직도 이런 장난을 좋아하던 시절, 어머니는 피터를 불러서 이 운송장치를 타고 지하실을 오갈 수 있게 해주었다.

피터가 격벽을 열었다. "들어가."

알리시아의 몸이 통로의 벽에 부딪히는 소리가 나더니 아래에서 "내려왔어." 하는 소리가 들렸다. 피터도 문 모서리를 움켜쥔 채 안으로 내려가면서 머리 위의 철문을 닫았다. 문이 닫히면서 두 사람은 완전한 어둠 속에 묻혔다. 그 시절 통로를 타고 들어가는 놀이가 그토록 스릴 넘쳤던 건 어쩌면 이 어둠 때문이었으리라고 생각하며 피터는 손을 놓았다.

다음 순간 덜커덩하는 소리와 함께 그는 지하실에 내려섰다. 지하실 안은 쌓여 있는 컨테이너부터 유리병이 줄지어 있는 오래된 워크인 냉장고까지 피터의 기억 속 풍경과 똑같았다. 한가운데에는 저울과 연장, 녹아내린 초 들이 놓여 있는 커다란 탁자가 있었다. 알리시아는 병원의 응접실로 이어지는 계단 밑에 서서 위에서 새어 나오는 가느다란 빛을 향해 고개를 기울이고 있었다. 계단 꼭대기는 현관에서 환히 들여다보였다. 눈에 띄지 않게 창문 앞을 지나가는 것이 가장 어려운 과제였다. 피터가 먼저 계단을 올랐다. 꼭대기에 거의 다다른 뒤에는 고개를 슬쩍 내밀어 계단 위를 보았다. 너무 낮은 위치라 정확히 보이지는 않지만 현관 앞에 선 두 남자가 소리 죽여 말하는 목소리가 들려왔다. 두 남자는 현관 반대편을 보고 있었다. 피터는 몸을 돌려 알리시아에게 따라오라고 몸짓으로 알린 다음 얼른 일어나 응접실을 지나 병실 앞 복도를 달려갔다.

소녀는 잠에서 깨어 일어나 앉아 있었다. 가장 먼저 피터의 눈에 들어온 것이 그 모습이었다. 피 묻은 옷은 몸에 감은 붕대가 비쳐 보이는 얇은 가운으로 갈 아입혀져 있었다. 사라가 좁은 침대 끄트머리에 걸터앉아 반대편을 보고 있었 다. 손으로 아이의 손목을 쥐고 있었다.

그때 아이가 눈을 뜨는 바람에 피터와 눈이 마주쳤다. 공황에 사로잡힌 몸부 림이 이어졌다. 아이는 사라에게 붙들려 있던 손을 잡아 빼더니 침대 머리맡으 로 허둥지둥 기어가자, 뒤에 누군가 있다는 사실을 알아차린 사라가 벌떡 일어 나 뒤를 돌았다.

"뭐 하는 거야." 사라가 온몸에 악을 쓰듯 힘을 주는 것 같았다. 그녀가 쉰 소 리로 속삭였다. "어떻게 들어왔어?"

"지하실로." 대답은 피터의 뒤에서 나왔다. 알리시아였다. 소녀는 무릎을 가 슴께에 꼭 붙인 방어적인 자세로 몸을 둥글게 말고 있었다. 무릎을 감싼 가운을 주먹으로 꼭 움켜쥐고 있었다.

"이게 어떻게 된 일이야?" 알리시아가 물었다. "몇 시간 전만 해도 석궁에 맞 아 어깨가 갈기갈기 찢어져 있었잖아."

그제야 사라의 표정이 풀렸다. 그녀가 피로한 듯 한숨을 쉬더니 옆에 있던 침 대에 주저앉았다.

"나라고 알겠어? 내가 보기엔 아이는 이제 괜찮아. 상처가 아물었거든."

"어떻게 그럴 수 있지?"

사라는 고개를 저었다. "설명이 안 돼. 그런데 이 아이는 다른 사람에게 그 사 실을 알리고 싶지 않은가 봐. 좀 전에 산제이와 지미가 다녀갔어. 누가 들어오면 자는 척을 하더라고." 그러면서 그녀가 어깨를 으쓱했다.

"어쩌면 너희들한테는 입을 열지도 몰라. 나한테는 한마디도 안 해."

피터에게 두 사람의 대화는 마치 먼 곳, 다른 방에서 들려오는 것처럼 희미하 게 느껴졌다. 그는 침대 앞으로 성큼 다가서 있었다. 무릎에 고개를 파묻고 있던 소녀가 머리카락에 가려진 눈을 살짝 들어 그를 쳐다보았다. 겁 많은 동물 같은 움직임이었다. 피터가 침대 끝에 걸터앉아 소녀를 마주 보았다.

"피터, 뭐 하는 거야?" 사라였다.

"너, 날 따라온 거지?"

소녀가 보일락 말락 하게 작게 고개를 끄덕였다.

'그래요, 따라왔어요.'

고개를 들자 사라가 침대 발치에 서서 그를 쳐다보고 있는 것이 보였다.

"이 애가 내 목숨을 구했어." 피터는 설명을 시작했다. "쇼핑몰에서 바이럴이 공격했을 때, 이 애가 날 보호해줬어." 그는 다시 아이의 눈을 바라보았다. "그렇지? 네가 날 구했잖아. 놈들을 쫓아 보냈잖아."

'맞아요, 내가 쫓아 보냈어요.'

"피터, 너 이 아이를 알아?" 사라가 물었다.

피터는 머릿속에서 그날 일어난 일들을 다시금 끼워 맞추며 잠시 머뭇거렸다. "우린 회전목마 아래에 숨었어. 테오는 이미 납치된 뒤였고, 바이럴이 다가오고 있었어. 다 끝났다고 생각했을 때…… 이 아이가 내 몸 위로 기어올랐어."

"네 몸 위로 기어올랐다고?"

피터는 고개를 끄덕였다. "그래, 내 등 위로, 마치 썰매에 올라타는 것처럼. 이상하게 들리겠지만, 다른 말로는 설명할 수가 없어. 그러자 바이럴들이 가버렸어. 이 애가 나를 복도로 데리고 나와 지붕으로 올라가는 길을 알려줬어. 그렇게 빠져나온 거야."

잠시 동안 사라는 말이 없었다.

"이상한 소리로 들리겠지."

"피터, 왜 이 이야기를 아무에게도 하지 않은 거야?"

피터는 할 말이 없어 어깨만 으쓱했다. 변명할 게 없었다. 특히, 자신을 변호할 수단이 없었다. "말하는 게 좋았겠지. 하지만 이 모든 일이 진짜로 일어난 일인지 아닌지도 확신할 수가 없었어. 그런데 그 말을 하지 않았더니 사실을 털어놓기가 갈수록 더 어려워진 거야."

"산제이가 알게 되면 어떡하게?"

소녀는 이제 무릎에 파묻었던 고개를 살짝 들고 있었다. 모든 것을 알고 있는 것만 같은 새까만 눈으로 그의 얼굴을 샅샅이 살펴보는 것만 같았다. 여전히 야생동물처럼 초조해하는 기색은 있었으나 몇 분 전 그들이 처음 병실에 들어섰을 때에 비하면 눈에 띄게 긴장이 풀린 것 같았다.

"모를 거야." 피터가 대답했다.

"맙소사." 두 사람 뒤에서 목소리가 불쑥 등장했다. "진짜구나."

그 목소리에 다들 동시에 뒤를 돌아보자 커튼 앞에 마이클이 서 있었다.

"서킷, 대체 무슨 수로 들어온 거야?" 알리시아가 위협적인 말투로 물었다. "목소리 낮춰."

"너희들과 똑같이 들어왔지. 너희 둘이 복도를 지나는 모습을 봤거든." 마이클은 소녀에게서 눈을 떼지 않은 채 조심스럽게 침대로 다가왔다. 손에는 무언가를 움켜쥐고 있었다.

"도대체 이 아이는 누구야?"

"우리도 몰라." 사라가 대답했다. "워커야."

그러자 마이클은 잠시 알 수 없는 표정으로 침묵했다. 그러나 피터의 눈에는 마이클의 머릿속에서 여러 가지 계산이 이루어지고 있다는 사실을 알 수 있었다. 그러다가 별안간 마이클은 자신이 손에 쥐고 있는 물체를 상기한 듯했다.

"이런 제기랄. 젠장, 엘턴 말이 맞았어."

"무슨 소리야?"

"신호, 유령이 보낸 신호 말이야." 그러다가 마이클은 나머지 셋에게 조용히 하라는 동작을 해 보였다. "아냐, 잠깐…… 기다려. 믿기지 않는걸. 마음의 준비 해봐." 마이클의 얼굴이 승리의 미소로 가득했다. "온다."

바로 그 순간 마이클이 쥐고 있던 물체가 징징 울리기 시작했다.

"서킷." 알리시아가 입을 열었다. "그게 대체 뭐야?"

그가 손에 쥐고 있던 것을 들어 모두에게 보여주었다. 핸드헬드였다.

"이 이야기를 해주러 온 거야. 이 아이? 워커라고 했나? 이 아이가 우리를 부르고 있었어."

마이클은 이 아이가 송신기를 가지고 있을 거라고 했다. 어떻게 생겼는지는 모르지만, 전원공급을 할 수 있을 정도로 크기가 클 거라고, 알 수 있는 건 그게 전부라고 했다.

아이의 배낭과 그 안에 들어 있던 것들은 이미 전부 소각된 뒤였다. 그렇다면 송신기는 아이의 몸에 붙어 있을 거라고 했다. 사라가 아이 옆에 앉아서 지금부터 몸을 검사할 거라고, 가만히 있으라고 말했다. 사라가 아이의 발부터 다리, 팔, 손과 목까지 부드럽게 쓸며 만져보았다. 그러더니 일어나 아이의 침대 머리맡에 앉은 뒤 아이의 지저분한 머리카락 속으로 손가락을 밀어 넣었다. 아이는 가만히 따랐고, 사라가 시키는 대로 팔다리를 들어 올리면서 두 눈으로는 나직한 호기심을 담아 방 안을 둘러보고 있었다. 마치 이 방 안에 있는 것들이 아무것도 이해가 가지 않는다는 것만 같은 표정이었다.

"몸에 붙어 있다면 굉장히 꽁꽁 숨겨둔 것 같은데." 사라가 아이의 얼굴에 붙어 있던 머리카락 한 가닥을 떼어내며 말했다. "마이클, 확실한 거야?"

"응, 확실해. 그렇다면 송신기는 이 아이의 몸속에 있을 거야."

"몸속에?"

"깊지 않은 곳, 아마 피부 바로 밑에 심겨 있을 거야. 흉터가 있는지 찾아봐."

사라는 그 말에 잠깐 생각했다. "모두가 보는 앞에서는 확인할 수 없어. 피터, 마이클, 뒤로 돌아. 리시는 이쪽으로 와서 날 좀 도와주고."

피터는 뒤로 돌아 기다리는 동안 커튼 쪽으로 다가가 바깥을 슬쩍 살폈다. 벤과 게일런이 여전히 입구를 지키고 있는 모습이 유리창을 통해 흐릿하게 보였다. 시간이 얼마나 더 있을까? 산제이나 올드 슈, 아니면 지미가 언제라도 나타날지도 몰랐다.

"이제 돌아봐도 돼."

소녀는 침대 끝에 걸터앉은 채 고개를 푹 수그리고 있었다.

"마이클의 말이 맞았어. 금방 찾았어." 사라가 아이의 머리를 헤치고 흉터를 보여주었다. 아이의 목 아랫부분에 고작 2센티미터 남짓한 새하얀 선 하나가 보였다. 선 위는 그 안에 무언가가 들어 있다는 듯 불룩 튀어나와 있었다.

"모서리가 만져져." 사라가 직접 그 물체를 만져보았다. "안에 다른 무언가 더 있는 게 아니라면 쉽게 빼낼 수 있을 거야."

피터가 말했다. "아플까?"

사라가 고개를 끄덕였다. "아프지. 하지만 금방이면 끝나. 어젯밤 했던 일을 생각하면 이 정도는 큰 가시 하나 빼내는 거나 다름없지."

피터가 침대에 걸터앉아 소녀에게 말을 걸었다.

"사라가 네 피부밑에서 뭘 빼낼 거야. 일종의 라디오 장치야. 괜찮겠어?"

아이의 얼굴에 이해의 빛이 스치는 것이 보였다. 아이가 고개를 끄덕였다.

"조심해." 피터가 말했다.

사라가 약장에서 대야, 메스, 그리고 알코올 한 병을 가지고 왔다. 거즈를 적셔 환부를 닦은 다음 아이의 뒤에 앉아 머리카락을 들어 올린 채 대야에 있던 메스를 집었다.

"따끔할 거야." 사라가 상처의 하얀 선을 따라 메스로 살짝 그었다. 아이가 고통을 느꼈는지는 모르지만, 아프다는 내색은 전혀 하지 않았다. 벤 자국을 따라 핏방울 하나가 솟아나더니 긴 선을 그리며 아이의 가운으로 흘러내렸다. 사라는 거즈로 상처를 톡톡 닦은 다음 아이의 머리를 대야 쪽으로 기울였다.

"누가 족집게 좀 집어줘. 족집게 날 부분은 손대지 말고."

알리시아가 족집게를 건네자 사라는 한 손으로는 상처에 거즈를 댄 채 족집게의 갈라진 끝을 아이의 살갗이 벌어진 부분에 댔다. 피터는 그 장면에 너무 집중하고 있어서, 족집게의 끝이 아이의 목에 들어 있던 물체를 집는 감각이 실제로 손끝에 느껴지는 것만 같았다. 사라는 천천히 그 검은 물체를 끄집어내 거즈 위에 놓은 뒤 마이클에게 보여주었다.

"이거 맞아?"

거즈 위에는 반들거리는 금속으로 만들어진 작은 직사각형 물체가 놓여 있었다. 머리카락같이 가느다란 전선들이 양 끝에 비죽비죽 튀어나와 있었다. 피터의 눈에는 전체적으로 납작하게 짜부라진 거미처럼 보였다.

"이게 라디오야?" 알리시아가 물었다.

마이클은 눈썹이 축 처질 정도로 인상을 쓰고 있었다.

"잘 모르겠어."

"모르겠다고? 전화기가 울릴 수 있게 했으면서 이게 뭔지는 모른다고?"

마이클이 깨끗한 천으로 그 물건을 닦아낸 다음 불빛에 비추어보았다. "일종의 송신기이긴 해. 그래서 전선이 붙어 있는 거야."

"그럼 이런 게 왜 이 아이의 몸속에 있지?" 알리시아가 물었다. "도대체 누가 그런 짓을 한 거야?"

"그건 아마 이 아이에게 직접 물어보아야 할 거야." 마이클이 말했다.

하지만 피투성이 천 위에 놓인 그 물건을 소녀에게 보여주자 그녀는 혼란스럽다는 표정을 지었을 뿐이었다. 도대체 이 물건이 어째서 소녀의 목 안에 들어 있었는지는 그녀의 존재만큼이나 수수께끼였다.

"군인들이 한 일일까?" 피터가 물었다.

"그럴 수도 있어. 군대에서 사용하는 주파수로 신호를 보냈거든."

"하지만 눈으로 봐서는 알 수 없잖아."

"피터, 나는 이 신호가 무엇을 전달하는 건지도 몰라. 알파벳을 순서대로 읊는 것에 불과할지도 모르고."

알리시아가 얼굴을 찌푸렸다. "알파벳을 뭐 하러 읊는 건데?"

마이클은 그 말에는 토를 달지 않았다. 그가 다시 피터를 쳐다보았다.

"지금 할 수 있는 말은 그것뿐이야. 더 알아내려면 분해해봐야 해."

"그럼 분해해봐." 피터가 말했다.

산제이 파탈은 병원을 떠나 올드 슈를 만나러 갈 작정으로 걸음을 옮겼다. 결정하고 논의할 문제들이 있었다. 우선 산제이로서는 예기치 못했던 샘과 마일로의 도발, 그리고 케일럽, 또 그 소녀의 처분 문제가 있었다.

그 아이. 아이의 눈빛은 묘했다.

그러나 병원을 나와 한낮의 바깥으로 걸어 나오자 신경 쓰지 않았던 피로가 쏟아졌다. 밤을 새우다시피 하고, 오전 시간도 온갖 말과 걱정, 생각으로 보냈으니 당연한 일이었다. 사람들은 하우스홀드가 하는 일이 파수단이나 육체노동, 농업 같은 진짜 노동이 아니라고 비웃었지만 ― 테오 잭슨은 괘씸하게도 '하수구 위원회'라는 별명까지 붙였다 ― 그건 하우스홀드가 맡은 책무를 몰라서 하는 소리였다. 산제이는 마흔다섯이니 이미 젊지 않은 나이였지만 자갈길을 걷고 있는 지금 그는 어쩐지 한층 더 늙어버린 기분이 들었다.

올드 슈가 양봉장에 있을 시간이었다. 게이트가 폐쇄되건 말건 벌들은 조금도 개의치 않을 테니까. 그러나 뙤약볕이 내리쬐는 가운데 양봉장까지 한참을 걸어갈 생각, 또 가는 길에 누군가를 만나서 억지로 이야기를 나누어야 할 생각을 하니 갑자기 머리에 회색 안개가 낀 것처럼 피곤하게 느껴졌다. 결국 산제이는 좀 쉬기로 마음먹었다. 올드 슈는 나중에도 만날 수 있을 터였다. 그러면서 산제이는 자신도 모르게 집 쪽으로 가는 그늘진 터를 느린 걸음으로 터벅터벅 걸어가 문안으로 들어간 뒤(집 안 어딘가에 글로리아가 있는지 인기척에 귀를 기울였지만 아무 소리도 들리지 않았다) 구석에 거미줄이 낀 처마 아래에 있는 삐걱대는 계단을 올라 침대에 몸을 뉘었다. 낮잠을 자는 건 무척 오랜만이었다.

얼마 만이더라? 질문에 채 답을 떠올리기도 전에 그는 스르륵 잠에 빠졌다.

한참 뒤 산제이는 입안에 시큼한 맛이 맹렬하게 감돌고 귀로 피가 확 몰리는 바람에 잠에서 깼다. 이런 식으로 잠에서 펄떡 뛰어오르는 것처럼 깬 것은 처음이었다. 머릿속이 텅 빈 느낌이었다. 이렇게 깊이 잠을 자다니. 산제이는 자신을 가득 채운 낯선 감각 속에 둥둥 떠다니는 기분으로 가만히 누워 있었다. 아래층에서 글로리아의 목소리, 그리고 더 낮은 남자의 목소리가 들렸다. 지미, 이안, 아니면 게일런일 것 같았지만, 귀를 기울이는 사이 그 목소리는 멎어버렸다. 그저 누워만 있으니 편했다. 편한 한편으로 평소 같았다면 이미 한참 전에 일어나고도 남았을 시간이라 약간 이상했다. 창밖으로 밤이 다가오며 새하얀 여름 하늘이 석양빛에 분홍색으로 물드는 모습이 보였던 데다가, 해야 할 일도 있으니 일어나야겠다는 생각이 들었다. 지미에게 발전소 이야기도 전해야 하고, 아침이 오면 누가 발전소에 내려갈지도 정해야 했다(발전소에 가보아야 하는 이유가 이유인만큼 누구를 보내야 할지 선뜻 결정할 수가 없었다). 또 케일럽의 처분도 결정해야 했다. 다들 그를 하이톱이라고 불렀는데, 아마 그 아이가 신는 신발 때문에 붙은 별명 같았다. 그러나 이렇게 누워 있자니 이런 걱정들은 꼭 남의 것처럼 멀고 하잘것없는 것처럼 느껴졌다.

"산제이?"

글로리아가 문간에 서 있었다. 산제이에게 그녀가 사람이 아닌 목소리처럼 느껴졌다. 육체가 없는 목소리가 어둠 속에서 그의 이름을 부르는 것 같았다.

"왜 침대에 누워 있어?"

'모르겠어.' 산제이는 생각했다. 내가 왜 누워 있는지 모르다니 정말 이상하군.

"늦었어, 산제이. 사람들이 당신을 찾고 있어."

"잠시…… 낮잠을 잤어."

"낮잠을 잤다고?"

"그래, 글로리아. 깜빡 잠들었어."

흐린 시선 속에서 침대 곁으로 다가선 아내의 둥글고 부드러운 얼굴을 몸 없이 둥둥 떠 있는 것만 같았다.

"담요는 왜 그렇게 쥐고 있어?"

"뭐가? 내가 뭘 어떻게 쥐고 있는데?"

"몰라, 당신이 직접 봐."

그 단순한 동작조차 너무 고단한 일처럼 느껴져 내키지 않았지만 산제이는 결국 땀에 젖은 베개에서 고개를 살짝 들어 자기 몸을 내려다보았다. 잠자는 동안 담요를 끄집어내 밧줄처럼 비비 꼬았던 모양이다. 그렇게 꼬인 담요를 허리 위에 놓고 양손으로 움켜쥔 자세였다.

"산제이, 왜 그래? 말투가 이상해."

글로리아는 여전히 침대 옆에 서서 그를 내려다보고 있었지만, 산제이는 도저히 아내의 얼굴에 초점을 맞출 수가 없었다.

"괜찮아, 그냥 좀 피곤해서."

"잠을 잤는데도?"

"이제 괜찮은 것 같아. 그래도 좀 더 자고 싶어."

"지미가 왔었어. 발전소 일은 어떻게 할 건지 묻던데."

발전소. 발전소가 뭐?

"지미가 다시 찾아오면 뭐라고 전할까?"

그제야 발전소 일이 무엇인지 기억났다. 그곳에서 무슨 일이 일어나고 있을지는 모르지만 누군가는 발전소를 지키러 가야 했다.

"게일런." 산제이가 말했다.

"게일런? 게일런이 뭐?"

하지만 아내의 질문도 이제 흐릿하게만 느껴졌다. 그는 다시 눈을 감았고, 글로리아의 얼굴이 눈앞에서 서서히 녹아내리듯 다른 얼굴로 바뀌었다. 아주 작은 소녀의 얼굴. 그 아이의 눈은 묘했지.

"게일런에게 잘된 일이야, 안 그래?"

이 방에 있는 산제이가 아니라 여기 없는 또 다른, 꿈속의 산제이가 그렇게 말하는 목소리가 들렸다.

"게일런을 보내라고 전해."

시간이 흘러 밤이 되었다.

아직 마이클에게서는 아무 소식도 없었다. 세 사람은 병원 뒷문으로 빠져나온 다음 각자의 길로 흩어졌다. 마이클은 라이트하우스로 돌아갔고, 알리시아와 피터는 트레일러 파크로 가서 샘과 마일로가 돌아올 때를 대비해 빈 차체 안에 숨었다. 사라는 아직 소녀와 함께 병실에 있었다. 당분간 할 수 있는 일은 기다리는 것뿐이었다.

그들이 몸을 숨긴 트레일러는 감옥으로부터 두 줄 떨어진 곳에 있어서 사람들의 눈에 띄지 않고 감옥 입구를 지켜볼 수 있는 곳이었다. 트레일러는 개척자들이 성벽과 조명등을 세운 노동자들을 묵게 하던 곳이라고 전해졌다. 피터가 아는 한 그 뒤로 트레일러에서 산 사람은 아무도 없었다. 패널은 파이프와 철사를 만들기 위해 거의 다 떼어갔고, 차 안에 있는 설비며 기구들 역시 전부 뜯어낸 뒤 분해해 여기저기에 부품으로 썼다. 두 사람이 몸을 숨긴 곳은 차 뒤편을 미닫이문으로 분리해두고, 받침대 위에 매트리스를 올려둔 곳이었다. 벽 쪽에는 잠자는 공간들이 있었다. 반대쪽에는 마주 보는 벤치 두 개와 함께 조그만 테이블도 놓여 있었다. 전부 잔금이 간 비닐이 씌워져 있었고, 천도 다 낡아버려서 만지면 먼지가 되어 부스러지는 허술한 충전재가 비어져 나와 있었다.

알리시아는 시간을 때울 셈으로 카드 한 벌을 가지고 왔다. 고투 게임을 하는 동안 그녀는 몇 번이고 벤치에서 몸을 돌려 창밖으로 감옥 쪽을 살펴보았다. 데일과 서니는 떠나고 그 자리에 이제는 가르 필립스와 홀리스 윌슨이 도무지 물러나지 않을 기세로 서 있었다. 느지막한 오후에 킵 대럴이 음식 쟁반을 가지고 찾아온 것 외에는 누구도 이쪽으로 발길을 주지 않았다.

피터가 다시 카드를 섞었다. 창문을 보던 알리시아가 테이블에 놓인 자기 카드들을 집어 재빨리 살펴보더니 얼굴을 찌푸렸다.

"제기랄, 왜 이따위 카드들만 나왔담?"

피터가 카드를 섞는 동안 알리시아도 카드를 섞고는 먼저 빨간색 잭을 냈다. 피터가 같은 색 카드를 내어 응수한 뒤 스페이드 8을 냈다.

"고투."

피터에게는 이제 스페이드 카드가 없었다. 그는 카드 더미에서 새 카드를 집었다. 알리시아는 다시 창밖을 바라보았다.

"그만 좀 내다봐. 너 때문에 나까지 초조해져." 피터가 말했다.

알리시아는 대답하지 않았다. 카드를 맞추기 위해 카드를 네 장이나 가져온 바람에 손에 카드를 잔뜩 쥔 신세가 되었다. 다행히 스페이드 8이 나왔다. 그는 2를 냈고 알리시아가 하트 2를 내더니 네 장의 카드를 나란히 내려놓고 여왕을 뒤집어 다시금 피터가 스페이드를 내게 했다.

그는 또다시 카드 더미에서 카드를 집었다. 알리시아에게 스페이드가 많은 것이 분명했지만 별수 없었다. 완패할 게 뻔했다. 그가 6을 내자 알리시아는 이번에도 순서를 맞춘 카드를 잔뜩 내놓더니 다이아몬드 9를 뒤집고 손에 든 카드를 전부 털었다.

"너 항상 이런 식으로 하더라." 카드를 다시 챙기면서 알리시아가 말했다. "제일 약한 것부터 내."

피터는 더 이상 낼 카드가 남아 있지 않은 두 손을 내려다보고 있었다.

"내가 그래?"

"넌 늘 그래."

곧 첫 번째 저녁 종이 울릴 시간이었다. 이 시간에 성벽 위에 있지 않다니 기분이 묘했다.

"샘이 다시 찾아오면 어떻게 할 셈이야?" 피터가 물었다.

"아무 계획 없어. 설득해 봐야겠지?"

"설득이 안 먹히면?"

그러자 알리시아는 어깨를 으쓱하더니 얼굴을 찌푸렸다.

"그럼 맞붙어 싸우는 수밖에."

첫 번째 저녁 종이 울리는 소리가 들렸다.

"넌 꼭 안 그래도 돼." 알리시아가 말했다.

그건 너도 마찬가지 아니냐고 말하고 싶었지만, 알리시아의 입장은 다르단 걸 피터도 알았다.

"날 믿어. 두 번째 저녁 종이 울린 뒤에는 아무 일도 없을 거야. 어젯밤 일도 있고 해서 다들 집 안에 들어가 나오지 않을걸. 가서 사라를 살펴봐. 서킷한테도 가서 뭐라도 새로 알게 된 게 있느냐고 물어보고."

"그 애는 누굴까?"

알리시아는 그 질문에 어깨만 으쓱했다. "내가 보기에는 그냥 겁에 질린 어린 애 같아. 물론 목 안에 들어있던 물건이며 여태 바깥에서 살아남은 걸 보면 보통 아이일 가능성은 없지만 말야. 영영 알 수 없을지도 몰라. 마이클이 뭔가 알아내길 기다려 보자고."

"그런데, 내 말 믿어? 쇼핑몰에서 그 애가 바이럴을 쫓아 보냈다는 이야기 말이야."

"당연히 난 널 믿지, 피터." 알리시아가 그를 향해 얼굴을 찌푸렸다.

"내가 널 못 믿을 이유가 뭐가 있어?"

"말도 안 되는 소리잖아."

"네가 그랬다면 그런 거야. 난 한 번도 널 의심해본 적이 없고, 이번에도 그럴 거야." 알리시아는 피터를 한참 동안 빤히 바라보았다.

"진짜 하고 싶은 말은 따로 있는 거지?"

피터는 잠시 침묵하다가 입을 열었다. "그 애를 바라볼 때, 뭐가 보여?"

"무슨 소린지 모르겠어. 뭐가 보여야 하는데?"

두 번째 저녁 종이 울렸다. 알리시아는 여전히 피터를 바라보며 그의 대답을 기다리고 있었다. 그러나 피터는 자신이 느낀 바를 뭐라고 설명하면 좋을지 알 수 없었다.

바깥이 환히 밝아졌다. 조명등이 켜졌던 것이다. 피터는 테이블 아래로 구겨 넣었던 다리를 펴고 일어났다.

"너 아까 정말로 샘을 석궁으로 쏠 작정이었어?" 피터가 알리시아에게 물었다.

역광 때문에 알리시아의 얼굴에 그늘이 져 표정이 읽히지 않았다.

"진심으로 묻는 거야? 나도 몰라. 쐈을 수도 있어. 그랬다면 후회했겠지만."

그는 아무 말 없이 다음 말을 기다렸다. 바닥에는 식량과 물, 침낭이 든 알리시아의 가방이 놓여 있었고 그 옆에는 석궁이 있었다.

"어서 가." 알리시아가 문을 향해 고갯짓하며 재촉했다. "어서 나가."

"정말 괜찮겠어?"

"피터," 알리시아가 웃었다. "내가 안 괜찮은 적이 언제 한 번이라도 있었어?"

라이트하우스의 마이클 피셔가 처한 문제는 한둘이 아니었지만 그중 무엇보다도 고역인 것은 악취였다.

무지막지하게 지독한 냄새였다. 씻지 않은 몸에서 나는 시큼한 겨드랑이 냄새와 빨지 않은 양말 냄새. 곰팡이 핀 치즈와 양파를 닮은 냄새였다. 공기 중에 진동하는 악취 때문에 집중이 안 될 지경이었다.

"젠장, 엘턴, 당장 나가 주세요. 악취가 사방에 진동하잖아요."

엘턴은 언제나처럼 마이클의 오른쪽 패널 앞에 앉아서 두 손을 바퀴 달린 낡은 의자의 팔걸이에 올려놓고 머리는 살짝 반대편으로 기울인 자세였다. 밤이 되어 조명등을 켜고 나자 — 배터리는 아직까지 전부 초록색이었다. 발전소가 어떤 상황인지는 모르지만 아직도 산 위로 전류를 보내고 있긴 하다는 뜻이었다 — 마이클은 작업장에서 가져온 확대경을 가지고 카운터 위에 분해해놓은 송신기를 다시 살펴보기 시작했다. 금방이라도 산제이가 나타나 배터리 상황을 물어볼 것 같았다. 그러나 오늘 라이트하우스를 찾아온 사람은 오후 늦은 시간에 나타난 지미가 전부였다. 지미는 안색이 좋지 않았고, 조금 전까지 벌겋게 달아올랐다가 다시 열기가 가라앉은 듯, 무슨 고민이라도 하는 것 같은 얼굴로 나타나서는 잊고 있었던 이야길 다시 꺼내는 것이 민망하다는 듯 배터리에 대해 슬쩍 물었을 뿐이었다. 엘턴이 풍기는 지독한 체취가 바리케이드처럼 버티고 있었던 탓에 지미는 문 안으로 딱 1미터 들어와 멈춰 섰다. 그래서 눈이 있는 사람이라면 누구나 볼 수 있게 꺼내놓은 확대경도, 패널의 슬롯 사이로 드러난 색색의 케이블과 회로장치도, 카운터에 놓여 있는 납땜용 인두도 보지 못한 듯했다.

"엘턴, 제발요. 주무시려거든 저쪽에 가서 주무세요."

엘턴이 꿈틀하며 정신을 차리느라 팔걸이를 쥔 손가락에 힘을 주더니 앞이 보이지 않는 경직된 얼굴을 마이클에게로 돌렸다.

"그래, 미안하다." 엘턴이 한 손으로 얼굴을 문질렀다. "납땜은 마쳤나?"

"지금부터 하려고요. 엘턴, 이런 말 하긴 싫지만 여기 혼자 쓰는 공간이 아니잖아요. 대체 목욕을 얼마 동안 안 한 거예요?"

엘턴은 묵묵부답이었다. 사실, 엘턴에게 부탁하는 청결 기준이 애초 그렇게 높았던 건 아니지만, 어쩐지 오늘은 유독 상태가 좋지 않아 보였다. 땀투성이에 기진맥진한 채였고 정신은 딴 데 가 있는 듯했다. 마이클이 보는 앞에서 엘턴은 천천히 한 손을 들어 카운터 위로 뻗더니 손가락을 톡톡 두들기며 헤드폰을 찾아 집었지만 머리에 쓰지는 않았다.

"괜찮으세요?"

"음?"

"몸이 안 좋아 보여서 여쭌 거예요."

"불은 켰고?"

"1시간 전에 켰잖아요. 대체 언제부터 주무신 거예요?"

엘턴이 두툼한 혀로 입술을 축였다. 우웩, 이 사이에 낀 저건 또 뭐야?

"네 말이 맞는구나. 가서 좀 누워야겠다."

엘턴은 일어나서 느릿느릿 좁은 복도를 걸어 작업장 뒷방으로 갔다. 무거운 몸이 매트리스에 누우며 나는 스프링의 삐걱 소리가 났다.

그래, 일단 엘턴 문제는 해결했다.

마이클은 다시 눈앞의 작업에 집중하기 시작했다. 소녀의 목에 무언가가 삽입되어 있을 거라는 생각은 맞았다. 송신기는 메모리칩과 연결되어 있었는데 처음 보는 종류였다. 크기가 훨씬 작고, 아주 작게 금속이 튀어나온 부분 외에는 포트도 보이지 않았다. 하나는 송신기에 연결하는 것이었고, 다른 하나는 올록볼록하게 세공된 전선에 연결되어 있었다. 이 와이어가 안테나 역할을 해서 칩 없이도 송신기가 작동하는 건 아닌 것 같았고, 어쩌면 이 와이어 자체가 메모리칩이 기록하는 데이터를 받아들이는 일종의 센서인 것 같기도 했다.

확실히 알아보려면 메모리칩에 기록된 데이터를 읽어야 했고, 그러려면 이 칩을 중앙처리장치의 메모리보드에 납땜으로 단단히 고정해야 했다.

알 수 없는 회로장치를 컨트롤패널에 부착하다니 위험천만한 일이었다. 시스템이 충돌을 일으켜 콜로니의 조명등이 다 꺼져버릴 수도 있는 일이었다. 아마 아침까지 기다리는 것이 현명한 일일 터였다. 하지만 탄력이 붙어버린 지금 마이클은 잇새에 도토리를 문 다람쥐처럼 이 문제에 온 힘을 다해 매달리고 있었다. 도저히 기다릴 자신이 없었다.

일단 중앙처리장치를 오프라인으로 돌려야 했다. 컨트롤러를 종료하고 배터리에서 바로 전력을 공급받아야 한다는 뜻이었다. 잠깐은 가능했지만 오랫동안 꺼놓을 수는 없었다. 시스템이 전류를 모니터링하지 않으면 작은 변동에도 차단기가 내려가 버릴 수 있기 때문이다. 그렇기에 오프라인 상태가 되자마자 작업을 서둘러 끝내야만 했다.

마이클은 심호흡을 한 뒤 시스템 메뉴를 불러냈다.

종료하시겠습니까?

마이클은 '예'를 눌렀다.

하드드라이브가 돌아가기 시작했다. 마이클은 당장 자리에서 일어나 차단기를 향했다.

차단 바는 내려가지 않고 가만히 있었다.

그는 다시 자기 자리로 돌아가서 마더보드를 꺼내 카운터에 놓고 확대경으로 들여다보며 한 손으로 인두를 들고 다른 손에 땜납 한 줄을 들었다. 땜납의 끝을 인두에 대자 한 줄기 연기가 피어나왔다. 납 한 방울이 마더보드 위에 똑 떨어졌다.

정확한 위치였다.

마이클은 작은 집게로 메모리칩을 집어 들었다. 기회는 단 한 번이었다. 손이 흔들리지 않도록 왼손으로 오른손 손목을 움켜쥔 채 천천히 칩의 노출된 접촉면을 납 위에 올리고 납이 식어 굳을 때까지 10초간 가만히 있었다.

그제야 참았던 숨을 토해낼 수 있었다. 다시 마더보드를 패널 안 제자리에 끼운 뒤 중앙처리장치를 부팅했다.

시스템이 온라인 상태가 되고, 하드드라이브가 찌꺽 소리와 윙 소리를 내며 돌아가는 내내 마이클은 눈을 감고 '제발.' 하고 빌었다.

그리고 마이클의 소망은 이루어졌다. 눈을 뜨자 시스템 디렉토리에 '알 수 없는 드라이브'가 떠 있었다. 아이콘을 클릭하자 창이 열렸다. 파티션이 A와 B로 나뉘어 있었다. A는 몇 킬로바이트 안 되는 작은 크기였지만, B는 그렇지 않았다.

B의 용량은 어마어마했다.

B 드라이브 안에는 크기가 똑같은 두 개의 파일이 들어 있었다. 하나는 백업 파일인 듯했다. 파일의 용량이 이렇게 크다는 것만으로도 머리가 어찔했다. 이 메모리칩 안에 온 세계가 기록된 것만 같았다. 누가 이 칩을 만들어서 그 아이의 목에 집어넣었는지 도저히 상상할 수조차 없었다. 이 칩에 있는 정보들은 마이클이 아는 세상에서 온 것이 아닌 것 같았다. 엘턴을 깨울까 하다가 뒷방에서부터 들려오는 코 고는 소리를 듣자니 괜한 정력 낭비 같아 그만두었다.

마이클은 파일을 여는 순간 자신도 모르게 한 손으로 눈을 가리고 손가락 사이로 살짝 내다보았다.

운이 좋았다. 피터가 병원으로 다가가는데 파수꾼 한 명이 병원 입구의 계단을 올라가는 모습이 보였다.

"안녕, 데일."

허리에 석궁을 느슨하게 차고 있던 데일이 잘 들리는 쪽 귀를 피터 쪽으로 기울이며 짜증 섞인 한숨을 뱉었다. "들여보내줄 수 없는 것 알잖아."

피터는 목을 쭉 빼고 데일의 뒤편에 난 유리창 안을 들여다보았다. 책상 위에 랜턴이 하나 밝혀져 있었다.

"사라 안에 있어?"

"요기라도 좀 해야겠다며 좀 전에 나갔어."

피터는 더 이상 아무 말도 하지 않고 그 자리에서 버텼다. 이건 결국 인내심 대결이었다. 데일의 얼굴에 망설임의 빛이 스쳐 지나가더니 결국에는 항복하고 옆으로 비켜주었다. "젠장. 얼른 다녀와."

피터는 문으로 들어가 병실을 향했다. 소녀는 무릎을 가슴에 끌어안고 둥글게 몸을 만 채 침대 위에 누워 있었다. 피터가 들어오는 소리를 듣고도 꼼짝하지 않았다. 잠든 것 같았다.

그는 침대 옆에 의자를 끌어다 놓고 앉아서 손으로 턱을 괬다. 헝클어진 머리카락 밑으로 목에서 사라가 송신기를 빼낸 상처가 보였다. 거의 다 아물어서 눈에도 잘 보이지 않는 가느다란 선만 남아 있었다.

그때 소녀는 피터의 생각을 읽기라도 한 듯 몸을 뒤척여 피터를 마주 보았다. 커튼 사이로 스민 램프의 불빛에 눈의 촉촉한 흰자가 반들거렸다.

"안녕." 피터가 말했다. 목 안에 턱 걸려 막힌 듯한 소리가 났다. "몸은 좀 어때?"

아이는 무릎 사이의 접힌 부분에 두 손을 집어넣고 단단히 마주 잡고 있었기에 가느다란 손목 아래는 보이지 않았다. 그 아이의 모든 동작이 전부 자기를 실제보다 더 작게 보이게 만들려는 것만 같았다.

"구해줘서 고맙다고 말하려고 왔어."

그 말에 가운에 덮인 아이의 어깨에 살짝 힘이 들어가는 게 보였다.

'별거 아니에요.'

정말 이상했다. 이런 방식으로 말을 하는 게 이상하지 않다는 게 더 이상했다. 아이의 목소리를 듣지 못한다고 해서 불편하거나 아쉽다는 기분은 들지 않았다. 마치 아이가 말에서 소음을 걷어내기라도 한 것처럼 고요하고 편안하게 느껴질 뿐이었다.

"말을 별로 하고 싶지 않나 봐?" 피터가 용감하게 입을 열었다. "이름이라도 말해주면 안 될까? 괜찮으면 거기서부터 시작해보자."

소녀는 아무 말도 하지 않았다.

'내가 왜 이름을 말해줘야 하죠?'

"그래, 알겠어. 괜찮아. 그럼 그냥 앉아 있자."

그렇게 피터는 어둠 속에서 소녀와 함께 앉아 있었다. 시간이 지나자 아이의 표정이 서서히 느슨해졌다. 얼마간의 시간이 더 지나자 아이는 이제 그의 존재가 더는 신경쓰이지 않는다는 듯 다시 눈을 감았다.

고요 속에서 기다리고 있자니 갑자기 피로감이 몰려오면서, 기억 하나가 떠올랐다. 아주 오래전의 어느 밤, 병원에 오자 어머니가 마치 지금의 피터 자신처럼 환자를 가만히 살펴보고 있었던 기억이었다. 환자가 누구였는지, 혹시 이 기억이 여러 개의 기억이 겹치고 겹쳐 만들어진 것인지는 알 수 없었다. 하룻밤의 일일 수도 있었고 여러 밤의 기억일 수도 있었다. 그러나 피터의 기억 속 그 밤, 그가 커튼 안쪽으로 들어왔을 때 어머니는 침대 옆에 놓인 의자에 앉아 고개를 한쪽으로 기울이고 있었다. 어머니가 잠들었다는 사실을 피터는 알 수 있었다. 침대에 누워 있는 환자는 아이였고 조그만 체구는 어둠에 가려져 있었다. 빛이라고는 쟁반에 받쳐 침대 옆에 가져다 둔 촛불 하나가 전부였다. 그는 말없이 어머니 쪽으로 다가갔다. 병실 안에는 다른 사람은 없었다. 어머니가 흠칫 잠에서 깨더니 피터를 향해 고개를 돌렸다. 그때의 어머니는 젊고 건강했다. 어머니의 모습을 다시 볼 수 있어서 기뻤다.

'네 형제를 잘 돌보거라, 테오.'

— 어머니, 저는 피터예요.

'그 애는 너처럼 강하지가 않아.'

다음 순간 바깥에서 들려오는 목소리와 문이 열리는 소리에 그는 정신을 차렸다. 사라가 손에 랜턴을 들고 안으로 들어왔다.

"피터? 별일 없는 거야?"

갑작스레 쏟아진 빛에 피터는 눈을 끔벅였다. 여기가 어딘지 파악하기까지 시간이 걸렸다. 아주 잠깐 잠든 것뿐인데도 어쩐지 한참이나 자고 일어난 기분이었다. 벌써 기억도, 그 기억이 불러온 꿈도 사라지고 없었다.

"나는 그냥…… 모르겠어." 내가 왜 변명을 하고 있지?

"잠시 졸았나 봐."

사라는 랜턴을 든 채 바퀴 달린 트레이를 침대 옆으로 바삐 끌어왔다. 소녀는 일어나 앉은 채 경계심 가득한 표정을 하고 있었다.

"무슨 수로 데일을 설득해 들어온 거야?"

"아, 데일은 괜찮아."

사라는 소녀의 침대에 앉아 가방을 열었다. 플랫브레드, 사과 하나, 치즈 한 조각이 나왔다. "배고프지?"

소녀는 굶주린 것처럼 허겁지겁 음식을 먹었다. 먼저 빵부터 먹고, 그다음에는 수상하다는 듯이 치즈의 냄새를 킁킁 맡아본 다음에 치즈도 먹었다. 마지막으로 집은 사과는 심만 남을 때까지 꼭꼭 씹어 먹었다. 다 먹고 나자 아이는 사과즙이 묻은 뺨을 손등으로 훔쳐냈다.

"식사 예절이 썩 좋진 않지만 식욕은 정상인 걸 확인했으니 됐어. 붕대 좀 확인할게, 괜찮지?"

사라가 아이의 가운을 풀어 붕대를 감은 어깨를 드러냈다. 그러고선 가위로 붕대를 잘라냈다. 석궁의 볼트가 박혀 찢어졌던 피부와 근육, 뼈는 모두 아물어 분홍색의 오목한 자국만 작게 남아 있었다. 피터는 그 상흔을 보며 아기의 살갗 같다고, 갓 만들어진 부드럽고 싱싱한 피부 같다고 생각했다.

"다른 환자들도 이렇게 빨리 나으면 좋을 텐데 말이야. 이제 실밥을 풀어도 되겠다. 등을 이쪽으로 돌리고 돌아앉아 주겠니?"

소녀는 그 말대로 침대 위에서 몸을 틀었다. 사라는 족집게를 집어 들고 칼이 뚫고 나간 상처를 꿰맸던 실을 뽑아낸 뒤 한 줄씩 금속 대야에 떨어뜨렸다.

"다른 사람들도 알아?" 피터가 물었다.

"이렇게 빨리 나은 거? 모를걸."

"그럼 오늘 오후 이후로는 아무도 아이의 상태를 보러 오지 않은 거지?"

사라가 마지막 실밥을 집어냈다. "지미만 왔어." 사라가 아이의 어깨에 도로 가운을 덮어주었다. "자, 끝났어."

"지미가 왔다고? 왜?"

"나야 모르지. 산제이가 보낸 게 아닐까?"

사라가 침대에 앉은 채 몸을 돌려 피터를 쳐다보았다.

"사실은 좀 이상했어. 지미가 들어오는 기척을 못 느꼈거든. 고개를 들었더니 문간에 서 있었는데, 그 표정이 꼭⋯⋯."

"무슨 표정?"

"뭐라고 표현해야 할지 모르겠네. 지미한테 아이가 아무 말도 안 했다고 했더니 가버렸어. 물론 몇 시간 전의 일이지만."

피터는 문득 혼란스러워졌다. 그 표정이라니, 무슨 뜻일까? 지미는 무엇을 본 걸까?

사라가 다시 족집게를 들었다. "자, 이제 네 차례야."

'내 차례라니, 무슨 소리야?' 하려다가 그제야 알아차렸다. 팔꿈치 얘기였다. 붕대는 이미 한참 전에 닳아 너덜거리는 걸레짝이 되어 있었다. 이제 다친 곳은 나았겠지. 며칠이나 살펴보지 않은 상처였다.

피터는 빈 침대에 앉았다. 사라가 옆에 앉아 붕대를 풀자 붕대에 한참이나 감겨 있던 피부가 드러나며 시큼한 냄새가 났다.

"적어도 깨끗하게는 유지했어야지."

"잊어버렸어."

사라는 피터의 팔을 잡고 족집게를 든 채 상처를 향해 몸을 숙였다. 소녀가 그를 빤히 바라보는 게 느껴졌다.

"마이클에게서 소식은 없고?" 첫 번째 실을 뽑아낼 때 아릿한 통증이 느껴졌다.

"으으, 살살 해줘."

"팔 움직이지 말고 가만히 있어." 사라가 피터의 얼굴에는 눈길을 주지 않은 채 팔을 고쳐 잡고 다시 실밥을 풀기 시작했다.

"아까 집에서 나오는 길에 라이트하우스에 들렀어. 아직 작업 중이더라. 엘턴이 도와주고 있었어."

"엘턴이라고? 그래도 될까?"

"걱정하지 마, 엘턴은 믿어도 돼." 사라가 불안한 눈빛으로 시선을 들었다.

"말하고 보니 좀 우습다. 갑자기 누구든 믿어도 된다는 따위의 이야기를 하게 된 거 말야."

사라가 피터의 팔을 툭툭 두드렸다. "자, 움직여봐."

피터는 주먹을 움켜쥔 채 팔을 앞뒤로 움직여보았다. "새것으로 갈아 끼운 것처럼 멀쩡하네."

사라는 펌프 쪽으로 다가가 사용한 도구들을 씻었다. 그러고는 돌아서서 손을 행주에 닦으며 피터를 바라보았다.

"솔직히 말하면, 피터. 네가 걱정될 때가 있어."

그제야 피터는 아직도 자신이 팔을 들고 있다는 사실을 깨달았다. 그는 어색하게 팔을 내려 옆구리에 붙였다.

"난 아무렇지도 않아."

그 말에 사라는 의심스럽다는 듯 눈썹을 치켰지만 뭐라고 더 말을 보태지는 않았다. 음악을 들었던 그날 밤, 아를로가 기타를 연주하고 모두가 증류주를 마셨던 그날 밤 피터에게 밀려온 감각은 갑작스러운, 거의 신체적 통증처럼 생생하게 느껴지는 외로움이었다. 그러나 사라에게 키스한 바로 그 순간 죄책감이 가슴을 쿡 찔렀다. 사라를 좋아하지 않는 것도, 사라에게 매력이 없는 것도 아니었다. 알리시아가 발전소 지붕에서 한 말이 맞았다. 사라는 피터에게 딱 맞는 짝이었다. 하지만 느껴지지 않는 감정을 억지로 밀어붙일 수는 없었다. 사라에게 걸맞은 짝이 되어 사라가 주는 감정을 똑같이 돌려줄 만큼의 여력이 피터에게는 없었다.

"네가 여기 있으니까 나는 하이톱을 좀 살펴보고 올게. 누가 잊지 않고 먹을 걸 갖다 줬어야 할 텐데."

"들은 얘기 좀 있어?"

"난 온종일 병원 안에 있었는걸, 네가 아는 게 더 많을 거야."

피터가 대답하지 않자 사라는 어깨를 으쓱했다.

"사람들이 분열되고 있어. 어젯밤 일 때문에 사람들은 굉장히 분노할 거야. 당분간 시간이 지나가길 기다리는 수밖에 없어."

"산제이가 하이톱을 처벌하기 전에 다시 생각하면 좋을 텐데. 리시가 용납하지 않을 거야."

그 말에 사라가 뻣뻣이 굳는 것 같았다. 그녀는 이번에도 피터와 눈을 마주치지 않은 채 바닥에서 구급상자를 집어 들어 어깨에 멨다.

"내가 뭐 말 잘못했어?"

그러나 사라는 고개를 저었다. "아냐, 피터. 리시랑 나랑 무슨 상관이라고."

그 말을 남기고 사라가 떠난 자리엔 커튼만 펄럭거렸다. 음, 무슨 의미로 받아들여야 하지? 알리시아와 사라는 이토록 다를 수도 있나 싶을 정도로 성격이 극과 극이었다. 두 사람이 친하게 지낼 이유도 없었다. 어쩌면 사라는 선생이 죽은 것이 알리시아 탓이라고 생각하는 걸지도 모른다. 다른 무엇보다도 선생의 죽음이 사라에게 가장 큰 충격을 주었을 테니까. 이제 와서 생각하니, 분명 그럴 것 같았다. 이 생각을 이제야 하다니.

소녀는 다시금 피터를 바라보고 있었다. 어리둥절한 듯 눈썹을 치켰다.

'무슨 문제 있어요?'

"그냥 기분이 상한 거야." 피터가 대답했다.

"걱정이 되는 거지."

피터는 또다시 이 대화가 기묘하기 짝이 없다고 생각했다. 마치 머릿속에서 그 아이의 목소리가 들리는 것만 같았다. 피터가 아이에게 소리내어 대답을 하고 있는 모습을 누구라도 본다면 분명 피터가 돌아버렸다고 생각하겠지.

그때 피터가 전혀 예상치 못한 일이 일어났다. 마치 알 수 없는 목적에 이끌린 듯, 소녀가 침대에서 일어나 개수대로 간 것이다. 소녀는 펌프를 세 번 힘주어 잡아당겨 대야에 물을 받아서는 대야를 들고 다시 피터가 앉아 있던 침대로 돌아왔다. 대야를 피터의 발밑 먼지투성이 바닥에 놓더니 카트에 있던 천 한 장을 가져와 옆에 앉았다. 그리고 허리를 구부려 천을 물에 적셨다. 그다음에는 피터의 팔을 잡고 젖은 천으로 팔꿈치의 아물어가는 상처를 톡톡 적시기 시작했다.

축축한 살 위로 아이의 숨결이 느껴졌다. 소녀는 접힌 천을 피터의 팔을 잡고 있지 않은 다른 손으로 펼쳐서 닿는 면적을 크게 했다. 이제는 조심스레 톡톡 두드리는 동작이 아니라, 부드럽게 쓸듯이 상처에서 먼지와 묵은 각질을 닦아내기 시작했다. 상처의 부위를 닦아주는 특별할 것 없는 친절한 행동은 동시에 경이 그 자체였다. 그 동작이 온갖 감각과 기억을 불러일으켰기 때문이다. 팔에 닿는 젖은 천의 감촉과 아이의 숨결을 향해 마치 불가에 모이는 나방처럼 온 감각이 모여드는 듯했다. 어린 시절로 되돌아간 것만 같았다. 높은 곳에서 떨어져 팔꿈치에 흙이 진 채 집으로 돌아온 어린 소년인 그의 상처를 소녀가 깨끗하게 닦아주는 것 같았다.

'그녀가 당신을 그리워해요.'

그 말에 온 신경이 곤두섰다. 소녀는 그의 팔을 움직이지 못하게 단단히 붙들고 있었다. 말, 입으로 내뱉은 말이 아니었다. 그 말은 피터의 마음속으로 곧바로 전달되었다. 팔을 붙든 소녀가 피터의 얼굴과 바짝 마주 보고 있었다.

"방금 뭐라고……."

'그녀가 당신을 그리워해요 그녀가 당신을 그리워해요 그녀가 당신을 그리워해요.'

피터는 흠칫 놀라 아이의 손에서 팔을 빼고 벌떡 일어섰다. 가슴에서 심장이 우리에 갇힌 짐승처럼 쿵쿵 뛰었다. 뒷걸음질로 가다가 유리 캐비닛에 제대로 부딪히는 바람에 선반 속에 있던 것이 뒤에서 우르르 쏟아졌다. 누군가가 커튼 안으로 들어오는 모습이 곁눈으로 보였다. 시야가 서서히 넓어지자 누구인지 알 수 있었다. 데일 레빈이었다.

"대체 무슨 일이야?"

피터는 대답하기 전에 침을 꿀꺽 삼켰다. 데일은 눈앞에 펼쳐진 장면을 도저히 어떻게 받아들여야 할지 모르겠다는 혼란스러운 표정을 하고 커튼 쪽에 서 있었다. 그가 아직도 발치에 물이 담긴 대야를 놓고 침대에 걸터앉아 있는 소녀를 바라보더니, 시선을 다시 피터에게로 돌렸다.

"깨어났어? 죽어가고 있는 줄 알았는데."

드디어 피터는 목소리를 낼 수 있게 됐다. "절대…… 다른 사람에게 말하지 마."

"무슨 소리야, 피터. 지미는 알고 있어?"

"절대 말하면 안 돼." 그 순간 피터는 당장 이곳을 떠나지 않으면 무너져버릴 것만 같다는 느낌이 들었다.

"절대로."

그 말을 남긴 뒤 피터는 거의 부딪치다시피 데일을 스쳐 커튼 밖으로 나갔다. 문을 열고, 계단을 비틀거리며 내려가 조명등이 밝혀진 바깥으로 나가는 내내 그의 머릿속에는 아이의 말이 떠돌았다. '그녀가 당신을 그리워해요 그녀가 당신을 그리워해요 그녀가 당신을 그리워해요.' 눈물이 서서히 차올라 눈앞이 일렁이기 시작했다.

모사미 파탈의 관점에서 보았을 때 그날 밤 사건이 시작된 것은 성소에서였다. 모사미는 큰 방에서 독학으로 뜨개질을 익히는 중이었다. 아이들이 잠드는 공간이 2층으로 옮겨진 탓에 침대와 요람이 싹 비워진 뒤였다. 깨진 유리창에는 판자를 대고, 유리를 쓸어 치우고, 바닥과 벽을 알코올로 소독한 뒤였다. 알코올 냄새가 며칠은 떠나지 않을 터였다.

성소는 이제 마음 편히 머물 만한 곳은 아니었다. 알코올 냄새가 너무 지독해서 눈물이 절로 솟았다. 불쌍한 아를로. 그리고 제 형제를 죽일 수밖에 없었던 홀리스. 물론 홀리스에게는 결국 다행한 일이었지만 말이다. 만약 홀리스가 표적을 놓쳤다면 무슨 일이 일어났을지 상상하고 싶지도 않았다. 게다가 아를로는 어차피 아를로라고 할 수도 없는 상태였다. 만약 테오가 살아 있다 해도 그가 진짜 테오는 아닌 것과 마찬가지로. 바이러스는 영혼을, 우리가 사랑했던 사람 그 자체를 앗아가버린다.

모사미가 앉아 있는 의자는 비품 창고에서 찾아낸 수유용 흔들의자였다. 옆에다가는 작은 테이블을 두고 그 위에 뜨개질을 할 만큼의 불빛을 내뿜는 랜턴을 하나 올려놓았다. 간단한 뜨기 방법은 리가 알려주었는데, 처음에 시작할 때는 수월했지만 중간의 어디에선가 잘못 뜨기 시작한 것 같았다. 코가 일정하지 않고, 리가 알려준 대로 바늘에 왼손 엄지로 실을 감을 때마다 손가락이 자꾸 걸렸다. 1초도 안 되는 시간에 석궁에 볼트를 장전할 줄 아는, 5초 이내로 긴 화살을 여섯 개나 쏠 줄 알고, 6미터 거리에서 표적의 급소를 정확히 명중시킬 줄 아는 파수꾼 모사미 파탈이 파수단을 나와 성소에 앉아 뜨개질을 하며 도피하는 중이다. 그런데 아기 신발이 좀처럼 제대로 떠지지 않는다. 집중력이 자꾸만 흐트러지는 바람에 무릎에 올려놓았던 실꾸리가 두 번이나 바닥으로 떨어져 저 멀리 굴러갔고, 그걸 다시 붙잡아서 돌돌 감은 뒤에는 어디까지 떴는지 기억이 나지 않아 처음부터 다시 시작해야 했다.

모사미는 아직도 테오가 죽었다는 사실을 인정할 수가 없었다. 발전소에 갔을 때, 그곳에서 보내는 첫날 밤에 테오에게 아기 이야기를 할 작정이었다. 토끼굴처럼 우글우글 모인 여러 개의 방들, 두꺼운 벽과 잠긴 문들이 있는 발전소에 가면 둘이 있을 기회가 있을 것 같았다. 최대한 정직하게 이 사태를 바라볼 때, 애초 모든 일이 시작된 것 역시 바로 그 발전소 때문이었다.

왜 나는 하필 게일런을 짝으로 선택했을까? 게일런이 나쁜 사람인 건 아니니까, 이렇게 생각하는 게 게일런에게는 너무한 일인지도 모르겠다. 모사미가 그를 사랑할 수 없었던 것, 사실 좋아할 수도 없었던 건 게일런의 잘못이 아니었다. 게일런과 결혼하겠다고 한 건 그저 허세였다. 우울해하는 테오에게 충격을 주고 싶었다. 그리고 성벽을 지키던 밤 테오에게 '나 그냥 게일런 슈트라우스와 결혼할까 해.' 했다가 '그래, 네가 원한다면 그렇게 해. 나는 네가 행복하기만을 바라.'라는 대답을 들은 순간 그 허세를 실천해서 테오가 틀렸다는 것을 증명하고 싶었다. 모사미에 대해서도, 테오 자신에 대해서도, 모든 것에 대해서 테오가 틀렸다는 것 말이다. 시도해야 해. 행동해야 해. 서둘러 실행해야 해. 게일런 슈트라우스와 결혼한 건 모사미의 고집 때문이었고, 고집을 부린 건 전부 테오 잭슨 때문이었다.

한동안, 여름 내내, 그리고 가을로 접어드는 순간까지도 모사미는 결혼생활을 위해 나름대로 노력했다. 남편에게 느껴야 할 마땅한 감정을 느낄 수 있길 빌었고, 심지어 거의 성공할 뻔하기까지 했다. 모사미의 존재만으로 게일런이 너무나 행복해했기 때문이었다. 게일런과 모사미는 둘 다 파수꾼이었기에 서로를 오랜 시간 보거나 특정한 시간에 만나기는 어려웠다. 사실 알고 보니 둘 다 파수꾼인 덕분에 게일런을 피하기가 오히려 더 쉬웠다. 게일런은 주로 낮에 근무를 했다. 그가 학년 꼴찌였다는 사실을 모두가 은근히 신경 썼기 때문이기도 하고, 또 눈이 나빠 밤에는 앞을 잘 보지 못한다는 사실 때문이기도 했다. 때로 게일런이 눈을 가늘게 뜨고 그녀를 바라볼 때면 모사미는 자신이 그가 사랑하는 그 사람이 맞을까 하는 생각을 했다. 어쩌면 게일런이 사랑한 것은 그가 마음속으로 상상한 전혀 다른 여자인지도 모른다고 생각했다.

그렇게 모사미는 게일런을 피하는 데 거의 성공했다.

그러나 완전히 피할 수는 없었다. 또, 결혼 생활에 관해 계속 거짓말을 할 수도 없었다. '다정하니?' 어머니는 그렇게 물었다. '게일런이 친절하니? 네게 관심을 기울이니? 엄마가 알고 싶은 건 그것뿐이란다.' 하지만 게일런은 모사미와 결혼한 데 너무 신이 난 나머지 다정하지가 못했다. 온몸으로 '믿을 수 없어! 네가 내 것이라니!' 하고 외치는 듯했다. 그녀는 게일런의 것이 아니었는데 말이다. 한밤중에 어둠 속에서 게일런이 모사미의 몸을 타고 올라 헐떡거릴 때면 모사미는 딴생각을 했다. 게일런이 남편 노릇을 하려고 애쓰면 애쓸수록 모사미는 점점 아내 노릇을 하기가 힘들어졌다. 그러다가 — 이 부분은 변명의 여지 없이 모사미의 잘못이지만 — 어느 순간 게일런을 혐오하기 시작했다. 첫눈이 내릴 때쯤이 되자 모사미는 자신도 모르게 눈을 감고 게일런이 사라져버리기를 빌고 있었다. 그러면 그럴수록 게일런은 더 노력했고, 모사미의 혐오는 더 거세졌다.

도대체 어떻게 배 속의 아이가 자기 아이가 아닌 것도 모를 수 있지? 단순한 산수 계산도 못 한단 말인가?

솔직히 말하면 날짜를 얼버무린 것은 모사미였다. 어느 날 아침 퇴비 더미 위에 토하는 모습을 들켰을 때 모사미는 지난 석 달간 생리가 없었다고 말했다. 실제로는 두 달이었다. 석 달이면 게일런의 아이라고 할 수 있었지만 두 달이라면 게일런의 아이가 아니었다. 모사미가 임신한 달에 게일런은 딱 한 번 그녀에게 다가왔고, 그때 무슨 핑계를 대며 거절했는지는 기억도 잘 나지 않았다. 모사미는 자신이 임신한 순간이 언제인지, 누구의 아이인지 분명히 알고 있었다. 발전소에 내려갔을 때였다. 테오, 알리시아, 그리고 데일 레빈과 함께였다. 네 사람은 제어실에서 늦게까지 카드 게임을 했고 그러다 알리시아와 레빈이 먼

121

저 잠자리에 들었다. 그렇게 모사미는 결혼한 이후로 처음으로 테오와 단둘이 남았다. 그녀는 울기 시작했고, 자신조차도 놀랄 정도로 서럽게 우는 바람에 테오가 그녀를 안고 다독여주었다. 그녀 역시 테오를 안고 싶었다. 그리고 30초도 지나지 않아 그 일이 벌어졌다. 두 사람은 그 감정에 조금도 저항할 수 없었다.

그날 밤 이후로 모사미는 테오와 마주칠 기회가 거의 없었다. 그들은 다음 날 아침 다시 콜로니로 돌아왔고 여느 때와 다름없이 평범한 일상이 지속되었다. 물론 하나도 평범하지 않았지만 말이었다. 모사미는 이제 비밀을 가진 사람이었다. 혼자만의 빛나는 기쁨이 마음속에 따뜻한 돌처럼 자리했다. 게일런 역시 모사미의 변화를 눈치채고 '다시 기분이 나아졌다니 다행이야. 웃는 모습을 보니 정말 좋아.' 따위의 말을 했다. (말도 안 되는, 게다가 절대 해서는 안 되는 짓이었지만, 모사미는 그때 게일런에게 모든 것을 말하고 축하라도 받고 싶은 심정이었다.) 모사미는 앞으로 무슨 일이 일어날지 몰랐다. 생리를 건너뛰었는데도 딱히 걱정하지 않았다. 어차피 평소에도 생리주기가 들쑥날쑥했던 것이다. 모사미의 머릿속에는 다음번에 발전소에 내려가서 또다시 테오와 밤을 보내고 싶다는 생각뿐이었다. 물론 성벽 위 캣워크에서, 저녁 집합 시간에 테오를 볼 수는 있었지만 그럴 때는 서로에게 닿을 수도, 말 한마디 건넬 수도 없었다. 발전소에 내려가는 날까지 기다려야 했다. 그러나 하루하루가 고문하듯 느릿느릿하게 지나가는 것 같은 그 기다림조차도 ─ 다음번에 발전소로 가는 날짜는 모두가 볼 수 있게 근무 표에 기재되어 있었다 ─ 사랑으로 눈앞이 흐려진 그녀에게는 행복이었다.

그러다가 또 한 번의 생리를 건너뛰었고, 퇴비 더미 위에 토하는 장면을 게일런에게 들키고 말았다.

임신이었다. 이럴 줄 왜 몰랐을까? 어째서 여기까지 생각하지 못했을까? 왜냐하면 아기야말로 테오 잭슨이 결코 원하지 않는 것이었기 때문이다. 적절한 상황에서는 설득할 수 있을지도 모르나 지금은 아니었다.

그러다가 아주 단순하고 명확한 새 생각이 모사미에게 떠올랐다. 아기. 모사미는 아기를 낳게 될 것이다. 그녀의 아기이자 테오의 아기, 두 사람이 함께 만든 아기. 사랑은 관념이지만 아기는 관념이 아니었다. 아기는 실체였다. 아기에게는 마음이 있고 본성이 있으며 아기에 대해 어떻게 생각하든 간에 아기는 신경 쓰지 않을 것이다. 아기는 존재하는 것만으로도 미래에 대한 기대를 일깨운다. 아이가 기어 들어갈, 걸어 들어갈, 살아갈 미래 말이다. 아기는 시간의 한 조각이다. 세상에 대한 약속이자, 세상이 되돌려주는 약속이다. 아기는 우리가 계속해서 살아가게 될 거라는 가장 오래된 합의이다.

어쩌면 테오 잭슨에게 그 무엇보다도 필요한 것이 바로 아기일지도 몰랐다.

발전소에 가게 되면 이제 그들의 것이 된, 선반이 가득한 작은방에서 테오에게 하기로 마음먹었던 이야기가 바로 그것이었다. 모사미는 수많은 방식으로 그 장면을 상상해보았다. 어떤 상상은 행복했고, 어떤 것은 아니었다. 그중 가장 끔찍한 상상은 너무 긴장해서 아무 말도 하지 못하는 것이었다. (두 번째로 끔찍한 것은 테오가 이를 먼저 알아차리고 모사미가 용기를 내지 못해서 결국 게일런의 아이라고 말해버리는 상상이었다.) 모사미가 바라는 장면은 테오의 눈이 빛나는 것이었다. 오래전, 꺼져버린 그 빛이 다시 돌아오는 것이었다. '아기.' 테오는 이렇게 말하겠지. '우리의 아기. 이제 어떻게 해야 하지?' 그러면 모사미는 이렇게 대답할 것이다. '사람들이 해야 하는 일을 해야지.' 그러면 테오는 모사미를 다시금 안아줄 것이고 그렇게 만들어진 두 사람만의 안전하고 포근한 공간에서 그녀는 모든 것이 잘될 거라고, 두 사람은 함께 콜로니로 돌아가서 게일런에게 ─ 모두에게 ─ 진실을 털어놓는 상상이었다.

하지만 이런 일은 결코 일어나지 않을 것이다. 여태 모사미가 스스로에게 해주었던 이야기는 그저 이야기일 뿐 현실이 아니었다.

뒤에서 발소리가 들렸다. 그녀가 잘 아는 묵직하고 유연한 걸음걸이였다. 단한 순간이라도 평화를 누릴 순 없는 걸까? 하지만 그가 잘못한 건 아무것도 없다고 모사미는 스스로에게 되뇌었다. 게일런의 잘못은 단 하나도 없었다.

"여기서 뭐 하는 거야, 모스? 한참 찾아다녔잖아."

게일런이 그녀의 곁에 다가와 섰다. 그녀는 시선을 엉망진창인 뜨개질감 위에 고정한 채 어깨만 으쓱했다.

"여기 있으면 안 돼."

"깨끗이 소독했어, 게일런."

"그게 아니라, 혼자 있으면 안 된다고."

모사미는 아무 대답도 하지 않았다. 난 여기서 뭘 하고 있지? 어제까지만 해도 성소에 있으면 답답하고 숨이 막혀 머리가 이상해질 것 같다고 생각했다. 그런데 어쩌다가 뜨개질까지 배우고 있담?

"괜찮아, 게일. 난 여기가 좋아."

어쩌면 게일런을 이토록 괴롭히게 된 게 죄책감 때문일까 하는 생각도 들었다. 그러나 아닌 것 같았다. 모사미가 느끼는 건 죄책감이 아니라 분노에 더 가까웠다. 게일런의 나약함에 대한 분노, 사랑받을 자격이 없는 자신을 이렇게 사랑하는 것에 대한 분노, 아기가 태어나면 그를 직면해야 한다는 분노였다. 인생의 아이러니가 계속되는 한, 그 아기는 테오 잭슨을 빼닮았을 것이다. 그렇다면 게일런에게 진실을 말할 수밖에 없을 것이다.

"음." 게일런이 목소리를 고른 뒤 입을 열었다. "아침에 떠나. 알려주러 왔어."

모사미는 뜨개바늘을 내려놓고 게일런을 바라보았다. 조명이 침침해서 게일런은 또 눈살을 찌푸리고 있었는데, 덕분에 구겨진 얼굴이 어린아이 같았다.

"떠난다니, 무슨 소리야?"

"지미가 발전소를 지키라고 했어. 아를로가 죽은 이상 발전소에서 무슨 일이 일어나고 있는지 아무도 모르니까."

"말도 안 돼, 게일. 도대체 어쩌자고 당신을 보낸다는 거야?"

"내가 못 해낼 거라고 생각해?"

"그렇게 말하지 않았어, 게일." 절로 한숨이 나왔다.

"왜 하필 당신인지가 의문이라는 거지. 당신은 발전소에 한 번도 간 적 없잖아."

"누군가는 가야지. 지미는 내가 적임자라고 생각했나 봐."

모사미는 최선을 다해서 동조하는 표정을 지어 보였다.

"몸조심해. 경계를 늦추지 말고."

"진심처럼 들리네."

그 말엔 뭐라고 대답해야 할지 알 수 없었다. 갑자기 피로가 몰려왔다.

"당연히 진심이지, 게일."

"진심이 아니라 말뿐이라는 느낌이 들기도 하거든."

말해야 해, 모사미는 생각했다. 그냥 말해버리는 게 나을 거야.

"그래, 알았어." 모사미는 다시 뜨개질감을 집어 들었다. "당신이 돌아와도 난 여기 있을 거야. 발전소에 다녀와."

"당신은 내가 정말 멍청하다고 생각해?"

게일런은 그녀를 쏘아보고 있었다. 허리에 찬 칼에 가까이 다가가 있던 오른손이 의도하지 않은 듯 꿈틀거렸다.

"그런 말은…… 안 했잖아."

"난 그렇게 멍청하지 않아."

침묵이 흘렀다. 게일런이 칼을 향해 손을 뻗었다.

"게일런?" 모사미가 나직하게 물었다. "왜 그래?"

그 말에 게일런은 신경이 거슬린 듯했다.

"왜 그런 말을 해?"

"날 왜 그렇게 노려보는 거야? 그리고 손은 왜 칼에 갖다 대고 있어?"

게일런이 시선을 내렸다. 목에서 흠, 하는 소리가 작게 새어 나왔다.

"모르겠어." 그러면서 게일런은 얼굴을 찌푸렸다.

"당신 때문에 그런가 봐."

"성벽 위에 있어야 할 시간 아냐? 당신을 찾을 텐데."

모사미는 어쩐지 게일런의 시선이 자신이 아니라 자기의 내면을 향하고 있는 것 같다는 기분이 들었다.

"가봐야겠어."

게일런은 그렇게 말하면서도 미동도 하지 않았다. 칼에 가져다 댄 손도 그대로였다.

"며칠 있으면 보겠네." 모사미가 말했다.

"무슨 소리야?"

"발전소에 간다고 했잖아, 게일런. 아니야?"

그제야 게일런이 알아들었다는 표정을 했다.

"맞아, 내일 내려가."

"몸조심해, 알았지? 진심이야. 경계를 늦추지 말고."

"알았어, 경계 늦추지 않을게."

게일런이 복도를 지나가는 발소리가 들렸다. 그가 떠나면서 큰 방의 문을 닫은 탓에 갑자기 작아진 소리였다. 그제야 모사미는 자신이 어느새 뜨개질감에서 바늘을 빼내 주먹으로 꽉 쥐고 있다는 사실을 알아차렸다. 그녀는 갑자기 훌쩍 넓어진 것 같은, 침대와 요람을 치운 탓에 마치 버려진 곳처럼 느껴지는 방 안을 둘러보았다. 어린아이들은 전부 떠나고 없었다.

그 순간 으슬으슬한 감각이 일었다. 무슨 일인가가 곧 일어날 것 같다.

VI

칼날과 별들의 밤

그림자처럼 단숨에, 꿈처럼 짧게,
칠흑 같은 밤의 번개처럼 순식간에,
대번에 하늘과 땅을 비추더니
인간이 "저것 봐!" 하고 말하기도 전에
어둠의 턱이 짓씹어 삼켜버리는 바람에
빛나는 것들은 혼란에 사로잡히게 되지

— 셰익스피어, 『한여름밤의 꿈』

　마지막 버스가 산을 올라온 이래 92년 8개월 26일간 퍼스트 콜로니 주민들은 다음과 같이 살고 있었다.

　조명 아래서.

　유일한 법 아래서.

　관습에 따라.

　본능에 따라.

　하루하루를.

　동료들과 더불어.

　파수단의 보호 아래서.

　하우스홀드의 권위 아래서.

　군대 없이.

　기억 없이.

　세계 없이.

　별 없이.

　서쪽 터의 집에서 혼자 사는 앤티가 보았을 때 그날 밤 — '칼날과 별들의 밤' — 은 이전의 수많은 밤과 비슷하게 시작되었다. 그녀는 김이 자욱하게 낀 부엌 식탁에 앉아 책을 쓰고 있었다. 그날 오후 앤티는 빨랫줄에 널어두었던, 볕을 받아 빳빳해진 종이 — 꼭 햇빛을 사각형 모양으로 굳혀놓은 것 같았다 — 를 걷어서 해가 질 때까지 몇 시간이나 종이를 장만하며 보냈다. 재단대에 놓아 종이 가장자리를 다듬고, 팽팽한 양가죽으로 제본한 책표지를 펼쳐 페이지를 엮은

실을 조심스레 푼 다음 바늘과 실로 새로운 페이지들을 집어넣어 다시 꿰맸다. 아주 느리게 진행되는 이 과정은 시간과 집중이 필요한 작업이 으레 그렇듯 충만감을 주었고, 작업이 끝나자 조명등이 들어왔다.

사람들이 앤티의 책이 단 한 권이라고 생각한다는 게 어찌나 우스운지. 앤티가 요즘 쓰고 있는, 가장 최근 기억들을 담은 책은 벌써 27권째 책이었다. 서랍을 열거나, 찬장에 컵을 정리하거나, 침대 밑을 쓸어낼 때마다 책이 한 권씩 나오곤 했다. 책을 가지런히 쌓아놓거나 선반에 보기 좋게 진열해두는 대신 여기저기 아무렇게나 두는 이유가 바로 그 때문이었다. 이렇게 책을 발견할 때마다 우연히 오래된 친구를 마주치는 기분이 들어서였다.

이 책들에는 담긴 이야기들은 대개 같은 것이었다. 그녀가 기억하는 예전의 세계에 대한 이야기였다. 그녀가 즐겨 보던 텔레비전이라는 바보 상자같이(깜빡이던 푸른색과 초록색의 불빛, 그리고 '아이다, 그 빌어먹을 텔레비전 빨리 꺼라. 그런 거나 보고 있으면 머리가 썩는다고!' 하던 아빠의 목소리), 완전히 잊고 있었던 기억이 갑자기 떠오르기도 했고, 어떤 때는 나뭇잎 위에 아롱지는 햇살이라든지 바람에 실려 오는 어떤 냄새가 문득 그녀의 마음을 꿰뚫어 과거의 유령들을 불러올 때도 있었다. 어느 가을날 공원에서 보낸 하루, 물을 뿜어내던 분수, 그리고 분수가 뿜어내는 물보라에 오후의 햇빛이 반사되어 반짝이는 커다란 꽃처럼 보이던 것. 이웃에 살던 친구 샤리즈가 계단에 나란히 앉아 어제 빠졌다는 피 묻은 이를 손바닥에 놓고 보여주던 것. ('이빨 요정 같은 건 세상에 없다는 것 나도 알아. 하지만 그래도 이가 빠질 때마다 1달러씩 준단 말야.') 좋아하던 연녹색 여름 원피스를 입고 부엌에서 빨래를 개던 엄마, 엄마가 가슴에 안고 휙휙 개던 수건에서 피어오르던 세제 내음. 수많은 문이 있는 복도처럼 이렇게 기억이 자꾸만 다른 기억을 불러내는 때야말로 글을 쓰기 좋은 시간, 창밖으로 아침 해가 떠오를 때까지 밤새 글을 쓰게 되는 밤이었다.

그런데 오늘은 아니라고, 컵에 담긴 잉크에 펜촉을 적시며 한 손으로는 페이지를 평평하게 펼치던 앤티는 생각했다. 오늘 밤은 오래된 기억들을 써 내려가는 밤이 아니었다. 오늘 앤티는 피터에 대해 쓸 작정이었다. 내면에 별을 품고 있는 피터에 대해서는 술술 써낼 수 있으리란 생각이 들었다.

사물들은 각자의 방식으로 앤티에게 다가왔다. 아마 너무 오래 살아서, 앤티 자신이 수많은 세월로 이루어진 한 권의 책이 되어버린 건지도 몰랐다. 프루던스 잭슨이 찾아왔던 밤이 기억났다. 그때 프루던스는 젊은 나이임에도 불구하고 암이 상당히 진행된 상태였다. 그녀는 상자 하나를 가슴에 안은 채 앤티의 문간에 찾아와 섰다. 바람에 훅 날려갈 만큼이나 가냘픈 몸이었다. 앤티는 살면서 이렇게 나쁜 상황에 처한 사람들을 많이 보았고, 이럴 때는 상대방의 말을 귀 기울여 들어주고 상대가 부탁하는 일을 해주는 것 말고는 할 수 있는 일이 아무것도 없다는 걸 알았다. 앤티는 프루던스가 건넨 상자를 받아서 안전하게 간직해주었고, 그 후로 고작 한 달이 지난 뒤 프루던스는 세상을 떠났다.

'그 애가 스스로 찾으러 와야 해요.' 프루던스가 그날 앤티에게 남긴 말이었다. 그 말은 옳았다. 모든 것은 그렇게 이루어지는 법이니까. 삶에서 모든 것은 마치 열차처럼 각자의 시간에 찾아온다. 때로는 수월하게도 그저 올라타기만 하면 열차 안은 안락하고 편안하며 열차 안에 가득한 승객들이 조용히 웃어주는 가운데 차장이 찾아와 티켓에 펀치로 구멍을 뚫은 다음, 커다란 손으로 머리를 쓸어주며 '정말 예쁜 아이로구나, 아빠랑 여행 가는 모양이지?' 하는 것이다. 그리고 그러는 동안 꿈처럼 부드러운 좌석에 몸을 파묻고 캔에 든 진저에일을 마시면서 창밖으로 마술 같은 침묵 속에 스쳐 지나가는 세계, 가을빛 속 도시의 고층 빌딩이며 게이트가 달린 교차로에서 자전거를 탄 사내아이가 손을 흔들어주는 모습, 숲, 빈터, 풀을 먹는 소 한 마리가 차례차례 지나가는 것을 본다.

그러나 피터, 하고 앤티는 생각했다. 지금 써야 하는 것은 열차가 아니라 피터에 대한 이야기였다. (그런데, 그때 어디로 가고 있었더라? 아빠 먼로 잭슨과 함께 기차를 탔던 그때? 아, 할머니와 사촌들을 만나러 가고 있었지, 아빠가 '다운사우스'라고 불렀던 지역에 말이다.) 피터, 그리고 열차. 때로는 쉬웠고, 때로는 쉽지 않았다. 인생의 어떤 것들은 요란하게 밀어닥치고 그럴 때 할 수 있는 것은 꽉 붙잡고 버티는 게 전부다. 예전의 삶이 끝나고 열차는 우리를 싣고 완전히 다른 삶으로 실어가 순식간에 헬리콥터가 일으킨 먼지 속, 군인이 사방에 깔려 있는 곳에 서 있게 되며, 이제 가족들을 기억할 수 있는 방법은 코트 주머니에서 찾은 사진 한 장, 앞으로 평생 만나지 못할 엄마가 문간에서 그녀를 껴안으며 주머니 속에 몰래 넣어준 그 사진이 전부가 되어버린다.

문간에서 노크 소리가 나고, 누군가 블라인드를 열고 들어가도 되냐고 묻는 소리가 들렸을 때는 늙은이의 어리석은 울음이 거의 그쳤을 무렵이었다. 아이다, 다시는 울지 마라. 이제 와서 어찌할 수 없는 일을 놓고는 울지 말자. 그녀는 스스로에게 그렇게 맹세한 지 오래였지만, 이렇게 오랜 세월이 지나고 난 뒤에도 엄마가 코트 주머니에 사진을 집어넣었을 때를 생각하면 어쩔 수가 없었다. 딸이 그 사진을 발견할 때쯤 자신들은 이미 죽은 뒤일 것임을 이미 알았으리라.

"앤티?"

앤티는 피터가 그 소녀에 대해 물으러 찾아왔으리라 짐작했지만, 아니었다. 눈앞이 흐려서 누군지 알아보기가 어려웠다. 문틈에 껴 짜부라지기라도 한 듯 좁다란 남자 얼굴이었다.

"지미예요, 앤티. 지미 몰리노요."

지미 몰리노? 그럴 리가? 지미 몰리노는 죽지 않았나?

"앤티, 왜 울고 계세요?"

"그냥 눈에 뭐가 들어가서."

손님이 의자를 끌어와 앤티의 맞은편에 놓고 앉았다. 목에 걸고 있던 안경 줄에서 맞는 안경을 찾아 끼고 나니 마침내 앤티도 상대를 알아볼 수 있었다. 자기가 말한 대로 몰리노 집안의 사람이 맞았다. 저 코만 보아도 몰리노 집안이 틀림없었다.

"무슨 일로 왔니? 워커 때문에?"

"그 아이 이야기 들으셨어요?"

"오늘 아침에 주자 하나가 들러서 알려줬다. 여자아이 하나가 왔다고."

지미가 왜 찾아왔는지는 알 수 없었다. 지미의 모습에서 어쩐지 슬픔과 패배감이 느껴졌다. 평소라면 앤티도 손님이 찾아오는 게 반가웠을 텐데, 낯설고 침울한 남자가 쭈뼛거리며 마주 앉은 채로 침묵이 흐르자 초조해지기 시작했다. 아무 할 말도 없이 앤티를 찾아오는 사람은 없었다.

"사실, 왜 찾아왔는지는 저도 잘 모르겠어요. 드릴 말씀이 있었던 것 같아요."

지미는 무거운 한숨을 지으며 손으로 눈을 비볐다.

"사실 지금은 성벽 위를 지켜야 할 시간인데 말인데요."

"그렇군."

"예, 맞아요. 파수단 총사령관이라면 응당 성벽을 지켜야 하잖아요?"

지미는 앤티를 바라보고 있지 않았다. 그의 눈길은 자기 손을 향해 있었다. 그러면서 고개를 절레절레 저었는데, 성벽 위로는 결코 올라가고 싶지 않다는 표정이었다.

"제가 총사령관이 되다니 대단하지요?"

앤티는 그 말에 딱히 대답할 말이 없었다. 이 친구가 무슨 생각을 하고 있는지는 모르겠지만, 앤티에게는 하등 상관이 없는 일이었다. 부서진 것을 말로는 고쳐줄 수 없는 순간이 있었는데, 지금이 그런 때인 것 같았다.

"차 한 잔 주시겠어요, 앤티?"

"마시고 싶다면야 만들어주지."

"번거롭지 않으시다면 부탁드리겠습니다."

사실 번거로웠지만 피할 도리가 없었다. 앤티는 자리에서 일어나 불 위에 주전자를 올려 차를 끓이기 시작했다. 그동안 지미 몰리노라는 친구는 식탁 앞에 가만히 앉아 자기 손만 내려다보고 있었다. 물이 끓어 주전자에서 딸깍딸깍 소리가 나자 앤티는 컵을 두 개 꺼내 위에 체를 놓고 차를 따른 다음 식탁으로 가지고 돌아왔다.

"뜨거우니까 조심해."

지미는 조심스럽게 차를 한 모금 마셨다. 이제 말을 하고 싶은 생각은 사라진 듯했다. 이런저런 상황을 고려하면 앤티에게도 다행한 일이었다. 사람들은 때때로 찾아와 고민이나 개인적인 문제를 의논하곤 했는데, 아마 앤티가 혼자 살기에 아무에게도 말을 전하지 않으리라 생각해서인 것 같았다. 대부분 여자들이 찾아와 남편 이야기를 하곤 했는데, 꼭 여자들만 오는 건 아니었다. 어쩌면 이 지미 몰리노라는 친구도 아내 문제로 상담을 하러 온 건지도 모르겠다.

"사람들이 앤티의 차에 대해서 뭐라고들 하는지 아세요?"

지미는 마치 그 말에 대한 대답을 컵 안에서 찾으려는 것처럼 눈살을 찌푸린 채 컵 안을 들여다보고 있었다.

"뭐라다냐?"

"이 차 덕분에 그렇게 장수하시는 거라고요."

또다시 한참이나 무거운 침묵이 흘렀다. 지미는 마침내 마지막 차 한 모금을 들이켠 뒤 쓴맛에 인상을 찌푸리며 테이블에 컵을 도로 내려놓았다.

"잘 마셨습니다." 그가 지친 몸짓으로 일어섰다.

"이제 가봐야겠어요. 대화 즐거웠습니다."

"별일도 아닌데 뭐."

문을 나서려던 그가 문틀에 한 손을 댄 채 걸음을 멈췄다.

"저는 지미입니다. 지미 몰리노."

"나도 알아."

"혹시나 해서요." 그가 말했다.

"누가 물어볼지도 모르니까."

그날 밤, 지미 몰리노가 앤티의 집으로 찾아온 것으로부터 시작된 일련의 사건들은 잘못 기억될 운명을 지니고 있었다. 우선 그 이름부터가 그랬다. '칼날과 별들의 밤'은 실은 하룻밤이 아니라 이틀씩 간격을 둔 총 사흘간의 밤이었다. 그러나 그런 사건들 ― 사건 직후가 아니라 아주 오랜 세월이 지나서야 기억되는 사건 ― 의 경우 시간은 압축된다. 이런 사건들을 특정한 시간 간격으로 묶고 일관성 있고 집중적인 내러티브를 부여하는 것은 흔히 일어나는 오류다. 그 계절, 그해, '칼날과 별 들의 밤'과 같이.

이 오류는 이후로 이어진 사건들의 시초였던 여름의 65일째 밤에 있었던 일들이 다른 사건들에 대해 제대로 알지 못한 상태에서 겹쳐지며 차례차례 일어났다는 데서 출발했다. 사건들은 도처에서 일어났다. 예를 들면, 아내 콘스턴스와 함께 침대에 누워 있던 올드 슈가 콜로니 반대쪽에 있는 저장소로 가겠다는 알 수 없는 충동에 이끌려 일어난 때, 월터 피셔 역시 같은 생각을 하는 중이었다. 그러나 월터는 만취한 상태였기에 침대에서 일어나 부츠 끈을 묶을 수가 없었고, 이 때문에 월터가 저장소에서 일어난 일을 알기까지 24시간이 지연되었다. 두 사람의 공통점은 그날 새벽 병원을 방문해 그 소녀, '문득 나타난 소녀'를 보았다는 것이었다. 그러나 그 소녀를 본 사람 모두가 같은 반응을 겪지는 않은 것 또한 사실이다. 그 예로 데이나 커티스와 마이클 피셔는 아무런 영향을 받지 않은 것이다. 그 소녀는 진원지가 아니라 특정한 감정 — 길 잃은 영혼들의 감정 — 을 가장 민감한 이들의 마음속에 전달하는 일종의 매개가 되었고, 알리시아처럼 이 같은 감정에 조금도 영향을 받지 않은 사람들도 있었다. 그러나 이와는 달리 사라 피셔와 피터 잭슨은 각자 나름의 방식으로 그 소녀의 힘을 경험했다. 다른 사람들의 경우보다 유순하지만 그럼에도 고통스러운 방식이었다. 두 사람은 잠깐이지만 이미 세상을 떠난 사랑하는 사람과 교감하게 되었던 것이다.

동쪽 택지 구석의 자기 집 밖 어둠 속에 숨어 있던 파수단 총사령관 지미 몰리노는 — 그는 아직도 성벽 위에 오르지 않았는데, 이는 파수단에 상당한 혼란을 야기했고, 결국 급히 산제이의 조카인 이안이 총사령관 역할을 대행하게 되었다 — 라이트하우스에 가야 할지 말지, 그곳에서 만난 사람을 죽이고 조명등을 꺼뜨려야 할지 말지를 고민하고 있었다. 그렇게 중대하고 돌이킬 수 없는 행위를 하겠다는 충동은 종일 그의 마음속에서 자라나고 있었으나, 그 충동이 비로소 구체적인 형태를 갖춘 것은 김이 자욱한 앤티의 부엌에서 찻잔 속을 들여다볼 때였다. 만약 그곳에 서 있는 그를 누군가가 우연히 만나 뭘 하고 있느냐고 물었더라면 그는 대답할 말이 없었을 것이다. 그는 자신의 내면 깊숙한 곳에서 자라난 동시에 완전히 자신의 것은 아닌 것만 같은 이 욕망을 무어라 설명해야 좋을지 알 수 없었다. 집 안에서 그의 딸 앨리스와 에이버리, 그리고 아내 캐런이 자고 있었다. 결혼한 이래 몇 년이나 캐런을 충분히 사랑해주지 못한 시절이 있었으나 (그는 남몰래 수 라미레스를 짝사랑하고 있었다), 아내의 한없고 꾸준한 사랑을 의심한 적은 한 번도 없었고, 그 사랑의 결실이 바로 아내를 쏙 빼닮은 두 딸이었다. 앨리스는 열한 살, 에이버리는 아홉 살이었다. 아이들의 다정한 눈과 매끈한 하트 모양 얼굴, 귀여운 정도의 우울한 기질 — 두 딸은 조그만 일에도 눈물을 쏟는 것으로 유명했다 — 을 보고 있자면 역사는 지속된다는 든든한 믿음이 느껴졌고, 때때로 어두운 감정, 내면을 잠식하는 어둠의 조류가 찾아올 때마다 그를 우울에서 끄집어내주는 것 역시 언제나 딸들에 대한 생각이었다.

그러나 어둠 속에 서 있을수록 조명등을 끄고 싶은 충동은 잠들어 있는 가족들과는 별개인, 그들이 범접할 수 없는 충동인 것만같이 느껴졌다. 스스로가 낯설게 느껴졌고 눈앞이 캄캄했다. 그는 발걸음을 옮겼다. 성벽 아래에 도착했을 무렵에는 그 역시 무엇을 해야 할지 이미 알았다. 제9발포플랫폼으로 이어진 사다리를 타고 올라가는 동안 따뜻한 목욕물 같은 안도감이 밀려왔다. 9번 플랫폼은 '외톨이' 자리로 알려져 있었는데, 이 자리가 벽이 트인 곳 위에 위치해 있고 굵은 도관이 통과할 수 있도록 성벽의 모양이 균일하지 않게 만들어져 있는 바람에 인접한 플랫폼에서는 보이지 않는 자리였기 때문이었다. 오늘 밤 수 라미레스는 가장 외로운 9번 플랫폼에 있을 게 분명했다.

수 라미레스가 느끼는 것은 이름 붙일 수 없는 두려움일 뿐 아직 특정한 감정으로 고착되기 전이었으나, 수 역시 밤새 마음이 불편했다. 하지만 어딘가 희미하게 잘못된 것 같은 이 감정보다도 노여움, 총사령관 자리에서 물러나라는 명을 받고 느낀 실망감이 더 선명했다. 그러나 그 후 몇 시간 동안 생각해보니 그렇게까지 나쁜 상황은 아니었다. 어차피 곧 총사령관 자리에서 물러나야 했을 것이다. 해임을 당하는 것으로 파수단 생활을 끝맺고 싶지는 않았지만 말이다. 곧장 집을 향한 수는 부엌에서 2시간 내내 울었다. 마흔세 살인 수의 인생에는 성벽 위에서 보낸 밤들을 제외하면 착하지만 이미 오래전부터 할 이야기가 없어진 남편 코트와 의무적으로 함께 하는 식사만이 남아 있을 뿐이었다. 파수단은 그녀의 전부였다. 코트는 마구간에 가 있었는데, 잠깐이었지만 수는 그가 있었으면 했다. 물론 집에 있다고 해도 무력한 표정으로 가만히 서서 그녀를 달래주려는 몸짓은 조금도 하지 않았을 테니 없는 것과 다름없었을 것이다. 코트는 위로라는 걸 할 줄 모르는 사람이었으니까. (수는 유산을 세 번이나 했는데, 그때도 코트는 제대로 된 위로의 말을 해주지 못했다. 하지만 다 옛날 일이다.)

결국 자신을 탓할 수밖에 없었다. 무엇보다도 그 점이 가장 끔찍했다. 왜 그 멍청한 책 따위를 읽어서! 저장소에 갔을 때 수는 월터가 안 팔리는 물건들을 넣어둔 상자를 별생각 없이 뒤졌다. 전부 그 멍청한 책들 때문이다! 그중 한 권을 펼치자마자 수는 — 성소의 큰 방에 둘러앉던 어린 시절처럼 책을 읽으려고 바닥에 다리를 접고 앉기까지 했다 — 배수구로 물이 빠져나가듯이 책 속에 완전히 끌려 들어가버렸다. ("아니, 탤벗 카버 씨!" 바삭거리는 무도회 드레스 차림으로 계단을 내려오던 샤를렌 드플뢰르가 눈을 휘둥그레 뜨고 외쳤다. 복도에는 키 크고 어깨가 넓은 신사가 서 있었는데, 그가 입은 먼지투성이 승마바지가 몸에 착 붙어 그의 남성미 넘치는 몸매를 드러내고 있었다. "무슨 속셈으로 제 아버지가 안 계신 틈을 타 저를 찾아오신 거지요?") 조다나 믹슨의 『무도회의 미녀』. 뉴욕 어빙턴의 패셔네이트 출판사에서 2014년 출간. 뒤표지 안쪽에 저자의 사진이 있었다. 검은 머리가 풍성한 여자가 레이스로 장식한 베개들이 잔뜩 놓인 침대에 웃으며 누워 있는 사진이었다. 팔과 목이 드러난 옷을 입고 머리에는 동그랗게 생긴 특이한 모자를 쓰고 있었다. 빗방울도 막을 수 없을 것 같은 조그마한 모자였다.

월터 피셔가 다가왔을 땐 이미 3장까지 읽은 뒤였다. 책에 흠뻑 빠졌던 터라 집중을 깨뜨리고 침입한 월터의 목소리가 하도 낯설어서 수는 자리에서 펄쩍 뛰다시피 했다. '마음에 드는 게 있어?' 월터가 눈썹을 치키며 물었다. '재미있게 읽는 것 같아서. 다른 사람도 아니고 너니까 한 상자 전부를 1/8세어에 주지.' 월터 피셔는 항상 진짜 가격이 아닌 바가지를 잔뜩 씌운 가격을 불렀기에 흥정을 해야 마땅했지만, 수의 마음속에서 벌써 이 책들은 전부 자신의 것이었다. 알았어요. 그렇게 말한 뒤 수가 바닥에 있던 상자를 들어 올렸다. 그렇게 하죠.

『중위의 연인』, 『남부의 딸』, 『포로가 된 신부』, 『최후의 숙녀』. 수는 살면서 이런 책들을 읽는 게 처음이었다. '지난 역사'를 생각할 때면 수의 머릿속에 떠오르는 것은 기계였다. 자동차, 엔진, 텔레비전, 가스레인지 같은, 배닝을 드나들며 무수히 보았지만 어디에 쓰는 물건인지는 알 수 없었던 금속과 철사로 만든 물건들 말이다. 물론, '지난 역사'는 날마다 온갖 일을 하는 온갖 사람들로 가득한 시절이었을 것이다. 그러나 그 사람들은 모두 죽고 이제 남은 것은 그들이 만든 망가진 기계들뿐이었기에, 결국 그녀가 떠올리는 것은 기계들이었다. 그런데, 이 책들 속에서 발견한 세계는 그녀의 세계와 그리 다르지 않았다. 이 책에 나오는 사람들은 말을 탔고, 땔감으로 불을 때고 촛불로 방 안을 밝혔는데, 그런 물질적인 측면이 지금과 다를 바가 없다는 것이 놀라운 동시에 그 때문에 책에 등장하는 행복한 사랑 이야기에 마음을 활짝 열 수 있었다. 물론 섹스도 등장했다, 아주 많이. 그리고 그 섹스는 코트와 수가 나누던 섹스와는 완전히 달랐다. 책 속에 등장하는 섹스는 강렬하고 열정적이었으며, 때때로 수는 어서 페이지를 넘겨서 다음 섹스 장면을 읽고 싶은 생각이 들었지만 그러지 않았다. 그 장면들을 간직해두었다가 천천히 즐기고 싶어서였다.

그날 밤, 소녀가 나타난 밤에 책을 성벽으로 가지고 가지 말았어야 했다. 엄청난 실수였다. 사실 의도한 바는 아니었다. 하루 내내 수는 짬이 나기를 바라면서 허리춤에 찬 주머니에 책 한 권을 넣어 다니다가 그 책의 존재를 까맣게 잊고 말았다. 뭐, 잊은 게 아니었던 건지도 모르지만, 어쨌든 잠깐 무기고에 다녀오기로 마음먹게 된 건 수의 의도는 아니었고 어쩌다 보니 그렇게 된 거였다.

그러다가 수는 아무도 없는 무기고 안에서 책을 꺼내 읽기 시작했다. 그날 가져온 책은 『무도회의 미녀』였는데(이미 끝까지 읽은 그 책을 다시 처음부터 읽기로 했다), 첫 장면 — 충동적인 샤를렌느가 계단을 내려오다가 아버지의 라이벌이자 자신에게는 애증의 대상인, 무성한 구레나룻을 가진 오만한 사나이 탤벗 카버를 만나는 장면 — 을 다시 펼치자마자 수는 순식간에 처음 읽었을 때 같은 즐거움에 사로잡혔고, 아옹다옹하던 샤를렌느와 탤벗이 마지막에 결국 서로를 사랑하게 된다는 결말을 알았기에 그 즐거움은 처음보다 더 컸다. 이 책에 담긴 이야기들이 좋았던 가장 큰 이유는 전부 해피엔딩으로 끝나서였다.

그로부터 24시간 뒤, 총사령관 지위를 박탈당한 수가 아직도 『무도회의 미녀』가 들어 있는 주머니를 허리에 찬 채 이런 기억을 떠올리고 있는데(이 빌어먹을 책을 뭣하러 또 가져온 거람?) 사다리를 올라오는 발소리가 들려 돌아보니 지미 몰리노가 제9발포플랫폼으로 올라오고 있었다. 아마 내 신세를 고소해하려고, 어쩌면 사과를 하려고, 그도 아니면 그 두 가지를 어정쩡하게 섞은 무슨 말을 하려고 올라온 거겠지. 물론 첫 번째 종이 울린 뒤에도 나타나지 않았던 지미가 그런 말을 할 자격은 없다고 수는 생각했다.

"지미? 도대체 어디 있었던 거야?"

그날은 꿈이 깃든 밤이었다. 집에서, 막사에서, 성소에서, 병원에서, 꿈은 허공을 떠도는 혼처럼 여기저기 내려앉아 잠든 콜로니 주민들의 마음을 드나들었다.

어떤 이들은 산제이 파탈처럼 한평생 비밀스러운 꿈을 꾸며 살아갔다. 이 꿈을 의식할 때도 있고, 아닐 때도 있었다. 꿈은 끊일 줄 모르고 흐르는 지하수처럼 때때로 지면 위로 솟아올라 살며시 그 모습을 드러냈다가 사라졌다. 마치 두 개의 삶을 동시에 살고 있는 것처럼. 어떤 사람들은 부엌에서 연기를 뿜어내는 여자가 나오는 꿈을 꿨다. 다른 이들은 대령처럼 어둠 속에 홀로 서 있는 한 소녀의 꿈을 꿨다. 이 중 어떤 꿈은 악몽이 되었고 — 산제이가 기억하지 못하는 어떤 꿈에는 칼이 나왔다 — 어떤 꿈은 아예 꿈 같지도 않았다. 실제 현실보다도 현실적인 그 꿈은 꿈꾸는 사람을 비틀거리며 밤길로 나서게 했다.

이 꿈은 어디서 왔을까? 무엇으로 빚어진 것일까? 그것들은 꿈일까, 아니면 단순히 꿈이 아니라, 숨겨진 현실을 모사한, 오로지 밤에만 모습을 드러내는, 존재의 보이지 않는 차원일까? 어째서 이 꿈은 마치 기억처럼 느껴질까, 그리고 평범한 기억이 아니라 ─ 누군가 다른 사람의 기억처럼 느껴질까? 그리고 어째서 이 밤, 퍼스트 콜로니의 모든 사람이 꿈의 세계로 굴러떨어진 것 같았을까?

성소에서 제이 삼총사 중 한 명인, 벨 라미레스와 레이 라미레스 ─ 그러니까 이 순간 문득, 공포스럽게도 발전소에 혼자 남겨진 자신을 발견하고 자신이 참을 수도, 표출할 수도 없는, 지금 당장 전류가 흐르는 철조망에 온몸을 바싹 태워버리고 싶은 어두운 충동을 느끼고 있었던 레이 라미레스 ─ 의 딸 제인 라미레스는 곰이 나오는 꿈을 꾸고 있었다. 제인은 얼마 전에 네 살이 되었다. 제인이 아는 곰이라고는 책에 나오는 것이나 선생님이 해준 이야기 속의 곰이 다였다. 숲속에 사는 크고 순한 동물로 털이 북슬북슬한 몸에 동물만 가질 수 있는 유순한 지혜가 깃든 착한 얼굴을 가진 곰. 그리고 제인의 꿈속에 나오는 곰 역시 그랬다, 처음에는. 제인은 실제로 곰을 본 적은 없었지만, 바이럴은 본 적 있었다. 전날 밤 성소에서, 바이럴이 된 아를로 윌슨을 두 눈으로 목격한 아이들 중 제인도 있었던 것이다. 제인은 문에서 가장 먼 맨 끝줄에 있던 침대에서 누워 있다가 일어났는데 ─ 목이 말라서 선생님에게 물을 달라고 할 생각이었다 ─ 갑자기 유리와 쇠와 나무가 박살 나며 바이럴이 유리창으로 튀어 들어와 말 그대로 제인의 눈앞에 안착했다. 처음에 제인은 그것이 사람이라고 생각했는데, 생김새가 사람과 똑같아서였다. 하지만 바이럴은 옷을 입고 있지 않았고, 어쩐지 사람과는 달랐는데 특히 눈과 입이 이상하게 생긴 데다가 몸에서 빛이 났다. 그가 제인을 슬픈 눈으로 쳐다보았고 ─ 이상하게 곰을 떠올리게 만드는 슬픈 표정이었었다 ─ 제인이 왜 그러냐고, 또 왜 몸에서 빛이 나는 거냐고 물으려던 찰나 뒤에서 비명 소리가 나는 바람에 돌아보니 선생님이 미친 듯이 달려오고 있었다. 선생님은 구름처럼 제인을 스쳐 지나더니 풍성한 치마 아래에 숨기고 있었던 칼집에서 칼을 꺼냈다. 그리고 그대로 손을 머리 뒤로 힘껏 뻗어 올렸다가 바이럴의 몸에 망치처럼 내리꽂았다. 그다음은 보지 못했지만 — 제인은 바닥에 넘어져서 허둥지둥 도망치기 시작했던 것이다 — 작은 비명 소리와 함께 찢어지는 소리, 무언가 쿵 떨어지는 소리가 들렸다. 그러고는 또 고함 소리가 들렸다 — 누군가가 "이쪽이야! 이쪽을 보라고!" 하고 외치는 소리였다 — 그다음에는 비명과 고함이 쏟아지더니 어른들이 몰려들고 엄마들과 아빠들이 드나드는가 싶었다. 곧 침대 밑에 숨어 있던 제인을 어떤 여자가 울면서 끄집어내더니 아이들을 모두 불러 2층으로 올려 보냈다. (나중에서야 그 여자가 엄마였다는 사실을 알았다.)

아무도 그 이상한 일이 무엇인지 설명해주지 않았고, 제인 역시도 자신이 본 것을 아무에게도 말하지 않았다. 선생은 보이지 않았다. 아이들 중 몇이 — 패니 슈, 보와우 그린버그, 바트 피셔 — 선생님이 죽었다고 소곤거렸다. 하지만 제인의 생각엔 선생님이 죽었을 리 없었다. 죽는다는 건 바닥에 누워서 영원히 자는 것인데, 제인이 본 선생님의 마지막 모습은 허공에 몸을 날리는 모습이었고, 그때 선생님은 영원히 자고 싶을 만큼 피곤해 보이기는커녕 오히려 정반대였다. 그 순간 선생님은 놀라우리만치 힘차게 살아 있었고, 제인이 난생 처음 보는 우아함과 힘, 생기가 넘쳤다 — 그래서 하루가 지난 지금까지도 제인은 그 모습을 떠올리면 신이 나는 한편으로 당황스러운 기분이 들었다. 제인은 작은 동작만을 할 줄 아는 작은 아이였고, 질서와 안전, 반복되는 조용한 일과의 세계에 살고 있었다. 작은 다툼이나 속상한 감정, 그리고 선생이 온종일 짜증을 내는 날들이 있긴 했지만, 제인이 아는 세계는 본질적으로 온화함으로 흠뻑 적셔져 있었다. 그런 감정은 선생님으로부터 뿜어져 나오는 것이었다. 공기와 흙을 따뜻하게 데우는 햇볕 같은, 모성애를 담은 온기가 선생님에게서 번져 나왔다. 하지만, 전날 밤의 사건 직후 혼란 속에서 제인은 모든 아이들을 그토록 이타적으로 돌보았던 선생님에게서 무언가 비밀스러운 감정을 엿보았던 것이다.

그리고 그제야 제인은 자신이 선생님에게서 본 것이 '사랑'임을 깨달았다. 선생님을 허공으로 날아오르게 한 것, 몸에서 빛이 나는 곰 인간을 향해 몸을 던지게 한 것은 오로지 사랑의 힘이었다. 곰 인간의 몸에서 나던 빛은 왕족이라는 증표가 틀림없었다. 곰 왕자가 선생님을 숲속의 성으로 데려간 거야. 아마 그래서 선생이 이곳에 없는 것이라는, 아이들이 전부 2층으로 옮겨간 것 역시 선생님을 기다리기 위해서라는 생각이 들었다. 선생님이 숲의 여왕이 되어 다시 돌아오면 우린 다시 1층의 큰 방으로 내려가서 성대한 축하 파티를 열 거야.

여기까지가 제각기 꿈을 꾸는 열다섯 명의 다른 아이들과 함께 방 안에서 누워 잠들면서 제인이 한 생각이었다. 제인의 꿈은 전날 밤의 사건을 새로이 구성하는 것으로 시작되었는데, 꿈속의 제인이 침대 위에서 뛰어놀고 있는데 곰이 들어왔다. 이번에는 창문이 아니라 멀리 있는 조그만 문으로 들어왔고, 어젯밤에 본 모습과는 달리 책에 나오는 곰처럼 털투성이에 뚱뚱했으며 지혜롭고 친근한 그 모습 그대로 제인을 향해 네발로 어슬렁어슬렁 다가오고 있었다. 곰이 제인의 침대 발치로 다가와 궁둥이를 바닥에 대고 앉은 뒤 서서히 몸을 일으켜 보송보송한 솜털로 뒤덮인 부드러운 배, 커다란 머리, 촉촉한 눈, 그리고 커다란 손을 드러냈다. 굉장히 근사한 그 모습은 낯설었지만 마치 언젠가는 받게 되리라 믿었던 선물처럼 당연하게 느껴졌고 고작 네 살 난 제인의 어린 마음은 이 멋지고 고귀한 존재에 대한 경의로 뒤덮였다. 곰은 한참이나 그대로 서서 깊은 생각에 잠긴 듯 제인을 바라보다가, 아직도 행복해하는 제인을 향해 우렁우렁하고 남성적인 목소리로 이렇게 말했다. 안녕, 어린 제인. 나는 곰 아저씨야. 널 잡아먹으러 왔단다.

그 말이 너무 우스워서 웃음이 터질 것처럼 배 속이 간질거렸지만, 곰 아저씨는 아무 반응도 하지 않았고, 그대로 시간이 흐르자 아까는 보지 못한 불편한 부분들이 눈에 들어왔다. 글러브를 닮은 손에서 튀어나온 구부러진 새하얀 발톱, 크고 단단해 보이는 턱, 이제는 친근하지도 지혜로워 보이지도 않는, 의도를 짐작할 수 없는 두 눈. 다른 아이들은 어디 갔지? 왜 나 혼자만 큰 방에 있는 거야? 하지만 제인은 혼자가 아니었다. 이제 선생님도 등장해 침대 옆에 서 있었다. 평소와 똑같은 모습이었지만 꼭 얼굴에 얇은 천을 쓰고 있는 것처럼 흐려 보였다. 자, 어서 이리 오려무나, 제인. 선생님이 말했다. 벌써 다른 아이들은 다 잡아먹혔단다. 그만 뛰어다니고 착하게 있어야 곰 아저씨가 잡아먹지. '싫-어-요.' 제인은 침대 위에서 뛰는 동작을 멈추지 않은 채 그렇게 대답했다. 잡아먹는다는 말이 무섭다기보다는 우습게 느껴졌지만 어쨌든 잡아먹히기는 싫었기 때문이었다. '싫-어-요.' 그러자 선생님이 목소리를 높였다. 장난치는 거 아니야, 제인. 선생님이 좋은 말로 할 때 말 듣자. 셋까지 셀 거야. '싫-어-요.' 제인은 온 힘을 다해 펄쩍펄쩍 뛰었다. '싫-어-요.' 그러자 선생님이 아직도 침대 발치에 똑바로 서 있는 곰 아저씨를 향해 돌아서며 말했다. 보이니? 선생님의 새하얀 팔이 땀투성이였다. 선생님이 온종일 이렇게 고생을 했잖니. 이제 더 이상 참을 수가 없구나. 그래, 제인. 마음대로 하려무나. 선생님은 분명 경고했어.

그리고 그렇게 이 꿈은 악몽으로 급격히 방향을 틀었다. 선생님이 제인의 손목을 꽉 잡고 억지로 침대에 눕혔다. 가까이서 보니 선생님의 목은 마치 사과를 베어 물어 심만 남은 것처럼 뜯겨 나간 채 축축하게 번들거리는 역겨운 살점이며 관에 의지해 간신히 달랑달랑 붙어 있었다. 그제야 제인은 선생님이 말한 대로 다른 아이들이 진짜로 잡아먹혔다는 사실을 깨달았다. 곰 아저씨가 아이들을 한 입 한 입 뜯어 먹은 것이다. 이제 곰 아저씨도 더 이상 곰 아저씨가 아니었다. 이미 몸에서 빛을 내던 그 남자의 모습으로 변해 있었다. '싫어요!' 제인은 비명을 질렀다. '싫어요!' 하지만 반항할 힘이 없었던 제인은 자신의 발이, 발목이, 다리 전체가 남자의 새까만 입안으로 사라지는 모습을 공포에 질린 채 무력하게 바라볼 수밖에 없었다.

그날 사람들이 꾼 꿈에는 다양한 걱정과 증상과 맛이 깃들어 있었다. 꿈을 꾸는 사람들의 수만큼 꿈도 다양했다. 글로리아 파탈은 어마어마한 벌떼가 온몸을 뒤덮는 꿈을 꾸었다. 글로리아는 이 벌들이 상징적이라는 것을 내심 알았다. 그녀의 살갗 위를 기는 벌 하나하나가 인생의 걱정거리를 하나씩 상징하고 있었다. 예를 들면 바깥에서 일을 하려는 날 비가 올지 아닐지, 아니면 라지가 죽고 과부가 된, 하나뿐인 친구 미미가 자신이 찾아가지 않은 날에 화를 낼지 아닐지 같은 것. 그러나 그보다 더 큰 걱정들도 있었다. 산제이에 관한 걱정, 그리고 모사미에 관한 걱정. 허리에서 느껴지는 통증과 밤에 잠을 깨우는 기침이 더 큰 병의 조짐인지도 모른다는 걱정. 이 불안감들의 목록 속에는 그녀가 유산했던 아기들에 대한 걱정이 담긴 사랑, 그리고 저녁 종이 울리는 밤이면 나날이 더 강해지는 긴장감도 있었고, 그리고 그녀가 — 다른 누구나처럼 — 아무리 많은 기회를 얻고도 곧 죽으리라는, 보다 일반적인 걱정도 있었다. 그런 생각을 하지 않을 수 없으니까. 다만 버티는 게 전부이니까. (딸 모사미가 테오 잭슨 때문에 울면서 게일런과 결혼하겠다고 밝혔을 때 그녀가 해준 말이 바로 그것이었다. '버텨야 해.') 그러나 사실은 사실이었다. 언젠가 조명등은 꺼지고 말 것이다. 그렇기에 그 무엇보다도 가장 큰 걱정은, 어느 날 삶의 모든 걱정거리가 그냥 걱정을 그만두고 싶은 욕망 하나로 수렴될지도 모른다는 것이었다.

따라서 벌들은 크고 작은 걱정거리를 상징했고, 꿈속에서 벌들은 그녀의 팔다리와 얼굴, 눈, 심지어 귓속까지 파고들었다. 꿈은 글로리아가 잠들기 전 마지막으로 기억하는 순간에서 시작했다. 지미와 이안, 벤이 케일럽의 처분 문제를 상의하러 찾아왔었다 전하려 남편을 깨웠지만 일어나지 않자, 글로리아는 좋은 생각이 아니라는 것을 알면서도 부엌 식탁 앞에 앉아 고개를 앞으로 기울인 채 잠이 들어 입을 쩍 벌리고 코를 골기 시작했다. 꿈속에서도 글로리아는 이렇게 잠들어 있었는데 — 코 고는 소리가 벌의 웽웽 소리가 되었다 — 분명치는 않은 이유로 벌떼가 부엌 창문을 통해 몰려들어 와 웽웽거리며 그녀를 담요처럼 뒤덮어버렸다. 벌떼의 습성이었다. 왜 벌떼를 피하지 못했던 걸까? 벌들의 작은 발이 피부를 간지럽히는 감각, 벌들의 날갯짓이 느껴졌다. 몸을 일으키거나, 심지어 숨만 쉬어도 자극을 받은 벌들은 독침을 꽂기 시작할 것이다. 그렇게 꼼짝달싹할 수 없는 고통스러운 상태에 머물러 있는데 — 움직이지 못하는 꿈이었다 — 산제이가 계단을 내려오는 발소리가 들렸다. 그가 말없이 문을 열고 집을 나서는 소리를 듣고서야 글로리아는 소리 없는 비명과 함께 잠에서 깨었고 그 순간 방금까지의 기억은 까맣게 잊어버렸다. 잠에서 깼을 때는 벌에 대한 기억은 물론 산제이가 집을 나선 기억에 관해서도 완전히 잊어버리고 말았다.

콜로니 반대쪽에서는 평생 현란하리만치 야한 상상에 젖어 살아온 엘턴이 제 몸에서 나는 악취가 진동하는 침대에 누워 좋은 꿈을 꾸고 있었다. 건초 더미가 나오는 이 꿈은 엘턴이 제일 좋아하는 꿈이었는데, 그가 실제 겪은 일에서 비롯된 것이었기 때문이다. 마이클은 믿지 않았지만 — 하긴, 나라도 안 믿을 거라고 엘턴은 생각했다 — 아주 오래전, 스무 살이던 엘턴은 아마도 그가 눈이 멀었다는 사실 때문에 입을 함부로 놀리지 않으리라 생각하며 자신을 선택했을, 어느 베일에 싸인 여성과 한바탕 즐기던 시간이 있었다. 여자가 누구인지 알 수 없기에 — 그녀는 절대 말을 하지 않았다 — 다른 사람에게 말할 수 없었지만, 아마 결혼한 여자였으리라. 어쩌면 불임인 남편을 두고 아이를 갖고 싶었는지도 모르고, 아니면 단순히 일탈을 즐기고 싶었던 건지도 모른다. (때때로 자기 연민이 끓어오를 때면 엘턴은 그게 일종의 벌칙이 아니었나 하는 생각하기도 했다.) 사실 이유는 상관없었다. 여자가 찾아올 때마다 반가웠고, 때는 항상 밤이었다. 때로 그는 잠을 자고 있다가 여자가 행위를 시작한 뒤에야 마치 꿈에서 현실로 불려 나오듯이 깨어나기도 했다. 아니면 여자가 찾아와 아무 말 없이 손을 잡고 그를 어디론가 데려가기도 했다. 건초 더미가 나오는 꿈의 배경은 말의 히힝거리는 울음소리와 갓 잘라 말린 건초의 달착지근한 냄새가 풍기는 헛간이었다. 여자는 말을 하지 않았다. 사랑을 나눌 때 내는 신음 말고는 아무 소리도 내지 않았다. 그리고 그 행위는 언제나 너무 빨리, 여자가 기진맥진해 몸을 부르르 떨며 머리카락을 엘턴의 뺨에 비빈 뒤 말없이 일어나는 것으로 끝났다. 엘턴의 꿈은 늘 일어난 일 그대로였기에, 마지막은 그 여자를 볼 수 있었으면, 적어도 자신의 목소리를 부르는 이름을 들을 수 있었더라면 하는 기분으로 헛간에 누운 채 입술에서 짭짤한 맛이 느껴지는 덕분에 자신이 울고 있다는 사실을 깨닫는 것으로 끝이 났다.

그러나 오늘 밤은 아니었다. 오늘 밤 꿈속에서 행위가 끝나자 여자는 엘턴의 얼굴을 향해 몸을 숙인 뒤 귓가에 대고 속삭였다.

'라이트하우스에 누군가가 있어, 엘턴.'

병원에 있는 사라는 꿈을 꾸고 있지 않았지만 소녀는 꿈을 꾸는 중인 것 같았다. 고통스러우리만치 멀쩡한 정신으로 깨어 있던 사라는 빈 침대에 걸터앉은 채 아이의 눈이 눈꺼풀 속에서 보이지 않는 풍경을 더듬듯 움직이는 모습을 보고 있었다. 사라는 당장은 아이를 좀 재워야 하니 다음 날 아침 하우스홀드에 직접 보고하겠다는 핑계로 데일에게 입단속을 시킨 뒤였다. 사라의 주장을 뒷받침하기라도 하듯, 아이는 버릇처럼 스스로를 보호하려는 듯 몸을 둥글게 만 채 잠이 들었고 사라는 아이를 지켜보면서 목 안에 들어 있었던 그 물체가 무엇일지, 마이클이 무엇을 알아낼지, 그리고 어째서 이 아이를 보고 있으면 그 아이가 눈 오는 꿈을 꾸고 있으리라는 생각이 드는 걸까 하고 생각했다.

잠들지 않은 사람들은 또 있었다. 그 밤은 잠들지 않은 영혼들로 가득했다. 예를 들면 자기 자리인 북쪽 성벽의 제10발포플랫폼에 서 있는 게일런 슈트라우스였다. 게일런은 눈을 가늘게 뜬 채 조명등이 쏟아내는 빛을 바라보며 그날 들어 수백 번째로 자신이 그렇게 바보는 아니라는 생각을 하고 있었다. 그러나 그렇게 말하는 것 자체가 ─ 그는 몇 번이나 이 말을 입 밖으로 내뱉을 뻔했다 ─ 자신이 바보라는 사실을 증명했다. 심지어 게일런 스스로도 알았다. 그는 바보였다. 자신이 모사미를 사랑하는 만큼, 모사미가 자신을 사랑하게 만들 수 있으리라 믿었던 바보였다. 모사미가 테오 잭슨을 사랑한다는 사실을 모르는 사람이 없는데도, 모사미와 결혼한 바보였다. 모사미가 아이 이야기를 했을 때 임신한 시점에 대해 말도 안 되는 거짓말을 하고 있다는 걸 알면서도 굴욕감을 삼킨 채 바보 같은 미소를 띠고 '아기라니, 우와. 굉장하다.'라고 말한 바보였다.

게일런 역시 그 아이가 누구의 아기인지 너무나 잘 알았다. 핀 대럴이 발전소에서 일어난 일에 대해 말해주었던 것이다. 그날 밤 핀은 소변을 보려고 일어났다가 창고 방에서 이상한 소리가 들리기에 확인해보러 갔다고 했다. 문은 잠겨 있었지만 안에서 무슨 일이 일어나고 있는지 불 보듯 뻔했다고 핀이 설명했다. 핀은 상대에게 불편한 소식을 전하는 걸 지나치게 좋아하는 사람이었다. 핀이 하는 이야기를 듣고 게일런은 그가 문밖에 필요 이상으로 오래 서 있었다는 사실을 알 수 있었다. '와우, 모스가 평소에도 그런 소리를 내는 거야?'

빌어먹을 핀 대럴. 빌어먹을 테오 잭슨. 그러나 잠깐이지만 게일런은 아기가 생긴 뒤로 상황이 나아질지도 모른다는 희망을 품었었다. 멍청한 생각이지만 그래도 그런 생각을 하긴 했다. 그러나 아기 때문에 싸움만 더 늘었을 뿐이었다. 테오 잭슨이 그날 발전소에서 무사히 돌아왔더라면, 그들은 곧바로 게일런에게 진실을 말했을 것이다. 게일런은 그 장면이 눈앞에 훤히 그려질 지경이었다. 미안해, 게일런. 먼저 이야기했어야 했는데. 어쩌다 보니…… 그렇게 됐어. 수치스러웠으리라, 그러나 모든 게 지금쯤이면 끝났으리라. 이제 그와 모스는 거짓말을 품고 영원히 살아가게 될 것이다. 어쩌면 결국에는 서로를 경멸하게 될지도 모른다. 아니, 이미 서로를 경멸하고 있는 건지도 모르겠다.

그런 생각을 하는 동시에 게일런은 말을 몰고 발전소로 내려가야 할 아침이 두려웠다. 이안이 내린 명령이었지만, 게일런의 생각에는 이안의 생각이라기보다는 아마 지미나 산체이가 내린 결정일 것 같았다. 주자 한 명을 데려가도 된다는 허락을 받았으나 그뿐이었다. 파수단에는 게일런에게 사람을 더 붙여줄 여력이 없었다. 이안은 사흘 동안 발전소의 문을 잠근 채 다음번 구호대가 갈 때까지 기다리라고 했다. 알았어, 게일런? 할 수 있겠지? 당연히 게일런은 할 수 있다고 대답했다. 우쭐한 기분도 약간 들었다. 그러나 시간이 지나면 지날수록 게일런은 그 지시를 선뜻 받아들인 것이 후회되었다. 산을 내려가 본 적은 몇 번밖에 없었는데, 텅 빈 건물이며 차 안에 갇힌 채 익어가는 시체들만 끔찍한 것이 아니었다. 게일런은 두려웠다. 요즈음 게일런은 날마다 그를 둘러싼 세계가 느릿느릿한 속도로 부옇게 무너져가는 것을 느꼈다. 사람들은 게일런의 눈이 그렇게 나쁜지 몰랐다. 모스조차도 게일런의 시력이 나쁘다는 사실은 알았지만 어느 정도인지는 몰랐고, 시력은 점점 더 심각하게 나빠지고 있었다. 이제 게일런은 눈앞 2미터 이상은 보지 못했다. 그 너머에 있는 것은 순식간에 가스처럼 흐릿해지면서 요동치는 윤곽, 형체 없는 색채, 그리고 일렁이는 빛으로만 존재했다. 저장소에 있는 온갖 안경을 써봤지만 도움이 되지 않았다. 관자놀이를 칼로 쑤시는 것처럼 머리만 아파서 그는 오래전에 안경을 쓰려는 노력도 포기한 뒤였다. 다행히 귀는 좋은 편이라 소리가 들리는 쪽으로 고개를 돌릴 수는 있었지만 놓치는 것이 많았고 덕분에 그는 동작이 굼뜨고 멍청해 보였다. 실제로는 눈이 멀어가고 있는 것이었는데 말이다.

이제 파수단의 부사령관이 된 게일런은 내일 아침 발전소를 지키러 산을 내려가야 했다. 잰더와 아를로가 어떻게 되었는가 생각해보면 게일런에게는 자살에 가까운 여정일 것이다. 지미에게 사정을 말하고 양해를 구하려 해도 지미는 온종일 보이지가 않았다.

그러고 보니 지미는 어디에 있을까? 수는 성벽 위에 올라와 있었고, 데이나나 커티스도 마찬가지였다. 아를로와 테오가 죽고 알리시아가 파수단에서 제명되었기에 데이나도 훈련장을 떠나 성벽 파수에 동원되었다. 게일런은 데이나와 사이가 좋았던 데다가 이제 데이나는 하우스홀드의 일원이니 어쩌면 지미에게 잘 이야기해줄지도 몰랐다. 우선 발전소에 가는 것에 관해 데이나와 이야기해보는 게 좋았다. 수는 9번 플랫폼, 데이나는 8번 플랫폼에 있었다. 서두르면 금세 다녀올 수 있을 것 같았다. 그런데, 지금 들리는 목소리가 — 밤이면 소리가 멀리까지 들렸지만, 그래도 가까운 거리에서 나는 목소리 같았다 — 수 라미레스의 목소리 아닌가? 그리고 다른 한 목소리는 지미가 아닌가? 게일런이 데이나를 데리고 온다면 어쩌면 말만 잘하면 지미도 생각을 바꾸지 않을까? 어쩌면 수나 데이나가 '굳이 게일런을 보낼 것 없이 내가 다녀오지 뭐.' 할지도 모르니까.

잠깐이야, 하고 게일런은 생각하면서 석궁을 내려놓고 사다리를 타고 성벽을 내려갔다.

　같은 시간, 오래된 연방위기관리국 트레일러 속에 숨어 있던 피터와 앨리시아는 카드 게임을 하는 중이었다. 불빛이 별로 없어서 게임에 집중하기는 어려웠지만 사실 누가 이기는가는 관심 밖이 된 지 오래였다. 애초에 그건 중요하지도 않았다. 피터는 병원에서 있었던 일, 머릿속에서 들려오던 목소리에 관해 앨리시아에게 이야기해야 할지 말지 고민했지만 시간이 흐르면 흐를수록 도대체 그 일을 뭐라고 설명하면 좋을지 점점 난감해졌다. '머릿속에서 목소리가 들렸어. 어머니가 날 그리워한데.' 꿈이었을 거야, 하고 피터는 생각했고, 앨리시아가 성마르게 카드를 들어 올리자 생각의 굴레에서 빠져나온 피터는 그저 고개만 저었다. '아무것도 아니야. 네 차례야.'

　그리고 같은 시간, 파수 기록에 따르면 1시 30분, 깨어 있던 또 한 사람은 샘 슈였다. 샘은 편안한 침대에 누워 아내의 애정 어린 품에 안겨 있는 순간을 그 무엇보다도 소중하게 생각했다. 그러나 아내 샌디가 성소로 잠자리를 옮기는 바람에 ― 샌디는 새로운 선생을 구할 때까지 4월 내내 성소에서 지내게 되었다 ― 평소와 같은 생활 리듬이 깨져버린 샘은 곤욕을 치르고 있었다. 또, 하루가 저물어가면서 서서히 수치심이 찾아왔다. 감옥 앞에서 왜 그런 난동을 부렸을까? 그 순간에는 저 케일럽이란 녀석을 당장 어떻게 해버릴 기세였다. 그러나 시간이 지나고, 성소에 가서 아무렇지도 않게 잘 있는 아이들을 보고 온 뒤 케일럽에 대한 악감정도 누그러졌다. 어쨌든 케일럽도 아이일 뿐이고, 이제 와서 생각하니 케일럽을 추방한다고 해서 해결되는 것도 별로 없었다. 발전소에 있는 남편 레이를 걱정하느라 제정신이 아닐 벨을 이용한 것 같아서 마음이 켕겼고, 거만하기 짝이 없는 앨리시아가 싫기는 해도 멍청한 마일로가 그를 부추기던 때 앨리시아가 있었던 게 결국은 다행이었다는 생각이 들었다. 만약 앨리시아가 그 자리에 없었더라면 무슨 일이 일어났을지 몰랐다. 나중에 마일로를 찾아가, 만약 하우스홀드가 케일럽을 추방하지 않으면 우리 손으로 쫓아내자고

149

했던 결정을 다시 한번 숙고하고 일단 하룻밤 잔 다음 이야기를 나눠보자고 하자, 마일로는 안심의 빛을 숨기지도 않았다. 그래, 좋아. 마일로 대럴이 말했다. 네 말이 맞아. 내일 아침에 다시 얘기해보자고.

　이제 와서 아까의 일을 돌아보니 샘은 어쩐지 기분이 착잡하면서도 당혹스러웠다. 그렇게 화를 내는 건 평소의 자신답지 않았다. 감옥 앞에 서 있던 순간만큼은 누군가가 대가를 치러야 한다고 생각했던 게 진심이었다. 그 사람이 아무 힘 없는 어린애라고 해도 말이다. 그뿐만 아니라 가장 이상한 건 애초에 이 모든 사태의 원인인 그 워커 소녀에 대한 생각은 조금도 하지 않았다는 점이다. 머리 위 처마 사이로 새어 들어오는 조명등의 빛을 바라보며 샘은 어째서 워커가 찾아온 것인지 생각했다. 맙소사, 이렇게 오랜 세월이 지난 뒤 워커라니. 그것도 그냥 워커가 아니라, 어린 소녀라니. 샘은 아직도 군대가 언젠가 돌아올 거라고 믿는 부류는 아니었으나 어린 소녀가 찾아왔다는 것은 중요한 의미가 있는 일이었다. 그러니까, 콜로니 바깥에 살아 있는 사람이 있다는 뜻이었다. 어쩌면 한 둘이 아닐지도 몰랐다. 그런 생각을 하면 할수록 이상하게도…… 불편한 기분이 들었다. 정확히 왜 그런지는 알 수 없지만 그 소녀, '문득 나타난 소녀'는 아무 데도 들어맞지 않는 조각처럼 느껴졌다. 만약 그렇게 살아 있는 사람들이 갑자기 우르르 찾아오면 어떡하나? 워커들이 떼를 지어 조명등의 불빛 아래로 모여드는 또 한 번의 물결이 일어나면 어떡하지? 콜로니의 식량과 연료는 그리 넉넉하지 않았다. 물론, 예전에는 워커들을 돌려보내는 것이 잔인하게 여겨졌을는지 모른다. 하지만 이제는 상황이 좀 다르지 않나? 이렇게 오랜 세월이 흘렀으니까? 콜로니 생활이 어느 정도 균형을 찾았으니까? 샘 슈가 이렇게 생각하게 된 이유는 그가 자신의 인생을 썩 좋아했기 때문이었다. 그는 걱정하고 조바심 내며 불길한 생각을 품는 부류가 아니었다. 예를 들면 마일로 같은. 샘은 이해할 수가 없었다. 물론 언젠가 나쁜 일이 일어날 수는 있지만, 아직은 침대가 있고 집이 있고 아내가 있고 아이들이 있고, 먹을 음식과 입을 옷, 안전한 조명등이 있는데, 그걸로는 부족하단 말인가? 생각하면 할수록, 조치를 취해야 하는 건 케일럽이 아니라 그 소녀라는 생각이 들었다. 그러니 아침이 오면 마일로에게 이야기해봐야겠다. '문득 나타난 소녀'야말로 처리해야 하는 대상이었다.

깨어 있던 또 한 사람은 마이클 피셔였다. 마이클은 잠이 시간 낭비라고 생각했다. 잠이란 육체가 정신에 하는 비이성적인 요구였고, 가끔 꿈을 꾼다 해도 어차피 회로와 차단기, 중계기, 고쳐야 할 것들로 가득한, 깨어 있을 때를 살짝 비튼 것과 다름없는 꿈이었기에 잠에서 깨면 피로가 풀리기는커녕 딱히 이룬 것도 없이 시간만 낭비한 기분이었다.

그러나 오늘 밤은 달랐다. 마이클 피셔는 다른 어떤 밤들보다도 더 선명한 정신으로 깨어 있었다. 중앙처리장치로 홍수처럼 쏟아진 칩의 내용물은 세계를 처음부터 다시 쓴 것과 다름없었다. 마이클이 성벽 위에 안테나를 설치하겠다는 무모한 위험을 감수하도록 만든 것 역시 이 칩의 데이터들이었다. 일단 몇 달 전 굴뚝에 쑤셔 넣어두었던, 20미터짜리 8구경 비절연 구리선 한 뭉치를 라이트하우스 지붕에 연결했다. 구리선을 두 뭉치 더 이었더니 성벽 아래에 닿았다. 지금 가진 구리선은 그것이 전부였다. 나머지는 절연 처리된 고압케이블을 손으로 벗겨내어 연결하기로 했다. 파수꾼의 눈에 띄지 않고 성벽 위에 어떻게 올라가는가가 까다로운 문제였다. 작업장에서 케이블 두 무더기를 더 가져온 마이클은 성벽 지지대 아래 작은 그늘에 서서 선택지가 무엇무엇이 있는지 곰곰이 생각했다. 그가 서 있는 자리에서 왼쪽으로 20미터 떨어진 곳에 있는 가장 가까운 사다리는 제9발포플랫폼으로 연결되었다. 남의 눈에 띄지 않고 이 사다리를 오를 방법은 없었다. 또 다른 사다리는 8번 플랫폼과 7번 플랫폼의 중간에 있었고, 7번 플랫폼과 10번 플랫폼 사이의 지름길로 이 사다리를 이용하는 주자 몇 명 외에는 거의 쓰는 사람이 없어 이상적이었지만, 이 사다리를 타고 올라가기에는 케이블의 길이가 모자랐다.

그래서 남은 선택지는 하나였다. 케이블을 들고 멀리 있는 사다리를 올라간 다음 캣워크를 걸어 벽이 트인 곳 쪽으로 몸을 내밀고 케이블에 추를 달아 바닥에 떨어뜨려놓은 뒤, 한 번 더 성벽 위로 올라가 두 번째 케이블을 첫 번째 케이블에 연결하는 것이었다. 그 모든 과정에서 누구의 눈에도 띄지 않아야 했다.

마이클은 흙바닥에 무릎을 꿇고 연장주머니로 쓰는 캔버스 천으로 된 낡은 배낭에서 와이어 절단기를 꺼내 케이블에서 플라스틱피복을 벗겨내는 작업에 착수했다. 동시에 머리 위로 들리는 주자들의 발자국 소리에 귀를 기울였다. 피복을 다 벗겨내고 마이클이 다시 케이블을 둘둘 말았을 무렵, 주자들의 발소리가 지나갔다. 계산이 맞는다면 주자가 되돌아오기까지 몇 분의 시간이 있을 터였다. 마이클은 연장을 모두 배낭에 집어넣은 다음 사다리로 재빨리 다가가 심호흡을 한번 한 뒤 사다리를 타고 오르기 시작했다.

그러나 마이클이 계산에 넣지 못한 것은 자신에게 고소공포증이 있다는 사실이었고 — 심지어 의자 위에 올라서는 것도 싫어할 정도였다 — 20미터 높이의 사다리 꼭대기에 이르렀을 때는 실제보다 100배는 높게 느껴졌기에 애초 이 일을 시작한 것이 현명한 생각이었는지가 의심되기 시작했다. 공황감으로 심장이 미친 듯 뛰었다. 손발에 힘이 빠졌다. 아주 작은 공간에 쇠살대를 걸쳐놓은 것에 불과한 캣워크를 걸어가려면 의지력을 있는 대로 발휘해야 할 게 분명했다. 방향을 알려줄 땅도 하늘도 보이지 않는 깜깜한 밤, 오로지 조명등의 불빛에만 의지하고 있자니 모든 것이 더 크고 가깝게, 눈이 튀어나올 듯 선명하게 느껴졌다. 그러나 적어도 아직까지 누구의 눈에도 띄지 않았다. 마이클은 조심스레 고개를 들었다. 좌측으로 100미터 떨어진 곳에 있는 8번 플랫폼에는 아무도 없는 것 같았다. 이유는 알 수 없었지만 긍정적으로 받아들이기로 했다. 빠르게 움직이면 들키지 않고 얼른 라이트하우스로 돌아갈 수 있을 것 같았다.

마이클은 캣워크를 걷기 시작했다. 플랫폼에 도착하자 기분이 훨씬 괜찮아졌다. 두려움은 어느새 가시고 자신감이 그 자리를 차지했다. 잘될 거야. 8번 플랫폼은 아직도 비어 있었다. 이 자리를 비워놓은 파수꾼은 분명 나중에 호되게 당하겠지만, 어쨌든 마이클에게는 딱 좋은 기회였다. 마이클은 캣워크 위에서 무릎을 꿇고 배낭에 들어 있던 케이블 뭉텅이를 꺼냈다. 티타늄 합금으로 만든 캣워크는 그 자체로 전도체가 되어 케이블에 유인력을 더해줄 것이다. 말하자면 마이클은 성벽을 두르고 있는 캣워크 전체를 거대한 안테나로 만들 셈이었다. 그는 렌치를 꺼내 캣워크에 깔린 데크를 틀에 연결하는 볼트를 하나 푼 다음 그 사이로 피복을 벗긴 케이블을 집어넣고 다시 볼트를 조였다. 그다음에는 성벽 아래로 케이블을 던지고 땅에 닿는 부드러운 소리가 날 때까지 기다렸다.

에이미, 하고 마이클은 생각했다. '문득 나타난 소녀'에게 에이미라는 이름이 있을 줄 누가 알았을까?

마이클이 알지 못했던 것은, 8번 발포플랫폼이 비어 있었던 이유는 그 자리에 있어야 했을 최초의 가문이자 하우스홀드의 일원 데이나 커티스가 이미 죽은 채로 성벽 밑에 누워 있었기 때문이었다는 사실이었다. 지미는 수 라미레스를 죽인 직후 데이나를 죽였다. 수 라미레스를 죽일 의도는 없었다. 그냥 말을 하고 싶었을 뿐이었다. '잘 가'? '미안해'? '사랑했었어'? 그러나 그 밤, '칼날과 별들의 밤'에 일어난, 꼬리에 꼬리를 무는 피할 수 없는 이상한 사건들의 연쇄 속에서 그 모든 말은 사라지고 없었다.

반대쪽에서 다가오고 있던 게일런 슈트라우스는 망원경을 거꾸로 놓고 보는 것처럼 그 광경을 목격했다. 그의 시력으로는 제대로 볼 수 없는, 흩어지는 색채와 흐릿한 움직임일 뿐이었다. 그날 밤 10번 발포플랫폼에 게일런이 아니라 좀 더 시력이 좋은 사람, 게일런 슈트라우스처럼 급성 녹막염으로 눈이 멀어가고 있는 사람이 아닌 다른 사람이 있었더라면, 사건을 좀 더 분명하게 이해할 수 있었을 것이다. 9번 발포플랫폼에서 일어난 일은 직접적인 관계자들 밖으로 새어 나가지 않았으며 심지어 이들조차도 그 사건을 이해하지 못했다.

그날 일어난 사건은 다음과 같았다.

아직도 『무도회의 미녀』, 특히 너무나 생생하게 묘사되어 외울 수 있을 지경인, 폭풍우 치는 날 움직이는 마차 안에서의 장면(천국의 문이 열리자 텔벗이 강인한 팔로 샤를렌을 움켜쥔 뒤 타는 듯한 입술로 그녀의 입술을 파고들며 실크처럼 부드럽고 풍만한 그녀의 가슴을 더듬자 열정의 파도가 그녀의 온몸에 일며……)의 여운에서 벗어나지 못한 파수꾼 수 라미레스가 고개를 돌리자 지미가 플랫폼에 기대 있는 모습이 보였고, 그 순간 그녀가 느낀 짜증(늦게 나타난 지미가 자신의 생각을 방해했기 때문에 짜증이 일었다)을 꿰뚫고 무언가 잘못되었다는 느낌이 밀려들었다. '평소 같지 않아.' 수는 그렇게 생각했다. '내가 아는 지미가 아니야.' 그는 기묘하게 축 늘어진 자세로 그 자리에 서서 혼란스러운 표정으로 눈을 가늘게 뜬 채 조명등의 불빛 속을 주시하고 있었다. 마치 중대 발표를 하러 왔는데 대사를 잊어버린 사람 같았다. 수는 어쩐지 그가 하려는 말이 무엇인지 알 것 같다는 생각이 들었고 ─ 그녀는 언젠가부터 지미가 자신을 친구 이상으로 생각한다는 느낌을 받곤 했다 ─ 다른 때였다면 그 말을 기쁘게 들었을 것 같다는 생각이 들었다. 하지만 지금은 아니었다. 오늘 밤, 9번 플랫폼에서 듣고 싶은 고백은 아니었다.

"그 눈 때문이야." 지미가 거의 들리지 않는 목소리로 내뱉었다. 혼잣말 같았다. "적어도 난 그 눈이 문제라고 생각해."

수가 지미를 향해 다가갔다. 지미는 차마 그녀를 바라보지 못하겠다는 듯 고개를 저쪽으로 돌리고 있었다.

"눈이라니, 지미, 누구 얘기야?"

그러나 지미는 대답하지 않았다. 그가 한 손을 내려 자기가 입고 있던 저지 밑단을 붙잡더니 초조한 어린아이처럼 마구 잡아당기기 시작했다.

"느껴지지 않아, 수?"

"지미, 대체 무슨 소리야?"

그때 지미가 눈을 껌벅이기 시작했다. 투명하고 굵은 눈물방울이 뺨으로 흘러내렸다. "슬퍼서 견딜 수가 없어."

수는 지미에게 무언가 불길한 일이 일어났다는 것을 알 수 있었다. 지미가 별안간 머리 위로 저지를 벗더니 플랫폼 아래로 던져버렸다. 가슴팍에 흥건한 땀이 조명등 불빛에 번들거렸다.

"옷이 문제야." 지미가 으르렁거렸다. "옷이 답답해서 못 참겠어."

수는 성벽에 기대두었던 석궁을 집으려고 몸을 돌렸지만 너무 늦었다. 지미가 수의 뒤에서 한 손은 겨드랑이 밑으로 집어넣어 그녀를 붙잡고, 한 손으로는 그녀의 목을 졸랐고, 딱 한 번 비틀자 목이 딱 부러지는 소리가 났다. 그렇게 그녀의 신체는 죽었다. 사라져서, 더는 존재하지 않게 되었다. 수는 울고 싶었지만 아무 소리도 나지 않았다. 눈앞에 은 부스러기 같은 빛이 점점이 떠다녔다. ('오, 탤벗, 그가 몸을 강하게 부딪쳐 오자 샤를렌느가 신음했다. 그의 남근은 그녀가 도무지 거부할 수 없을 정도로 달콤하게 침입해 왔다. 오, 탤벗, 좋아요. 이제 우리 이런 우스꽝스러운 놀이는 끝내자고요…….') 그리고 수는 다른 누군가가 다가오는 것을 인지했다. 그녀가 무력하게 누워 있는 통로 위로 다가오는 발소리가 들리더니, 석궁이 발사되는 소리, 그다음에는 숨을 몰아쉬며 우는 소리가 들렸다. 이제 그녀는 허공에 떠 있었다. 지미가 그녀를 집어 던진 것이다. 그는 수를 성벽 너머로 집어 던질 작정이었다. 이런 삶이 아니라 다른 삶을 살았으면 좋았으련만, 이것이 그녀의 삶이었고, 그녀는 아직은 이 삶을 떠나고 싶지 않았다. 그러나 그녀는 이미 아래로, 아래로, 아래로 떨어지고 있었다.

수는 바닥에 부딪히는 순간까지 살아 있었다. 시간이 느려지더니, 거꾸로 가다가, 다시 시작되었다. 눈앞에 점들이 반짝거렸다. 입안에서는 피 맛이 느껴졌다. 머리 위, 벌거벗은 몸으로 빛을 내며 철망 끄트머리에 서 있는 지미가 보였다. 그리고 다음 순간, 지미도 죽었다.

사고가 정지되기 전 마지막 순간에 들은 것은 주자인 킵 대릴이 성벽 높은 곳에서 외치는 고함 소리였다. "바이럴이 나타났습니다! 이런 씨팔! 온 사방에 날아다닌다고요!"

그러나 그 말들은 어둠 속으로 빨려 들어가고 말았다. 조명등이 모두 꺼졌다.

155

당장이라도 비가 쏟아질 것처럼 흐린 한낮에 회의가 소집되었다. 성소에서 가져온 긴 테이블을 놓아둔 선스팟으로 콜로니의 주민이 모두 모였다. 모여 있는 사람들 앞에 나온 것은 단 두 사람, 월터 피셔 그리고 이안 파탈이었다. 월터는 평소와 다름없이 머리에는 기름이 끼고 눈에는 눈곱이 낀 채 한 계절 내내 갈아입지 않은 것만 같은 더러운 옷가지를 입은 추레하고 울적한 모습이었다. 피터의 생각에는 그날 월터가 하우스홀드 수장 대리로 이 자리에 나와 있다는 사실이야말로 그를 가장 울적하게 하는 일 같았다.

이안의 겉모습은 월터보다 조금 낫긴 했지만 그 역시 전날 밤의 사건 때문에 큰 충격을 받은지라 이 회의를 소집하는 것만으로도 고역이었는지 주저하고 망설이는 듯한 모습이었다. 정확히 이안의 역할이 무엇인지는 모르겠지만 — 파탈 가문의 대표로서 나와 있는 것인지, 아니면 파수단 총사령관 자격으로 나온 것인지? — 지금 눈앞의 문제에 비해서는 사소한 사항일 뿐이었다. 지금 책임을 떠맡은 것은 이안이었다.

피터는 구석진 곳에 알리시아와 나란히 앉아 사람들을 훑어보았다. 앤티의 모습이 보이지 않았지만 놀랄 일은 아니었다. 하우스홀드의 공개회의에 앤티가 마지막으로 모습을 드러낸 건 아주 오래전의 일이었다. 다시 라이트하우스로 돌아간 마이클, 그리고 병원을 지키는 사라 역시 그 자리에 없었다. 글로리아는 앞줄에 앉아 있었지만 산제이는 보이지 않고, 산제이뿐 아니라 올드 슈까지 모습을 보이지 않는다는 사실에 사람들은 다들 걱정하며 수군거렸다. 그들은 아직까지 무슨 일이 있는지 전혀 몰랐으니까. 어쨌든 지금까지 피터의 귀에 들린 것은 전부 우려였다. 사람들이 아직은 대놓고 공황 상태에 빠지지 않은 것 같았지만, 어차피 시간문제였다. 곧 밤이 올 테니까.

전날 밤의 습격으로 사랑하는 배우자, 아이, 또는 부모를 잃은 사람들의 얼굴이 눈에 띄었다. 그중에는 코트 라미레스가 있었고, 데이나의 남편인 러셀 커티스와 두 딸 엘리와 캣도 있었는데, 모두 감정이 완전히 거세된 듯한 표정을 하고 있었다. 캐런 몰리노, 그리고 딸 앨리스와 에이버리의 얼굴은 슬픔으로 새하얗게 질려 있었다. 마일로 대럴과 페니 대럴의 열다섯 살 난 아들인 주자 킵 대럴은 어젯밤의 가장 어린 희생자였다. 서니의 부모인 호드 그린버그와 리사 그린버그, 애디 필립스, 그리고 생기가 완전히 빠져나가서 하룻밤 사이에 열 살은 더 먹어버린 것만 같은 트레이시 슈트라우스. 올드 슈의 어린 아내 콘스탄스 슈는 딸 달라마저도 어딘가로 스르륵 사라져버리기라도 할까 봐 두렵다는 듯 딸을 옆구리에 꼭 끼고 있었다. 사람들의 수군거림이 잦아들고 회의가 시작되자 이안이 입을 열었다. 슬퍼하는 생존자들을 향한 말이었다. 이들은 다들 사랑하는 가족을 잃었다는 유대감으로 하나인 동시에 별개인 존재였다. 마치 서로를 끌어당기는 동시에 밀어내는 자석처럼.

이안은 이미 피터가 대개 알고 있는 사실을 읊는 것으로 회의를 시작했다. 자정이 갓 지난 시각, 알 수 없는 이유로 조명등이 꺼졌다. 아마 전력 과부하로 중앙차단기가 내려간 탓에 일어난 일로 추정된다. 그 당시 라이트하우스에는 뒷방에서 잠들어 있던 엘턴 혼자뿐이었다. 수석 엔지니어 마이클 피셔가 배터리 저장소의 환기장치를 수동으로 손보러 나가 있는 탓에 패널 앞에는 아무도 없었다. 그러면서 이안은 이건 마이클의 탓이 아니라고 덧붙였다. 배터리 저장소의 환기를 위해 라이트하우스를 비우는 것은 규정대로의 조처였고, 과부하로 인해 차단기가 내려갈 것을 마이클이 예상할 수 있는 방법은 전혀 없었기 때문이었다. 조명등이 꺼진 시간은 총 3분이었으나 — 마이클이 라이트하우스로 달려가서 시스템을 재가동시키는 데 걸린 시간이었다 — 그 짧은 사이에 성벽의 수비가 무너졌다. 마지막으로 보고된 사항은 수많은 바이럴이 경계선을 넘어오고 있다는 것이었다. 전력이 복구되었을 땐 세 명의 희생자가 나온 시점이었다. 지미 몰리노, 수 라미레스, 그리고 데이나 잭슨이었다. 세 사람 모두 성벽 아래에서 시신으로 목격되었다.

그것이 이번 습격의 첫 시작이었다. 이안은 간신히 침착을 유지하려 애쓰며 그다음으로 일어난 일들을 읊었다. 처음에 나타났던 수많은 바이럴 무리는 흩어졌지만, 이번에는 셋으로 이루어진 무리가 남쪽에서 나타나 제6발포플랫폼 ─ 16일 전, 흰머리가 한 줌 나 있다는 점이 눈에 띄던 암컷 바이럴을 아를로 윌슨이 사살한 바로 그 자리 ─ 근처의 성벽을 습격했다. 그들이 지난번에 타고 올랐던 성벽의 갈라진 이음매는 이미 수선한 뒤였기 때문에 놈들은 성벽을 올라올 수 없었다. 그런데 애초에 그들의 목적은 그것이 아니었던 것으로 보인다. 파수꾼들이 모두 6번 플랫폼으로 몰려들어 혼란 속에서 화살과 볼트를 퍼붓는 동안 세 마리 바이럴은 계속해서 성벽을 타고 오르려 시도했다. 그리고 이를 틈타 아무도 없는 9번 플랫폼을 통해 세 번째 무리가 ─ 둘로 찢어진 두 번째 무리의 일부일 수도 있고, 완전히 다른 무리일 수도 있지만 ─ 성벽을 넘었다.

놈들은 성벽 위의 캣워크를 타고 이동했다.

아수라장이 펼쳐졌다. 그 외에는 당시의 상황을 설명할 다른 표현이 없었다. 바이럴을 격퇴하기 전 세 명의 파수꾼이 더 희생되었는데, 가르 필립스, 에이단 슈트라우스, 그리고 경계선을 넘어오는 바이럴을 처음 발견하고 보고한 주자 킵 대럴이었다. 교전에 참여하기 위해 감옥을 지키던 자리를 벗어난 서니 그린버그는 생사를 알 수 없어 실종자로 분류되었다. 또 다른 실종자는 ─ 여기까지 말한 뒤 이안은 무척 괴로운 표정으로 말을 멈췄다 ─ 올드 슈였다. 아침 일찍 콘스탄스가 잠에서 깨자 올드 슈가 사라지고 없었다. 그 뒤로 누구도 목격하지 못했기에, 직접적인 증거는 없지만 올드 슈는 한밤중에 집을 떠나 성벽으로 향했고 다른 이들과 마찬가지로 바이럴에게 납치를 당했으리라고 추정된다.

사살한 바이럴의 수는 0이었다.

여기까지입니다, 하고 이안은 말했다. 우리가 아는 것은 이것이 전부입니다.

무슨 일인가 일어나고 있다고 피터는 생각했다. 다른 사람들도 모두 그렇게 느낀 듯했다. 바이럴이 전술을 쓴 건 처음이었다. 그나마 비슷한 사태를 꼽자면

'어둠의 밤'이었는데, 심지어 어둠의 밤에도 바이럴들이 조직적인 습격을 했다는 증거는 없었다. 조명등이 꺼졌을 때 트레일러 파크에 있던 피터와 알리시아는 성벽을 향해 달렸으나 이안은 두 사람을 아무도 방어하고 있지 않았던 성소로 보냈다. 그렇기에 두 사람은 이 사태에 직접 참전하지 못했고, 따라서 더 큰 괴로움을 느꼈다. 피터는 자신이 현장에 있어야 했다고 생각했다. 성벽 위에 있어야 했다. 그때 군중 속에서 누군가가 물었다. "발전소는 어떻게 되었지?"

질문을 던진 사람은 마일로 대럴이었다. 아내를 옆에 꼭 붙여 안고 있었다.

"지금까지 아는 한 발전소는 안전해, 마일로." 이안이 대답했다.

"마이클의 말로는 아직도 전류가 흐르고 있다고 해."

"하지만 전력 과부하가 일어났다며! 누가 가서 확인해봐야 할 것 아냐. 그리고 도대체 산제이는 어디에 있는 거야?"

그 물음에 이안은 잠시 머뭇거렸다.

"지금 말하려고 했어, 마일로. 산제이는 아파. 그래서 당분간 여기 있는 월터가 하우스홀드의 수장 역할을 대신하게 되었어."

"월터라고? 말이 되는 소리야, 그게?"

의자에 늘어져 있던 월터가 그 말에 정신을 차리고 허리를 펴더니 게슴츠레한 눈으로 군중을 바라보며 입을 열었다. "잠깐……."

그러나 마일로가 끼어들었다. "월터는 주정뱅이잖아." 목소리가 높고 거칠어졌다. "주정뱅이에 사기꾼이라고. 다들 아는 사실이잖아? 이안, 진짜 책임자는 누구야? 너야? 지금 내가 보기엔 책임자라고 할 만한 사람이 아무도 없어 보여서 하는 소리야. 무기고를 개방하고 원하는 사람이 자원해서 성벽을 수비하게 하라고. 그리고 누군가를 어서 발전소로 내려보내야 해."

맞는 말이라는 듯 군중이 술렁거리기 시작했다. 마일로는 무슨 속셈인 거지? 피터는 생각했다. 소요를 일으키려는 건가? 그는 알리시아를 쳐다보았다. 알리시아는 허리에서 손을 뗀 채 긴장한 자세로 마일로를 주시하고 있었다.

"아들 일은 안타깝게 생각해." 이안이 대답했다. "하지만 지금은 조급하게 굴

때가 아니야. 수비는 파수단의 몫이다."

그러나 마일로는 이안의 말은 귓등으로도 듣지 않았다. 그가 모여 있는 사람들을 휙 둘러보았다.

"들었지요? 이안의 말로는 놈들이 조직적으로 움직인다고 했습니다. 그렇다면 우리도 조직을 꾸려야 하지 않겠습니까? 파수꾼이 아무것도 하지 않는다면, 우리가 스스로 움직입시다."

"뭐 하는 거야, 마일로. 진정해. 사람들이 겁에 질리잖아, 아무 도움 안 된다고."

그때 샘 슈가 한 발짝 앞으로 나서며 입을 열었다. "겁에 질릴 만도 하지. 케일럽이 그 여자아이를 성벽 안으로 들이자마자 열한 명이 죽었어! 그 아이 때문에 바이럴이 몰려든 거라고."

"샘, 그건 우리가 알 수 없는 일이야."

"난 알아. 여기 있는 모두가 안다고. 이 사태의 시작은 케일럽, 그리고 그 아이야. 그렇다면 끝도 그 녀석들이 맺어지지."

그때 여기저기에서 사람들이 목소리를 높이기 시작했다. '그 아이, 그래, 그 아이. 샘의 말이 맞아. 그 아이가 문제야.'

"어쩌라는 소리야?"

"어쩌라는 소리냐고?" 샘이 말했다. "이미 했어야 할 일을 하라는 거야. 두 사람을 성벽 밖으로 추방해." 그러더니 샘이 돌아서서 군중을 마주했다.

"모두 제가 하는 말 잘 들으십시오! 파수꾼은 인정하지 않는 말을 제가 하겠습니다. 이런 사태가 일어난 이상, 석궁으로는 우리를 지킬 수 없습니다. 두 사람을 성벽 밖으로 추방합시다!"

그 말과 함께 사람들이 하나하나 입을 열더니 결국은 합창이 되었다.

'추방하라! 추방하라! 추방하라!'

이 순간, 마치 사람들이 평생 동안 묻어놓았던 걱정들을 한꺼번에 토해내는 것만 같다고 피터는 생각했다. 앞에서 이안은 팔을 휘두르며 조용히 하라고 고함을 질렀다. 금방이라도 끔찍한 유혈 사태가 일어날 것만 같은 장면이었다. 이제 사람들을 멈출 수 없는 것은 아무것도 없었다. 질서라는 허울은 벗겨져버린 뒤였다.

그때 피터는 깨달았다. 그 소녀를 이곳에서 빼내야 했다. 그리고 소녀와 운명 공동체가 되어버린 케일럽 역시도. 하지만 어디로 가지? 안전한 곳이 있을까?

알리시아를 향해 고개를 돌렸는데, 그녀는 이미 그 자리에 없었다.

다음 순간 피터의 눈에 알리시아가 보였다. 그녀는 동요하는 군중들을 헤치고 달려 나가고 있었다. 그러더니 민첩한 몸놀림으로 테이블 위에 훌쩍 뛰어올라 사람들을 마주했다.

"여러분! 제 말을 들으십시오!"

사람들이 그 말에 물을 끼얹은 듯 긴장하는 것이 느껴졌다. 서늘한 공포감이 돌았다. 리시, 지금 뭐 하려는 거야?

"바이럴이 찾아온 건 그 아이 때문이 아닙니다. 저 때문입니다!"

그러자 샘이 외쳤다. "내려오라고, 리시! 지금 문제는 네가 아냐!"

"여러분, 전부 제 잘못입니다. 놈들이 원하는 건 그 아이가 아니라 저입니다. 도서관에 불을 지른 것이 바로 저였습니다. 그 때문에 이 모든 사태가 시작된 겁니다. 놈들의 둥지였던 도서관을 태우자 그들이 저를 여기까지 쫓아온 겁니다. 누군가를 성벽 밖으로 추방해야 한다면, 그건 저입니다. 사람들이 죽은 것도 전부 저 때문입니다."

가장 먼저 테이블을 향해 움직인 것은 마일로 대럴이었다. 그가 알리시아를 잡으려 한 건지, 이안, 아니면 월터를 노린 것인지는 알 수 없었다. 그러나 그 움직임이 방아쇠를 당기기라도 한 듯 군중은 갑자기 참아왔던 폭력성을 쏟아내며 서로 밀치고 당기며 앞을 향하기 시작했다. 테이블로 사람들이 몰려들었다. 알리시아가 뒤로 구르며 성난 군중에게 둘러싸이는 모습이 보였다. 사람들은 아우성을 치고 있었다. 아이를 데려온 사람들은 도망쳤고, 나머지는 전부 앞으로 달려 나왔다. 피터의 머릿속에는 오로지 알리시아에게 닿아야 한다는 생각뿐이었다. 하지만 군중을 헤치고 앞으로 나가려던 피터 역시 사람들에게 마구 짓눌렸다. 갑자기 발이 허공에 붕 뜨더니 — 누군가를 밟았다는 느낌이 들었다 — 앞으로 넘어지던 피터는 방금 자신이 짓밟은 사람이 제이컵 커티스였다는 사실을 알아차렸다. 제이컵은 바닥에 무릎을 꿇은 채 자신을 짓밟는 사람들의 발길을 막을 도리 없이 두 손으로 머리만 가리고 앉아 있었다. 그 순간 피터는 제이컵의 넓은 등을 지지대 삼아 이를 악물고 공중제비를 돌며 앞으로 나아갔고, 팔다리로 이루어진 바다를 헤엄치듯 통과하며 사람들을 밀치고 앞으로 나갔다. 그때 누군가가 피터의 뒤통수를 주먹으로 세게 쳤다. 눈앞이 번쩍거리는 아픔을 느낀 피터가 뒤로 돌아 내지른 주먹은 눈썹과 수염이 텁수룩한 남자의 얼굴에 내리꽂혔는데, 시간이 흐른 뒤에야 피터는 그가 서니의 아버지 호드 그린버그라는 사실을 깨달았다. 이제 피터는 군중의 맨 앞에 있었다. 알리시아를 둘러싼 군중 사이로 바닥에 쓰러진 그녀가 간신히 보였다. 그녀는 제이컵처럼 두 손으로 머리를 감싸고 공처럼 몸을 둥글게 맞은 채 그녀에게 쏟아지는 손찌검과 발길을 그대로 맞고 있었다.

더 이상 생각할 필요도 없었다. 피터는 칼집에서 칼을 뽑았다.

그 뒤로 무슨 일이 일어날 것인지 그는 알 수 없었다. 다음 순간 게이트 쪽에서 사람들이 달려오기 시작했다. 파수단이었다. 벤과 게일런이 석궁을 들고 달려왔고, 그다음으로는 데일 레빈, 비비안 슈, 그리고 홀리스 윌슨이 뒤를 따랐다. 무기를 든 그들이 삽시간에 테이블과 군중 사이에 전선을 만들었고 파수꾼의 존재만으로도 사람들은 허둥지둥 제자리로 돌아갔다.

"모두 귀가해!" 이안이 외쳤다. 머리를 푹 적신 피가 얼굴을 타고 흘러 옷깃 속으로 흘러내리고 있었다. 얼굴은 노여움으로 벌겋게 달아올라 있었다. 그가 침을 탁 뱉더니 석궁을 들고 마치 누구를 먼저 쏠지 고민하듯 군중을 향해 천천히 휘둘렀다.

"회의는 중지다! 계엄령을 선포한다. 지금 이 순간부터 통행금지다!"

그 순간 사방이 고요해졌다. 군중이 흩어지자 알리시아의 모습이 드러났다. 피터가 바닥에 무릎을 꿇고 앉자 알리시아는 흙으로 범벅이 된 얼굴을 그에게로 돌렸다. 눈의 흰자를 허옇게 드러낸 절박한 눈빛이었다.

"가." 알리시아가 한마디를 내뱉었다.

피터가 일어나서 다시 군중들 속으로 돌아갔다. 몇몇은 서 있었으나 앉아 있는 사람도 있었고, 넘어진 사람들은 몸을 일으켰다. 모두가 흙투성이였다. 피터는 자기 입속에도 흙이 들어갔다는 사실을 깨달았다. 월터 피셔는 뒤집힌 테이블 옆에 앉은 채 머리를 감싸 쥐고 있었다. 샘과 마일로는 보이지 않았다. 피터처럼 일단 물러난 것 같았다. 게일런과 홀리스가 다가와 알리시아를 일으켜 세웠다. 알리시아는 이안이 자신이 차고 있었던 세 개의 칼을 빼앗아가는 동안 조금도 저항하지 않았다. 알리시아가 부상을 입은 것은 분명했지만, 정확히 어떤 부상인지는 알 수 없었다. 사지가 흐늘거리는 동시에 딱딱하게 굳은 것 같았다. 마치 고통을 억지로 참고 있는 것만 같았다. 그녀의 뺨과 팔꿈치에 피가 묻어 있었다. 땋았던 머리 역시도 풀려 있었다. 저지 소매도 찢겨져서 떨어지기 직전이었다. 이안과 게일런이 양쪽에서 알리시아를 붙들었다. 마치 죄수처럼. 그 순간 피터는 상황을 파악했다. 알리시아는 성난 군중들 앞에서 관심을 자신에게 돌림으로써 소녀에 대한 분노 역시도 자신에게로 끌어온 것이다. 마구 날뛰는 군중을 통제하려면 이안이 알리시아를 감옥에 가두는 수밖에 없었다. '마음의 준비 해.' 그녀의 눈빛이 피터에게 말하고 있었다.

"알리시아 도나디오." 이안이 모두에게 들리도록 목소리를 높였다. "너를 반역죄로 체포한다."

"저년을 추방해라!" 누군가가 고함을 질렀다.

"입 다물어!" 하지만 그렇게 외치는 이안의 목소리가 가늘게 떨리고 있었다. "지금 당장 귀가해. 다음 통보가 있을 때까지 게이트는 폐쇄한다. 집 밖을 돌아다니는 자는 파수꾼이 모두 체포할 것이다. 무기를 소지하는 자는 사살이다."

그리고 피터가 이제 더 이상 자신이 알던 사람들이 아닌 낯선 사람들로 가득한 미지의 세계를 무력하게 바라보는 가운데, 파수단이 알리시아를 이끌고 발걸음을 옮겼다.

성소에서 초조한 밤을 보낸 뒤 어린아이들이 가득한 2층의 교실에서 더욱 더 초조한 아침을 보낸 — 아침이 되자마자 '다른 샌디'의 남편 샘이 찾아와 아내에게 전해준, 전날 밤 일어난 끔찍한 사건 이야기를 샌디로부터 전해 들은 — 모사미는 드디어 결정을 내렸다.

그 생각은 별안간 조용히 그녀에게 찾아왔다. 실은 지금까지 자신이 내내 그 생각을 하고 있었단 사실조차도 몰랐다. 그러나 어느 순간 모사미의 마음속에서 무언가가 문득 변화한 것 같았다. 수학 공식처럼 단순하고 자연스러운 결론이었다. 그녀는 아기를 낳을 것이다. 그 아기는 테오 잭슨의 아기다. 아기의 아버지인 테오 잭슨은 죽었을 리 없다.

모사미는 테오를 찾아낼 것이다. 그리고 아기 이야기를 해줄 것이다. 콜로니를 벗어나는 시간은 아침 종이 울리기 직전, 파수꾼의 교대 시간이 될 것이다. 그렇다면 사람들의 눈을 피할 수도 있을 테고, 해가 지기 전 걸어서 산을 내려갈 만한 충분한 시간의 여유가 있을 것이다. 그다음에 어디로 갈지는 산을 내려간 뒤에 생각할 것이다. 사람들의 시야에서 가려져 있는, 성벽이 트여 있는 쪽으로 탈출하는 게 좋을 것이다. 샌디와 아이들이 잠들면 슬쩍 저장고로 가서 여정에 필요한 준비물을 챙길 것이다. 성벽을 타고 내려갈 때 쓸 튼튼한 밧줄, 식량과 물, 석궁과 칼, 튼튼한 부츠 한 켤레, 갈아입을 옷 한 벌, 그리고 그 모든 것을 넣을 가방.

통행금지령이 내려졌으니 바깥에는 아무도 없을 것이다. 트인 벽의 그늘에 숨어 동이 트기를 기다릴 것이다.

마음속에서 계획이 점점 구체성을 띠어가기 시작하자 모사미는 깨달았다. 그녀는 자신의 죽음을 연출하려는 것이다. 사실, 지난 며칠간 쭉 그녀는 자신의 실종이 자살로 보일 수 있도록 상황을 연출해온 것이나 다름없었다. 수송대가 돌아온 뒤 그녀는 우울증의 징후란 징후는 전부 보이고 있었다. 성소의 통금 시간을 어기고, 미친 사람처럼 돌아다니는 바람에 온갖 사람들이 그녀의 안전을 걱정하게 만들었다. 일부러 했어도 이렇게까지 잘할 수는 없었을 것이다. 심지어 게이트를 나서려던 찰나 알리시아의 명령으로 파수단에서 제명되던 그 비극적인 순간 역시도 사람들은 그녀의 운명을 예견하는 장면이었다고 기억할 것이다. 어째서 이런 일을 예상치 못했을까? 사람들은 슬픔에 잠긴 채 고개를 절레절레 저으며 그렇게 말할 것이다. 그렇게 많은 조짐을 보였는데. 아침이 오면 '다른 샌디'는 모사미의 침대가 비어 있는 것을 발견하고, 몇 시간은 더 기다려보다가 결국은 그녀가 사라졌다고 보고할 것이다. 그러면 사람들은 모사미를 찾아다니다가 성벽 너머로 드리워진 밧줄을 찾아낼 것이다. 그 밧줄은 단 하나의 의미를 띠고 있었다. 어디로도, 무엇으로도 이어지지 않는 밧줄. 사람들은 이 밧줄에서 단 한 가지 의미를 읽어낼 것이다. 게일런 슈트라우스의 아내이자, 최초의 가문인 산제이 파탈과 글로리아 파탈의 딸, 아이를 가졌고, 두려움에 사로잡혀 있었던, 파수꾼 모사미 파탈 슈트라우스가 스스로 목숨을 버린 거라고 말이다.

그러나 아직은 낮이었다. 성소에 앉아 아기 양말을 뜨면서 — 진전이 없었다 — '다른 샌디'가 놀이며 이야기며 노래로 아이들을 분주하게 해주며 떠들어대고 있는 소리를 듣는 지금 이 순간, 모사미의 죽음은 마치 이미 활시위를 떠나 움직이는 화살처럼, 표적에 꽂힌 뒤에야 그 의미를 드러낼 기정사실이었다. 모사미는 스스로가 유령처럼 느껴졌다. 이미 죽은 것만 같은 기분이 들었다. 마지막으로 부모님을 만나고 올까? 하지만 무슨 할 말이 있겠는가? 안녕이라고 말하지 않고 어떻게 작별 인사를 할 수 있을까? 물론 게일런에 대해서도 생각해야 했지만, 그녀는 어젯밤 이후로 평생 게일런을 보지 않기로 마음먹은 뒤였다. 게일런이 결국 발전소에도 가지 않았다고 '다른 샌디'가 마치 기쁜 소식이라도 되는 양 알려주었다. 게일런은 알리시아를 체포한 두 파수꾼 중 한 사람이었다. 그녀가 사라지면 게일런은 그 소식을 맨 첫 번째로 듣게 될까? 두 번째, 아니면 세 번째? 게일런은 슬퍼할까? 눈물을 흘릴까? 아니면 그녀가 성벽을 타고 내려가는 모습을 상상하며 한숨 돌린 기분이 될까?

뜨개질을 하던 손이 멈췄다. 혹시 내가 정말로 미쳐가고 있는 건 아닐까? 그래, 그럴 수도 있다. 테오가 죽지 않았다니, 그건 미친 사람이나 할 생각이었다. 상관없었다.

그녀는 '다른 샌디'에게 양해를 구한 뒤 ― 그녀는 둥글게 둘러앉은 아이들을 조용히 시키고 오늘의 공부를 시작하느라 정신이 없어서 적당히 손을 휘저어 보였을 뿐이었다 ― 복도로 나와 문을 닫았고 그러자 아이들의 목소리가 잦아들었다. 순식간에 몰려온 고요는 꼭 소음처럼 느껴졌다. 그렇게 모사미는 조용한 복도에 가만히 서 있었다. 이렇게 고요한 순간이면, 이 세계가 전부가 아니라는 상상을 할 수가 있었다. 과거라는 꿈속을 살아가는 어린아이들에게는 바이럴이 존재하지 않듯이, 어딘가에 바이럴이 존재하지 않는 또 다른 세계가 있을 거라고. 어쩌면 애초에 성소가 세워진 목적이 그 때문인지도 모른다. 과거라는 꿈이 깃든 장소를 조금이라도 남겨두기 위해. 샌들 바닥이 잔금이 간 복도를 디딜 때마다 소리가 탁탁 울렸다. 그 소리와 함께 그녀는 텅 빈 교실들을 지나쳐 계단을 내려갔다. 아직도 큰 방에는 알코올 냄새가 진동해서 눈에 절로 눈물이 고였지만, 그래도 모사미는 밤이 올 때까지 그곳에 앉아서 아기 신발을 계속 떠나갈 작정이었다. 성벽을 넘어갈 때 가져가기 위해서였다.

누군가 마이클 피셔에게 인생 최악의 순간이 언제였는지 묻는다면 그는 조금도 주저하지 않고 대답할 것이다. 마이클의 인생에서 최악의 순간은 조명등이 꺼졌던 순간이었다.

그 일이 일어났을 때 마이클은 성벽 위에서 케이블을 아래로 떨구는 중이었다. 사위가 깜깜한, 3차원의 무無로 둘러싸인 압도적인 어둠이 펼쳐지자, 잠깐이었지만 마이클은 케이블과 함께 자신도 아래로 굴러떨어진 것이 아닐까 착각했다. 죽음과도 같은 어둠이 찾아왔다. 그러나 다음 순간 "바이럴이 나타났습니다! 이런 씨팔! 온 사방에 날아다닌다고요!" 하는 킵 대럴의 목소리가 들렸고 그 말을 듣는 순간 마이클은 자신이 살아 있을 뿐 아니라 조명등이 꺼지고 말았다는 사실까지도 깨달았다.

불이 꺼졌다!

이제 와서 돌이켜 생각해보면, 그때 그가 암흑 속에서 캣워크 위를 달리다가 죽을힘을 다해 사다리를 내려왔다는 것은 거의 목숨을 건 짓이었다. 마지막 몇 미터가 남았을 때 마이클은 메고 있던 연장 가방이 홀렁 나부끼도록 바닥으로 뛰어내리며 무릎을 굽혀 충격을 흡수했고, 그대로 라이트하우스로 내달렸다. "엘턴!" 마이클은 고함을 지르면서 모퉁이를 돌아 계단을 오른 뒤 문을 벌컥 열었다. "엘턴! 일어나세요!" 시스템이 충돌했을 것이라고 생각했지만, 엘턴이 커다랗고 눈먼 말처럼 어슬렁어슬렁 들어오는 가운데 패널을 확인하자 모니터가 전부 초록색인 것을 보고 마이클은 그 자리에 얼어붙었다.

도대체 어째서 불이 꺼진 거지?

방 반대편으로 가서 두꺼비집을 확인하고서야 문제를 알 수 있었다. 중앙차단기가 내려가 있었다. 차단기를 올리자마자 다시 콜로니 전체에 불이 켜졌다.

해가 뜨자마자 마이클은 이안에게 보고를 마쳤다. 이안을 라이트하우스에 들여보내지 않고서 마이클이 할 수 있는 최선의 설명이 전력 과부하였다. 물론 과부하가 걸렸다면 시스템에 기록이 되었을 테고, 실제로는 아무 기록도 남아 있지 않았지만, 그래도 과부하 때문에 조명이 꺼질 가능성은 있었다. 어딘가에서 합선이 일어났을 수도 있겠지만, 그렇다면 차단기가 버텨주지 않았을 것이다. 스위치를 내리는 순간 다시금 문제가 발생했을 테니까. 그날 오전 내내 마이클은 가능한 모든 연결을 확인하고 축전기를 충전했다. 하지만 아무런 문제도 발견할 수 없었다.

누가 라이트하우스에 들어왔었어요? 마이클이 엘턴에게 물었다. 아무 소리 못 들으셨어요? 하지만 엘턴은 고개를 저을 뿐이었다. 난 자고 있었다, 마이클. 뒷방에서 곤히 자고 있느라 네가 고함을 지르며 들어올 때까지 아무 소리도 못 들었어.

마이클이 마음을 다잡고 다시 라디오에 몰두할 수 있었던 것은 그날 하루가 반이나 지나간 뒤였다. 정신이 없어서 온종일 잊고 있었지만, 라이트하우스를 나가 전날 밤 떨어뜨려놓은 케이블이 그 자리에 그대로 놓여 있고 긴 전선이 성벽 꼭대기에 연결되어 있는 것을 보자마자 그는 이 작업이 얼마나 중요한지 다시금 상기했다. 그는 케이블을 그 자리에 미리 갖다 두었던 구리 필라멘트에 연결한 다음 라이트하우스로 돌아가 선반에 두었던 기록장을 꺼내 주파수를 확인한 뒤 헤드폰을 귀에 댔다.

2시간 뒤 마이클은 흥분감으로 아드레날린이 온몸을 날뛰는 것을 느끼며 머리카락과 입고 있는 저지가 땀범벅이 된 채 피터를 찾아 막사로 달려갔다. 피터는 침대에 걸터앉아 검지로 칼을 빙글빙글 돌리고 있었다. 방 안에는 아무도 없었다. 마이클이 들어오는 소리에 피터가 눈길을 들긴 했지만 그뿐이었다. 피터는 마치 지독한 일을 겪은 사람처럼 보인다고 마이클은 생각했다. 누굴 찌를지만 결정하면 당장 누구라도 찔러 죽일 기세였다. 그러고 보니, 다른 사람들은 어디 갔는지 알 수 없었다. 왜 이렇게 조용한 거지? 아무도 어제 일어난 일을 마이클에게 알려주지 않았던 것이다.

"무슨 일이야?" 피터가 묻더니 다시 울적한 태도로 칼을 빙글빙글 돌리기 시작했다.

"무슨 소식인지 모르겠지만, 좋은 소식이길 바라."

"말도 안 돼." 마이클은 말도 제대로 나오지 않았다. "네가 꼭 들어봐야 해."

"마이클, 지금 무슨 상황인지 몰라? 뭘 들어보라는 거야?"

"에이미." 그가 말했다. "에이미의 소리를 들어봐야 해."

라이트하우스로 돌아온 마이클은 패널 앞에 자리를 잡고 앉았다. 에이미의 목에서 끄집어낸 물체는 분해된 채 마이클의 모니터 옆 가죽 매트 위에 놓여 있었다.

"이게 전력원이거든." 마이클이 말했다. "신기하지? 정말 너무 신기하지 않아?"

마이클은 작은 집게로 송신기 속에 있던 아주 작은 금속 캡슐을 집어 올렸다.

"이게 배터리인데, 이런 건 나도 처음 봤어. 지금까지 이렇게 오랫동안 돌아간 걸 보면, 핵전지인 것 같아."

그 말에 피터가 흠칫 놀랐다. "위험한 거 아니야?"

"그 아이에겐 아무런 해도 끼치지 않은 것 같아. 이미 몸속에 아주 오래 있었거든."

"오래라니?" 피터는 흥분감에 반짝반짝 빛나는 친구의 얼굴을 바라보았다. 친구는 여태까지 피터가 물은 질문마다 애매한 대답만을 내놓았다.

"오래라는 게 어느 정돈데, 1년?"

그러자 마이클이 수수께끼 같은 웃음을 지었다. "넌 아직 몰라. 잠시만 기다려." 그러면서 마이클이 카운터 위에 놓인 물체의 각 부품을 집게로 하나하나 가리키며 입을 열었다. "자, 이건 송신기, 그리고 배터리, 그리고 나머지 이건, 처음엔 메모리칩이라고 생각했어. 그런데 크기가 너무 작아 중앙컴퓨터의 포트에는 맞지 않더라고. 그래서 납땜을 해야 했지."

마이클이 키보드를 살짝 두드리자 스크린에 알 수 없는 정보들이 떴다.

"칩 안의 정보들은 두 개의 파티션으로 나뉘어 있어. 하나는 작고, 다른 하나는 용량이 훨씬 커. 지금 보고 있는 건 첫 번째 파티션에 담긴 정보야."

피터는 스크린에 떠오른 한 줄의 문자열을 쳐다보았다. 문자와 숫자들의 연속이었다. "읽을 수가 없는걸."

"공백이 삭제되어서 그래. 이유는 모르겠지만 순서도 뒤바뀐 것 같아. 아마 불량섹터 때문일 거야. 아니면 보드에 땜납으로 붙일 때 뭔가 잘못된 건지도 모르고. 어쨌든 이유가 무엇이건 상당한 정보가 날아간 것 같아. 하지만 남아 있는 것만으로도 아주 많은 것을 알 수 있어."

마이클이 두 번째 스크린을 불러왔다. 똑같은 글자와 숫자였지만 이번에는 읽을 수 있게 정렬되어 있었다.

에이미 NLN
실험체 13
ASSTO NOAH USAMRIID SWD
G:F W:22.72K

"에이미 NLN이라." 스크린을 바라보던 피터가 눈을 들었다. "에이미?"

그러자 마이클이 고개를 끄덕였다. "그 아이 이름이 에이미야. NLN은 무슨 뜻인지 모르겠지만, 아마 '성이 없음(No Last Name)'의 약자가 아닐까 싶어. 중간에 있는 것들도 곧 설명해주겠지만 일단 맨 아랫줄이 무슨 의미인지는 상당히 명확해. 성별: 여성, 체중: 22.72킬로그램이겠지. 다섯 살에서 여섯 살 난 아이의 몸무게야. 그러니까 아마 이 송신기를 삽입했을 때 에이미의 나이는 그 언저리였겠지."

뭐가 명확하다는 소린지 하나도 알 수 없었지만, 마이클이 자신감을 뿜으며 이야기하기에 일단은 그렇게 알아듣기로 했다.

"그럼, 이 송신기가 10년 정도 몸속에 들어 있었다는 거야?"

"글쎄." 아직도 마이클은 벙글벙글 웃고 있었다. "정확히 그렇지는 않아. 너무 앞서가진 마, 아직 보여줄 게 많으니까. 일단 내 말에 차근차근 따라와 줘. 자,

첫 번째 파티션에서 얻어낸 정보는 이게 전부야. 그렇게 많은 정보는 아니지만, 전체적으로 봤을 때 가장 흥미로운 점 중 하나이긴 하지. 진짜 엄청난 정보는 두 번째 파티션에 들어 있어. 용량이 무려 16테라바이트, 16조 바이트에 달하는 정보가 담겨 있는 거야."

마이클이 또 다른 키를 눌렀다. 눈앞에 빽빽한 숫자 열이 나타났다.

"대단하지? 처음에는 암호라고 생각했는데, 아니었어. 알고 보니 첫 번째 파티션처럼 공백 없이 죽 이어져 있었던 거야." 키보드를 두드리자 움직이던 숫자 열이 멈췄고 마이클이 화면을 톡톡 두들겼다. "중요한 건 계속 반복되는 이 숫자야."

피터가 눈을 찌푸리고 화면을 자세히 보았다. "37?"

"거의 맞췄어. 37. 떠오르는 거 있어?"

"전혀 모르겠는데."

"37도. 지난 역사에서 사용하던 섭씨로 측정했을 때 인간의 평균 체온이야. 자, 이제 나머지 숫자도 보지. 72는 아마 심박수겠지. 호흡수, 혈압도 있어. 나머지는 두뇌 활동, 신장기능 같은 것을 나타내는 수치일 거야. 아마 사라가 더 잘 알겠지. 어쨌든 중요한 건 이 숫자들이 각각의 그룹으로 묶여서 나타난다는 거야. 첫 번째 숫자를 보면 어디서부터 시작인지 알 수 있지? 아마 중앙처리장치로 전송하기 위해 기록된 신체 정보일 거라고 생각해. 내 생각에 그 애는 일종의 환자였던 것 같아."

"병원의 환자 말야?" 피터가 얼굴을 찌푸렸다. "이게 가능해?"

"지금은 불가능하지. 자, 여기서부터 점점 더 재미있어져. 이 칩에 기록된 정보 그룹은 총 55만 5천 4백 6개야. 그리고 송신기는 90분에 한 번 정보를 기록해. 나머지는 그저 단순한 산수지. 하루에 16회 곱하기 365일이 1년이라고 계산하면, 무슨 뜻일까?"

피터는 터진 호스에서 물을 받아 마시려고 허우적대는 것만 같은 기분이었다. "마이클, 미안하지만 하나도 못 알아듣겠어."

그러자 마이클이 고개를 돌려 피터를 마주 보았다. "그러니까, 이 아이의 몸속에 들어 있던 이 물건이 한 시간 반에 한 번씩 아이의 체온을 측정한 지 93년이 넘었단 거야. 정확히 말하면 93년 4개월 21일째야. 에이미 NLN은 백 살이라는 뜻이야."

정신을 차리고 보니 피터는 자신도 모르게 의자에 주저앉아 있었다.

"말도 안 돼."

마이클은 어깨를 으쓱했다. "그래, 말도 안 되지. 하지만 그것 말고는 설명할 방법이 없어. 자, 첫 번째 파티션 기억나? USAMRIID라고 적혀 있었지? 나는 곧바로 알아봤어. 그건 미군 감염질환연구센터의 약자야. 여기 창고에 USAMRIID에 관한 자료들이 어마어마하게 많거든. 주로 전염병에 대한 기술 문서야." 마이클은 의자를 돌린 뒤 피터에게 모니터 윗부분을 보라고 가리켰다. "이거 보여? 맨 첫 줄에 있는 긴 숫자 열. 이게 바로 중앙처리장치의 디지털서명이야."

"디지털 뭐라고?"

"일종의 주소라고 생각해봐. 이 조그만 송신기가 찾고 있는 시스템의 이름이야. 말도 안 되는 소리라고 생각하겠지만, 이 숫자는 자세히 보면 더 많은 정보를 담고 있어. 이 시스템은 일종의 위성에 연결되어 있었을 거야. 오래된 군용위성일 거고. 그러니까 지금 보이는 것은 다름 아닌 좌표야. 그저 경도와 위도를 표기해놓은 거지. 북위 37도 56분, 서경 107도 49분. 자, 이대로 지도를 보면……."

마이클이 다시 키보드를 타닥타닥 두드리자 새로운 화면이 나타났다. 피터는 한참 만에야 눈앞에 펼쳐진 화면이 북미대륙의 지도라는 사실을 알아차렸다. "좌표를 이렇게 입력하면……."

지도 위에 검은 선이 생겨 사각형을 만들기 시작했다. 마이클이 과장된 동작으로 키보드에서 손을 뗐다가 엔터키를 탁 누르자 샛노란 점 하나가 지도 위에 나타났다.

"······찾았다. 콜로라도 남서부, 텔루라이드라는 지역이야."

그 이름을 들어도 피터의 머릿속에는 떠오르는 게 아무것도 없었다. "그래서?"

"콜로라도라니까, 피터. CQZ의 핵심부 말이야."

"CQZ가 뭔데?"

마이클이 초조한 듯 한숨을 쉬었다. "너 역사 공부 좀 해야겠다. 중앙격리구역Central Quarantine Zone의 약자잖아. 전염병이 시작된 곳이라고. 최초의 바이럴은 전부 콜로라도에서 발생했어."

피터는 달리는 말에 매달려 질질 끌려가는 기분이었다. "제발 차근차근 설명해줘. 그러니까, 이 아이가 콜로라도에서 왔다는 소리야?"

마이클이 고개를 끄덕였다. "일단 그 말은 맞아. 단거리 송신기였으니까, 몸속에 삽입될 때 그 지역에서 멀지 않은 곳에 있었겠지. 문제는, 송신기를 집어넣은 이유가 뭐냐는 거야."

"제발, 마이클. 어차피 난 모르니까 질문은 그만하고 결론만 말해줘."

그러자 마이클은 잠시 아무 말 없이 피터의 얼굴을 빤히 들여다보았다.

"뭐 하나 묻자. 혹시 바이럴이 무엇인지 진지하게 생각해본 적 있어? 그것들이 '무슨 일을 하는지'가 아니라, '무엇인지' 말야, 피터."

"영혼 없는 존재?"

그 말에 마이클은 고개를 끄덕였다. "맞아. 다들 그렇게 말하지. 그런데 만약 그 이상이라면? 에이미는 바이럴이 아니야. 만약 바이럴이었다면 우리 모두 이미 죽었겠지. 하지만 그 아이가 상처를 회복하는 속도를 봤잖아. 게다가 지금까지 바깥에서 살아남았어. 너도 그 아이가 너를 보호해주었다고 말했지. 또, 그 애가 백 살에 가까운데도 겉보기에는 열네 살밖에 안되어 보인다는 건 어떻게 생각해? 군대에서 그 애에게 무슨 짓인가를 한 게 틀림없어. 무엇을 한 건지는 모르지만 분명해. 이 송신기는 군용 주파수를 사용하고 있어. 어쩌면 이 아이는 감염되었다 이후에 군대의 어떠한 조치를 통해 다시 정상으로 되돌아온 건지도 몰라." 거기까지 말을 마친 마이클은 다시금 피터의 눈을 빤히 들여다보았다.

"어쩌면 에이미가 치료제일지도 몰라."

"그건…… 엄청난 비약인데."

"나도 확신은 없어." 마이클이 자리에서 일어서더니 모니터 위 선반에서 책 한 권을 뽑았다. "그래서 나는 예전 기록들을 보면서 같은 좌표에서 발신한 신호가 있는지를 확인했지. 그냥 느낌이 그랬어. 그리고 내 생각대로, 기록이 있더라. 80년 전 같은 좌표에서 신호가 도착했어. 옛날식 모스부호를 사용한 군용 조난신호였지. 그런데, 옆에 이런 메모가 적혀 있었어."

마이클은 표시해두었던 페이지를 펼친 뒤 피터의 무릎에 놓고 페이지에 적힌 글씨를 가리켰다.

'그녀를 찾았다면 여기로 데려와라.'

"결정적인 건," 마이클이 말을 이었다. "이 신호는 아직도 발신되고 있다는 거야. 그래서 이렇게 오래 걸린 거야. 신호를 받기 위해 성벽 위에 케이블을 설치해야 했거든."

피터는 무릎 위에 놓인 기록장에서 시선을 들었다. 마이클이 여전히 그를 빤히 바라보고 있었다.

"뭐라고?"

"아직도 같은 신호를 보내고 있다니까. '그녀를 찾았다면 여기로 데려와라'라고."

머리가 어찔했다. "도대체 어떻게 신호를 보낸단 소리야?"

"누군가가 거기 있으니까. 피터, 모르겠어?" 마이클이 의기양양한 미소를 지었다. "93년 전은 바로 '제로의 해,' 그러니까 이 전염병이 시작된 그해라고. 93년 전 봄, 콜로라도주 텔루라이드에서 누군가가 여섯 살짜리 여자아이의 목 안에 자체 전력원이 달린 송신기를 삽입했어. 이 아이는 '지난 역사'에서 그대로 걸어 나온 거나 다름없어. 그리고 이 송신기를 삽입한 그 누군가는 93년째 이 아이를 돌려보내라고 신호를 보내고 있는 거라고."

한밤중, 통행금지령이 내려진 탓에 바깥을 돌아다니는 사람은 파수꾼을 제외하고는 아무도 없었다. 성벽은 잠잠했다. 지난 몇 시간 동안 피터는 온 힘을 다해서 상황을 이해하려 애썼다. 성벽으로 나가지도 않았고, 누구도 그를 찾으러 오지 않았다. 아마 라이트하우스나 그가 감옥을 정찰하고 있는 연방위기관리국 트레일러를 찾아올 생각을 아무도 하지 못한 것이겠지만 말이다. 밤인 데다가 파수단의 인원도 대폭 줄어버렸기에 이안은 감옥을 지키는 보초를 단 한 명 배치했다. 바로 게일런 슈트라우스였다. 그러나 날이 밝기 전에 샘을 비롯한 사람들이 감옥을 습격할 것 같지 않았다. 아침이 오기 전에 피터는 사라질 테니까.

병원을 지키는 인원은 더 많았다. 그래봤자 단 두 명, 한 명이 병원 정면을, 다른 한 명이 후면을 지켰다. 데일이 성벽 위로 이동한 이상 피터가 병원 안으로 들어갈 방법은 없었지만, 사라는 자유롭게 병원 안팎을 드나들 수 있었다. 그는 병원 정원의 관목 숲에 숨어서 사라가 나오기를 기다렸다. 한참이 지난 뒤에야 문이 열리더니 사라가 나타났다. 사라는 정문을 지키던 벤 슈에게 뭐라고 짤막한 말을 남기더니 계단을 내려 길을 걸어갔다. 식사를 하러 집으로 가는 게 분명했다. 피터는 적당한 거리를 두고 사라를 따라가다가, 파수꾼의 시야에서 벗어났다는 확신이 든 다음에야 그녀에게 서둘러 다가갔다.

"따라와."

피터는 사라를 데리고 마이클과 엘턴이 기다리고 있는 라이트하우스로 갔다. 마이클은 아까 피터에게 했던 것과 똑같은 것을 자기 누나에게 설명해주었다. 마이클이 신호에 대해 설명하며 기록장에 적힌 글자를 보여주자 사라는 공책을 건네받아 열심히 들여다보더니 "그래." 했다.

마이클이 얼굴을 찌푸렸다. "'그래'라니?"

"마이클, 네 말을 못 믿는 게 아니야. 우린 평생을 알고 지낸 사이잖아. 그런데 이 정보로 우리가 뭘 할 수 있다는 거야? 콜로라도는 여기서 1000킬로미터쯤 떨어진 곳 아니야?"

"약 1600킬로미터지." 마이클이 말했다.

"그런데 거기까지 무슨 수로 간단 말이야?"

그 말에 마이클이 입을 다물더니 누나를 바라보던 시선을 엘턴에게로 옮겼다. 엘턴이 고개를 끄덕였다.

"진짜 문제는, 우리가 거기까지 가지 않으면 무슨 일이 일어날까 하는 거야."

그리고 그제야 마이클은 배터리가 소모되어간다는 이야기를 털어놓았다. 피터는 그 이야기를 듣는 내내 기묘한 거리감을 느꼈다. 피할 수 없는 일인 것처럼 느껴졌다. 그래, 배터리는 닳아가고 있었겠지. 아주 오래전부터. 지금까지 일어난 모든 일에서 그 사실을 느낄 수 있었다. 마치 오래전부터 알고 있었던 사실인 것만같이 느껴졌다. 그 소녀처럼. 그 아이, 에이미. '문득 나타난 소녀'처럼. 배터리가 소모되어가는 와중에 에이미가 나타난 것은 단순한 우연이 아닐 터였다. 이제 남은 것은 이 사실을 알게 된 지금부터 어떤 조치를 취해야 하는가였다.

그제야 피터는 한참이나 아무도 말이 없다는 사실을 알아차렸다.

"또 누가 이 상황을 알고 있어?" 그가 마이클에게 물었다.

"우리 말곤 몰라." 그러더니 마이클이 머뭇거리다가 털어놓았다. "네 형이랑."

"테오한테 말했어?"

마이클이 고개를 끄덕였다. "그 뒤로 쭉 후회했어. 테오가 다른 사람들에게는 절대로 말하지 말라고 했어. 그래서 지금까지 아무에게도 말하지 않은 거야."

당연히 그랬겠지, 하고 피터는 생각했다. 그래, 테오는 모르는 게 없으니까.

"테오는 다른 사람들이 겁을 먹지 않길 바랐던 것 같아. 어차피 할 수 있는 건 아무것도 없으니까."

"하지만 넌 방법이 있다고 생각하잖아."

그러자 마이클이 손끝으로 눈을 비볐다. 이제야 피로가 밀려오는 듯했다. 그들 중 아무도 눈을 붙이지 못했던 것이다.

"내 말 무슨 뜻인지 알잖아, 피터. 아마 신호는 자동으로 발신되는 것인지도 몰라. 하지만 아직 군대가 있다면, 우리가 이대로 손 놓고 있을 수는 없어. 네 말대로 에이미가 쇼핑몰에서 널 보호해준 거라면, 그 애가 우리 모두를 지켜줄 수 있을지도 몰라."

피터가 고개를 돌려 사라를 바라보았다. 방금 마이클이 한 이야기를 듣고도 사라가 얼굴에 아무런 감정을 드러내지 않은 채 침착한 게 놀라웠다. 사라는 간호사니까. 피터는 간호사들이 얼마나 강인한지 알았다.

"사라, 왜 아무 말도 안 해?"

"내가 뭐라고 말해야 하는데?"

"지금까지 쭉 그 아이와 함께 있었잖아. 네가 보기에 그 아이는 누구인 것 같아?"

사라가 피로한 듯 한숨을 쉬었다. "내가 아는 건 그 애가 바이럴이 아니라는 것, 그렇다고 평범한 사람도 아니라는 게 전부야. 그 애의 상처 회복 속도를 보면 평범한 인간일 리는 없어."

"말을 못 하는 건 왜야?"

"모르겠어. 마이클 말대로 그렇게 나이가 많다면 말하는 법을 잊어버린 건지도 모르지."

"아직 그 애를 보러 온 사람은 아무도 없는 거지?"

"어제 이후론 없었어." 그러더니 사라가 머뭇거리듯 입을 열었다. "어쩐지…… 사람들이 그 애를 두려워하는 것 같아."

"너도 그래?"

그 말에 사라는 얼굴을 찌푸렸다.

"피터, 내가 그 애를 겁낼 이유가 뭐가 있겠어?"

알 수 없었다. 심지어 그 질문을 하는 스스로도 이상한 물음이라고 생각했다.

사라가 자리에서 일어섰다. "그럼 난 이제 병원으로 돌아가야겠어. 벤이 의심하기 시작할 거야." 그러면서 사라가 한 손으로 마이클의 어깨를 짚었다. "좀 쉬어. 엘턴, 당신도요. 둘 다 차마 눈 뜨고 못 볼 꼴이야."

그렇게 문간으로 걸어가던 사라가 갑자기 돌아서더니 피터를 마주 보았다.

"설마, 콜로라도로 가자는 이야기가 진심은 아니지?"

지나치게 단순한 질문처럼 들렸으나, 지금까지 그들이 나눈 모든 이야기는 단 한 가지 결론을 가리키고 있었다. 피터는 도서관 앞에서 테오가 '넌 어떻게 생각해?' 하고 물었던 순간으로 되돌아간 듯한 느낌이었다.

"진심인 것 같아서 하는 소린데," 사라가 말을 이었다. "지금 돌아가는 상황을 보면 서둘러서 이 아이를 데리고 떠나야 할 것 같아." 그 말을 남기고 사라는 라이트하우스 밖으로 나갔다.

사라가 떠나고 나자 방 안에는 무거운 침묵이 감돌았다. 피터는 사라의 말이 옳다는 걸 알았다. 그럼에도 불구하고 아직까지는 망설여졌다. 에이미라는 소녀, 그리고 머릿속에서 울려 퍼지던, 어머니가 자신을 그리워한다던 목소리. 테오도 알고 있었던, 배터리가 닳아간다는 사실. 공간뿐 아니라 시간까지도 거슬러 온 것처럼 마이클의 라디오로 전송된 과거의 메시지. 조각들이 서서히 맞춰지고 있었지만 여전히 아주 결정적인 정보 하나가 빠져 있어 형체를 이루지 못하는 것만 같았다.

피터는 자신이 아까부터 무심코 엘턴을 바라보고 있다는 사실을 뒤늦게 알아차렸다. 엘턴은 아까부터 한마디도 입을 열지 않았다. 어쩌면 잠든 건지도 몰랐다.

"엘턴?"

"으음?"

"아무 말씀이 없으시길래요."

"할 말이 없다." 그가 텅 빈 눈을 허공으로 굴리며 대답했다. "누구에게 조언을 받아야 할지 잘 알잖니, 너희 잭슨 가문 남자들은 항상 그랬지. 내가 말을 보텔 필요가 없어.”

피터가 자리에서 일어섰다.

“어디 가?” 마이클이 물었다.

“답을 구하러.” 피터의 대답이었다.

산제이 파탈은 잠들지 못했다. 침대에 누운 채 눈조차 감지 못했다.

문제는 그 소녀였다. ‘문득 나타난 소녀’. 그 아이가 무슨 수를 써서 그의 마음속에 침입한 게 분명했다. 그 아이는 뱁콕, 그리고 ‘다수’와 마찬가지로 — ‘다수’라니, 왜 ‘다수’라는 생각을 하게 됐지? — 그의 머릿속에 자리를 잡았고 이제 그는 마치 자기가 아닌, 새롭고 낯선 누군가가 되어버린 사람이었다. 그가 원하는 것은…… 그게 뭐지? 그래, 작은 평화였다. 작은 질서. 모든 것이 눈에 보이는 것과 다르다는, 이 세계가 그가 알던 세계가 아니라는 그 느낌을 멈출 수 있도록. 지미가 그 아이의 눈에 대해 뭐라고 했더라? 하지만 그때 아이는 눈을 감은 채였다. 감긴 눈꺼풀은 단 한 번도 열리지 않았다. 마치 아이의 두 눈이 산제이의 마음속에 들어오기라도 한 듯이, 그래서 안인 동시에 바깥에서, 산제이의 눈인 동시에 산제이의 것이 아닌 두 가지 시선이 공존하는 것만 같았는데, 지금 그의 눈앞에 보이는 것은 밧줄이었다.

왜 밧줄이 떠오르는 걸까?

그는 올드 슈를 찾아갈 생각이었다. 그 때문에 부엌에서 잠든 글로리아를 두고 한밤중에 집을 나선 거였다. 올드 슈를 찾아야 한다는 생각 때문에 그는 침대에서 일어나 계단을 내려간 뒤 문밖으로 나섰다. 빛이 기억났다. 집 앞마당에 발을 딛는 순간 강한 빛이 그의 망막을 향해 폭탄을 터뜨리듯 쏟아지더니 내면을 활활 태우는 것만 같은 고통이 느껴졌는데, 그 고통은 정확히 말하면 진짜 고통이 아니라 고통의 기억이었으며, 이 고통 때문에 올드 슈에 대한 생각, 저장소에 가겠다는 생각, 저장소에서 무엇을 하겠다는 생각이 싹 잊혀버렸다. 그 뒤에 일어난 일들은 그의 의지와는 전혀 상관이 없이 하나씩 펼쳐졌다. 기억 속에 남은 이미지는 바닥에 아무렇게나 쏟아진 카드처럼 일관성이 없었다. 나중에 집 앞 덤불 속에 쓰러져 있는 산제이를 찾아내고 아이처럼 흐느낀 것은 아내 글로리아였다. 산제이, 당신 대체 무슨 짓을 한 거야? 무슨 짓을 한 거야? 무슨 짓을 한 거냐고! 하지만 산제이는 대답할 수 없었으나 ― 당시에는 아무것도 기억나지 않았다 ― 아내의 표정과 목소리만 보아도 자신이 저지른 짓이 살인에 버금가는, 감히 상상도 할 수 없는 끔찍한 짓임을 알 수 있었고, 그는 그대로 아내를 따라 집 안으로 들어가 침대에 누웠다. 기억이 돌아온 것은 해가 뜬 뒤였다.

그는 미쳐가고 있었다.

그렇게 하루가 지났다. 그는 깨어 있어야만 ― 단순히 깨어 있는 것에 그치지 않고 꼼짝 않고 누운 채 온 힘을 다해 버티고 있었다 ― 조금이라도 제정신이 돌아오고 전날 밤의 사건을 되풀이하지 않을 것이라고 굳게 믿었다. 밤샘 농성이나 다름없었다. 새벽이 밝아온 직후, 그리고 어둠이 내린 뒤, 아래층에서 목소리가 들렸지만(이안의 목소리, 벤의 목소리, 글로리아의 목소리. 지미는 어떻게 된 걸까?) 그 목소리조차도 곧 멎었다. 그는 마치 일종의 거품 속에 들어가기라도 한 듯, 모든 것이 손이 닿지 않는 먼 곳에 있는 것만 같은 기분이었다. 때때로 글로리아가 방 안에 들어와 걱정스러운 얼굴로 그를 내려다보면서 대답할 수 없는 질문을 하곤 했다. '산제이, 총 이야기를 해야 할까? 말해야 할까? 어떻게 하면 좋을지 모르겠어, 나는 어쩔 줄 모르겠어. 왜 아무 말도 하지 않는 거야, 산제이?' 그러나 그는 아무 말도 할 수 없었다. 입을 여는 순간 모든 것이 무너질 것 같았다.

이제 그녀는 떠났다. 글로리아는 떠났다. 모사미도 떠났다. 모두가 떠났다. 그의 딸 모사미. 지금 산제이가 머릿속에서 지워지지 않게 꽉 매달리고 있는 것은 다름 아닌 모사미의 모습이었고 ― 어른이 된 지금의 모습이 아니라, 프루던스 잭슨이 그에게 안겨주었던 갓 태어난 새 생명의 모습 ― 그 모습이 서서히 사라지는 순간 결국 산제이는 잠에 굴복하고 눈을 감고 말았다. 그러자 어둠 속에서 뱁콕의 목소리가 다가왔다.

'산제이, 내 것이 되어라.'

그는 이제 부엌에 있었다. '지난 역사'의 부엌이었다. '산제이, 눈을 감아버렸 잖아. 무슨 일이 있어도 눈을 감아선 안 돼' 하고 생각했지만, 이미 늦었다. 다시 금 꿈속이었다. 여자와 전화기, 연기를 뿜어내는 웃음소리와 칼이 나오는 꿈. 산 제이의 손에는 칼이 들려 있었다. 나무를 깎을 때 쓰는 묵직한 손잡이가 달린 큰 칼이었고, 여자는 웃으며 무슨 말인가를 쏟아내고 있었으며, 어둠 속에서 뱁 콕의 목소리가 들렸다.

'그들을 나에게 데려와라, 산제이. 먼저 하나를, 그리고 또 하나를. 그들을 나 에게 데려와라, 그렇게 나는 이 꿈속에서 너에게 다른 어떤 삶도 아닌 이 삶을 주겠다.'

여자는 식탁 앞에 앉은 채 크고 통통한 얼굴로 그를 바라보며 입술에서 회색 구름 같은 담배 연기를 뿜어내고 있었다. 칼은 왜 들고 온 거야? 응? 겁을 주려 는 거야?

'지금이야. 죽여. 여자를 죽이고 자유를 찾아.'

그는 그녀에게 다가가 온 힘을 실어 칼을 내리꽂았다.

그러나 무언가 잘못된 게 틀림없었다. 빛을 받아 번쩍이는 칼이 허공에 멎었 다. 누군가가 꿈속으로 잠입해 그의 손을 붙들어 멈췄던 것이다. 그 손아귀의 억 센 힘이 느껴졌다. 여자는 웃고 있었다. 산제이는 여자에게 칼을 꽂으려고 몸부 림을 쳤지만 소용없는 일이었다. 여자는 담배 연기를 뿜으며 그를 보고 웃고, 웃 고 또 웃었다…….

그는 번뜩 잠에서 깼다. 심장이 쿵쿵 뛰고 있었다. 온 신경이 잔뜩 곤두서 있 었다. 심장, 심장!

"산제이?" 글로리아가 랜턴을 들고 방으로 들어왔다. "산제이, 왜 그래?"

"지미를 불러와!"

그러자 글로리아가 두려움에 일그러진 얼굴을 산제이에게 바짝 가져다 댔다. "죽었잖아, 산제이. 기억 안 나? 지미는 죽었다고!"

산제이는 이불을 홱 젖히고 침대에서 일어났다. 격렬한 기운이 온몸을 질주했다. 볼품없는 것들로 가득한 이 세계. 이 침대, 이 서랍장, 글로리아라는 이름을 가진, 그의 아내인 이 여자. 나는 뭘 하고 있는 거지? 어디로 가려 했지? 어째서 지미를 불렀지? 하지만 지미는 죽었잖아. 지미는 죽었어. 올드 슈도 죽었고, 월터 피셔도, 수 라미레스도, 대령도, 테오 잭슨도, 글로리아도, 모사미도, 심지어 산제이 자신조차도 — 모두 다 죽었다! 왜냐하면 그들이 사는 세계는 진짜 세계가 아니었기에. 그것이 바로 산제이가 깨닫게 된 끔찍한 진실이었다. 이 세계는 빛과 소리와 물질의 베일로 이루어진 꿈의 세계였으며 진정한 세계는 그 뒤에 숨겨져 있었다. 그들은 죽음의 꿈속을 걸어 다니는 워커였고, 이 꿈을 꾸는 것은 바로 '문득 나타난 소녀' 그 아이였다. 세계는 그 소녀가 꾸는 꿈이었다!

"글로리아." 산제이가 목쉰 소리로 입을 열었다. "도와줘."

앤티의 부엌에는 아직도 랜턴이 밝혀져 있었기에 집 밖 바닥에 창살 무늬가 새겨진 노란 사각형의 불빛이 일렁이고 있었다. 피터는 우선 문을 두드린 뒤 조용히 집 안으로 들어갔다.

앤티는 부엌 식탁에 앉아 있었다. 이번에는 책을 쓰고 있지도, 차를 마시고 있지도 않았고, 피터가 부엌으로 들어가자 그녀는 고개를 들며 목에 걸린 안경줄을 더듬었다. 곧 앤티가 제대로 된 안경을 찾아 끼었다.

"피터, 네가 올 줄 알고 있었단다."

피터가 의자를 앤티의 맞은편에 끌어다 앉았다. "그 애에 대해 어떻게 아셨어요, 앤티?"

"누구 말이냐?"

"아시잖아요, 앤티."

그러자 앤티는 손을 슬쩍 휘휘 저었다. "그 워커 아이 말이냐? 누가 와서 이야기해주더구나. 아, 몰리노 집안 남자였던 것 같은데."

"이틀 전에 하신 말씀 이야기예요. 그 아이가 온다고 말씀하셨어요. 내가 그 아이가 누군지 안다고 하셨잖아요."

"내가 그랬니?"

"그래요, 앤티. 분명 그렇게 말씀하셨어요."

앤티가 얼굴을 찌푸렸다. "글쎄, 무슨 생각으로 그랬을는지. 이틀 전이라고 했니?"

절로 한숨이 나왔다. "앤티……."

앤티가 한 손을 들자 피터는 입을 다물었다. "그래, 장난이었으니까 그렇게 화내지 말려무나. 장난을 친 게 너무 오래간만의 일이라 참을 수가 있어야지." 그러면서 앤티가 가만히 피터의 눈을 들여다보았다. "자, 내 의견 말고 네 생각부터 들어보자. 너는 그 아이가 누구라고 생각하니?"

"에이미."

"그 아이 이름은 나도 몰라. 에이미라고 부르고 싶다면야 그렇게 해도 좋지만 말야."

"그 애가 누군지 전 모르겠어요, 앤티."

그러자 별안간 앤티의 눈이 휘둥그레 커졌다. "당연히 모르겠지!" 앤티가 낄낄 웃다가 갑자기 사레가 들린 듯 발작적인 기침을 터뜨렸다. 피터가 도우려고 자리에서 일어나는데 앤티는 그저 손을 내저었다. "앉아 있어라." 온통 갈라진 목소리였다. "아이고, 목이 다 쉬었네." 그녀는 잠시 젖은기침을 하며 목을 가라 앉혔다.

"그 애가 누구인지는 이제부터 네가 알아내야 해. 사람들은 누구나 인생에서 무언가를 알아내야 한단다. 그 아이가 바로 네 인생에서 알아내야 하는 숙제야."

"마이클 말로는 그 아이는 백 살이래요."

그러자 앤티는 고개를 주억거렸다. "그럼 조심하려무나. 연상의 여인이라니, 에이미에게 휘둘리지 않도록 주의하렴."

혼란스러웠다. 앤티와의 대화는 언제나 이렇게 고난의 연속이었지만, 이렇게 신이 난 앤티의 모습은 처음이었다. 심지어 오늘은 차조차 권하지 않았다.

"앤티, 그날 밤 또 다른 무슨 말을 하셨잖아요. 기회, 기회라는 말을 하셨어요."

"그랬던 것도 같구나. 내가 할 법한 말인 것이."

"그 아이는 기회인가요?"

앤티가 파리한 입술을 꼭 다물더니 얼굴을 찌푸렸다. "그건 하기 나름이지."

"누가요?"

"네가."

피터가 뭐라고 채 대답하기도 전에 앤티는 말을 이었다. "아이고, 그런 비통한 표정은 짓지 말거라. 혼란 역시도 숙제를 풀어가는 과정의 일부란다."

그녀가 테이블에서 몸을 일으키더니 힘겹게 자리에서 일어났다.

"따라오너라. 보여줄 게 있단다. 어쩌면 결심을 굳히는 데 도움이 될지도 모르지."

피터는 앤티를 따라 복도를 지나 그녀의 침실로 다가갔다. 침실은 집의 다른 곳과 마찬가지로 잡동사니로 가득했지만 모든 것이 제자리에 깔끔하게 정돈되어 있었다. 다리가 네 개 달린 오래된 침대가 벽에 붙어 있었는데, 매트리스가 처진 모양을 보니 짚이 비어져 나와 있을 것이 분명했다. 침대 옆에는 랜턴을 올려둔 나무 의자가 있었다. 침실 안에 있는 유일한 가구인 서랍장 위는 한눈에 보기에는 일관성이 없어 보이는 잡동사니들로 장식되어 있었다. 지워져 가는 세련된 필체로 '코카-콜라'라고 적혀 있는 오래된 유리병, 집어 들자마자 들리는 소리로 안에 핀이 들어 있다는 것을 알 수 있었던 철제 케이스, 알 수 없는 작은 동물의 턱뼈, 그리고 피라미드 모양으로 쌓아둔 납작하고 매끈한 돌들이었다.

"이건 내 추억의 물건들이란다." 앤티의 말이었다.

이 방에 나란히 서 있자니 피터는 새삼 앤티가 얼마나 작은지 다시 한번 실감했다. 그녀의 새하얀 머리는 피터의 어깨 높이에도 채 미치지 못했다.

"우리 어머니는 이런 것들을 추억의 물건들이라고 부르셨지. 추억의 물건을 늘 가까이 두어야 한다고 하셨어." 앤티가 잔뜩 굽은 손가락으로 서랍 위를 가리켰다. "어디서 가져온 것들인지는 거의 다 잊어버렸지만, 당연히 이 사진은 기억난단다. 기차에 탈 때 가지고 왔지."

그 사진은 서랍장 한가운데를 차지하고 있었다. 피터는 사진을 들어 유리창으로 들어오는 불빛에 비추어보았다. 액자에 비해서 너무 작은, 변색되고 군데군데 팬 자국이 난 사진이었다. 액자는 나중에 마련한 것 같았다. 벽돌집의 현관으로 이어지는 계단 위에 두 사람이 서 있었다. 남자가 뒤에서 팔로 여자의 허리를 감싸고, 여자는 체중을 남자의 몸에 실은 자세였다. 날씨가 추운지 두꺼운 코트 차림이었다. 길에 눈이 얇게 쌓여 있었다. 오랜 세월이 흐르면서 색이 바랜 터라 사진은 전체적으로 황갈색이었지만, 두 사람 다 앤티처럼 피부가 검었고, 잭슨 가문 특유의 머리카락을 가지고 있었다. 여자는 남자만큼 머리를 짧게 자르고 있었다. 목에는 기다란 스카프를 두른 채 카메라를 보며 웃고 있었다. 남자는 웃음을 터뜨리기 직전인 것만 같은 표정이었다. 희망과 약속으로 가득한 것만 같은, 잊히지 않을 것만 같은 사진이었다. 여자의 미소, 남자가 여자의 허리를 감싸 안은 모습을 보자, 어쩐지 두 사람이 비밀을 공유하는 사이라는 생각이 들었다. 사진을 좀 더 자세히 들여다보던 피터는 여자의 배가 볼록 나와 있다는 것을 알아차리고서야 그 비밀이 무엇인지 알아차렸다. 사진에 찍힌 건 두 사람이 아니라 세 사람이었다. 여자가 임신 중이었던 것이다.

"먼로와 아니타란다." 앤티가 말했다. "부모님의 성함이었지. 이 집이 우리 집이란다. 웨스트 레이비어 2121번지."

피터는 액자의 유리 위로 여자의 배를 짚었다. "이 안에 들어 있는 게 앤티죠?"

"당연히 나지. 그럼 누구겠니?"

피터는 액자를 제자리에 돌려놓았다. 피터에게도 부모님을 기억할 수 있는 이런 사진 같은 게 있었으면 좋았을 것이다. 테오 형의 경우는 달랐다. 여전히 형의 얼굴도, 목소리도 생생했고, 테오를 떠올리면 콜로니를 향해 출발하기 전날 발전소에서 함께 있었던 순간이 기억났다. 테오가 피로해서 충혈된 눈을 하고 피터의 침대에 걸터앉아 다친 발목을 확인한 다음 눈을 들어 기대에 찬 표정을 짓더니, '부은 게 거의 가라앉았어. 말에 오를 준비 됐어?' 하던 모습이었다. 그러나 고작 몇 달만 지나도 그 기억은 앤티의 사진처럼 흐릿해질 것이다. 먼저 테오의 목소리가 잊히고, 그다음에는 그 장면도 서서히 사라지며 온통 지워지고 일그러진 이미지만 남아 형이 있었던 텅 빈 자리를 차지할 것이다.

"여기 어디 밑에 넣어두었는데." 앤티가 그렇게 말하면서 바닥에 무릎을 꿇더니 침대보를 홀렁 걷어 아래를 들여다보았다. 그러더니 끙차 소리를 내면서 침대 밑에서 상자를 하나 끄집어냈다. "나 좀 도와다오, 피터."

피터가 앤티의 팔꿈치를 붙들고 일으킨 뒤 바닥에서 상자를 들어 올렸다. 종이로 된 흔한 신발 상자였는데, 젖혀서 열리는 뚜껑이 단단히 봉해져 있었다.

"열어보려무나." 침대에 걸터앉은 앤티가 어린아이처럼 맨발을 달랑거리면서 말했다.

피터는 시키는 대로 상자를 열었다. 상자 안에는 접힌 종이가 가득 차 있었다. 그런데, 그냥 종이가 아니었다. 지도였다.

상자 안에는 지도가 가득 들어 있었다.

그는 조심스럽게 맨 위에 있던 지도를 꺼내 펼쳤다. 종이는 부들부들했고 접힌 부분은 낡아서 곧 부스러져 버릴 것만 같았다. 지도의 맨 위에는 '미국 자동차 클럽 발행, 로스앤젤레스 분지와 서던캘리포니아'라는 글씨가 적혀 있었다.

"아버지의 지도예요. '긴 여정'을 떠날 때 가지고 다니시던 것들요." 그는 천천히 다른 지도도 서랍장 위에 하나하나 꺼내 놓았다. '샌버너디노 국립공원.' '라스베이거스 거리 지도.' '네바다 남부와 그 인근 지역.' '롱비치, 산 페드로와 로스앤젤레스의 항구 지도.' '캘리포니아 사막 지대.' '모하비 국립보호구.' 그리고 맨 밑에 있던, 가장자리가 상자 모서리에 짓눌린 마지막 지도 한 장. '연방위기관리국 발행. 중앙격리구역 지도.'

"도대체 어디서 찾으신 거예요?"

"네 어머니가 죽기 전에 나한테 맡겼다." 앤티는 여전히 침대에 걸터앉은 채 두 손을 무릎 위에 모으고 피터를 쳐다보고 있었다.

"네 어머니는 너보다 널 더 잘 알았지. 네가 준비가 되면 전해주라고 하더구나."

그 말에 익숙한 슬픔이 밀려왔다. "죄송해요, 앤티." 피터는 잠시 침묵한 뒤 말을 이었다. "아마, 테오 형에게 전하라는 말씀이었을 거예요."

그러나 앤티는 고개를 저었다. "아니야, 피터." 그러더니 이가 하나도 없는 입 안을 훤히 드러내고 웃었다. 머리 뒤, 유리창을 통해 들어오는 불빛을 만나자 앤티의 구름 같은 머리는 얼굴을 둘러싼 후광처럼 빛이 났다.

"너란다. 네 어머니가 너에게 전하라고 했어."

나중에 피터는 이 순간을 돌아보며 무척 이상했다고 생각하게 된다. 과거의 물건들로 가득한 앤티의 조용한 방 안에 서 있던 그때, 마치 책의 페이지가 펼쳐지듯 시간이 눈앞에서 열린 것 같던 그때. 그는 어머니의 마지막 순간을 떠올렸다. 어머니의 손, 어머니를 간호하던 그 방 안의 뜨거운 온도, 어머니가 갑자기 숨을 거칠게 몰아쉬다 토해낸 마지막 말. '네 형제를 잘 돌보거라, 테오. 그 애는 너처럼 강하지가 않아.' 그때 어머니의 말뜻은 명확하다고 생각했다. 그러나 이제 다시금 그 순간을 되짚자 기억이 서서히 움직이며 어머니가 남긴 말의 형태와 강조점이 변화하더니 마침내는 완전히 다른 의미를 자아내는 말이 되었다.

"네 형제를 잘 돌보거라. 테오, 그 애는 너처럼 강하지가 않아."

그때 누군가가 현관문을 쾅쾅 두드리는 소리에 피터의 생각은 거기서 멎었다.

"앤티, 누가 찾아오기로 했나요?"

그러자 앤티는 얼굴을 찌푸렸다. "이 시간에 말이냐?"

피터는 얼른 상자에 지도를 다시 챙겨 넣은 뒤 침대 아래에 집어넣어 숨겼다. 현관문으로 다가선 뒤 찾아온 사람이 마이클인 걸 확인하고서야, 왜 이렇게 지도를 급히 숨겼는가 하는 생각을 하게 되었다. 마이클은 문으로 잽싸게 들어서며 먼저 피터를, 그다음에는 마음에 안 든다는 투로 가슴 앞에 팔짱을 꼭 낀 채 피터 뒤에 서 있던 앤티를 쳐다보았다.

"앤티." 마이클이 숨을 몰아쉬며 말했다.

"오냐, 이 버릇없는 녀석아. 한밤중에 문을 그렇게 두드려댔으면 적어도 인사라도 똑바로 해야지."

"죄송해요." 부끄러웠는지 마이클의 얼굴이 붉어졌다. "잘 지내셨어요?"

앤티가 고개를 끄덕였다. "그래."

마이클이 다시 피터를 바라보더니 비밀 이야기를 하듯 목소리를 낮추었다.

"잠시 밖에서 이야기 좀 할 수 있을까?"

피터가 마이클을 따라 문밖으로 나가자 어둠 속에서 데일 레빈이 나타났다.

"방금 나한테 했던 말, 피터에게 해줘." 마이클이 데일에게 말했다.

"데일? 무슨 일인데?"

"잘 들어." 데일이 초조하게 주변을 살피더니 입을 열었다. "아마 전해선 안 되는 얘기일 거야. 난 지금 곧바로 성벽으로 돌아가 봐야 하고. 그런데 만약 알리시아와 케일럽을 빼낼 작정이라면, 날이 밝자마자 떠나는 게 좋아. 게이트에서 내가 도와줄 테니까."

"어째서지?"

그 말에 대답한 것은 마이클이었다. "피터, 사람들이 총을 손에 넣으려 해."

41

수간호사 사라 피셔는 병원에서 소녀와 함께 대기하는 중이었다. 에이미, 하고 사라는 생각했다. 네 이름이 에이미였구나. 이 불가능한 존재, 백 살 먹은 아이의 이름이 에이미라니. 네 이름이 에이미니? 네가 에이미야?

사라가 소녀에게 그렇게 묻자 소녀의 눈빛이 그렇다고 대답했다. 미소를 지었을는지도 모른다. 자신의 이름을 귀로 들은 건 너무나 오랜만의 일이었다.

'맞아요, 내가 에이미예요.'

가운 말고 달리 입힐 만한 것이 있었으면 좋았을 텐데. 이름이 있는 아이에게 마땅히 입힐 옷도, 신길 신발도 없다는 게 옳지 않다는 생각이 들었다. 병원으로 돌아오기 전에 미리 생각했으면 좋았을 텐데. 에이미는 사라보다 키가 작고, 뼈대도 얇았으며, 골반도 좁았다. 그러나 사라가 말을 탈 때 즐겨 입는, 허리와 엉덩이에 옷감을 덧대 기운 갭 청바지는 허리만 잘 조이면 아이에게도 맞을 것 같았다. 목욕도 시키고, 머리도 잘라줘야 했다.

사라는 마이클이 한 말을 조금도 의심하지 않았다. 마이클은 마이클이지, 사람들은 그렇게 말했다. 마이클이 너무 똑똑했고, 때로 그게 오히려 단점이 될 때도 있다는 뜻이었다. 그러나 마이클은 절대, 한 번도 틀린 적이 없었다. 사람이 언제나 옳기만 할 수는 없으니 마이클이 틀리는 날도 언젠가는 올 텐데, 그렇다면 그날 동생은 어떻게 될까. 옳은 판단을 하기 위해, 문제를 고치기 위해 해온 끊임없는 노력이 그의 내부에서 붕괴될 것이다. 어린 시절, 블록으로 탑을 쌓은 뒤 탑을 무너뜨리지 않고 블록을 하나씩 빼는 놀이를 했던 게 떠올랐다. 블록 하나만 잘못 건드려도 탑은 순식간에 무너졌다. 마이클이 언젠가 무너진다면, 무너지지 않은 부분은 얼마나 남아 있을까. 그 순간이 오면 마이클에게는 사라가 필요해질 것이다. 돌아가신 부모님을 발견했던 그날 아침, 사라가 마이클을 실망시킨 바로 그날처럼.

피터에게 이 소녀가 두렵지 않다고 했던 건 진심이었다. 처음에는 두렵기도 했다. 그러나 병원에서 단둘이 보내는 시간이 늘어나면서 사라는 아이에 대해 새로운 감정을 느끼게 되었다. 미동 없이 고요한 동시에 그렇지 않은, 주의 깊으면서도 수수께끼 같은 아이의 존재에서 일종의 위안, 어쩌면 희망이라고 할 수도 있을 것 같은 감정이 느껴졌다. 혼자가 아니라는 느낌, 아니, 사라뿐만 아니라 이 세계가 혼자가 아니라는 느낌이었다. 마치 모두가 악몽으로 가득한 기나긴 밤에서 깨어나 다시금 삶으로 돌아오는 것처럼 새벽이 올 것이다. 전날 있었던 끔찍한 습격이 되풀이되지 않은 게 분명했다. 만약 그런 일이 있었다면 사라도 소리를 들었을 것이다. 오늘 밤은, 마치 밤이 다음에는 무슨 일이 일어날지 숨죽이고 기다리는 것만 같은 그런 밤이었다. 왜냐하면 사라가 피터에게, 그 누구에게도 하지 않은 말이 있었던 것이다. 조명등이 꺼지기 직전, 병원에서 일어났던 일에 관해 사라는 입을 다물었다. 그때, 침대에 누워 있던 아이가 갑자기 벌떡 일어나 앉았다. 지친 사라는 막 잠에 들려고 침대에 누운 참이었다. 그런데, 아이가 목을 울려 내는 소리를 듣고 사라의 잠은 달아나 버렸다. 단음조의 낮은 신음이 아이의 목구멍 안쪽에서 흘러나오고 있었다. 왜 그래? 사라는 급히 일어나서 아이에게로 갔다. 왜 그래, 어디 다쳤니? 어디 아파? 하지만 아이는 아무 대답이 없었다. 휘둥그레 뜬 아이의 눈은 사라를 보고 있지 않았다. 그때, 사라는 바깥에서 무슨 일이 일어나고 있다는 사실을 눈치챘다. 방 안이 이상하게 깜깜했고, 성벽 쪽에서 고함 소리가 들려왔고, 사람들이 외치는 소리, 이리저리 달리는 발걸음 소리로 소란스러웠다. 바깥 상황도 상황이지만, 사라는 아이에게서 눈을 뗄 수가 없었다. 바깥에서 일어나는 일이 그 무엇이건, 이 아이의 텅 빈 눈, 경직된 얼굴과 목과 아이의 내부에서 뿜어져 나오는 구슬픈 음조 속에서도 같은 일이 일어나고 있었기 때문이다. 그렇게 얼마간이 ― 마이클의 계산에 따르면 2분 56초였지만 영원처럼 느껴졌다 ― 흐르다가, 그 일은 시작되었을 때와 마찬가지로 갑작스레 끝나버렸다. 소녀는 다시 침대에 누워 양 무릎을 구부려 끌어안았고 그걸로 끝이었다.

바깥방의 데스크에 앉아 있던 사라가 그때를 떠올리며 이 이야기를 피터에게 하는 것이 좋았을까, 하고 생각하고 있는데 현관 쪽에서 목소리가 났다. 고개를 들어 창밖을 보았다. 병원 앞을 지키던 벤 슈는 사라가 갖다 준 의자에 앉아 무릎에 석궁을 올려둔 채 반대쪽을 보고 있었다. 벤과 이야기하는 상대방이 누군지는 가려져서 보이지 않았다. '여기서 뭐 하는 거야?' 벤이 경고 조로 목소리를 높였다. '통행금지령이 내려진 것 몰라?'

그리고, 벤과 이야기를 주고받는 상대가 누구인지 확인하려고 사라가 자리에서 일어서는 바로 그 순간 벤도 벌떡 일어서며 석궁을 휘둘렀다.

피터와 마이클은 트레일러 파크의 그늘에서 그늘 사이로 몸을 옮기며 감옥을 향해 다가갔다.

감옥을 지키는 보초가 없었다.

피터는 살짝 열려 있던 문을 조심스레 밀어 열었다. 안쪽 구석에는 팔다리가 묶인 누군가가 엎어져 버둥거리고 있었는데, 피터가 들어가자 알리시아는 그의 등을 겨누던 석궁을 바닥으로 집어 던졌다.

"도대체 뭐 하다 이제 온 거야?" 알리시아가 말했다.

케일럽은 손에 칼을 든 채 알리시아 뒤에 서 있었다.

"이야기가 길어. 가는 길에 설명해줄게." 그러면서 피터는 바닥에 엎어져 있던 사람을 향해 손짓했다. 이제 보니 게일런 슈트라우스였다. "내가 오기도 전에 먼저 시작했나 본데. 대체 게일런한테 무슨 짓을 한 거야?"

"정신이 들 때쯤에는 기억에서 지워지고 없을 거야."

"이안이 총에 대해 알고 있어." 마이클이 말했다.

알리시아가 고개를 끄덕였다. "내가 보기에도 그런 것 같았어."

피터는 탈출 계획을 설명했다. 우선 병원으로 가서 사라와 소녀를 데려온다. 그다음 말을 구하러 마구간으로 간다. 첫 번째 아침 종이 울리기 직전 성벽을 지키던 데일 레빈이 바이럴이 나타났다고 외칠 것이다. 그때의 혼란을 틈타 게이트 밖으로 나간다. 해가 뜰 때 출발해서 곧장 발전소로 내려간다. 그곳에서 앞으로의 계획을 세울 것이다.

"내가 데일을 너무 얕봤네." 알리시아가 말했다. "생각보다 배짱이 있는 친구였어." 그러더니 알리시아가 마이클을 쳐다보았다. "너도 그래, 서킷. 나는 네가 감옥을 습격할 만한 사람인 줄은 꿈에도 몰랐다."

네 사람은 감옥을 나왔다. 벌써 동이 트고 있었다. 시간이 얼마 없었다. 그들은 소리 없이 빠른 속도로 병원으로 다가가서는 몸을 숨기는 동시에 건물 전체를 볼 수 있도록 성소의 서쪽 벽 앞에 다가가 섰다.

병원 앞을 지키는 사람은 아무도 없었다. 문은 열린 채였다.

그런데 정면 유리창에서 깜박거리는 불빛이 새어 나오더니, 다음 순간 비명 소리가 들렸다.

사라였다.

가장 먼저 병원으로 달려 들어간 사람은 피터였다. 병실 바깥에는 아무도 없었다. 데스크 앞의 의자가 옆으로 누워 있는 것 말고는 멀쩡했다. 병실 안에서 신음 소리가 들렸다. 나머지 셋이 뒤따라 달려 들어오는 가운데 피터는 복도를 질주해 커튼을 열어젖혔다.

에이미는 병실 안쪽 벽에 기댄 채 몸을 웅크리고 누군가의 주먹을 막으려는 것처럼 두 팔로 머리를 감싸고 있었다. 사라는 그 앞에 무릎을 꿇고 있었는데, 얼굴이 피투성이였다.

병실 안이 시체로 가득했다.

나머지 세 사람이 피터를 뒤따라 뛰어 들어왔다. 마이클은 곧장 누나의 옆으로 달려갔다. "사라!"

사라는 피 묻은 입술을 열었으나 차마 말이 나오지 않는 것 같았다.

피터가 에이미의 옆으로 가 무릎을 꿇었다. 다친 데는 없어 보였지만 피터의 손이 닿자 아이는 움찔하더니 그의 손을 밀어내며 몸을 움츠렸다.

"괜찮아, 괜찮아." 피터는 괜찮다는 말을 반복했지만, 괜찮을 리가 없었다. 무슨 일이 있었던 거지? 도대체 누가 이 사람들을 죽인 것인가? 설마 서로를 상대로 학살극을 펼친 걸까?

시체 옆에 웅크려 앉아 신원을 확인하던 알리시아가 입을 뗐다. "벤 슈야. 여기는 마일로와 샘. 나머지 하나는 제이컵 커티스야."

벤은 칼에 맞아 죽은 채였다. 피 웅덩이 속에 엎어져 있던 마일로는 머리를 둔기로 맞고 죽은 게 틀림없었다. 샘 역시 그랬다. 두개골 옆이 움푹 파여 있었다.

제이컵은 목에 벤의 석궁에서 날아온 볼트가 꽂힌 채 에이미의 침대 발치에 쓰러져 있었다. 입가에서 아직도 피가 작게 거품이 되어 일었다. 눈은 놀란 듯 휘둥그레 뜬 채였다. 제이컵이 쥐고 있는 기다란 쇠 파이프는 붉은 피로 범벅되어 있었고 그 사이에 허연 뇌수가 군데군데 묻어 있었다.

"이런 제기랄!" 케일럽이 외쳤다. "전부 죽었잖아요!"

갑자기 그 장면이 섬뜩하리만치 생생한 현실로 다가왔다. 바닥에 널브러진 시체들, 피 웅덩이, 쇠 파이프를 쥔 제이컵. 마이클이 사라를 부축해 일으켰다. 에이미는 아직도 벽에 바짝 붙어 웅크리고 있었다.

"샘과 마일로의 짓이야." 사라가 겨우 쉰 목소리로 입을 열었다. 마이클은 사라를 부축해 침대에 앉혔다. 사라는 붓고 찢어진 입술, 피투성이가 된 치아로도 애써 말을 이었다. "벤과 내가 저지르려고 했어. 전부…… 모르겠어. 벤이 나를 때렸는데, 그때 누군가가 나타났어."

"제이컵이었어?" 피터가 물었다. "사라, 제이컵도 죽었어."

"몰라, 모르겠어!"

알리시아가 피터의 팔꿈치에 손을 올렸다. "어떻게 된 사태인지는 중요하지 않아." 목소리가 긴박했다. "아무도 우리 말을 믿지 않을 거야. 지금 당장 떠나야 해."

위험을 감수하고 게이트까지 갈 수 없는 상황이었다. 알리시아가 새로운 계획을 설명했다. 중요한 것은 성벽을 지키는 파수단의 눈에 띄지 않아야 한다는 점이었다. 피터와 케일럽이 저장소에 가서 밧줄, 가방, 에이미에게 신길 신발을 가지고 온다. 알리시아가 나머지를 데리고 접선 지점으로 간다.

그들은 병원을 나와 각자의 길로 흩어졌다. 저장소의 문이 살짝 열려 있었는데, 걸쇠가 잠겨 있는 방식이 조금 묘해서 눈에 띄었지만 지금은 그런 것까지 신경 쓸 여유가 없었다. 케일럽은 물건 상자가 길게 늘어선 어두운 저장소 안쪽으로 들어갔다. 올드 슈, 그리고 월터 피셔를 발견한 것은 그곳에서였다. 두 사람은 서까래에 나란히 밧줄로 목을 매단 채였다. 책이 잔뜩 든 상자 위 허공에 맨발이 붕 떠 있었다. 둘 다 혀를 길게 빼어 문 채였다. 사다리 대신 상자들을 쌓아 올라간 뒤 목에 밧줄을 걸고 상자를 발로 찬 게 분명했다. 피터와 케일럽은 잠시 이 믿기지 않는 광경 앞에서 말을 잃었다.

"이게…… 도대체." 케일럽이 중얼거렸다.

알리시아의 말이 맞았다. 지금 당장 떠나야 했다. 무슨 일이 일어나고 있는지는 몰라도, 분명 어마어마하고 끔찍한 일, 콜로니의 사람들 모두를 휩쓰는 강력한 힘이 지배하는 일인 것이 분명했다.

그들은 필요한 물자를 챙겨 밖으로 나왔다. 그제야 피터는 지도가 떠올랐다.

"먼저 가, 따라갈게."

"다들 도착했을 텐데요."

"일단 가. 내가 쫓아갈 테니까."

케일럽은 접선 지점을 향해 달려갔다. 앤티의 집에 도착한 피터는 노크도 없이 곧장 집 안으로 들어가 침실을 향했다. 앤티는 자고 있었다. 피터는 문간에 잠시 발을 멈추고 앤티의 고른 숨소리를 확인한 뒤 안으로 들어갔다. 지도 상자는 아까 넣어둔 침대 아래 그 자리에 있었다. 몸을 숙여 상자를 가방에 집어넣던 찰나였다.

"피터?"

피터는 그 자리에 얼어붙었다. 앤티는 여전히 눈을 감은 채 양손을 차렷 자세로 가지런히 두고 누워 있었다.

"잠시 누워서 쉬는 중이었단다."

"앤티……."

"작별 인사를 할 시간은 없겠구나." 앤티가 읊조리듯 중얼거렸다.

"가거라, 피터. 이제 너의 때가 왔어."

성벽이 트인 곳에 도착했을 무렵에는 동녘 하늘이 조금씩 분홍빛으로 물들기 시작했다. 다들 이미 모여 있었다. 알리시아가 도관 아래에서 나타나 몸을 툭툭 털었다.

"다들 준비됐어?"

그때 뒤에서 누군가의 발소리가 들렸다. 피터는 몸을 빙글 돌리며 칼을 뽑았다. 그런데, 덤불 속에서 몸을 드러낸 사람은 다름 아닌 모사미 파탈이었다. 모사미는 어깨에 석궁을 걸치고 가방을 멘 차림이었다.

"저장소에서부터 따라왔어. 서두르자."

"모스……." 알리시아가 입을 열었다.

"뭐라고 말해도 소용없어, 리시. 나도 갈 거야." 그러더니 모사미는 피터와 눈을 마주했다.

"한 가지만 대답해줘. 테오가 정말 죽었다고 생각해?"

마치 여태 누군가가 이 질문을 해주기만을 기다렸던 것만 같은 기분이 들었다.

"아니."

"나도."

그러면서 모사미는 무의식적으로 한 손을 자신의 배에 가져갔다. 그 모습을 보는 순간, 피터는 마치 새로운 사실을 깨달은 것이 아니라 이미 알고 있었던 사실을 기억하기라도 한 듯이 이 상황을 단숨에 완전히 이해하고 말았다.

"말해줄 기회가 없었어." 모사미가 말했다. "테오에게 말하고 싶어."

피터는 돌아서서 두 사람을 짜증스러운 눈길로 바라보고 있는 알리시아를 마주했다.

"모사미도 같이 가는 거야."

"피터, 좋은 생각이 아닌 것 같은데. 목적지는 콜로라도라고."

"모사미도 이제 우리와 함께야. 선택의 여지는 없어."

알리시아는 잠시 입을 다물었다. 할 말을 잃은 듯했다.

"어쩔 수 없지." 한참이 지난 뒤에야 그녀가 입을 열었다. "지금은 일일이 따지고 있을 시간이 없으니까."

나가는 길을 파악한 알리시아가 앞장서고, 그다음에 마이클, 케일럽, 모사미 순으로 차례차례 터널로 들어갔으며, 피터가 후방에서 그들을 지켰다.

에이미가 마지막 순서였다. 저장소에서 에이미에게 맞을 만한 저지와 청바지, 샌들 한 켤레를 찾아와 갈아입힌 뒤였다. 에이미는 터널을 향해 몸을 숙이면서 문득 애원하는 듯한 눈빛으로 피터를 바라보았다.

'어디로 가는 거예요?'

콜로라도, 하고 피터는 생각했다. 중앙격리구역으로. 그들에게 그곳은 오로지 지도 위에 쓰인 이름, 마이클의 모니터 위에서 발광하던 색채로 존재하는 장소에 불과했다. 그곳이 실제로 어떤 곳인지, 그곳을 둘러싼 숨겨진 세계가 어떤 곳인지 피터는 도무지 상상조차 할 수 없었다. 아까만 해도 ― 라이트하우스에 네 사람이 모여 있었던 것이 정말 고작 몇 시간 전의 일이었을까? ― 이 여정에 대해 생각하면서, 피터는 좀 더 제대로 된 탐험대를 구상했다. 중무장을 하고, 수레에 물자를 싣고, 정찰대도 있으며, 경로를 치밀하게 계획할 줄 알았다. 아버지는 '긴 여정'을 떠나기 전 한 계절을 들여 계획을 짰다. 그런데 지금 그들은 도망자가 되어 고작 지도 한 무더기와 허리에 찬 칼이 전부인 상태로 걸어서 콜로라도까지 가고자 한다. 도대체 그게 가능한 일이기나 할까?

"잘 모르겠어." 피터가 에이미에게 대답했다. "하지만 지금 당장 떠나지 않으면, 우린 전부 여기서 죽게 될 거야."

그 말을 듣자마자 에이미는 터널 속으로 들어가 사라졌다. 피터는 등에 멘 가방의 줄을 바짝 당기고 에이미를 뒤따라 들어간 뒤 해치를 닫았다. 터널 속이 깜깜해졌다. 터널 벽은 서늘하고 흙냄새가 풍겼다. 아주 오래된 터널이었다. 아마 개척자들이 도관을 설치하기 위해 팠던 터널인 것 같았다. 그리고 오랫동안 이 터널을 이용한 것은 대령 외엔 아무도 없었다. 알리시아의 말로는 이 터널은 대령이 바이럴 사냥을 나갈 때 사용했던 비밀 통로였다. 그러니까, 한 가지 수수께끼의 답은 알게 된 셈이었다.

터널을 따라 25미터를 움직이자 터널이 끝나고 메스키토 잡목림이 펼쳐졌다. 모두가 이미 나와 기다리고 있었다. 조명등이 꺼지고 회색빛 새벽하늘이 드러났다. 그들의 머리 위로 펼쳐진, 마치 하나의 거대한 바위 같은 산이 침묵 속에서 그들을 지켜보고 있었다. 아침 종에 맞추어 교대를 알리는 파수단의 외침이 들렸다. 데일은 그들이 어떻게 되었는지 궁금해하겠지. 어쩌면 이미 알고 있는지도 모른다. 분명한 건 오래지 않아 시체가 발견되리라는 사실이었다.

알리시아가 해치를 닫더니 돌려 잠근 다음 무릎을 꿇고 덤불을 흩트려 터널 입구를 숨겼다.

"우리를 추격할 거야." 피터가 알리시아의 옆에 쭈그리고 앉아 조용히 전했다. "말을 몰고 올 테니 따돌릴 방법이 없어."

"알아." 알리시아는 굳은 표정을 하고 있었다. "누가 먼저 총을 손에 넣는가의 문제야."

그 말을 남긴 알리시아는 벌떡 일어나 돌아선 다음 그들을 이끌고 산을 내려가기 시작했다.

VII
어둠의 땅

지난밤 나는 영원을 보았네
순수하고 무한한 빛으로 이루어진 거대한 고리처럼
환한 만큼이나 적요하였으며
천체의 흐름에 따라 영원 아래에서 시간은
한 시간, 하루, 일 년으로 회전하여
세계를 비롯한 그 무리가 내던져진 곳에서
거대한 그림자처럼 움직였네

— 헨리 본, 「세계」

정오경에 그들은 산기슭에 닿았다. 산의 동쪽 사면에 지그재그 모양으로 나 있는 길은 말은 다닐 수 없는 가파른 길이었다. 아예 길이라고도 할 수 없는 부분도 있었다. 발전소 100미터 위에 산이 깎여나간 듯 움푹 파인 자갈 지대가 있었다. 그 아래로는 좁고 깊은 협곡이 있었고, 돌벽에 발전소의 북측이 가려져 보이지 않는 곳이었다. 뜨겁고 건조한 바람이 불어오고 있었다. 그들은 결국 다시 산을 올라가서 다른 길을 찾았다. 시간이 지체되고 있었다. 한참 뒤에야 그들은 내려오는 길을 찾아 발전소를 향할 수 있었다.

발전소 뒤편에 도달하자 철조망 안에서는 인기척이 전혀 들리지 않았다.

"들려?" 알리시아가 물었다.

피터는 가만히 귀를 기울였다. "아무 소리도 안 들리는데."

"철조망의 전류가 끊겨서 아무 소리도 나지 않는 거야."

게이트가 열려 있었다. 그 순간, 간이 마구간의 차양 아래에 시커먼 형체가 엎드려 있는 것이 보였다. 그쪽으로 걸음을 옮기자 형체는 조각조각 나뉘더니 허공으로 날려갔다.

죽은 암탕나귀의 시체였다. 새까맣게 모여 있던 파리 떼가 인기척에 흩어진 것이었다. 시체 아래의 땅에 피가 배어 시커멨다.

사라가 당나귀 시체 옆에 무릎을 꿇었다. 당나귀는 부패 가스로 부푼 배를 드러내고 옆으로 누워 있었다. 목의 길게 베인 자국에 구더기가 끓고 있었다.

"죽은 지 이틀은 됐을 거야." 사라는 악취를 참으려고 멍든 얼굴을 찌푸렸다. 아랫입술이 찢어져 있었다. 이에는 여전히 피가 말라붙은 채였고, 왼쪽 눈에는 커다란 보랏빛 멍이 들어 있었다.

"누군가 칼로 벤 것 같아."

피터는 돌아서서 케일럽을 보았다. 케일럽은 눈을 휘둥그레 뜬 채 당나귀의 목을 쳐다보고 있었다. 악취 때문에 저지의 목 부분을 끌어다가 얼굴의 반을 가린 채였다.

"잰더가 타던 당나귀니?"

케일럽이 고개를 끄덕였다.

"피터……." 알리시아가 철조망 쪽을 가리키고 있었다. 바닥에 또 하나의 검은 형체가 보였다.

"당나귀야?"

"아니."

시신의 주인은 레이 라미레스였다. 남은 것은 뼈와 시커멓게 변한 살점 조금이 전부였지만, 살이 타는 냄새가 아직까지 희미하게 풍기고 있었다. 그는 철조망 앞에 무릎을 꿇은 자세였고 뻣뻣하게 경직된 손가락은 철조망 사이로 들어가 있었다. 얼굴의 뼈가 다 드러나서 꼭 웃고 있는 것 같은 표정이었다.

"전류가 왜 차단됐는지 알겠네." 잠시 후 마이클이 입을 열었다. 토할 것 같은 표정이었다. "레이가 붙잡는 바람에 누전된 거야."

그들은 열려 있는 해치를 통해 발전소 안으로 들어가 깜깜한 내부를 확인했다. 달라진 건 없는 듯했다. 패널을 확인한 결과 터빈이 생산한 전력도 무사히 산 위로 흐르고 있었다. 핀은 보이지 않았다. 알리시아가 발전소 깊숙한 곳으로 일행을 이끌었다. 바깥으로 통하는 해치는 여전히 선반 뒤에 잘 숨겨져 있었다. 해치의 문이 열리고 그 안에 숨겨져 있던 총들이 눈에 들어온 뒤에야 피터는 여태까지 총이 사라졌을지 모른다고 두려워하고 있었다는 사실을 깨달았다. 알리시아가 상자 하나를 꺼내 열었다.

마이클이 상자 안을 보더니 놀랍다는 듯 휘파람을 불었다.

"진짜였네, 전부 새거잖아?"

"벙커에 가면 더 있어." 알리시아는 피터에게로 눈길을 돌렸다. "지도를 보고 벙커 위치 찾을 수 있겠어?"

그때 계단을 내려오는 발소리가 들렸다. 케일럽이었다.

"누군가가 발전소로 오고 있어요."

"몇 명이나?"

"혼자인 것 같아요."

알리시아가 상자에서 총을 서둘러 꺼내 모두에게 나눠 주었다. 그들은 마당으로 나왔다. 저 멀리, 모래 먼지를 일으키며 말을 타고 다가오는 형체 하나가 보였다. 케일럽이 알리시아에게 쌍안경을 건넸다.

"말도 안 돼." 알리시아가 중얼거렸다.

잠시 후, 게이트로 들어와서 말에서 내린 사람은 홀리스 윌슨이었다. 얼굴과 팔이 흙투성이였다. "서둘러야 해." 홀리스는 수통에 입을 대고 한참이나 물을 들이켠 뒤 다시 입을 열었다. "적어도 여섯 명이 내 뒤를 쫓고 있어. 벙커로 가려면 지금 출발해야 해."

"우리의 목적지가 벙커인 걸 어떻게 알았어?" 피터가 물었다.

그러자 홀리스는 손등으로 입가에 묻은 물을 훔친 뒤 대답했다.

"잊었어? 피터, 나는 네 아버지와 여정을 함께했다고."

그들은 제어실에 모여 있었다. 식량, 물, 무기 등 필요한 것들을 최대한 서둘러 챙긴 뒤였다. 홀리스는 피터가 테이블에 펼쳐둔 지도를 살펴보고 있었다. 그들에게 필요한 건 '로스앤젤레스 분지와 서던캘리포니아' 지도였다.

"테오는 벙커가 2시간 거리에 있다고 했어." 피터가 말했다.

그 말을 듣고 홀리스는 얼굴을 찌푸리더니 눈썹을 꿈틀거리며 지도를 자세히 보았다. 늘 깨끗하게 깎았던 수염이 자라 있었다. 마치 홀리스가 아닌 아를로가 그 자리에 서 있는 것처럼 느껴졌다.

"내 기억에는 3시간 정도 걸렸던 것 같은데, 그땐 수레까지 끌었으니까. 걸어간다면 아마 2시간 안에 도착할 수 있을 거야." 홀리스가 지도 위로 몸을 숙이며 한 지점을 가리켰다. "현 위치는 여기, 샌고르고니오 패스야. 네 아버지와 함께 움직였을 때는 여기, 10번 주간고속도로 동쪽에서 북쪽으로 이어지는 62번 도로를 탔지. 도중에 길이 끊겨 있지만 걸어간다면 상관없을 거야. 우리는 여기" ― 그러면서 그가 다시금 지도의 한 점을 짚었다 ―"조슈아 밸리에서 하룻밤을 났어. 20킬로미터, 어쩌면 25킬로미터 정도 떨어져 있을 거야. 네 아버지 디모가 오래된 소방서를 요새로 지정하고 안에 물자를 갖다 두었어. 안전하고, 펌프도 작동해서 물도 나오지. 조슈아에서 벙커로 가려면 트웬티나인 팜스 고속도로를 타고 동쪽으로 30킬로미터, 다시 아무것도 없는 시골을 가로질러 북쪽으로 10킬로미터 더 가야 해. 걸어가기는 빠듯하겠지만 그래도 다음 날에 도착할 수 있을 거야."

"벙커가 지하에 숨겨져 있을 텐데 무슨 수로 찾지?"

"내가 찾을 수 있어, 걱정 마. 그 벙커를 보면 엄청나게 놀라 자빠질걸? 네 아버지가 그곳에 있는 것들을 '군자금'이라고 불렀을 정도야. 차량과 연료도 있어. 차량을 작동시키는 방법은 알 수 없었지만, 케일럽과 서킷이 있으니 가능하지 않을까?"

"바이럴은?"

"벙커까지 가는 길에는 별로 없었어. 아예 없다는 뜻은 아니지만, 가는 길이 온통 사막이라서 바이럴이 있을 만한 곳이 아니야. 너무 뜨겁고, 또 몸을 숨길 그늘도 없는 데다가, 잡을 만한 사냥감도 없어. 네 아버지는 그곳을 '황금 지대'라고 불렀지."

"벙커에서 동쪽으로 더 가면 뭐가 있지?"

그 말에 홀리스는 어깨를 으쓱했다. "나도 딱히 아는 건 없어. 벙커까지가 내가 가본 가장 먼 곳이거든. 만약 콜로라도로 가겠다는 말이 진심이라면, 아마 40번 주간고속도로는 피해서 북쪽 15번 주간고속도로를 따라가는 게 제일 나을 거야. 켈소에 요새로 사용했던 오래된 기차역이 있어. 지대가 험하지만 네 아버지가 이미 다녀갔던 곳이야."

알리시아가 말을 타고 앞장서고 나머지는 걸어서 뒤를 따르기로 했다. 그들이 간이 마구간의 그늘 속에서 출정 준비를 하는 동안 케일럽이 발전소 지붕에서 망을 보았다. 당나귀 시체는 홀리스와 마이클이 치운 뒤였다.

"지금쯤이면 보일 때가 됐는데," 홀리스가 말했다. "내 뒤로 고작 몇 킬로미터 거리를 두고 쫓아오고 있었거든."

피터가 알리시아를 바라보았다. 가서 살펴봐야 할까? 그러나 알리시아는 고개를 저었다.

"상관없어. 이제 그들이 알아서 할 문제야. 우리처럼."

케일럽이 사다리에서 내려와 발전소 뒤서 합류하자 이제 일행은 모두 여덟 명이었다. 피터는 모두가 너무 지쳐 보인다는 사실을 새삼 깨달았다. 아무도 제대로 눈을 붙이지 못했던 것이다. 에이미도 배낭을 하나 멘 채 사라 옆에 서 있었다. 그 애는 누군가가 창고에서 찾아준 낡은 선바이저 캡을 쓴 채 눈을 가늘게 찌푸리고 있었는데, 햇빛을 용감하게 견뎌내는 것만 같은 표정이었다. 알고 보니 에이미는 햇빛에 익숙지 않은 것 같았다. 그래도 지금은 해줄 수 있는 일이 없는 것 같았다.

피터는 차양의 그늘 바깥으로 한 발짝 나와 시간을 가늠했다. 어둠이 내리기 전까지 7시간이 남아 있었다. 7시간 안에 25킬로미터를 가야 했다. 그것도 걸어서, 훤히 드러난 골짜기를 가로질러서 말이다. 한번 출발하면 돌아올 수 없었다. 어깨에 소총을 걸머멘 알리시아가 홀리스가 몰고 왔던 모래 빛 탄탄한 덩치의 커다란 암말에 올라탔다. 케일럽이 알리시아에게 쌍안경을 건네주었다.

"다들 준비됐어?"

"근데 말야." 마이클이 입을 열었다. "아직 투항할 기회는 있으니까 잘 생각해봐." 그는 사라 옆에 서서 어색하게 소총 하나를 끌어안고 있었다. 아무도 대답이 없자 그가 뒤늦게 입을 열었다. "아니, 농담인데."

"사실 서킷이 중요한 얘길 해줬어." 말 위에 있던 알리시아가 목소리를 높였다. "같이 안 간다고 해서 부끄러워할 일은 아니야. 남고 싶은 사람은 지금 이야기해."

아무도 입을 열지 않았다.

"좋아, 경계를 늦추지 마." 알리시아가 말했다.

게일런은 스스로가 이런 일에 적합한 사람이 아니라는 결론을 내렸다. 이건 아니었다. 처음부터, 모든 게 엄청난 실수였다.

더워서 너무 괴로웠고 햇볕 때문에 눈앞이 새하얗게 폭발하는 것만 같았다. 말에 오른 엉덩이가 아파서 아마 앞으로 일주일은 제대로 못 걸을 듯싶었다. 게다가 알리시아에게 석궁으로 얻어맞은 머리가 깨질 듯이 아팠다. 그뿐만 아니라 그가 이끄는 일행 중 누구도 그의 말을 제대로 듣지 않았다. '저기, 우리 잠시 쉬어가자고. 속도를 좀 늦춰도 되잖아. 이렇게 서두를 거 있어?' 했지만 아무도 시키는 대로 해주지 않았다.

"사살해." 글로리아 파탈은 그렇게 말했다. 자기 그림자에도 겁을 먹던 그 자그마한 여자는 지금까지 한 번도 본 적 없는 완전히 다른 사람이 된 것만 같았다. 게이트에 서 있던 글로리아는 분노로 이글이글 타오르고 있었다. "내 딸은 데려오되, 나머지는 사살해. 다 죽여버려."

콜로니의 사람들은 이 모든 것이 그 아이의 짓이라고 했다. 그 아이, 알리시아, 케일럽, 피터, 마이클…… 그리고 제이컵 커티스의 짓이라고. 제이컵 커티스라니! 반푼이 제이컵 커티스에게 도대체 무슨 책임이 있단 말인가? 게일런은 말이 안 되는 소리라고 생각했지만, 사실 이제 와서 말이 되는 건 아무것도 없었다. 사람들은 이성을 잃은 뒤였다. 게이트에 모인 사람들은 전부 고함을 지르며 팔을 흔들어댔다. 콜로니 주민들의 절반이 그날 아침 누군가를, 누구라도 죽여야 직성이 풀릴 것만 같았다. 산제이가 그 자리에 있었더라면 아마 그들에게 무슨 말이라도 해서 진정시키고, 생각이라는 걸 하게 해주지 않았을까? 하지만 산제이는 그곳에 없었다. 이안이 말하길 산제이는 병원에 누워서 횡설수설하며 어린아이처럼 울고 있다고 했다.

바로 그때 군중들이 마르 커티스를 게이트로 끌고 왔다. 사실 사람들의 진짜 목표물은 마르가 아니었지만, 일단 누구에게라도 분을 풀어야 했다. 군중들은 미쳐 날뛰고 있었다. 살면서 좋은 일이라고는 하나도 없었던 그 불쌍한 여자, 저항할 수 있는 힘이 조금도 없던 그 여자가 수많은 사람의 손에 이끌려 사다리 위로 끌려 올라간 뒤 성벽 밖으로 던져지자 환호가 일었다. 거기서 끝일 수도 있었겠지만, 게일런은 그것은 시작에 불과하다는 느낌이 들었다. 피 맛을 보기 시작한 군중들은 금세 또 다른 희생자를 원했고, 그때 호드 그린버그가 고함쳤다. "엘턴! 엘턴도 라이트하우스에 있던 한 패거리야!" 다음 순간 군중들은 라이트하우스로 달려가더니 환호하며 그 눈먼 늙은이를 성벽으로 끌고 오며 환호했다. 그러더니 엘턴 역시 성벽 너머로 던져버렸다.

게일런은 내내 입을 다물고 있었다. 누군가가 언제라도 '이봐, 게일런. 네 아내는 어딨지? 모사미는 어떻게 된 거지? 모사미도 이 꿍꿍이에 가담한 게 아니야? 게일런도 성벽 너머로 던져버리자!' 할지도 모르는 노릇이었기 때문이다.

그제야 이안이 지시를 내렸다. 게일런은 이제 와서 그들을 뒤쫓는 게 무슨 소용인가 싶었지만, 다른 부사령관이 모두 죽은 이상 유일한 부사령관으로서 이안은 아직까지 파수단에게 힘이 있다는 환상을 깨뜨리고 싶지 않은 것 같았다. 지금 어떤 조치라도 취하지 않는다면 군중들이 남아 있는 주민 모두를 성벽 너머로 던져버릴지도 모르는 노릇이었다. 그때, 이안이 게일런을 따로 부르더니 총에 대한 이야기를 해주었다. 발전소의 창고 벽 뒤에 총이 든 상자가 열두 개숨겨져 있다고 했다. 워커는 죽이든 살리든 상관없어, 이안이 말했다. 네 마누라도 네가 알아서 해, 지금 당장 그 빌어먹을 총만 가져오면 돼.

게일런의 일행은 모두 다섯이었다. 게일런이 맨 앞에서 지휘를 하고, 에밀리 대럴과 데일 레빈이 그 뒤를 나란히 따랐으며, 맨 뒤는 호드 그린버그와 코트 라미레스였다. 성벽 바깥에서 게일런이 지휘를 맡은 것은 이번이 처음이었는데, 데일 레빈은 고작 열여섯 살짜리 주자였고, 맨 뒤의 둘은 애초에 파수꾼도 아니었다.

오합지졸이 따로 없었다. 그런 생각에 한숨이 절로 나왔고, 한숨 소리가 너무 커서 옆에 있던 주자 에밀리 대럴이 무슨 일이냐고 묻기까지 했다. 가장 먼저 자원한 사람이 에밀리였고, 데일 외에는 이 오합지졸 중 그나마 유일한 파수단 소속이었다. 에밀리는 자기 자신을 증명하고 싶어 몸이 단 애였다. 게일런은 그 저 아무것도 아니야, 라고 대답했다.

그들은 배닝을 거의 빠져나온 참이었다. 자세히 보이지는 않았지만, 그래도 어쩔 수 없이 눈에 들어온 광경만으로도 소름이 돋았다. 뼈대가 드러난 건물, 차 안에서 육포처럼 바짝 말라버린 시체들, 어딘가에 몸을 숨기고 있을 바이럴 까지는 생각하고 싶지도 않았다. '단 한 방. 놈들은 위에서부터 내려온다.' 파수 꾼 훈련에서는 여덟 살 난 아이들의 머릿속에 그 말을 집어넣으면서도 그게 얼 마나 말도 안 되는 소리인지는 입도 뻥긋해 주지 않았다. 만약 바이럴이 게일런 슈트라우스를 위에서부터 덮친다? 그럼 그걸로 끝이었다. 얼마나 아플까? 엄청 나게 아프겠지.

사실, 일이 이렇게 되고 나서야 비로소 모사미와는 완전히 끝이라는 생각이 들었다. 어째서 예전에는 몰랐을까? 아니, 지금까지는 다만 인정하지 못한 것인 지도 모르겠다. 심지어 게일런은 모사미에게 화조차 나지 않았다. 모사미를 사 랑한 것은 사실이었다. 어쩌면 아직도 사랑하고 있을 것이다. 앞으로도 영원히 게일런의 마음 한구석에는 모사미, 그리고 아기를 위한 자리가 있을 것이다. 비 록 게일런의 아이가 아닌 것이 확실했지만, 아직까지도 그 아기가 자신의 아이 였으면 하는 마음은 남아 있었다. 아기가 있다면 훨씬 행복해지겠지, 어쩌면 그 외에 그 어떤 것도 중요치 않게 느껴질 수도 있겠지. 모스와 아기가 무사한지가 궁금했다. 모스를 만나면, 남자답게 괜찮냐고 물어보고 싶었다.

그들은 두 줄로 선 채 이스턴 로드로 이어지는 경사로에 도착했다. 머리가 미 친 듯이 아파왔다. 단순히 알리시아에게 머리를 얻어맞아서일지도 몰랐지만, 아닌 것 같았다. 눈앞이 온통 흐릿했다. 반짝거리는 티끌들이 춤을 추듯 시야를 가렸다. 토할 것 같았다.

생각에 잠겨 있다 보니 어느새 자신도 모르게 경사로 위에 도착해 있었다. 그

는 말을 멈추고 수통의 물을 마셨다. 저 멀리 어딘가에 있을 풍력터빈이 실어
보내는 바람이 얼굴에 닿았다. 얼른 발전소에 도착해 깜깜한 어둠 속에 누워 눈
을 감고 싶은 생각뿐이었다. 눈앞에서 춤추던 티끌들은 이제는 그의 좁디좁은
시야를 눈송이처럼 뒤덮고 있었다. 심각한 상황인 게 틀림없었다. 더 이상 앞으
로 나갈 수가 없었다. 누가 대신 앞장서서 방향을 제시해주어야 할 것 같았다.
그는 데일을 향해 몸을 돌리고 입을 열었다. "저기, 혹시……."

옆에 아무도 없었다.

안장 위에서 몸을 틀자, 게일런의 뒤에는 아무도 없었다. 단 한 명도. 거대한
손이 일행도, 말들도 쏙 뽑아가버린 것만 같았다.

목에서 쓴 물이 치밀어 올랐다.

"다들 어디……?"

고가도로 아래에서 소리가 들린 것은 바로 그때였다. 물에 젖은 종이를 반으
로 찢는 것 같은, 즙이 가득한 오렌지 껍질을 쥐어뜯는 것만 같은 소리였다. 찢
는 소리는 부드러우면서도 축축했다.

일행은 조슈아 밸리에 아슬아슬하게 도착했다. 소방서에 도착했을 땐 해가 완전히 지기 직전이었다. 소방서는 마을 서쪽 끝에 있는 낮은 사각형 건물로, 지붕은 콘크리트였고 거리를 면하고 있는 아치형 문 두 개는 시멘트 벽돌로 막혀 있었다. 홀리스는 일행을 이끌고 건물 뒤, 길게 자란 잡풀 사이에 있는 펌프 앞으로 안내했다. 펌프가 길어 올린 물은 뜨뜻한 데다가 녹과 흙 맛이 났다. 다들 물을 양껏 들이켜고 머리도 흠뻑 적셨다. 피터는 태어나서 물이 이토록 맛있게 느껴진 건 처음이라고 생각했다.

건물 뒤쪽의 그늘에 모여 있는 동안 홀리스와 케일럽이 소방서의 뒷문을 막아놓았던 합판을 뜯어냈다. 한 번 비틀자 녹이 슨 경첩에 달린 문이 열리더니 건물 안에서 사람의 숨만큼이나 빽빽하고 뜨뜻한 공기가 새어 나왔다. 홀리스가 다시 소총을 들었다.

"잠시 기다려."

어둠 속을 움직이는 홀리스의 발소리에 귀를 기울이던 피터는 이상하리만치 아무 걱정이 들지 않는다는 생각을 했다. 여기까지 온 이상, 소방서가 밤을 보낼 안전한 은신처가 아닐지도 모른다는 생각은 아예 떠오르지도 않았다. 마침 홀리스가 정찰을 마치고 돌아왔다.

"아무도 없어. 안이 좀 덥지만, 그래도 괜찮을 거야."

모두 홀리스를 따라 천장이 높고 널찍한 내부로 들어갔다. 창문도 맨 위에 환기구만 살짝 남겨놓고 콘크리트 벽돌로 막아둔 곳이었다. 그래도 환기구 틈으로 뉘엿뉘엿한 노란 저녁 빛이 새어 들어올 만큼은 되었다. 공기에서는 먼지와 동물 냄새가 났고 벽 쪽에는 잡다한 연장이며 건축자재들이 놓여 있었다. 콘크리트포대, 시멘트가 덕지덕지 말라붙은 플라스틱 통과 곡괭이, 손수레, 밧줄과 사슬 등이었다. 소방차가 놓여 있었을 자리는 비어 있었고 그곳은 널빤지로 칸을 나누어 마구를 붙여놓은 엉성한 마구간으로 바뀌어 있었다. 안쪽에는 나무 계단이 있었지만 소방서 2층은 아예 무너지고 없어서 계단의 쓸모도 사라졌다.

"안쪽에 잠자리가 있어." 홀리스가 설명해주었다. 그는 바닥에 꿇어앉은 채 플라스틱 단지에 담긴 액체를 랜턴 안에 붓고 있었다. 희미한 금빛 색인 그 액체에서는 알코올이 아니라 석유 냄새가 났다. "있을 건 다 있어. 물은 안 나오고 굴뚝도 막아뒀지만 부엌과 욕실도 있긴 있지."

알리시아가 말을 안으로 몰면서 들어오고 있었다. "문은 어떻게 하지?"

홀리스가 성냥을 그어 랜턴 심지에 가져다 대 불을 붙이고는 옆에 서 있던 모사미에게 랜턴을 건넸다.

"하이톱, 좀 도와줘."

홀리스가 렌치 두 개를 꺼내 하나를 케일럽에게 건넸다. 두꺼운 금속판에 단단한 목재로 틀을 대어 만든 바리케이드가 정문 위 대들보에 사슬로 고정되어 있었다. 홀리스와 케일럽이 바리케이드를 아래로 끌어 내린 다음 볼트로 문설주에 고정시켜 입구를 안에서부터 봉쇄했다.

"이젠 뭘 하면 되지?" 피터가 물었다.

그러자 홀리스는 어깨를 으쓱했다. "아침까지 기다려야지. 내가 첫 순서로 불침번을 설 테니 나머지는 눈을 붙여."

안쪽 방에는 홀리스가 말했던 대로 스프링이 늘어난 매트리스가 열두 개 놓여 있었다. 그 안에는 부엌 겸 욕실로 이어지는 문이 있었다. 금이 간 거울 아래 녹이 슨 세면대가 한 줄로 늘어서 있고, 화장실 칸이 네 개 있었다. 창문은 모두 막혀 있었다. 화장실 칸에 있던 변기 중 하나는 철거해서 술 취한 남자의 얼굴처럼 둥근 굴곡을 드러낸 채 욕실 구석에 놓여 있었다. 원래 변기가 있던 자리에는 플라스틱 통 하나가 놓여 있었고, 그 아래 바닥에는 오래된 잡지 무더기가 쌓여 있었다. 피터는 맨 위에 있던 잡지 한 권을 집어 들었다. 《뉴스위크》. 표지는 흐릿하게 찍힌 바이럴의 사진이었다. 아주 멀리서 찍은 것 같으면서도 동시에 가까이서 찍은 것처럼 어딘가 납작하게 편 것만 같은 이미지였다. 사진 속 바이럴은 우묵한 공간 속, 'ATM'이라는 글씨가 적힌 기계 앞에 서 있었다. 쇼핑몰에서 본 적은 있었으나 어디에 쓰는지는 알 수 없었던 물건이었다. 바이럴이 서 있는 곳 바닥에는 신발 한 짝이 놓여 있었다. 사진에 달린 설명은 단 두 단어였다. '실제 상황.'

피터는 알리시아와 함께 방을 나와 차고로 돌아왔다. "다른 물자들은 어디에 있어?"

피터가 묻자 홀리스가 바닥 판자를 들어내고 만든 1미터 깊이의 공간을 보여 주었다. 내용물은 두꺼운 방수포 한 장에 둘둘 말려 있었다. 피터가 몸을 구부려 방수포를 걷었다. 여분의 연료와 물, 그리고 발전소 계단 아래에 있던 것들과 똑같은 총 상자들이 나왔다.

"이쪽에 있는 열 개는 소총이야." 홀리스가 상자를 손가락으로 가리키며 알려 주었다. "이쪽은 권총. 소형 화기만 가져왔고 폭발물은 제외했어. 실수로 폭발하기라도 하면 이 요새가 날아가버릴 테니까 네 아버지가 폭발물은 벙커에 놔두자고 했거든."

알리시아가 상자 하나를 열어 검은 권총 하나를 꺼냈다. 슬라이드를 당긴 뒤 총신을 조준하고 방아쇠를 당겼다. 텅 빈 약실에서 짤깍하는 소리가 났다. "폭발물은 어떤 건데?"

"대체로 수류탄이야." 홀리스가 부츠를 신은 발끝으로 상자 하나를 톡 건드렸다. "하지만 진짜 깜짝 놀랄 만한 건 이 안에 들어 있지. 좀 도와줄래?"

모두가 구멍 주변으로 모였고, 홀리스와 알리시아가 양쪽에서 상자의 손잡이를 잡고 바닥으로 끌어 올렸다. 홀리스가 무릎을 꿇고 앉아 상자를 열었다. 피터는 당연히 무기가 들어 있으리라고 생각했지만, 상자 안에서 나온 것은 조그만 회색 파우치 여러 개였다. 홀리스가 파우치 하나를 피터에게 건넸다. 1킬로그램이나 될까 싶은 무게인 그 파우치 한쪽에는 검은 글자가 깨알같이 적힌 하얀 라벨이 붙어 있었다. 맨 위에 'MRE'라고 적혀 있었다.

"'즉각취식용Meal, Ready to Eat'이라는 뜻이야." 홀리스가 설명했다. "전투 식량이지. 벙커에 이런 게 수천 개 있어. 네가 들고 있는 건…… 보자." 그가 피터의 손에 있던 파우치를 가져가 눈을 가늘게 뜨고 작은 글씨를 읽었다. "'그레이비소스를 곁들인 콩단백'이군. 이건 나도 안 먹어봤어."

알리시아는 손에 파우치 하나를 든 채 수상하다는 듯 눈살을 찌푸리고 있었다. "홀리스, 이 식량은 적어도 90년 전에 만든 거잖아. 지금쯤이면 다 상했을 거라고."

그러나 홀리스는 어깨만 으쓱하더니 모두에게 파우치를 하나씩 나눠 주었다. "상한 것도 있지만 진공상태가 보존되었다면 먹을 수 있어. 정말이야. 탭을 당기면 바로 알 수 있어. 맛도 대체로 상당히 괜찮지만 쇠고기 스트라노프는 조심해. 네 아버지 디모는 쇠고기 스트라노프를 '배출을 거부하는 음식Meal Refusing to Exit'이라고 부르곤 했거든."

모두들 망설였지만 배가 너무 고파서 결국 그것들을 먹기로 했다. 피터는 두 개를 골랐다. 콩단백, 그리고 '망고 코블러'라는 이름의 달고 끈끈한 푸딩이었다. 에이미는 침대 모서리에 걸터앉아 노란 크래커 한 줌과 치즈로 보이는 것들을 썩 내키지 않는다는 듯 아작아작 씹고 있었다. 중간중간 주변을 살피듯 시선을 들었다가 또 슬쩍 한 입 먹곤 했다. 망고 코블러는 너무 달아서 머리가 아팠지만, 그래도 자리에 눕는 순간 참았던 피로와 함께 잠이 쏟아졌다. 피터의 잠들기 전 마지막 기억은 에이미가 방 안을 둘러보며 크래커를 씹는 모습이었다. 마치 무슨 일이 일어나기를 기다리기라도 하는 것 같은 태도였다. 하지만 잠이 몰려오면서 생각이라는 밧줄을 쥔 손에서 점점 힘이 풀리더니 결국에는 밧줄을 놓쳐버렸다.

다음 순간, 어둠 속에서 홀리스의 얼굴이 나타났다. 피터는 눈을 깜박여 정신을 차렸다. 방 안의 공기가 무더워서 셔츠도, 머리도 땀에 흠뻑 젖은 뒤였다. 입을 열려는데 홀리스가 입술에 손가락을 댔다.

"총 들고 따라와."

홀리스가 랜턴을 들고 앞장서서 차고로 나왔다. 사라가 한때 화물 문이 있었던 자리에 쌓인 시멘트벽 앞에 서 있었다. 벽에는 바깥을 볼 수 있는 작은 창이 뚫려 있었다.

사라가 "봐." 하고 속삭이며 자리를 비켜주었다.

피터가 창에 눈을 댔다. 바깥에서 불어오는 서늘한 사막의 밤바람이 코끝에 느껴졌다. 창은 이 마을을 가로지르는 62번 국도를 향하고 나 있었다. 소방서 건너편에는 건물들의 잔해가 있었고 그 뒤에는 구불구불한 산등성이가 보였는데 그 모든 것이 푸르스름한 달빛에 물들어 있었다.

길에 바이럴 한 마리가 쭈그리고 앉아 있었다.

피터는 지금까지 움직이지 않는 바이럴은 처음 보았다. 그것도 밤에는. 바이럴은 앉은 자세로 이쪽을 마주 보고 있었다. 피터가 바라보고 있는 가운데 어둠 속에서 두 마리가 더 나타나더니 이쪽으로 다가오다가 똑같이 경계하는 자세로 멈춰서 이쪽을 바라보았다. 총 셋이었다.

"뭐 하는 거지?" 피터가 낮게 속삭였다.

"그냥 계속 저렇게 서 있어. 조금 돌아다니긴 하는데, 가까이 접근할 생각은 없는 것 같아."

피터가 창에서 얼굴을 들었다.

"우리가 이 안에 있는 걸 아는 걸까?"

"창을 막아두었지만 완전히 밀폐된 것은 아니니까 말 냄새를 맡았을 거야."

"사라, 가서 알리시아를 깨워줘." 피터가 말했다. "조용히 움직여. 나머지는 깨지 않는 편이 좋으니까."

피터는 다시 창에 얼굴을 가져다 대고 바깥을 보다가 잠시 후 입을 열었다. "아까 몇 마리라고 했지?"

"세 마리." 홀리스가 대답했다.

"음, 지금은 여섯 마리야."

홀리스가 바깥을 볼 수 있도록 피터는 옆으로 비켜섰다.

"상당히…… 곤란한데." 홀리스가 말했다.

"이 건물의 취약지점이 어디지?" 알리시아가 어느새 옆으로 다가와 있었다. 그녀가 소총의 안전장치를 풀고 최대한 조심스레 볼트를 당겼다. 바로 그때, 머리 위에서 쿵 소리가 들렸다.

"놈들이 지붕에 올라왔어."

자고 있던 마이클이 비틀거리며 나타나더니 잠이 잔뜩 묻은 눈을 찌푸리며 그들의 어깨 너머를 보았다. "무슨 일이야?" 목소리가 너무 컸다. 알리시아가 입술에 손가락을 대고 천장을 향해 긴박한 몸짓을 해 보였다.

머리 위에서 쿵쿵 소리가 이어졌다. 피터는 몸속에서 폭탄이 조용히 터지는 것만 같은 감각을 느꼈다. 놈들은 건물 안으로 들어올 방법을 찾고 있는 중이었다.

뼈와 살이 금속에 쾅 부딪히는 소리가 들렸다. 바이럴이 지붕의 강도를 가늠해보는 소리 같았다. 몇 번 부딪쳐보다가 힘을 주어 뚫고 들어올 모양인 듯했다. 막 총을 쏠 준비를 하려는데 갑자기 에이미가 나타났다. 나중에, 피터는 혹시 에이미가 처음부터 구석에 숨은 채 조용히 상황을 바라보고 있었던 게 아닐까 하고 생각했다. 에이미가 바리케이드 앞에 다가와 섰다.

"에이미, 돌아가……."

에이미가 문 앞에 무릎을 꿇고 앉더니 고개를 숙여 두 손바닥과 이마를 문에 댔다. 멀리서 아까보다는 작은 쿵 소리가 한 번 더 났다. 에이미의 양어깨가 떨리고 있었다.

"뭐 하는 거지?"

그 질문에 대답한 건 사라였다. "울고…… 있는 것 같아."

아무도 움직이지 않았다. 이제 바깥에서는 아무 소리도 들리지 않았다. 한참이 지나서야 에이미가 일어서더니 몸을 돌려 그들을 바라보았다. 두 눈에는 멍하고 초점이 없었다. 그들을 바라보고 있지 않은 것 같았다.

피터가 한 손을 들었다. "깨우지 마."

그들이 조용히 지켜보는 가운데 에이미가 돌아서더니 여전히 꿈을 꾸는 것 같은 발걸음으로 하느작하느작 침실로 돌아갔고, 마침 그때 유일하게 깨지 않았던 모사미가 안에서 나왔다. 에이미는 모사미의 존재를 알아차리지 못한 듯 그대로 스쳐 지났다. 그러더니 침대 매트리스에 눕는 삐걱 소리가 났다.

"무슨 일이야?" 모사미가 입을 열었다. "왜 다들 그런 눈으로 날 봐?"

피터는 다시 한번 창에 얼굴을 대고 바깥을 확인했다. 예상대로였다. 바깥에는 아무런 기척도 없었다. 달빛에 물든 도로는 텅 비어 있었다.

"돌아간 것 같아."

알리시아가 얼굴을 찌푸렸다. "왜 그냥 갔지?"

피터는 이상하게 차분해졌다. 위험한 순간은 지나간 게 확실했다. "직접 확인해봐."

알리시아가 소총을 걸머메더니 창에 얼굴을 대고 목을 길게 늘이며 바깥을 열심히 쳐다보았다.

"피터의 말대로야. 밖에 아무것도 없어." 그렇게 말한 뒤 알리시아가 창에서 얼굴을 떼고 피터를 보며 눈을 가늘게 떴다. "애완동물 같은 사이인가?"

피터는 고개를 저은 뒤 더 적합한 단어를 고민했다.

"친구 같아."

"제발 무슨 일인지 나한테도 설명해줄 사람?" 모사미가 재촉했다.

"나도 무슨 일인지 알았으면 좋겠다." 피터가 대답했다.

날이 밝자마자 그들은 바리케이드를 다시 올렸다. 바깥에는 바이럴의 발자취만 남아 있었다. 다들 제대로 잠을 못 잤지만 그래도 피터는 새로운 에너지가 솟아나는 것을 느꼈다. 어째서일까, 다음 순간 피터는 깨달았다. 그들은 어둠의 땅에서 보낸 첫 밤에 무사히 살아났던 것이다.

홀리스가 바위 위에 지도를 펼쳐놓고 경로를 짚어갔다. "트웬티나인 팜스를 지나면 거기서부터 길이라 할 것이 없는 텅 빈 사막이야. 벙커를 찾으려면 동쪽에 보이는 이 산으로 가야 해. 남쪽 끝에 봉우리 두 개가 솟아 있고, 그 뒤에 세 번째 봉우리가 있어. 세 번째 봉우리가 두 개의 봉우리 사이로 보이는 지점에 도달했을 때 정동 방향으로 돌아서면 길이 보일 거야."

"해가 지기 전에 도착하지 못한다면?" 피터가 물었다.

"그렇다면 트웬티나인 팜스에서 하룻밤을 보내야지. 아직 건물이 몇 개 남아 있어. 하지만 내 기억엔 전부 뼈대만 간신히 남은 수준이지, 이 소방서처럼 튼튼한 곳은 없어."

피터는 일행 사이에 서 있던 에이미를 보았다. 에이미는 아직도 발전소 창고에서 찾은 선바이저 캡을 쓰고 있었다. 사라가 소매와 목깃의 올이 풀린 남자용 긴소매 셔츠를 입히고 소방서에 있던 사막용 고글도 찾아 씌운 모양이었다. 검은 머리카락이 얼굴을 가리지 않도록 뒤로 넘긴 탓에 모자의 테 아래로 먹구름 같은 머리채가 나부끼고 있었다.

"정말 에이미가 놈들을 쫓아 보낸 거라고 생각해?" 홀리스가 물었다.

그 말에 피터는 다시 홀리스를 바라보았다. 화장실에서 보았던 잡지, 그리고 그 아래 적혀 있던 '실제 상황'이라는 냉혹한 두 단어가 생각났다.

"나한테 묻는 거야, 홀리스? 나도 모르지."

"그게 사실이기를 바랄 뿐이야. 켈소를 지나면 네바다주 경계까지 가는 길은 전부 아무것도 없는 시골이거든." 홀리스가 칼을 꺼내더니 저지에 날을 문질러 닦았다. 그러더니 이번에는 비밀을 말하듯 한층 낮춘 목소리로 입을 열었다.

"출발하기 전에 사람들이 에이미 얘기를 하는 걸 들었어. '문득 나타난 소녀' 이자 '최후의 워커'. 사람들은 그 애가 징조래."

"무슨 징조?"

홀리스가 얼굴을 찌푸렸다. "종말, 종말의 징조 말이야, 피터. 콜로니의 종말, 전쟁의 종식. 인류의 종말, 세상에 여태 남은 모든 것들의 끝. 사람들 말이 맞는다는 소리가 아니야. 아마 샘과 마일로가 지껄인 헛소리겠지."

사라가 두 사람에게 다가왔다. 부었던 얼굴이 밤사이에 많이 가라앉아 있었다. 심하게 들었던 명도 이제 녹색이 도는 보라색으로 누그러진 뒤였다.

"모스를 말에 태워야 해." 사라의 말이었다.

"모스 몸은 괜찮아?" 피터가 물었다.

"탈수증상이 약간 있어. 지금 상태에서 수분을 잃으면 위험하니까, 이 더위에 모스를 걷게 하는 건 안 될 것 같아. 에이미도 걱정돼."

"에이미는 왜?"

사라는 어깨를 으쓱했다. "햇빛 때문에. 에이미가 햇빛에 익숙지 않은 것 같아. 벌써 심한 화상을 입었어. 긴팔 셔츠와 고글이 있어서 조금 낫겠지만 이렇게 쨍쨍한 태양 빛 속에서 더 버티는 건 무리야." 사라가 고개를 한쪽으로 기울이며 홀리스를 바라보았다. "마이클이 차량 이야기를 하던데, 그건 어딨어?"

그들은 행군을 시작했다.

산이 그들의 뒤로 점점 멀어져갔다. 정오쯤 되자 아무것도 없는 사막 한가운데였다. 길은 거의 흔적만 남아 있는 수준이었지만, 그래도 그들은 단단한 땅 위로 불거져 나온 길의 자취를 더듬어가며 색이 다 빠져나간 하늘에서 절절 끓는 태양 아래, 흩어진 바위며 제대로 자라지 못한 묘하게 생긴 나무들 사이를 걸었다. 바람 한 점 없는 공기가 웅웅 소리를 내는 것 같았고 열기가 그들의 언저리에서 벌레가 작은 날개를 퍼덕이듯이 움직였다. 머나먼 지평선이 시야를 왜곡하는 바람에 보이는 모든 것이 가까이 있는 동시에 멀어 보였다. 피터는 이런 곳이라면 언제라도 방향을 잃고 어둠이 내릴 때까지 목적 없이 헤매기 쉽겠다는 생각이 들었다. 모하비정크션을 지나 — 이제 그곳은 마을이라기보다는 건물이 있었던 휑한 토대들 몇 개만 남아 지도 위의 이름으로만 존재했다 — 작은 오르막을 올라가자 버려진 차량이 길게 늘어서 있는 모습이 보였다. 그중 나란히 있는 두 대는 방금 그들이 지나온 방향을 마주하고 서 있었다. 모래 속에 묻혀 있는 녹슨 차체들은 대개 승용차였지만 트럭도 몇 대 있었다. 마치 기계들의 공동묘지에 온 것 같았다. 차 지붕은 벗겨졌고 문은 경첩에서 떨어져 나왔다.

차 내부는 녹아버린 것처럼 보였다. 안에 시체가 있었더라도 오래전 사막의 바람에 풍화되어 사라지고 말았을 것 같았다. 여기저기 흩어진 쓰레기 중에는 인간이 사용했을 법한 잡동사니도 섞여 있었다. 안경, 열린 슈트 케이스, 아이들이 가지고 노는 플라스틱 인형. 그들은 감히 입조차 열지 못하고 조용히 그 자리를 지나쳤다. 1000대가 넘는 것 같은 차량들을 지나치자 다시금 무심한 모래사막이 펼쳐졌다.

홀리스가 이제는 길에서 벗어나 북쪽을 향해야 한다고 말한 시점은 오후가 반쯤 지났을 무렵이었다. 그즈음 피터는 그들이 과연 벙커에 도착할 수 있을까 의심하기 시작한 뒤였다. 햇볕이 너무 뜨거웠다. 동쪽에서 세찬 바람이 불어와 그들의 눈이며 얼굴을 모래로 뒤덮었다. 차량들이 널려 있던 곳을 지난 뒤부터 일행은 거의 말이 없었다. 특히 마이클의 상태가 심각했다. 눈에 띄게 걸음걸이가 불편해졌던 것이다. 피터가 괜찮으냐고 묻자 마이클은 대답 없이 부츠를 벗어 피가 고인 물집이 크게 잡혀 있는 발꿈치를 보여주었다.

유카Yucca 수풀이 나오자 그들은 얼마 없는 그늘에서 잠시 쉬려고 걸음을 멈췄다. "얼마나 더 가야 해?" 마이클이 물었다. 그는 사라에게 물집 처치를 받으려고 부츠를 벗은 채였다. 사라가 소방서에서 찾은 구급상자에 들어 있던 작은 메스를 꺼내 물집을 터뜨리자 마이클의 표정이 일그러졌다. 메스가 관통한 자리에 피가 한 방울 맺혔다.

"여기서부터 15킬로미터 더 가야 해." 홀리스는 일행에게서 조금 떨어져 그늘 가장자리에 서 있었다. "저 산 보이지? 목적지는 저기야."

케일럽과 모사미는 배낭을 머리에 베고 잠들었다. 사라가 마이클의 발에 붕대를 감아주자 그는 아픔으로 얼굴을 찌푸려가면서도 부츠를 다시 꿰어 신었다. 에이미만 말짱했다. 에이미는 혼자 저쪽으로 떨어져서 깡마른 다리를 접고 바닥에 앉아 검은 고글을 쓴 채 그들을 주시하고 있었다.

피터는 홀리스가 서 있는 쪽으로 다가갔다.

"제때 도착할 수 있을까?" 그가 나직하게 물었다.

"아슬아슬할 거야."

"잠깐만 더 쉬게 해주자."

"시간이 별로 없어."

피터의 첫 번째 수통은 비었다. 그는 두 번째 수통을 꺼내 한 모금 마신 다음 나머지는 아껴두었다. 그러고는 다른 이들이 누워 있는 그늘 속으로 들어가 바닥에 누웠다. 눈을 감은 지 1초도 지나지 않은 것 같은데 이름을 부르는 소리에 눈을 떠보니 알리시아가 서서 내려다보고 있었다.

"잠깐만이라며."

그 말에 피터가 팔꿈치로 몸을 지탱하며 일어났다. "알았어. 이제 움직이자."

1시간 정도 더 가자 일렁이는 열기 속에서 표지판이 보였다. 꼭대기에 뾰족뾰족한 철사를 얽은 철조망이 길게 둘러져 있었다. 열린 게이트 안으로 100미터쯤 들어간 곳에 작은 경비 초소가 있었고 표지판은 그 옆에 서 있었다.

여기서부터 트웬티나인 팜스 해병대 공·지 전투본부.

위험. 불발 병기.

길을 벗어나지 말 것.

"불발 병기." 마이클이 얼굴을 있는 대로 찌푸린 채 표지판을 열심히 읽었다. "그게 뭐지?"

"발 조심하라는 거야, 서킷." 그러더니 알리시아가 모두를 향해 한 번 더 말했다. "폭탄일 수도 있고, 지뢰일 수도 있어. 일렬종대로 서서 앞사람의 발자국을 따라 움직여야 해."

"저건 뭐지?" 모사미가 한 손으로 눈썹께에 차양을 만들고 다른 손을 들어 저쪽을 가리켰다.

"건물이야?"

버스였다. 노란 칠이 거의 완전히 벗겨지다시피 한 서른두 대의 버스가 좁은 간격을 두고 빽빽이 주차되어 있었다. 피터는 줄 끝에서 가장 가까이 서 있는 버스 쪽으로 다가갔다. 엷은 바람조차 멎어서 이제 단단한 바닥에 탁탁 울리는 그들의 발소리 말고는 아무 소리도 들리지 않았다. 묵직한 철조망으로 둘러싸인 창문 뒤에 '데저트센터 연합 학군'이라는 글자가 적혀 있었다. 그는 모래 무더기를 밟고 올라서서 버스에 바짝 붙어 안을 들여다보았다. 버스 안에도 모래가 날아들어 좌석들 위를 파도처럼 덮고 있었다. 새들이 버스 지붕에 집을 지었는지 벽은 허연 새똥투성이었다.

"앗, 저거 좀 보세요!" 케일럽이 외쳤다.

모두 케일럽의 목소리를 따라 저쪽으로 고개를 돌렸다. 소형 비행선으로 보이는 무언가가 옆으로 쓰러져 있었다.

"헬리콥터야." 마이클이 말했다.

케일럽은 헬리콥터의 기체 위에 올라 서 있었다. 피터가 뭐라 입을 열기도 전에 케일럽은 헬리콥터의 문을 해치처럼 열더니 안으로 쑥 들어가 버렸다.

"하이톱, 조심해!" 알리시아가 외쳤다.

"괜찮아요! 안에 아무도 없어요!" 안에서 무언가 들쑤시는 소리가 나더니 잠시 후 케일럽이 문으로 머리를 쑥 내밀었다. "아무것도 없네요. 말라붙은 시체가 둘 있어요." 그가 기체에서 미끄러져 내려오더니 안에서 찾아온 물건을 모두에게 보여주었다. "시체의 목에 걸려 있던데요."

오랜 노출로 변색된 목걸이였다. 목걸이 줄에 작은 은색 원반이 달려 있었다. 피터는 수통의 물을 조금 부어 원반을 닦아보았다.

조지프 D. 설리번. O+ 098879254 USMC 로마가톨릭.
마누엘 R. 고메즈. AB− 859720152 USMC 무교.

"USMC는 해병대라는 뜻이야." 홀리스가 말했다. "케일럽, 있던 자리에 도로 갖다 놔라."

그러나 케일럽은 피터의 손에서 목걸이를 낚아채더니 소중하다는 듯 가슴에 꼭 끌어안았다. "싫어요. 제가 가질래요. 제가 찾았으니 제 거예요."

"하이톱, 이 사람들은 군인이었어."

그러자 갑자기 케일럽이 찢어지는 듯 높은 소리로 외쳤다. "군인이면 뭐요? 어차피 우릴 데리러 돌아오지도 않았잖아요. 돌아온다고 해놓고 안 왔다고요!"

잠시 모두 말이 없었다.

"그러니까, 여기인 거지?" 사라가 입을 열었다. "앤티가 말씀하셨어. '최초의 사람들'이 도시에서 버스를 타고 산을 올라왔다고 했어."

피터도 앤티에게 그 이야기를 들은 적이 있었다. 사실, 그냥 전해지는 이야기에 불과하다고 생각했다. 하지만 사라의 말이 맞았다. 이야기 속의 장소가 바로 여기였다. 버스가 아니라, 죽은 군인이 타고 있는 헬리콥터가 아니라, 이곳의 정적이 그 사실을 일깨워 주었다. 단순히 소리가 없는 정적이 아니라, 무언가가 멎어버린 것 같은 정적이었다.

바로 그 순간 피터는 쭈뼛한 긴장감을 느꼈다. 무언가가 잘못되었다.

"에이미는 어디 있지?"

다들 버스 사이사이를 돌아다니며 에이미의 이름을 불러댔다. 마이클이 에이미를 찾아냈을 때 피터는 이미 정신이 나가기 직전이었다. 에이미가 혼자서 갑자기 사라져버릴 거라는 생각은 미처 하지 못했던 것이다.

마이클은 모래에 파묻힌 버스 옆에 서서 열린 창으로 아래를 들여다보고 있었다.

"안에서 뭐 하고 있는데?" 사라가 물었다.

"그냥 앉아 있는 것 같아." 마이클이 대답했다.

피터가 버스 안으로 들어갔다. 버스 뒤편에 바람에 날려 온 모래가 그득 쌓여 있었다. 에이미는 운전석 바로 뒷좌석에 앉아 무릎에 배낭을 올려놓은 채였다. 안경도, 모자도 벗고 있었다.

"에이미, 곧 해가 질 거야. 어서 가야 해."

222

그러나 에이미는 꼼짝도 하지 않았다. 마치 무언가를 기다리고 있는 듯했다. 에이미는 눈을 가늘게 뜨더니 마치 이제야 버스 안이 아무도 없는 폐허에 불과하다는 알아채기라도 한 듯 주변을 둘러보았다. 비로소 에이미가 일어서더니 다시 배낭을 어깨에 메고 창문을 통해 밖으로 나왔다.

벙커는 홀리스가 장담했던 바로 그 자리에 있었다.

홀리스는 두 개의 산봉우리 사이로 세 번째 산봉우리가 보이는 곳까지 일행을 데려와서는 다시 동쪽으로 돌았다. 그다음에 500미터가량 이동한 뒤 "여기야."라고 했다.

돌벽 앞이었다. 태양이 지평선을 넘어가며 마지막 빛을 흩뿌리는 순간이었다.

"아무것도 안 보이는데." 알리시아가 말했다.

"당연히 안 보여야지."

홀리스가 어깨에 소총을 걸치더니 벽을 타고 올라가기 시작했다. 피터는 벽에 반사되는 빛을 피하려 손차양을 만든 채 홀리스가 움직이는 모양을 살펴보았다. 10미터 높이에서 갑자기 홀리스가 사라져버렸다.

"어디로 간 거지?" 마이클이 물었다.

돌벽이 움직이기 시작했다. 그제야 피터는 돌벽과 같은 색으로 위장된 문 두 개가 있었다는 사실을 깨달았다. 벽 안으로 들어가자 깜깜한 굴이 나왔고 홀리스가 서 있었다.

눈이 적응하는 시간을 한참 가지고서야 피터는 지금 보이는 것이 산을 파내서 만든 널따란 은신처라는 사실을 깨달았다. 벽에는 선반이 줄지어 서 있었고 선반 위에는 수많은 상자들이 천장에 닿을 정도로 꽉꽉 들어차 있었다. 입구에는 지게차 한 대가 서 있었고, 홀리스가 벽에 달린 금속 패널을 열었다. 일행이 전부 들어선 뒤 홀리스가 스위치를 켜자 벽과 천장에 어지럽게 얽힌 밧줄들이 빛을 내기 시작해 안이 환하게 밝아졌다. 환기장치가 가동되는 소리가 들렸다.

"광섬유잖아." 마이클이 경이롭다는 듯 외쳤다. "전력원은 뭐지?"

홀리스가 또 하나의 스위치를 올렸다. 문 위에 붙어 있던 노란 경고등이 빛을 내며 미친 듯이 돌아가기 시작했다. 그러자 철컹거리며 기어가 돌아가는 소리가 들리더니 그림자를 드리우며 문이 다시 닫히기 시작했다.

"우리가 온 방향에서는 보이지 않지만," 기어 소리가 커서 홀리스가 목소리를 높였다. "산 남쪽 사면에 태양광 패널이 있어. 네 아버지 디모가 그걸 보고 이곳을 찾아낸 거야."

문이 쾅 소리를 내며 닫히자 안에서 메아리가 울려 퍼졌다. 이제 그들은 안전한 벙커 안에 들어와 있었다.

"이제 축전량이 많지는 않지만 그래도 해가 지고도 몇 시간은 충분히 버틸 수 있어. 또, 휴대용 발전기도 몇 개 있어. 북쪽으로 조금만 가면 연료 저장소도 있어. 가솔린, 디젤, 경유 전부 있지. 잘만 추출하면 다 쓸 수 있어. 우리가 다 쓸 수 없을 정도로 많아."

피터는 안쪽으로 들어갔다. 누가 만든 벙커인지 몰라도, 아주 오랫동안 버틸 수 있도록 만들어놓은 게 분명했다. 벙커 안은 도서관을 연상시켰다. 책 대신 상자가 있고, 상자 안엔 글자 대신 총이 들어 있지만 말이다. 패배한 옛 전쟁에서 남은 것들을, 언젠가 다가올 전쟁에 쓸 수 있도록 보존해둔 곳이었다.

피터는 가장 가까운 선반으로 다가갔다. 알리시아와 에이미가 그쪽에 서 있었다. 버스에서의 사건 이후로 에이미는 사람들에게서 몇 미터 이상 떨어지지 않고 잘 붙어 있었다. 알리시아는 소매를 걷어 상자에 쌓인 먼지를 닦아냈다.

"RPG가 뭐야?" 피터가 물었다.

"나도 모르겠어." 그러더니 알리시아가 씩 웃으며 그를 향해 돌아섰다.

"뭔진 모르겠지만 나한테 꼭 필요한 물건인 것 같은걸."

사라 피셔의 일기 (『사라의 서』) 중에서
북아메리카 격리기간에 관한 제3차 국제회의 발표 자료
인도–오스트레일리아 공화국 뉴사우스웨일스대학교
인류 문명 및 갈등 연구소
A.V. 1003년 4월 16일–21일

[발췌 시작]

4일

그럼 일단 시작해야겠다. 안녕, 내 이름은 사라 피셔, 최초의 가문인 피셔 집안의 후손이다. 나는 캘리포니아 트웬티나인 팜스라는 마을의 북쪽 어딘가에 위치한 군용 벙커 안에서 이 글을 쓴다. 나는 샌저신토산에서 출발해 콜로라도 주 텔루라이드로 가는 8인의 원정대 중 한 사람이다. 모르는 사람, 그것도 내가 지금 이 글을 쓰고 있는 이 순간에는 아마 태어나지도 않았을 사람을 향해 이런 이야기를 하고 있다니 기분이 이상하다. 그래도 피터는 우리에게 일어난 일을 누군가가 기록해야 한다고 했다. 언젠가 누군가가 알고 싶어 할지도 모른다고 말이다.

우리는 이틀 전부터 벙커에 있었다. 전기도 들어오고, 하수시설도 되어 있으며, 심지어 찬물이라도 괜찮다면(나는 괜찮지 않다) 샤워까지 가능하다는 점을 감안했을 때 상당히 지낼 만한 곳이다. 벙커는 막사 외에 세 개의 방으로 구성되어 있는데, 하나는 무기를 보관하는 곳("보관실"), 다른 하나는 차량을 보관하는 곳("차고"), 그리고 마지막으로 가장 작은 방은 식량과 의류, 의약품을 보관하는 곳이다. (아직 이 방에는 이름을 붙이지 못해서 그냥 '세 번째 방'이라고 부르고 있다.) 바로 이 세 번째 방에서 공책과 연필을 찾았다. 홀리스는 이 벙커에 있는 것만으로도 작은 군대 하나를 충분히 먹여 살릴 거라고 했는데, 내 생각도 별반 다르지 않다.

마이클과 케일럽이 험비 중 한 대를 고쳐보려고 한다. 참고로 험비는 일종의 차량이다. 피터는 우리 여덟 명과 필요한 물자, 여분의 연료까지 실으려면 두 대가 있어야 한다고 말했는데, 마이클은 지금 우리에게 있는 부품으로 한 대 이상을 수리할 수 있을지 모르겠다고 했다. 알리시아가 두 사람을 돕고는 있지만 사실 내가 보기에는 연장을 건네주는 것 이상의 역할은 못 하는 것 같다. 알리시아가 대장처럼 굴지 못하는 광경을 보니 색달라서 좋다.

이 모든 것은 군대의 소유였고, 군대는 이제 다 죽고 없다. 그 말을 해야 할 것 같다. 그리고 우리가 여기 온 것은 에이미라는 이름의 소녀 때문이라는 것도. 그 아이는 마이클의 말에 따르면 백 살은 먹었다. 물론 겉으로 보아선 알 수 없다. 그냥 평범한 소녀라고 생각할 것이다. 그 아이의 목에는 무언가가 들어 있다. 일종의 라디오인데, 그것이 그 아이가 콜로라도의 CQZ라는 곳에서 왔다는 사실을 알려줬다. 너무나도 긴 이야기라서 어떻게 설명해야 할지 모르겠다. 그 아이는 말을 못 하지만, 우리는 바깥에 이 아이 같은 사람들이 더 있다고 생각한다. 마이클이 라디오를 통해 그들의 소리를 들었기 때문이다. 우리가 콜로라도로 향하는 이유는 이 때문이다.

모두에게 각자의 역할이 있고, 내 역할은 홀리스와 피터를 도와 선반 위의 컨테이너 상자 안에 무엇이 들어 있는가를 알아내는 일이다. 피터는 험비가 수리되기를 기다리는 동안 언젠가 이곳으로 돌아와야 할 때를 대비하며 그 시간을 알차게 활용하라고 했다. 또, 지금 필요한 물건을 찾을 수도 있을지도 모른다. 예를 들면 무전기. 마이클은 사용할 수 있는 배터리가 있으면 무전기를 두 개 고칠 수 있을 거라고 했다. 저장실 옆에 우리가 사무실이라고 부르는 일종의 벽 감이 있는데 그곳에는 책상이 많고 이제는 작동하지 않는 컴퓨터, 바인더며 매뉴얼이 잔뜩 꽂힌 선반이 있다. 그곳에서 소총에서부터 박격포, 바지, 비누 개수까지 모든 것이 다 적힌 물품목록을 찾아냈다. (어서 비누를 찾으면 좋겠다.) 각 항목 뒤에는 숫자와 문자가 적혀 있는데, 그것은 선반에 붙은 숫자와 문자와 대개 일치하지만 꼭 들어맞지는 않는다. 담요나 배터리가 있다고 생각하고 컨테이너를 열면 안에서 삽이나 총이 나올 때도 있다. 에이미가 우리를 도와주고 있고, 아직 입을 열진 않았지만 그 아이도 우리처럼 물품목록을 읽을 줄 안다는 걸 알 수 있었다. 그게 왜 놀라운 일인지는 몰라도, 나는 꽤 놀랐다.

6일

마이클과 케일럽은 아직도 험비를 수리하고 있다. 마이클은 아마 두 대를 고칠 수 있을 거라고는 하는데 확신은 없는 모양이다. 고무로 된 부품이 전부 갈라졌거나 부서진 게 문제라고 했다. 그런데 지금까지 마이클이 이렇게 행복해 보이는 건 처음이라서, 다들 마이클이 해낼 거라고 생각한다.

어제는 의약품 목록을 살펴보았다. 대체로 쓸모없는 것들이었지만 몇 가지는 쓸 만했는데, 진짜 붕대도 있고, 부목도 있고, 또 혈압계까지 있었다. 모스의 혈압을 재어보니 120/80이기에 매일 혈압을 재고 물을 많이 마시라고 조언했다. 모스는 알겠다고 했지만, 덕분에 5분에 한 번씩 소변을 보게 됐다.

오늘 아침에는 홀리스가 모두를 데리고 사막으로 나가 총 쏘는 법과 수류탄 던지는 법을 알려주었다. 사용할 수 있는 무기가 아주 많으니, 모두 사용법을 배워두어야 한다고 했다. 그래서 한동안 우리는 소총으로 바위 무더기를 쏘고 모래사막에 수류탄을 던져야 했고, 그러는 바람에 아직까지도 귀가 징징 울린다. 홀리스는 남쪽의 지역이 전부 탄광이라서 그쪽으로 가서는 안 된다고 했다. 아마 햇볕이 뜨거워지기 전 이른 아침에 말을 타고 사냥을 나가는 알리시아더러 들으라고 한 소리 같았다. 하지만 지금까지 알리시아가 잡아 온 건 고작 산토끼 두어 마리가 다였고, 그건 전부 어젯밤에 요리해서 먹었다. 피터가 막사에서 카드 한 벌을 발견해서 다 함께 카드 게임을 했는데, 에이미도 함께했고, 아무도 규칙을 알려주지 않았는데 가장 높은 점수를 냈다. 우리가 하는 것을 보면서 스스로 깨우친 모양이었다.

진짜 가죽 부츠! 이제 다들 가죽 부츠를 신고 있다. 아직까지 스니커즈를 신고 있는 케일럽만 빼고. 스니커즈는 그 애한테는 너무 헐렁하지만 그 애는 상관없다고, 생긴 게 마음에 든다고, 또 그 신발을 신은 뒤로 죽지 않았으니 행운을 주는 신발일 거라고 한다. 어쩌면 행운의 스니커즈가 가득 든 컨테이너도 언젠가 나타나지 않을까?

7일

험비 수리는 아직까지 진전이 없다. 다들 여기서 걸어서 나가야 할까 봐 걱정하기 시작했다.

부츠 말고 지금까지 찾아낸 것 중 가장 유용한 건 야광 막대다. 플라스틱 막대인데 무릎에 대고 꺾어서 세게 흔들면 희미한 녹색 빛이 난다. 어젯밤 케일럽이 막대 하나를 터뜨리는 바람에 온 얼굴에 야광물질이 묻어서는 '나 좀 봐요, 바이럴 같죠?' 했다. 피터는 그런 소리는 입에 올리지도 말라고 했지만 나는 그게 되게 우스웠고, 피터만 빼고 다들 웃음을 터뜨렸다. 케일럽이 함께 있어서 다행이다.

내일은 물을 끓여 제대로 된 목욕을 할 생각이다. 또, 더 이상 에이미의 헝클어진 머리를 내버려 둘 수 없으니 내친김에 머리를 잘라줄 생각이다. 어쩌면 그 애한테도 목욕을 시켜줄 수 있을지도 모르겠다.

9일

마이클이 오늘 험비 한 대를 시험 운행해보자고 해서 다들 모여 두 사람이 험비를 발전기에 연결하는 것을 지켜보았다. 하지만 엔진을 가동시키자 커다란 뺑 소리와 함께 연기가 났고 마이클은 처음부터 다시 시작해야 한다고 했다. 연료가 문제인 것 같다고 했지만, 사실 마이클이 문제를 확실히 알고 있는지 잘 모르겠다. 더 큰 문제는, 막사의 화장실이 막혀버렸다는 것이다. 홀리스는 미군이 100년간 썩지 않는 음식은 만들었으면서 제대로 된 화장실 하나 만들 줄 모르냐고 투덜거렸다.

홀리스가 자기 머리도 잘라달라고 했다. 솔직히 홀리스는 잘 다듬기만 하면 훨씬 잘생겨 보일 것 같다. 수염도 다 잘라버리고 싶지만 아를로가 죽은 이상 그에게 수염이 가지는 의미가 너무 클 것 같다. 불쌍한 아를로, 불쌍한 홀리스.

11일

말이 죽었다. 전적으로 내 잘못이다. 평소에 낮 동안엔 말이 뜯어 먹을 만한 풀이 조금 있는 그늘에다 매어두며 지냈다. 오늘 내가 산책을 시켜주려고 데리고 나갔는데, 말이 무언가에 놀랐는지 갑자기 도망쳐버렸다. 홀리스와 내가 쫓아갔지만 당연히 찾지 못했고, 말이 탄광이 있는 쪽으로 달려가는 것이 보였는데, 뭐라고 채 입을 열기도 전에 커다란 폭발음이 났고 먼지가 걷히자 말이 쓰러져 있었다. 그쪽으로 달려가려고 했지만 홀리스가 막았다. '저렇게 내버려 둘 수는 없어.' 내가 말하자 홀리스가 '그렇지.' 하더니 막사로 가서 소총을 가져와 말의 숨을 끊어주었다. 우리 둘 다 울었고, 나중에 홀리스에게 혹시 말에게 이름이 있었느냐고 물어보자 그는 있었다고, 그 애 이름은 스위트하트였다고 했다.

여기 온 지 고작 아흐레가 지났는데 훨씬 더 오래된 것처럼 느껴지고, 우리가 이곳을 떠날 수 없을지도 모른다는 생각이 들기 시작한다.

12일

지난밤에 말의 시체가 사라졌다. 그러니까 바이럴이 근처에 있다는 뜻이다. 피터는 안전을 위해 해가 지기 한 시간 전에 문을 잠그기로 결정했다. 모사미가 조금 걱정이다. 지난 며칠 사이에 산기가 느껴지기 시작했다. 아마 다른 사람들은 눈치채지 못했겠지만 나는 안다. 다들 알면서도 입 밖에 내지 않는 건, 테오가 아마 죽었으리라는 사실이다. 모사미는 강인한 사람이지만 날이 가면 갈수록 힘들어하는 게 보인다. 나라도 이곳에서 아이를 낳고 싶지는 않다.

13일

좋은 소식 — 마이클이 내일 험비 한 대를 시험 운행해볼 수 있다고 했다. 다들 행운을 빌고 있다. 모두가 어서 출발하고 싶어 한다. 나는 세 번째 방에서 '유해 주머니'라고 적힌 컨테이너를 발견했다. 열어보았더니 군대에서 죽은 병사들을 넣는 자루들이 들어 있었다. 나는 컨테이너를 닫고 제자리에 돌려놓았다. 아무도 그것에 대해서 내게 물어보지 않았으면 좋겠다.

16일

지난 며칠간 기록을 남기지 않았는데, 그동안 운전을 배우고 있었다. 이틀 전, 마이클과 케일럽이 험비 두 대 중 한 대를 움직이는 데 성공했다. 마이클이 먼저 운전해보겠다고 했고, 몇 번의 시도 끝에 험비를 벙커 밖으로 몰고 나가는 데 성공했다. 마이클의 도움을 받아 우리 모두 한 번씩 운전대를 잡았지만, 제대로 하는 사람은 아무도 없었다.

나머지 한 대의 험비도 오늘 아침에 움직이기 시작했다. 케일럽은 우리가 할 수 있는 건 이게 다라고 했지만, 어차피 두 대 이상은 필요 없었다. 한 대가 고장 나도 나머지 한 대가 있으니 어떻게든 될 것이다. 마이클은 라스베이거스까지, 어쩌면 더 멀리까지 갈지 모르니 경유가 충분히 있어야 한다고 했다.

아침이 되면 주유소에 다녀올 것이다.

17일

연료를 채웠으니 이제 출발이다. 아침에는 주유소를 오가면서 험비의 연료탱크와 여분의 연료통을 채웠다.

다들 지쳤지만 전부 들떠 있다. 드디어 우리의 여행이 진정한 시작을 맞은 셈이다. 우리는 네 명씩 두 그룹으로 나누어서 험비에 오를 것이다. 피터가 한 대를 운전하고, 내가 다른 한 대를 운전하는 사이, 홀리스와 알리시아가 차 지붕에 올라타서 오늘 오후에 실어놓은 50구경 기관총들을 관리할 것이다. 마이클이 배터리를 찾아낸 덕분에 우리는 배터리가 다 떨어지기 전까지는 무전기를 통해 소통할 수 있게 되었다. 피터는 우리가 라스베이거스를 피해 변두리 지역을 통해 움직여야 한다고 생각하지만, 홀리스는 라스베이거스를 가로질러 가야 콜로라도에 더 빨리 도착할 수 있을 거라고 주장한다. 알리시아가 홀리스 편을 들었고 결국은 피터도 동의해서 우리의 목적지는 라스베이거스가 된 것 같다.

그곳에 도착하면 무엇이 있을지 다들 궁금해하고 있다.

드디어 진정한 원정대가 된 것만 같은 느낌이 든다. 오래된 옷은 버리고 전부 군복으로 갈아입었다. 심지어 덩치가 작은 케일럽마저도. (모스가 케일럽을 위해 바짓단을 줄여주었다.) 저녁 식사를 하고 나서 피터가 모두를 불러 모으더니 지도에서 우리가 갈 길을 보여주었고, '홀리스, 축하해야겠지?' 하고 말하자, 홀리스가 고개를 끄덕이며 '맞아.' 하더니 책상 서랍에서 찾은 위스키를 꺼냈다. 콜로니에서 마시던 술과 맛도, 느낌도 비슷했고, 곧 다들 웃으며 노래를 부르기 시작했다. 즐거웠지만 조금 슬펐는데, 아를로가 기타를 치던 모습이 떠올라서였다. 에이미도 조금 마셨다. 홀리스는 술을 마시면 에이미가 기분이 동해 입을 열지도 모른다고 했는데, 그 말을 들은 에이미가 웃었다. 그 애가 웃는 모습을 처음 본 것 같다. 비로소 그 애와 한 팀이 되었다는 생각이 들었다.

늦은 시간이라 이만 자야겠다. 내일 동이 트자마자 출발할 것이다. 어서 출발하고 싶어 좀이 쑤시지만, 아마 이곳 벙커를 그리워하게 되겠지. 우리가 무엇을 발견하게 될지, 집으로 다시 돌아갈 수 있을지, 아무도 모른다. 우리는 이곳에서 우리도 모르는 사이에 가족이 된 것 같다. 이 글을 누가 읽게 될지는 모르겠지만, 내가 하고 싶은 말은 이게 다다.

18일

험비를 타고 한참이나 걸려 켈소에 도착했다. 이곳은 완전히 죽어버린 땅인 것 같다. 살아 있는 유일한 생물은 온 사방을 뒤덮은 도마뱀, 그리고 손바닥만큼이나 크고 털투성이인 거미들이 전부인 것 같다. 남아 있는 건물이라고는 차고가 전부다. 벙커에서 지내다 나오니 차고의 창과 문이 전부 나무판으로 막혀 있음에도 휑하게 노출된 기분이 든다. 펌프는 있지만 물은 나오지 않아서 가져온 물에 의지하며 지내고 있다. 이렇게 더운 날씨가 계속된다면 어서 물을 찾아야 할 것이다. 아무도 제대로 잠을 청하지 못할 게 뻔하다. 피터가 말한 대로 에이미에게 그것들을 몰아낼 힘이 있다면 좋겠다.

19일

어젯밤 바이럴이 나타났다. 모두 셋이었다. 그것들이 나무 지붕을 종이처럼 찢고 쏟아져 들어왔다. 교전이 끝나자 둘은 죽었고, 하나는 도망쳤다. 하지만 그 와중에 홀리스가 총을 맞았다. 알리시아는 자기가 쏜 것 같다고 하지만, 홀리스는 권총을 장전하다가 실수로 자기 총에 맞았다고 했다. 어쩌면 알리시아를 위해 일부러 그렇게 말한 건지도 모르겠다. 총알은 그의 팔죽지를 살짝 스쳐 지나간 게 전부이지만, 아무리 작은 상처라도 큰일이다. 특히 이곳에서는. 강인한 홀리스는 참고 있지만 분명 엄청나게 고통스러울 것이다.

이 글을 쓰는 지금은 이른 아침, 동이 트기 직전이다. 누구도 다시 잠을 청하지 못했다. 그저 어서 해가 떠서 이곳에서 나갈 수 있기를 기다리고 있을 뿐이다. 최대한 빨리 라스베이거스에 도착해서 밤을 지낼 은신처를 찾는 수밖에 없다. 모두가 생각은 하지만 말하지 않는 것은, 콜로니를 나온 이상 진짜 안전한 곳은 없다는 것이다.

우스운 건, 솔직히 말하면 나는 그게 아무렇지도 않다. 당연히, 다들 죽지 않았으면 좋겠다. 하지만 다른 어디에 있느니 이 친구들과 함께이고 싶다. 무언가를 찾을 수 있다는 희망이 있는 이상 두려움조차 예전과는 다르다. 콜로라도에 가면 그것을 찾을 수 있을지, 우리가 정말 콜로라도까지 갈 수 있을지는 잘 모르겠다. 그게 정말 중요한 건지도 잘 모르겠다. 오랜 세월 군대가 오기를 기다린 끝에 알게 된 것은 우리가 바로 그 군대라는 사실이다.

그들은 남쪽에서부터 험비를 몰고 드높은 폐허들이 길게 줄지어 서 있는 도
시로 진입했다.

첫 번째 험비의 운전석은 피터가 차지했다. 알리시아가 지붕에 올라타고 쌍
안경으로 주변을 살폈다. 케일럽은 피터의 옆자리에서 무릎에 지도를 놓고 길
을 보고 있었다. 고속도로는 이미 끊긴 뒤라 험비는 갈라지고 색이 없는 흙길
위를 움직여 가고 있었다.

"케일럽, 도대체 여기가 어디야?"

케일럽은 지도를 이리저리 돌려가며 보더니 목을 길게 빼고 알리시아를 향
해 외쳤다.

"215 보여요?"

"그게 뭔데?"

"여기랑 비슷한 고속도로요! 215번 고속도로를 가로질러야 해요!"

"애초에 여기가 고속도로인 줄도 몰랐네!"

피터가 차를 세우더니 바닥에 있던 무전기를 집어 들었다.

"사라, 연료의 상태는 어때?"

잡음이 이어지더니 사라의 목소리가 들렸다. "1/4 정도 남았어. 좀 더 많을
수도 있고."

"홀리스 바꿔줘."

피터는 백미러를 통해 뒤차에서 다친 팔에 지지대를 한 채 총을 지키고 있던
홀리스가 뛰어 내려와 사라에게서 무전기를 받는 모습을 확인했다.

"길을 잃은 것 같아. 또, 두 차 다 연료도 떨어져 가고."

"근처에 공항 있어?"

피터는 케일럽이 들고 있던 지도를 가져와서 살펴보았다. "있어. 우리가 아직 15번 고속도로를 벗어나지 않은 게 맞는다면 동쪽으로 가다 보면 공항이 나와." 피터가 알리시아를 향해 목소리를 높여 외쳤다. "혹시 공항처럼 생긴 거 보여?"

"공항이 어떻게 생긴 건지 내가 무슨 수로 알아?"

무전기를 통해 홀리스의 목소리가 흘러나왔다. "큰 연료탱크를 찾아보라고 해."

"리시! 연료탱크가 보여?"

알리시아가 차 안으로 내려왔다. 얼굴이 먼지투성이였다. 그녀가 수통에 있던 물로 입안을 헹구더니 창밖으로 탁 뱉었다. "저 앞에 있어. 5킬로미터 정도 가야 해."

"확실해?"

알리시아는 고개를 끄덕였다. "앞에 다리가 있어. 아마 215번 고속도로의 고가도로가 아닐까 싶어. 그렇다면 반대쪽이 공항이야."

피터가 다시 무전기를 들었다. "보인대. 계속 간다."

"알았어."

피터는 다시 험비를 출발시킨 뒤 직진하기 시작했다. 그들은 도시의 남쪽 외곽, 잡초로 뒤덮인 공터를 지나고 있었다. 오른쪽으로 사막의 하늘 위로 우뚝 솟아 보라색으로 물들어가는 산은 마치 웅크리고 있다가 서서히 일어서는 커다란 짐승의 뒷모습 같았다. 눈앞으로 금빛 석양에 물든 도시의 건물들이 서서히 형태를 갖추어가기 시작했다. 얼마나 큰지, 얼마나 멀리 있는지는 알 수 없었다. 뒷좌석에 탄 에이미는 안경을 벗고 눈을 찌푸린 채 바깥 풍경을 구경하고 있었다. 사라가 에이미의 엉킨 머리를 깔끔하게 잘라주어서 이제 에이미는 턱선까지 오는 새까맣고 동그스름한 짧은 단발이 되어 있었다.

그들은 고가도로에 닿았다. 다리는 끊어지고 부서진 콘크리트 무더기만 남아 있었다. 그 아래 고속도로는 온통 차체와 쓰레기로 뒤덮여 있어서 도저히 뚫고 지나갈 수가 없었다. 돌아가는 것 외에는 방법이 없었다. 피터는 험비를 동쪽으로 돌려 고속도로의 방향을 따라갔다. 얼마 뒤, 멀쩡해 보이는 두 번째 다리가 나타났다. 도박이지만 시간이 없었다.

피터는 무전기를 들어 사라에게 전했다. "건너가볼 생각이야. 우리가 먼저 지나가는 동안 뒤에서 기다려."

다행히 운이 좋아서 사고 없이 건너갈 수 있었다. 사라의 차가 건너올 때까지 반대쪽에서 차를 세우고 기다리는 동안 피터는 다시 케일럽에게서 지도를 건네받아 확인했다. 지도를 제대로 본 게 맞는다면 여기는 라스베이거스 대로였다. 연료탱크가 있는 공항은 정동 방향에 있을 것이었다.

그들은 다시 출발했다. 지형이 바뀌더니 건물의 폐허와 버려진 차 들로 뒤덮인 도시가 나왔다. 대부분은 도시 반대편인 남쪽을 향한 채였다.

"군용탱크가 있어요." 케일럽이 말했다.

잠시 후 눈앞에 나타난 탱크는 길 한가운데에 거북처럼 뒤집혀 있었다. 양쪽 트랙 모두 바퀴에서 빠져나온 채였다.

알리시아가 차 안으로 머리를 들이밀었다. "천천히 피해서 지나가."

피터는 탱크를 비켜 지나갈 수 있게 진로를 조정했다. 그들이 로스앤젤레스의 방어선을 향해 다가가고 있다는 것이 확실해졌다. 탱크를 비롯한 차량들이 버려진 광대한 벌판을 지나가자 저 멀리 철조망이 쳐진 콘크리트 장벽이 길을 막고 있었다.

"이제 어떻게 하지?" 무전기 너머의 사라가 물었다.

"돌아가는 방법을 찾아봐야지." 무전기의 송신 버튼에서 손을 뗀 피터가 쌍안경으로 주변을 살피고 있는 알리시아를 향해 물었다. "리시, 동쪽이야, 서쪽이야?"

리시가 다시 차 안으로 고개를 들이밀었다. "서쪽. 장벽 사이로 지나갈 틈이 있어."

늦어지고 있었다. 전날 밤의 습격이 그들 모두에게 충격을 주었다. 해가 거의 저물어가고 곧 밤이 올 것이었다. 시간이 얼마 남지 않은 이상 그들의 결정은 이제 돌이킬 수 없을 것이었다.

"알리시아가 서쪽이래." 피터가 무전기에 대고 말했다.

"그러면 공항에서 멀어지잖아."

"알아. 다시 홀리스를 바꿔줘." 그는 홀리스가 무전기를 받아들길 기다리다가 말을 이었다. "지금 남은 연료는 오늘 밤 머무를 곳을 찾는 데 써야 할 것 같아. 앞에 건물이 많으니 그중 하나는 사용할 수 있을 거야. 아침에 다시 공항 쪽으로 가자."

홀리스의 목소리는 침착했지만 피터는 그 안에서 우려의 기색을 읽을 수 있었다.

"네 결정이 그렇다면."

백미러를 통해 알리시아를 보자 그녀는 고개를 끄덕였다.

"서쪽으로 돌아간다." 피터가 무전기에 대고 말했다.

콘크리트 장벽에 난 틈은 20미터 너비 가량이었다. 그 옆에 불에 탄 유조차 한 대가 옆으로 쓰러져 있었다. 어쩌면 이 틈으로 지나가려고 하다가 사고가 난 걸지도 모르겠다.

그들은 앞을 향해 직진했다. 도시로 진입하면 할수록 건물들이 점점 더 빽빽해졌다. 아무도 입을 열지 않았다. 들리는 소리는 엔진이 낮게 털털거리는 소리와 잡초가 험비의 아랫면을 긁는 소리가 전부였다. 다시 라스베이거스 대로에 진입한 모양이었다. 간신히 철사에 매달린 채 도로 위로 늘어뜨려진 길 표지판이 바람에 흔들리고 있었다. 기념비처럼 커다란 건물들의 폐허가 시야에 들어왔다. 불에 타서 철골 뼈대만 남은 건물들도 있고, 반쯤 무너져서 철사와 케이블이 삐져나온 벌집 같은 내부 구조를 드러낸 건물들도 있었다. 그들은 수수께끼 같은 이름을 가진 간판들 아래를 지나갔다. '만달레이 베이', '룩소르', '뉴욕 뉴욕.' 건물 사이로 온갖 폐기물이 굴러다니고 있어서 움직이는 속도를 늦출 수밖에 없었다. 쓰러진 험비와 탱크들, 모래주머니로 쌓은 바리케이드. 이 자리에서 전투가 있었던 것 같았다. 피터는 두 번이나 완전히 멈추고 장애물을 피하는 다른 경로를 찾아야 했다.

"길이 막혀서 지나갈 수가 없겠어." 한참 만에야 피터는 그렇게 말했다. "케일럽, 나갈 길을 찾아줘."

케일럽이 알려주는 대로 피터는 서쪽 트로피카나 방향으로 차를 돌렸지만 100미터쯤 가자 길이 돌무더기로 막혀 있었다. 피터는 다시 방향을 돌려 교차로로 돌아간 뒤 이번에는 북쪽을 향했다. 이번에는 또 콘크리트 바리케이드가 나오는 바람에 멈춰야 했다.

"미로가 따로 없군."

이번에는 동쪽으로 향했다. 그래도 지나갈 방법이 없었다. 그림자가 길어지고 있었다. 30분 뒤면 해가 질 것 같았다. 도심으로 들어오기로 한 건 실수 같았다. 덫에 걸린 것과 다름없었다.

피터는 대시보드에 놓아두었던 무전기를 집었다. "사라, 방법 있을까?"

"왔던 길을 돌아갈까?"

"여기서 나갔을 때쯤엔 해가 지고도 남았을 거야. 몸을 숨길 수도 없는 곳에서 꼼짝할 수 없는 사태는 피해야지."

알리시아가 차 지붕에서 뛰어내렸다. "폐쇄된 건물이 하나 보여." 알리시아가 재빨리 말을 이었다. "100미터 정도 돌아가면 돼. 아까 지나쳤던 건물이야."

피터는 알리시아가 한 말을 무전기에 대고 전했다.

"선택의 여지가 없는 것 같아."

대답한 것은 홀리스였다. "그렇게 하자."

그들은 왔던 길로 차를 돌렸다. 피터는 고개를 들고 알리시아가 말한 건물을 찾았다. 말도 안 되게 높은 새하얀 고층 건물이 그늘 속에 솟아 있었다. 뒷면이 어떻게 되어 있을지는 모를 노릇이었다. 길과 건물 사이에는 축벽과 움푹 파인 넓은 구덩이가 있었는데, 그 안에 가득한 모래와 폐기물 사이로 파이프가 튀어나와 있었다. 이 구덩이를 건너갈 수 있을까? 험비를 길에 세우고 걸어가야 할까? 그때 알리시아가 "여기서 차를 돌려!" 하는 바람에 피터는 험비를 멈추었다.

고층 건물 바로 아래 뼈대만 남은 포르티코^{portico}식의 현관이 있어서 험비를 그곳에 댈 수 있었다. 사라도 바로 뒤에 험비를 세웠다. 건물 입구는 판자를 대어 막아놓았고, 모래주머니로 바리케이드도 쌓여 있었다. 차에서 내리자 한기가 돌았다. 기온이 떨어지고 있었다.

알리시아가 뒷좌석을 열고 황급히 가방이며 소총을 끄집어냈다.

"오늘 필요한 것들만 챙겨." 알리시아의 지시였다. "가지고 움직일 수 있는 것들만 챙기고, 물은 최대한 많이 챙겨."

"험비는 어쩌고?" 사라가 물었다.

"험비에 발이 달려 어디로 가는 것도 아니잖아." 알리시아가 머리 위에서 수류탄 탄띠를 끄집어낸 다음 소총의 탄창을 확인했다. "하이톱, 아직이야? 해가 곧 진다고."

케일럽과 마이클은 맹렬한 기세로 창문을 막은 판자를 뜯어내는 중이었다. 널빤지가 쪼개지는 소리가 나더니 창틀에 달린 판자가 뜯기며 더께로 뒤덮인 유리창이 드러났다. 케일럽이 지렛대를 한 번 휘두르자 유리는 산산이 깨졌다.

"이런 제기랄." 케일럽이 코를 싸쥐었다. "이 지독한 냄새는 뭐죠?"

"들어가면 알겠지." 알리시아였다. "자, 일단 빨리 안으로 들어가자고."

피터와 알리시아가 먼저 창문 안으로 기어 들어갔다. 홀리스는 에이미를 비롯한 나머지를 앞세우고 맨 뒤에 섰다. 피터가 창문 안쪽으로 뛰어내리니 건물 앞면과 평행한 깜깜한 복도가 나왔다. 오른쪽에 손잡이를 사슬로 걸어 잠근 철문 한 쌍이 있었다. 피터는 다시 열린 창문 쪽으로 가서 외쳤다.

"케일럽, 망치랑 지렛대 이리 줘."

피터는 지렛대의 날카로운 부분을 이용해 사슬을 끊었다. 철문이 열리자 누구도 건드리지 않은 것만 같이 멀쩡한 넓은 공간이 나왔다. 톡 쏘는 화학약품 냄새, 그리고 모든 표면을 두껍게 뒤덮은 먼지를 제외하면 이 방은 폐허라기보다는 수십 년이 아닌 불과 며칠 전에 사람들이 버리고 떠나간 자리 같았다. 가운데에는 커다란 석조 구조물이 있었는데 일종의 분수인 것 같았고, 한쪽 구석에는 바닥보다 높은 단 위에 거미줄이 쳐진 피아노 한 대가 놓여 있었다. 왼쪽에는 기다란 카운터가 있었다.

피터가 시선을 들어 천장을 바라보았다. 볼록한 패널로 된 천장은 정교하게 새겨진 몰딩으로 구획이 나뉘어 있었다. 각 패널에는 장식 그림이 그려져 있었다. 뭉게구름을 배경으로 촉촉하게 슬픈 눈을 하고 뺨이 볼록한 날개 달린 형상들이었다.

케일럽이 속삭였다. "여기…… 교회 같은 곳일까요?"

피터는 그 말에 대답하지 않았다. 그 역시 알 수 없었기 때문이었다. 천장에 있는 날개 달린 형상들을 보자 어쩐지 불안하고, 불길하기까지 했다. 몸을 돌렸더니 에이미는 거미줄이 덮인 피아노 옆에 서서 다른 사람들과 마찬가지로 천장을 올려다보고 있었다.

건물 안으로 더 깊숙이 들어가자 아까보다 더 널찍한 복도가 하나 더 나왔고 양쪽에는 간판에 '프라다', '투토', '스카르파', '테소리니'라고 적힌 상점들이 있었다. 의미는 알 수 없었지만 이상하게 음악적으로 느껴지는 이름들이었다. 지나쳐 온 공간이 말끔했던 것과는 대조적으로 여기는 유리창이 깨져 있고 깨진 파편들은 돌바닥 위에 흩어져 그들의 부츠 바닥에 버석버석 밟혔다. 대부분의 가게들은 카운터가 부서지고 온갖 집기들로 뒤덮여 있어서 사람들이 들쑤신 흔적이 역력했지만, 특이하고 쓸모없어 보이는 물건들 — 사람이 실제로 신고 걸을 수 없을 것 같은 구두, 너무 작아서 아무것도 넣을 수 없을 것 같은 가방 — 을 파는 상점들은 사람이 손댄 흔적이 없었고 물건들은 진열장 안에 그대로 진열되어 있었다. 좀 더 들어가자 인접한 복도 쪽을 가리키는 화살표가 달린 '스파', '수영장' 표지판이 나왔고, 번들거리는 문이 달린 엘리베이터 여러 대가 나왔지만 계단이 있다는 표시는 아무 데도 없었다.

복도가 끝나자 아까만큼 넓은 개방된 공간이 나왔고 그 건너편은 깜깜했다. 마치 거대한 동굴 속에 들어온 것처럼 어쩐지 지하 세계 같은 느낌이 감도는 곳이었다. 냄새가 아까보다 더 심해졌다. 그들은 야광막대를 부러뜨려 빛을 낸 뒤 소총으로 어둠 속을 헤치며 앞으로 나갔다. 이 방 안에는 여러 가지 기계가 있었는데 피터는 모두 처음 보는 것들로, 커다란 화면과 여러 가지 버튼과 손잡이, 스위치가 달린 것들이었다. 기계 앞에는 스툴이 하나씩 놓여 있었는데, 기능이 무엇인지 알 도리가 없는 이 기계를 작동시키는 사람이 앉는 의자 같았다.

그 순간 시체들이 보였다.

한 구, 두 구, 어둠 속에는 그 외에도 수많은 시체들이 있었다. 대개는 높은 테이블에 둘러앉은 채 죽어 있었는데, 마치 아주 절박하고 은밀한 행위를 하다가 죽은 것처럼 기괴하면서도 우스꽝스러운 자세였다.

"여기는 대체 뭐 하는 곳이지?"

피터는 가장 가까운 테이블로 다가갔다. 세 구의 시체가 테이블을 둘러싸고 앉은 자세로 죽어 있었다. 네 번째 시체는 뒤집힌 스툴 옆 바닥에 쓰러진 채였다.

피터는 야광막대를 들고 몸을 수그려 시체 하나를 살펴보았다. 고개를 옆으로 돌린 채 광대뼈가 테이블에 닿은 상태로 엎어진 여자의 시체였다. 색이 다 빠져나간 머리카락이 두개골을 뒤덮고 있었다. 이가 있었을 자리에는 틀니를 끼고 있었는데 플라스틱으로 만든 잇몸이 꼭 살아 있는 사람의 잇몸처럼 분홍색인 것이 부자연스럽게 눈에 띄었다. 목에는 금빛 목걸이가 여러 줄 걸려 있다. 테이블 위로 뻗은 손가락 — 쓰러지려는 것을 막아보려 했던 것 같다 — 에는 온갖 색상의 크고 번쩍이는 돌이 달린 반지를 여러 개 끼고 있었다. 테이블 위에는 숫자가 보이게 뒤집어놓은 카드 두 장이 놓여 있었다. 6번, 그리고 잭. 다른 시체들 앞에도 카드가 두 장씩 놓여 있었다. 아마 고투 게임과 비슷한 카드 게임을 하는 중이었던 것 같았다. 테이블 가운데에는 반지, 시계, 팔찌 같은 귀금속과 함께 권총 하나, 탄피 한 줌이 놓여 있었다.

"움직이자." 알리시아가 피터에게 다가왔다. 여기 뭔가가 있어, 찾아야 해, 하고 피터는 생각했다. "피터, 곧 해가 진다고. 어서 계단을 찾아야 해."

그 말에 피터는 시선을 돌리며 고개를 끄덕였다.

일행은 유리 돔으로 둘러싸인 아트리움 안으로 걸음을 옮겼다. 유리 돔 위로 보이는 하늘로 어둠이 내리는 것이 보였다. 어딘가 또 어두운 공간으로 이어지는 에스컬레이터가 보였다. 엘리베이터, 또 다른 복도, 상점들.

"우리 빙글빙글 돌고 있는 거 아니야?" 마이클이었다. "아까 왔던 곳이잖아."

알리시아의 표정이 심각해졌다. "피터……."

"그래, 알겠어." 이제 계단을 계속 찾을지, 아니면 1층에서 머물 곳을 찾을지 결정을 내려야 할 순간이었다. 고개를 돌려 일행을 바라보자, 어쩐지 일행이 갑자기 적어진 것 같았다. 느껴졌다.

"이 와중에 어딜 갔담?" 모사미가 가장 가까이 있는 상점 유리창을 향해 손짓했다. "저기 있네."

'사막 기념품 상점'이라는 간판이 달린 가게였다. 피터가 문을 열고 가게 안으로 들어갔다. 에이미는 카운터 옆, 둥근 유리 제품들이 놓인 선반으로 메워진 벽면을 바라보고 있었다. 선반에 있던 것 하나를 꺼내 이미 손에 들고 있었다. 에이미가 물건을 세게 흔들자 유리구 안쪽이 나풀나풀한 하얀 것들로 뒤덮였다.

"에이미, 그게 뭐니?"

그 말에 에이미는 환한 표정으로 돌아보며 — '멋진 걸 찾아냈어요.'라고 말하는 듯한 눈빛이었다 — 유리구를 피터에게 내밀었다. 생각보다 묵직했다. 유리구 안에는 액체가 가득 차 있었고, 마치 눈송이처럼 반짝이는 하얀 물질이 미니어처 건물들 위를 나부끼고 있었다. 미니어처 한가운데에는 하얀 고층 빌딩이 서 있었는데, 피터는 그 건물이 지금 자신들이 있는 건물과 같은 건물임을 깨달았다.

나머지 일행이 가게 안으로 들어와 그들을 둘러쌌다.

"이게 뭐야?" 마이클이 물었다.

피터가 들고 있던 물건을 사라에게 건네주자, 사라가 나머지에게 보여주었다. "무슨 모형인 것 같은데."

에이미는 아직도 행복한 표정이었다.

"그런데, 이걸 왜 보여준 거니?"

그 질문에 대답한 것은 알리시아였다.

"피터, 이것 좀 봐." 그 말과 함께 알리시아는 유리구를 뒤집어 바닥에 인쇄된 글씨를 보여주었다.

밀라그로 호텔/카지노
라스베이거스

마이클은 악취가 나는 것은 시체와는 상관없는, 하수가스 때문이라고 설명했다. 대부분 메탄 성분인 이 하수가스 때문에 변소 냄새가 진동하는 거라고 했다. 호텔 아래에 도시 전체의 하수구가 모여들어 거대한 발효탱크처럼 고인 채로 그대로 100년을 썩은 거라고 했다.

"그 가스가 새어 나오기 전에 이곳을 떠나야 해. 역대급 방귀나 마찬가지야. 가스가 새는 순간 건물이 통째로 활활 타버릴걸." 마이클이 경고했다.

그들은 호텔 15층에서 밤이 오는 모습을 지켜보았다. 처음에는 모두들 당황해 어쩔 줄 몰랐기에 아래층에서 묵어야 할 거라고 생각했었다. 그들이 찾아낸 유일한 계단은 카지노 반대쪽에 붙어 있었는데, 높은 곳에서 떨어뜨린 것처럼 부서지고 구부러진 의자며 테이블, 매트리스, 슈트 케이스 등등이 쌓여서 막혀 있었다. 지렛대로 엘리베이터 문을 열어보자는 것은 홀리스의 아이디어였다. 케이블이 멀쩡하다면 케이블에 몸을 의지해 바리케이드가 없는 다른 층으로 올라간 뒤 다시 계단을 이용하자는 것이었다.

그렇게 계단을 올라가다가 16층에 다시 바리케이드가 나타났다. 계단실 바닥에 탄피들이 흩어져 있었다. 그들은 계단실을 나와 깜깜한 15층 복도로 나섰다. 알리시아가 야광 막대를 하나 꺾었다. 복도에 문이 여러 개 늘어서 있었다. '앰버서더 스위트' 층이라는 표지판이 있었다. 피터가 소총으로 첫 번째 문을 가리켰다. "케일럽, 열어줘."

문을 열자 남자 하나, 여자 하나가 침대에 누워 있었다. 둘 다 목욕 가운에 슬리퍼 차림이었다. 침대 옆 테이블에는 내용물은 오래전에 증발해 갈색 얼룩만 말라붙어 있는 위스키병 하나, 그리고 플라스틱 주사기 하나가 놓여 있었다. 머릿속에 떠오른 생각은 무엇이든 말로 내뱉는 습관이 있는 케일럽은 자기는 시체들, 특히 자살한 시체들 사이에서 밤을 보낼 생각은 추호도 없다고, 누구도 차마 입 밖에 내지 못한 그 말을 했다. 다섯 개의 방을 더 열어보고서야 시체가 없는 방이 나타났다. 침대가 두 개씩 있는 침실 세 개가 있고, 가장 큰 세 번째 방은 한 면이 도시 전경이 보이는 커다란 창들로 채워져 있었다. 마지막 남은 저녁 빛이 사그라지면서 바깥 풍경을 오렌지빛으로 물들였다. 더 높은 곳, 지붕 위면 더 좋았겠지만, 15층 정도면 충분했다.

"저 아래 저건 뭐지?" 모사미가 길 건너편을 가리켰다. 가로 살대가 붙은 철골로 된, 바닥은 네 기둥으로 시작해 위로 갈수록 뾰족하게 좁아지는 커다란 구조물이 건물들 사이로 불쑥 솟아 있었다.

"에펠탑 같은데요." 케일럽이 말했다. "책에서 사진을 본 적 있어요."

모사미가 얼굴을 찌푸렸다. "에펠탑은 유럽에 있는 것 아니야?"

"파리에 있지." 마이클은 바닥에 무릎을 꿇고 짐을 풀고 있었다. "프랑스 파리 말이야."

"그런데 왜 여기 있어?"

"내가 어떻게 알아?" 마이클은 어깨만 으쓱했다. "여기로 옮겼나 보지."

그들은 함께 밤이 오는 광경을 지켜보았다. 처음에는 거리, 그다음에는 건물들, 마침내 저 먼 산까지 욕조에 물이 차오르는 것처럼 서서히 어둠에 잠겨갔다. 아무도 입을 열고 싶은 기분이 아니었다. 그들이 처한 상황이 얼마나 불안정한지 다들 알고 있었기 때문이다. 사라는 소파에 앉아 홀리스의 부상당한 팔에 붕대를 갈아주고 있었다. 사라가 입을 꾹 다물고 붕대를 감아주는 모습을 보고 피터는 그녀가 홀리스의 팔을 걱정하고 있다는 사실을 알 수 있었다.

그들은 전투식량을 하나씩 나눠 먹은 뒤 누워서 쉬었다. 알리시아와 사라가 첫 순서로 불침번을 보겠다고 자원했다. 피터는 너무 지쳐서 반대할 마음이 들지 않았다. 교대하고 싶을 때 깨워줘, 하고 그가 말했다. 어쩌면 잠을 아예 못 잘지도 모르겠어.

예상대로였다. 그는 침실 바닥에 가방을 베고 누운 채 천장만 바라보고 있었다. 밀라그로, 여기가 밀라그로구나. 에이미는 방구석에서 벽에 등을 댄 채 유리구를 들고 있었다. 몇 분에 한 번씩 에이미는 유리구를 들어 흔든 다음 눈에 바짝 대고 눈송이가 휘몰아치다가 서서히 내려앉는 모습을 바라보았다. 그때마다 피터는 자신이, 그들이 에이미에게 무엇일까 하는 생각이 들었다. 그들이 어디로 가는지, 왜 가는지는 이미 설명해주었다. 에이미가 콜로라도에 무엇이 있는지, 신호를 보내는 사람이 누구인지 안다 한들 딱히 알고 있다는 표시를 내지는 않았다.

결국 피터는 잠들기를 포기하고 다시 큰 방으로 갔다. 건물 위로 달이 한 조각 보였다. 알리시아는 창가에 서서 아래를 내려다보고 있었고, 사라는 작은 테이블 앞에 앉아 소총을 무릎에 두고 혼자 카드 게임을 하고 있었다.

"뭐 보이는 거 있어?"

사라는 얼굴을 찌푸렸다. "그런 게 있으면 내가 카드 게임이나 하고 있겠어?"

피터는 의자에 앉은 뒤 아무 말도 없이 한참 동안 사라의 카드 게임을 지켜보았다.

"카드는 어디서 났어?" 카드 뒷면에는 '밀라그로'라고 적혀 있었다.

"리시가 서랍 안에서 찾았어."

"사라, 나랑 교대하고 좀 쉬는 게 어때?"

"괜찮아." 사라는 또 한 번 얼굴을 찌푸리더니 카드를 한 무더기로 모아 새로 섞기 시작했다.

"가서 좀 더 자."

피터는 입을 다물었다. 뭔가 잘못한 것만 같은 느낌이 들었지만, 무슨 잘못인지는 알 수 없었다.

알리시아가 창가에서 얼굴을 돌렸다. "혹시 괜찮으면 내가 피터와 교대해도 될까? 잠시 머리 대고 쉬고 싶어. 사라 너만 괜찮다면."

사라는 어깨를 으쓱했다. "알아서 해."

알리시아가 방을 떠나자 피터와 사라 둘만 남았다. 피터는 창가로 걸어가 소총에 달린 암시경으로 바깥 거리를 살폈다. 버려진 차들, 돌무더기와 쓰레기 무더기, 텅 빈 건물들. '지난 역사'의 마지막 난폭한 순간 버려진 그 시간 속에 그대로 얼어붙은 세계.

"아닌 척 애쓰지 않아도 돼."

그 말에 피터는 고개를 돌렸다. 사라가 달빛에 물든 얼굴로 그를 서늘하게 바라보고 있었다.

"뭘 아닌 척한다는 거야?"

"피터, 솔직하게 굴어." 사라에게서 단호함이 느껴졌다. 단단히 결심하고 입을 연 게 분명했다. "나도 최선을 다했잖아. 나도 알아." 사라가 나직하게 웃으며 시선을 피했다. "고맙다고 말하고 싶지만, 바보처럼 들릴 테니 하지 않을게. 만약 우리 모두 여기서 죽는다면, 그냥 난 괜찮다고 말하고 싶어."

"아무도 안 죽어." 피터가 할 수 있는 말은 그뿐이었다.

"그래, 그랬으면 좋겠다." 사라가 잠시 말을 멈췄다. "그래도, 그날 밤……."

"저기, 미안해, 사라." 피터가 심호흡을 한 뒤 말을 이었다. "이제야 사과해서 미안해. 다 내 잘못이었어."

"사과하지 않아도 돼, 피터. 너도 노력한 거 알아. 열심히 노력한 것도. 하지만 너희 둘은 운명이야. 예전부터 알고 있었어. 그걸 받아들이지 못한 내가 어리석었던 거지."

그 말에 피터는 어안이 벙벙했다. "사라, 지금 누구 얘기하는 거야?"

사라는 대답하지 않았다. 갑자기 눈을 커다랗게 뜨고 피터 너머의 창밖을 보고 있었던 것이다.

피터가 날렵하게 돌아섰다. 사라가 일어나서 피터 옆에 다가와 섰다.

"뭘 보고 있는 거야?"

사라가 손을 뻗어 가리켰다. "길 건너, 타워 위에."

피터가 암시경을 눈에 가져다 댔다. "난 아무것도 안 보여."

"거기 있어. 난 보여."

그때 에이미가 가슴팍에 유리구를 끌어안은 채 다가오더니 한 손으로 피터의 팔을 붙잡고 창에서 떨어지라는 듯 끌어당기기 시작했다.

"에이미, 왜 그래?"

유리창이 번쩍이는 파편들을 흩날리면서 폭발하듯 깨졌고 피터는 방 반대편으로 날아가 벽에 처박혔다. 바이럴이 바로 머리 위에 다가와 있다는 것을 깨달은 것은 나중의 일이었다. 사라가 고함을 지르는 소리가 들렸다. 말이 되어 나오지도 않는, 공포의 비명이었다. 피터는 팔다리를 에이미와 얽은 채 바닥을 굴렀고 다음 순간 바이럴은 다시 창밖으로 날아가버렸다.

사라가 사라졌다.

알리시아와 홀리스를 비롯해 모두가 방 안으로 뛰어들었다. 홀리스가 팔의 지지대를 풀어버리고 소총을 들고 창가로 가서 총구를 서서히 움직이며 아래를 내려다보았지만 총을 쏘지는 않았다.

"씨발!"

알리시아가 피터에게 다가왔다. "베었어? 할퀴었어?" 속이 뒤틀리고 있었다. 피터는 아니라는 신호로 고개를 저었다.

"무슨 일이야? 누나는 어딨어!" 마이클이 고함을 질렀다. 그제야 피터는 목소리를 낼 수 있었다.

"납치당했어."

마이클이 에이미의 팔을 거칠게 낚아챘다. 에이미는 용케도 부서지지 않은 유리구를 아직도 안은 채였다.

"어디 있어? 누나는 어디 있냐고!"

"그만해, 마이클!" 피터가 고함을 쳤다. "에이미가 겁먹잖아!"

알리시아가 마이클을 억지로 떼어 소파로 밀치는 기세에 밀려 유리구가 바닥에 떨어지며 쨍그랑 깨졌다. 에이미는 겁에 질려 휘둥그레진 눈으로 뒷걸음질을 쳤다.

"서킷, 진정해!"

마이클은 분해서 눈물이 고여 있었다. "서킷이라고 부르지 마!"

그때 우렁찬 고함 소리가 울려 퍼졌다. "다들 그만해!"

모두 돌아서자 깨진 창 앞에 홀리스가 소총을 허리께에 걸친 채 서 있었다.

"다들, 입, 다물라고." 홀리스가 모두를 둘러보았다.

"마이클, 내가 네 누나를 찾아올게."

홀리스는 무릎을 꿇고 앉더니 가방을 뒤져 여분의 총알을 찾아 조끼 주머니에 밀어 넣었다.

"놈들이 어느 쪽으로 갔는지 봤어. 세 마리였어."

"홀리스……." 피터가 입을 열었다.

"대답은 필요 없어." 홀리스가 피터의 눈을 똑바로 보았다. "내가 가야 한다는 사실을 다른 누구도 아닌 네가 가장 잘 알잖아."

마이클이 한 발 앞으로 나섰다. "나도 갈게."

"저도 갈래요." 케일럽 역시 그렇게 말했다가, 사람들을 쳐다보고는 갑자기 확신이 없는 목소리가 되었다. "그러니까…… 다 같이 가는 것 아닌가요?"

피터는 에이미를 쳐다보았다. 에이미는 소파에 앉아 무릎을 세워 가슴 앞에 꼭 끌어안은 채였다. 피터는 알리시아에게 권총을 달라고 했다.

"왜?"

"나가려면 에이미에게도 무기가 필요하니까."

알리시아가 허리에 차고 있던 권총을 꺼내 내밀었다. 피터가 클립을 열고 장전된 총알을 확인한 뒤 다시 클립을 끼운 다음 슬라이드를 밀었다. 손 안에서 반 바퀴 돌리고 에이미에게 건넸다.

"한 방이야." 피터가 가슴뼈를 톡톡 쳤다. "기회는 단 한 번이야. 바로 여기를 노려야 해. 총 쏘는 법 아니?"

에이미가 손에 들었던 총에서 시선을 들더니 고개를 끄덕였다.

짐을 챙기던 중 알리시아가 피터를 한쪽으로 불러세우더니 목소리를 낮춰 말했다.

"반대하려는 건 아닌데, 이건 함정일지도 몰라."

"함정이겠지." 피터가 소총과 가방을 집어 들었다. "여기 왔을 때부터 알고 있었던 것 같아. 길이 다 막혀 있었던 걸 보면, 놈들이 우릴 여기로 유인한 게 틀림없어. 하지만 홀리스 말대로야. 그때 테오를 두고 오는 게 아니었어. 그렇기에 이대로 사라를 잃을 순 없어."

그들은 야광막대를 부러뜨린 뒤 복도로 걸어나갔다. 계단 꼭대기에서 알리시아는 난간 쪽으로 가더니 아래를 보며 총신으로 어둠 속을 한번 훑은 다음 아무것도 없다며 이쪽으로 오라는 신호를 했다.

그들은 알리시아와 피터가 앞에 서서 안전을 확인하고 모사미와 홀리스가 후방을 감시하는 식으로 계단을 내려왔다. 3층에 도착하자 계단실을 벗어나 복도를 통해 엘리베이터 쪽을 향했다.

가운데 있는 엘리베이터의 문이 그들이 열어놓은 그대로 열려 있었다. 들여다보자 아래층에 선 승강기 천장 부분의 해치가 열려 있었다. 피터는 등에 소총을 맨 채 케이블을 타고 승강기 안으로 들어갔다. 엘리베이터를 통해 나온 곳은 다른 층, 유리 천장이 달린 2층 높이의 로비였다. 열린 문을 마주 보고 있는 벽에는 거울이 달려 있어서 그 너머에 있는 공간이 기울어진 각도로 보였다. 피터는 총을 꺼내든 채 숨을 참았지만, 달빛으로 물든 로비는 텅 비어 있었다. 나머지 일행도 해치를 통해 밖으로 나왔다. 마지막 순서가 모사미였는데, 양어깨에 가방을 하나씩 걸고 있는 게 보였다.

"사라 거야. 필요할 테니까." 모사미가 설명했다.

카지노는 왼쪽이었고, 오른쪽은 상점이 늘어선 깜깜한 복도였다. 그 너머에 호텔 정문이 있고, 그 밖으로 나가야 험비가 있었다. 홀리스는 놈들이 사라를 데리고 길 건너편 타워로 가는 모습을 보았다고 했다. 그들의 계획은 놈들의 눈을 피해 험비를 타고 무장한 채 호텔 앞의 뻥 뚫린 공간을 지나는 것이었다. 그다음은 아무런 계획도 없었다.

그들은 피아노가 있는 로비까지 되돌아왔다. 고요했고, 변한 건 아무것도 없었다. 야광막대의 불빛에 비친 천장의 날개 달린 형체들은 무엇에도 의지하지 않은 채 허공에 둥둥 떠 있는 것처럼 보였다. 처음에 봤을 땐 위협적으로 보였지만 지금 그런 느낌은 사라지고 없었다. 촉촉한 눈, 부드럽고 둥그런 얼굴들을 보고서야 피터는 그들이 어린아이의 형상을 본뜬 것임을 알 수 있었다.

정문에 도착한 그들은 열린 창 앞에 쭈그리고 앉았다. "내가 먼저 나갈게." 알리시아가 말하더니 수통의 물을 한 모금 마셨다. "밖에 아무것도 없으면 차에 타고 바로 출발하는 거야. 이 건물 근처를 맴돌면 안 돼. 마이클, 네가 사라 대신 운전해. 홀리스와 모사미는 각각 나누어 타. 케일럽, 에이미를 잘 챙겨서 미친 듯이 달려가 차에 타. 모두 탈 때까지 내가 엄호를 할게."

"너는?" 피터가 물었다.

"걱정 마, 나 없이 떠나게 안 돼."

그 말을 남기고 알리시아는 창문을 훌쩍 뛰어넘어 험비가 서 있는 곳으로 달려갔다. 피터도 출발 준비를 했다. 달이 포르티코의 지붕에 가려져서 바깥은 칠흑같이 깜깜했다. 알리시아가 험비 바닥으로 들어가 엎드리는 작은 소리가 났다. 피터는 소총의 개머리판을 어깨에 단단히 댄 채 알리시아의 휘파람 소리가 들리기를 기다렸다.

옆에 있던 홀리스가 낮은 목소리로 입을 열었다. "대체 무슨 일이지?" 빛 한 점 없는 어둠이 마치 부재가 아닌 존재, 사방에서 밀려드는 살아 있는 생물처럼 느껴졌다. 불안한 마음에 머리카락 사이로 땀이 솟아났다. 피터는 심호흡을 한 뒤 당장 쏠 수 있도록 방아쇠에 걸린 손가락에 힘을 주었다.

그때 어둠 속에서 무언가가 달려왔다.

"도망쳐!"

알리시아가 창문으로 뛰어 들어오는 순간 피터는 보았다. 희미한 녹색광을 뿜는 형체들이 물결치듯 움직이며 건물을 향해 몰려오고 있었다.

바이럴이었다. 길이 온통 바이럴투성이였다.

홀리스는 이미 총을 쏘고 있었다. 피터도 총을 내려 두어 발 쏘았지만 알리시아가 그의 소매를 잡아채 창가에서 끌어냈다.

"너무 많아! 여기서 나가야 해!"

로비를 반도 지나지 못했는데 뒤에서 무언가 와장창 깨지며 나무가 쪼개지는 소리가 들렸다. 놈들이 정문을 무너뜨렸다. 곧 바이럴이 안으로 쏟아질 것이었다. 케일럽과 모사미가 카지노 쪽으로 내달리는 모습이 보였다. 알리시아는 맨 뒤에서 그들을 엄호하며 총을 쏘았고, 빈 탄피가 타일 바닥에 쨍강쨍강 소리를 내며 흩어졌다. 피아노 옆에서 에이미가 무언가를 찾듯 바닥을 손으로 더듬으며 네발로 기는 모습이 보였다. 떨어뜨린 총을 찾는 게 분명했다. 하지만 이제 와서 총을 찾은들 아무 소용 없었다. 피터는 에이미의 팔을 낚아챈 뒤 그대로 끌고 복도를 달려 일행을 쫓아갔다. 머릿속에서 '우린 죽었어, 우린 죽은 목숨이야'라는 생각이 끝없이 되풀이되었다.

건물 깊숙한 안쪽에서 또 한번 유리 부서지는 소리가 났다. 그들은 독 안에 든 쥐였다. 좀 있으면 어둠 속에서 놈들에게 온통 둘러싸이게 될 거다. 쇼핑몰에서처럼. 아니, 바깥의 햇빛을 향해 달릴 수 없으니 그보다 더 최악의 상황이었다. 홀리스가 피터 바로 옆에 있었다. 눈앞에 야광막대의 불빛과 마이클이 깨진 유리 사이로 식당을 향해 들어가는 모습이 보였다. 다가가니 케일럽과 모사미는 벌써 안에 들어가 있었다. 피터가 알리시아를 향해 외쳤다. "이쪽이야! 서둘러!" 에이미를 유리창 안으로 밀어 넣는 순간 마이클이 식당 안쪽에 있던 문안으로 사라졌다.

"따라가! 어서!" 피터가 외쳤다.

그 순간 알리시아가 나타나 그를 유리창 안으로 끌어들이더니, 그대로 허리에 찬 주머니에서 야광막대를 꺼내 무릎에 대고 꺾었다. 두 사람은 식당 안을 질주해 아직도 마이클이 여닫은 충격으로 흔들거리고 있는 뒷문으로 들어갔다.

터널처럼 좁고 천장이 낮은 복도가 나왔다. 홀리스를 비롯한 나머지 일행이 저 앞에서 손짓을 하며 이름을 불러대고 있었다. 하수가스의 악취가 한층 짙어진 탓에 머리가 어질어질할 지경이었다. 바이럴 한 마리가 그들이 들어온 문으로 뒤따라 나타나는 바람에 알리시아와 피터는 뒤로 돌았고 곧 어두운 복도가 그들의 총구가 뿜어내는 불길로 번쩍이기 시작했다. 피터는 문 쪽을 겨냥한 채 닥치는 대로 총을 발사했다. 첫 번째 바이럴이 쓰러지고, 다음 바이럴, 그다음 바이럴까지 쓰러뜨렸지만 놈들은 끊임없이 들이닥쳤다.

어느 순간 피터는 방아쇠를 당겨도 아무 일도 일어나지 않는다는 것을 깨달았다. 총알이 다 떨어진 것이다. 알리시아가 다시 그를 끌고 복도를 달렸다. 계단을 오르고 나니 또 다른 복도가 나왔다. 벽에 부딪혀 쓰러질 뻔했지만 간신히 균형을 잡고 다시 달렸다.

복도 끝에는 한 쌍의 스윙 도어가 달려 있었고 그 뒤는 부엌이었다. 계단을 올라 도착한 곳은 1층, 호텔의 깊은 내부였던 것이다. 구리 냄비가 천장에 잔뜩 걸려 있는 아래로 금속 재질의 널따란 식탁이 알리시아가 든 야광막대의 불빛을 반사해 번득이고 있었다. 숨이 턱까지 닿았다. 악취 때문에 숨을 쉬기가 힘들었다. 그는 빈 총을 바닥에 버리고 천장에 걸려 있던 냄비 하나를 붙잡았다. 묵직하고 커다란 구리 프라이팬이었다.

무언가가 그들을 따라 문안으로 들어왔다.

그는 몸을 돌린 뒤 스토브를 등진 채 뒷걸음질을 쳤다. 이토록 절박한 상황이 아니었다면 이 몸짓이 우스꽝스러워 보였으리라. 바이럴이 테이블 위로 뛰어올라 쭈그리고 앉은 자세를 취하자 그는 몸으로 알리시아를 가렸다. 암컷이었다. 아까 테이블에 엎어져 있던 시체와 마찬가지로 손에 온갖 반지를 끼고 있었다. 바이럴은 손을 멀찍이 들고 기다란 손가락을 구부리며 흐늘흐늘한 움직임으로 어깨를 양옆으로 흔들고 있었다. 피터가 알리시아를 몸으로 가린 채 프라이팬을 방패처럼 꽉 쥐었다.

"자기 모습을 보고 있어!" 알리시아가 외쳤다.

바이럴이 왜 가만히 있지? 어째서 공격하지 않는 거야?

"프라이팬에 반사된 자기 모습을 보고 있는 거야!"

피터는 바이럴이 이상한 소리를 내고 있음을 알아차렸다. 개가 끙끙거리는 것처럼 서글픈 비음이었다. 구리 프라이팬 밑바닥에 비친 자기 얼굴을 알아보고 깊은 울적함을 느낀 것만 같았다. 피터가 조심스럽게 프라이팬을 앞뒤로 움직이자 바이럴의 눈길도 못 박힌 듯 이끌려 왔다. 다른 무리들이 뒤쫓아 오기 전에 얼마나 이렇게 잡아둘 수 있을까? 손에 땀이 배어 미끈거렸고, 공기에 악취가 배어 나와 숨쉬기가 어려웠다.

'여긴 활활 타버릴 거야.'

"리시, 나가는 길 보여?"

알리시아가 고개를 빠르게 돌려 주변을 파악했다. "오른쪽 5미터 지점에 문이 있어."

"잠겨 있어?"

"내가 어떻게 알아?"

피터는 프라이팬에 고정된 바이럴의 시선을 흐트러뜨리지 않으려 이를 꽉 다물고 낮게 말했다. "자물쇠가 눈에 보이느냐고."

그때 바이럴이 근육을 물결처럼 움찔거렸다. 털이 쩍 벌어지더니 번들거리는 이빨이 드러났다. 이제 흐느낌을 멈추고 목에서 쩍쩍거리는 소리를 내기 시작했다.

"안 보여."

"수류탄 꺼내."

"그만한 공간이 없어."

"그래도 던져. 지금 여긴 가스로 꽉 차 있어. 바이럴 뒤로 던진 다음 미친 듯이 문을 향해 뛰어."

알리시아가 두 사람의 몸이 바짝 맞닿은 사이로 손을 집어넣더니 벨트 허리춤에서 수류탄을 꺼냈다. 핀을 뽑는 기척이 느껴졌다.

"지금 던진다." 알리시아가 말했다.

수류탄이 깨끗한 포물선을 그리며 바이럴의 머리 위를 날았다. 피터가 바라던 그대로였다. 바이럴이 프라이팬에서 눈길을 떼더니 허공을 가르며 날아가 테이블에 부딪힌 다음 바닥에 구르는 수류탄의 움직임을 따라갔다. 피터와 알리시아는 돌아서서 문을 향해 달렸다. 알리시아가 먼저 문에 닿아 금속 바를 열었다. 신선한 바깥 공기와 함께 바깥 공간이 나타났다 — 일종의 하역장이었다. 피터는 머릿속으로 숫자를 셌다. 1초, 2초, 3초······.

먼저 수류탄이 폭발하는 펑 소리가 들리더니, 그다음으로 건물 안을 가득 채운 가스에 불이 붙으며 아까보다 더 크고 깊은 폭발음이 들렸다. 두 사람이 하역장 끝까지 몸을 굴리는 가운데 폭발에 문이 뜯겨 나오고 폭발의 여파로 불이 일렁거렸다. 숨이 달아났다. 그는 얼굴을 땅에 묻고 두 손으로 머리를 감쌌다. 가스가 점점 더 폭발하고 불길이 건물을 타고 올라갔다. 머리 위로 폭발의 잔해가 쏟아지고 건물 사방에서 유리가 깨지더니 파편들이 비처럼 우수수 땅으로 떨어졌다. 그는 연기와 먼지가 섞인 공기를 들이마셨다.

"움직여야 해!" 알리시아가 피터를 끌어당기며 외쳤다. "건물이 불타고 있어!"

손과 얼굴이 축축했지만 무엇인지 알 도리가 없었다. 두 사람은 건물의 남측 어딘가에 있었다. 그는 빛과 열을 뿜어내며 불타는 호텔 아래의 거리를 달려 뒤집힌 자동차의 녹슨 몸체 아래에 몸을 숨겼다.

두 사람 모두 숨을 헉헉 몰아쉬며 연기 때문에 기침을 토해내고 있었다. 얼굴은 검댕 범벅이었다. 리시의 허벅지에서 기다란 핏자국이 바지를 적시고 있었다.

"너 피 나."

그러자 알리시아가 피터의 머리를 가리켰다. "너도 마찬가지야."

머리 위에서 또 한번 큰 폭발음이 나면서 공기를 뒤흔들었다. 불덩이가 떨어지며 눈앞이 온통 맹렬한 오렌지빛으로 뒤덮이더니 불붙은 잔해들이 또다시 거리로 떨어졌다.

"다들 바깥으로 탈출했겠지?" 피터가 물었다.

"몰라." 알리시아가 기침을 하더니 수통의 물을 한 모금 가득 들이켜고 바닥에 침을 탁 뱉었다. "움직이지 말고 가만히 있어."

알리시아가 차 주변을 살펴보더니 잠시 후 돌아왔다. "여기서 보이는 바이럴이 열두 마리야." 그러면서 손으로 적당히 위쪽을 가리켰다. "거리 저편 타워에 더 있어. 불이 나는 바람에 물러섰지만, 곧 다시 다가올 거야."

그러니까, 두 사람은 어둠 속에서 총도 없는 상태로 불타는 건물과 바이럴 사이에 갇힌 신세가 된 것이다. 두 사람은 등을 차체에 기대고 서로의 어깨가 닿은 자세로 가만히 있었다.

알리시아가 고개를 돌려 피터를 바라보았다. "프라이팬을 이용한 건 좋은 생각이었어. 그게 통할 줄 어떻게 알았어?"

"몰랐어."

그러자 알리시아는 고개를 저었다. "어쨌든, 괜찮은 수법이었어." 그러더니 말을 멈췄다. 얼굴에 고통이 지나가고 있었다. 눈을 감고, 심호흡을 하더니, 물었다. "준비됐어?"

"험비로?"

"그게 최선이야. 불에 바짝 붙어서 엄폐물로 삼아."

불이 있건 없건, 바이럴의 눈에 띄는 순간 10미터도 못 가 죽을 것이다. 알리시아의 다리를 보니 과연 걸을 수 있을지도 의심이 되었다. 두 사람이 가진 것은 칼, 그리고 알리시아의 탄띠에 달린 수류탄 다섯 개가 전부였다. 하지만 에이미를 비롯한 나머지가 전부 위험했다. 적어도 시도는 해봐야 했다.

알리시아가 탄띠에서 수류탄 두 개를 꺼내 하나를 피터의 손에 쥐여주었다.

"우리가 했던 약속 잊지 마."

그 순간이 오면 자기를 죽여 달라고 했던 그 약속 이야기였다. 아무렇지도 않게 대답이 나오는 바람에 피터 스스로도 몰랐다.

"나도 마찬가지야. 난 저들처럼 되고 싶지 않아."

알리시아가 고개를 끄덕였다. 수류탄의 핀을 뽑고 던질 준비를 한 뒤였다. "마지막으로 하고 싶은 말이 있어. 그게 너라서 정말 다행이야."

"나도 그래."

알리시아가 손목으로 눈을 훔쳤다. "젠장, 피터, 우는 모습을 너한테 두 번이나 보이다니. 아무한테도 절대 말하지 마."

"절대 안 할게, 약속해."

그 순간 눈앞이 하얗게 밝아졌다. 잠깐이었지만 그는 무슨 일이 일어나 알리시아가 실수로 수류탄을 터뜨렸다고 생각했다. 죽음은 결국 빛과 침묵이라고. 하지만 다음 순간 엔진이 우르릉거리는 소리가 들린 바람에 피터는 차 한 대가 이쪽으로 다가오고 있다는 사실을 알아차렸다.

"어서 타!" 누군가가 외쳤다. "트럭에 올라타!"

두 사람은 그 자리에 얼어붙었다.

알리시아는 손에 들고 있던 핀이 뽑힌 수류탄을 보고 눈을 휘둥그레 떴다. "제기랄, 이건 어떡하지?"

"그냥 던져버려!"

알리시아가 수류탄을 차 지붕 위로 던졌다. 수류탄이 폭발하는 순간 피터가 알리시아를 바닥으로 끌어당겼다. 밝은 빛이 점점 가까이 다가오고 있었다. 피터는 알리시아의 허리를 감싼 채 비틀비틀 달렸다. 어둠 속에서 미친 사람이 웃을 때 튀어나오는 치아처럼 앞쪽에 서래가 달려 있고, 상자처럼 네모난 차 한 대가 다가오고 있었다. 앞유리창이 철망으로 감싸여 있는 차였다. 지붕에는 일종의 총기가 붙어 있었고 그 옆에 한 사람이 서 있었다. 피터가 보는 앞에서 그 총기가 두 사람의 머리 위로 불을 뿜어내기 시작했다.

두 사람이 바닥에 쓰러졌다. 목 뒤에 뜨거운 열기가 느껴졌다.

"엎드려!" 아까의 목소리가 다시 외쳤는데, 그제야 피터는 그 목소리가 트럭의 짐칸 지붕에 달린 확성기를 통해 나오는 소리라는 걸 알아차렸다. "움직이라고!"

"저게 뭔 소리야?" 알리시아가 바닥에 납작 엎드린 채 고함을 질렀다. "엎드리라는 거야, 움직이라는 거야?"

트럭이 두 사람에게서 불과 몇 미터 앞에까지 와 멈췄다. 피터가 알리시아를 일으키는데 차 지붕에 서 있던 형체가 사다리를 타고 내려왔다. 그는 얼굴에 묵직한 방독면을 쓰고 있어 얼굴은 보이지 않았고, 몸에는 두꺼운 방탄복을 입고 있었다. 총신이 짧은 산탄총 하나가 다리에 찬 가죽 총집에 꽂혀 있었다. 트럭 옆에는 '네바다 교정청'이라고 적혀 있었다.

"뒤에 타! 어서!"

목소리의 주인은 여자였다.

"우리는 여덟 명입니다!" 피터가 고함쳤다. "동료들이 남아 있어요!"

하지만 여자는 피터의 말을 듣지 못했거나, 듣고도 신경 쓰지 않는 듯했다. 여자가 무거운 군장에 비해서는 깜짝 놀랄 정도로 민첩하게 그들을 트럭 뒤쪽으로 이끌더니 핸들을 돌려 짐칸의 문을 활짝 열었다.

"리시! 어서 타요!"

케일럽의 목소리였다. 일행은 모두 이미 깜깜한 트럭 짐칸에 타고 있었던 것이다. 피터와 알리시아가 트럭에 기어올랐다. 문이 닫히고 걸어 잠그는 소리가 나자 트럭 안이 깜깜해졌다.

트럭이 움직이기 시작했다.

그 지독한 여자. 부엌 의자에 부한 몸으로 무슨 액체처럼 늘어져 있는 그 지독하게 뚱뚱한 여자. 부엌 안을 메운 답답하고 숨 막히는 공기, 코와 입에서 느껴지는 담배 냄새, 그리고 여자의 몸 냄새, 퉁퉁한 살이 겹치는 부분에 밴 땀과 살비듬. 여자가 말을 하면 마치 말이 허공에서 형체를 갖추는 것처럼 입술에서 뿜어져 나온 연기가 둥근 곡선을 그리고, 그러면 그의 정신은 이렇게 말한다. 일어나. 너는 지금 잠들어 꿈을 꾸는 중이야. 일어나, 테오. 하지만 꿈의 흡인력이 너무 강하다. 깨어나려 몸부림치면 칠수록 더 깊이 꿈속으로 빨려든다. 그의 정신이 우물이라도 된 듯, 그 깜깜한 마음속의 어둠 속으로 끝없이, 끝없이 굴러떨어지게 된다.

'뭘 그렇게 쳐다보고 있어? 엉? 이 쓸모없는 새끼야.' 여자가 그를 쳐다보며 웃고 있다. '이 녀석은 원래부터 벙어리는 아니었는데 살다 보니 벙어리가 된 거야.'

그는 그 순간 철렁하고 놀라며 꿈에서 깨어 차가운 독방 안의 현실로 돌아왔다. 온몸에서 코를 찌르는 땀내가 났다. 더 이상 기억나지 않는 악몽에서 배어난 땀이었다. 기억나는 것은 의식에 검은 얼룩이 흩뿌려진 것 같은 악몽의 느낌뿐이었다.

그는 침대에서 일어나 구멍을 향해 비틀비틀 걸었다. 열심히 조준한 뒤 소변 줄기가 아래로 쏟아지는 소리에 귀를 기울였다. 요즈음 그는 자신이 누는 소변 소리마저도 친구의 방문이라도 되듯이 반가웠다. 무슨 일이라도 일어나기를 기다렸다. 누가 무슨 말이라도 해주길, 그가 왜 여기에 있는지, 원하는 게 무엇인지 말해주기를 기다렸다. 왜 그가 죽지 않았는지를 알려주길 기다렸다. 아무 일도 일어나지 않는 나날이 흘러가는 동안 그는 자신이 고통을 기다리고 있다는 사실을 알아차리기 시작했다. 어느 날 문이 열리고 바깥에서 남자들이 들어오면 고통이 시작되리라고. 그러나 부츠를 신은 사람들은 — 문 아래에 나 있는 슬롯ˢˡᵒᵗ을 통해 발이 보였다 — 찾아와서 그에게 식사를 갖다 주고 빈 그릇을 가져가기만 했지 아무 말도 해주지 않았다. 그는 차가운 금속 문을 두드리고 또 두드렸다. '대체 뭘 원하는 거야? 뭘 원하는 거냐고!' 하지만 그의 간절한 외침에 어느 누구도 대답해주지 않았다.

여기 온 뒤로 얼마나 오랜 시간이 흘렀는지 알 수 없었다. 손이 닿지 않는 높은 곳에 때가 묻은 창문이 하나 나 있었지만 그 바깥에는 아무것도 없었다. 낮에는 새하얀 하늘이 한 조각 보이고 밤이 되면 별이 보일 뿐이었다. 마지막으로 기억나는 것은 지붕 위에서 바이럴이 뛰어내리더니 세상이 거꾸로 뒤집혔던 기억이었다. 피터의 얼굴이 멀어지던 것, 그가 자기 이름을 외치던 것, 지붕을 향해 거꾸로 뒤집히는 순간 목이 툭 꺾이던 것이 기억났다. 얼굴에 바람과 햇볕이 느껴지더니 총을 떨어뜨렸던 것. 총이 아주 느리게 빙글빙글 돌며 바닥으로 떨어지던 것.

거기까지가 다였다. 나머지는 빠지고 없는 이처럼 기억 속 새까만 공백일 뿐이었다.

침대에 걸터앉아 있는데 다가오는 발소리가 들렸다. 문에 달린 슬롯이 열리더니 누군가가 바닥으로 그릇 하나를 밀어 넣었다. 매 끼니에 먹는 묽은 수프였다. 때때로 고기가 조금 들어 있기도 했고, 어느 때는 국물을 우려낸 뼈만 덜렁 들어 있기도 했다. 처음에 그는 음식을 거부하면 누구인지 알 수 없는 그들이 무엇을 원하는지 알아낼 수 있을 거라고 생각했다. 하지만 단 하루 만에 그는 허기에 굴복하고 말았다.

"기분이 어때?"

입안의 혀가 묵직하게 느껴졌다. "꺼져."

바깥에서 건조한 비웃음을 터뜨리는 소리가 났다. 부츠를 신은 발이 움직이며 끽 소리를 냈다. 목소리가 젊은 사람인지, 늙은 사람인지 분간할 수 없었다.

"아직도 기운이 팔팔한걸, 테오."

자신의 이름을 듣자 등골에 소름이 돋았다. 테오는 아무 말도 하지 않았다.

"거긴 좀 편한가?"

"내가 누군지 어떻게 알지?"

"기억 안 나?" 짧은 침묵. "안 나나 보군. 네가 네 입으로 말해줬어. 여기에 처음 왔을 때 말이야. 그때 나랑 참 즐거운 대화를 나누었잖아?"

그때를 떠올려보려고 아무리 애써도 기억은 그저 깜깜한 어둠뿐이었다. 저 목소리가 실제 존재하는 목소리는 맞을까? 목소리의 주인은 테오를 알고 있는 듯했다. 아니, 전부 테오의 상상인지도 모른다. 이런 곳에 갇혀 있다 보면 결국 사람의 정신은 자기가 듣고 싶은 것을 듣게 될 테니까.

"지금은 대화할 기분이 아닌가 보군? 상관없어."

"나한테 무슨 짓을 할 셈인진 모르겠지만, 그냥 해."

"아, 이미 했지. 지금도 하고 있고. 주변을 둘러봐, 테오. 뭐가 보이지?"

테오는 그 말에 참지 못하고 결국 시키는 대로 방 안을 둘러보았다. 침대, 구멍, 더러운 창문. 돌벽에 새긴 낙서들. 그는 이 낙서들을 며칠이나 살펴보며 뜻을 고민했다. 대체로 그가 보기에는 단어도 그림도 아닌 것 같은 그저 의미 없는 형상들이었다. 하지만 구멍 위 눈높이에 새겨진 한 줄만은 분명히 읽을 수 있었다. '루벤이 여기 있었다.'

"루벤이 누구지?"

"루벤? 글쎄, 루벤이란 자는 금시초문인데."

"허튼수작 마."

"아하, 루-벤을 말하는 거구만?" 목소리는 또 한번 소리죽여 웃었다. 테오는 이 벽을 뚫고 나가 그 얼굴을 후려갈길 수만 있다면 죽어도 좋을 것 같은 심정이었다.

"루-벤은 잊으라고, 테오. 루-벤은 운이 좋지 않았거든. 그러니까 루-벤은 고리짝 역사라고나 생각해." 짧은 침묵. "자, 그건 그렇고. 잠은 좀 잘 만해?"

"뭐라고?"

"말 그대로야. 그 뚱뚱한 여자는 좀 마음에 들어?"

숨이 턱 막혀왔다. "방금 뭐라고 했지?"

"빌어먹을 뚱뚱한 여자 말이야, 테오. 자, 협조 좀 해달라고. 우리 전부 다 겪었던 일이야. 네 머릿속에 있는 그 뚱뚱한 여자 이야기를 해줘."

머릿속에서 기억이 썩은 과일처럼 퍽 하고 터졌다. 그 꿈. 부엌에 있던 뚱뚱한 여자. 바깥에서 들리는 목소리가 이 꿈에 관해 알고 있다.

"나로 말할 것 같으면, 솔직히 그 여자가 그리 마음에 들진 않더라고." 목소리가 말을 이었다. "종일 짱알짱알 떠들어대질 않나, 게다가 그 지독한 냄새하고는. 대체 그게 무슨 냄새야?"

테오는 마음을 가다듬으려고 침을 꿀꺽 삼켰다. 사방을 둘러싼 벽이 점점 좁아지며 압박해오는 것만 같은 기분이었다. 그는 두 손으로 머리를 감싸 쥐고는 겨우 입을 열었다.

"뚱뚱한 여자라니, 몰라."

"아, 당연히 모르겠지. 우리 전부 똑같은 일을 겪었다니까? 너 혼자가 아니야. 다른 질문 하나 하지." 목소리가 갑자기 속삭이듯 낮아졌다. "테오, 아직 그 여자를 도륙 내기 전이야? 칼로 말이야. 아직 거기까지 안 갔어?"

토기가 일었다. 숨이 막혔다. 칼. 칼이라고.

"아직인가 보군. 뭐, 곧 하게 될 거야. 전부 시간문제거든. 그때가 되면 지금보다 훨씬 기분이 나아질 거라고 장담하지. 거기가 일종의 전환점이라고 할 수 있어."

테오가 얼굴을 들었다. 문 아래쪽에 난 슬롯은 아직 열려 있었고, 그 사이로 긁힌 자국투성이라 허옇게 벗겨진 부츠 발끝이 내다보였다.

"테오, 내 말 듣고 있어?"

테오는 머릿속에 떠오른 생각에 사로잡힌 채 부츠 발끝을 빤히 바라보았다. 조심스레 침대에서 몸을 일으킨 다음 수프 그릇을 피해 문간으로 다가간 뒤 쭈그리고 앉았다.

"내 말 들려? 지금 굉장히 중요한 이야기를 하고 있는 중이라고."

테오가 부츠를 향해 돌진했다. 너무 늦었다. 그의 손이 붙잡은 건 텅 빈 허공뿐이었다. 다음 순간 폭발하는 듯한 고통이 잇따랐다. 무언가가 그의 손목을 콱 밟았던 것이다. 부츠 뒷굽이었다. 부츠를 신은 발이 그의 손목뼈를 바닥에 대고 짓밟아 버렸다. 테오의 얼굴이 차가운 철문에 처박혔다.

"씨팔!"

"아프지?"

눈앞에 별이 빙빙 돌았다. 손을 빼내려 애썼지만 손등을 밟고 있는 발이 꿈쩍도 하지 않았다. 테오는 한 손을 슬롯 바깥으로 빼낸 채 꼼짝도 못 하는 신세였다. 그러나 아무 대가 없는 고통은 아니었다. 이 고통은 문밖의 목소리가 진짜라는 의미였다.

"지옥으로…… 꺼져…… 버려."

그 말에 부츠 뒷굽이 다시 한번 비틀렸고 테오는 악 소리를 질렀다.

"말 잘했어, 테오. 여기가 어딘 것 같아? 네가 있는 여기가 바로 지옥이야, 친구."

"난…… 난 네 친구가 아니야." 테오가 신음 사이에서 간신히 내뱉었다.

"그래, 어쩌면 아닐지도 모르지. 지금은 말야. 하지만 곧 그렇게 될걸. 머지않아 우리는 친구가 될 거라고."

다음 순간 갑자기 테오의 손을 짓눌렀던 무게가 사라졌다. 고통이 순식간에 사라지자 기쁨을 닮은 감각이 퍼졌다. 테오는 슬롯을 통해 팔을 거둔 다음 벽에 푹 기댄 채 무릎에 손목을 묻고 거칠게 숨을 몰아쉬었다.

"믿고 싶지 않겠지만, 여기엔 나보다도 더 지독한 것들이 있거든." 목소리가 말했다.

"잘 자, 테오."

그러더니 슬롯이 쾅 소리를 내며 닫혔다.

261

VIII
헤이브

이 섬은 소음으로 가득하도다,
소리와 달콤한 공기는 기쁨만을 주고 해롭지 않네
때로 천 개의 현악기가 내 귀에 울리고
때로는 목소리들이 들려와
꿈에서 깬 나를
다시금 잠들게 하네

—셰익스피어, 『템페스트』

그들이 탄 트럭은 몇 시간이나 길 위를 달렸다. 딱딱한 금속으로 된 바닥 말고는 몸을 누일 곳이 없어서 눈을 도저히 붙일 수가 없었다. 마이클이 눈을 감을 때마다 트럭이 과속방지턱에 걸리거나 급커브를 도는 바람에 몸이 여기저기로 처박혔다.

고개를 들자 짐칸의 문에 달린 하나뿐인 강화유리 창으로 햇볕이 스며드는 게 보였다. 입안이 바싹 말랐고 온몸이 밤새 망치로 두들겨 맞은 것처럼 쑤셨다. 마이클은 덜커덩거리는 짐칸 벽에 기대앉은 자세로 눈가에 매달린 눈곱을 문질러 뗐다. 나머지는 각자 다양하기 그지없는 불편한 자세로 배낭에 기대 있었다. 모두가 지친 모습이었지만 그중에서도 알리시아의 상태가 제일 안 좋았다. 알리시아는 마이클을 마주 보는 위치에서 짐칸 벽에 기대앉아 있었는데, 얼굴이 창백한 데다 땀투성이였고 눈을 뜨고 있었지만 눈빛에 기력이라고는 전혀 없었다. 모사미가 전날 밤 최선을 다해 알리시아의 다친 다리를 소독하고 붕대를 감아주었지만, 마이클이 보기에도 상처는 심각해 보였다. 잠이 든 것은 에이미 혼자였다. 에이미는 마이클 옆 바닥에서 몸을 웅크린 채 무릎을 가슴 앞에 끌어안고 자고 있었다. 뺨에 검은 머리카락 한 줌이 흩어진 채 트럭의 움직임에 따라 이리저리 흔들렸다.

기억이 뺨을 후려갈기듯 찾아왔다.

사라 누나가 납치당했다.

전날 밤, 마이클은 다른 일행과 함께 온 힘을 다해 달려 주방과 하역장을 통과해 바깥으로 나왔지만, 나오자마자 바이럴에게 포위되었고 — 마치 파티라도 하듯 온 사방에 바이럴이 들끓고 있었다 — 그때 앞에 커다란 서래가 달린 트럭이 나타나더니 불을 뿜으며 그들에게로 달려왔다. '타세요! 어서 타요!' 트럭 지붕에 올라탄 여자가 그렇게 외치고 있었다. 마이클은 공포로 온몸이 굳어서 움직이지 않았다. 홀리스를 비롯한 나머지가 모두 '어서, 어서 올라타!' 하고 외쳤지만 그는 꼼짝도 할 수 없었다. 움직이는 법을 잊어버린 것만 같았다. 트럭은 불과 십여 미터 떨어진 곳에 있었지만 마치 수천 미터는 떨어진 먼 곳에 있는 것만 같았다. 마이클이 몸을 돌리는 순간 바이럴 한 마리가 그를 빤히 바라보며 특유의 기묘한 몸짓으로 고개를 돌렸는데, 그 순간 아주 불길한 슬로모션이 이어졌다. '오, 안 돼.' 마이클이 생각했다. '오, 안 돼, 오, 안 돼, 오, 안 돼.' 그때 트럭에 타고 있던 여자가 화염방사기로 그에게 달려들던 바이럴을 쏴버렸다. 바이럴이 지방처럼 타들어갔다. 심지어 지방이 탈 때 나는 퍽 하는 소리까지 들렸다. 누군가가 그의 손을 세게 잡아당겨서 트럭에 태웠는데, 에이미였다. 그렇게 작은 몸에서 그만한 힘이 나올 줄은 상상도 못 했었다.

그리고 이제 아침이었다. 트럭이 속도를 늦추자 몸이 앞으로 쏠렸다. 옆에 있던 에이미가 눈을 번쩍 뜨더니 몸을 일으켜 앉은 뒤 또다시 무릎을 세워 끌어안은 채로 트럭 문을 빤히 바라보았다.

트럭이 멈췄다. 케일럽이 비틀거리며 창 쪽으로 다가가 바깥을 내다보았다.

"뭐 보여?" 피터가 쭈그려 앉은 채 물었다. 머리에 피가 말라붙어 있었다.

"건물 같은 게 있는데, 너무 멀어요."

트럭 지붕에서 발소리가 들렸고, 운전석 문이 여닫히는 소리가 났다.

홀리스가 소총을 집었다.

피터가 한 손을 들어 홀리스를 제지했다. "기다려."

케일럽이 입을 열었다. "이쪽으로 오는데요……."

다음 순간 문이 활짝 열리며 앞이 안 보일 정도로 햇살이 쏟아져 들어왔다. 역광 속에 산탄총을 든 두 사람의 형체가 보였다. 여자는 젊었고 검은 머리카락을 두피가 보일 정도로 바짝 깎은 채였다. 그보다 나이가 훨씬 많아 보이는 남자는 얼굴이 크고 통통했으며 코는 누가 주먹으로 갈긴 것처럼 납작했고 며칠째 면도를 하지 않은 듯 수염이 비쭉비쭉 자라 있었다. 둘 다 온몸을 방탄복으로 감싼 채였고 덕분에 머리통이 이상스레 작아 보였다.

"무기를 전부 내놔."

"당신들은 도대체 누굽니까?" 피터가 물었다.

그러자 여자가 산탄총을 이쪽으로 겨눴다. "전부 내놔. 칼도 꺼내."

일행은 가지고 있던 총과 칼을 전부 문 쪽 바닥에 내려놓았다. 마이클은 호텔에서 달려 나오는 길에 한 번도 쏴보지 못한 소총을 어딘가에 떨어뜨리는 바람에 가진 거라고는 드라이버 하나가 전부였지만 그나마도 내놓기로 했다. 고작 드라이버 하나 때문에 총에 맞아 죽고 싶진 않아서였다. 여자가 무기를 챙기는 동안 아직까지 한마디도 하지 않았던 남자가 그들에게 총을 겨누고 있었다. 저 멀리 헐벗은 언덕을 배경으로 기다랗게 생긴 좁은 건물의 형체가 보였다.

"우릴 어디로 데려가는 거지?" 피터가 물었다.

여자가 바닥에 있던 쇠로 된 들통을 들어 트럭 짐칸에 놓았다.

"소변을 보고 싶으면 이걸 써." 그 말을 남기고 그녀는 짐칸 문을 닫았다.

피터는 "제기랄." 하면서 트럭의 벽을 쳤다.

트럭은 계속 달렸다. 기온이 점점 높아지고 있었다. 트럭이 다시 속도를 늦추더니 서쪽으로 방향을 돌렸다. 그리고 아주 오랫동안 난폭하게 털털거리며 계속 달렸다. 그다음은 오르막길이었다. 이제 짐칸 안의 공기는 참을 수 없을 정도로 뜨거웠다. 남은 물도 전부 마셔버린 뒤였다. 아직까지 들통을 사용한 사람은 아무도 없었다. 피터는 짐칸과 운전석을 가로막은 벽을 두드렸다.

"이봐! 우리를 익혀 죽일 셈이야?"

그대로 시간이 흐르고, 또 흘렀다. 아무도 입을 열지 않았다. 숨을 쉬는 것만으로도 힘에 부쳤기 때문이었다. 누군가가 그들에게 끔찍한 장난이라도 치는 것만 같았다. 바이럴에게서 목숨을 구한 대가로 트럭 짐칸에서 타 죽게 되다니. 마이클은 이제 잠과 비슷하지만 잠은 아닌 상태를 떠돌고 있었다. 더웠다. 너무 더웠다. 어느 순간 길이 내리막길로 바뀐 것이 느껴졌지만, 이제 그런 사사로운 사항들은 다른 사람에게 일어나는 일인 것처럼 하잘것없이 느껴졌다.

서서히, 트럭이 멈추었다는 사실이 마이클의 의식으로 스며들기 시작했다. 마이클은 시원한 물이 나오는 환영을 보고 있었다. 시원한 물이 그에게 쏟아지고, 사라 누나, 그리고 특유의 비뚜름한 미소를 짓는 엘턴도 등장했다. 모두, 피터, 모사미, 알리시아, 심지어 부모님까지도 다 함께 평온한 푸른 물속을 헤엄치고 있었고 그는 잠깐이지만 이 아름다운 꿈속에 계속 머물고 싶었다.

"이럴 수가." 누군가가 말했다.

눈을 뜨자 가혹할 정도로 새하얀 빛, 그리고 동물의 분뇨에서 나는 것이 분명한 지독한 냄새가 쏟아졌다. 문 쪽으로 고개를 돌리자 ― 언젠가 본 것만 같지만 정확히 어디서 본 건지는 기억나지 않는 ― 두 사람의 형체가 보였고, 그 사이에는 뒤에서 너무나 강한 빛이 쏟아져 마치 허공에 둥둥 떠 있는 것처럼 보이는, 철회색 머리카락에 오렌지색 점프슈트를 입은 키 큰 남자가 서 있었다. "세상에, 맙소사." 남자가 말하고 있었다. "일곱이라니, 믿을 수 없어." 그가 나머지 두 사람을 향해 고개를 돌렸다. "가만히 서 있기만 할 거야? 들것을 가져와. 어서!"

두 사람이 저쪽으로 달려갔다. 무언가가 아주 잘못되었다는 생각이 들었다. 모든 것이 터널의 반대편에서 일어나고 있는 것만 같았다. 여기가 어디인지, 왜 여기 있는지도 알 수 없었지만, 한편으로는 마치 미시감末視感처럼, 이미 알고 있는 것을 잊어버린 것만같이 느껴졌다. 장난 같으면서도, 하나도 우습지 않은 장난이었다. 입안에 바싹 마른 주먹만 한 물체가 들어 있는 게 느껴졌는데, 알고 보니 자신의 혀가 숨을 막고 있는 것이었다.

피터가 쉰 목소리로 힘겹게 입을 열었다. "당신들은 대체…… 누구지?"

"저는 올슨이라고 합니다. 올슨 핸드." 바람에 거칠어진 얼굴을 가진 남자가 미소를 지었는데, 그 순간 터널 저 편으로 보이던 남자의 얼굴은 테오의 얼굴로 변했고, 이윽고 터널이 무너지더니 마이클은 의식을 잃었다.

아주 짧은 동시에 긴 시간, 1시간이 하루가 되고, 하루가 1년이 되는 것만 같은 시간 동안 그는 겹겹이 쌓인 어둠을 서서히 뚫고 올라가 수면으로 다가가고 있었다. 어둠이 걷히면서 눈앞이 점차 하얗게 넓어져 왔고, 의식 또한 서서히 되

268

돌아왔다. 그는 눈을 뜬 채 깜빡였다. 깜빡거리는 분홍색 눈꺼풀을 제외하면 그의 온몸은 꼼짝도 할 수 없는 상태였다. 아주 먼 곳에서, 드넓은 하늘을 가로질러 서로를 향해 노래하는 새들처럼 목소리들이 머리 위로 지나갔다. 마이클은 생각했다. 추워. 그는 추웠다. 어마어마하게, 놀랍도록 추웠다.

마이클은 잠을 잤다. 다시 눈을 뜨자 알 수 없는 시간이 지나간 뒤였고 그는 침대에 누워 있었다. 그 침대는 어느 방에 있었고, 그는 혼자가 아니었다. 고개를 들어볼 수조차 없었다. 온몸이 쇠처럼 무겁게 느껴졌다. 하얀 벽에 하얀 천장, 비스듬한 하얀 빛이 그의 벌거벗은 몸을 덮은 이불을 비추고 있는 일종의 병원이었다. 공기는 서늘하고 습했다. 머리 위, 뒤쪽 어딘가에서 기계가 리드미컬하게 고동치는 소리, 쇠로 된 무언가에 물이 똑똑 떨어지는 소리가 났다.

"마이클? 마이클? 내 말 들려요?"

침대 옆에는 한 여자가 — 마이클은 그 사람이 여자라고 생각했다 — 앉아 있었다. 검은 머리를 남자처럼 짧게 치고, 눈썹과 뺨이 부드럽고 조그만 입에 입술이 얇은 여자였다. 여자가 그를 무척 주의 깊게 바라보고 있었다. 꼭 어디선가 본 적이 있다는 기분이 들었지만, 거기까지였다. 날씬한 몸에는 헐렁한 오렌지색 옷을 입고 있었는데, 다른 모든 것처럼 어디선가 본 적 있는 것처럼 느껴지는 옷이었다. 그 뒤에는 일종의 가리개가 있어서 시야가 가렸다.

"좀 어때요?"

입을 열려고 했지만 말이 목에 걸린 듯 나오지 않았다. 여자가 테이블에 있던 컵을 들더니 빨대를 입술에 물려주었다. 물이었다. 차고 상쾌하고, 쇠 맛이 났다.

"자, 그래요. 천천히 마셔요."

마이클은 물을 마시고 또 마셨다. 물맛이 기막히게 좋았다. 물을 다 마시고 나자 여자가 컵을 다시 테이블 위에 내려놓았다.

"열이 내렸어요. 친구들을 만나고 싶지요?"

혀가 느리고 무겁게 움직였다.

"여기가 어디죠?"

그러자 여자가 미소를 지었다. "친구들이 설명해줄 거예요."

여자가 가리개 뒤로 사라지고 마이클은 혼자 남았다. 저 사람은 누구지? 여기 어디지? 마치 며칠이나 잠들어 불편한 꿈을 꾸고 있었던 것만 같았다. 꿈을 기억해보려고 애썼다. 뚱뚱한 여자가 나왔던 것 같다. 연기를 뿜는 여자였다.

그때 목소리와 발소리가 들리는 바람에 마이클의 생각은 거기에서 멎었다. 피터가 침대 발치에 나타났다. 싱글벙글 웃고 있었다.

"드디어 깨어났구나! 기분이 어때?"

"대체…… 무슨 일이 있었던 거야?" 마이클이 쉰 목소리로 물었다.

피터가 마이클의 침대 옆에 자리를 찾아 앉더니 컵에 물을 다시 따른 다음 마이클에게 빨대를 물려주었다.

"기억이 안 나나 보다. 너 열사병으로 트럭 안에서 기절했었어." 그러더니 피터는 한쪽에서 말없이 이쪽을 지켜보고 있는 여자를 향해 고갯짓해 보였다.

"빌리랑은 이미 인사했지? 네가 깨어났을 때 옆에 없어서 아쉬워. 다들 순번을 정해서 널 돌보고 있었거든." 그러더니 그가 마이클에게 몸을 바짝 기댔다. "마이클, 너도 여기를 둘러봐야 해, 정말 굉장한 곳이야!"

여기라니, 하고 마이클은 생각했다. 여기가 대체 어디야? 마이클은 잔잔한 미소를 짓고 있는 여자의 얼굴을 빤히 쳐다보았다. 순식간에 기억이 한꺼번에 되돌아왔다. 트럭에서 봤던 여자였다.

마이클이 움칠하는 바람에 피터가 들고 있던 컵을 떨어뜨려 온몸에 물이 쏟아졌다.

"아니, 마이클. 왜 이러는 거야?"

"저 여자가 우릴 전부 죽이려고 했어!"

"과장이 좀 심하지 않아?" 피터가 여자를 보더니, 마치 둘이서만 통하는 농담이었다는 듯 작게 웃어 보였다.

"마이클, 빌리는 우리를 구해줬잖아. 기억 안 나?"

피터의 쾌활한 태도는 어쩐지 불편한 구석이 있었다. 마이클이 기억하는 사실과 피터의 태도가 하나도 들어맞지 않았다. 마이클은 크게 아팠다. 어쩌면 죽을 수도 있었다.

"리시의 다리는 어떻게 됐어? 리시는 괜찮아?"

그러자 피터는 아무렇지도 않다는 듯 손을 저어 보였다. "아, 괜찮아. 다들 아무렇지도 않아. 네가 깨어나기만을 기다리고 있었다고."

피터가 다시 마이클을 향해 몸을 숙였다. "여긴 '헤이븐'이라고 해, 마이클. 옛날에는 교도소였지. 지금 네가 있는 곳이 바로 교도소의 병원이야."

"교도소라니, 감옥 말이야?"

"비슷해. 사실 오래전부터 비어 있던 교도소야. 이 건물이 얼마나 거대한지 네가 봐야 해. 워커가 거의 300명은 있어. 물론, 따지자면 우리가 워커인 셈이지만 말이야. 그리고 정말 끝내주는 사실 하나 말해줄까? 여긴 바이럴도 없어."

말도 안 되는 소리였다. "피터, 도대체 무슨 소릴 하는 거야?"

그러자 피터는 마치 마이클의 질문이 깊이 생각해볼 여지도 없을 만큼 시시하다는 듯 어깨를 으쓱했다.

"글쎄, 이유는 모르겠지만 없어." 그러더니 피터는 말을 이었다.

"몸을 좀 가누게 되거든 네가 직접 한번 둘러봐. 소 떼도 한번 봐야겠다. 고기로 쓸 수 있는 소도 있어." 피터가 마이클을 향해 공허한 웃음을 지어 보였다. "자, 어때? 몸 좀 일으킬 수 있을 것 같아?"

그럴 수 없을 것 같았지만, 피터의 목소리를 들으니 어쩐지 시도하는 척이라도 해야 할 것 같다는 긴장감이 들었다. 마이클은 팔꿈치에 힘을 주고 상체를 일으켰다. 방 안이 빙글 돌더니 뇌가 철벅거리는 느낌이 들었다. 그는 다시 침대에 널브러졌다.

"으아, 너무 아파."

"괜찮아, 괜찮아. 쉬엄쉬엄해. 빌리 말로는 그렇게 심한 경련을 일으킨 뒤에 머리가 아픈 건 당연하대. 곧 일어설 수 있을 거야."

"경련이라고?"

"기억이 거의 안 나나 봐?"

"그런 것 같아." 마이클은 마음을 가라앉히려고 숨을 골랐다. "내가 정신을 잃은 지 얼마나 됐지?"

"오늘까지 쳐서 말이야? 사흘이었어." 피터가 여자를 슬쩍 쳐다보았다.

"아니다, 나흘이야."

"나흘씩이나?"

피터가 어깨를 으쓱했다. "네가 파티에 못 와서 너무 안타깝네. 그래도 네가 나아졌으니 다행이지. 일단 거기에 집중하자고."

마이클의 좌절감이 이글이글 끓어오르기 시작했다. "파티라니? 피터, 도대체 왜 그래? 우리 지금 알 수 없는 곳에 고립되어 있잖아. 무기는 전부 빼앗겼고, 이 여자는 우릴 죽이려고 했다고. 그런데 왜 아무 문제도 없는 것처럼 말하는 거야?"

그때 문이 열리더니 쾌활한 웃음소리가 쏟아지는 바람에 두 사람은 거기서 대화를 멈춰야 했다. 목발을 짚은 알리시아가 가리개 뒤에서 나타났다. 그 뒤에는 마이클이 처음 보는 것 같은 남자가 따라왔다. 눈이 새파랗고, 턱은 돌을 정으로 조각한 것처럼 날카로웠다. 지금 내가 환영을 보는 걸까, 아니면 이 두 사람이 어린애들처럼 술래잡기라도 하는 것일까?

알리시아가 마이클의 발치에 와서 섰다. "서킷! 깨어났구나."

그러자 파란 눈을 가진 남자가 외쳤다. "죽은 자들 사이에서 살아난 라자루스! 좀 어때, 친구?"

마이클은 너무 당황해서 뭐라 대답할 말이 없었다. 라자루스가 대체 누구야?

알리시아가 피터를 향해 물었다. "얘기했어?"

"지금 하려던 참이야." 피터가 대답했다.

"무슨 말을 한다는 거야?"

"네 누나 얘기야, 마이클." 피터가 마이클을 바라보며 환하게 웃었다. "네 누나가 여기 와 있어."

순식간에 마이클의 눈에서 눈물이 펑펑 솟았다. "장난치지 마."

"장난치는 거 아니야, 마이클. 사라가 여기 있어. 게다가 다친 데 하나도 없이 무사해."

"난 아무 기억도 안 나."

이제 마이클의 침대를 둘러싼 건 모두 여섯이었다. 사라, 피터, 홀리스, 알리시아, 사람들이 빌리라고 부르는 여자, 그리고 자기를 주드 크립이라고 소개한 파란 눈의 남자까지. 피터가 마이클에게 사라의 소식을 알린 뒤 알리시아가 자리를 떠나 사라를 데리러 갔고, 잠시 후 사라가 울고 웃으며 병실 안으로 달려 들어왔다. 도저히 이해할 수 없는 상황이라 마이클은 대체 어디서부터 시작해야 할지, 무엇부터 물어야 할지 알 수 없었다. 하지만 사라가 살아 있었다. 지금은 오로지 그것만이 중요했다.

홀리스가 사라를 어떻게 찾아냈는지에 대해 설명해주었다. 그들이 이곳에 도착한 다음 날, 홀리스는 빌리와 함께 다시 험비를 찾으러 라스베이거스로 돌아갔다. 호텔로 갔더니 이미 불에 타서 돌무더기와 뒤틀린 들보밖에 남아 있지 않았다. 건물 동측은 완전히 무너져서 길에 온갖 잔해물이 쌓여 있었다고 했다. 그 뒤에 험비 두 대가 박살이 나 있었다고 했다. 공기 중에는 그을음과 먼지가 가득했고, 모든 표면이 재로 뒤덮여 있었다. 불이 근처 다른 호텔로 옮겨붙어 여전히 타고 있었다. 그러나 바이럴이 사라를 납치해 간 동편 건물은 그대로 있었다. 알고 보니 그곳은 '에펠탑 레스토랑'이라는 곳이었다. 긴 계단을 올라가니 맨 꼭대기 층에 사방이 유리창인 크고 둥근 방이 있었는데, 대개 깨지거나 빠지고 없는 유리창 아래로 무너진 호텔이 보이는 곳이었다고 했다.

사라는 의식을 잃은 채 테이블 아래에 웅크리고 쓰러져 있었다. 홀리스가 건드리자 깨어나는 것 같았지만 눈이 흐릿했고 초점을 잡지 못했다고 했다. 사라는 자신에게 무슨 일이 일어난 건지 전혀 기억하지 못하는 듯했다. 얼굴과 팔은 긁힌 상처투성이였고, 한쪽 손목을 무릎 위에 놓고 감싸 쥐고 있는 걸 보니 손목이 부러진 게 분명해 보였다. 홀리스가 사라를 들어 안고 11층이나 되는 깜깜한 계단을 내려와 연기로 가득한 바깥으로 나왔다. 헤이븐까지 오는 길의 절반이나 지나서야 사라가 깨어났다고 했다.

"정말 그랬어?" 마이클이 사라에게 물었다.

"홀리스가 그렇게 이야기했어. 마이클, 사실 나는 혼자서 카드 게임을 하고 있었던 데까지밖에 기억이 안 나. 그다음 기억은 홀리스와 함께 트럭에 타고 있었던 거야. 그 사이에 있었던 일은 전혀 기억나지 않아."

"누나, 정말 괜찮아?"

사라는 어깨를 으쓱했다. 사실인 것 같았다. 긁힌 상처, 그리고 알고 보니 부러진 게 아니라 삔 것뿐이었던 손목에 붕대를 감고 있는 것만 제외하면 사라에게 눈에 띄는 부상은 없었다.

"괜찮은 것 같아. 설명할 수 없을 뿐이야."

의자에 앉아 있던 주드가 알리시아를 향해 몸을 틀었다. "그러고 보니 리시, 굉장히 인상적이었어요. 당신이 수류탄을 던질 때 놈들 표정을 봤어야 했는데."

"다 마이클 덕분이었어요. 건물 안에 가스가 꽉 차 있다고 알려준 게 마이클이었거든요. 또, 프라이팬으로 놈의 주의를 끈 건 피터였고요."

"아직도 그 부분은 이해가 잘 안 돼요." 빌리가 얼굴을 찌푸렸다. "바이럴이 프라이팬에 비친 자기 얼굴을 봤다고요?"

피터는 어깨만 으쓱했다. "어쨌든 그 방법이 통했던 것 같아요."

"바이럴이 네 요리에 질색한 건 아니고?" 홀리스가 농담을 던지자 모두가 웃음을 터뜨렸다.

이상해, 하고 마이클은 생각했다. 지금까지 일어났다는 이야기 자체도 이상하지만, 세상에 걱정 한 점 없는 듯 구는 친구들의 행동도 이상했다.

"이해가 안 되는 게 있는데, 애초에 왜 거기 계셨어요?" 마이클이 용기를 내어 물었다. "그곳에 당신들이 있어서 다행이었지만, 좀 신기한 우연인데요."

그 말에 대답한 것은 주드였다. "물건 사냥을 하러 정기적으로 도시로 순찰대를 보내고 있거든요. 호텔이 불에 탈 때 우리는 세 블록 떨어진 곳에 있었습니다. 오래된 카지노 지하에 안전 가옥을 하나 만들어 놨고요. 폭발하는 소리를 듣고 곧장 그쪽으로 갔죠."

주드가 입을 꽉 다문 채 웃음을 지어 보였다. "그때 여러분을 발견한 게 행운이었죠."

마이클은 잠시 방금 들은 말을 머릿속에서 되짚어보았다. "아뇨, 그럴 리가 없는데요." 잠시 후 마이클이 다시 입을 열었다. "정확히 기억해요. 호텔에 불이 붙은 건 우리가 밖으로 나온 뒤였어요. 그때 당신들은 이미 그곳에 있었고요."

주드가 고개를 저었다. "아닙니다."

"제 말이 맞아요. 이분한테 물어보세요. 이분이 전부 다 보고 있었다고요." 마이클이 고개를 돌려 빌리 쪽을 보았다. 빌리는 내내 짓고 있던 서늘하고 침착한 표정으로 그를 바라보고 있었다.

"정확히 기억하고 있다고요. 당신이 바이럴에게 화염방사기를 쏘고, 에이미가 저를 끌어당겨 트럭에 태웠어요. 폭발음은 그다음에 들렸고요."

하지만 빌리가 입을 열기 전에 홀리스가 끼어들었다. "마이클, 좀 헷갈리고 있는 것 같아. 널 트럭에 태운 건 나였어. 호텔엔 이미 불이 붙은 뒤였고. 아마 네가 혼동한 걸 거야."

"확실한데……." 마이클은 다시 주드의 조각 같은 얼굴을 바라보았다. "그런데 여러분은 안전 가옥에 있었다고요?"

"그렇죠."

"세 블록 떨어진 곳이었다고요."

"그 정도입니다." 너그러운 미소. "말씀드렸듯, 정말 행운이었다고 할 수밖에요."

마이클은 모두의 시선에서 초조한 열기가 배어 나오고 있음을 알아차렸다. 주드가 한 이야기는 말이 되지 않았다. 확실했다. 한밤중에 안전 가옥을 떠나서 불타는 건물로 트럭을 몰고 오는 미친 사람은 없다. 그런데 왜 다들 그 말에

275

장단을 맞추고 있는 거지? 호텔의 세 면은 무너진 건물의 잔해로 막혀 있었다. 그렇다면 주드와 빌리는 동쪽에서 왔다는 소리가 된다. 마이클은 자신의 일행이 호텔의 어느 쪽 면으로 탈출했는지를 곰곰 생각했다. 아마 남쪽이었던 것 같다.

"아, 그래요. 잘 모르겠어요." 한참 만에야 마이클이 입을 열었다. "착각했나 봐요. 솔직히 말하면 머릿속에서 전부 뒤엉켜버린 것 같거든요."

빌리가 고개를 끄덕였다. "오랫동안 의식을 잃고 있었으니 그럴 수 있죠. 며칠 있으면 기억은 돌아올 거예요."

"빌리 말이 맞아." 피터가 거들었다. "그럼, 환자는 쉬게 두자고요." 그러더니 홀리스를 향해 말했다. "올슨이 우릴 들판으로 데리고 가서 구경시켜준다고 했어. 이곳의 목축업을 보여주겠대."

"올슨이 누구야?" 마이클이 물었다.

"올슨 핸드. 이곳의 책임자야. 아마 너도 곧 만나게 될걸. 자, 갈까, 홀리스?"

그러자 홀리스가 입을 다문 채 미소를 지었다. "좋은데."

그 말이 끝나기가 무섭게 다들 일어났다. 다시 혼자가 된 마이클이 방금 맞닥뜨린 생경한 상황에 대해 혼란스러워하고 있는데, 사라가 다시 그의 침대 옆으로 뛰어 들어왔다. 주드가 가리개 옆에서 사라를 지켜보고 있었다. 사라는 마이클의 손을 잡고 이마에 급히 입을 맞췄다 ― 몇 년 만에 있는 일이었다.

"깨어나서 다행이야. 회복에만 집중해, 알았지? 우리가 기다리고 있는 건 그뿐이야."

마이클은 그들이 떠나는 소리에 귀를 기울였다. 발걸음 소리. 무거운 문이 열렸다가 다시 닫히는 소리. 마이클은 자신이 혼자가 되었다는 게 확실해질 때까지 좀 더 그대로 기다린 뒤에야 손을 펴서 사라가 몰래 손 안에 밀어 넣은 쪽지를 읽었다.

'그들에게 아무것도 말하지 마.'

피터가 말한 그 파티는 그들이 도착한 지 사흘째였던 전날 저녁에 열렸다. 헤이븐의 모든 사람을 한자리에서 볼 수 있는 기회라고 했다. 그리고 그들이 본 모습은 비현실적이기 그지없었다.

모든 게 가짜 같았다. 이곳에는 바이럴이 없다는 올슨의 주장부터가 그랬다. 남쪽으로 20킬로미터만 가면 라스베이거스는 바이럴로 들끓고 있었다. 조슈아 밸리에서 켈소까지가 대략 그 정도 거리였는데, 바이럴은 그때 내내 그들을 따라왔었다. 그들이 데리고 온 말의 냄새가 바람을 타고 실려 왔다는 것이 알리시아의 지적이었다. 또, 헤이븐을 지키는 것은 금속 울타리가 전부였는데 그건 바이럴의 습격을 막기에는 너무 허술했다. 올슨은 트럭에 있는 화염방사기 외에는 쓸 만한 무기가 없다시피 하다고 털어놓았다. 산탄총은 그냥 보여주기용이었으며 탄환도 수십 년 전에 이미 다 떨어졌다는 것이다.

"자, 우리는 이곳에서 완전히 평화롭게 살고 있답니다." 올슨은 그렇게 말했다.

올슨 핸드. 피터는 태어나서 자신의 권력을 이토록 자연스럽게 받아들이는 사람은 처음 보았다. 빌리, 그리고 주드라는 남자가 각각 그의 왼팔과 오른팔인 듯했고, 라스베이거스에서 이곳까지 트럭을 몰고 왔다는 거스라는 남자 — 일종의 엔지니어인 듯했다 — 외에는 명령 구조는 없는 듯했다. 올슨에게는 직위도 없었다. 그저 책임자라고만 일컬어졌다. 그럼에도 그는 자신의 의도를 꼭 양해를 구하듯 상냥하게 전달하며 자신의 책임을 편안하게 수행하고 있었다. 키가 크고, 머리는 하얗고 — 여자들과 아이들은 머리를 바짝 깎은 반면 이곳의 남자들은 머리를 길게 길러 포니테일로 묶고 있었는데, 올슨 또한 그랬다 — 구부정한 몸이 오렌지색 점프슈트에 간신히 들어차는 듯한, 그리고 말을 할 때 양손의 손끝을 서로 맞대는 습관이 있는 올슨은 300명의 생활을 책임지는 사람이라기보다는 자애로운 아버지 같아 보였다.

헤이븐의 역사를 그들에게 알려준 것 역시 올슨이었다. 그들이 도착한 지 몇 시간 지나지 않아 들은 이야기였다. 그들은 병원으로 왔고, 마이클의 간호는 올슨의 딸인 미라에게 맡겨놓았다. 미라는 팔다리가 가느다랗고 하늘하늘한 몸매에, 색이 엷고 가늘어서 거의 투명해 보이는 머리를 짧게 깎은 십 대 소녀로, 그들을 초조하면서도 경외심이 담긴 눈길로 바라보는 아이였다. 처음 이곳에 도착해서 밴에서 내린 뒤 그들은 옷을 벗고 몸을 씻었고 모든 소지품을 압수당했다. 올슨은 무기를 제외한 나머지는 나중에 모두 돌려주겠다고 그들을 안심시켜주었다. 또 나중에 이곳을 떠나게 되면 ─ 여기에서 올슨은 잠시 말을 멈추더니, 특유의 온화한 말투로 그들이 머물러주었으면 한다고 덧붙였다 ─ 무기도 전부 돌려주겠다고 했다. 어쨌든 지금은 총도, 칼도 압수해두겠다고 했다.

그리고 이 헤이븐이라는 곳에 대해 그들은 아직 모르는 게 많았다. 올슨의 설명으로는 오랜 시간이 지나는 동안 헤이븐의 탄생에 대한 이야기들이 점점 진화하고 변해갔기에 진실이 무엇인지는 명확하지 않다고 했다. 그래도 몇 가지 사실에 대해서는 다들 동의했다. 처음 이곳에 정착한 사람들은 전쟁이 끝날 무렵 라스베이거스에서 온 피난민들이었다. 그들이 이 교도소의 철창과 벽, 울타리가 자신들을 안전히 지켜줄 거라는 생각에서 이곳을 택했는지, 아니면 다른 곳으로 향하다가 이곳에 멈춘 것인지는 누구도 알 수 없었다. 그러나 그들은 자연적으로 형성된, 폐허에 가까운 이곳의 주변 환경 때문인지 바이럴이 없다는 사실을 알게 된 후 이곳에 남아 사막에서 생활을 이어나가기로 했던 것이다. 교도소 단지는 정확히 말하면 두 개의 시설로 나뉘어 있었다. 하나는 최초의 정착민들이 살았던 데저트 웰스 주립 교도소였고, 다른 하나는 그 옆에 있는 교정 캠프로, 소년범들이 농장 일을 하던 곳이라 보안 수준이 낮았다. 데저트 웰스라는 이름의 유래가 된 우물이 있었기에 농사일에 물을 댈 수가 있었고, 또 병원을 비롯한 건물 일부의 냉방도 가능했다. 교도소에는 생존에 필요한 물품들이 상당히 많았다. 일단은 이곳의 주민들이 아직도 입고 다니는 오렌지색 점프슈트부터 그랬다. 필요한 다른 물건들은 남쪽에 있는 마을에서 가져왔다. 쉬운 생활은 아니었고 부족한 것도 많았지만 적어도 이곳에서는 바이럴의 위협 없이 자유롭게 살아갈 수 있었다. 그들은 오랜 세월 동안 바깥으로 정찰대를 보내 다른 생존자들을 찾아 안전한 곳으로 데려오고자 했다. 생존자 여럿을 찾아내던 시절도 있었지만 상당히 오랫동안 누구도 찾지 못했기 때문에 다른 사람들을 찾겠다는 희망을 버린 지 오래였다. "바로 이 때문에," 올슨이 상냥하게 웃으며 말을 이었다. "여러분의 등장이 기적처럼 여겨지는 겁니다." 그러더니 실제로 눈시울이 촉촉해지기까지 했다. "여러분 모두가 기적이에요."

첫날 밤은 마이클과 함께 병원에서 보냈고, 다음 날부터는 캠프 외곽에 시멘트블록으로 나란히 지은 오두막 두 개를 나눠 쓰게 되었다. 오두막은 한가운데에 타이어를 쌓아놓고 가장자리에는 불을 피운 드럼통을 빙 둘러놓은 칙칙한 광장을 마주 보고 있었다. 그들은 이곳에서 3일간 격리되어 지내게 되었다. 반대편에도 오두막이 여러 채 있었는데, 전부 비어 있는 듯했다. 그들이 머물게 된 오두막은 테이블 하나, 의자, 그리고 침대가 있는 곁방이 있을 뿐 아무것도 없었다. 공기가 뜨듯해서 숨이 막혔고, 바닥을 걸으면 모래가 밟혀서 바작바작 소리가 났다. 이튿날 아침 홀리스는 빌리와 함께 험비를 찾으러 길을 떠났다. 이곳에는 차량이 부족했기 때문에, 험비가 폭발에 망가지지 않았다면 위험을 감수하고라도 회수할 가치가 있다는 것이 올슨의 설명이었다. 올슨이 그 차를 자신들이 가질 셈인지, 그들에게 돌려줄 생각인지는 피터로서는 알 수 없었다. 올슨의 말은 애매했고, 피터는 굳이 캐묻지 않기로 했다. 밴에서 일곱 명 모두 거의 더 위로 죽을 뻔했던 데다가 마이클은 아직도 의식을 되찾지 못하고 있는 상태이니, 최대한 말을 아끼는 편이 현명할 것 같았다. 올슨은 그들에게 콜로니에 대해 물었고, 여행의 목적이 무엇인지도 물었는데, 설명을 조금이라도 하지 않을 도리는 없었다. 하지만 피터는 자신들은 캘리포니아에 있는 정착지에서 왔고, 생존자들을 찾으러 나왔다는 선에서 설명을 그쳤다. 벙커에 대해서는 아무 말도 하지 않았기에 은연중 자신들이 온 정착지의 사람들에게는 무기가 충분히 있다는 인상을 주었다. 언젠가 올슨에게 진실을, 최소한 지금보다 더 많은 이야기를 해야 하는 날이 올 것만 같다고 피터는 직감했지만, 그때는 아직 오지 않았고, 올슨 역시 피터의 신중한 설명을 받아들이는 것처럼 느껴졌다.

그 뒤로 이틀 동안 그들은 헤이븐의 거주민 몇 명을 언뜻 보는 데 그쳤다. 오두막 뒤에는 밭이 있었고, 중앙 펌프장에서부터 기다란 용수로관이 이어져 있었다. 그 뒤에는 지붕이 있는 널찍한 외양간이 있고, 그 안에 수백 마리는 되는 소가 지내고 있었다. 때때로 저 멀리 울타리 쪽에서 차량이 움직이며 일으키는 흙먼지가 보이기도 했다. 하지만 밭에서 일하는 사람 몇 명 외에는 아무도 보이지 않았다. 다른 사람들은 전부 어디 있는 걸까? 그들이 머무는 오두막의 문은 잠겨 있지 않았지만, 텅 빈 광장 건너편에 오렌지색 점프슈트를 입은 남자 두 명이 상주하며 그들을 감시하고 있었다. 식사를 가져다주는 사람도 그들이었는데, 그때마다 빌리나 올슨 중 하나가 따라와서 마이클의 상태를 알려주곤 했다. 마이클은 혼수상태가 아니라 아주 깊은 잠에 빠져 있는 거라고 올슨이 그들을 안심시켜주었다. 열사병에 걸려 그런 상태가 된 사람을 이전에도 본 적 있다는 것이었다. 이제 열이 많이 내렸고, 그것은 좋은 징조라고 했다.

그러다 사흘째 되는 날 아침 사라가 돌아왔다.

사라는 자신에게 무슨 일이 일어난 건지 전혀 기억하지 못했다. 다음 날 마이클이 깨어났을 때 들려준 사라에 대한 이야기는 거짓은 아니었지만, 홀리스가 들려준 이야기대로도 아니었다. 사라가 헤이븐이라는 곳을 낯설어하기는 했지만 건강상태는 괜찮아 보였기에 그들은 무척 다행이라고 생각하며 안심했다. 그러나 사라가 납치당한 것도, 다시 돌아온 것도, 혼란스럽기 그지없는 일이었다. 이곳에 빛과 벽이 없는 것처럼 모든 것이 말이 되지 않았다.

이쯤 되자 또 다른 인간의 정착지를 발견했다는 행복감은 사라지고 아주 깊은 불안감이 그 자리를 차지했다. 아직까지도 올슨, 빌리와 주드, 그리고 그들을 감시하는 햅과 리언이라는 이름을 가진 오렌지색 점프슈트의 두 남자 말고 아무도 만나지 못했다. 사람의 흔적이라고는 누더기 옷을 입고 매일 저녁 광장에 쌓인 타이어 더미 위에서 노는 아이들뿐이었는데, 이상하게도 아이들을 데리러 오는 어른은 아무도 없었다. 아이들은 놀이가 끝나면 알아서 슬며시 사라질 뿐이었다. 우리가 포로가 아니라면 감시를 당할 이유가 없을 텐데, 그렇다고 우리가 포로라면 이 겉치레는 다 무엇일까? 다른 사람들은 어디 있지? 그리고 어째서 마이클은 아직까지 의식불명일까? 올슨은 약속대로 가방을 돌려주었다. 안에 있는 내용물을 하나하나 확인한 게 분명했고, 사라의 구급상자에 있던 작은 메스를 비롯한 몇 가지 물건은 없어졌다. 그러나 케일럽이 가방 내부 칸에 쑤셔 넣어두었던 지도는 못 보고 넘어간 모양이었다. 네바다 지도에 교도소는 나오지 않았지만 라스베이거스에서 95번 고속도로를 타고 북쪽으로 떨어진 위치에 데저트 웰스라는 지역은 나와 있었다. 동쪽은 광활한 회색 지대를 면하고 있었는데, 길도 마을도 없이 '넬리스 공군 시험 단지'라는 글자가 적혀 있었다. 데저트 웰스에서 불과 몇 킬로미터 떨어진 이 지역 서쪽 끝에는 작은 빨간색 사각형과 함께 '유카산 국립 폐기물처분시설'이라는 이름이 적혀 있었다. 피터가 파악한 현재 위치가 정확하다면 툭 튀어나온 산등성이가 북쪽을 바리케이드처럼 막고 있을 것이다. 홀리스는 빌리와 거스와 함께 라스베이거스까지 가면서 지형을 좀 더 살펴볼 기회가 있었다. 홀리스의 말에 따르면, 헤이븐을 둘러싼 울타리는 보기보다 튼튼한, 두꺼운 금속으로 만든 약 10미터 간격의 이중 울타리로 위에는 가시철조망이 달려 있었다. 홀리스가 보기에 출입구는 둘뿐이었다. 하나는 남쪽, 들판 저쪽에 있었고 ― 교도소 단지를 둘러싼 길과 연결되는 듯했다 ― 다른 하나는 고속도로와 연결되는 정문이었다. 정문에는 콘크리트로 만든 감시탑 두 개가 있었는데, 그 위에 인력이 있는지 아닌지는 알 수 없었지만 지상에 있는 조그만 초소에는 오렌지색 점프슈트를 입은 남자가 보초를 서고 있었다. 홀리스와 빌리가 지나갈 수 있도록 게이트를 열어준 것이 그 사람이었다.

헤이븐은 북쪽으로 이어지는 고속도로에서 불과 몇 킬로미터 떨어진 곳에 위치해 있었다. 험상궂게 생긴 회색의 커다란 교도소 건물은 단지 내 동쪽 끝에 있었고, 주변에는 좀 더 작은 건물 몇 개와 반원형 오두막 몇 개가 있었다. 단지의 벽과 교도소 사이에 남북으로 이어지는 철길이 있다고 했다. 아마 곧바로 북쪽 산등성이로 이어지는 듯했는데, 철길이 산을 향한다니 홀리스는 이상하다고 생각했다. 처음 만났을 때 피터가 차량의 연료는 어디서 조달하냐고 묻자 올슨은 근처에 기차역이 있다고 대답했다. 하지만 트럭을 타고 남쪽을 향하는 동안에 한 번도 차를 세운 적이 없어 실제로 기차역이 있는지 없는지는 알 수 없었다. 아마 어딘가에 연료를 조달할 곳이 있긴 한 듯싶었다. 이런 대화를 하는 동안 피터는 벌써 자신이 이곳을 떠나는 방법을 구상하고 있다는 것, 그러려면 차량을 훔치고 연료를 찾아야 한다는 것을 깨달았다.

날씨가 너무 더웠다. 이제 고립되어 있는 나날은 고역이 되었다. 모두가 마이클을 기다리느라 초조해 어쩔 줄 몰랐다. 숨 막히는 오두막 안에서 아무도 제대로 잠을 자지 못했다. 특히 에이미가 그랬다. 피터로서는 에이미가 눈을 감는 모습 자체를 본 적이 없는 것 같았다. 밤이면 그 아이는 침대에 앉은 채 무언가에 집중하는 표정으로 가만히 있었다. 마치 머릿속으로 어떤 문제를 푸는 것 같은 모습이었다.

사흘째 되는 밤 올슨이 찾아왔다. 빌리와 주드도 함께였다. 지난 며칠간 피터는 주드가 첫인상과는 달리 무서운 사람이 아닐까 하는 생각을 하게 됐다. 정확히 뭐라고 표현할 수는 없었다. 주드의 치아는 하얗고 곧아서 시선을 떼기 어려웠는데, 강렬하게 빛나는 새파란 두 눈도 마찬가지였다. 이 두 가지 덕분에 그는 마치 시간을 늦춘 듯 나이를 짐작하기 어려운 인상이었다. 피터는 주드를 바라볼 때마다 마치 매섭게 부는 돌풍을 바라보고 있는 것 같은 기분이 들었다. 여태 올슨이 주드에게 직접적인 명령을 하는 모습을 본 적이 없다는 생각이 들었고 — 올슨이 무언가를 지시하는 대상은 빌리나 거스, 아니면 오두막을 오가는 오렌지색 점프슈트를 입은 남자들이었다 — 피터는 서서히 주드에게는 올슨과 별개의 권한이 있는 것이 아닌가 하는 생각을 하게 되었다. 때때로 주드가 그들을 감시하는 남자들에게 뭐라고 이야기하는 모습이 눈에 띄기도 했다.

땅거미가 내릴 무렵 광장 저편에 세 사람이 나타나더니 오두막을 향해 걸어왔다. 한낮의 열기가 서서히 걷힐 무렵부터 어린아이들이 타이어 위에 올라가 놀고 있었는데, 세 사람이 지나가자 아이들은 깜짝 놀란 새떼처럼 순식간에 흩어져버렸다.

"이곳을 돌아보실 때가 되었군요." 오두막 입구로 다가오며 올슨이 말했다. 그는 사람 좋게 웃고 있었는데, 이제 그 미소는 아무런 의미도 담기지 않은 가짜처럼 보이기 시작했다. 올슨의 옆에 서 있는 주드는 완벽한 치열을 드러낸 채 파란 눈으로 피터의 뒤에 있는 어두운 오두막 안쪽을 바라보고 있었다. 오로지 빌리 혼자만 이런 분위기와 무관해 보였다. 금욕적인 얼굴에는 아무런 표정이 없었다.

"자, 모두 따라오십시오." 올슨이 재촉했다. "이제 기다림의 시간은 끝났습니다. 다들 여러분을 만나고 싶어 해요."

일곱 명의 일행은 세 사람을 따라 텅 빈 광장을 가로질러 걸었다. 알리시아는 목발을 짚은 채 에이미를 옆에 바짝 따라오게 했다. 그들은 조용히 주변을 주시하며 오두막들이 미로처럼 자리 잡고 있는 구역으로 들어갔다. 오두막들은 일종의 기준에 맞춰 배열되어 있는 것 같았다. 건물들 사이에 골목이 있었고, 오두막 안에 사람이 사는 게 분명했다. 기름으로 밝힌 랜턴 불빛으로 창에서 빛이 새어 나왔고, 건물 사이의 공간에는 줄에 널린 빨래가 사막의 뜨거운 공기에 뻣뻣하게 익어가고 있었다. 저 멀리 산을 도려내기라도 한 것처럼 오래된 교도소 건물이 새카만 형체를 드러냈다. 어둠 속에서 그들을 보호할 불빛도, 심지어 허리에 찬 칼 하나도 없었다. 태어나 한 번도 느낀 적 없는 묘한 기분이었다. 머리 위 어딘가에서 나는 연기 냄새, 음식이 익어가는 냄새, 사람들의 목소리는 앞으로 나아갈수록 더욱 강해졌다.

모퉁이를 돌자 두꺼운 쇠기둥에 지탱해 씌워놓은 커다란 지붕 아래에 모여 있는 많은 사람이 나타났다. 불을 붙인 드럼통으로 주위를 빙 둘러쳐 놓은 덕에 연기를 피워 올리는 불길로 환했다. 한쪽에 긴 테이블이며 의자들이 있었다. 점프슈트를 입은 사람들이 옆 건물에서 음식이 담긴 그릇을 나르고 있었다.

피터 일행이 나타나자 모두가 동작을 멈추었다.

그때, 그들을 바라보던 수많은 얼굴 속에서 한 사람이 입을 열었고 순식간에 모두가 흥분한 듯 외치기 시작했다. '드디어 왔어!', '여행자들이야!', '멀리서 왔다는 그 사람들이야!'

군중들이 그들을 둘러싸자 피터는 사람들 속으로 서서히 삼켜지는 것 같은 느낌이 들었다. 사람들 사이에 파묻혀 있으니 걱정은 싹 잊혔다. 사람들이 있다. 수많은 사람, 남자, 여자, 아이 들이 전부 그들을 보고 기뻐하고 있는 모습을 보자니 올슨이 했던 기적이라는 표현이 마음에 와닿았다. 남자들이 피터의 어깨를 툭툭 치고 악수를 건넸다. 어떤 여자들은 안고 있던 아이를 꼭 선물이라도 주는 것처럼 품에 안겨주기도 했다. 다른 사람들은 그저 살짝 피터를 만져보고 가버렸는데, 부끄러워서인지, 무서워서인지, 아니면 그냥 감정에 복받쳐서인지는 알 수 없었다. 올슨이 사람들에게 함부로 달려들지 말고 침착하게 굴라고 지시하는 모습이 언뜻 보였는데, 올슨의 이 같은 당부는 별 소용이 없는 듯싶었다. '만나서 정말 기뻐요.' 다들 이렇게 말하고 있었다. '여러분이 오다니, 정말 행복해요.'

한참이나 이런 시간이 이어지니 이제 피터는 사람들의 미소며 손길, 되풀이되는 인사말에 진력이 났다. 사람들이 이렇게 많다는 사실을 떠나서, 애초에 새로운 사람을 만난다는 것 자체가 익숙치 않은 일이라 정신이 없었다. 그러고 보니, 다 떨어진 오렌지색 점프슈트를 입은 이 사람들은 어쩐지 전부 아이 같았다. 얼굴은 초췌했지만 그럼에도 순진무구하게 눈을 크게 뜬 순종적인 인상이었다. 피터는 군중들의 따스함을 거부할 수 없었지만 그럼에도 어쩐지 모든 것이 전부 연출된 것처럼 느껴졌다. 자연스러운 반응이 아니라, 피터에게 어떤 반응, 즉 완전한 무장해제를 이끌어내기 위해 계획된 것이 아닌가 하는 생각이 들었다.

머릿속으로 이 같은 계산을 하는 와중에도 그는 일행을 찾으려 애썼는데, 쉽지 않았다. 군중들이 몰려오면서 일행이 흩어졌기 때문에 다른 사람들은 언뜻언뜻 눈에 들어올 뿐이었다. 사라의 금빛 머리카락이 아이를 어깨에 걸쳐 안은

284

여자의 머리 위로 슬쩍 보였다. 저 멀리 어디선가 케일럽의 웃음소리가 들렸다. 피터의 오른편에서는 여자들이 모사미를 둘러싸고 반가움의 인사를 퍼붓는 모습이 보였다. 누군가의 손이 재빨리 나타나 모사미의 배를 만져보는 모습도 보였다.

그때 올슨이 옆으로 다가왔다. 그의 딸 미라도 함께였다.

"이 에이미라는 아이 말입니다." 올슨이 입을 열었는데, 피터는 그가 얼굴을 찌푸리는 모습을 그때 처음 보았다.

"말을 못 합니까?"

에이미는 알리시아의 옆에 서서 자기를 손가락질하며 입으로 손을 가리고 웃는 한 떼의 여자아이들에게 둘러싸여 있었다. 피터가 보는 앞에서 알리시아가 목발을 들어 아이들을 쫓는 시늉을 했는데, 반쯤은 장난이었지만 반쯤은 진심인 것 같았고, 그 바람에 에이미를 둘러싼 아이들은 흩어졌다. 피터와 잠깐 눈이 마주치자 알리시아는 마치 '도와줘'라고 말하고 싶은 표정을 했다. 그런데 심지어 알리시아조차도 웃고 있었다.

피터는 다시 올슨에게로 몸을 돌렸다. "말을 못 합니다."

"정말 이상하군요. 말을 못 하는 사람이라니, 처음 봅니다." 올슨은 자기 딸을 잠깐 바라보다가 걱정스러운 표정으로 피터에게로 시선을 돌렸다. "하지만 그 밖에는…… 멀쩡하지요?"

"멀쩡하다니요?"

올슨이 잠깐 입을 다물었다가 말을 이었다. "이렇게 직설적으로 말해서 송구스럽습니다만, 아이를 낳을 수 있는 여자는 아주 커다란 선물입니다. 이곳의 거주민 수가 얼마 남지 않은 이상 이보다 더 중요한 것은 없지요. 그리고 여러분이 데려온 '암컷' 중 하나는 임신을 했더군요. 사람들이 알고 싶어 할 겁니다."

'암컷'이라니. 단어 사용이 묘했다. 모사미를 바라보니 그녀는 아직도 다른 여자들에게 둘러싸여 있었다. 그러고 보니 모사미에게 다가간 여자들 중 대다수가 임신 중이라는 사실이 눈에 들어왔다.

"그럴 겁니다."

"나머지, 사라와 빨간 머리 리시는요?"

이어지는 질문이 너무 뜬금없고 괴상해서 피터는 뭐라고 말해야 할지, 또 말하지 않아야 할지 알 수 없었다. 하지만 올슨이 그를 빤히 바라보고 있으니, 무슨 대답이라도 해야 할 터였다.

"그럴 겁니다."

올슨은 대답에 만족했는지 고개를 짧게 주억거린 다음 다시 입가에 미소를 띠었다.

"좋습니다."

'암컷,' 그 단어가 피터의 뇌리를 맴돌았다. 마치 가축 이야기를 하는 듯한 표현이었다. 혹시 너무 많은 것을 이야기한 것이 아닐까, 올슨의 술수에 걸려들어 결정적인 정보를 말해버린 게 아닐까? 아버지의 옆에 서 있던 미라는 식탁 쪽을 향해 가는 군중을 바라보고 있었다. 그러고 보니, 미라는 지금까지 단 한마디도 하지 않았던 것 같다.

모두가 식탁 앞에 둘러앉았다. 음식이 건네지자 사람들의 대화 소리가 잦아들었다. 커다란 들통에서 그릇에 퍼담아 준 스튜, 접시에 담긴 빵, 그릇에 담긴 버터며 주전자에 담긴 우유였다. 모두가 이야기를 나누며 음식을 즐기는 가운데 몇몇은 아이들에게 밥을 먹이고 아기를 데려온 여자들은 아기를 무릎에 앉힌 채 젖가슴을 드러내고 젖을 물렸다. 그 모습을 보자니 피터는 눈앞의 사람들이 단순히 생존자 집단이 아니라 가족에 가깝다는 사실을 알 수 있었다. 콜로니를 떠난 이래 처음으로 고향이 그리워 가슴이 아려왔다. 여태 괜한 의심을 해온 걸까? 어쩌면 이곳은 정말로 안전한 곳일지도 몰라.

하지만 무언가가 잘못되었다는 느낌은 사라지지 않았다. 이 군중은 불완전했다. 무언가가 빠져 있었다. 정확히 무엇이 없는지는 알 수 없었지만, 그 없다는 느낌이 자꾸만 그의 머릿속을 괴롭혔고, 군중들을 바라볼수록 그 느낌은 점점 강해졌다. 주드가 알리시아와 에이미에게 앉을 자리를 알려주는 모습이 보였다. 대부분 맨발인 다른 사람들과는 달리 가죽 부츠를 신고 서 있는 주드는 우뚝 서서 그들을 내려다보고 있는 것 같은 인상을 주었다. 피터가 쳐다보는 가운데 주드가 알리시아의 팔에 손을 대더니 그녀에게 몸을 기울이고 귀에 뭐라고 속삭였는데, 그러자 알리시아는 웃음을 터뜨렸다.

그때 올슨이 피터의 어깨에 한 손을 올리는 바람에 그의 생각은 거기서 멎었다.

"여러분이 우리와 함께 지냈으면 좋겠습니다." 올슨의 말이었다.

"우리 모두의 바람입니다. 수가 많으면 더 강해지니까요."

"의논해보겠습니다." 피터가 대답했다.

"물론 그러서야지요." 올슨이 어깨에서 손을 거두지 않은 채 대답했다.

"서두르지 마십시오. 필요한 만큼 충분히 시간을 가지고 생각하세요."

무엇이 문제인지는 간단히 알 수 있었다. 이곳에는 남자아이가 한 명도 없었다. 아니면, 거의 없거나. 알리시아와 홀리스는 남자아이 두어 명을 본 적이 있다고 했다. 하지만 피터가 더 구체적으로 캐묻자 둘 다 정확히는 기억나지 않는다고 했다. 아이들은 모두 머리를 짧게 깎고 있어서 남자인지 여자인지 알 수 없었던 데다가, 나이가 좀 더 많은 아이들은 아무 데도 보이지 않았다.

마이클이 드디어 의식을 찾은 것은 사흘째 되는 날 오후였다. 모사미와 에이미를 제외한 다섯 사람은 두 개의 오두막 중 더 큰 쪽에 모였다. 피터와 홀리스는 올슨과 함께 들판에 나갔다가 돌아온 참이었다. 사실 이 여정의 진짜 목적은 헤이븐의 경계를 한 번 더 살펴보기 위함이었는데, 마이클이 몸을 가누는 즉시 최대한 빨리 이곳을 떠나기로 마음먹은 후였기 때문이다. 물론 그 이야기를 올슨에게 할 필요는 없었다. 피터는 올슨이 마음에 들었고, 또 그를 믿지 못할 뾰족한 이유를 찾지도 못했지만, 헤이븐을 이루는 너무 많은 요소들이 말이 되지 않았으며 전날 밤의 파티 이후로 올슨의 의도가 한층 더 수상하게 느껴졌던 것이다. 올슨은 짤막한 환영사를 했지만, 밤이 깊어갈수록 피터는 군중들의 공허한 온기가 점점 더 위압적이고 불편하게 느껴졌다. 모두가 이상하리만치 똑같았고, 다음 날 아침이 되자 기억나는 사람이 아무도 없었다. 머릿속에서 사람들의 얼굴과 목소리가 하나로 뒤섞였다. 그제야 단 한 사람도 콜로니에 대해 묻거나, 어떻게 여기까지 온 것인지 묻지 않았는데, 생각하면 할수록 말이 안 되는 일이었다. 또 다른 정착지에 대해 궁금증을 갖는 게 자연스럽지 않나? 이곳까지 오는 길이 어땠는지, 무엇을 보았는지 물어보아야 하지 않나? 하지만 그들은 피터 일행이 갑자기 아무것도 없는 곳에서 나타난 것처럼 행동했다. 그리고 보니, 자기 이름을 말해준 사람이 아무도 없었다.

차량을 훔쳐야 했다. 이 점에 대해서는 모두가 동의했다. 다음 문제는 연료였다. 철길을 따라 남쪽으로 가면서 연료 저장소를 찾거나, 차량에 있는 연료가 충분하다면 남쪽으로 쭉 내려가 라스베이거스의 공항에서 연료를 채운 다음 다시 15번 고속도로를 타고 북쪽으로 갈 수 있을 것이다. 아마 헤이븐의 사람들이 그들을 추격할 것이다. 올슨이 차량을 잃고도 가만히 있을 리가 없을 터였다. 추격을 피하려면 공군 시험 비행장을 가로질러 동쪽으로 가야 할 텐데, 길도 마을도 없으니 가능한 일인지 가늠할 수 없었고, 만약 그곳의 지형이 헤이븐 근처와 똑같다면 그곳에서 발이 묶였을 때 큰일일 것이다.

그리고 무기가 없는 것도 문제였다. 알리시아는 어딘가에 무기고가 있을 거라고 생각했고 — 올슨의 말과는 달리 그녀는 처음부터 그들이 들이댄 총이 장전되어 있었으리라는 입장을 고수했다 — 무기고의 위치를 알아내기 위해 전날 밤 일부러 주드에게 고분고분하게 굴었다고 했다. 올슨이 피터를 계속 따라다닌 것과 마찬가지로 주드도 내내 알리시아에게 딱 붙어 있었고, 아침에는 그녀를 픽업트럭에 태워 교도소 단지 내부를 구경시켜주었다고 했다. 피터로서는 마음에 들지 않는 일이었지만, 눈에 띄지 않게 더 많은 정보를 끌어내려면 그 정도는 감수해야만 했다.

그러나 주드를 통해 무기고의 위치를 알아보려던 노력은 수포로 돌아갔다. 어쩌면 올슨이 한 말이 진실일지도 모르지만, 그렇다고 그 말을 믿고 위험을 감수할 수는 없었다. 아무리 무기고가 없어도 피터 일행이 가져온 무기를 어딘가에 간수해놓았을 것이다. 피터의 계산으로는 소총이 세 정, 칼 아홉 개, 그리고 적어도 탄창이 여섯 개는 있었고, 마지막 남은 수류탄도 하나 있었다.

"교도소 안에 두었을까요?" 케일럽이 물었다.

피터도 그 생각은 이미 해본 뒤였다. 교도소의 벽이 요새처럼 튼튼하다는 점을 생각하면, 중요한 물건을 그곳에 숨겨놓을 만도 했다. 하지만 지금까지 일행 중 누구도 교도소 입구까지 가까이 가보지 못했다. 아무리 봐도 올슨이 말한 것처럼 그 교도소는 오래전부터 사용하지 않고 버려둔 건물 같았다.

"어두워질 때까지 기다렸다가 정찰을 나가봐야 할 것 같아." 홀리스가 말했다. "직접 보지 않고서는 아무것도 알 수 없겠어."

피터가 사라를 향해 물었다. "마이클이 떠날 상태가 되려면 얼마나 걸릴까?"

사라는 확신이 없다는 듯 얼굴을 찌푸렸다. "사실 나는 마이클이 왜 아픈지도 잘 모르겠어. 어쩌면 진짜 열사병인지도 모르겠지만, 내 생각엔 아니야."

사라는 이전에도 이 같은 의혹을 드러낸 적이 있었다. 경련을 일으킬 정도로 심한 열사병이라면 뇌가 부풀어 사망에 이른다는 것이었다. 마이클은 한참 동안 의식불명이기는 했지만, 깨어난 뒤에는 뇌손상의 흔적은 전혀 없었다. 말도, 움직임도 정상적이었다. 동공 역시 빛에 반응하는 데 이상이 없었다. 아주 깊은 잠이라는 것 외에는 평범한 수면 상태에 있다가 깨어난 것과 똑같았다.

"아직은 회복이 덜 됐어." 사라가 말을 이었다. "어느 정도는 탈수증상일 거고. 하지만 이틀 정도 지나면 같이 움직일 수 있을 거야. 조금 더 걸릴지도 모르고."

알리시아가 신음 소리를 내며 다시 침대에 주저앉았다. "도저히 그때까지 버틸 수 없을 것 같은데."

"왜?"

"주드 때문에. 적당히 비위를 맞춰줄 필요가 있다는 건 아는데, 얼마나 견딜 수 있을지는 모르겠어."

알리시아가 하는 말의 의미는 명확했다. "그럼…… 주드를 피할 순 없어?"

"내 걱정은 마. 그건 내가 알아서 할 테니까. 하지만 주드가 반가워하지 않을걸." 그러다 알리시아는 갑자기 망설이듯 말을 멈췄다. "문제는 주드 말고도 있어. 솔직히, 이 얘기를 해야 할지 말아야 할지 고민했는데, 혹시 리자 슈 기억하는 사람 있어?"

피터도 그 이름은 기억했다. 리자는 올드 슈의 조카였다. 리자와 리자의 부모, 남동생 모두 '어둠의 밤'의 희생자였다. 죽었는지 납치되었는지는 기억이 나지 않았다. 어린 시절 성소에서 함께 자랐던 리자에 대한 희미한 기억만 남아 있을 뿐이었다. 피터보다는 나이가 많아서 그의 눈에는 거의 어른처럼 보였다.

"리자가 왜?" 홀리스가 물었다.

알리시아는 머뭇거리다 입을 열었다. "오늘 내가 리자를 본 것 같아."

"말도 안 돼." 사라는 비웃음을 터뜨렸다.

"맞아, 말도 안 되지. 그런데 이곳엔 말이 되는 게 하나도 없어. 그런데 리자의 뺨에 흉터가 있던 게 기억나거든. 무슨 사고를 당해서 생긴 거였는데, 뭐였는지는 기억이 안 나. 그런데 오늘 본 리자의 뺨에 똑같은 흉터가 있었어."

피터가 앞으로 몸을 기울였다. 갑자기 지금 들은 이야기가 그의 머릿속에서 서서히 형성되고 있는, 아직은 정체를 알 수 없는 생각에 더해지는 무척 중요한 정보처럼 느껴졌다.

"어디서 봤어?"

"낙농장이었어. 그 애도 날 본 게 확실해. 주드가 옆에 있어서 그쪽으로 가볼 수는 없었어. 다시 보니 사라지고 없더라."

'어둠의 밤'에 리자가 어떻게든 탈출해서 결국 여기까지 올 수 있었을지도 모른다. 하지만 그 시절 어린 여자아이에 불과했던 리자가 무슨 수로 이렇게 멀리까지 왔을까?

"난 모르겠어, 리시. 확실한 거야?"

"아니, 확실하진 않아. 확실히 알아볼 기회가 없었지. 다만 그 사람이 리자 슈와 똑같이 닮았다는 말을 하고 싶을 뿐이야."

"혹시 그 사람도 임신 중이었어?" 사라가 물었다.

알리시아는 잠시 생각에 잠겼다. "이제 생각해보니 그랬던 것 같아."

"이곳에 있는 여자들 중 아주 많은 수가 임신 중이지." 홀리스가 입을 열었다. "그건 그럴 수도 있지 않나? 아이는 중요하니까."

"하지만 어째서 남자아이들은 없는 거야?" 사라가 말을 이었다. "그리고 임신한 여자가 이렇게 많은데, 왜 아이들은 별로 없어?"

"없다고?" 알리시아가 물었다.

"있긴 있겠지. 그런데 어젯밤에 본 아이들은 많아야 스무 명가량이었어. 게다가 내가 본 아이들은 다 똑같은 아이들 같았고."

피터가 입을 열었다. "홀리스, 어제 아이들을 봤다고 했지?"

그러자 홀리스가 고개를 끄덕였다. "타이어 쌓인 곳에서 놀고 있던데."

"하이톱, 가서 좀 보고 와."

침대에 앉아 있던 케일럽이 일어나 문 쪽으로 가더니 문을 살짝 열고 바깥을 내다보았다.

"내가 한번 맞혀볼게." 사라였다. "이가 들쑥날쑥하게 난 여자애, 그리고 조그만 금발 여자애지?"

케일럽이 방 안으로 고개를 돌렸다. "맞아요. 그 애들이에요."

"내 말이 그 말이야. 여기서 노는 애들은 똑같은 애들이라고. 항상 여기 와서 놀고 있기 때문에, 우리는 아이들이 더 많다고 생각하는 거야."

"그래서?" 알리시아였다. "그래, 남자애들이 없다는 게 이상하단 말엔 동의해. 그래도…… 이건 잘 모르겠어, 사라."

사라가 돌아서서 알리시아를 마주 보더니 금방이라도 싸움을 시작할 것처럼 어깨를 폈다. "15년 전에 죽은 사람을 봤다고 말한 사람은 너였어. 그럼 지금은 이십 대 중반이겠지? 그런데 어떻게 그 사람이 리자 슈라고 확신할 수 있어?"

"말했잖아. 흉터를 봤다고. 난 슈 집안사람은 한눈에 봐도 알아볼 수 있어."

"그럼 네 말을 믿으라는 소리네?"

사라의 날카로운 목소리가 알리시아의 심기를 거스른 듯했다. "네가 믿든 말든 상관없어. 나는 내가 본 대로 말한 것뿐이야."

피터는 이제 이쯤이면 됐다는 생각이 들었다. "둘 다 그만해." 두 여자는 서로를 이글이글 노려보고 있었다. "싸운다고 해결되는 게 아니잖아. 대체 왜들 그래?"

둘 다 대답하지 않았다. 방 안의 긴장이 팽팽해졌다. 그때 알리시아가 한숨을 쉬더니 다시 침대에 털썩 주저앉았다.

"됐어, 잊어버려. 난 그냥 기다리는 데 진력이 났을 뿐이야. 여기선 도무지 잠들 수가 없어. 너무 덥고, 밤새 악몽을 꾼다고."

그 순간 모두가 침묵했다.

"혹시 뚱뚱한 여자?" 입을 연 것은 홀리스였다.

그 말에 알리시아가 몸을 벌떡 일으켰다. "뭐라고?"

"부엌에 있는 여자 말이야." 홀리스의 목소리가 심각했다. "지난 역사의 모습이 아니냐고."

문간에 있던 케일럽이 이쪽으로 다가왔다. "그거 알아? 이 녀석은 원래부터 벙어리가 아니야……."

그 말을 끝맺은 건 사라였다. "……살다 보니 벙어리가 된 거라고." 충격을 받은 얼굴이었다. "내 꿈에도 그 여자가 나와."

모두가 피터를 바라보고 있었다. 대체 무슨 소리들이지? 뚱뚱한 여자라니?

피터는 고개를 저었다. "미안, 난 모르겠어."

"그러면 피터만 빼고 다 똑같은 꿈을 꾼다는 거잖아." 사라가 말했다.

홀리스가 눈을 비비며 고개를 끄덕였다. "그런 것 같네."

형체 없는 잠 속을 헤매고 있던 마이클은 문이 열리는 소리를 들었다. 한 소녀가 가리개 뒤에서 모습을 드러냈다. 빌리보다 나이는 어렸지만, 볼썽사나운 오렌지색 옷에 머리를 박박 깎은 건 똑같았다. 손에 쟁반 하나를 들고 있었다.

"배고플 것 같아서."

소녀가 다가오자 따뜻한 음식 냄새가 전류를 흘려 보내듯 마이클의 감각을 자극했다. 갑자기 미친 듯이 배가 고팠다. 소녀가 쟁반을 마이클의 무릎 위에 놓아주었다. 갈색 그레이비소스에 덮인 고기, 익힌 야채, 그리고 놀랍게도 버터를 바른 두꺼운 빵 한 조각까지 있었다. 옆에는 쇠로 된 포크와 나이프가 거친 천에 둘둘 말려 있었다.

"난 마이클이야."

소녀가 미소를 지으며 살짝 고개를 끄덕였다. 이곳의 사람들은 왜 다들 미소를 지을까?

"나는 미라야." 그 말을 하면서 볼이 붉어지는 게 보였다. 얼마 남지 않은 머리카락이 꼭 어린아이의 머리카락처럼 엷은 색이라 거의 새하얗게 보였다.

"내가 네 간호를 맡게 됐어."

간호라니, 정확히 뭘 하겠다는 뜻일까? 의식을 되찾은 지 몇 시간이 흐르면서 기억의 조각들이 다시금 조금씩 머릿속으로 되돌아오고 있었다. 목소리, 눈앞으로 움직이는 사람의 형체들, 몸에 쏟아지며 입술을 축이던 물.

"고맙다고 해야겠는걸."

"아냐, 널 간호할 수 있게 되어서 기뻐." 그러더니 미라는 마이클을 한참 빤히 바라보았다. "너, 정말 '저기'서 왔어?"

"저기라니?"

그러자 미라가 어깨를 살짝 으쓱했다. "여기, 그리고 저기가 있잖아." 그러더니 쟁반을 향해 고갯짓했다. "안 먹어?"

마이클은 빵부터 입에 넣었다. 부드럽고 맛이 좋았다. 그리고 고기와, 아리고 쓴맛이 나지만 맛있는 채소도 먹었다. 마이클이 식사를 하는 내내 미라는 침대 옆에 의자를 놓고 그를 넋 놓은 듯 바라보고 있었는데, 마치 마이클이 한 입 먹을 때마다 기뻐 어쩔 줄 모르는 표정이었다. 정말 이상한 사람들이었다.

"잘 먹었어." 접시에 있는 음식을 싹 먹어치운 다음 마이클이 말했다. 그런데 이 아이는 몇 살일까? 열여섯 살?

"정말 맛있었어."

"더 먹고 싶으면 더 가져다줄 수 있어."

"아냐, 배가 불러서 이제는 더 이상 못 먹겠어."

미라가 쟁반을 치워주었다. 이제 떠나겠거니 했는데, 미라는 다시금 마이클이 누워 있던 높다란 침대에 바짝 다가섰다.

"난…… 널 보고 있는 게 좋아, 마이클."

얼굴이 후끈 달아올랐다. "미라, 미라라고 했지?"

미라가 고개를 끄덕이면서 이불 위에 놓여 있던 마이클의 손을 잡아 자기 손으로 감쌌다. "내 이름을 불러주는 목소리도 좋아."

"그렇구나, 어, 음……."

그러나 마이클은 더 말을 잇지 못했다. 미라가 갑자기 그에게 키스하기 시작했기 때문이다. 입속에 달고 부드러운 감각이 밀려들었다. 정신이 나갈 것 같았다. 키스를 하다니! 이 아이가 나한테 키스하고, 나도 그 키스에 응답하다니!

"아빠가 그러는데 내가 아기를 가져도 된대." 미라의 따뜻한 숨결이 마이클의 얼굴에 쏟아졌다. "아기를 가지면 링에 올라가지 않아도 돼. 아빠가 원하는 사람을 아무나 택해도 된댔어. 내가 널 가져도 될까, 마이클? 내가 널 가져도 되지?"

마이클은 미라의 말이 도대체 무슨 소리인지, 그리고 미라의 입술이 느껴지는 가운데 그녀가 마이클에게 얼굴을 마주 대고 그의 몸을 타고 올라와 두 다리를 벌리고 허리께에 걸터앉은 이 사태는 또 무엇인지 이해하려 기를 썼다. 충동과 감각이 몰려오는 바람에 마이클은 저도 모르게 말없이 순응하고 있었다. 아기라고? 아기를 갖고 싶다고? 아기를 가지면 링에 올라가지 않아도 된다고?

"미라!"

호통 소리가 들리자마자 미라가 마이클의 몸에서 뛰어내려 도망쳤다. 갑자기 방 안에 오렌지색 점프슈트 차림의 건장한 남자들이 가득 들어찼다. 그중 한 사람이 미라의 팔을 붙잡았다. 남자가 아니었다. 빌리였다.

"못 본 거로 해줄게." 빌리가 미라에게 말했다.

"잠깐만요." 마이클이 겨우 입을 열었다. "저기, 무슨 생각을 하시는지 알겠지만 전부 제 잘못……."

그러나 빌리의 싸늘한 눈초리에 마이클은 입을 다물고 말았다. 뒤에 서 있던 남자 중 한 사람이 킬킬 웃었다.

"헛수작 부리지 마." 빌리가 다시 시선을 미라에게 돌렸다. "집으로 돌아가. 지금 당장."

"쟤는 내 거예요! 내 거라고요!"

"미라, 그만해. 지금 당장 집으로 가서 꼼짝 말고 기다려. 아무한테도 아무 말도 하지 말고. 알아들었어?"

"쟨 링에 올라가지 않을 거예요!" 미라가 고함을 질렀다. "아빠가 그랬다고 요!"

또 '링'이라는 단어가 나왔다. 링이라니, 링이 뭘까?

"네가 여기서 당장 나가지 않으면 링에 올려보내버릴 거야. 어서 가."

그 마지막 말에 미라는 겁을 먹은 듯했다. 갑자기 입을 다물더니 마이클을 쳐 다보지도 않고 가림막 뒤로 달려가 버렸다. 조금 전 느낀 욕망, 혼란, 부끄러움 이 아직도 생생한 가운데 마이클은 한편으로는 '그래, 내게 이런 행운이 생길 리 없지. 그 애는 다신 돌아오지 않을 거야.' 하고 생각했다.

"대니, 트럭을 몰고 와. 팁, 너는 여기 가만히 있고."

"날 어쩔 셈이죠?"

빌리가 입고 있던 옷 어디선가에서 조그만 양철 깡통을 하나 꺼냈다. 그러고 는 깡통에서 엄지와 검지로 무슨 가루를 집어서는 물이 든 컵 안에 뿌리더니, 컵을 마이클에게 내밀었다.

"쭉 들이켜."

"싫어요."

그러자 빌리가 짜증스럽다는 듯 한숨을 쉬었다. "팁, 좀 도와주겠어?"

팁이라고 불린 남자가 마이클이 누워 있는 침대 쪽으로 다가왔다.

"시키는 대로 해. 맛은 지독하겠지만, 곧 괜찮아질 거야. 더 이상 뚱뚱한 여자 도 보이지 않을 거고."

뚱뚱한 여자, 하고 마이클은 생각했다. '지난 역사'의 부엌에 있는 그 뚱뚱한 여자. "그걸 어떻게……."

"일단 마셔. 가는 길에 설명해줄 테니까."

피할 도리가 없어 보였다. 마이클은 컵을 집어 꿀꺽 마셨다. 제기랄, 맛이 끔 찍했다.

"도대체 이게 뭐예요?"

"모르는 게 나을 거야." 빌리가 마이클의 손에서 컵을 빼앗아 들었다. "아직 아무 느낌도 안 들어?"

느껴졌다. 마치 몸속에 있는 팽팽하게 당겨진 현을 누군가가 퉁기기라도 한 것 같았다. 몸의 중심부에서부터 생기 넘치는 에너지가 뿜어져 나오는 것만 같았다. 그 이야기를 하려고 입을 여는 순간 경련이 일며 온몸이 딸꾹질을 하듯 요동쳤다.

"처음 한두 번은 딸꾹질이 심하게 나곤 하지." 빌리의 말이었다. "숨 쉬어."

마이클은 또 한 번 딸꾹질을 했다. 온 사방이 이 새로운 에너지의 연장선이기라도 한 듯이 방 안의 모든 색상이 한층 더 선명해 보였다.

"입 다물지 그래." 팁이 경고했다.

"정말 환상적이에요." 마이클은 간신히 그렇게 말하고 딸꾹질을 참으려 침을 꿀꺽 삼켰다.

아까 나갔던 남자가 다시 돌아왔다.

"날이 어두워지고 있어요. 어서 움직여야 합니다." 그가 무뚝뚝한 말투로 내뱉었다.

"옷을 가져다줘." 그러더니 빌리가 마이클을 가만히 바라보았다. "피터 말로는 엔지니어라고 하던데. 뭐든지 고칠 줄 안다고. 그 말이 맞아?"

마이클은 사라가 몰래 준 쪽지를 떠올렸다. '그들에게 아무것도 말하지 마.'

"그 말이 맞느냐고."

"그런 것 같아요."

"애매하게 대답하지 마. 중요한 질문이야. 고칠 수 있어, 없어?"

마이클은 빌리의 뒤에 선 두 남자를 보았다. 그의 대답에 모든 것이 달려 있다는 듯 기대에 찬 얼굴이었다.

"그래요, 맞아요."

빌리가 고개를 끄덕였다. "그러면 옷 챙겨 입고 우리가 시키는 대로 해."

어둠 속에서 모사미는 새가 나오는 꿈을 꾸고 있었다. 그러다가 그녀는 마치 심장 아래에서 새가 날개를 치듯 파닥이는 감각을 느끼고 잠에서 깼다. 아기구나, 아기가 움직이고 있어.

고인 물 위의 파문이 점점 퍼져가는 것처럼 리드미컬한, 물의 압력 같은 감각이 다시금 되돌아왔다. 누군가 몸속에서 유리창을 똑똑 두드리며 '안녕하세요, 거기 누구 없어요?' 하는 것만 같은 감각이었다.

모사미는 두 손으로 땀에 축축이 젖은 셔츠 아래에서 둥글게 부풀어 오른 배를 쓸었다. '안녕, 반가워.' 그녀가 생각했다.

아기는 아들이었다. 모사미는 처음부터, 퇴비 더미에 아침 먹은 걸 고스란히 토했던 그날부터 아기가 아들인 걸 알고 있었다. 아직 이름을 지어주고 싶지는 않았다. 이름이 있는 아기를 잃을 때 더 괴롭다고들 했기 때문이었다. 하지만 진짜 이유는 그것이 아니었다. 이 아기는 무슨 일이 있어도 무사히 태어날 테니까. 이는 희망이라는 말보다, 믿음이라는 말보다 더 강렬한 감정이었다. 모사미는 그것이 사실이라는 것을 알았다. 그리고 아기가 태어나서 요란하고 고통스럽게 세상으로 발을 내디딜 때, 테오 역시 그 자리에 있을 것이고, 두 사람은 함께 아기의 이름을 지을 것이다.

이곳 헤이븐에서 모사미는 항상 피곤했다. 할 수 있는 일은 잠자는 것밖에 없었다. 그 밖에는 먹는 것. 물론 아기 때문이었다. 아기 때문에 종일 먹는 생각을 하게 됐다. 단단한 비스킷과 콩 페이스트, 그리고 벙커에서 찾아낸 지독한 맛이 나는 이상한 음식만 먹다가 — 100년 전에 비닐에 진공포장한 *끈끈한* 음식, 단체로 식중독에 걸리지 않은 게 기적이었다 — 진짜 음식을 먹자니 이렇게 좋을 수가 없었다. 빵, 치즈. 너무나 부드러워서 목이 간질간질해지는 진짜 버터. 모사미는 버터를 양껏 퍼먹고 손가락에 묻은 것까지 쪽쪽 빨아먹었다. 음식 때문에라도 여기에 영원히 살 수 있을 것 같았다.

다들 느꼈을 것이다. 무언가 이상했다. 전날 밤, 그녀를 둘러쌌던 수많은 여자들은 다들 아기를 안고 있거나 임신 중이었고 — 그중 몇몇은 둘 다였다 — 모사미 역시 임신 중이라는 사실을 알고 자매애를 담은 환한 미소를 지었다. 아기라니! 정말 멋져요! 출산예정일은 언제인가요? 첫째인가요? 혹시 일행 중 다른 여자들도 아기가 있나요? 그때는 자신의 임신 사실을 그들이 무슨 수로 알았는지 — 아직 배도 별로 나오지 않았던 것이다 — 어째서 아무도 아이의 아빠가 누구인지 묻지도 않았는지, 나아가 자기 아이들의 아빠에 대해 언급하지도 않았는지 미처 알아차리지 못했다.

해가 이미 진 뒤였다. 낮잠을 자려고 누웠던 것 같은데 시간이 이렇게 흘러버렸다. 피터를 비롯한 나머지는 다른 오두막에서 앞으로 어떻게 해야 할지 상의하고 있겠지. 아기가 다시 움직이며 몸을 뒤채는 게 느껴졌다.

모사미는 눈을 감고 누운 채 몸속의 감각에 집중했다. 파수꾼이었던 시절이 몇 년은 된 과거처럼 느껴졌다. 전생이었다. 바로 그거다.

아이를 가지면 이렇게 된다는 것을 그녀도 알았다. 몸속에서 낯설고 새로운 존재가 자라나고, 모든 것이 끝나고 나면 완전히 다른 사람이 되어버린다. 그 순간, 모사미는 문득 자신이 방 안에 혼자가 아니라는 사실을 알아차렸다.

에이미가 옆 침대에 앉아 있었다. 눈에 띄지 않는 재주가 꼭 도깨비 같았다. 모사미가 돌아누운 뒤 배 속의 아기가 발길질을 하는 걸 느끼며 무릎을 구부려 가슴에 댄 채 에이미를 바라보았다. "안녕." 하품이 나왔다.

"잠깐 잠들었었나 봐." 다들 에이미 앞에서는 하나 마나 한 뻔한 이야기를 하면서 에이미의 침묵을 메운다. 마치 생각을 읽는 것처럼 상대를 빤히 바라보는 에이미의 시선은 조금 불편하다고 느끼는 찰나, 모사미는 에이미가 바라보고 있는 것이 정확히 무엇인지 알아차렸다.

"아, 그렇구나. 만져보고 싶니?"

에이미가 망설이는 듯 머리를 살짝 기울였다.

"만져보고 싶으면 만져도 돼. 이리 오렴, 내가 보여줄게."

에이미가 일어나더니 모사미의 침대로 다가와 앉았다. 모사미는 에이미의 손을 잡고 둥글게 부풀어 오른 배에 가져다 댔다. 에이미의 손은 따뜻하고 조금 축축했다. 손끝이 놀랄 만큼 부드러웠다. 수년간 활을 잡느라 굳은살이 박인 모사미의 손과는 사뭇 달랐다.

"잠시만 기다려보렴. 방금 전만 해도 몸을 이리저리 뒤채고 있었단다." 그때 배 속에서 파닥거리는 움직임이 느껴졌다. 에이미가 화들짝 놀라 손을 거두었다.

"느껴졌니?" 기분 좋은 충격으로 에이미의 눈이 휘둥그레하니 커졌다. "괜찮아, 아기가 움직이는 거야. 여기······." 모사미가 에이미의 손을 붙잡고 다시 한번 자신의 배에 갖다 댔다. 아기가 몸을 뒤집으며 발길질을 했다. "와, 이번 건 좀 센데."

에이미도 어느새 웃고 있었다. 이렇게 커다란 사건들이 일어나는 와중에 몸속에서 움직이는 아이의 태동을 느끼다니 정말 이상스럽고도 근사하다고 모사미는 생각했다. 새 생명, 새로운 사람이 세상에 찾아오고 있다. 그 순간 모사미는 그 말을 들었다. 세 단어였다.

'그가 여기에 있어요.'

모사미는 깜짝 놀라 에이미의 손을 뿌리치고 침대 위로 기어 올라가 벽에 등을 대고 앉았다. 에이미가 모사미를 꿰뚫는 듯한 시선으로 빤히 들여다봤다.

"방금 어떻게 한 거야?" 모사미는 부들부들 떨고 있었다. 병이 들 것만 같았다.

'그는 꿈속에 있어요. 뱁콕과 함께, '다수'와 함께.'

"누구 얘길 하는 거야, 에이미?"

'테오요. 테오가 여기 있어요.'

그는 뱁콕이었고, 그는 불멸이었다. 그는 '트웰브' 중 하나이자 '다른 하나', 모든 것의 위에, 모든 것의 뒤에 있는 자, 제로였다. 그는 밤 중의 밤이었으며, 지금의 그가 되기 전에는 뱁콕이었다. 그의 내부에 도사린 시간 그 자체와도 같은 굶주림 이전에, 핏속을 흐르는 끝이 없고 곤핍하며, 무한하고 경계 없는 혈류 이전에, 새카만 날개가 세계를 뒤덮기 이전에.

그는 '다수'로 만들어졌다. 밤하늘을 수놓은 별처럼, 수억의 존재가 그를 이루었다. 그는 '트웰브' 중 하나이자 '다른 하나', 즉 제로였으나, 그와 같은 피, 즉 '트웰브'의 씨를 이어받은 그의 자손들 역시 그의 안에 깃들어 있었다. 그가 움직이면 그들도 움직였고, 그가 생각하면 그들도 생각했다. 그는 그들의 마음속 텅 빈 망각의 공간에 이런 말을 불어넣었다. '너는 죽지 않아. 내가 너의 일부이듯, 너 역시 나의 일부다. 너는 세계의 피를 들이마셔 나를 가득 채우거라.'

그들은 그의 명령을 받드는 존재였다. 그들이 먹을 때 그도 먹고, 그들이 잠들 때 그 역시 잠들었다. 그들은 '우리', 즉 뱁콕이었고, 그가 영원한 만큼 그들 역시 영원했으며 이들은 모두 '트웰브'의 일부이자 '다른 하나', 즉 '뱁콕'의 일부였다. 그들은 그의 어두운 꿈을 함께 꾸었다.

그는 자신이 지금의 그가 되기 전의 나날을 기억한다. '데저트 웰스'라는 지역에 있는 좁다란 집에서의 나날이었다. 고통, 침묵, 그리고 그의 어머니, 뱁콕의 어머니였던 그 여자로 이루어진 나날. 그는 자잘한 것들을 기억한다. 촉각, 감각, 시각. 카펫 위로 사각형을 그리며 쏟아지던 황금빛 햇빛. 그의 운동화 신은 발에 꼭 맞게 팬 현관 앞의 댓돌, 그가 손가락을 베곤 했던, 뾰족하고 녹이 슨 난간의 모서리. 그는 그의 손가락을 기억한다. 어머니가 부엌에서 한 말과 텔레비전을 보며 피우던 담배 냄새와 텔레비전에 나오던 사람들을 클로즈업한 얼굴, 커다랗고 축축한 눈, 립스틱을 발라 윤이 나는 과일 조각처럼 입술이 번들거리던 여자들을 기억한다. 그리고 무엇보다도, 어머니의 목소리를 기억한다.

'조용히 해, 제기랄. 내가 텔레비전 보는 거 안 보여? 지긋지긋한 소란 좀 그만 떨라고, 정신이 나가버릴 것 같아!'

그래서 그가 조용히, 쥐죽은 듯 조용히 했던 것을 기억한다.

그녀의 손, 그러니까 뱁콕의 어머니의 손을, 그 손이 그를 후려치고 또 후려칠 때 느낀 눈앞에 별이 번쩍할 정도의 아픔을 기억한다. 고통의 구름에 실려 몸이 붕 떴다가 주먹으로 맞고, 귀싸대기를 맞고, 타들어갔던 것을 기억한다. 언제나 그렇게 타들어갔다. '울음 그쳐. 남자답게 굴어. 자꾸 울면 더더욱 울 만한 일을 만들어줄 테다.'

'자일스 뱁콕.' 담배연기가 섞인 어머니의 숨결이 얼굴에 다가왔다. 그녀가 그의 손등에 지지던, 발갛게 타들어가는 담뱃불, 그리고 손등이 타들어가는 축축하면서도 바삭거리는 소리, 마치 시리얼에 우유를 부을 때처럼 탁탁하고 터지던 소리. 담뱃불에 지진 자리에서 나는 냄새가 어머니의 콧구멍이 뿜어내는 담배연기와 섞였던 것. 그리고 아픔을 멈출 수 있도록 — 어머니가 말한 대로, 남자답게 굴 수 있도록 — 몸속에 꼼짝 못 하고 갇혀버린 말들.

무엇보다도 기억나는 것은 그녀의 목소리, 뱁콕의 어머니의 목소리였다. 그녀에 대한 그의 사랑은 문이 없는 방, 긁는 듯한 그녀의 목소리로, 말-말-말들로 가득한 방이었다. 그를 조롱하던 말, 마치 그녀가 데저트 웰스라고 불리던 곳에 있던 좁다란 집의 부엌 식탁에 앉아서 웃고 떠들고 연기를 흠뻑 들이마시던 그날 그가 서랍에서 꺼내온 칼처럼 그를 찢어발기던 말.

'이 녀석은 날 때부터 벙어리였던 게 아니야. 살다 보니 벙어리가 되어버린 거라니까.' 그는 행복했다, 너무나 행복했다. 태어나서 칼이 그녀의 새하얀 목, 부드러운 겉층과 그 아래의 단단한 기도를 꿰뚫던 그 순간만큼 행복했던 적은 없었다. 칼을 쑤셔대는 동안 그녀에 대한 사랑이 그의 마음을 떠나가면서 드디어 그는 그녀의 진짜 모습을 볼 수 있었다 — 그녀는 그저 피와 살과 뼈로 이루어진 존재에 불과했던 것이다. 그녀가 했던 모든 말이 그의 내부를 터질 듯 채워왔다. 살아 있는 것처럼 피 맛이었다.

사람들은 그를 먼 곳으로 떠나보냈다. 그는 어린아이가 아니었던 것이다. 남자다운 남자였던 것이다. 그는 제정신을 가진 남자, 칼을 가진 남자였고, 그들은 그에게 죽으라고 했다. 죽어, 뱁콕, 네가 저지른 죗값을 치르려면 죽어. 그는 죽고 싶지 않았다. 그때도, 그 후에도. 그리고 시간이 흐른 뒤 — 울가스트라는 남자가 마치 예고되어 있던 것처럼 찾아온 이후에, 의사들을 만나고, 크게 아프고, 마침내 '변이'하게 된 이후에, 그가 '트웰브' — 뱁콕, 모리슨, 차베스, 배프스, 터럴, 윈스턴, 소사, 에콜스, 램브라이트, 마르티네스, 라인하르트, 카터 — 의 일원이자 '다른 하나', 즉 제로가 된 이후에, 그는 다른 이들도 똑같은 방식으로, 그들의 말을 빨아들여 그들의 단말마 같은 비명을 부드러운 빵처럼 씹어 삼켰다. 그리고 그가 그의 피가 시키는 대로 죽이지 않고 단지 들이마시기만 한, 열 명 중 하나는 그의 마음속에 들어와 그의 일부가 되었다. 그의 자손들. 그의 위대하고 무시무시한 동료. '다수.' 뱁콕이라는 존재로 묶인 우리.

그리고 '여기'. 그는 이곳에 마치 귀환하는 기분으로, 잃어버린 것을 되찾는 기분으로 찾아왔다. 그는 세상을 양껏 들이마신 뒤 이곳에서 휴식하며 어둠 속에서 꿈을 꾸었다. 그러다 일어나 다시 허기가 지면 한때는 패닝이라는 이름이었던 제로의 목소리가 들렸다. '형제들이여, 우리는 죽어가고 있다.' 죽는다니! 이제 세상에는 남은 사람이 거의 없었다. 사람은 물론 동물마저도 거의 남아 있지 않았다. 그리고 그는 이제 남은 이들이 그에게 바쳐지고, 그를, 뱁콕을, 그리고 제로를 알고, 그의 안에서 자리를 찾을 때가 왔음을 알았다. 그는 정신을 확장시켜 그의 자손들인 '다수'에게 말했다. '최후의 인류를 내게 데려오너라. 그들을 죽이지는 말아라. 그들이 우리의 꿈을 꾸고 우리, 뱁콕의 일부가 되도록 그들과 그의 언어를 가져와라.' 그렇게 첫 번째가 오고, 그다음, 그다음이 차례차례 찾아오면서 그들은 그와 같은 꿈을 꾸었고 꿈이 끝나면 그는 이렇게 말했다. 이제 너는 '다수'와 마찬가지로 나의 것이다. 너는 '여기'에서 나의 것이며, 내가 허기지면 너는 너의 피로 나의 불안한 영혼을 채워라. 너는 '여기' 너머 어딘가에서 다른 이들을 데려올 것이며, 그들 역시 너와 같은 일을 하게 해라. 그렇게 내가 너에게 다른 어떤 삶도 아닌 이 삶을 주겠다. 그리고 의지를 굽히지 않은 자, 뱁콕의 마음이 그들의 마음과 만나는 꿈속의 어두운 순간이 왔을 때 칼을 들지 않은 자는 본보기를 보이기 위해 죽이겠다.

그 도시는 그렇게 생겨났다. 세계 최초의, '뱁콕의 도시'였다.

그러나 지금은 '또 다른 자'가 있었다. 제로도, 트웰브도 아닌 '또 다른 자'. 같은 것인 동시에 다른 것. 자세히 보려고 정신을 집중할 때마다 눈앞에서 사라져버리는 새처럼 그를 괴롭히는, 그림자 뒤의 그림자. 그리고 그의 자손이자 위대하고 무시무시한 동료인 '다수' 역시 그녀의 소리를 들었다. 그는 그녀가 끌어당기는 거센 힘을 느꼈다. 오래전 어린 시절, 담배의 발갛게 불타는 끝이 살에 짓눌리고 불타는 모습을 보았을 때 느끼던 그 무력한 사랑처럼.

'나는 누구지?' 그들은 그녀에게 물었다. '나는 누구야?'

'또 다른 자'로 인해 그들은 기억을 되찾고 싶어 하게 되었다. 그녀 때문에 그들은 죽고 싶어 했다.

그녀는 이제 가까이, 아주 가까이 다가와 있었다. 뱁콕도 느낄 수 있었다. 그녀는 '다수'의 정신의 수면에 일어난 잔물결, 밤이라는 섬유를 잡아 찢은 자국이었다. 그는 그녀로 인해 여태 그들이 한 모든 일, 그들이 만든 모든 것이 수포로 돌아갈 수 있다는 걸 알았다.

형제들이여, 형제들이여. 그녀가 오고 있다. 형제들이여, 그녀는 이미 여기에 있다.

"미안합니다, 피터." 올슨 핸드의 말이었다. "친구들의 행방이 묘연하군요."

피터가 마이클이 사라졌다는 사실을 전해 들은 건 해가 지기 직전이었다. 사라가 마이클의 상태를 보러 병원에 갔다가 비어 있는 침대를 발견했다. 아니, 건물 전체가 텅 비어 있었다.

그들은 두 무리로 나뉘어 움직이기 시작했다. 사라, 홀리스, 케일럽이 마이클을 찾아 나섰고, 알리시아와 피터는 올슨을 찾았다. 한때 교도소장의 사택이었다던 올슨의 집은 노동 캠프와 교도소 사이의 작은 빈터에 있는 조그만 2층 건물이었다. 그들이 집 앞에 도착하자마자 올슨이 문을 나서는 모습이 보였다.

"빌리와 이야기해보겠습니다. 어디로 갔는지 알지도 모르니까요." 올슨은 마치 무언가 굉장히 중요한 일을 하던 중 그들의 방문을 받기라도 한 것처럼 얼이 빠져 있었다. 그럼에도 불구하고 그는 애써 안심하라는 듯한 특유의 미소를 지어 보였다. "괜찮을 겁니다. 고작 몇 시간 전에 미라가 병원에서 마이클을 보았다고 하니까요. 몸이 많이 나아지고 있어서, 주변을 한번 둘러보고 싶다고 했답니다. 그래서 여러분과 함께 있을 줄로 알았지요."

"아직 마이클은 제대로 걷지도 못하는 몸입니다. 몸을 일으킬 수나 있는지 모르겠다고요." 피터가 말했다.

"만약 그렇다면 멀리 가지 못하지 않았겠습니까?"

"사라의 말로는 병원에는 아무도 없다던데, 평소에 그 건물에 사람이 있지 않나요?"

"늘 있진 않습니다. 마이클이 떠났다면야, 다른 사람들이 병원에 남아 있을 이유가 없지요." 올슨의 얼굴에 어두운 기색이 퍼지더니, 그가 피터와 눈을 맞췄다. "곧 나타날 겁니다. 제가 할 수 있는 최선의 조언은, 우선 숙소로 돌아가서 마이클이 돌아오기를 기다리라는 겁니다."

"그건……."

그러나 올슨은 한 손을 들어 피터의 말을 막았다. "말씀드렸듯, 이게 최선의 조언입니다. 받아들이시길 바랍니다. 그리고 앞으로는 친구를 잃지 않기 위해 주의하십시오."

아까부터 말 한마디 없이 조용히 있던 알리시아가 목발에 기댄 채 피터와 어깨를 부딪쳤다. "가만히 있어."

"하지만……."

"괜찮아." 알리시아가 그렇게 말하더니 이번에는 올슨을 향해 말했다. "무사할 거라고 생각해요. 혹시 우리가 필요하면 찾으러 오세요."

그들은 미로처럼 이어진 오두막을 지나 다시 숙소로 돌아갔다. 돌아다니는 사람 하나 없이 사위가 이상스러우리만치 고요했다. 전날 밤 파티가 열렸던 헛간을 지나쳤는데, 지금은 아무도 없었다. 불 켜진 집도 없었다. 사막의 서늘한 밤공기에 피부에 소름이 돋았지만, 사실 이 기분은 단순히 낮아진 기온 때문이 아님을 내심 알았다. 어둠 속에서 창문을 통해 그들을 지켜보는 사람들의 시선이 느껴졌던 것이었다.

"쳐다보지 마." 알리시아가 말했다. "나도 느껴져. 그냥 계속 걸어."

두 사람이 오두막에 도착했을 무렵 홀리스의 일행도 돌아오고 있었다. 사라는 걱정에 사로잡혀 미칠 지경이 되어 있었다. 피터는 올슨과 주고받았던 대화를 친구들에게 알려주었다.

"그자들이 마이클을 어딘가로 데려간 게 분명해." 알리시아가 말했다.

그런 것 같았다. 하지만 어디로, 도대체 무슨 목적으로?

올슨은 거짓말을 하고 있었다. 그것만은 분명한 사실이었다. 더 이상한 것은, 올슨이 마치 자신이 거짓말을 하고 있다는 사실을 그들에게 대놓고 알려주고 싶은 것처럼 티를 냈다는 것이다.

"하이톱, 밖에 누가 있지?"

케일럽은 문간에서 바깥을 감시하고 있었다. "늘 있던 그 두 사람이에요. 광장을 돌아다니면서 우리 쪽을 안 보는 척 보고 있어요."

"다른 사람은?"

"아무도 없어요. 쥐 죽은 듯 조용해요. 아이들도 없고요."

"가서 모스를 깨워." 피터가 말했다. "모스에게는 아무 말 하지 말고, 모스와 에이미를 여기로 불러와. 짐도 같이."

"떠나는 거예요?" 케일럽이 사라에게로 눈길을 돌렸다가 다시 피터를 쳐다보았다. "서킷은 어떡하고요?"

"마이클 없이 아무 데도 안 가. 일단 모스를 데려와."

케일럽이 오두막 바깥으로 달려나갔다. 피터와 알리시아는 눈빛을 주고받았다. 무슨 일인가가 일어나고 있었다. 빠르게 움직여야 할 것이 분명했다.

잠시 후 케일럽이 돌아왔다. "없어요."

"없다니, 무슨 소리야?"

케일럽의 얼굴이 잿빛으로 질려 있었다. "오두막이 비어 있어요. 아무도 없다고요, 피터."

전부 피터의 잘못이었다. 마이클을 찾겠다고 서두르느라, 여자 둘만 남겨놓고 떠나버렸다. 에이미까지 남겨두다니, 어째서 이렇게 멍청한 짓을 한 거지?

알리시아는 목발을 한쪽으로 치워버리고 다리에 감았던 붕대를 끄르고 있었다. 붕대를 풀자 헤이븐에 도착한 첫날 밤 몰래 숨겨놓았던 칼이 나왔다. 목발은 눈속임이었다. 상처는 이미 거의 다 아물었던 것이었다. 알리시아가 두 발로 똑바로 섰다.

"총을 찾으러 갈 시간이야." 그녀가 말했다.

빌리가 물에 무엇을 넣었는지는 몰라도, 약효가 아직 가시지 않은 게 분명했다. 마이클은 방수포를 덮은 채 픽업트럭 짐칸에 누워 있었다.

짐칸에는 파이프가 잔뜩 실려 쩔컹쩔컹 소리를 내고 있었다. 빌리가 아무 소리도 내지 말고 누워 있으라고 했지만, 마이클은 속이 울렁거려 참을 수가 없었다. 이런 걸 마시라고 주고는 가만히 누워 있으라니 말이 되는 소린가? 약효 때문에 온몸의 모든 세포가 한 가지 음으로 노래하는 것만 같았다. 정신이 어떤 거름망에 한 번 걸러져 모든 생각이 보다 생생하고 명확해지는 것만 같았다.

더 이상 꿈을 꾸지 않을 거라고 빌리는 말했었지. 연기와 악취를 피워내는, 곪히는 듯 거슬리는 목소리를 내는 그 뚱뚱한 여자가 나오지 않을 거라고 했다. 빌리가 내 꿈을 어떻게 알았을까? 픽업트럭은 병원의 뒷문으로 나온 지 몇 분 만에 딱 한 번 멈췄다. 검문소 같은 곳이었다.

누군지 알 수 없는 목소리가 빌리에게 어디로 가느냐고 묻는 소리가 들렸다. 마이클은 방수포를 덮고 누운 채 초조하게 이들의 대화를 듣고 있었다.

"동쪽 들판에 있는 선이 끊겼어." 빌리가 설명하는 소리가 들렸다. "올슨이 내일 인부들이 수리할 수 있게 파이프를 갖다두라고 했어."

"초승달이 떴잖아. 나다니면 안 된다고."

초승달, 하고 피터는 생각했다. 초승달이 뭐가 어쨌단 소리지?

"올슨이 시킨 일이라니까. 불만 있으면 올슨한테 직접 말해."

"시간 안에 돌아올 수 없을 것 같은데."

"그건 내가 알아서 해. 내보내 줄 거야, 말 거야?"

팽팽한 긴장을 품은 침묵이 감돌더니, 목소리가 대답했다.

"어두워지기 전에 꼭 돌아와야 해."

한참이 지난 뒤 트럭의 속도가 다시 느려졌다. 마이클이 방수포를 한쪽으로 걷었다. 트럭이 먼지를 일으키며 지나가는 뒤편으로 저녁 하늘이 보라색으로 물들어가고 있었다. 저 멀리 지평선 위로 산이 불쑥 솟아 있었다.

"이제 내려."

트럭 뒤편에 빌리가 서 있었다. 마이클은 드디어 몸을 움직일 수 있다는 사실에 감사하며 트럭에서 내렸다. 트럭이 멈춘 곳은 길이가 최소 200미터는 될 것 같은 볼록 지붕이 달린 금속 재질의 커다란 창고 앞이었다. 창고 뒤에 녹이 잔뚝 슨 연료탱크가 보였다. 땅에는 철길이 사방으로 나 있었다.

창고 옆문이 열리더니 한 남자가 나와서 이쪽으로 다가왔다. 온몸이 기름으로 번들거렸고 얼굴에도 기름이 묻어 새까만 색이었다. 손에 더러운 헝겊으로 싼 무언가를 들고 있었다. 남자는 그들이 서 있는 곳까지 와서 걸음을 멈추더니 마이클을 위아래로 훑어보았다. 한쪽 다리에 총신이 짧은 산탄총을 차고 있었다. 그러고 보니 남자는 라스베이거스에서 그들을 태워 갔던 트럭을 운전했던 사람이었다.

"이 사람입니까?"

빌리가 고개를 끄덕였다.

남자가 마이클의 얼굴 앞까지 바짝 다가서더니 그의 눈을 빤히 들여다보았다. 처음에는 한쪽 눈, 그다음에는 고개를 옮겨서 다른 쪽 눈을 들여다보았다. 입에서 썩은 우유처럼 시큼한 냄새가 풍겼다. 이 사이에는 검은 것이 잔뜩 끼어 있었다. 마이클은 고개를 돌리고 싶은 것을 애써 참았다.

"얼마나 줬습니까?"

"넉넉히 줬어." 빌리가 대답했다.

남자는 다시 한번 의심스럽다는 듯 마이클을 쳐다보더니 한 발짝 뒤로 물러나 바닥에 갈색 침을 한 줄기 탁 뱉었다. "나는 거스요."

"마이클입니다."

"누군진 이미 압니다." 거스가 손에 쥐고 있던 물건을 들어 마이클에게 보여주었다. "이게 뭔지 압니까?"

마이클이 그 물건을 받아들었다. "24볼트짜리 원통코일이군요. 대형 연료탱크에 달려 있던 물건 같은데요."

"그럼 이 물건에 무슨 문제가 있습니까?"

마이클은 손에 쥐었던 물건을 거스에게 다시 돌려주며 어깨를 으쓱했다. "글쎄요, 눈으로 보아선 아무 문제 없어요."

거스가 빌리를 바라보며 인상을 찌푸렸다. "이자의 말이 맞습니다."

"내가 말했잖아."

"빌리 말로는 전기에 대해 잘 안다던데요. 배선망, 발전기, 제어장치 같은 것 말입니다."

마이클은 그 말에 다시 한번 어깨를 으쓱했다. 너무 많은 말을 해버리면 안 된다는 생각에 망설여지는 마음은 여전했지만, 본능에 가까운 무언가가 이 두 사람을 믿어도 된다고 말하고 있었다. 아무 이유 없이 그를 여기까지 데려온 건 아닐 것이다.

"일단 한번 봅시다."

그들은 철로를 지나 창고 쪽을 향했다. 안에서 휴대용 발전기가 돌아가는 소리, 연장이 부딪치는 소리가 들렸다. 그들은 아까 거스가 나왔던 문을 통해 창고 안으로 들어갔다. 창고 안은 넓었고 기다란 버팀목에 달린 스포트라이트가 내부 전체를 환히 밝히고 있었다. 기름때 묻은 점프슈트 차림의 남자들이 돌아다니고 있었다.

그 순간 마이클은 무언가를 보고 제자리에 멈췄다.

기차였다. 디젤기관차. 그런데, 녹이 잔뜩 슬어서 버려진 물건이 아니었다. 이 기관차는 마치 당장이라도 달릴 수 있을 것 같은 모양새였다. 적어도 4분의 3인치 두께는 될 것 같은 금속피막이 씌워져 있었다. 엔진 앞에 거대한 서래가 달려 있었고, 앞 유리창도 금속판으로 덧대어 운전사가 앞을 볼 수 있는 가느다란 틈새만 유리가 드러나 있었다.

뒤로 상자 모양의 열차 세 량이 이어졌다.

"기계적인 문제도 없고 공압 장치에도 아무 문제가 없어요." 거스가 말했다. "휴대용 발전기로 8볼트를 충전했는데 문제는 전기설비입니다. 배터리의 전력을 펌프로 끌어갈 수가 없어요."

피가 미친 듯이 온몸을 휘도는 느낌이 들었다. 마이클은 심호흡을 해 마음을 가라앉혔다.

"구조도가 있습니까?"

거스가 마이클을 이끌고 바스러지기 직전인 종이 위에 푸른 잉크로 그려진 도면들을 펼쳐놓은 작업대 쪽으로 갔다. 마이클이 몸을 숙여 도면을 내려다보았다.

"굉장히 복잡한데요." 마이클은 도면을 한참 바라본 끝에 입을 열었다. "무슨 문제인지 알아내려면 몇 주는 필요하겠어요."

"그만한 시간은 없어." 빌리가 말했다.

마이클이 고개를 들어 그들을 마주 보았다.

"이 작업을 언제부터 해왔습니까?"

"4년 안팎입니다." 거스가 말했다.

"그럼, 시간이 얼마나 있는 겁니까?"

빌리와 거스가 불안한 표정을 주고받았다.

"3시간 정도." 빌리의 말이었다.

"테오."

테오는 다시 그 부엌에 들어와 있었다. 서랍이 열려 있고, 그 속에 번들거리는 나이프가 마치 요람에 누운 아기처럼 곱게 놓여 있었다.

"테오, 어서. 말했잖아, 칼을 집어 들어 찌르기만 하면 돼. 그 여자를 죽이면 다 끝난다고."

그 목소리였다. 테오의 이름을 아는, 깨어 있을 때나 잠들어 있을 때나 그의 머릿속을 기어 다니는 듯한 그 목소리. 테오의 정신 일부는 그 부엌에 있었으나, 나머지 일부는 아직도 그가 잠과, 꿈과 싸우며 셀 수 없는 나날을 보낸 감옥의 독방 안에 있었다.

"그게 뭐 그렇게 어려운 일이야? 내 설명에 애매한 구석이라도 있어?"

테오가 눈을 뜨자 부엌은 사라졌다. 그는 독방의 침대 모서리에 걸터앉아 있었다. 잠긴 문, 그리고 그의 대소변을 받아내며 악취를 풍기는 구멍이 있는 그 방이었다. 도대체 몇 시인지, 무슨 요일인지, 몇 월인지, 몇 년인지 알 도리가 없었다. 평생 동안 이 방에 갇혀 있었던 것처럼 느껴졌다.

"테오, 내 말 들리나?"

입술을 핥자 피 맛이 느껴졌다. 혀를 깨문 걸까?

"원하는 게 뭐야?"

문밖에서 한숨 소리가 들렸다. "테오, 솔직히 말하면 좀 인상적이었어. 지금까지 너만큼 오래 참아낸 사람은 없었거든. 신기록이야."

테오는 아무 대답도 하지 않았다. 대답을 할 이유가 없었다. 어차피 목소리는 테오의 질문에 절대 대답해주는 법이 없었다. 그 목소리가 실제로 존재하는지 아닌지는 알 도리 없었지만 말이다. 어쩌면 이 목소리는 자신의 상상에 불과한 것뿐이라는 생각이 들 때가 있었다.

"물론," 목소리는 이어졌다. "그년을 칼부림하는 게 네 성정에 맞지 않을 수는 있지." 깊은 구덩이 바닥에서 올라오는 것만 같은, 음침하게 킬킬 웃는 소리.

"내 말 믿으라고. 지금까지 그 짓을 하는 모습을 수없이 봤으니까."

잠을 못 잔 탓에 겪는 환각이 지독하다고 테오는 생각했다. 오랫동안 잠을 못 잤고, 정신을 바짝 차리려고 아무리 피곤해도 온종일 걸어 다니다 보니 — 차가운 돌바닥에 대고 근육이 활활 타는 느낌이 들 때까지 팔굽혀펴기와 윗몸일으키기를 하고, 잠들지 않으려고 제 뺨을 때리고 손톱이 피투성이가 될 때까지 몸을 긁어대기도 했다 — 곧 깨어 있는 것인지 잠이 든 것인지 모르는 상태가 오고 말았다. 고통과 비슷하면서도 그보다 지독한 감각이었다. 신체가 느끼는 고통이 아니었기 때문이다. 이 고통은 정신을 잠식했고, 그 정신이야말로 바로 테오였다. 즉 테오는 고통 자체였다.

"내 말 귀 기울여 들으라고, 테오. 넌 그곳으로 가고 싶지 않을 거야. 그건 해피엔딩으로 끝나는 이야기가 아니었거든."

다시금 의식이 피로에 굴복하면서 잠으로 끌려 들어가려 했다. 테오는 주먹을 쥐어 손톱을 손바닥에 콱 박았다. 잠들면. 안 돼. 테오. 잠이 들면 깨어 있을 때보다 끔찍한 일이 일어날 게 분명했다.

"조만간 모두가 그 선을 넘게 된다고, 테오."

"왜 자꾸 내 이름을 부르는 거지?"

"뭐라고, 테오? 방금 혹시 나한테 무슨 질문이라도 한 거야?"

침을 꿀꺽 삼키자 또다시 피 맛이 느껴졌다. 테오는 머리를 두 손으로 감싸 쥔 채였다.

"내 이름 말이야. 왜 자꾸 내 이름을 부르느냐고."

"네 관심을 끌기 위해서지. 이런 말이 실례될진 모르겠는데, 지난 며칠간 넌 너답지 않더군."

테오는 대답하지 않았다.

"좋아." 목소리가 말을 이었다. "이름을 부르지 말라는 소리지? 이유는 모르겠지만, 그쯤은 들어주지. 이제 다른 이야기로 넘어가 보자구. 알리시아를 어떻게 생각하지? 내 생각에 알리시아는 상당히 특별한 사람 같아서 말이야."

알리시아? 이 목소리가 알리시아 이야기를 하는 건가? 말도 안 되는 일이었다. 그러나 이제 와서는 말이 되는 건 하나도 없었다. 목소리는 언제나 말이 되지 않는 말을 했다.

"네 얘기를 들었을 땐 특별한 건 모사미일 거라고 생각했지." 목소리는 짐짓 신나는 목소리로 말을 이었다. "처음에 우리가 기분 좋게 대화를 나누었을 때 얘기야. 그때 난 모사미가 내 취향일 거라 생각했는데, 이제 와서 생각하니 그 빨간 머리가 특별한 것 같아서 피가 끓는군."

"도대체 무슨 소린지 전혀 모르겠어. 말했잖아. 알리시아라느니 모사미라느니 누군지도 몰라."

"허튼수작 부리지 마, 테오. 알리시아도 죽게 할 셈이야? 모사미가 그런 상태인데 말이야?"

방 안이 핑그르르 도는 기분이었다. "방금, 뭐라고?"

"아, 미안하군. 못 들었어? 모사미가 네게 그 이야기를 안 했다니 놀라운데? 너의 그 모사미가 말이야." 목소리가 노래를 부르듯이 높아졌다. "배 속에 자그마한 아기를 품고 있다고."

테오는 정신을 차리려고 안간힘을 썼다. 방금 들은 말의 의미를 이해할 수 있게 집중했지만, 무거운 머리는 마치 크고 미끄러운 바위처럼 느껴졌고 방금 들은 말이 자꾸만 바위의 표면에서 미끄러지는 것 같았다.

"알아, 알지." 목소리가 이어졌다. "나 역시도 충격을 받았다고. 하지만 일단 리시 이야기를 해보자구. 실례되는 질문일지 모르겠지만 알리시아는 그 짓을 할 때 어떤 취향이지? 내 짐작에는 네발로 엎드려서 달을 보고 울부짖는 늑대 같은 여자일 것 같은데, 어때, 테오? 내 말이 틀렸어?"

"모른다니까…… 내 이름 부르지 마."

짧은 침묵. "좋아. 네 생각이 정 그렇다면야. 그럼 새로운 이름을 붙여주지. 그럼, 뱁콕 어때?"

그 이름을 듣는 순간 숨이 콱 막혀왔다. 토할 것 같았다. 만약 배 속에 토할 게 조금이라도 있었더라면 모두 게워냈을 것이다.

"이제야 말이 통하겠군. 자, 뱁콕이 누군지는 알고 있지, 테오?"

꿈의 반대편에 있는 바로 그것이었다. '트웰브' 중 하나. 뱁콕.

"그게…… 뭐지?"

"이러지 마, 똑똑한 친구잖아. 정말 모른단 말이야?" 기대에 찬 침묵. "뱁콕은…… 바로 너잖아."

'나는 테오 잭슨이야.' 테오는 머릿속으로 그 말을 기도문처럼 읊었다. '나는 테오 잭슨, 나는 테오 잭슨이야. 디미트리어스 잭슨과 프루던스 잭슨의 아들. 최초의 가문. 나는 테오 잭슨이다.'

"뱁콕은 너야. 뱁콕은 나이기도 하고. 뱁콕은 모든 사람이다. 적어도 여기서는. 나는 뱁콕을 우리들만의 신이라고 생각하지. 옛사람들이 믿던 신이 아닌, 새로운 신. 우리 모두가 꿈꾸는, 신의 꿈 말이야. 날 따라 해봐, 테오. '나는, 뱁콕이다.'"

'나는 테오 잭슨이다. 나는 테오 잭슨. 나는 부엌에 있지 않다. 나는 칼을 들고 부엌에 서 있지 않다.'

"닥쳐, 제발 닥치라고. 네가 하는 말은 말도 안 돼."

"아직도 '말이 되는' 것에 집착하는군, 테오. 그런 것에 매달리는 건 그만둬. 우리의 세계는 이미 100년 전부터 말이 되지 않았어. 뱁콕은 말이 되는 존재가 아니야. 뱁콕은 그저 존재해. '우리'처럼, '다수'처럼."

테오가 방금 들은 말을 중얼거렸다. "'다수'라고."

목소리가 부드러워졌다. 문밖의 목소리가 나긋나긋하게 그를 잠 속으로 불러들이고 있었다. 더 이상 매달리지 말고, 잠들라고.

"맞아, 테오. '다수', 그리고 '우리.' 뱁콕이 이끄는 '우리.' 테오, 너도 할 수 있어. 착하게 눈을 감고 그년을 칼로 쑤시라고."

어마어마한 피로가 몰려왔다. 몸이 겉에서부터 액체가 되어 스르르 녹아내리며, 눈을 감고 자고 싶다는 단 한 가지 강렬한 열망만이 남은 것만 같았다. 울고 싶었지만, 흘릴 눈물이 없었다. 빌고 싶었지만, 무엇을 빌어야 할지도 알 수 없었다. 모사미의 얼굴을 떠올리려 했지만 눈이 감겼다. 그는 눈이 감기도록 내버려두었고, 꿈속으로 서서히 떨어지기 시작했다.

"생각만큼 나쁘지 않아. 처음에는 몸싸움도 잠깐 있을 거야. 그 늙은 년이 그래도 투지가 없지는 않거든. 그래도 결과적으로는 네가 이겨."

목소리는 그의 머리 위, 부엌의 노란 조명 속을 떠돌고 있었다. 서랍, 칼, 열기, 냄새, 가슴속을 꽉 메운 것 같은 답답한 감각, 목구멍을 콱 막은 침묵, 그리고 여자의 목소리가 새어 나오고 있는, 그 목의 부드러운 부분. '말했잖아, 그 자식은 처음부터 벙어리인 게 아니라, 살다 보니 벙어리가 된 거라고.' 테오는 칼을 향해 손을 뻗었다. 칼이 손에 잡혔다.

그런데, 이번에는 꿈속에 새로운 등장인물이 있었다. 어린 소녀였다. 소녀는 식탁 앞에 앉아 무릎에 부드럽게 생긴 작은 물체를 올려놓고 앉아 있었다. 동물 인형이었다.

— 피터예요. 제 토끼예요.

소녀가 테오를 쳐다보지 않은 채 어린아이 같은 목소리로 말했다.

— 피터가 아니야. 나도 피터를 아는걸.

그런데, 그 아이는 어린 소녀가 아니었다. 어느새 검은 머리채가 마치 얼굴에 대고 둥글게 오므린 손바닥처럼 얼굴을 감싼, 키 크고 예쁘장한 아가씨가 되어 있었고, 테오가 있는 곳 역시 어느새 부엌이 아니었다. 이곳은 이제 끔찍한 죽음의 냄새가 진동하고 유리창 아래에 아기의 시체가 누운 침대들이 열을 이루고 있는 도서관이었고 바이럴이 다가오고 있었다. 놈들이 계단을 올라오는 소리가 들렸다.

— 하지 마세요.

이제는 다 큰 아가씨가 된 소녀가 말했다. 그녀가 앉아 있던 부엌 식탁은 그대로 도서관 안에 들어와 있었다. 그러고 보니 그녀는 더 이상 예쁘장한 얼굴이 아니었다. 그 자리에는 주름이 쪼글쪼글하고 이가 하나도 없는, 귀신처럼 머리가 허옇게 센 노파가 앉아 있었다.

— 그녀를 죽이지 마, 테오.

안 돼.

피터는 온몸을 떨며 잠에서 깼다. 비눗방울이 터지듯 꿈이 사라졌다.

"안…… 할 거야."

그러자 목소리가 고함을 질러대기 시작했다. "이런 제기랄, 농담이 아니라고! 선택의 여지가 있다고 생각하는 거야?"

테오는 아무 말도 하지 않았다. 차라리 그냥 죽여주었으면 했다.

"좋아, 친구. 마음대로 하라고." 목소리는 실망을 참을 수 없다는 듯 크나큰 한숨을 쉬었다.

"전해줄 소식이 있어. 네가 이 호텔의 유일한 손님이 아니라는 소식이지. 물론, 썩 반가운 소식은 아닐 거야."

부츠 바닥이 바닥을 긁으며 떠날 준비를 하는 소리가 들렸다.

"기대했는데, 실망이군. 하지만 상관없어. 어차피 그들도 이곳에 올 테니까, 테오. 모스, 알리시아, 그리고 나머지도 말이야. 결국 우리는 그들 역시도 손에 넣게 될 거야."

THE PASSAGE
54

어둠을 헤치고 가는 길에 초승달이 떠 있었다. 초승달, 바깥을 돌아다니는 사람은 아무도 없었다. 보초를 서고 있는 남자들을 피하는 건 그다지 어렵지 않았다. 계획을 세운 건 사라였다. '리시에게 맡기자고.' 그러더니 사라는 문을 열고 나가 광장을 가로질러 불붙은 드럼통 옆에 서서 이쪽을 보고 있던 두 남자, 햅과 리언에게 곧바로 다가갔다. 사라는 두 사람과 오두막 사이에 서서 뭐라고 이야기를 했다. 두 남자 중 키가 작은 쪽인 햅이 돌아서더니 떠나버렸다. 그때 사라가 한 손으로 머리카락을 쓸어 넘겼는데, 그게 신호였다. 홀리스가 먼저 집 밖, 건물의 그늘 속으로 나왔고, 피터도 뒤따랐다. 두 사람은 건물을 한 바퀴 돌아 광장의 북쪽 끝에 난 골목에서 대기했다. 잠시 후, 사라가 남은 한 사람의 보초인 리언을 데리고 오두막을 향해 다가왔다. 리언의 발걸음 소리가 급한 걸 보니 사라가 무엇을 약속했는지는 분명해 보였다. 두 사람이 앞을 지나치는 순간 빈 드럼통 뒤에 숨어 있던 홀리스가 나타나더니 의자 다리를 치켜들었다.

"이봐." 홀리스가 거세게 휘두른 의자를 맞은 리언은 그 자리에 뻗어버렸다.

그들은 리언의 흐늘흐늘한 팔다리를 잡고 골목 안쪽으로 끌어왔다. 홀리스가 리언의 몸수색을 한 끝에 점프슈트를 입은 다리에 차고 있던 가죽 총집 안에서 총신이 짧은 리볼버를 찾아냈다. 케일럽이 기다란 빨랫줄을 들고 왔다. 그들은 리언의 손발을 묶은 다음 입에 헝겊을 뭉쳐 쑤셔 넣었다.

"장전되어 있어?" 피터가 묻자 홀리스가 실린더를 열어보았다.

"세 발." 탄환을 확인한 홀리스가 손목을 움직여 실린더를 닫은 뒤 리볼버를 알리시아에게 건네주었다.

"피터, 집들은 전부 비어 있는 것 같아." 알리시아의 말이었다.

그 말대로였다. 집들은 전부 불이 꺼진 채였다.

"서두르자고."

그들은 공터를 가로질러 교도소의 남쪽으로 접근했다. 홀리스는 교도소의 입구가 이 단지의 정문을 마주 보는, 건물 반대쪽에 나 있는 것 같다고 했다. 그곳에는 일종의 터널처럼 돌아치가 달린 입구가 있다고 했다. 가급적이면 이 입구로 들어가면 좋겠지만, 감시탑에서 훤히 들여다보이는 위치였다. 그들은 좀 더 안전한 입구를 찾아볼 작정이었다. 밴이며 픽업트럭은 교도소 건물 남쪽에 있는 차고에 보관하고 있었다. 올슨과 그의 부하들이 실물자산을 한군데에 보관하고 있을 가능성이 있었고, 아무튼 어딘가를 먼저 뒤져보아야 할 것이었다.

차고의 문은 무거운 자물쇠로 단단히 잠겨 있었다. 피터가 창문으로 차고 안을 들여다보았지만 아무것도 보이지 않았다. 차고 뒤에는 교도소 벽에 붙은 화물 문과 돌출부로 이어지는 긴 콘크리트 경사로가 있었다. 경사로 한가운데에 시커먼 얼룩이 죽 흘러내린 흔적이 보였다. 피터가 바닥에 무릎을 꿇고 손가락으로 만져보자 축축했다. 코로 가져가 냄새를 맡아보자 엔진오일이었다.

문에는 손잡이가 없었고, 다른 열 수 있는 장치가 보이지도 않았다. 다섯 명의 일행이 한 줄로 서서 손으로 위로 밀어보았다. 딱히 저항은 느껴지지 않았지만 문이 너무 무겁고 손으로 쥘 만한 곳도 없어서 들어 올릴 수는 없었다. 케일럽이 경사로를 내려가 차고로 가더니 잠시 후 타이어 지렛대를 들고 왔다.

그들은 다시 한 줄로 나란히 서서 케일럽이 지렛대를 쑤셔 넣을 수 있을 만큼 간신히 문을 들어 올렸다. 안에서 가느다란 빛이 새어 나왔다. 그들은 지렛대를 사용해 문을 들어 올린 다음 차례차례 안으로 들어간 뒤 문이 도로 내려와 닫히게 내버려두었다.

안은 하역장 같은 공간이었다. 바닥에 둘둘 감긴 사슬이며 오래된 엔진 부품이 널브러져 있었다. 어딘가 가까운 곳에서 물이 똑똑 떨어지는 소리가 들렸다. 공기에서 기름과 돌 냄새가 났다. 램프는 머리 위 어딘가에서 깜박이며 빛나고 있었다. 가까이 다가가자 어둠 속에서 익숙한 형체가 나타났다. 험비였다.

케일럽이 험비의 짐칸을 열었다.

"다 없어졌어요. 50구경 소총뿐이에요. 탄환은 세 상자 남아 있어요."

"그러면 나머지 총은 다 어디로 갔지? 그리고, 험비를 여기에 가져다 놓은 건 누구야?" 알리시아가 물었다.

"우리입니다."

뜻밖의 목소리에 일행이 소스라치듯 돌아보자 어둠 속에서 누군가가 한 걸음 나왔다. 올슨 핸드였다. 어둠 속에서 다른 사람들이 더 나타나서 일행을 둘러쌌다. 오렌지색 점프슈트를 입고, 손에는 소총을 든 여섯 남자였다.

알리시아가 허리춤에 차고 있던 리볼버를 꺼내 올슨에게 겨누었다.

"물러서라고 말해."

"물러서." 올슨이 손을 들더니 부하들에게 말했다. "자, 총 내리고. 지금 당장."

그러자 남자들이 차례차례 총을 내리기 시작했다. 모두가 총을 내리고 나서야 알리시아도 총을 내렸다 ─ 피터는 알리시아가 리볼버를 다시 허리춤에 차지 않고 그대로 들고 있는 것을 눈치챘다.

"우리 일행은 어디로 갔지? 당신들이 데리고 있는 거야?" 피터가 물었다.

"사라진 건 마이클뿐인 줄 알았는데요."

"에이미와 모사미도 사라졌어."

그러자 올슨은 혼란스러운 표정으로 머뭇거렸다. "미안합니다. 의도한 바가 아니었습니다. 그 두 사람은 어디로 갔는지 모릅니다만, 여러분의 친구 마이클은 우리와 함께 있습니다."

"'우리'라니?" 알리시아가 받아쳤다. "대체 무슨 수작을 부리고 있는 거야? 어째서 우리 모두 똑같은 꿈을 꾸냐고!"

올슨이 그 말에 고개를 주억거렸다. "뚱뚱한 여자가 나오는 그 꿈 말이군요."

"이 빌어먹을 개자식, 마이클을 어떻게 한 거야?"

그 말과 함께 알리시아가 두 손으로 총을 단단히 잡고 올슨의 머리를 겨누었다. 그러자 일행을 둘러싸고 있던 여섯 남자가 부산스럽게 총을 겨누었다. 피터의 뱃속이 콱 죄어왔다.

"괜찮습니다." 올슨이 총을 빤히 바라보며 나지막이 중얼거렸다.

"말해, 피터." 알리시아가 말했다. "지금 당장 말하지 않으면 머리에 총알을 박아버릴 거라고 전해."

올슨이 부드럽게 손을 저었다.

"다들 진정해. 이들은 아무것도 몰라. 그 무엇도 이해하지 못했다고."

알리시아가 엄지손가락으로 리볼버의 공이를 잡아당겼다. "대체 우리가 뭘 모르고 있다는 소리야?"

램프의 희미한 불빛 속에서 올슨이 사뭇 작아 보인다고 피터는 생각했다. 그들이 알던 올슨과는 달라 보였다. 마치 가면이 벗겨지고 처음으로 진짜 올슨, 의심과 걱정에 시달리는 지친 늙은이의 모습을 보는 것 같았다.

"뱁콕." 올슨이 입을 열었다. "여러분은 뱁콕에 대해 모릅니다."

마이클은 드러누워서 컨트롤패널 아래에 머리를 묻고 있었다. 얼굴 위로 전선이며 플라스틱 커넥터가 드리워져 있었다. "이제 해보세요."

거스가 패널과 배터리를 연결하는 칼날형 개폐기를 닫았다. 아래에서 중앙 발전기가 돌아가는 윙윙 소리가 들렸다.

"됩니까?"

"잠시만." 거스가 말하더니 한참 뒤에 다시 입을 열었다. "아니, 차단기가 다시 올라왔어."

제어장치 어딘가에 누전이 있는 게 분명했다. 빌리가 마시라고 했던 액체 때문인지, 엘턴과 오랜 시간을 보낸 덕인지는 모르겠지만, 마이클은 마치 머리 위에 뒤엉켜 있는 전선들 속에서 달아오른 금속과 녹은 플라스틱의 냄새를 실제로 희미하게 맡을 수 있는 것만 같은 기분이 들었다. 그는 한 손으로 회로검사기를 위아래로 움직여 보았다. 모든 것이 제자리에 고정되어 있었다.

그가 패널 아래를 빠져나와 몸을 일으켜 앉았다. 땀이 비 오듯 쏟아졌다. 옆에 서 있던 빌리가 불안한 표정으로 그를 쳐다보았다. "마이클……."

"알아요, 안다고요."

마이클은 수통의 물을 한껏 들이켠 뒤 소매로 얼굴을 문질러 닦은 다음 잠시 생각을 했다. 몇 시간 동안 회로를 테스트하고, 전선을 잡아당기고, 패널과의 모든 연결부를 추적했는데, 아직도 뭐가 문제인지 알 수 없었다.

엘턴이라면 어떻게 했을까?

그 질문의 답은 명백했다. 어쩌면 미친 짓일지도 몰랐지만, 확실했다. 어차피 이미 할 수 있는 모든 일을 전부 해본 뒤였다. 마이클은 일어서서 기관실과 객실을 연결하는 좁은 통로로 들어갔다. 거스가 막대형 손전등을 입에 물고 시동 제어장치를 살펴보고 있었다.

"릴레이 회로를 리셋하세요."

거스가 입에 물었던 손전등을 손바닥에 뱉어냈다. "이미 해봤어. 너무 많이 해서 배터리가 닳고 있다고. 휴대용 발전기로 충전하면 6시간이나 걸려."

"일단 해보세요."

거스가 어깨를 으쓱하더니 어둠 속에서 제어장치를 손으로 더듬었다.

"알았어. 무슨 소용일는지 모르겠지만, 리셋했어."

마이클이 다시 차단기 패널을 향해 갔다.

"자, 이제 다들 조용히, 쥐죽은 듯이 조용히 해주세요."

엘턴이 할 수 있었다면 나도 할 수 있어. 마이클은 숨을 크게 들이마신 뒤, 천천히 내뱉으면서 눈을 감고 머릿속을 비웠다.

그리고 차단기를 내렸다.

다음 순간 ― 1초도 안 되는 짧은 순간 ― 배터리가 돌아가더니 전류가 패널로 몰려들면서 파이프에서 물이 흐르는 듯한 소리가 들렸다. 그런데, 무언가 잘 못되었다. 파이프가 너무 좁았다. 물이 파이프 양쪽에서 밀려들어 난류를 일으키더니 반은 이쪽으로, 반은 저쪽으로 흘러가는 바람에 결국 거기서 막혀버리고 회로가 차단된 것이다.

눈을 뜨자 거스가 입을 쩍 벌려 시커메진 이를 드러내고 그를 쳐다보고 있었다. "차단기가 문제였어요." 마이클이 말했다.

마이클은 연장을 끼워두었던 벨트에서 드라이버 하나를 꺼내 패널의 차단기를 떼어냈다. "이건 15암페어짜리예요. 이걸로는 핫플레이트 하나도 못 돌린다고요. 도대체 왜 15암페어죠?" 그는 수많은 회로를 훑어보다가 다시 물었다. "여기 이다음 슬롯에 있는 건 뭐죠? 26번요."

거스가 기관실의 작은 탁자에 펼쳐놓은 구조도를 확인하더니 다시 패널을 보고, 또다시 구조도를 보았다. "내부조명."

"제기랄, 고작 그걸 위해 30암페어를 쓴다고요?"

마이클이 두 번째 차단기를 떼어내 첫 번째 차단기가 있던 자리에 끼우고 다시 칼날형 개폐기를 닫았다. 잠시 기다렸지만 차단기가 다시 올라오지 않았다.

"이제 됐어요."

거스가 의심스럽다는 듯 얼굴을 찌푸렸다. "됐다고?"

"아마 이 두 개가 바뀌었던 것 같아요. 헤드 유닛과는 아무 상관 없는 문제였어요. 릴레이를 리셋하면 보여드릴게요."

마이클은 기관실로 들어가서 빌리의 옆자리에 앉았다. 나머지는 모두 가고 없었다. 해가 지자마자 빌리의 픽업트럭에 타고 대기 장소로 갔던 것이다.

마이클이 조절판 아래의 패널에 꽂힌 열쇠를 돌렸다. 아래에서 배터리가 가동되는 소리가 들렸다. 패널에 붙은 다이얼들이 빛을 냈다. 앞 유리창을 보호하려 붙여놓은 철판들 사이 작은 틈으로, 열려 있는 창고 문밖의 밤하늘에 가득한 별들이 보였다. 그래, 지금이야. 문제 하나를 찾아냈지만, 그게 문제의 전부는 아닐지는 몰랐다. 험비를 고치는 데는 12일이 걸렸다. 그런데 여기서는 고작 3시간도 안 되는 동안에 해냈다.

마이클은 연료장치를 손보고 있는 거스를 향해 목소리를 높였다. "출발해요!"

거스가 시동을 켰다. 우렁찬 소리가 울려 퍼지더니 기분 좋은 디젤연료의 냄새가 실려 왔다. 엔진이 부르르 떨리더니 바퀴가 맞물리면서 나아가기 시작했다.

"자, 그러면." 마이클이 빌리를 향해 물었다. "어떻게 운전하면 되는 거죠?"

　결국에는 올슨이 하는 말을 받아들이는 수밖에 없었다. 그들에게는 선택의 여지가 없었다.

　일행은 무기를 나누어 들고 두 그룹으로 나뉘었다. 올슨과 그의 부하들이 1층을 습격하고, 피터 일행은 위층에서 잠입하기로 했다. '링'이라고 불리는 공간은 교도소의 안뜰이었던 곳으로 돔 모양의 둥근 지붕을 이고 있었다. 지붕의 일부는 떨어져 나가 외부와 연결되어 있었지만, 원래의 골조를 이루는 대들보는 제자리에 그대로 있었다. 링 위로 15미터 높이인 대들보 위로는 한때 간수들이 아래층을 감시하던 캣워크가 나 있었다. 바큇살 모양을 이루는 통로였고 그 위로는 사람이 기어서 지나가기에 충분한 크기의 환기구가 나 있었다.

　우선 통로를 확보하고 나면 피터 일행은 링의 북쪽 끝과 남쪽 끝에 있는 계단을 통해 아래층으로 내려가기로 했다. 올슨의 말에 따르면 군중의 대부분이 그곳에 모여 있을 것이고, 또 링 주변에 불길을 일으키기 위해 열두 명 정도의 인원이 있으리라고 했다.

　바이럴, 즉 '뱁콕'은 링의 동쪽 끝부분, 지붕의 열린 틈으로 들어올 것이다. 네 마리의 소가 반대쪽 불길 사이로 들어올 것이고, 그 뒤로 희생양으로 선정된 두 사람이 들어올 예정이었다.

　'초승달이 뜰 때마다 네 마리, 그리고 두 사람입니다.' 올슨은 그렇게 설명했다.

　'네 마리와 두 사람을 바치는 한, 뱁콕이 '다수'를 이곳에 오지 못하게 막아주니까요.'

　'다수.' 올슨은 다른 바이럴들을 그렇게 불렀다. 뱁콕의 부하들, 뱁콕의 피를 나눈 존재들이라고 했다. '뱁콕이 그들을 부린단 말입니까?' 피터는 올슨의 말을 거의 믿지 못한 채로 그렇게 물었다. 너무 꿈같은 소리였기 때문이다. 그럼에도 질문을 하는 동안 피터는 서서히 의심이 사라지는 것을 느꼈다. 올슨이 하는 말이 진짜라면, 수많은 것들이 설명되기 때문이었다. 도저히 불가능해 보이는 헤이븐이라는 이곳, 그리고 끔찍한 비밀을 간직하는 것만 같았던 주민들의 이상한 행동, 그리고 피터가 아주 오래전부터 마음에 품고 있었던, 바이럴들이 다만 개별적인 존재들만은 아닌 것 같다는 가설까지도. '뱁콕은 바이럴을 부리기만 하는 것이 아닙니다.' 올슨은 그렇게 대답했다. 올슨은 마치 수년을 기다렸던 이야기를 마침내 입 밖에 내는 것처럼 무겁게 말을 이었던 것이다. '뱁콕은 그들 자체입니다, 피터.'

"거짓말을 해서 미안합니다만, 당시에는 어쩔 수 없었습니다. 최초의 정착민들은 난민이 아니었습니다. 아이들이었지요. 어딘가 알 수 없는 곳에서 기차를 타고 이곳으로 온 아이들이었습니다. 그들은 유카산의 터널에 몸을 숨기려 했으나, 뱁콕이 이미 터널 안에서 기다리고 있었습니다. 그때부터 그 꿈이 시작된 겁니다. 어떤 사람들은 그 꿈은 뱁콕이 바이럴이 되기 전, 여전히 인간이었던 시절의 기억이라고 합니다. 그러나 꿈속에서 그 여자를 죽이는 순간 그 사람은 뱁콕의 일부가 됩니다. '링'의 일원이 되는 것입니다."

"호텔, 그리고 막혀 있었던 거리는 덫이었지요?" 홀리스가 대범하게 물었다.

올슨은 고개를 끄덕였다. "아주 오래전부터 우리는 순찰대를 보내 최대한 많은 사람을 데려왔습니다. 떠돌아다니던 사람도 있었지만, 바이럴이 납치해서 그곳에 데려다 놓은 사람들도 있었지요. 당신, 사라처럼 말입니다."

사라는 고개를 저었다. "아직도 무슨 일이 있었는지 전혀 기억나지 않아요."

"모두가 그렇습니다. 트라우마가 너무 강력해서죠." 올슨이 애원하는 듯한 눈길로 다시 피터를 바라보았다.

"이해해주시길 바랍니다. 우리는 늘 그런 방식으로 살아왔습니다. 우리가 생존할 수 있었던 유일한 방법이었으니까요. 대부분의 사람이 링은 살아남기 위해 치르는 작은 대가일 뿐이라고 생각합니다."

"무슨 그런 거래가 있어." 알리시아가 끼어들었다. 화가 나서 굳은 표정이었다. "이제 그만하면 됐어. 이 사람들은 '부역자'야. '애완동물'이나 다름없다고."

그러자 올슨의 표정이 어두워졌다. 그럼에도 말을 잇는 그의 목소리는 으스스하게 느껴질 정도로 차분했다. "내키는 대로 부르십시오. 어차피 저 역시 스스로에게 수천 번은 그런 말을 했으니까요. 미라는 제 외동딸이 아닙니다. 아들도 있었지요. 살아 있었다면 당신 나이였을 겁니다. 그가 선택되었을 때 아이 엄마가 얼마나 반대했는지 모릅니다. 결국 주드가 아들과 함께 아이 엄마까지 링으로 보냈습니다."

올슨은 자기 아들까지도 죽게 했던 것이다.

"왜 주드죠?"

올슨이 어깨를 으쓱했다. "주드는 원래 그런 사람이니까요." 그러더니 그가 다시금 고개를 저었다. "자세히 설명해드리고 싶어도 어차피 이제 와서는 다 상관없는 문제입니다. 지난 일은 지난 일이니까요. 적어도 저는 스스로에게 그렇게 말하지요. 수년간 오늘만을 바라보고 준비해온 사람들이 있습니다. 이곳을 떠나 인간으로서의 삶을 살기 위해서 말입니다. 하지만 뱁콕을 죽이지 못한다면 그가 '다수'를 불러들일 겁니다. 무기를 손에 넣었으니 우리에게도 승산이 있습니다."

"그럼 링에는 누가 올라가는 겁니까?"

"모릅니다. 주드가 말해주지 않는군요."

"모스와 에이미는?"

"말씀드렸듯 우린 그들이 어디 있는지 모릅니다."

피터가 알리시아를 향했다. "이번 희생자가 그 두 사람인 게 틀림없어."

"우리는 알 수 없습니다." 올슨이 반박했다. "모사미는 임신 중이지 않습니까? 주드가 임신 중인 여성을 택할 리가 없습니다."

피터는 그 말을 납득할 수 없었다. 아니, 아까보다 더 의심스러웠다. 올슨이 말을 하면 할수록 모사미와 에이미가 링에 올라갈 희생양이라는 생각이 들었다.

"안으로 들어가는 다른 길도 있습니까?"

그렇게 해서 올슨이 차고의 바닥에 무릎을 꿇고 앉아 먼지투성이 바닥에 그림을 그려가면서 캣워크며 환기구에 이르는 링의 구조를 설명하게 된 것이었다.

"처음에 들어가면 깜깜해서 앞이 안 보일 겁니다." 올슨이 경고하는 가운데 그의 부하들은 험비에 실렸던 소총이며 권총을 서로 나눠 가지고 있었다.

"군중의 소리만 따라가십시오."

"우리 편이 몇이나 더 있습니까?" 홀리스가 물었다. 그는 주머니에 탄창을 가득 채워 넣고 있었다. 케일럽과 사라도 열려 있는 상자 옆에 무릎을 꿇고 앉아 소총을 장전하고 있었다.

"우리 일곱, 그리고 발코니에 넷이 더 있을 겁니다."

"그게 다라고요?" 피터가 물었다. 처음부터 불길했지만, 이제 더욱더 의심스러운 계획이었다.

"주드의 편은 몇 명입니까?"

올슨이 얼굴을 찌푸렸다. "설명이 분명하지 않았나 보군요. 나머지 모두가 주드 편입니다."

피터가 아무런 대답을 하지 않자 올슨이 말을 이었다.

"뱁콕은 여태 만났을 어떤 바이럴보다 강하고, 군중은 우리 편이 아닐 겁니다. 뱁콕을 죽이는 건 쉬운 일이 아닐 겁니다."

"시도한 전적은 있습니까?"

"한 번 있습니다." 올슨이 머뭇거리다 입을 열었다. "우리처럼 적은 인원으로 이루어진 단체였지요. 아주 오래전의 일입니다."

피터는 그래서 어떻게 되었느냐고 물으려다가, 올슨의 침묵이 그 대답이라는 것을 깨달았다.

"왜 미리 말하지 않았습니까?"

그러자 올슨의 얼굴에 극도로 비참한 체념의 빛이 떠올랐다. 슬픔보다 훨씬 무거운 짐, 즉 죄책감을 짊어진 사람의 얼굴이었다.

"피터, 당신이라면 무슨 말을 할 수 있었겠습니까?"

그 말에 피터는 대답하지 않았다. 그 역시 알 수 없었다. 아마도 올슨의 말을 믿지 않았을 것이다. 아직도 어디까지 믿을 수 있을지 알 수 없었다. 하지만 분명 에이미가 링 안에 있을 것이다. 뼈저리게 느껴졌다. 피터는 들고 있던 권총에서 클립을 뺀 다음 깨끗이 털어서 다시 끼우고 슬라이드를 당겼다. 알리시아를 바라보자, 그녀가 고개를 끄덕였다. 모두 준비 완료였다.

"우리의 목적은 친구들을 되찾는 겁니다." 피터가 올슨에게 말했다. "나머지는 당신들의 몫입니다."

그러나 올슨은 고개를 저었다. "실수는 절대 안 됩니다. 일단 링에 올라간 이상, 우리는 같은 싸움을 하는 겁니다. 뱁콕을 죽여야 합니다. 놈을 죽이지 않으면 '다수'를 불러올 테니까요. 기차가 있다고 해서 달라질 건 없습니다."

초승달이 떴다. 뱁콕은 몸속에서 스멀스멀 피어나오는 허기를 느꼈다. 그는 '여기', '귀환의 장소'에 거하던 정신을 널리 뻗으며 말했다. '때가 왔어, 주드.'

뱁콕은 깨어나서 하늘을 날고 있었다. 사막 위를 나는 내내 온몸에 어마어마한 크기의 기분 좋은 허기가 퍼져나갔다.

'그들을 나에게 데려와라. 먼저 하나를, 그다음에 또 하나를. 그렇게 내가 너희에게 다른 어떤 삶도 아닌 이 삶을 주겠다.'

공기 중에 피가 떠돌았다. 피의 냄새, 피의 맛이 느껴졌고, 피가 그의 몸속을 휘도는 것이 느껴졌다. 먼저 살아 있는 달콤한 짐승들의 피 맛을 볼 것이다. 그다음에 가장 뛰어나고 또 특별한, '변이의 때' 이래로 어느 누구보다도 더 충실히 꿈을 꾼 주드, 마치 형제처럼 꿈속에서 그와 함께 살아가는 주드가 뱁콕이 양껏 피를 빨아 마실 수 있는 인간들을 바칠 것이다.

뱁콕은 단 한 번의 점프로 벽 위에 올라섰다.

내가 왔다.

나는 뱁콕이다.

우리는 뱁콕이다.

그는 벽에서 뛰어내렸다. 겁에 질린 군중들이 내는 숨 막힌 소리가 들렸다. 그를 둘러싸고 불길이 타올랐다. 남자들이 불길 뒤에 서서 이쪽을 바라보고 있었다. 불길 사이로 아무것도 모르기에 눈빛에 두려움이 없는 짐승들이 채찍에 이끌려 이쪽으로 다가오는 모습이 보였고, 그러자 허기가 파도처럼 밀려오는 바람에 뱁콕은 단숨에 그들을 덮쳐 처음에 한 마리를, 그리고 다른 한 마리를 차례로 갈기갈기 잡아 째며 피를 듬뿍 빨아 마셨다.

'우리는 뱁콕이다.'

목소리가 들렸다. 불길로 만든 링 뒤에 있는 우리에 갇힌 군중들, 그리고 머리 위의 캣워크에 서 있는, 그의 '단 하나'인 주드가 마치 노래를 부르듯 중얼중얼 읊는 소리였다.

"그들을 나에게 데려와라! 먼저 하나를, 그리고 또 하나를! 그렇게 내가 너희에게 다른 어떤 삶도 아닌……."

소리로 이루어진 벽이 한목소리로 점점 높아졌다. "……이 삶을 살게 하겠다!"

불길 사이로 두 사람의 형체가 나타났다. 뒤에 섰던 남자들이 두 사람을 거칠게 떠민 뒤 자리를 피하자 두 사람은 비틀거리며 앞으로 나왔다. 그들의 등 뒤에서 불길이 더 높이 치솟아 나갈 길을 막아버렸다.

군중들이 함성을 질렀다.

"링! 링! 링!"

발을 구르는 소리에 공기가 함부로 일렁였다.

"링! 링! 링!"

바로 그 순간, 뱁콕은 그녀를 알아챘다. 환하고 끔찍한 폭발 속에서 뱁콕은 그녀의 존재를 느꼈다. 그림자 뒤의 그림자, 한밤이라는 옷감을 잡아 쨴 자국. 영원의 씨를 품고 다니지만, 그와 같은 피가 아니며, '트웰브'도, '제로'도 아닌 존재.

에이미라고 불리는 존재.

배기 통로에 숨어 있던 피터는 군중들이 중얼거리는 소리, 공포에 질린 소가 단말마의 비명을 지르는 소리를 모두 들었다. 곧 펼쳐질 끔찍한 장면을 예감한 듯 숨을 참은 침묵이 이어지더니, 다음 순간 함성이 터져 나왔다. 불길이 그의 배에 닿을 정도로 뜨겁게 치솟았고, 디젤유가 피워내는 연기에 숨이 막힐 것만 같았다. 배기 통로는 고작 한 사람이 팔꿈치로 기어갈 수 있는 높이였다. 저아래 어딘가, 링을 교도소 정문과 연결한 터널 속에 올슨의 부하들이 숨어 있을 것이었다. 그들이 언제 이곳에 닿을지 알 방법도, 군중 속에 숨어 있는 이들과 소통할 방법도 없었다. 모든 것은 추측으로 진행하는 수밖에 없었다.

눈앞에 출구가 보였다. 배기구 바닥에 철망이 있었다. 얼굴을 철망에 대고 내려다보니 좁은 통로가 보였고, 거기서 20미터 더 아래에는 불을 붙인 드럼통으로 둘러싸인 링 바닥이 보였다.

링 바닥은 피투성이였다.

발코니에 서 있는 군중들이 다시 노래하기 시작했다. '링! 링! 링! 링!' 피터의 계산으로는 그를 비롯한 일행은 링의 동쪽 구석에 있는 것 같았다. 군중들의 시선에 노출된 채로 캣워크를 가로질러 가야 한다는 뜻이었다. 뒤따라오던 홀리스를 향해 눈짓하자 그가 고개를 끄덕이더니 철망을 들어 올려 옆으로 치웠다. 피터는 피스톨의 안전장치를 푼 뒤 앞으로 기어가 열린 환기구 아래로 하반신을 내렸다.

'에이미.' 피터는 생각했다. '아래에 무엇이 있는지는 모르지만, 분명 끔찍할 테지. 하지만 이 일을 해내지 못하면 우리 모두 죽은 목숨이야.'

그는 구멍으로 뛰어내렸다.

한참을 아래로 떨어지다 보니 그런 생각이 들었다. 왜 나는 자꾸 아래로 떨어지는 것일까? 캣워크와 배기관의 거리는 생각보다 길었고 — 2미터가 아니라 4미터, 어쩌면 5미터는 되는 것 같았다 — 마침내 온몸의 뼈가 다 흔들릴 정도로 철제 바닥에 거세게 부딪히자 그는 바닥을 굴렀다. 권총은 손에서 빠져나가 사라졌다. 그렇게 바닥을 구르는 동안 아래에 있는 인간의 형체가 언뜻 눈에 들어왔다. 양 손목이 줄로 묶인 채 구부려진 몸에 입혀진 소매 없는 셔츠가 피터의 눈에 익숙했다. 그 셔츠가 눈에 들어오는 순간 기억이 돌아왔다 — 발전소 바깥, 햇볕 속에 서서 잰더 필립스의 시체를 태우던 불에서 피어오르던 장작 연기, 그리고 셔츠 주머니에 수놓아져 있던 이름. '아르만도.'

테오.

링 위의 희생양은 테오였다.

형은 혼자가 아니었다. 옆에는 무릎을 꿇은 남자가 또 한 명 있었다. 벗은 상체를 바닥으로 푹 숙이고 있어서 얼굴이 가려져 보이지 않았다. 시야가 확장되자 링 바닥에 있는 것이 소, 아니 마치 폭발의 현장에 놓인 것처럼 사방에 조각조각 나 흩어져 있는 소의 잔해라는 사실을 알 수 있었다. 피와 살과 뼈로 범벅이 된 난장판 한가운데에서 남은 시체에 얼굴을 묻고 피를 쭉쭉 빨아 마시며 몸을 파드득 떠는 것은 바이럴이었다. 그러나 그것은 지금까지 피터가 본 어떤 바이럴과도 달랐다. 피터가 본, 아니, 그 누가 본 바이럴보다 컸고, 웅크린 체구가 거대해서 마치 완전히 다른 존재 같았다.

"피터, 딱 맞게 도착했군."

피터는 아무짝에도 쓸모없이 바닥에 등을 대고 누워 있었다. 눈앞에서 그를 내려다보고 서 있는 주드는 피터로서는 이름을 붙일 수 없는, 말로 표현할 수 없는 음침한 기쁨을 만면에 띤 채 그의 머리에 산탄총을 겨누고 있었다. 발소리가 들렸다. 사방에서 오렌지색 점프슈트를 입은 남자들이 캣워크를 타고 그를 포위하러 달려오고 있었다.

주드는 배기관 바로 아래에 서 있었다.

"어서 쏴." 피터가 말했다.

주드는 미소를 지었다. "고귀하셔라."

"너 말고." 피터는 그렇게 말하더니 눈길을 들었다. "홀리스한테 한 말이야."

주드가 그 말에 고개를 들자마자 홀리스의 소총이 발사한 총알이 그의 오른쪽 귀 바로 위에 박혔다. 분홍색 피가 안개처럼 뿜어져 나왔다. 공기가 피투성이가 되어 축축해지는 게 느껴졌다. 한동안 잠잠하다가, 마침내 주드가 쥐고 있던 산탄총이 바닥에 쩔그렁거리는 소리를 내며 굴러떨어졌다. 주드는 허리에 두툼한 피스톨을 하나 차고 있었다. 주드의 손이 총을 찾아 허리께를 더듬는 모습이 보였다. 다음 순간 주드의 안에서 무언가가 탁 풀리기라도 한 것처럼 그가 눈에서 피를 뿜기 시작했다. 차마 가여워서 볼 수 없는 피눈물이었다. 주드가 무릎을 꿇으며 앞으로 넘어지더니 꼭 '내가 죽다니, 믿을 수가 없어.' 하는 것처럼 놀란 표정을 지었고 그대로 굳어버렸다.

연료펌프를 작동시키는 기사를 죽인 것은 모사미였다.

모사미와 에이미는 사람들이 도착하기 전에 교도소 입구의 터널을 통해 안으로 들어온 다음 중정과 발코니를 잇는 계단 아래 숨었다. 두 사람은 그곳에 함께 몸을 숨긴 채 한참이나 기다리다가, 소 두 마리가 끌려 들어오고 머리 위에서 요란한 환호 소리가 들릴 때야 밖으로 나왔다. 공기는 타는 듯 뜨거웠고 연기와 그을음으로 숨이 막혔다.

불길 뒤에서 끔찍한 광경이 펼쳐지고 있었다.

바이럴이 소를 갈기갈기 해체하는 모습을 보며 군중은 폭발하듯 주먹을 휘두르고 발을 구르며 같은 문구를 읊어댔다. 마치 군중들이 하나가 되어 어마어마한 동시에 끔찍한 엑스터시를 느끼는 것만 같았다. 아이들이 잘 볼 수 있도록 목마를 태워주는 사람들도 있었다. 소들이 비명을 지르며 달려갔다가 링을 둘러싼 불길에 막혀 혼란스럽게 물러서며 죽음의 양극단 사이에서 미친 춤사위를 펼치고 있었다. 모사미가 바라보는 가운데 바이럴이 달려들더니 소 한 마리의 뒷다리를 잡고 뚜둑 소리를 내다가 결국은 다리가 떨어져 나올 때까지 비튼 다음 허공에 빙빙 돌려서 피를 흩뿌렸다. 뒷다리를 잃고 앞다리로 앞으로 걸어가려고 안간힘을 쓰는 소를 그대로 둔 채, 바이럴은 다시 다른 한 마리의 뿔을 잡더니 똑같이 비틀어 목을 부러뜨린 다음 생명을 잃은 소의 목에 고개를 파묻고 피를 들이마시기 시작했다. 피를 빨 때마다 바이럴의 몸통이 통째로 꿀렁거리며 부풀어 올랐고 동시에 피가 빠져나간 소의 몸통은 작게 줄어들었다.

모사미가 본 것은 거기까지였다. 고개를 돌려버렸던 것이다.

"그들을 나에게 데려와라!" 누군가의 목소리가 외쳤다. "먼저 하나를, 그리고 또 하나를! 그렇게 내가 너희에게……."

"……다른 어떤 삶도 아닌 이 삶을……."

그때, 모사미가 테오를 발견했다.

기쁨과 두려움이 난폭하게 충돌하는 바람에 정신이 신체에서 빠져나갈 것 같은 순간이었다. 숨이 막혔다. 현기증이 나고 토기가 올라왔다. 점프슈트를 입은 남자 두 명이 불길 사이로 테오를 밀고 들어왔다. 테오의 두 눈은 텅 비어 있었다. 지금 무슨 일이 일어나는지 전혀 모르는 것만 같았다. 테오가 고개를 들더니 공허하게 눈을 깜박거렸다.

테오의 이름을 부르고 싶었지만 모사미의 목소리는 군중의 높아지는 고함 소리에 묻히고 말았다. 에이미라면 어떻게 해야 할지 알지 않을까? 하지만 에이미는 어느새 사라지고 없었다. 사방에서 또다시 군중들이 외치기 시작했다.

"링! 링! 링!"

그때 점프슈트를 입은 사람들이 양쪽에서 팔꿈치를 잡으면서 또 다른 남자를 끌고 들어왔다. 남자는 고개를 푹 숙였고, 체중을 점프슈트를 입은 남자들에게 완전히 실었는지 발을 질질 끌며 들어오더니 바닥에 그대로 던져졌다. 군중의 고함 소리가 귀가 먹먹할 정도로 거세졌다. 테오는 비틀거리며 앞으로 나온 뒤 도움을 청하듯 군중을 훑어보았다. 두 번째 남자가 무릎을 꿇고 몸을 일으켰다.

두 번째 희생양은 핀 대릴이었다.

그때 모사미 앞에 한 여자가 나타났다. 광대뼈를 가로질러 난 기다란 상처를 꿰맨 분홍빛 자국이 있는 낯익은 얼굴이었다. 점프슈트를 입었지만 임신을 해서 배가 부풀어 오른 걸 알 수 있었다.

"널 알아." 여자가 말했다.

모사미가 뒷걸음질 쳤지만 여자는 모사미의 얼굴을 뚫어지게 바라보며 그녀의 팔을 단단히 잡았다.

"널 알아, 네가 누군지 안다고."

"놔!"

모사미는 여자의 손길을 떨쳐내고 달렸다. 뒤에서 그 여자가 미친 듯이 "저 여자가 누군지 알아!" 하고 소리 지르고 있었다.

내달리는 모사미의 머릿속에는 단 한 가지 생각뿐이었다. 테오에게 가야 해. 하지만 불길을 뚫고 들어갈 방법이 없었다. 바이럴은 이미 소의 피를 거의 다 빨아 마신 뒤였다. 곧 일어나서 두 남자들을, 테오를 발견하겠지, 그러면 모두 끝일 거야. 바로 그 순간, 모사미의 눈에 펌프가 들어왔다. 기름투성이의 커다란 펌프가 녹을 뚝뚝 흘리는 두 개의 연료탱크에 기다란 호스로 연결되어 있었다. 펌프 기사는 가슴 앞에 산탄총 하나를 걸고 허리에는 가죽 칼집에 든 칼을 차고 있었다. 그는 다른 군중들과 마찬가지로 일렁이는 불길 너머에서 펼쳐지는 극적인 구경거리에 정신이 팔려 있었다.

모사미는 짧은 시간 동안 갈등했다. 그녀는 단 한 번도 사람을 죽인 적이 없었다. 하지만, 그 생각은 결국 그녀를 멈추지 못했다. 모사미는 펌프 기사의 뒤로 다가가 재빨리 칼을 꺼내 온 힘을 다해 그의 허리에 박아넣었다. 근육이 활시위를 잡아당기듯 뻣뻣이 굳는 게 느껴졌다. 기사가 숨을 컥컥 토해냈다. 모사미는 그가 죽어가는 것을 느꼈다. 그때, 머리 위 어딘가에서 목소리가 들렸다. 피터일까?

"테오, 도망쳐!"

펌프는 레버와 손잡이가 잔뜩 달려 도저히 작동법을 알 수 없었다. 마이클과 케일럽이 그 언제보다 필요한 순간이었다. 모사미는 그녀의 팔뚝만큼 기다란, 가장 커다란 레버를 꽉 잡고 잡아당겼다.

"저 여자를 막아!" 누군가 외쳤다.

허벅지 윗부분에 총알이 박히는 순간 ― 이상하게도 벌이 톡 쏘는 것처럼 별거 아닌 아픔으로 느껴졌다 ― 모사미는 자신이 해냈다는 사실을 깨달았다. 링을 둘러싸던 불길이 사그라지기 시작했다. 군중들이 물러서며 고함을 질러대는 바람에 혼돈이 펼쳐졌다. 바이럴이 소의 시체에서 몸을 일으키더니 번쩍번쩍 빛을 내는 몸과 눈, 발톱, 이빨, 민둥한 얼굴과 기다란 목과 피범벅이 된 거대한 가슴팍을 드러냈다. 피를 듬뿍 빨아먹은 진드기처럼 몸이 부풀어 있었다. 고개를 까딱 돌려 핀을 발견한 바이럴은 고개를 한쪽으로 기울이더니 뛰어 올라 그를 덮칠 도약의 준비로 온몸을 긴장시켰다. 다음 순간 놈은 생각의 속도보다 더 빨리, 총알처럼 잔상만을 남기며 허공을 날아 무력하게 누워 있는 핀에게 달려들었다. 모사미는 그다음에 벌어진 일은 제대로 보지 못했으나, 못 보길 잘한 셈이었다. 아까 소에게 일어난 것과 마찬가지로 순식간에 지독한 일이 벌어졌는데, 이번에는 소가 아니라 사람이니 한층 더 지독했다. 폭발이라도 일어난 것처럼 피가 튀더니 핀은 조각조각 찢어져 날아갔다.

'테오.' 그렇게 생각하는데 다리의 통증이 별안간 심해졌다. 빛과 열기를 피하느라 모사미는 몸을 반으로 접었다가 다리가 꺾이며 앞으로 휘청 넘어졌다. '테오, 내가 왔어. 널 구하러 왔어. 우리한테 아기가 있어, 테오. 우리 아기는 아들이야.'

쓰러지던 모사미의 눈에 링 한가운데로 달려나가는 누군가가 보였다. 에이미였다. 머리카락에서 연기가 나고 있었고 옷가지는 날름거리는 불길에 타들어갔다. 바이럴은 이미 테오에게 관심을 돌린 뒤였다. 에이미가 바이럴과 테오 사이에 끼어들어 방패처럼 테오를 막았다. 거대하게 부풀어 오른 바이럴 앞에 선 에이미는 어린아이처럼 작디작아 보였다.

바이럴의 눈이 에이미와 마주친 순간, 온 세상이 멎어버린 것만 같았다. 시간이 멈춘 것만 같았던 그 순간 모사미는 생각했다. 에이미는 뭔가를 말하고 싶은 거야. 입을 열고, 말을 할 거야.

머리 위로 20미터 올라간 곳에서 홀리스가 소총을 든 채 뛰어내렸고, 그 뒤에는 유탄발사기를 든 알리시아가 뒤따랐다. 알리시아가 화염방사기를 링 속,

에이미와 뱁콕이 대면하고 있는 바로 그 지점을 향해 겨누었다. "유탄이 없어!"

케일럽과 사라도 뛰어내렸다. 피터가 바닥에 떨어져 있던 주드의 산탄총을 낚아채더니 캣워크를 달려 그들을 향해 다가오던 두 남자를 쏘아버렸다. 둘 중 한 사람이 괴성을 지르더니 머리부터 아래로 떨어졌다.

"바이럴을 쏴!" 피터가 알리시아에게 외쳤다.

홀리스가 총을 쏘자 그들을 향해 달려오던 두 번째 남자도 아래로 떨어졌다.

"에이미가 너무 가까이 있어!" 알리시아가 외쳤다.

"에이미!" 피터는 아래를 향해 고함을 질렀다. "어서 나와!"

하지만 에이미는 그 자리에 꼼짝하지 않고 서 있었다. 에이미가 언제까지 바이럴을 저렇게 붙잡아둘 수 있을까? 또, 올슨은 어디 있지? 링 주변을 두른 불길은 이제 완전히 꺼지고 없었다. 오렌지색 점프슈트를 입은 사람들이 떼를 지어 계단을 달려 내려가고 있었다. 테오는 네발로 땅에 엎드린 채 뒤로 물러나고는 있었지만, 사실 이제는 상관없다고 생각했다. 그는 운명을 받아들이기로 했고, 저항할 힘도 없었다. 캣워크를 가로지른 케일럽과 사라는 계단을 달려 발코니의 아수라장 속으로 섞여 들어가고 있었다. 여자들의 비명 소리, 아이들이 우는 소리, 그리고 올슨의 목소리를 닮은 어떤 목소리가 "터널로! 모두 터널로 달려가십시오!" 하고 외치는 소리가 들렸다. 모사미가 휘청이며 링 안으로 들어갔다.

"이쪽이야!" 그 말과 함께 모사미는 넘어지면서 겨우 바닥에 손바닥을 짚고 몸을 가누었다. 바지가 피에 흠뻑 젖어 있었다. 네발로 엎드린 채 모사미는 일어나려고 애를 쓰며 "이쪽이야! 이쪽을 보라고!" 하며 고함을 질렀다.

'모스, 물러나.' 피터는 생각했다.

너무 늦었다. 마법은 풀려버렸다.

바이럴이 시선을 천장을 향해 들더니 쭈그리고 앉아 용수철을 구부리듯 에너지를 모았고, 다음 순간 공중으로 펄쩍 날았다. 바이럴은 인정사정없는, 불가피한 운명처럼 그들의 머리 위로 호선을 그리며 날더니 천장 대들보에 매달려 나뭇가지에 매달린 어린아이처럼 몸을 흔들다가 ― 기묘하리만치 유쾌하고 발

랄해 보이는 장면이었다. ─ 다음 순간 캣워크 위에 착지했다. 순간 온 사방이 뒤흔들렸다.

'나는 뱁콕이다.'

'우리는 뱁콕이다.'

"리시……."

피터의 얼굴 앞으로 유탄이 날아가며 뜨거운 가스가 뺨을 훑었다. 그 순간, 피터는 무슨 일이 일어날지 직감했다.

수류탄이 폭발했다. 소음과 열기의 기세에 피터는 알리시아 쪽으로 날아가 함께 캣워크를 굴렀다. 그러나 캣워크 역시도 제자리를 벗어나 아래로 무너지는 중이었다. 떨어지다가 무언가에 걸렸는지 멈춰 있던 캣워크의 잔해 위로 두 사람의 몸이 쾅 부딪혔다. 그대로 제자리에 멈추는가 했던 잔해물에서 금속이 끼익 비틀리는 소리가 나더니 캣워크를 천장에 고정했던 나사못이 콱 빠졌다. 캣워크가 바닥을 향해 망치질을 하는 모양으로 기울어지기 시작했다.

리언은 골목길의 흙바닥에 얼굴을 박고 엎드려 있었다. 제기랄, 그 여자는 어디로 갔지?

입에는 재갈 같은 것이 물려 있고, 손은 뒤로 돌려 묶여 있었다. 발을 움직여 보려 했지만 발 역시 묶여 있어서 허사였다. 그 덩치 큰 놈, 홀리스의 짓이었다. 이제 서서히 기억이 났다. 어둠 속에서 홀리스가 튀어나와 무언가를 휘둘렀고, 의식을 잃었다가 깨어보니 어둠 속에 꼼짝달싹 못 하는 채 혼자 남겨져 있었다.

코는 콧물과 피로 범벅이 되어 있었다. 그 망할 자식이 코를 부러뜨린 것 같았다. 그래, 코만 부러졌으면 다행이었다. 이도 부러진 것 같았지만 입안에 뭐가 잔뜩 물려 있으니 확인할 방법이 없었다.

너무 깜깜해서 리언은 눈앞에 다가와 선 두 발을 알아차리지 못했다. 어딘가에서 쓰레기 냄새가 났다. 사람들은 쓰레기장에 쓰레기를 버리는 대신 자꾸만 골목에 갖다 놓고는 했다. 주드는 항상 사람들에게 '쓰레기는 쓰레기장에 갖다

버리라고. 우리가 무슨 돼지 새끼야?'라고 했었다. 물론 그들은 돼지가 아니라 사람이니, 농담이었다. 하지만 정말 우리가 돼지와 다를 바가 있나? 주드는 이런 식으로 농담을 해서 상대를 주눅 들게 하는 걸 좋아했다. 한때 헤이븐에서는 돼지도 쳤는데 — 뱁콕은 소고기만큼 돼지고기도 좋아했다 — 무슨 전염병이 돌아서 다 죽어버렸다. 어쩌면 돼지들도 다가올 운명을 알고, 차라리 진흙탕 속에서 죽기를 택한 건지도 모른다.

아무도 리언을 찾으러 여기까지 오지 않을 게 분명했다. 그러니 혼자 힘으로 어떻게든 일어나야 했다. 무릎을 가슴까지 끌어와 구부리면 어찌어찌 몸을 일으킬 수 있을 것 같기도 했다. 무릎을 구부리자 어깨와 등이 뒤틀리며 지독한 아픔이 느껴졌고, 부서진 코뼈와 치아가 바닥에 짓눌리자 그는 재갈을 문 입속으로 고통의 비명을 삼켰다. 몸을 일으켰을 때는 머리가 뗑하고 숨이 가빠왔다. 고개를 들고 — 그 망할 자식이 손을 너무 세게 묶는 바람에 어깨가 한층 더 아파왔다 — 상체를 일으켜 앉자마자 그는 실수했다는 것을 알아차렸다. 일어설 수가 없었던 것이다. 발에 힘을 주고 튀어 올라설 수 있을 거라고 생각했는데, 막상 해보니 다시 고개를 바닥에 처박고 엎어지고 말았다. 처음부터 벽 쪽으로 가서 벽에 등을 대고 일어났어야 했다. 하지만 이제 다리를 깔고 앉은 채로 꼼짝 못 하게 된 그는 커다란 쓰레기봉투처럼 제자리에 쓰러져 있을 뿐이었다.

도와달라고 외쳐보려고 애썼다. 대단한 말도 아니고, '저기요!'라는 말이라도 내뱉고 싶었지만 재갈에 물린 입에서는 '아아아아'라는 소리밖에 나오지 않았고 곧 기침이 터졌다. 깔고 앉은 다리에 피가 통하지 않아서 따끔따끔한 저림이 개미가 기어가듯이 발가락을 향해 내려가는 것이 느껴졌다.

그때, 저쪽에서 무언가가 움직이는 것이 느껴졌다.

그는 골목의 입구를 마주 본 자세였다. 골목 너머에는 광장이 있었는데, 드럼통의 불이 꺼진 뒤였기에 깜깜해서 아무것도 보이지 않았다. 어둠 속을 자세히 보려고 애를 썼다. 햅이 구해주러 온 건지도 몰라. 하지만 아무것도 보이지 않았다. 착각이었을까? 초승달이 뜬 밤 바깥에 혼자 나와 있으면 조마조마하지 않을 도리가 없으니까.

아니야. 분명 무언가가 움직였다. 리언은 다시 한번 움직임을 느꼈다. 그 움직임의 울림은 바닥을 통해 그의 무릎을 타고 전해졌다.

머리 위로 그림자가 획 지나갔다. 얼른 고개를 들었지만 액체 같은 검은 하늘에 뜬 별 말고는 아무것도 보이지 않았다. 무릎을 타고 느껴지는, 수천 개의 날개가 퍼덕거리는 것만 같은 리드미컬한 흔들림이 점점 거세졌다. 도대체 이게 무슨…….

골목으로 누군가가 달려 들어왔다. 햄이었다.

'아아아아아아아아.' 리언은 재갈에 막힌 입으로 고함을 질렀다. '아아아아아아아.' 하지만 햄은 리언이 있다는 것조차 알아차리지 못한 것 같았다. 햄이 골목 모퉁이에 서서 잠깐 숨을 고른 뒤 다시 내달렸다.

다음 순간, 리언은 햄을 달아나게 한 그것이 무엇인지 보았다.

방광에, 그다음에는 항문에 힘이 풀리면서 무중력상태와 같은 엄청난 공포가 그의 사고를 싹 앗아갔다.

캣워크의 끝부분이 바닥에 콱 내리꽂혔다. 피터는 난간을 붙잡은 채 간신히 버텼다. 무언가가 피터의 눈앞에서 굴러가더니 통로 끝에서 허공으로 뚝 떨어졌다. 혜성의 꼬리처럼 소용돌이 모양으로 연기를 피워내고 있는 빈 유탄 껍데기였다. 그때 머리 위에서 무언가 무거운 것이 쾅 떨어지는 바람에 피터는 손을 놓쳤고 홀리스와 알리시아까지 셋은 데굴데굴 구르다가 기울어진 통로 아래로 미끄러져 밑으로 떨어졌다.

그들은 누군가가 집어 던진 공처럼 사람들의 팔다리와 몸, 장비들로 아수라장이 된 바닥에 피터는 바닥에 드러누운 자세로 허공을 보며 눈을 껌벅였다. 몸도 정신도 아드레날린으로 들끓고 있었다.

뱁콕은 어디 있지?

"일어나!" 알리시아가 피터의 셔츠를 잡아당겨 일으켜 세웠다. 옆에 사라와 케일럽도 서 있었다. 홀리스는 용케도 놓치지 않은 소총을 든 채 그들을 향해 절뚝거리며 다가왔다. "여기서 나가야 해!"

"놈은 어디로 갔지?"

"모르겠어! 날아가 버렸어!"

소 사체의 잔해가 여기저기 널려 있었다. 공기에는 지독한 피 냄새, 살 냄새가 감돌았다. 에이미가 모스를 부축해 일으켜 세우고 있었다. 아이의 옷에서는 아직 연기가 나고 있었지만 에이미는 모르는 것 같았다. 머리카락 한 줌이 타들어간 자리에 분홍색 두피가 드러나 있었다.

"테오를 도와줘." 피터가 모사미 앞에 쭈그리고 앉자 그녀가 말했다.

"모스, 너 총 맞았잖아."

모사미는 아픔을 참으려 이를 악문 채였다. 그녀가 피터를 밀쳤다. "테오를 도와주라니까."

피터는 흙바닥에 무릎을 꿇고 있는 형에게로 갔다. 테오는 얼이 빠진 듯 혼란스러운 표정을 짓고 있었다. 맨발에 옷은 넝마가 되어 있었고 팔은 딱지투성이였다. 대체 놈들에게 무슨 짓을 당한 걸까?

"형, 나 좀 봐." 피터가 테오의 양어깨를 꽉 붙들고 외쳤다. "다쳤어? 걸을 수 있겠어?"

테오의 눈에 한 줄기의 희미한 빛이 돌아왔다. 완전한 테오로 돌아온 것은 아니지만, 그래도 한 줄기 빛이 있었다.

"맙소사, 핀이잖아요!" 케일럽이 몇 미터 옆에 굴러다니는 피투성이 형체를 가리키며 고함을 질렀다. 피터는 처음에는 그것이 소 사체의 일부라고 생각했지만, 자세히 보자 이 피와 뼈 덩어리는 이마를 바닥에 댄 자세로 뒤틀려 있는 사람의 반쪽, 머리와 한쪽 팔이 붙은 몸통이라는 사실을 깨달았다. 허리 아래는 사라지고 없었다. 그리고 그 얼굴은 케일럽이 말한 대로 핀 대럴의 것이었다.

피터는 테오의 어깨를 붙든 손에 힘을 주었다. 사라와 알리시아가 모사미를 일으켜 세웠다.

"테오 형, 걸어봐."

테오가 눈을 깜박이더니 혀로 입술을 축였다. "진짜…… 내 동생 피터 맞아?"

피터가 고개를 끄덕였다.

"나를…… 구하러 왔구나."

"케일럽, 나 좀 도와줘." 피터가 그렇게 말한 뒤 테오를 똑바로 일으켜 세우고 한쪽 팔을 자기 어깨에 둘렀다. 케일럽이 반대편에서 테오를 부축했다.

그렇게 셋은 함께 달리기 시작했다.

그들은 도망치는 인파들로 가득한 깜깜한 터널 속으로 들어갔다. 모두가 서로 밀쳐대며 기를 쓰고 출구로 나가고 있었다. 저 멀리 터널 끝쪽에서 올슨이 사람들에게 팔을 휘저으며 있는 힘껏 목소리를 높여 "기차로 달려가세요!" 하는 모습이 보였다.

터널을 나오자 마당이었다. 모두 열린 게이트를 향해 달렸다. 깜깜한 어둠과 혼란 속에서 사람들이 좁은 출구로 나가려고 몰리는 바람에 병목현상이 일어났다. 철조망에 매달려 기어오르는 사람들도 있었다. 피터가 보는 앞에서 한 남자가 다리 한쪽이 철조망에 얽힌 채로 뒤로 떨어지며 비명을 질렀다.

"케일럽!" 알리시아가 부르짖었다. "모스를 챙겨!"

그들 사이를 가로막은 인파 속에서 알리시아의 머리만 간신히 보였고, 사라인 듯한 금빛 머리가 언뜻 스쳐 갔다. 두 사람은 군중의 흐름을 거슬러 다른 방향으로 가고 있었다.

"리시! 어디로 가는 거야?" 하지만 그 순간 공기를 가르며 굉음이 쏟아지는 바람에 피터의 목소리는 묻혀버렸다. 어느 한 곳에서 나는 소리가 아니라 온 사방을 장악하는 굉음이었다.

마이클, 마이클이 다가오고 있는 거야.

공황 상태의 군중들이 파도처럼 밀어닥치는 바람에 그들은 자신도 모르게 마구 떠밀렸다. 피터는 간신히 테오를 놓치지 않을 수 있었다. 게이트를 나오자 두 개의 철조망 사이에 군중들이 밀착한 채 짓눌려 있는 모습이 보였다. 뒤에서 누군가가 피터에게 쾅 부딪치더니 신음하며 바닥을 구르는 게 느껴졌다. 피터는 몸에 힘을 주어 사람들을 들이받으며 앞으로 헤치고 나갔다. 그러다 갑자기 두 번째 게이트가 나오면서 사람들이 바깥으로 쏟아지듯 흩어졌다.

철길. 테오가 서서히 정신이 들었는지 아까보다는 몸을 더 가누는 것 같았다. 깜깜한 혼란 속에서 피터는 친구들의 이름을 소리쳐 불렀지만 눈앞을 달려가는 사람들의 아우성 속에서 대답은 돌아오지 않았다. 모래언덕이 나왔고, 언덕 꼭대기에 오르자 남쪽에서 이쪽으로 다가오는 불빛이 보였다. 다음 순간 경적 소리가 또 한 번 울려 퍼졌고 피터는 그것을 보았다.

은색의 거대한 물체가 칼날처럼 밤의 어둠을 가르고 이쪽으로 다가오고 있었다. 그것의 머리 부분이 쏘아내는 빛 한 줄기가 철길 주변을 에워싼 사람들을 번뜩 비췄다. 피터는 테오를 꽉 붙잡은 채 언덕 아래로 달려 내려갔다. 사람들이 기차에 매달려 보겠다고 기차를 향해 달려가고 있었다. 열차가 가까워지자 엔진실의 해치가 열리고 마이클이 몸을 바깥으로 내밀었다.

"멈출 수가 없어!"

"뭐라고?"

마이클이 두 손을 입가에 모아 대고 외쳤다. "계속 움직여야 한다고!"

기차의 속도가 느려졌다. 케일럽과 홀리스가 엔진실 뒤에 달린 세 개의 객차 중 하나로 한 여자를 들어 태우는 모습이 보였다. 마이클 역시 엔진실로 이어진 사다리 위로 모사미를 끌어 올리고, 에이미가 뒤에서 밀어 부축했다. 피터 역시 사다리에 오르려고 형을 끌고 달리기 시작했다. 에이미가 해치 안으로 들어가는 순간 테오가 사다리를 붙잡고 위로 오르기 시작했다. 형이 사다리 꼭대기까지 오른 것을 본 피터 역시도 사다리에 매달려 허공에 두 다리가 붕 뜬 채로 몸을 끌어 올리기 시작했다. 등 뒤에서 열차를 겨냥한 총성이 들렸다.

해치 안으로 들어와 문을 닫고 보니 작은 불빛이 수없이 많이 깜박이는 좁은 칸이었다. 마이클이 컨트롤패널 앞에 앉아 있고, 그 옆에 빌리가 앉아 있었다. 에이미는 눈을 휘둥그레 뜨고 두 무릎을 굽혀 가슴 앞에 감싼 자세로 마이클이 앉은 의자 옆 바닥에 앉아 있었다. 피터의 왼쪽으로는 뒤 칸으로 이어지는 것 같은 캣워크가 있었다.

"아니, 피터." 의자에 앉아 있던 마이클이 몸을 휙 옆으로 돌리며 말했다. "도대체 테오를 어떻게 찾은 거야?"

테오는 통로 바닥에 드러누워 있었다. 모사미가 피투성이 다리를 접고 앉아 그의 머리를 가슴에 꼭 끌어안고 있었다.

"구급상자 있어?"

그 말에 빌리가 금속으로 된 상자를 건네주었다. 피터는 상자를 열어 헝겊으로 된 붕대를 꺼내 지혈을 할 수 있게 둘둘 말았다. 모사미가 입고 있던 바지의 다리 부분을 찢어낸 피터는 피투성이 찢긴 상처에 지혈대를 댄 뒤 모사미더러 꾹 누르고 있으라고 일렀다.

테오가 흔들리는 눈빛으로 고개를 들었다.

"이거, 꿈이야?"

피터가 고개를 저었다.

"이 아이는 누구지? 나는……." 테오의 목소리가 잦아들었다.

그 순간, 피터는 드디어 깨달았다.

'네 형제를 잘 돌보거라.'

방금 피터는 그 일을 해냈던 것이다.

"나중에 설명해줄게."

그러자 테오가 애써 희미하게 웃어 보였다. "그래."

피터는 운전석의 두 좌석 사이로 다가갔다. 금속판으로 덮인 앞 유리창의 틈으로 헤드라이트에 비친 사막의 풍경과 기차 아래로 빨려드는 철길이 보였다.

"뱁콕은 죽었어요?" 빌리가 물었다.

피터는 고개를 저었다.

"죽이지 못했단 말이에요?"

빌리를 보자 피터는 갑자기 분노가 치밀었다.

"대체 올슨은 어디 있죠?"

빌리가 뭐라 답하기도 전에 마이클이 끼어들었다.

"잠깐만, 나머지는 어디 있어? 사라는?"

피터가 마지막으로 본 사라의 모습은 게이트에서 알리시아와 함께 있었던 모습이었다.

"아마 객차에 탔을 거야."

빌리가 엔진실의 문을 다시 열어 몸을 내밀고 바깥을 살펴본 뒤 다시 고개를 안으로 들이밀었다.

"하나도 빠짐없이 열차에 올랐어야 할 텐데. 그들이 오고 있어. 마이클, 출발해."

"누나가 아직 안 탔을지도 모르잖아!" 마이클이 고함을 질렀다. "한 명도 빠뜨리지 않겠다며!"

빌리는 망설이지 않았다. 그녀는 마이클을 밀쳐 다시 운전석에 앉히더니 패널에 달린 손잡이를 붙잡고 강하게 밀었다. 열차에 속도가 붙었다. 패널에서 디지털 숫자가 나타나더니 빠른 속도로 올라가기 시작했다. 30, 35, 40. 그다음에는 피터를 지나쳐 통로의 사다리로 올라가더니 천장에 붙은 두 번째 해치의 손잡이를 돌리며 열차 뒤쪽을 향해 외쳤다. "거스! 올라와, 출발하자고!"

거스가 캔버스 천으로 된 더플백을 끌고 달려오더니 지퍼를 열어 안에 가득 들어 있는, 총신이 짧은 산탄총을 드러냈다. 그가 총 한 정을 빌리에게 주고 다른 한 정은 자기 몫으로 챙기더니 기름이 시커멓게 묻은 얼굴을 들어 피터를 바라보면서 그에게도 총을 건넸다.

"같이 갈 겁니까?" 무뚝뚝한 목소리였다. "냉정을 잃지 않을 자신 있습니까?"

세 사람은 차례차례 사다리를 올랐다. 빌리가 맨 앞, 그다음이 거스였다. 마지막으로 사다리를 올라간 피터가 해치 위로 머리를 내밀자 거센 바람이 얼굴을 세차게 후려치는 바람에 다시 고개를 움츠려야 했다. 피터는 치밀어오르는 공포를 삼킨 다음 다시 한번 해치 밖으로 몸을 내밀고 열차가 전진하는 방향을 바라본 자세로 배를 기차 지붕 위로 밀면서 올라왔다. 밑에 있던 마이클이 그에게 총을 건넸다. 피터는 쭈그리고 앉은 자세로 발 디딜 곳을 찾는 동시에 총을 장전했다. 세차게 밀어닥치는 바람 때문에 금방이라도 넘어질 것 같았다. 엔진실의 지붕은 양 끝이 둥글게 굽어져 있었고 가운데는 평평했다. 이제 피터는 열차의 꼬리 부분을 향한 자세로 바람에 맞서고 있었다. 빌리와 거스는 이미 저만치 앞으로 가 있었다. 그들은 객차 사이의 틈을 펄쩍 뛰어넘으며 어둠에 묻힌 열차의 꼬리 부분을 향하고 있었다.

바이럴들은 열차의 후미에 모여 점멸하는 녹색 불빛을 뿜어내고 있었다. 빌리가 뭐라고 고함을 질렀지만 엔진의 소음과 열차 바퀴가 철로를 스쳐 가는 굉음에 묻혀 무슨 말인지 알아들을 수가 없었다. 피터는 심호흡을 하고 숨을 참은 뒤 엔진실과 첫 번째 객차 사이의 틈을 뛰어넘었다. 한편으로는 '내가 여기서 뭘 하고 있지? 달리는 열차 지붕에서 대체 뭐 하는 짓이람?' 하고 생각하면서도 그는 어느새 이 이상한 일이 그날 밤의 사건이 맞은 불가피한 결말임을 받아들이고 있었다. 녹색 불빛은 이제 더 가까이 다가온 다음 삼각형 모양으로 넓게 흩어지고 있었다. 그제야 피터는 눈앞에 있는 바이럴이 열 마리, 스무 마리가 아니라, 수백 마리로 이루어진 군대임을 알아차렸다.

'다수.'

뱁콕이 이끄는 '다수'였다.

첫 번째 바이럴이 열차 후미에서 허공으로 뛰어 오르자 빌리와 거스가 놈을 향해 총을 발사했다. 피터는 첫 번째 객차를 반쯤 가로질러 온 상태였다. 열차가 덜컹 흔들리더니 발이 미끄러지기 시작했고, 다음 순간 총이 미끄러져 떨어졌다. 비명 소리가 들려 고개를 들자 아무도 없었다 ― 방금 전까지 빌리와 거스가 있던 자리는 텅 비어 있었다.

발 디딜 데를 간신히 더듬어 찾자마자 열차가 무언가에 쾅 하고 충돌하는 바람에 피터는 앞으로 쭉 밀려 나갔다. 지평선이 사라지고 하늘이 보이지 않았다. 그는 열차 지붕에 쓰러진 채 굴곡을 따라 미끄러지고 있었던 것이다. 허공으로 떨어지기 직전에야 그는 열차의 표면을 둘러싼 금속판의 가느다란 틈새를 간신히 붙들었다. 두려워할 시간도 없었다. 소용돌이치는 어둠 속에서 벽이 빠른 속도로 스쳐 지나가는 것이 느껴졌다. 산을 관통하는 일종의 터널을 지나고 있었던 것이다. 허공에 발이 둥둥 뜬 채 열차의 옆면에 간신히 붙어 있는데 객차의 문이 열리더니 안에서 나온 손들이 그를 객차 안으로 끌어당겼다.

케일럽, 그리고 홀리스의 손이었다. 피터는 객차 속 두 사람의 몸 위로 나동그라졌다. 객차 안은 걸이에 걸려 흔들거리는 랜턴 하나로 밝혀져 있었다. 안에는 사람이 거의 없었다. 겁에 질려 꼼짝도 하지 못한 채 벽에 기대 옹기종기 웅크려 있는 몇 사람의 형체밖에는 보이지 않았다. 열린 문 너머로 터널 벽이 휙휙 지나가며 객차 안을 소음과 바람으로 채웠다. 피터가 간신히 몸을 일으키자 어둠 속에서 눈에 익은 사람이 걸어 나왔다. 올슨 핸드였다.

그 순간 폭발하는 듯한 분노가 피터를 사로잡았다. 피터는 올슨의 멱살을 쥐고 객차 벽에 밀어붙인 다음 팔뚝으로 그의 목을 졸랐다.

"도대체 우리만 링에 남겨두고 어디 있었던 거야!"

올슨의 얼굴에서 핏기가 빠져나갔다. "미안합니다. 방법이 없었습니다."

그 말에 피터는 순식간에 모든 것을 이해할 수 있었다. 올슨은 그들을 미끼 삼아 링으로 내려보낸 것이었다.

"처음부터 알고 있었지? 희생양이 내 형이라는 걸, 처음부터 알았잖아!"

올슨이 침을 꿀꺽 삼키자 피터의 팔뚝에 닿은 그의 목울대가 꿈틀하는 게 느껴졌다.

"맞습니다. 주드는 나머지도 찾아올 거라고 했어요. 그래서 라스베이거스에서 여러분을 기다린 겁니다."

열차 앞부분에서 또 한 번 쾅 하는 충격이 느껴지자 모두 앞으로 쏠려나갔다. 올슨 역시 피터의 손아귀에서 빠져나왔다. 그들은 이제 다시 터널 바깥에서 텅빈 들을 달리고 있었다. 바깥에서 총성이 들려 바깥을 보자 달리는 험비가 보였다. 험비의 운전대를 꽉 움켜쥔 것은 사라였고, 알리시아는 커다란 총으로 열차의 후미를 겨누어 발사하고 있었다.

"내려!" 알리시아가 꽁무니 객차를 가리키며 미친 사람처럼 팔을 휘저어 댔다. "놈들이 바로 뒤 칸까지 따라붙었어!"

그 순간 객차에 탄 사람들이 비명을 질러대며 열린 문으로 뛰어내리려고 아우성을 쳤다. 올슨이 누군가의 팔을 낚아채더니 앞으로 밀어냈다. 미라였다.

"데려가주십시오!" 올슨이 소리를 질렀다. "이 아이를 엔진실로 데려가줘요! 객차가 점령당해도 그곳은 무사할 겁니다!"

사라는 열차의 속도에 맞추어 바짝 따라붙으며 열차와 험비 사이의 거리를 점점 좁히고 있었다.

알리시아가 팔을 휘둘렀다. "뛰어내려!"

피터가 문밖으로 몸을 내밀었다. "더 가까이 와!"

사라가 험비를 열차에 바짝 붙였다. 이제 달리는 열차와 험비 사이의 거리는 고작 2미터도 채 되지 않았다.

"손 뻗어!" 알리시아가 미라에게 외쳤다. "내가 잡아줄 테니까!"

문간에 선 미라는 겁에 질려 꼼짝도 하지 못했다. "못 하겠어요." 미라가 울부짖었다.

또 한 번의 충돌. 열차가 레일 위에 쌓인 이물질들을 뚫고 나가고 있는 중인 게 분명했다. 뭔가 커다란 금속 잔해가 허공을 빙글빙글 돌며 철로 바깥으로 팅겨 나오는 바람에 사라가 운전대를 옆으로 크게 꺾는 순간 열차 벽에 기대 웅크리고 있던 한 남자가 벌떡 일어나서 문을 향해 달렸다. 피터가 채 입을 열기도 전에 그가 점점 멀어지는 험비를 향해 절박하게 뛰어내렸다. 그의 몸이 험비의 옆면에 쾅 부딪히더니, 그가 손을 뻗어 험비의 지붕을 움켜쥐었다. 한순간, 남자가 그대로 매달려 있을 수도 있을 것만 같았다. 그러나 곧 발이 땅에 질질 끌리며 먼지를 일으키더니 그는 비명과 함께 그대로 바닥으로 떨어지고 말았다.

"꽉 잡아!" 피터가 고함을 질렀다.

험비는 두 번 더 가까이 다가왔지만 그때마다 미라는 뛰어내리지 못했다.

"이렇게는 안 되겠어. 지붕으로 올라가야 해." 피터가 홀리스를 향해 몸을 돌렸다. "네가 먼저 올라가. 올슨과 내가 아래에서 밀어줄게."

"나는 너무 무거워서 안 돼. 하이톱과 네가 올라가도록 해. 미라는 내가 밑에서 올려 보내줄게."

홀리스가 바닥에 쭈그리고 앉자 케일럽이 홀리스의 어깨 위로 올라섰다. 험비가 다시 멀어지더니 알리시아의 총이 열차 후미를 향해 불을 뿜었다. 케일럽을 어깨에 태운 홀리스가 일어서서 문 바깥으로 몸을 내밀었다.

"좋아, 가자!"

홀리스가 한 손으로 케일럽의 발을 붙잡고, 피터가 다른 발을 붙잡은 채 둘은 힘을 합쳐 케일럽을 지붕 위로 밀어 올렸다.

피터도 같은 방식으로 열차 지붕으로 올라갔다. 지붕에 올라서니 터널을 지나온 바이럴 떼가 세 무리로 나뉘어 있는 모습이 보였다. 한 무리는 그들의 바로 뒤에 있었고 그 양쪽에 각각 한 무리씩이 각각 자리했다. 이들은 양손을 휘둘러 추진력을 얻는 방식으로 점프하며 이쪽을 향해 질주하고 있었다. 알리시아는 벌써 10미터 이내로 다가온 가운데 무리를 향해 총을 발사했다. 몇 마리가 알리시아의 총에 쓰러졌지만, 죽었는지, 다쳤는지, 아니면 단순히 놀란 것인지 피터로서는 알 수 없었다. 남은 바이럴들이 쓰러진 바이럴에는 아랑곳하지 않고 계속해서 몰려들었다. 그 뒤에서 양쪽에 있던 두 무리가 하나로 섞이더니 물의 흐름처럼 서로 엇갈리다가 다시 처음처럼 둘로 나뉘었다.

피터는 케일럽 옆에 엎드려 있다가 홀리스가 미라를 지붕 위로 밀어 올리자 손을 뻗어 겁에 질린 미라의 손을 잡고 지붕 위로 끌어 올렸다.

밑에서 알리시아가 외쳤다. "엎드려!"

세 마리 바이럴이 객차 위에 올라와 있었다. 알리시아의 총이 불을 뿜자 그들은 펄쩍 뛰어 달아났다. 케일럽은 이미 객차와 엔진 칸 사이를 건너뛰어 엔진 칸 쪽으로 가 있었다. 피터가 미라를 향해 손을 뻗었지만 그녀는 객차 위에 꼼짝도 하지 못하고 엎드린 채 온 힘을 다해 열차 지붕을 끌어안고 매달려 있었다.

"미라, 제발." 피터가 미라를 끌어당겼다.

하지만 미라는 지붕을 안은 팔을 풀지 않았다. "못 해요, 못 하겠어요."

그때 아래에서 긴 손톱이 달린 손이 나타나더니 미라의 발목을 움켜쥐었다. "아빠!"

다음 순간 미라의 모습이 눈앞에서 사라졌다.

이제 피터가 할 수 있는 일은 아무것도 없었다. 피터는 달려가서 엔진 칸과 객차 사이의 틈을 건너뛴 다음 케일럽의 뒤를 따라 해치로 들어갔다. 마이클에게 일정한 속도를 유지하라고 말한 뒤 운전석으로 이어지는 문을 벌컥 열고 뒤쪽을 바라보았다.

세 번째 객차의 벽에 바이럴이 벌레처럼 떼 지어 붙어 있었다. 누구보다도 먼저 열차 안으로 진입하려는 듯 미친 듯이 몰려드는 모습이 마치 서로 싸우는 것만 같았다. 바람 소리가 거셌는데도 열차 안의 사람들이 지르는 비명 소리가 생생했다.

험비는?

다음 순간 단단한 땅 위로 거칠게 흔들리며 이쪽으로 다가오는 험비가 보였다. 험비 지붕에는 홀리스와 올슨이 매달려 있었다. 알리시아가 가지고 있던 총은 이미 총알이 다 떨어졌다. 바이럴이 언제 그들에게 닥칠지 몰랐다.

피터가 문밖으로 몸을 뻗어 외쳤다. "더 가까이 와!"

사라가 속도를 높여 열차에 바짝 다가붙었다. 먼저 홀리스가 사다리를 붙들었고, 그다음은 올슨이었다. 피터가 두 사람을 붙잡아 안으로 들인 다음 "알리시아, 네 차례야!" 하고 외쳤다.

"사라는?"

열차와 충돌하지 않으려 사라가 안간힘을 쓴 덕분에 험비는 또다시 저만치 떨어져 있었다.

맨 끝의 객차가 떨어져 나가 어둠 속으로 굴러가는 굉음이 들렸다.

"사라는 내가 데려갈 테니까 일단 사다리 붙잡아!"

알리시아가 험비 지붕에서 점프했다. 그런데 갑자기 험비와 열차 사이의 간극이 너무나 커져 있었다. 피터는 알리시아의 손이 사다리에 닿지 못하고 텅 빈 허공으로 떨어져버릴지도 모른다고 순간적으로 생각했다. 그러나 다음 순간 알리시아가 사다리를 붙들더니 타고 올라왔다.

사라는 한 손으로 운전대를 잡은 채 다른 손으로는 소총을 끼워 가속페달이 눌린 채로 유지하려고 안간힘을 썼다.

"금방 빠져버릴 거야!"

"그냥 둬, 내가 잡아줄게!" 알리시아가 사라를 향해 외쳤다. "그냥 문을 열고 내 손을 잡아!"

"안 될 것 같아!"

다음 순간 사라가 갑자기 가속페달을 밟았다. 험비가 앞으로 돌진해 열차의 속도를 추월했다. 철로 가장자리로 다가간 사라가 운전석 문을 연 다음 브레이크를 밟았다.

열차의 서래 모서리에 걸린 문이 뜯겨 나갔다. 다음 순간 기울어진 험비가 오른쪽의 두 바퀴만으로 지탱된 채 철로의 성사면을 미끄러서 내려갔지만 차체의 왼편이 결국은 다시 바닥에 닿았다. 알리시아는 45도 각도로 열차에서 멀어졌다. 험비에 붙은 가속도로 먼지가 일었다. 사라가 다시 열차에 바짝 다가왔다. 알리시아가 바깥으로 손을 내밀었다.

피터가 외쳤다. "리시! 네가 뭘 하려는지는 모르겠지만, 바로 지금이야!"

알리시아가 그 일을 어떻게 해냈는지 피터는 그 이후에도 영영 알 수 없었다. 나중에 알리시아에게 묻자 그녀는 어깨만 으쓱했다. 생각하고 한 일이 아니라, 본능만을 따랐다고 했다. 오래지 않아 피터는 알리시아에게 이렇듯 각별하고 믿기지 않은 능력이 있다는 것을 알게 되지만, 그 밤, 험비와 열차 사이의 시커먼 틈새에서 알리시아가 한 일은 도무지 이해할 수 없는, 기적에 가까운 일이었다. 그리고 그들 중 누구도 엔진 칸에 탄 에이미가 어떤 일을 하려는지, 또 엔진 칸과 첫 번째 객차 사이에서 무엇이 기다리고 있는지 알 수 없었다. 마이클조차도 몰랐다. 어쩌면 올슨은 알았을는지도 모른다. 그 때문에 피터에게 자신의 딸을 안전한 엔진 칸으로 데리고 가라고 한 것일지도 모른다. 적어도 시간이 흐른 뒤 피터가 그 일을 되짚어보았을 때는 그랬던 것 같았다. 하지만 올슨은 그런 이야기는 전혀 해주지 않았고, 그들 역시도 이토록 긴박한 상황에서 이에 대해 물어볼 정신은 없었다.

첫 번째 바이럴이 험비를 향해 뛰어내리는 순간 알리시아가 팔을 뻗어 운전대를 쥔 사라의 손목을 쥐고 잡아당겼다. 사라는 알리시아에게 잡힌 손을 축으로 호선을 크게 그리며 허공으로 날아올랐고 험비는 저만치 멀어져 버렸다. 사라의 발이 땅에 끌리는 끔찍한 한순간 사라의 눈이 피터와 마주쳤다. 자신이 죽을 것을 깨달은 사람의 눈빛이었다. 그러나 다음 순간 알리시아가 다시 한번 힘을 주어 사라를 위로 끌어당기자 사라가 한 손으로 사다리를 붙잡았다. 그렇게 두 사람은 사다리를 올라 열차 안으로 굴러 들어왔다.

그 일이 일어난 건 바로 그 순간이었다. 귀를 찢는 천둥 같은 폭발음이 들리더니 열차가 난폭하게 앞으로 돌진하며 모두가 허공을 날았다. 열린 해치 옆에 서 있던 피터가 뒤로 날아 칸막이벽에 부딪혔다. 에이미, 에이미는 어디 있지? 바닥을 구르는 찰나 갑자기 아까보다 더 큰 소리가 들렸다. 귀가 먹먹할 정도의 굉음과 금속이 긁히는 소리였다. 뒤에 연결되어 있던 객차들이 떨어져 나가며 철로에서 탈선해 마치 산사태처럼 사막으로 내동댕이쳐지는 소리. 안에 탄 사람들은 단 한 명도 남김없이 즉사했을 것이다.

열차가 멈춘 것은 정오였다. 마이클은 여기가 철로의 끝이라고 했다. 빌리가 가지고 있던 지도에는 철로가 칼리엔테에서 갑자기 끊긴다고 나와 있었다. 열차로 이만큼이나 올 수 있었던 것이 다행이었다. 열차로 달린 거리가 얼마나 되느냐고 피터가 묻자 마이클은 약 4백 킬로미터 내외라고 대답해주었다. "저 산 보여?" 마이클이 앞 유리창의 틈새로 바깥을 가리켰다. "저기가 유타야."

그들은 열차에서 내렸다. 사방에 철길이 있고 기관차며 화물차, 트레일러 등이 아무렇게나 버려져 있는 곳이었다. 이곳의 지대는 그들이 출발한 곳보다 덜 건조했다. 키 큰 풀과 미루나무가 자라고 산들바람이 불어 서늘했다. 근처 어디선가 물이 흐르는 것 같았다. 새소리가 들렸다.

"이해가 안 돼." 침묵을 깬 것은 알리시아였다.

"도대체 그들은 어디로 가려고 한 걸까?"

바이럴이 그들을 더 이상 쫓아오지 않는다는 것이 확실해진 뒤에야 피터는 눈을 붙였고, 일어나니 테오와 모스 옆 바닥에 몸을 웅크리고 있었다. 마이클은 밤새 깨어 있었지만, 결국 지난 며칠간의 과로에 모두가 굴복하고 말았다. 올슨은…… 올슨도 잠을 잤을 것 같았지만, 피터가 보기엔 아닌 것 같았다. 지금까지 올슨은 누구에게도 입을 열지 않았고 지금은 기관차 바깥 땅바닥에 혼자 앉아 허공을 쳐다보고 있었다. 피터가 미라에게 있었던 일을 이야기하자 올슨은 더 이상 자세히 묻지 않고 그저 고개를 주억거린 뒤 "알려줘서 고맙습니다."라고 했을 뿐이었다.

"어디로라도 가려 했던 거겠지." 한참 침묵한 뒤에야 피터는 알리시아의 질문에 대답할 수 있었다. 어떤 기분인지 설명할 말이 없었다. 전날 밤, 아니, 헤이븐에서 보낸 지난 사흘이 전부 열에 들뜬 머리로 꾼 꿈처럼 느껴졌다.

"그냥…… 어디든 가고 싶었던 것 같아."

에이미는 일행에게서 혼자 떨어져 풀밭에 들어가 있었다. 피터와 알리시아는 바람에 날리는 잡초 속에서 에이미의 모습을 잠시 지켜보았다.

"에이미는 자기가 무슨 일을 하는지 알았을까?" 알리시아가 물었다.

열차의 결합장치를 끊어버린 것은 에이미였다. 스위치는 엔진 칸 뒤편의 헤드엔드 유닛 옆에 붙어 있었다. 아마 디젤연료나 석유가 든 탱크의 점화장치에 연결되어 있었을 것이다. 그 정도면 객차와의 연결부를 끊어버리기에 충분했다. 아마 그것은 바이럴이 객차를 점령할 때에 대비한 안전장치였을 것이다. 여기까지 생각하면 충분히 이해할 수 있는 일이라고 마이클은 말했다. 피터 역시 그렇게 생각했다. 하지만 안전장치가 있다는 걸 에이미가 어떻게 알았는지, 그리고 정확히 어쩌다 그 스위치를 내리게 되었는지는 알 도리가 없었다. 에이미의 행동은 그 애가 여태까지 한 다른 모든 행동과 마찬가지로 일반적인 이해 범위를 넘어선 것이었다. 그러나 이번에도, 그들이 살아 있을 수 있는 건 에이미 덕분이었다.

피터는 에이미를 한참이나 바라보았다. 허리 높이까지 자란 풀들 속에 서서 양팔을 옆으로 뻗고 깃털처럼 부드러운 풀끝을 어루만지고 있는 에이미는 허공에 둥둥 떠 있는 것 같았다. 병원에서 있었던 일을 까맣게 잊은 지도 오래되었지만, 에이미가 풀숲에서 움직이고 있는 모습을 보자니 그날 밤의 기억이 피터를 사로잡았다. 그때 뱁콕에 대해 뭐라고 말했더라? 에이미는 마치 두 개의 세계에 한 발씩 걸치고 있는 사람 같았다. 하나는 피터의 눈에도 보이는 세계, 다른 하나는 그 안에 숨겨진 세계이자 그들의 여정이 가진 의미를 품고 있는 세계였다.

"어젯밤에 많은 사람이 죽었어." 알리시아가 말했다.

피터는 숨을 들이쉬었다. 태양이 쨍쨍한데도 어쩐지 서늘하게 느껴졌다. 그는 아직 에이미를 바라보고 있었지만, 마음의 눈으로는 미라를 보고 있었다. 열차 지붕에 납작 엎드려 있던 미라의 몸, 그 아이를 향해 다가와 낚아챈 바이럴의 손. 그 아이가 사라진 빈 공간, 그리고 떨어지는 그 아이가 지르던 비명 소리.

"그 사람들은 오래전부터 죽어 있던 거나 마찬가지였던 것 같아." 피터가 대답했다.

"한 가지 확실한 건, 여기 계속 있을 수는 없단 거야. 우리에게 있는 자원이 무엇인지 확인하자고."

두 사람은 기관실 바닥에 가진 물자들을 늘어놓고 확인했다. 그다지 큰 도움은 되지 않을 것들이었다. 산탄총 여섯 정, 탄환이 몇 발씩 들어 있는 권총 두 정, 자동소총 한 정. 소총에 쓰는 여분의 탄창 두 개와 산탄총의 탄환 25개, 칼 여섯 자루, 큰 병에 담긴 물 23리터와 열차의 물탱크에 남은 물. 디젤연료가 몇 백 리터 있었지만 연료를 사용할 차량은 없었다. 플라스틱 방수포 두 장, 성냥이 담긴 깡통 세 개, 구급상자, 석유 랜턴, 사라의 일기장 ─ 사라가 오두막을 떠날 때 가방에서 일기장을 꺼내 저지 속에 숨겨서 가지고 있었던 것이다 ─ 식량은 전혀 없었다. 홀리스는 사냥감을 찾을 수 있을 거라고 했다. 총알을 낭비할 수는 없으니 덫을 놓아야 할 것 같았다. 어쩌면 이 칼리엔테라는 곳에서 먹을 만한 것을 찾을 수 있을지도 모른다.

테오는 기관실 바닥에 누워 자고 있었다. 테오가 기억의 조각들을 떠오르는 대로 알려주었지만 ─ 쇼핑몰에서 바이럴과 대치하던 것, 그다음에는 독방에 갇혔고, 부엌에 있는 여자가 나오는 꿈을 꿨고, 잠들지 않으려 무진 애를 썼던 것, 그리고 아마도 주드가 틀림없는 어떤 남자가 계속해서 찾아왔던 것 ─ 말을 하는 것만으로도 힘이 들었는지 결국 잠들어버렸고, 너무 깊이 잠든 바람에 테오가 아직 숨을 쉬고 있다고 사라가 피터를 안심시켜주어야 할 정도였다. 모사미의 다리에 난 상처는 심각했으나 목숨이 오락가락할 정도는 아니었다. 총알이 허벅지를 찢으면서 처참하게 파인 피투성이 상처를 남겼으나 박히지 않고 깨끗이 빠져나갔던 것이다. 전날 밤 사라는 구급상자에 있던 바늘과 실로 모사미의 상처를 꿰맨 다음 기관실에 붙은 조그만 화장실 세면대 아래에서 찾아낸 알코올로 소독했다. 미치도록 아팠을 텐데 모스는 테오의 손을 꽉 쥐고 이를 악문 채 비명 한마디 지르지 않고 고통을 참아냈다. 사라는 상처를 청결하게 유지하기만 하면 괜찮을 거라고, 잘하면 하루 이틀 내로 걸을 수도 있을 거라고 했다.

이제 남은 건 어디로 갈 것인가 하는 문제였다. 홀리스가 문제를 제기하자 피터는 놀랐다. 지금까지 더 이상 나아가지 못하리라는 생각은 단 한 번도 한 적이 없어서였다. 콜로라도에 무엇이 기다리고 있건, 그것이 무엇인지 알아내고자 하는 욕구는 점점 더 커졌고, 돌아서기에는 이미 늦은 것처럼 느껴졌다. 그러나 홀리스는 현실적인 문제를 지적했다. 테오, 핀, 그리고 처음엔 알리시아가, 나중에는 모사미도 리사 슈가 분명하다고 말한 여자는 모두 콜로니에서 온 사람이었다. 바이럴에게 무슨 일이 일어나고 있는지는 모르겠지만 ─ 무슨 일인가가 일어나고 있다는 사실만은 분명했으며 ─ 놈들은 이제 사람들을 죽이지 않고 살려두고자 하는 것 같았다. 돌아가서 다른 사람들에게 경고해주어야 하는 것이 아닐까? 그리고 모사미의 다리가 낫는다 한들 걸어서 이 여정을 완수할 수 있을까? 그들에게는 차량이 없었고, 총기는 있어도 탄환이 모자랐다. 가는 길에 식량을 찾을 수도 있겠지만 그러면 전진하는 속도는 느려질 것이다. 또, 곧 험난한 산악지대를 맞닥뜨릴 것이다. 그런데 임신한 모사미가 콜로라도까지 갈 수 있을까? 홀리스는 이 같은 문제를 누군가는 입 밖에 내야 하기에 자신이 나서는 것일 뿐이라고 했다. 자신도 입장을 아직 정하지 못했다고 했다. 한편으로, 일행은 여태까지 머나먼 길을 왔다. 뱁콕의 정체는 알 수 없지만, 뱁콕과 그가 이끄는 '다수'가 어딘가 도사리고 있다는 것만은 분명했다. 왔던 길을 돌아간다 해도 위험은 여전했다.

일곱 명의 일행 — 테오는 아직도 안에서 잠들어 있었다 — 은 기관차 바깥 바닥에 앉아 이 문제를 논의했다. 길을 떠난 뒤 처음으로 피터는 일행이 망설이는 것을 느꼈다. 벙커, 그리고 벙커에 있던 풍부한 물자들 덕택에 그들은 어느 정도 안전하다고 느꼈었다. 물론, 정말 안전한 것은 아니었지만, 앞으로 나갈 만한 의지를 일깨워줄 만큼은 되었다. 그런데 무기도 차량도, 심지어 식량조차 없이 알 수 없는 황무지로 4백 킬로미터나 와버린 지금 콜로라도에 도착할 수 있다는 희망은 한층 더 희박해졌다. 헤이븐에서 있었던 일 때문에 다들 큰 충격을 받은 상태였다. 지금까지 예상한 수많은 위험 중 또 다른 인간을 맞닥뜨리리라는 것은 미처 생각지 못한 문제였고, 단순한 바이럴이 아닌, 다른 바이럴들을 거느리는 뱁콕이라는 존재가 있을 줄도 전혀 몰랐다.

알리시아는 예상대로 여정을 계속하자고 했고, 모사미도 마찬가지였다. 어쩌면 자신이 알리시아에 뒤지지 않을 정도로 용감하다는 사실을 증명하려고 했던 것인지도 모르지만 말이다. 케일럽은 일행의 판단에 따르겠다고 했지만, 그렇게 말하는 그의 눈은 알리시아에게 붙박여 있었다. 만약 투표로 결정하게 된다면 그는 알리시아의 편에 설 게 분명했다. 마이클 역시도 콜로니의 배터리가 떨어지고 있다는 점을 다시 한번 언급하며 여정을 멈추지 말자고 했다. 애초에 이 여정을 시작한 까닭이 그것이었다고 말이다. 콜로라도에서 온 메시지는 특히 헤이븐을 목도하고 난 지금에 와서는 그들의 하나뿐인 희망이었다.

이제 남은 것은 홀리스와 사라였다. 홀리스는 일행이 되돌아가야 한다고 생각했다. 실제로 그 의견을 입 밖에 내지는 않았지만 결정은 만장일치여야 한다는 것이 홀리스의 생각이었고, 피터 역시 그렇게 생각했다. 그늘 속에서 홀리스의 옆에 무릎을 꿇은 자세로 앉아 있던 사라는 홀리스보다 한층 더 망설이는 기색이었다. 그녀는 눈을 가늘게 뜬 채 에이미가 풀숲에 홀로 서 있는 모습을 보고 있었다. 그러고 보니, 피터는 몇 시간 동안 사라의 목소리를 듣지 못했다는 사실이 새삼 떠올랐다.

"이제 기억이 조금 돌아왔어." 한참 뒤에야 사라가 입을 열었다. "바이럴이 나를 데려갔을 때가 아주 조금씩, 토막토막 기억나." 그러면서 사라가 어깨를 으쓱거렸는데, 마치 몸을 부르르 떠는 것 같았다. 피터는 사라가 그 이야기를 더 이상 해주지 않을 것을 알아차렸다.

"홀리스의 생각도 틀린 게 아니야. 그리고 모사미, 네가 뭐라고 말하건 간에, 네 몸 상태로는 콜로라도까지 갈 수 없어. 하지만 난 마이클의 의견에 동의해. 피터, 내 의견은 마이클과 같아."

"그러면 계속 가자는 건가?"

사라가 홀리스를 향해 눈길을 돌리자 홀리스는 고개를 끄덕였다.

"그래, 계속 가자."

또 하나의 문제는 올슨이었다. 피터는 여전히 올슨을 믿을 수 없었고, 아무도 입 밖에 내진 않았지만 분명 올슨은 자살할 위험이 있었다. 올슨은 열차가 멈춘 뒤 기관실 바깥 땅바닥에 앉은 채 거의 미동도 없이 쭉 왔던 방향을 멍하니 바라보고 있었다. 때때로 손가락으로 모래를 어루만지다가 한 줌 떠서 손가락 사이로 흘려보내는 동작을 하기도 했다. 그는 마치 썩 좋지 않은 두 가지 선택지 중 무엇을 선택할지 고민하는 것만 같았고, 피터는 그가 무슨 생각을 하고 있는지 알 것 같았다.

떠나기 위해 짐을 챙기던 중 홀리스가 피터를 따로 불러냈다. 무기를 모두 꺼내 방수포 위에 올려놓고 탄환을 모아 쌓아놓은 다음이었다. 그들은 오늘 밤을 열차 안에서 보내고 — 별반 안전할 것도 없었지만 말이다 — 아침에 걸어서 출발하기로 의견을 모았다.

"올슨을 어쩌지?" 홀리스가 올슨을 향해 고갯짓하며 낮은 목소리로 물었다. 홀리스는 손에 권총을 들고 있었다. 나머지 하나의 권총은 피터의 손에 있었다.

"이대로 두고 갈 수는 없어."

"같이 갈 수 있을 것 같은데."

"따라오지 않을 것 같아."

피터는 잠시 생각에 잠겼다가 마침내 입을 열었다. "그냥 두자고. 우리가 할 수 있는 일은 아무것도 없어."

늦은 오후였다. 케일럽과 마이클은 기관실의 칸막이 뒤에서 찾아낸 호스를 들고 기관차 뒤쪽으로 가서 탱크의 물을 뽑아내고 있었다. 케일럽이 열차 아래쪽에 경첩으로 매달린 가로세로 1미터 정도 크기의 패널을 열고 살펴보고 있는 모습이 눈에 띄었다.

"그건 뭐지?" 피터가 마이클에게 물었다.

"열차 바닥에 있는 좁은 공간으로 이어지는 문이야."

"그 안에 뭐라도 쓸 만한 게 있어?"

마이클은 호스를 바삐 놀리며 어깨를 으쓱했다.

"모르겠어, 한번 살펴봐."

케일럽이 무릎을 꿇고 손잡이를 돌렸다. "안 열리는데요."

5미터 떨어진 곳에서 그 광경을 지켜보고 있던 피터는 온몸에 쭈뼛 소름이 돋았다. 배 속이 꽉 조이는 느낌이 들었다. 긴장해야 했다. "하이톱······!"

패널이 벌컥 열리더니 하이톱이 뒤로 벌렁 넘어졌다. 안에 웅크리고 있던 사람의 형체가 몸을 폈다.

주드였다.

모두가 무기를 향해 손을 뻗었다. 주드가 패널 바깥으로 굴러나오며 권총을 들었다. 얼굴 반쪽이 날아가고 살점과 번들거리는 뼈가 드러나 있었다. 한쪽 안구가 빠져나간 자리엔 시커먼 구멍뿐이었다. 영원처럼 느껴지던 그 순간 주드는 반은 인간, 반은 시체인 불가능 그 자체인 것만 같아 보였다.

"빌어먹을 개자식들!" 주드가 으르렁거렸다.

케일럽이 한 걸음 앞으로 나서며 권총을 향해 손을 뻗는 찰나 주드의 총이 불을 뿜었다. 총탄을 가슴에 맞은 케일럽의 몸이 빙그르르 돌았다. 동시에 피터와 홀리스가 방아쇠를 당기는 바람에 주드의 몸이 춤을 추듯 뒤틀렸다.

총탄이 다 떨어지고 나서야 주드가 쓰러졌다.

케일럽은 한 손으로 총알에 꿰뚫린 가슴팍을 움켜쥐고 똑바로 누운 자세로 쓰러져 있었다. 밭은 숨을 쉴 때마다 가슴이 움칠거리듯 오르락내리락했다. 알리시아가 케일럽을 향해 몸을 던졌다.

"케일럽!"

케일럽의 손가락 사이로 피가 뿜어져 나오고 있었다. 허공을 바라보는 두 눈이 촉촉하게 젖어 있었다. "이런 제기랄." 그렇게 중얼거리며 그가 눈을 끔뻑였다.

"사라, 어떻게 좀 해봐."

소년의 얼굴에 서서히 죽음의 기운이 퍼지기 시작했다.

"아." 다음 순간 무언가가 그의 심장을 움켜쥐기라도 한 듯 케일럽이 뻣뻣하게 굳었다.

사라는 울고 있었다. 아니, 모두가 울고 있었다. 사라가 알리시아의 옆에 무릎을 꿇고 앉아 그녀의 팔꿈치에 손을 댔다. "케일럽은 죽었어, 리시."

알리시아가 사라의 손길을 난폭하게 뿌리쳤다. "닥쳐!" 알리시아가 축 늘어진 케일럽의 팔다리를 가슴에 부둥켜안았다. "케일럽, 눈 떠! 지금 당장 눈 뜨라고!"

피터가 그녀의 옆에 쭈그리고 앉았다.

"약속했다고." 알리시아가 케일럽을 끌어안으며 흐느꼈다. "약속했단 말이야."

"알아." 달리 무슨 말을 해야 할지 알 수 없었다.

"우리 모두 알아. 괜찮아. 이제 그만 케일럽을 보내주자."

피터가 조심스럽게 알리시아에게서 케일럽의 몸을 떼어놓았다. 흙바닥에 꼼짝도 하지 않고 누워 있는 케일럽은 눈을 감은 채였다. 여전히 노란 운동화를 신고 있었지만 ― 한 짝은 신발 끈이 풀려 있었다 ― 이제 예전의 케일럽은 어디에도 없었다. 케일럽이라는 존재는 사라져버렸다. 한참이나 누구도 입을 열지 않았다. 오로지 새들이 우짖는 소리와 풀잎을 스치는 바람, 그리고 알리시아의 먹먹한 흐느낌 소리뿐이었다.

그때, 갑자기 알리시아가 벌떡 일어나더니 바닥에 떨어져 있던 주드의 권총을 집어 들고 올슨이 앉아 있는 곳으로 성큼성큼 걸어갔다. 노기로 활활 타는 눈빛이었다. 주드의 총은 총신이 긴 커다란 리볼버였다. 올슨이 고개를 들자 알리시아가 들고 있던 총의 개머리판으로 그의 얼굴을 후려쳤다. 그가 바닥에 쓰러지자 알리시아가 엄지손가락으로 공이를 젖히고 총구를 올슨의 머리에 겨누었다.

"빌어먹을⋯⋯!"

"리시!" 피터가 양손을 들고 알리시아에게 다가갔다. "올슨이 죽인 게 아니잖아. 총 내려놔."

"주드가 죽였잖아! 다들 봤잖아!"

올슨의 코에서 피가 한 줄기 흘러내렸다. 자기를 방어하려는 몸짓도, 달아나려는 기색도 없었다.

"주드는 '패밀리어'였습니다."

"패밀리어라고? 그건 또 무슨 소리야? 이제 그런 알 듯 말 듯한 소리는 집어치워. 말을 좀 똑바로 하란 말이야!"

올슨이 침을 꿀꺽 삼키더니 입술에 묻은 피를 핥았다. "그러니까⋯⋯ 바이럴이 되지 않은 바이럴의 일족이었던 겁니다."

알리시아는 손가락의 관절 부분이 새하얗게 질릴 정도로 총을 꽉 쥐고 있었다. 피터는 알리시아가 총을 쏘리라는 것을 알았다. 막을 수 없었다. 언제 쏘느냐만이 문제였다.

"원한다면 쏘십시오." 올슨의 얼굴에는 표정이 없었다. 이제 목숨 같은 건 그에겐 아무 의미도 없는 듯했다.

"목숨 같은 건 중요치 않습니다. 뱁콕이 올 테니까요. 곧 알게 될 겁니다."

알리시아의 노여움이 총을 쥔 손아귀에 전해져 총이 덜덜 떨렸다.

"케일럽은 소중했어! 케일럽은 네놈들의 그 빌어먹을 헤이븐 전체보다도 가치 있었다고! 케일럽에겐 아무도 없었어! 케일럽에겐 나뿐이었어, 오직 나 하나뿐이었단 말이야!"

알리시아는 짐승처럼 고통스럽게 울부짖더니 방아쇠를 당겼다 — 그러나 총구는 잠잠했다. 해머가 텅 빈 약실 위로 떨어졌다.

"씨팔!"

알리시아는 방아쇠를 당기고 또 당겼지만 약실은 비어 있었다.

"씨팔, 씨팔, 씨팔!"

그제야 알리시아가 쓸모없는 총을 손에서 떨어뜨린 뒤 피터의 가슴에 기대 흐느끼기 시작했다.

아침이 되자 올슨은 사라지고 없었다. 발자국이 지하 배수로 속으로 이어져 있었다. 그가 어디로 갔을지 살펴볼 필요도 없었다.

"올슨을 찾으러 가봐야 할까?" 사라가 물었다.

그들은 텅 빈 열차 옆에 서서 남은 무기를 정리하는 중이었다.

피터는 고개를 저었다. "그럴 필요 없을 것 같아."

그들은 미루나무 옆, 케일럽을 묻은 그늘 속에 모여 섰다. 마이클이 차체에서 떼어낸 철판에 드라이버로 글을 새긴 다음 나무줄기에 나사로 박았다.

우리의 일원 케일럽 존스 하이톱

멀찍이 풀숲에서 혼자 서 있는 에이미를 제외하고 모두가 그곳에 모여 섰다. 피터의 옆에는 모스와 테오가 서 있었다. 모스는 마이클이 파이프로 만들어준 목발을 짚고 서 있었다. 사라는 모스의 상처를 살핀 뒤 무리하지 않는다면 걸어도 된다고 했다. 테오는 내내 자다가 새벽에 깨었고, 지금은 그전보다 상태가 약간은 나아진 듯했다. 그러나 테오의 옆에 서 있던 피터는 형이 어딘가 멀쩡하지 않다는 느낌이 들었다. 무언가가 변했거나, 부서졌거나, 아니면 무언가를 잃어버린 것만 같았다. 그 독방 안에서 형은 무언가를 빼앗긴 게 틀림없었다. 그 꿈속에서. 뱁콕이 나오는 그 꿈속에서 말이다.

그러나 피터가 가장 걱정한 것은 알리시아였다. 알리시아는 가슴 앞에 산탄총을 메고 마이클과 함께 무덤 발치에 서 있었다. 하도 울어 아직도 얼굴이 퉁퉁 부어 있었다. 케일럽이 죽은 뒤로 알리시아는 아무 말도 하지 않았다. 다들 알리시아가 케일럽을 애도하고 있다고 생각했겠지만, 피터는 알리시아의 감정은 단순한 애도가 아님을 알았다. 물론 알리시아는 케일럽을 사랑했으나, 그것이 전부가 아니었다. 케일럽의 죽음이 낯설기만 한 것이 아니라 잘못된 것이라고, 그들에게서 무언가가 떨어져 나간 것 같다고 느낀 것은 모두가 마찬가지였다. 그러나 알리시아의 눈을 바라보면서 피터는 알리시아의 고통은 그보다 훨씬 깊다는 것을 알았다. 케일럽이 죽은 것은 알리시아의 잘못이 아니었고, 피터 역시 그렇게 말했으나, 알리시아는 여전히 자신을 탓했다. 올슨을 죽인다고 달라질 것은 없었으리라. 그러나 피터는 어쩐지 알리시아가 제 손으로 올슨을 죽이기라도 했더라면 조금이라도 나았으리란 생각이 들었다. 아마 이 때문에 피터가 그녀의 손에서 주드의 총을 차마 빼앗지 못했던 것이리라.

그러고 보니, 자신도 모르게 피터는 언제나처럼 형이 먼저 입을 열어 여정을 주도하기를 기다리고 있었다. 테오가 아무 말도 하지 않기에 피터가 먼저 자기 배낭을 챙겨 들고 입을 열었다.

"자." 목이 잔뜩 쉬어 있었다. "이제 출발하자. 해가 떠 있는 시간을 낭비하면 안 되니까."

"바이럴이 4천만 마리야." 마이클이 침울한 목소리로 대답했다. "과연 걸어서 목적지에 도착할 수 있을까?"

그때 에이미가 그들 사이로 끼어들었다.

"틀렸어요."

잠시 모두가 말을 잃었다. 다들 너무 놀라서 감히 에이미를 쳐다보지도 못하고 경악에 찬 눈빛만 서로 주고받았다.

"말을 할 줄 알아?" 먼저 입을 연 건 알리시아였다.

피터가 조심스레 에이미에게 다가갔다. 목소리를 듣고 나니 어쩐지 에이미의 얼굴도 다르게 보였다. 마치 이제야 그들 속에 완전히 존재하는 것만 같았다.

"방금 뭐라고 했니?"

"마이클이 틀렸어요." 에이미의 목소리는 어른의 목소리도, 아이의 목소리도 아닌 그 사이에 있었다. 책을 읽듯 억양이 없는 단조로운 어조였다. "4천만 마리가 아니에요."

웃어야 할지, 울어야 할지 알 수 없었다. 이제 와서 에이미가 입을 열다니!

"에이미, 왜 지금까지는 아무 말 안 했니?"

"죄송해요. 말하는 법을 잊어버렸던 것 같아요." 에이미는 스스로도 혼란스럽다는 듯 얼굴을 찌푸렸다.

"그런데 이제는 기억이 났어요."

다시금 모두가 아무 말 없이 놀라 입만 쩍 벌렸다.

"그럼, 4천만 마리가 아니면 몇이나 있단 말이야?"

그러자 에이미가 눈을 들어 모두를 바라보았다.

"트웰브.'" 에이미의 말이었다.

IX
최후의 원정대

내 아버지의 혈통에는 내가 하나뿐인 딸이요 아들입니다.

— 셰익스피어, 『십이야』

사라 피셔의 일기 (『사라의 서』) 중에서

북아메리카 격리기간에 관한 제3차 국제회의 발표 자료

인도–오스트레일리아 공화국 뉴사우스웨일스대학교

인류 문명 및 갈등 연구소

A.V. 1003년 4월 16일–21일

[발췌 시작]

……그리고 그때 눈앞에 과수원이 나타났다 — 사흘 전에 홀리스가 사슴을 사냥한 뒤로 아무것도 먹지 못했기에 반가운 광경이었다. 우리는 사과를 잔뜩 쟁였다. 사과는 작고 벌레가 많은 데다가 너무 많이 먹으면 배가 아프지만 그래도 음식을 양껏 먹어 배가 부른 게 얼마 만의 일일까? 오늘 밤에는 낡은 차가 가득 들어 있고 비둘기 냄새가 진동하는 녹슨 금속 차고에서 자게 되었다. 길을 잃은 게 분명하지만, 피터는 동쪽으로 계속 걸어가면 하루 이틀 안에 15번 고속도로가 나올 거라고 했다. 오직 칼리엔테의 주유소에서 찾은 지도 한 장에 의지해 길을 가는 중이다.

이제 에이미는 조금씩 말이 늘었다. 누군가와 말을 하는 게 아직 낯선 모양이고, 또 할 말이 생각나지 않아 머뭇거리기도 하는데, 마치 머릿속의 책을 뒤지며 적합한 말을 찾기라도 하는 것 같다. 그래도 에이미는 말하는 걸 좋아하는 것 같다. 누구에게 말하는지 명확할 때도 이름을 많이 부르고, 조금 우습기도 하지만 이제는 익숙해져서 우리끼리도 이름을 많이 부르곤 한다. (어제 내가 풀숲으로 들어가는 걸 보고 에이미가 뭘 하느냐고 묻기에 오줌을 눌 거라고 말하자 그 애가 세상에서 제일 멋진 소식을 들었다는 것처럼 환하게 웃으며 '나도 오줌 눌래요, 사라.' 하고 너무 크게 외쳤다. 그 바람에 마이클이 웃음을 터뜨렸지만 에이미는 별로 신경 쓰지 않는 듯했고, 둘 다 볼일을 마치고 나니 그 애가 무척 예의 바르게 — 에이미는 항상 예의 바르다 — '오줌이라는 단어를 잊고 있었어요. 같이 오줌 눠줘서 고마워요, 사라.' 했다.)

물론 우리가 언제나 에이미를 이해할 수 있다는 이야기는 아니다. 이해하지 못할 때도 많다. 마이클은 에이미와 이야기를 하고 있으면 앤티와 대화를 하던 때가 떠오르는데, 그래도 앤티가 엉뚱한 소리를 했던 건 일부러 상대를 놀리기 위해서였다고 했다. 에이미는 자기가 어디에서 왔는지 기억하지 못하는 것 같고, 기억나는 건 산이 있고, 눈이 오는 것이었다는 것뿐이라고 했는데, 어쩌면 그곳이 콜로라도일지도 모르지만 우리로서는 알 방법이 없다. 에이미는 바이럴을 조금도 무서워하지 않는 것 같고 뱁콕을 포함해 자기가 '트웰브'라고 부르는 상대도 두려워하지 않는 것 같다. 피터가 어떻게 링에서 뱁콕이 테오를 죽이지 못하도록 했느냐고 묻자 에이미는 어깨를 으쓱하더니 마치 아무것도 아니라는 태도로 '죽이지 말아달라고 부탁했어요.' 했다. '난 뱁콕이 싫었어요. 나쁜 꿈으로 가득 차 있었어요. 그래서 정중하게 부탁하는 게 낫다고 생각했어요.'

바이럴에게 부탁을 하다니!

그런데 그 무엇보다도 자꾸 나를 신경 쓰이게 하는 건, 마이클이 에이미에게 열차의 결합장치를 어떻게 끊었느냐고 물었을 때였다. '거스라는 남자가 알려줬어요.' 하고 에이미가 대답했다. 나는 거스가 열차에 탔는지조차 몰랐지만, 피터가 에이미에게 거스와 빌리는 바이럴에게 죽임을 당했다고 알려주었고, 그러자 에이미가 고개를 끄덕이며 '그때였어요.' 했다. 그러자 피터는 입을 다물고 한참이나 에이미를 빤히 바라보았다. '그때라니, 무슨 소리지?' 그 말에 에이미가 대답했다. '그때, 거스가 열차에서 떨어진 뒤였어요. 바이럴이 거스를 죽인게 아니라, 떨어지면서 목이 부러진 것 같아요. 그래도 그 후에 조금은 더 살아있었어요. 열차 사이에 폭탄을 설치한 게 거스였어요. 앞으로 무슨 일이 일어날

지 예견했기에 누군가에게 알려줘야 한다고 생각했던 거예요.'

마이클은 거스가 죽기 전에 에이미에게 결합장치를 끊는 법을 알려준 게 분명하다고 했지만, 피터는 에이미의 말을 믿는 것 같다. 그리고 나 역시 믿는다. 콜로라도에서 보내온 신호가 모든 것을 풀어내는 열쇠라는 피터의 믿음은 그어느 때보다도 강하고, 나 역시 그렇게 믿는다. 헤이븐의 모습을 목도하고 나니 우리에게 남은 유일한 희망이 에이미라는 생각이 든다.

31일

칼리엔테를 떠난 뒤 드디어 마을다운 마을에 도착했다. 오늘은 성소처럼 방마다 조그만 책상들이 줄지어 있는 학교 같은 곳에서 밤을 보내기로 했다. 안에 시체가 있을까 봐 걱정했지만 없었다. 둘씩 교대해가며 불침번을 서기로 했다. 나는 홀리스와 함께 두 번째 순번을 맡았는데, 몇 시간 자고 일어나 다시 깼었다가, 날이 밝기 전에 두어 시간 다시 눈을 붙일 일이 고될 거 같아 걱정했었다. 홀리스와 나는 잠시 고향 이야기를 했는데, 홀리스가 나한테 가장 그리운 것이 무엇이냐고 묻자 제일 먼저 떠오른 답은 비누였고 홀리스는 내 대답에 웃었다. 뭐가 그렇게 웃냐고 묻자 홀리스는 '난 네가 조명등이라고 대답할 줄 알았어. 왜냐면 나도 그 조명이 그리워서 미치겠거든, 사라.' 그래서 네가 가장 그리운 것은 무엇이냐고 묻자 홀리스는 잠시 아무 말도 하지 않았고 나는 그가 아를로의 이름을 이야기할 거라고 짐작했지만 아니었다. '아이들. 도라 같은 아이들이 가장 그리워. 성소 마당에서 들려오는 아이들의 목소리, 밤이면 아이들이 잠을 자는 큰 방에서 풍겨오는 냄새. 아마 이 학교에 있자니 그런 생각이 드는 것 같기도 하지만, 오늘 밤에 가장 그리운 건 아이들이야.'

여전히 바이럴은 없다. 우리의 운이 언제까지 갈지 다들 궁금해하고 있다.

32일

이곳에서 하룻밤을 더 보내게 될 것 같다 — 다들 휴식이 필요하다.

좋은 소식. 상점을 발견했다. '아웃도어 월드'라는 가게로 우리가 쓸 만한 물건이 잔뜩 있고 활도 있다. (총 보관함은 비어 있었다.) 칼, 손도끼, 수통, 버팀대가 달린 배낭, 쌍안경 하나, 그리고 물을 끓일 때 쓸 수 있는 캠핑용 스토브와 연료가 있었다. 그 밖에도 지도, 나침반, 침낭, 방한 재킷이 있었다. 이제 새 옷과 새 양말, 아직은 필요하지 않지만 곧 필요해질 방한 속옷이 생겼다. 가게 안에 말라붙은 시체 한 구가 있었는데, 쌍안경을 든 채 카운터 밑에 쓰러져 있어서 물건을 거의 다 챙길 때가 되어서야 발견했다. 시체를 보니 지금까지 시체가 있는 줄도 모르고 선반을 털고 있었다는 생각에 마음이 울적해졌다. 케일럽이 있었다면 이럴 때 무슨 농담이라도 해서 가라앉은 분위기를 띄워줬겠지. 케일럽이 없다는 사실이 아직도 믿기지 않는다.

알리시아와 홀리스는 사냥을 갔다가 또 사슴을 잡아 왔다. 한 살배기 어린 사슴이었다. 사슴 고기를 훈제할 수 있도록 좀 더 머물렀으면 싶지만, 홀리스는 앞으로 우리가 갈 곳에는 사냥감이 더 많을 거라고 했다. 물론, 사냥감이 있는 곳엔 바이럴도 있으리라는 말은 굳이 입 밖에 내지 않았지만 말이다.

오늘 밤은 춥다. 가을이 된 것 같다.

33일

다시 걷기 시작했다. 이제 우리는 15번 고속도로에 도착해 북쪽을 향하고 있다. 도로는 반파된 상태지만 그래도 이제는 우리가 맞는 방향으로 가고 있다는 건 알 수 있게 됐다. 버려진 차들이 많다. 차들은 한데 모여 있다. 한동안 차들이 잔뜩 모여 있더니 한동안 단 한 대도 없고, 그러다가 갑자기 스무 대 이상 한꺼번에 버려져 있는 모습이 나타난다. 강가에 멈춰서 잠시 쉬는 중이다. 늦은 오후께에는 패러원에 도착했으면 좋겠다.

35일

여전히 걷고 있다. 피터의 말로는 우리가 하루에 25킬로미터는 걷는다고 한다. 힘들다. 모스가 걱정된다. 언제까지 버틸 수 있을까? 이제 배가 많이 나왔고 테오가 모스의 곁을 떠나지 않는다.

갑자기 또다시 날씨가 타는 듯이 뜨거워지기 시작했다. 밤이 되면 산이 있는 동녘에 번개가 치지만 비는 오지 않는다. 홀리스가 활로 산토끼를 잡아 온 덕분에 구운 토끼를 8등분으로 나누어서 남은 사과와 함께 먹고 있다. 내일은 식료품점을 찾아서 아직 상하지 않은 통조림이 남아 있는지 뒤져볼 것이다. 에이미는 배가 고프면 웬만한 통조림은 다 먹을 만하다고 했다. 100년 된 음식들 말이다.

어째서 바이럴이 하나도 없지?

36일

어젯밤 타는 냄새를 맡았고, 오늘 아침에 보니 동쪽으로 보이는 산등성이에서 산불이 나고 있었다. 되돌아가야 할지, 불이 꺼지기를 기다려야 할지, 아니면 다른 길을 찾아볼지 의논했는데, 다른 길을 찾으려면 고속도로를 떠나야 했고 아무도 그러기를 원치 않았다. 우리는 계속 나아가기로 했고 연기가 너무 심해지면 그때 다시 결정을 내리기로 했다.

(다시) 36일

실수였다. 불이 더 가까이 다가왔고 피할 방법이 없다. 일단 고속도로 언저리에 있는 차고에서 묵기로 했다. 피터는 여기가 정확히 어느 마을인지, 마을이 맞긴 한지 잘 모르겠다고 했다. 깨진 유리창에 방수포를 덮고 망치로 못을 박아 막아두었고, 이제 할 수 있는 것은 바람의 방향이 바뀌기를 바라며 기다리는 것뿐이다. 공기가 너무 매캐해서 글씨가 잘 보이지 않는다.

[페이지 유실]

38일

70번 고속도로를 따라가는 중이고 이제 리치필드를 지났다. 길이 중간중간 끊겨 있지만 그래도 큰길을 따라가야 한다는 홀리스의 판단이 옳았다. 불이 여기를 훑고 지나갔는지 짐승의 시체가 사방에 널려 있고 공기에서 탄 고기 냄새가 난다. 전날 밤에 들은 소리는 바이럴이 불에 타면서 지르는 비명이었다고 모두가 생각한다.

39일

처음으로 바이럴의 시체를 마주쳤다. 세 마리가 다리 아래에 엉켜 죽어 있었다. 지금까지 죽은 바이럴을 한 마리도 못 본 것은 그들이 짐승들을 전부 고지대로 몰고 왔다가 바람의 방향이 바뀌자 갇혀버려서라고 피터는 말했다.

온몸이 타고 얼굴이 바닥에 짓뭉개져 있어서인지, 어쩐지 죽은 바이럴이 안타깝게 느껴졌다. 만약 그들이 바이럴이라는 사실을 몰랐더라면 분명 인간인 줄 알았을 것이다. 그 자리에 쓰러져 죽어 있는 게 우리일 수도 있었다. 바이럴도 두려웠을까? 하고 묻자 에이미는 그랬을 거라고 대답했다.

우리는 다음에 도착하는 마을에서 하루 머무르며 휴식을 취하고 필요한 물건들을 찾아볼 생각이다. (통조림에 관해서는 에이미의 말이 맞았다. 밀봉되어 있고 손으로 들어보았을 때 묵직하면 상하지 않았다.)

[페이지 유실]

48일

다시 산을 등지고 동쪽으로 가고 있다. 홀리스는 앞으로 한동안 짐승은 보지 못할 거라고 했다. 우리는 군데군데 침식이 일어나 움푹 파인 건조하고 널찍한 고원지대를 지나는 중이다. 온 사방에 뼈가 있다. 작은 짐승들뿐 아니라 사슴, 영양, 양, 그리고 소와 비슷하지만 더 크고 머리뼈가 울퉁불퉁한 짐승의 해골도 있다. (마이클은 그것이 버펄로라고 했다.) 정오쯤에 우리는 바위가 드러난 곳에 앉아서 쉬다가 돌에 새겨진 낙서를 보았다. '대런♡렉시 4EVER', 그리고 'Green River HSH '16, PIRATES KICK ASS!!!'였다. 첫 번째 낙서는 이해할 수 있었지만 뒤에 적힌 말의 의미는 누구도 이해하지 못했다. 그걸 보니 어쩐지 슬펐다. 잘 설명할 수는 없지만, 그 글씨가 새겨진 뒤로 아주 오랫동안 누구도 읽지 않았다는 사실 때문인 것 같다. 렉시도 대런을 사랑했을까?

우리는 고속도로를 나와 에머리 근처에서 잘 곳을 찾았다. 그곳의 집들은 대부분 지주만 남아 있었고 녹슨 농기구가 들어 있고 쥐가 들끓는 헛간 몇 개가 전부였다. 펌프도 없었지만 피터는 근처에 강이 있으니 내일 찾아보자고 했다.

사방이 별이다. 아름다운 밤이다.

49일
홀리스 윌슨과 결혼하기로 결심했다.

52일
크레센트정크션에서 191번 고속도로를 타고 남쪽으로 가고 있다. 적어도 우리 생각엔 191번 고속도로가 맞는 것 같다. 사실 분기점을 5킬로미터나 지나쳐버린 바람에 되돌아가야 했다. 길이라 할 만한 게 거의 남아 있지 않고 애초에 우리가 길을 잃은 것도 그 때문이었다. 70번 고속도로를 계속 따라가면 안 되냐고 피터에게 묻자 우리가 목적지에 비해 너무 북쪽으로 와버렸다고 했다. 결국은 남쪽으로 가야 할 테니 지금 가자는 얘기였다.

홀리스와 나는 우리 둘 사이에 있었던 일을 아무에게도 말하지 않기로 했다. 우스운 건, 홀리스에 대한 내 마음을 결정하고 나서야 오래전부터 내가 홀리스를 생각해왔음을 깨달았다는 거다. 홀리스와 또 키스하고 싶지만 주변에 항상 누가 있거나 불침번을 서야 한다. 아직도 그날 밤에 일어난 일에 좀 죄책감을 느낀다. 또, 홀리스는 목욕을 해야 할 것 같다. (물론 나도.)

마을이 나오지 않는다. 피터는 가장 가까운 마을이 모아브라고 했다. 우리는 오늘 밤을 얕은 동굴에서 보내게 되었는데 사실 동굴이라기보다는 머리 위로 돌출부가 있는 조그만 틈새에 불과하지만 그래도 없는 것보다는 낫다. 이곳의 바위는 오렌지빛이 도는 분홍색인데 독특하고도 사랑스럽다.

53일

오늘은 우리가 농장을 찾은 날이다.

처음에는 지금까지 본 다른 폐허와 마찬가지라고 생각했다. 그런데 가까이 다가가면 갈수록 생각보다 더 멀쩡했다. 목조건물들이 모여 있고, 헛간, 딴채, 가축을 기르는 방목장까지 있었다. 비어 있는 집은 두 군데가 있었는데 그중 더 큰 집은 얼마 전까지 사람이 살았던 것만 같다. 부엌 식탁에는 접시와 컵이 차려져 있었다. 창문에 커튼이 달려 있고, 서랍 속에는 개켜진 옷가지가 들어 있다. 가구도 있고, 조리 도구도 있고, 책꽂이에 책도 꽂혀 있다. 헛간에 먼지투성이 차가 한 대 있었고, 헛간 선반에는 랜턴용 기름을 담은 통, 병조림을 만드는 데 쓰는 빈 병과 각종 연장이 즐비했다. 묘지 같은 곳도 있었는데, 돌을 둥글게 놓아서 표시해놓은 자리가 네 개 있었다. 마이클은 무덤을 파헤쳐서 누가 묻혔는지 확인해야 한다고 말했는데 그 말을 진지하게 들은 사람은 아무도 없었다.

우물을 찾았지만 펌프가 녹이 슬어 꼼짝도 하지 않았다. 펌프를 움직이는 데 세 사람이 힘을 합쳐야 했지만, 막상 펌프가 작동하니 차고 깨끗한 물이 쏟아져 나왔다. 이렇게 신선한 물은 정말 오래간만이었다. 부엌에 있는 펌프는 홀리스가 아직까지도 손을 보는 중이고, 부엌에는 음식을 만들 수 있는 스토브도 있다. 지하실 선반에 콩과 호박, 옥수수 통조림이 잔뜩 있었는데 밀봉 상태가 좋았다. 우리한테는 아직 그린리버에서 가져온 통조림, 훈제 사슴 고기, 아껴둔 라드가 있다. 그래서 오늘 우리는 정말 오랜만에 제대로 된 식사를 했다. 피터는 근처에 강이 있으니 내일 찾아보자고 했다. 우리는 제일 큰 집에서 머무르기로 하고 위층에서 매트리스를 끌어와 벽난로 근처에 펴놓았다.

피터는 이 집에 사람이 안 산 지 10년은 되었을 테지만 20년은 되지 않았을 거라고 했다. 여기에 살던 사람은 누구였을까? 어떻게 살아남았을까? 지금까지 본 어떤 집보다도 으스스한 분위기를 풍기는 집이다. 마치 이곳에 살던 사람이 저녁은 집에서 먹을 요량으로 잠시 외출했다가 다시는 돌아오지 않은 것만 같다.

54일

우리는 이곳에 하루 더 머무르기로 했다. 테오는 모스가 좀 더 쉬어야 한다고 우기지만 피터는 눈이 오기 전에 콜로라도에 도착하려면 어서 움직여야 한다고 한다. 눈이라니, 내가 미처 생각지 못한 문제다.

56일

아직도 농장에 있다. 피터는 초조해하며 어서 떠나고 싶어 하지만, 일단은 며칠 더 머무르기로 했다. 피터와 테오가 이 문제를 놓고 다투기까지 했다. 나는

[해독할 수 없음]

[페이지 유실]

59일

내일 아침에 떠나기로 했다. 테오와 모스는 여기 남기로 했다. 결국은 이렇게 될 줄 모두가 예견했으리라고 생각한다. 저녁 식사가 끝나자마자 두 사람은 자신들의 결정을 알렸다. 피터는 반대했지만 어차피 테오의 마음을 바꿀 도리가 없었다. 두 사람에게는 머물 집이 있었고, 근처에 사냥할 만한 작은 짐승들도 있고, 또 지하실에 통조림도 충분히 있으니 이곳에서 겨울을 나며 아기를 낳을 수 있을 것이다. 테오가 말했다. '봄에 다시 만나자고. 목적지에 무엇이 기다리고 있든 간에, 다시 돌아올 때 잊지 말고 들러.'

몇 시간 뒤에 불침번을 서야 하니 어서 자야 한다. 난 모스와 테오의 결정이 옳다고 생각하고, 피터도 그 사실만큼은 인정해야 할 거다. 하지만 두 사람을 이곳에 두고 떠나자니 슬프다. 모두가, 특히 알리시아가 케일럽을 생각하는 것 같다. 모스와 테오가 이곳에 남겠다고 한 순간부터 알리시아는 입을 다물고 한마디도 하지 않았다. 다들 공동묘지의 무덤을 떠올리며 모스와 테오를 다시 볼 수 있을까 생각하고 있는 것 같다.

홀리스가 깨어 있었다면 좋을 텐데. 울지 말아야 한다고 다짐했는데. 아, 젠장.

60일

다시 길을 떠났다. 테오의 말 중 옳은 게 하나 있었다. 모스가 없으면 속도가 더 빨라질 거라는 것이었다. 우리 일행 여섯 명은 땅거미가 지기 전에 모아브에 도착했다. 여긴 아무것도 없다. 강물이 모든 걸 쓸어가버렸다. 나무, 집의 잔해, 자동차, 낡은 타이어 같은 허섭스레기들이 한때 마을이 있었던 좁다란 협곡을 온통 막고 있다. 우리는 언덕 위 몇 개 남지 않은 집의 잔해 중 한 군데에서 밤을 나기로 했다. 뼈대 위에 얼기설기 이은 지붕만 간신히 붙어 있는 형국이라서 노숙을 하는 것과 크게 다를 바가 없다. 오늘 밤 다들 눈을 붙일 수 있을지 모르겠다. 내일은 산을 올라가서 산 너머로 가는 길을 찾을 것이다.

[페이지 유실]

64일

오늘 또 짐승의 시체를 봤다. 고양잇과의 대형동물인 것 같다. 다른 시체들과 마찬가지로 나뭇가지에 걸려 있었다. 썩어 문드러져서 정확하게 알 수는 없었지만 모두가 바이럴이 죽인 거라고 생각한다.

65일

아직 라살산에서 동쪽으로 향하고 있다. 하얗던 하늘이 푸른 가을 하늘로 바뀌었다. 사방에서 촉촉하고 향긋한 냄새가 난다. 낙엽이 떨어지고 밤에는 서리가 앉는다. 아침이 되면 산에 은빛 물안개가 짙다. 이렇게 아름다운 풍경은 처음 보는 것 같다.

66일

어젯밤 에이미가 또 악몽을 꿨다. 우리는 또다시 야외에서 방수포를 치고 노숙을 했다. 홀리스와 불침번을 서고 돌아와 부츠를 벗는데 잠든 에이미가 뭐라고 웅얼거리는 소리가 들렸다. 혹시 내 인기척에 깬 게 아닐까 생각하는데 갑자기 에이미가 벌떡 일어나 앉았다. 침낭 속에서 얼굴만 내놓은 채 나를 초점 없는 눈으로 한참 쳐다보았다. 마치 내가 누구인지 못 알아보는 것 같았다. '그가 죽어가고 있어요.' 에이미가 그렇게 말했다. '자꾸만 죽어가는데, 멈출 수가 없어요.' '누가 죽는다고? 에이미, 누구 얘기야?' '그 남자요.' 에이미가 대답했다. '그 남자가 죽어가고 있어요.' '그 남자가 누군데?' 내가 물었지만 에이미는 다시 자리에 눕더니 그대로 도로 잠들어버렸다.

때로 나는 우리가 어떤 끔찍한 것, 우리 중 누구도 상상할 수 없는 끔찍한 것을 향해 가고 있는 게 아닌가 하는 생각이 든다.

67일

오늘 우리는 길가에 붙은 '콜로라도주 패러독스. 2,387명'이라고 적힌 녹슨 표지판을 마주쳤다. '도착한 것 같아.' 하면서 피터가 우리에게 지도를 보여주었다.

우리는 콜로라도에 도착했다.

드디어 산길이 완만해지더니 높고 푸른 하늘 아래 가을 햇살을 듬뿍 받으며 펼쳐진 널찍한 골짜기가 나왔다. 높이 자란 풀은 바싹 말라 있었고 헐벗은 나뭇가지들 사이에 뼈처럼 허연 이파리 몇 개를 간신히 달고 있는 가지들이 드문드문 보였다. 바람이 불면 손을 흔들듯 나뭇잎이 들리며 낡은 종이처럼 파스스 떨렸다. 땅은 건조했으나 도랑으로는 물이 졸졸 흘렀다. 그들은 이가 시릴 정도로 차가운 물을 수통에 채웠다. 겨울이 성큼 다가오고 있었다.

이제 일행은 여섯이었다. 그들은 마치 잊힌 세계, 기억이 없는, 시간이 멈춘 세계를 찾아온 여행자처럼 아무것도 없는 땅을 가로질렀다. 여기저기 농장 주택의 잔해며 녹슨 트럭의 해골 같은 차체가 널려 있었다. 바람 소리, 그리고 그들의 발걸음마다 풀 속에서 튀어나오는 귀뚜라미가 우는 소리 외에는 아무 소리도 들리지 않는 땅이었다. 지금은 걷기가 편하지만 이런 지형이 오래가지는 않을 터였다. 저 멀리 지평선에 새겨진 희끄무레한 형체를 보니 머지않아 산이 나타날 게 뻔했다.

그들은 강가에 있는 헛간에서 밤을 보냈다. 헛간 벽에는 소젖을 짤 때 쓰는 양동이며 사슬이 걸려 있었다. 바람이 다 빠진 타이어가 달린 낡은 트랙터도 있었다. 집은 토대만 남아 있었는데, 위쪽 벽이 종이 상자의 날개를 젖혀놓은 것처럼 아래쪽으로 내려앉은 꼴이 무너졌다기보다는 잘 접어놓은 것만 같았다. 그들은 통조림을 나눠 가진 뒤 바닥에 앉아 깡통에 든 차가운 내용물을 먹었다. 갈기갈기 찢어진 지붕의 틈새로 별이 보였고, 곧 달무리가 진 달이 나타났다. 피터와 마이클이 첫 순서로 불침번을 섰다. 홀리스와 사라가 교대했을 때에는 별은 더 이상 보이지 않았고 달 역시 짙은 구름 뒤에서 희미한 빛만 내뿜을 뿐이었다. 피터는 꿈 없는 잠을 잤다. 깨어나니 밤새 눈이 내려 있었다.

오전이 중반쯤을 향해 가자 다시 공기가 따스해졌다. 눈도 전부 녹았다. 지도를 보니 다음 마을은 플레이서빌이라는 곳이었다. 나뭇가지에 걸린 고양잇과 동물의 시체를 본 뒤로 여드레가 지난 날이었다. 무언가가 그들을 따라오고 있다는 느낌은 걷고 또 걷는 낮과 고요하고 별이 총총한 밤을 여러 번 지나며 사라졌다. 농장은 이제 희미한 옛 기억처럼 느껴졌다. 헤이븐, 그리고 그곳에서 있었던 모든 일은 몇 년은 지난 일만 같았다.

그들은 강줄기를 따라 가고 있었다. 피터의 생각으로는 돌로레스강 아니면 산미겔강이었다. 길은 잡초에 덮이고 시간에 깎여나가 사라진 지 오래였다. 그들은 두 줄로 서서 말없이 걸었다. 우리는 무엇을 찾는 걸까, 무엇을 발견하게 될까? 이제 이 여정은 그 자체로 의미를 지닌 듯했다. 움직이는 것, 계속 움직이는 것 말이다. 언젠가 멈춘다거나, 끝에 다다른다는 건 이제 피터로서는 상상도 할 수 없었다. 에이미는 자기 몫의 침낭과 방한 재킷을 매단 배낭을 멘 등을 앞으로 구부린 채 피터의 옆에서 걷고 있었다. 에이미 역시 다른 일행과 마찬가지로 '아웃도어 월드'에서 찾아낸 옷가지를 걸치고 있었다. 청바지는 허리를 접어 고정시키고, 위에는 빨간색과 흰색 체크 무늬의 헐렁한 블라우스를 입었다. 단추를 잠그지 않은 소매가 손목 언저리에서 나풀대고 있었다. 발에는 가죽 스니커즈를 신고 있었다. 머리에는 아무것도 쓰고 있지 않았다. 선글라스를 쓰지 않은 지도 한참되었던 것이다. 에이미는 환한 빛 속에서 눈을 가늘게 뜨고 앞을 보고 있었다. 농장을 떠난 뒤부터 그들 사이에는 미세하지만 무시할 수 없는 변화가 일었다. 이제 강줄기처럼 그들을 이끄는 것은 에이미였고, 나머지는 에이미를 따르는 게 다였다. 하루하루가 지날수록 그런 느낌은 점점 더 강해졌다. 피터는 때때로 마이클이 오래전, 라이트하우스에서 보여주었던 메시지를 떠올렸다. 걷고 있으면 그 메시지에 적혀 있던 말들이 알 수 없는 세계, 과거의 숨겨진 핵심, 에이미가 온 그곳을 향하는 한 걸음 한 걸음의 리듬에 따라붙는 박자가 되었다.

'그녀를 찾으면 이곳으로 데려와라. 그녀를 찾으면 이곳으로 데려와라.' 농장을 떠난 뒤, 피터는 생각만큼 테오가 그립지 않다는 생각을 했다. 헤이븐, 그리고 그 전에 일어난 모든 사건 — 콜로니 그 자체까지도 — 이후로 형에 대한 생각은 마치 단순히 앞으로 나아가기 위해 딛고 나가는 잡초 가득한 길처럼 점점 더 멀어졌다. 처음에는, 그러니까 테오와 모스가 농장에 남겠다고 말했던 그날 밤에는 피터도 화가 났다. 화가 난 기색을 내비치지는 않았다. 적어도 피터는 그랬기를 바랐다. 그러나 화가 나 있는 동안에도 피터는 이 분노가 비이성적이라는 사실을 알았다. 모스가 여정을 지속할 수 없는 건 누가 봐도 뻔한 사실이었음에도 피터는 형과 이렇게 빨리 헤어지고 싶지 않았다. 그러나 테오의 입장이 그러한 이상 피터로서도 수긍하지 않을 도리가 없었다.

그러나 시간이 지나며 피터는 테오의 결정 속에 숨겨진 한층 더 깊은 진실을 깨닫게 되었다. 테오의 길과 피터의 길은 결국은 다시금 갈라질 운명이었다. 두 사람의 목적이 달랐기 때문이었다. 테오는 에이미의 이야기를 의심하지 않았다. 적어도 피터가 보기에는 그랬다. 그는 피터의 말도 안 되는 설명을 의심의 기색 없이 열심히 들었다. 그럼에도 피터는 형이 그 이야기를 수긍하는 한편으로 거리를 두고 있다는 생각이 들었다. 테오에게 에이미는 아무 의미가 없었다. 그저 에이미를 조금 두려워하고 있을 뿐이었다. 테오가 거기까지 따라온 것은 오로지 일행이 콜로라도로 가고자 했기 때문이었다. 모사미가 임신 중이라는 상황과 합쳐져 함께 가지 않을 기회가 생기자마자 테오는 여정을 곧바로 포기해버렸다. 이기적이게도 피터는 테오가 헤어진다는 사실에 조금의 아쉬움이라도 보이기를 기대했다. 그러나 테오는 그러지 않았다. 여섯 명의 일행이 농장을 떠나던 날, 피터는 뒤에서 그들을 바라보고 있을 모사미와 테오를 돌아보았다. 사소한 일이었지만 피터는 일행이 시야에서 사라질 때까지 테오가 현관에 그대로 서 있기를 바랐다. 하지만 피터가 돌아보았을 때 테오는 사라지고 없었다. 그 자리에는 모사미만 홀로 서 있었다.

해가 높이 솟아오르자 일행은 멈춰서 휴식을 취하기로 했다. 이제 동쪽 하늘에 우뚝 솟은 산맥과 하얀 눈에 덮인 봉우리가 선명하게 보였다. 날씨가 땀이

날 정도로 더워졌다. 그러나 그들이 올라가게 될 산 위는 이미 겨울이었다.

"산에는 눈이 더 많이 쌓였을 거야." 홀리스가 말했다.

홀리스는 쓰러진 나무줄기 위에 피터와 나란히 앉아 있었다. 나무껍질이 썩어서 시커멓고 축축해져 있었다. 지난 1시간여 동안 아무도 입을 열지 않았다. 모두 여기저기 흩어져 쉬고 있었고, 알리시아는 지형을 살펴보러 멀찍이 가 있었다. 홀리스가 칼을 꺼내 통조림 하나를 따서 안에 들어 있던 잘게 찢은 고기 조각을 떠먹기 시작했다. 한참 먹다가 물을 꿀꺽 마시고 식사를 마무리한 홀리스가 통조림을 피터에게 건넸다.

피터도 통조림을 받아서 먹어치웠다. 피터의 맞은편 나무에 등을 기대고 앉아 있는 사라는 일기장에 글을 쓰고 있었다. 그러다 연필을 쥔 손을 멈추고 방금 쓴 글을 골똘히 들여다보았다. 닳아서 이제 손에 쥐기도 어려운 몽당연필이었다. 사라는 벨트에 차고 있던 칼을 꺼내 연필을 뾰족하게 깎더니 글을 마저 쓰기 시작했다.

"뭘 쓰고 있어?"

그 말에 사라는 어깨를 으쓱하더니 흩어진 머리카락을 귀 뒤로 넘겼다. "눈이 왔다는 거, 우리가 뭘 먹었고, 어디서 잤다는 이야기." 그녀가 고개를 들더니 축축한 나뭇가지 사이로 쏟아지는 햇살을 보며 눈을 가늘게 찌푸렸다. "여기가 얼마나 아름다운가, 그런 걸 쓰고 있어."

저도 모르게 웃음이 났다. 미소를 지은 건 아주 오랜만의 일이었다.

"아름답지 않아?"

농장을 떠난 뒤로 사라의 분위기가 달라졌다는 생각이 들었다. 사라는 더없이 차분해 보였다. 마치 무언가를 결정했고, 그 결정 덕분에 이제는 걱정도 두려움도 없는 깊은 내면으로 파고 들어간 것만 같았다. 문득 피터는 후회스럽단 생각이 들었다. 사라를 보고 있자니 자신이 어리석었던 것 같았다. 사라의 긴 머리는 감지 못해 떡이 져 있었고 얼굴과 드러난 팔에도 때가 얼룩져 있었다. 손톱은 시커먼 흙투성이였다. 그럼에도 불구하고 사라는 반짝거렸다. 지금까지 본 것이 모두 그녀의 일부가 되어서 이제 그녀는 빛나는 침묵을 뿜어내고 있었다. 누군가를 사랑하는 것은 쉬운 일이 아니다. 사라는 그렇게 큰 선물을 피터에게 주었던 것이다. 오래전부터. 그런데 그 선물을 피터는 뿌리쳐버렸다.

그때 사라의 눈이 피터와 마주쳤다. 사라가 당황스럽다는 듯 머리를 한쪽으로 기울였다. "왜 그래?"

민망해진 피터가 고개를 저었다. "아무것도 아냐."

"왜 그렇게 쳐다봐?"

사라가 시선을 홀리스에게로 돌렸다. 사라의 입꼬리가 살짝 올라가는 것이 보였다. 아주 잠깐이었지만 그 순간 피터는 두 사람 사이의 보이지 않는 연결고리를 감지했다. 당연히 그렇겠지. 어째서 지금까지 까맣게 몰랐을까?

"별거 아니야. 그냥…… 거기 앉아 있는 모습이 행복해 보였어. 그래서 좀 놀라웠어."

알리시아가 수풀 속에서 나오더니 소총을 나무에 걸쳐놓고 쌓여 있는 짐 속에서 통조림 하나를 꺼내 칼로 딴 다음 내용물을 보며 얼굴을 찌푸렸다.

"복숭아잖아." 알리시아가 이를 살았다. "어째서 열 때마다 복숭아인 기야?" 그녀는 통나무 위에 자리를 잡고 앉아 통조림 안에 든 부드러운 노란 과육을 입에 집어넣기 시작했다.

"저 밑엔 뭐가 있어?" 피터가 물었다.

통조림 속에 있던 시럽이 알리시아의 턱을 타고 뚝뚝 흘러내리고 있었다. 그녀가 칼을 든 손으로 자신이 왔던 방향을 가리켰다. "동쪽으로 5백 미터쯤 가면 강폭이 좁아지면서 강이 남쪽으로 길을 틀어. 양쪽에 나무가 무성한 언덕이 있어." 복숭아를 다 먹은 알리시아가 깡통 안에 남은 시럽을 입안에 털어 넣고 빈 깡통을 한쪽으로 치운 다음 바지에 손을 닦았다. "지금은 한낮이라 괜찮겠지만, 해가 지기 전에는 몸을 피할 곳을 찾아야 할 거야."

마이클은 몇 미터 떨어진 축축한 땅에 앉아 통나무에 등을 기대고 있었다. 며칠이나 행군을 지속한 바람에 더 수척해져 있었다. 이제 턱에는 수염이 희미하게 자리하고 있었다. 무릎에 산탄총을 올려두고 손가락을 방아쇠 가까이 둔 채였다.

"이레째 바이럴은 하나도 보지 못한 거지?" 마이클이 눈을 감고 햇빛을 향해 고개를 기울인 채로 중얼거렸다. 재킷을 허리에 두른 티셔츠 바람이었다.

"여드레야." 알리시아가 마이클의 말을 고쳐주었다. "그렇다고 경계를 늦춰선 안 돼."

"그냥 말해본 거야." 마이클이 눈을 뜨고 알리시아를 보며 어깨를 으쓱했다. "그 고양잇과 동물이 죽은 건 바이럴 때문이 아닐지도 몰라. 늙어서 죽었을 수도 있지."

알리시아가 웃음을 터뜨렸다. "그랬으면 좋겠네."

에이미는 풀숲 가장자리에 혼자 앉아 있었다. 에이미는 항상 이렇게 혼자 어디론가 가버리곤 했다. 한동안은 그런 습관이 걱정되기도 했지만, 멀리 가는 법은 없었기에 이제는 모두 익숙해진 뒤였다.

피터가 일어서서 에이미에게로 다가갔다.

"에이미, 너도 뭘 좀 먹어야지. 곧 다시 출발할 거야."

에이미는 한참 말이 없었다. 그 애의 시선은 강 너머 초원 위로 햇볕을 받으며 솟아 있는 산을 향해 있었다.

"눈이 기억나요." 에이미가 입을 열었다. "눈 속에 누워 있었어요. 차가웠어요." 에이미가 피터를 향해 눈을 가늘게 떴다. "이제 거의 다 온 거죠?"

피터가 고개를 끄덕였다. "며칠이면 도착할 거야."

"텔-루라이드."

"그래, 텔루라이드."

에이미는 다시 고개를 저쪽으로 돌렸다. 햇볕이 따뜻한데도 아이는 몸을 떨고 있었다.

"또 눈이 올까요?"

"홀리스 말로는 그래."

에이미는 만족한 듯 고개를 끄덕였다. 얼굴에 따뜻한 빛이 감돌았다. 행복한 기억인 것 같았다.

"또 눈 속에 누워서 눈 천사를 만들고 싶어요."

그 애는 때로 이렇게 수수께끼처럼 알 수 없는 이야기를 했다. 그런데 이번에는 달랐다. 그렇게 말하는 그 아이의 눈앞에 풀숲에서 뛰어나온 사슴처럼 과거의 기억이 펼쳐지고 있는 듯했다. 살짝만 움직여도 사슴은 놀라서 도망쳐버릴 것만 같았다.

"눈 천사가 뭐니?"

"눈 속에서 팔다리를 움직이는 거예요." 에이미가 설명했다. "그러면 천국에 사는 천사가 돼요. 유령 제이컵 말리 같은 천사요."

피터는 모두가 아이의 말에 귀를 기울이고 있다는 사실을 깨달았다. 바람에 흩어진 검은 머리 한 가닥이 아이의 눈앞에 휘날렸다. 에이미를 보고 있자니 마치 병원에서 그 아이가 피터의 상처를 닦아주던 그날 밤으로 순식간에 되돌아간 듯한 기분이 들었다. 묻고 싶었다. 에이미, 어떻게 알았어? 어머니가 나를 그리워한다는 사실을, 또 내가 어머니를 그리워한다는 걸 어떻게 안 거야? 난 한 번도 그 말을 해드린 적 없었거든, 에이미. 어머니는 죽어가고 있었어. 그리고 어머니가 세상을 떠나는 순간, 어머니를 너무나 그리워하리라는 말을 어머니께 해드리지 못했어.

"제이컵 말리가 누구니?" 피터가 물었다.

그러자 에이미가 슬픈 표정으로 눈썹을 일그러뜨렸다. "제이컵 말리는 살아 있을 때 만들어낸 사슬을 매달고 다녀요." 그렇게 말한 뒤 그 애는 고개를 저었다. "정말 슬픈 이야기예요."

강줄기를 따라 걷는 동안 오후가 되었다. 이제 그들은 고원을 지나 언덕을 오르고 있었다. 지대가 높아지고 나무가 무성했다. 가느다란 가지에 잎이 다 떨어진 사시나무며 둥치가 집 한 채만 한 늙은 소나무들이 머리 위로 버티고 서 있었다. 무성한 나뭇잎 아래 그늘 속에는 비늘잎이 잔뜩 떨어져 있었다. 강이 가까이 있어서 습한 공기는 차가웠다. 그들은 언제나처럼 말없이 나무 사이를 주시하며 걸었다.

플레이서빌은 사라지고 없었다. 무슨 일이 일어났는지는 곧바로 알 수 있었다. 좁은 협곡 사이로 물이 흐르고 있었다. 봄이 되어 쌓인 눈이 녹으면 강은 범람할 것이다. 모아브처럼 플레이서빌도 물에 쓸려 사라져버렸다.

그날 밤 그들은 강 옆 나무 사이에 방수포를 매달아 지붕을 만들고 부드러운 흙 위에 침낭을 놓고 누웠다. 피터는 마이클과 함께 세 번째 순서로 불침번을 섰다. 밤은 춥고 고요하고 강물이 졸졸 흐르는 소리가 선명하게 들려왔다. 춥지만 몸을 움직이지 않으려 애쓰며 제자리를 지키고 서 있는 동안 피터는 사라, 그리고 그녀가 홀리스와 주고받던 은밀한 눈길을 떠올리다가 자신이 두 사람의 행복을 진심으로 바란다는 사실을 알아차렸다. 피터에게도 기회가 있었지만, 홀리스가 사라를 사랑하는 것은 분명했고, 사라 역시 사랑받아 마땅했다. 사라가 납치당한 밤 밀라그로에서 홀리스가 했던 말만으로도 충분히 알 수 있었다. '피터, 다른 사람은 몰라도 너만은 내가 가야 한다는 걸 알잖아.' 그 말 자체만이 아니라 그때 홀리스가 보인 어떠한 두려움도 없는 결연한 눈빛 때문이었다. 그때 홀리스는 삶을 포기했던 것이다. 사라를 위해서.

날이 서서히 밝아오기 시작할 즈음 알리시아가 밖으로 나와 피터에게 다가왔다.

"그러니까." 알리시아가 입을 쩍 벌리고 하품을 했다. "아직 무사하네."

피터가 고개를 끄덕였다. "아직 무사하지."

바이럴이 나타나지 않은 밤마다 피터는 이 운이 언제까지 지속될까 생각했다. 하지만 이렇게 오랫동안 운이 좋을 줄은 기대하지도 않았다. 이런 행운에 의문을 제기하는 것만으로도 운명을 거스르는 것처럼 위험하게만 느껴졌다.

알리시아가 말했다. "돌아서. 볼일 봐야 하니까."

피터는 알리시아를 등진 자세로 그녀가 바지를 내리고 쪼그려 앉는 소리를 들었다. 10미터 위쪽에서는 마이클이 바위에 등을 기대고 쉬고 있었다. 잠든 것 같았다.

"그런데, 에이미가 하는 유령이라든지 천사라든지 하는 이야기 넌 이해가 돼?" 알리시아가 물었다.

"네가 모르는 걸 나라고 알겠어?"

그러자 알리시아는 꾸짖는 듯한 말투로 말했다. "피터, 내가 그 말을 믿을 것 같아?" 잠시 침묵이 흘렀다. "됐어, 이제 돌아봐도 돼."

피터가 다시 돌아서서 알리시아를 바라보았다. 알리시아는 바지 버클을 추스 르고 있었다.

"결국 우리가 여기까지 온 건 너 때문이잖아." 알리시아가 말했다.

"나는 에이미 때문이라고 생각했는데."

알리시아는 눈길을 돌려 강 저편에 우거진 나무들을 쳐다보더니 그대로 잠시 말이 없었다. "우린 아주 오래전부터 친구였지. 무슨 일이 있어도 그 사실은 변하지 않을 거야. 그러니까, 내가 지금 하는 말은 듣고 잊어버려. 알았지?"

피터가 고개를 끄덕였다.

"떠나기 전날 밤, 같이 감옥 앞 트레일러에 있었을 때 네가 나한테 에이미를 보면 무엇이 보이느냐고 물었지. 그때 난 대답하지 않았던 것 같아. 아마 그땐 답을 몰랐던 것 같아. 에이미를 보면 네가 보여."

그녀는 고통을 참는 듯한 표정으로 피터를 뚫어지게 바라보고 있었다. 피터 는 간신히 대답할 말을 찾았다. "무슨 말인지…… 모르겠어."

"아냐, 너도 알아. 모른다고 생각하겠지만, 너도 알아. 넌 아버지에 대한 이야 기나 '긴 여정'에 대한 이야기는 입 밖에 내지 않지. 나 역시 말해달라고 한 적 없고. 그렇다고 내가 너에게 그게 어떤 의미인지 모르는 건 아니야. 너는 오래전 부터 에이미 같은 존재가 나타나길 기다리고 있었어. 어쩌면 운명이라고, 아니 면 숙명이라고 할 수도 있겠지. 앤티라면 '신의 손길'이라고 했을 거야. 이런 말 진부하게 들린단 것 알고 있어. 하지만 그걸 뭐라고 부르는지는 상관없어. 그러니까, 우리가 어째서 여기 있느냐고 묻는다면 난 에이미 때문이라고 대답할 거야. 하지만 에이미가 그 이유의 전부는 아니야. 우스운 건, 너만 빼고 모두가 그 사실을 알고 있단 거야.”

피터는 뭐라고 대답해야 할지 알 수 없었다. 에이미가 나타난 이래로 그는 마치 급류에 휘말려서 그가 발견해야 할 무언가를 향해 실려 가는 기분이었다. 이 여정을 가는 모든 걸음이 그에게 그런 말을 하는 듯했다. 하지만 그들 모두가 각자의 역할을 한 것도, 상당한 부분이 그저 운이었던 것도 사실이다.

“모르겠어, 리시. 그날 쇼핑몰에 누가 있어도 마찬가지였을 거야. 그게 너였을 수도 있고, 테오였을 수도 있지.”

그 말에 알리시아는 들을 가치도 없다는 듯 손을 내저었다. “넌 네 형의 능력을 정말 높이 사는구나, 예전부터 그랬지만 말야. 그런데 테오는 지금 어디 있어? 오해는 하지 마, 나도 테오의 판단이 옳았다고 생각해. 모스는 여행을 할 몸 상태가 아니었어. 나도 처음부터 그렇게 말했고. 하지만 테오가 남기로 한 이유는 전적으로 모스 때문은 아닐걸.” 그러면서 알리시아는 어깨를 으쓱했다. “네 귀로 직접 들어야 하는 것 같아서 하는 말이야. 지금 이게 너만의 ‘긴 여정’이야, 피터. 산 위에 무엇이 있을지는 몰라도, 그걸 찾아내는 건 네 몫이야. 무슨 일이 일어난다 해도 네가 그 기회를 잡았으면 좋겠어.”

또다시 침묵이 이어졌다. 알리시아의 말이 어쩐지 피터를 불안하게 했다. 이 말은 꼭 마지막으로 남기는 말처럼 들렸다. 꼭, 작별 인사처럼 들렸다.

“테오와 모스는 괜찮을까?” 피터가 물었다.

“모르겠어, 그러길 바랄 뿐이야.”

“저기…….” 피터가 헛기침을 한 뒤 말을 이었다. “홀리스와 사라 말이야…….”

“둘이 사귀는 것 말이야?” 알리시아가 나직하게 웃었다. “난 네가 못 알아차린 줄 알았어. 너도 안다고 두 사람에게 말해주지 그랬어. 그렇게 말하면 둘 다 한시름 놓을 텐데 말이야.”

피터는 놀라서 말문이 막혔다. "다른 사람들도 전부 알아?"

"피터." 알리시아가 꾸짖는 눈빛을 했다. "내가 하고 싶은 말이 바로 그거야. 인류를 구원하는 것도 좋지만, 눈앞에서 벌어지는 일에도 좀 더 관심을 기울이는 게 좋겠어."

"그러고 있다고 생각했는데."

"너야 그렇게 생각했겠지. 우리는 그냥 인간이니까. 난 산 위에 뭐가 있는진 모르지만, 그래도 아는 건 있어. 우리는 살아간다, 그리고 죽는다는 거야. 그 과정 속에서 운이 좋다면 그 짐을 덜어줄 사람을 만날 수도 있어. 어서 사라와 홀리스에게 괜찮다고 말해줘. 네가 그 말을 해주기만을 기다리고 있을 거야."

피터는 자신이 사라와 홀리스 사이의 일을 뒤늦게 알아차렸다는 점이 아직도 어처구니가 없었다. 어쩌면, 알고 싶지 않았기에 알지 못했던 건지도 모르겠다는 생각이 들었다. 아침 햇살에 머리카락을 빛내는 알리시아를 바라보고 있자니 발전소 지붕에서 단둘이 있던 밤 결혼을 하고 아이를 낳는 것에 관한 이야기를 나누었던 기억이 났다. 그 이상하고 놀라웠던 밤, 알리시아가 별이라는 선물을 보여주었던 밤 말이다. 그때는 평범한 삶, 적어도 평범해 보이는 삶이라는 것은 하늘의 별만큼이나 멀고도 불가능한 것처럼 여겨졌다. 그런데 이제 아마도 영영 돌아가지 못할 고향으로부터 1,000킬로미터도 넘게 떨어진 이곳에서 그들은 예전과 같은 사람인 동시에 예전과는 다른 사람이 되었다. 이제 그들 사이에는 사랑이 싹튼 것이다.

알리시아가 피터에게 전하고자 하는 말이 바로 그것이었다. 발전소 지붕에서의 그날 밤, 모든 사건이 시작되기 직전 마지막 평화를 누렸던 그때에 알리시아가 하고자 했던 말도 그것이었다. 그들이 하는 모든 일은 사랑 때문이었다. 사라와 홀리스뿐 아니라 모두가 그랬다.

"리시……." 피터가 입을 열었다.

그러나 알리시아는 고개를 저으며 피터의 말을 막았다. 문득 당황한 기색이었다. 아침이 밝았고 알리시아의 뒤에서 바깥으로 나오는 사라와 홀리스가 보였다.

"말했지만, 우리 모두 너로 인해 여기에 있는 거야. 다른 누구보다도 특히 내가. 자, 가서 서킷을 깨울래, 아니면 내가 갈까?" 알리시아가 말했다.

그들은 야영지에서 철수하고 다시 길을 떠났다. 강 하류로 내려갈 즈음에는 산마루 위로 해가 솟아 나뭇가지 사이마다 자욱한 빛이 깃들고 있었다.

앞서가던 알리시아가 갑자기 걸음을 멈춘 것은 정오 즈음이었다. 그녀가 조용히 하라는 신호로 한 손을 들었다.

"리시," 맨 뒤에 서 있던 마이클이 외쳤다. "왜 멈추는 거야?"

"조용히 해."

알리시아가 킁킁거리며 공기의 냄새를 맡았다. 피터 역시도 그 냄새를 맡았다. 코가 찌릿할 정도로 강한, 낯설고 지독한 냄새였다. 피터의 뒤에 서 있던 사라가 목소리를 낮추어 "대체 무슨 일이야?" 하고 물었다.

홀리스가 일행의 머리 위로 소총을 겨누었다.

"저것들 좀 보라고."

머리 위 나뭇가지들로부터 아래로 축 늘어진 기다란 형체가 열 개도 넘었다. 작고 하얀 물체들이 과일처럼 둥글게 매달려 있었다.

"도대체 저게 뭐야?"

그러나 알리시아는 초조한 표정으로 발아래의 낙엽에 뒤덮인 흙 위를 훑어보고 있었다. 그녀가 무릎을 꿇고 앉더니 두껍게 쌓인 낙엽을 걷어냈다.

"제기랄."

그때 무언가가 아래로 툭 하고 떨어지는 소리가 들렸다. 피터가 채 입을 열기도 전에 일행은 머리 위에서 떨어진 그물에 뒤덮이고 말았다. 그들이 고함을 치고 발버둥을 치는 가운데 그물이 서서히 올라갔다. 정점에 다다른 순간 잠깐 동안 무중력상태가 찾아오더니 다음 순간 그물이 바닥에 거세게 떨어지며 조여졌다. 그 안에서 한 덩어리가 된 그들은 몸부림을 쳤다.

피터는 거꾸로 매달려 있었다. 누군가, 아마도 홀리스가 위에서 피터를 깔아

뭉개고 있었다. 홀리스, 사라, 그리고 얼굴 앞에 보이는 운동화 신은 발은 에이미의 것 같았다. 하나의 몸이 어디에서 끊기고 다음 사람의 몸이 시작되는지조차 알 수 없었다. 그들은 팽이처럼 빙글빙글 돌았다. 가슴께가 조여들어 숨이 잘 쉬어지지 않았다. 묵직한 섬유로 만든 밧줄에 피터의 얼굴이 짓눌렸다. 땅이 회전하면서 모든 색깔이 하나로 뒤섞였다.

"리시!"

"움직일 수가 없어!"

"다들 그래!"

마이클이 외쳤다. "토할 것 같아!"

사라의 목소리에는 공황감이 가득 묻어 있었다. "마이클, 제발 참아!"

허리에 찬 칼로 손을 가져갈 방도가 도저히 없었다. 칼을 쥐더라도 밧줄을 자르면 모두 머리부터 바닥에 떨어질 게 뻔했다. 그물이 돌아가는 속도가 점점 늦어지더니 마침내 멎었다가, 곧 다시 반대쪽으로 돌기 시작하며 가속도가 붙었다. 머리 위에서 마이클이 우웩 하고 구역질을 하는 소리가 들렸다.

그물은 돌고 돌고 또 돌았다. 그물이 여섯 번째로 돌아갈 무렵 풀숲이 흔들리는 모습이 언뜻 보였다. 마치 숲이 살아서 움직이는 것 같았다. 그러나 피터는 너무 어지러워서 입을 열 수가 없었다. 공포를 느끼는 한편으로 공포를 느낄 정신이 없기도 했다.

"이런 제기랄." 그물 아래에서 누군가의 목소리가 들렸다. "낙오자들을 발견했다."

그제야 피터는 그들이 누구인지 알 수 있었다. 군인들이었다.

첫 며칠간 모사미는 잠만 잤다. 16시간, 18시간, 20시간씩 내리 자곤 했다. 2층 침실에 쥐가 있어서 테오가 자루걸레를 들고 고함을 질러서 문밖으로 쫓아보냈다. 벽장을 열어보니 으스스하게 느껴질 정도로 곱게 접힌 침대 시트와 이불이 시간과 먼지의 냄새를 자욱하게 풍기고 있었다. 베개도 두 개나 있어서, 하나는 모사미가 머리에 베고 다른 하나는 등을 곧게 펼 수 있도록 무릎 사이에 접어 끼웠다. 다리에 간헐적으로 전기충격처럼 찌릿하고 격렬한 통증이 느껴졌다. 아이가 척추를 짓누르고 있는 것이었다. 아마 아이가 좁은 몸속에서 자기 자리를 찾느라 생기는 자연스러운 현상인 듯싶었다. 테오가 중간중간 찾아와서 간호사처럼 모사미를 살펴보고 식사와 물을 챙겨다 주었다. 테오는 오후에는 아래층에 있는 낡아서 축 처진 소파에서 눈을 붙였고, 해가 지면 현관을 향해 앉아 무릎에는 산탄총을 올려놓은 채 어둠 속을 쏘아보며 밤을 지냈다.

그러던 어느 날 아침 모사미가 눈을 뜨니 온몸에 신선하고 새로운 활기가 감도는 것이 느껴졌다. 에너지가 고갈되어 있었던 나날은 끝이 나고 이제 드디어 휴식의 효과가 돌기 시작했다. 몸을 일으켜 앉자 창밖에서 빛나는 햇빛이 보였다. 서늘하고 건조한 바람이 불어 커튼이 살랑 흔들렸다. 창문을 연 기억은 없지만 밤에 테오가 와서 열어둔 것 같았다.

아기는 모사미의 방광을 짓누르고 있었다. 테오가 요강을 갖다 주었지만 모사미는 사용하고 싶지 않았고, 이제는 더 이상 요강을 쓸 필요도 없었다. 몸 상태가 나아졌다는 걸 보여주기 위해 화장실까지 머나먼 길을 가볼 작정이었다.

지금도 아래층 어디선가 테오의 인기척이 느껴졌다. 모사미는 침대에서 일어나 긴 셔츠 ─ 갑자기 배가 많이 나오는 바람에 하나밖에 없는 바지가 맞지 않았다 ─ 위에 스웨터를 겹쳐 입고 아래층으로 내려갔다. 밤사이에 무게중심이

윗배로 옮겨가기라도 한 듯 몸이 무겁고 동작이 영 굼떴다. 적응하는 수밖에 없겠지. 아직 6개월밖에 되지 않았는데 벌써 배가 너무나 커졌다.

아래층은 낯설었다. 잠깐의 시간이 흐른 뒤에야 모사미는 많은 것이 변했단 사실을 깨달았다. 원래는 벽 쪽에 붙여두었던 소파와 의자가 이제는 거실 한가운데에서 벽난로와 직각으로 마주 보고 놓여 있었다. 그 사이에는 올이 풀린 러그가 깔려 있고, 위에 작은 나무 테이블이 놓여 있었다. 맨발에 닿는 바닥이 먼지 없이 깔끔하게 청소되어 있었다. 테오가 소파에 담요를 덮어 얼룩지고 틀어진 부분을 가리고 끄트머리를 소파 틈새에 쑤셔 넣어 여며두었다.

그런데 무엇보다도 모사미의 시선을 끈 것은 벽난로 위에 장식된 사진이었다. 노랗게 변색된 사진들 속에는 똑같은 사람들이 사진마다 다양한 나이대로, 다른 자세로 지금 모사미가 서 있는 바로 그 집 앞에 서 있었다. 남자와 여자, 그리고 남자아이 하나, 여자아이 둘이었다. 사진들 사이에는 1년씩의 간격이 있는 듯했다. 가장 어린 아이는 첫 사진에는 엄마 ― 이마 위에 검은 안경을 걸치고 있는 피곤해 보이는 여자 ― 의 팔에 안긴 아기였지만 마지막 사진에서는 대여섯 살 먹은 아이가 되어 있었다. 그 사진에서 아이는 누나들의 앞에 서서 카메라를 보고 이가 빠진 자리가 훤히 드러나도록 환하게 웃고 있었다. 아이가 입은 티셔츠에는 '유타 재즈'라는 알 수 없는 글자가 적혀 있었다.

"근사하지?" 돌아서니 부엌 문간에서 자신을 바라보고 서 있는 테오가 보였다.

"어디서 찾은 거야?"

테오가 벽난로로 다가가더니 사내아이가 웃고 있는 맨 마지막 사진을 집어들었다.

"계단 밑의 창고에 있었어. 이거 보여?" 테오가 액자 유리를 톡톡 두드렸다. 사진의 구석 배경에 창문 안쪽까지 짐을 가득 실은 거로도 모자라 지붕 위에도 끈으로 짐을 묶어놓은 차 한 대가 보였다. "헛간에 있던 것과 같은 차야."

모사미는 다시 한번 사진들을 쳐다보았다. 행복해 보이는 가족이었다. 웃는 사내아이뿐 아니라 부모도, 누나들도 전부 행복해 보였다. "여기 살던 사람들일까?"

테오가 고개를 끄덕이며 사진을 원래 자리에 돌려놓았다. "내 생각엔 전염병이 발발하기 전에 이곳에 왔다가 그대로 발이 묶였던 것 같아. 아니면 여기서 계속 버티기로 했는지도 모르고. 묘지에 있던 무덤 네 개 기억나지?"

모사미는 무덤의 갯수가 사람 수보다 적다는 점을 지적하려다 뒤늦게 자신의 착오를 깨달았다. 네 번째 무덤을 팠을 마지막 생존자는 스스로를 무덤에 묻을 수 없었으리라.

"배고파?" 테오가 물었다.

모사미는 손가락으로 지저분한 머리를 빗어 내렸다. "사실 목욕이 제일 하고 싶어."

"마침 나도 그런 생각을 했지 뭐야." 테오가 다 안다는 듯 미소를 지었다. "이리 와봐."

테오는 모사미를 데리고 마당으로 나왔다. 기다란 사슬에 매달린 커다란 주물 솥이 장작 위에서 끓고 있었다. 옆에는 사람 하나가 들어가서 앉을 만큼 커다란 금속 통이 놓여 있었다. 테오가 플라스틱 양동이로 펌프에서 길어낸 물을 통 속에 붓더니 주물 솥을 들어 펄펄 끓는 물도 그 안에 쏟아부었다.

"이제 안으로 들어가." 테오가 말했다.

모사미는 갑자기 부끄러워졌다.

"괜찮아." 테오는 다정하게 웃었다. "안 볼게."

아이까지 가졌으면서 벗은 몸을 보이는 걸 부끄러워한다니 바보 같았지만, 그래도 모사미는 테오가 보는 앞에서 옷을 벗고 싶지 않았다. 테오가 시선을 피하고 있는 동안 모사미는 얼른 옷을 벗은 다음 가을 햇빛 아래 나신이 되어 섰다. 팽팽하고 둥근 배에 닿는 공기가 차가웠다. 천천히 물속으로 들어가자 물에 그녀의 배, 그리고 부풀어 올라 푸른 정맥이 선명해진 가슴이 완전히 잠겼다.

"이젠 돌아봐도 돼?"

"몸이 거대해진 것만 같은 기분이야, 테오. 이런 모습 보이고 싶지 않아."

"다시 작아지기 전에 더 커질걸. 그러니까 미리 익숙해지는 게 낫지."

도대체 뭐가 겁나는 걸까? 함께 아기를 만든 사이에서 벗은 몸을 보여주고 싶지 않다니? 두 사람 사이에는 한참이나 육체적인 접촉이 없었다. 그제야 모사미는 오롯이 둘이 된 순간 두 사람을 떼어놓던 장벽을 테오가 이렇게 넘어와 주길 내내 바라고 있었다는 사실을 깨달았다.

"좋아, 돌아봐도 돼."

돌아서서 모사미의 몸을 본 테오가 살짝 눈썹을 치켰지만, 아주 잠깐이었다. 테오가 손에 검게 탄 프라이팬을 들고 있었는데 안에는 뭔가 단단하고 미끈거리는 것이 가득 차 있었다. 테오가 프라이팬을 모사미의 목욕통 옆 바닥에 놓은 다음 칼을 꺼내 프라이팬 안에 든 것을 세모꼴로 썰기 시작했다.

"세상에, 테오. 비누를 만든 거야?"

"예전에 어머니와 같이 만들어본 적이 있어. 재가 충분히 들어갔는지는 잘 모르겠다. 어제 잡은 가지뿔영양의 기름을 넣었어. 까다로운 놈들이었지만 간신히 한 마리 잡았지."

"가지뿔영양을 잡았다고?"

테오가 고개를 끄덕였다. "여기까지 끌고 오는 거로도 고역이었지. 거의 5킬로미터를 끌고 왔어. 아마 겨울을 나기에 충분한 식량을 저장할 수 있을 것 같아." 테오가 자리에서 일어서더니 바지에 묻은 먼지를 툭툭 털었다. "그럼, 목욕마저 해. 나는 가서 아침 식사 차릴 테니까."

모사미의 목욕이 끝났을 때쯤에는 몸을 담갔던 물은 탁해지고 위에 비누막이 둥둥 떴다. 모사미는 일어서서 남아 있는 더운물로 몸을 헹군 다음 벌거벗은 채 마당에 서서 햇볕으로 몸을 말렸다. 몸에 묻은 물기가 건조한 공기에 금세 말라갔다. 이렇게 깔끔한 기분을 얼마 만에 느껴보는지 모르겠다는 생각이 들었다. 그녀는 더러운 옷을 다시 입고 조만간 빨래도 해야겠다고 생각하며 다시 집 안으로 들어갔다. 지하실에 놀랄 만한 것들이 더 남아 있었던 것 같다. 테오는 진짜 도자기 그릇과 포크와 나이프, 그리고 오래되어 탁해진 유리컵으로 식탁을 차려두었다. 프라이팬에서 일종의 스테이크가 투명해지도록 볶은 양파와 함께 익어가고 있었다. 문간에 쌓아두었던 장작으로 스토브에 불을 피워둔지라 방 안이 따끈따끈했다.

"고기는 이게 마지막이야. 나머지는 훈연하는 중이거든." 테오는 그렇게 설명한 뒤 스테이크를 뒤집고는 돌아서며 행주에 손을 닦았다. "힘줄이 많지만 먹을 만해. 강가에 야생 양파가 자라고 있고, 그 옆에 있는 덤불은 블랙베리 같더라. 아마 봄이 되어야 열매가 열리겠지만 말야."

"세상에, 그것 말고도 또 있는 건 아니겠지?" 지금까지 테오가 내놓은 것만으로도 놀랍기 짝이 없었다.

"감자도 있어."

"감자라고?"

"대부분 싹이 나긴 했지만 먹을 수 있는 것도 남아 있길래 지하실에 보관해 놨어." 테오가 기다란 포크로 프라이팬 위의 스테이크를 집어 접시에 담았다. "적어도 배를 곯을 일은 없을 거야. 찾아보기만 하면 먹을 게 아주 많아."

아침 식사가 끝난 뒤 모사미는 테오가 설거지를 하는 모습을 지켜보았다. 도와주고 싶었지만 테오는 모사미가 집안일에는 한사코 손도 못 대게 했다.

"산책할까?" 테오가 물었다.

그가 헛간에서 양동이 하나와 아직도 낚싯줄이 매달려 있는 낚싯대 두 개를 가져왔다. 모사미에게 작은 삽과 산탄총, 그리고 탄환 한 줌을 주었다. 두 사람이 강가에 도착했을 무렵엔 해가 하늘 높이 떠 있었다. 두 사람은 조류가 느려지며 강줄기가 널찍하고 얕게 휘어지는 지점에 자리를 잡았다. 강둑에는 가을이 되어 금빛으로 변한 키 큰 풀이 잔뜩 나 있었다. 낚싯바늘이 없었지만 테오가 부엌 서랍에서 조그만 반짇고리에 들어 있는 안전핀 한 통을 찾았다. 모스가 흙을 파헤쳐 벌레를 찾는 동안 테오는 안전핀을 낚싯줄 끝에 연결했다.

"그런데 낚시는 어떻게 하는 거야?" 모스가 물었다. 손에는 벌레를 한 줌 가득 들고 있었다. 흙 속은 온통 생명력으로 가득했던 것이다.

"물속에 바늘을 집어넣고 기다리면 되지 않을까?"

두 사람은 그 말대로 했지만 시간이 지나도 아무 일도 일어나지 않는 바람에 바보가 된 기분이 들었다. 두 사람은 낚싯바늘이 훤히 들여다보이는 얕은 여울에 들어가 있었다.

"물러서 볼래? 내가 낚싯바늘을 더 안쪽으로 던져보려고."

테오가 그렇게 말하더니 릴을 감고 낚싯대를 어깨너머로 들어 올렸다가 줄을 앞으로 멀리 던졌다. 낚싯바늘이 기다란 호선을 그리며 물 위로 날아가서 퐁당 빠지는 바로 그 순간 낚싯대 끝이 예리하게 휘어졌다.

"어떡하지?" 테오가 어쩔 줄 모르는 표정을 했다.

"놓치지 마!"

물고기가 물보라를 일으키며 수면 위로 끌려 나오자 테오가 릴을 감기 시작했다. "묵직한걸!" 테오의 낚싯줄에 걸린 물고기가 물가로 끌려오자 모스는 얕은 물 속으로 첨벙첨벙 들어갔다. 부츠에 들어오는 물이 놀랄 정도로 차가웠다. 몸을 굽혀 물고기를 손에 잡자 물고기가 튀어 나가면서 모스의 양 발목이 낚싯줄에 둘둘 감겨 버렸다.

"도와줘, 테오!"

두 사람 다 웃음을 터뜨렸다. 모스가 간신히 낚싯줄을 풀어내고 물가에 두었던 양동이를 가져오자 테오는 물속에서 물고기를 집어 올렸다. 물고기의 기다란 몸체가 반들반들 윤기가 났고 살에 자잘한 보석이 수백 개 박혀 있는 것처럼 빛났다. 아랫입술을 뚫고 들어간 안전핀 안에 아직도 벌레가 붙어 있었다.

"먹을 수 있는 부위가 어딜까?" 모스가 물었다.

"그건 우리가 얼마나 배가 고픈가에 달렸지."

그렇게 말한 뒤 테오가 모스에게 키스했다. 그 순간 행복감이 물밀듯 밀려왔다. 그는 여전한 테오, 그녀의 테오였다. 테오의 키스를 받는 순간 그 사실을 느낄 수 있었다. 그 독방에서 무슨 일이 있었는지는 모르지만 그녀의 테오는 사라지지 않았던 것이다.

"이번엔 내가 해볼래." 모스가 테오를 밀어낸 다음 테오가 했던 대로 낚싯대를 던졌다.

곧 양동이 안에 펄떡이는 물고기가 가득 찼다. 강에 물고기가 너무 많아서 과한 선물을 받은 기분이었다. 넓게 펼쳐진 파란 하늘, 햇살이 반짝이는 강, 아무도 없는 시골, 그 속에 단둘이 있다는 사실이 기적 같았다. 집으로 돌아오는 길에 모사미는 벽난로 위에 있던 사진을 떠올렸다. 엄마, 아빠, 두 딸, 그리고 이가 빠진 자리를 드러내며 의기양양하게 웃던 아들. 그 가족은 이 집에서 살다가 이집에서 죽었으리라. 하지만 분명한 것은 그들이 이곳에서 살았다는 것이다.

두 사람은 생선을 다듬어 부드러운 살점을 발라낸 뒤 훈연실의 선반에 올렸다. 내일 꺼내서 햇볕에 말릴 작정이었다. 한 마리는 저녁거리로 따로 남겨서 양파와 감자를 곁들여 구워냈다.

해가 지자 테오는 부엌 구석에 두었던 산탄총을 꺼냈다. 모사미가 접시를 찬장에 정리해 넣은 뒤 돌아보자 테오가 탄환 세 개를 꺼내 손바닥에 놓고 먼지를 닦아낸 뒤 다시 탄창에 집어넣는 모습이 보였다. 그러고는 칼을 꺼내더니 칼날도 바지에 문질러 닦았다.

"자, 그럼 이제 때가 된 것 같네." 테오가 헛기침을 하더니 그렇게 말했다.

"아니야, 테오."

모사미는 들고 있던 접시를 내려놓고 테오에게 다가가서는 그가 들고 있던 총을 빼앗아 식탁 위에 올려놓았다.

"여기는 안전한 곳이야." 그렇게 말하는 모사미는 이 말이 진실임을 알고 있었다. 두 사람은 안전했다. 모사미가 그렇게 믿었으니까. "가지 마."

테오가 고개를 저었다. "좋은 생각이 아닌 것 같아, 모스."

모사미가 테오에게 천천히, 오래 키스했다. 자신의 생각을 전할 수 있도록. 두 사람은 안전했다. 모사미의 몸속에서 아기가 딸꾹질을 하기 시작했다.

"침대로 가자, 테오." 모사미가 말했다. "어서, 같이 잠자리에 들자, 지금."

테오는 잠드는 걸 두려워했다. 그날 밤, 함께 침대에 부둥켜안고 누운 채 테오는 모사미에게 그 사실을 고백했다. 잠을 자지 않을 수는 없었다. 잠을 자지 않는 것은 먹지 않는 것이나 숨을 쉬지 않는 것과는 달랐다. 잠을 자지 않는 것은 마치 눈앞에 별이 번쩍거리고 온몸의 세포 하나하나가 '숨 쉬어'라고 말하는 순간까지 숨을 참는 것과 비슷했다. 독방에서 보내던 그 나날 동안 테오는 쭉 그렇게 숨을 참고 있었던 것이나 마찬가지였다.

이제 꿈은 사라지고 없었지만 꿈의 느낌은 아직도 선명했다. 눈을 감으면 다시 그 꿈속일지도 몰라 두려웠다. 만약 그 소녀가 나타나지 않았더라면 테오는 결국 꿈속의 여자를 죽였을 테니까. 그 소녀가 꿈속에 나타나서 테오의 손을 붙들었다. 그러나 그때는 이미 늦었다. 테오는 그 여자를 죽였을 것이다. 그 누구라도 죽일 수 있었다. 그들이 시키는 그 무슨 일이라도 했을 것이다. 그리고 스스로에 관해 이 같은 사실을 알고 나면 다시는 알기 전으로 되돌아갈 수 없다. 지금까지 알았던 자신은 사라지고 완전히 다른 사람이 되어버린다.

어둠 속에서 테오가 이런 이야기를 털어놓는 내내 모사미는 테오를 안고 있었고 이야기가 끝나자 둘 다 한참 침묵했다.

"모스? 잠든 거야?"

"아니야." 그렇게 대답했지만 사실 모사미는 그사이에 살짝 졸고 있었다.

테오가 모사미를 향해 돌아누워서 그녀의 팔을 담요처럼 몸에 둘렀다.

"내가 잠들 때까지 자지 말고 지켜봐줄래?"

"알았어. 그럴게."

테오는 잠시 조용했다. 틈 없이 꼭 붙어 있는 두 사람의 몸 사이에서 아기가 몸을 뒤집고 발을 휘젓는 것이 느껴졌다.

"테오, 여긴 안전해. 함께 있으면 안전할 거야."

"그랬으면 좋겠어."

"그럴 거야." 모사미가 대답했다. 테오의 숨소리가 잦아들더니 잠에 빠지는 동안 모사미는 눈을 뜨고 어둠 속을 응시하고 있었다. 그래, 우린 안전할 거야. 그래야만 하니까. 모사미는 생각했다.

기지에 도착하자 오후였다. 짐은 돌려받았지만 무기는 압수당한 뒤였다. 포로 신세는 아니었지만 원한다고 떠날 수 있는 상황은 아니었다. 소령의 말에 따르면 그들은 '보호 중'인 상태였다. 그들은 강에서 산등성이를 지나 곧장 남쪽을 향했다. 다음번에 나타난 골짜기 아래 질척한 흙길에 말굽 자국과 타이어 바퀴 자국이 나 있었다. 일행끼리 왔더라도 분명 이 흔적을 알아보았을 게 분명했다. 하늘을 뒤덮고 있던 구름이 서쪽으로 물러가자 비가 올 것만 같은 날씨였다. 빗방울이 떨어지기 시작할 때쯤 바람에 연기 냄새가 실려 왔다.

그리어 소령이 피터 옆으로 다가섰다. 키가 크고 체구가 우람하며 이랑이 진 것 같은 숱 많은 눈썹을 가진 사람이었다. 녹색과 갈색의 위장 무늬로 된 헐렁한 군복은 허리께를 장비가 잔뜩 달린 폭이 넓은 벨트로 동여매고 있었다. 삭발한 머리에는 털모자를 썼다. 그가 이끄는 열다섯 명의 병사들과 마찬가지로 얼굴을 진흙과 숯으로 칠한 채여서 흰자가 더 새하얗게 번들거렸다. 그들은 숲에 사는 늑대들 같았다. 아니, 숲 그 자체 같았다. 그들은 몇 주 전부터 숲을 순찰하고 있었다고 했다.

그리어 소령이 길에 멈춰서더니 소총을 어깨에 걸쳤다. 허리에 검은 권총이 하나 매달려 있었다. 그가 수통의 물을 한참 들이마시더니 언덕의 사면을 향해 돌아섰다. 병사들의 발걸음이 빨라지는 걸 듣고 목적지에 가까워졌음을 알 수 있었다. 따뜻한 식사, 잠을 잘 침상, 머리 위 지붕이 기다리고 있는 게 궁금했다.

"산등성이를 하나 더 넘어가면 기지가 나온다." 그리어 소령의 말이었다.

여기까지 오는 동안 그들 사이에 싹튼 감정은 피터의 생각에는 마치 우정의 시작 같았다. 그들이 그물에 포획된 후 얼마간은 피터 일행도, 군인들도, 먼저 자신의 정체를 밝힐 생각이 없는 대치 상황이 이어졌지만, 그 고착상태를 깬 것

은 얼굴이 토사물투성이가 된 마이클이었다. "젠장, 난 항복하겠어. 우리는 캘리
포니아에서 왔습니다. 됐습니까? 바닥이 빙글빙글 돌아서 견딜 수 없으니 차라
리 그 총으로 날 쏴버리라고요."

그리어 소령이 수통을 닫자 알리시아가 가까이 다가왔다. 아까부터 알리시아
는 이상하게 말이 없었다. 무기를 내놓으라는 소령의 명령에도 그녀는 반기를
들지 않았는데, 피터가 보기에는 알리시아답지 않은 일이었다. 물론 다른 일행
처럼 충격을 받은 탓이었는지도 몰랐다. 캠프를 향해 행군하는 동안 알리시아
는 에이미를 보호하듯 아이 옆에 딱 붙어서 걸었다. 어쩌면 군인들이 놓은 덫을
향해 그들을 이끈 것이 알리시아였다는 사실에 부끄러워하는 것인지도 모르겠
다는 생각이 들었다. 에이미는 지금까지 온갖 사건들을 그저 받아들였듯 이번
사태 앞에서도 신중함이 감도는 무표정을 유지한 채였다.

"캠프는 어떤 곳이지요?" 피터가 소령에게 물었다.

소령이 어깨를 으쓱했다. "생각하는 그대로일 거야. 거대한 변소나 마찬가지
지. 그래도 비를 피할 지붕은 있어."

언덕을 올라가자 아래에 보이는 둥글게 파인 골싸기에 사리한 요새의 모습
이 내려다보였다. 캔버스 천으로 된 텐트가 여러 개 모여 있고 끝을 뾰족하게
깎은 나무울타리로 경계를 두르고 있었는데 높이가 적어도 15미터는 될 것 같
았다. 요새에 있는 차량은 언뜻 봐도 험비가 대여섯 대, 대형트럭 두 대, 그리고
소형트럭, 픽업트럭이며 육중한 바퀴에 진흙이 말라붙은 5톤 트럭 여러 대였다.
요새의 경계를 따라 높다란 장대에 걸린 커다란 투광 조명등이 열두 개 보였다.
부대 저쪽에 보이는 울타리를 친 작은 들판에는 풀을 뜯고 있는 말들이 있었다.
건물들 사이에서 벽 위의 캣워크를 따라 움직이는 군인들이 보였다. 부대 한가
운데에는 빨간색, 흰색, 파란색 줄무늬에 흰 별 하나가 그려진 깃발 하나가 높이
매달려 바람에 펄럭이고 있었다. 부대는 전체가 500제곱미터가 될까 말까 했지
만, 언덕에서 내려다보고 있자니 마치 도시 전체, 피터가 존재한다고 믿었지만
실제로 상상조차 해본 적 없는 세계의 핵심부를 들여다보고 있는 듯한 생각이

들었다.

"조명이 있어." 마이클이 말했다. 그리어가 이끄는 병사들이 그들을 지나쳐 언덕을 내려갔다.

"당연한 소리를." 그렇게 말한 건 먼시라는 이름의 하사였다. 다른 군인들처럼 대머리에다가 웃을 때면 뻐드렁니가 드러났다. 그리어의 병사들은 전부 군인 특유의 침묵을 유지하며 필요할 때가 아니면 입을 열지 않았지만, 그중에서 먼시만은 새처럼 재잘거렸다. 그는 성격과 안성맞춤이게도 통신 담당이어서 손으로 돌리는 크랭크^{crank}가 꼬리처럼 삐죽 튀어나와 있는 라디오를 등에 지고 다녔다.

"경계 안이 궁금합니까?" 먼시가 씩 웃었다.

"저 안은 텍사스입니다."

그리어 소령은 자신들이 정규군이 아니라고 설명했다. 일단, 미군은 아니었다. 이제 미군이란 존재하지 않았으니까. "그러면 어디 소속입니까?" 피터가 그렇게 물었기에 그리어 소령은 그들에게 텍사스에 대해 설명해주었다.

언덕을 내려오자 군인들이 모여 서 있는 것이 보였다. 날씨가 춥고 이제 빗방울도 똑똑 떨어졌는데 몇몇은 상의를 벗고 가느다란 허리와 근육이 조밀하게 잡힌 어깨와 가슴을 드러낸 채였다. 체모는 물론 머리카락까지 삭발한 상태였고, 모두가 소총이며 권총으로 무장하고 있었으며 석궁도 몇 개나 있었다. "다들 쳐다볼 거야." 그리어가 나직하게 말했다. "적응해야 할 거야."

"'낙오자'들이…… 몇이나 더 있습니까?" 피터가 물었다.

그러자 그리어 소령이 얼굴을 찌푸렸다. 그들은 함께 게이트로 다가가고 있었다.

"없어. 제3분대가 오클라호마에서 마을 하나를 통째로 발견한 적이 있긴 하지. 그러나 여기서는 굳이 낙오자를 찾아다닐 필요도 없지."

"그럼, 그물은 왜 설치하신 겁니까?"

"그건 미안하게 됐어." 그리어 소령의 대답이었다. "알고 있을 줄 알았지. 그

그물은 '드락'을 잡고자 설치한 거야. 그러니까 너희들이 '스모크'라고 부르는 바이럴 말이야." 소령이 허공에다 손가락을 빙글빙글 돌렸다. "놈들은 이렇게 빙빙 돌아가는 것을 보면 넋을 놓거든. 그물 안에 가둬버리면 마치 통 속에 든 오리나 다름없어."

케일럽이 바이럴은 풍력터빈에 가까이 가지 않는다고 했던 것이 떠올랐다. '잰더는 그놈들은 터빈이 도는 움직임을 못 견뎌한다고 했어요.' 피터는 이 이야기를 그리어에게 해주었다.

"말이 되는군." 소령도 피터의 말에 맞장구를 쳤다. "놈들은 빙빙 도는 걸 싫어해. 물론 터빈을 싫어한다는 것까지는 미처 몰랐지만 말이야."

마이클이 옆으로 다가왔다. "그럼 저것들은 뭡니까? 나무에 매달려서 악취를 풍기는 것들요."

"마늘이야." 그리어가 작게 웃었다. "책에 나오는 가장 오래된 요법이지. 그놈은 마늘이라면 사족을 못 쓰거든."

게이트 안에서 두 줄로 도열해 기다리는 군인들 속으로 들어서며 대화는 끊겼다. 그리어가 이끌던 병사들도 다른 군인들 속으로 섞여들었다. 아무도 입을 열지 않았다. 그들 사이로 걸어가던 피터는 군인들의 시선이 향하는 대상이 자신이 아니라는 사실을 알아차렸다. 군인들이 쳐다보고 있는 건 일행 중 여자들이었다.

"차렷."

모두가 그 말에 재빨리 자세를 고쳤다. 천막에서 뚜벅뚜벅 걸어 나오는 한 사람이 보였다. 첫눈에 보기에는 군 고위 간부라는 생각은 들지 않는 생김새였다. 몸이 통처럼 뚱뚱하고 그리어 소령보다 머리 하나는 작았으며 걸음걸이조차도 뒤뚱거리는 팔자걸음이었다. 짧게 깎은 머리 아래의 얼굴은 꼭 구겨지기라도 한 것처럼 이목구비가 가운데로 몰려 있었다. 그러나 그가 가까이 다가오자 마치 그를 둘러싸고 알 수 없는 힘의 자장이 형성되기라도 한 것처럼 그에게서 권위가 뿜어져 나왔다. 얼굴과는 어울리지 않는 작고 검은 눈이 사람을 꿰뚫어 보는 듯 강렬했다.

그는 허리에 양손을 올린 자세로 피터를 한참 바라본 뒤 나머지 일행도 차례차례 뜯어보았다.

"이런 제기랄."

깜짝 놀랄 정도로 울림이 큰 목소리였다. 그리어와 비슷한 억양이었다.

"쉬어."

그 말에 모두가 긴장된 자세를 풀었다. 피터는 무슨 말을 해야 하면 좋을지 몰라 일단 상대가 먼저 말하기를 기다리기로 했다.

남자가 목소리를 높여 도열해 있는 군인들에게 알렸다. "낙오자 중 일부가 여성인 이상, 절대 이 여성들을 바라보거나, 말을 걸거나, 접근하거나, 관련되지 말 것을 명한다. 이들은 여러분의 여자친구도, 아내도, 어머니도, 누이도 아니다. 그들은 아무것도 아니다. 존재하지 않는 것, 여기 없는 것이나 마찬가지다. 알아들었나?"

"알겠습니다."

피터는 에이미를 데리고 서 있는 알리시아 쪽으로 눈길을 돌렸지만 알리시아의 눈이 보이지 않았다. 홀리스도 회의적인 표정이었다. 그 역시도 이 상황을 이해하지 못한 게 틀림없었다.

"당신들 여섯은 짐을 내려놓고 따라오십시오. 그리어 소령도 함께."

그들은 남자를 따라 천막 안으로 들어갔다. 축 늘어진 캔버스 천으로 지붕을 만들어놓고 흙바닥이 그대로 드러난 한 칸짜리 방이었다. 가구라고는 배가 불룩하게 생긴 스토브, 서류가 잔뜩 놓여 있는 합판으로 된 가대식 탁자, 그리고 반대쪽 벽에 있는 작은 테이블이 전부였다. 헤드폰을 낀 병사가 테이블 위의 라디오를 조작하고 있었다. 병사의 머리 위 벽에는 색색으로 칠해진 커다란 지도가 붙어 있었는데, 지도 위에 꽂힌 압정들이 불규칙한 V자를 이루고 있었다. 가까이 다가가자 V자의 꼭짓점이 텍사스 중부에 위치해 있는 게 보였다. 북쪽으로 뻗은 한쪽 팔은 오클라호마를 지나 캔자스 남부로 들어갔고, 서쪽으로 뻗은 다른 한 팔은 뉴멕시코를 지나 북쪽으로 꺾이더니 콜로라도주 경계를 막 지난 지점, 즉 그들이 지금 서 있는 이 지점에서 끝이 났다. 지도 맨 위에 그려진 검은 줄무늬 위에는 노란 글씨로 '폭스 앤 선즈 교구용 지도, 오하이오주 신시내티'라고 적혀 있었다.

그리어가 피터의 옆으로 다가섰다. "전쟁 속으로 들어선 것을 환영합니다."

뒤따라 들어온, 아까 본 사령관이 라디오 앞에 있던 통신병을 향해 입을 열었다. 통신병은 바깥에 있던 군인들과 마찬가지로 여자들을 대놓고 쳐다보고 있었다. 처음에는 사라를 한참 쳐다보다가 알리시아, 에이미 순으로 시선이 이동하며 고개가 초조하게 움직였다.

"잠시 자리를 비켜주게."

그 말에 통신병이 애써 여자들에게서 시선을 떼고 헤드폰을 벗었다. 얼굴이 부끄러움에 벌겋게 달아올라 있었다. "죄송합니다."

"지금 당장 나가주게."

통신병이 벌떡 일어나서 밖으로 나갔다.

사령관의 시선이 그리어에게 멎었다. "그리어 소령, 내게 말하지 않은 사실이 있나 본데."

"낙오자 중 셋은 여성입니다."

"그래, 그런 것 같군. 이제라도 알려주어서 고맙네."

"죄송합니다, 소장님. 미처 보고하지 못했습니다."

"발견 즉시 보고했어야지. 자네에게 이들을 맡겨도 되겠나?"

"예, 문제없습니다."

"이곳에 오게 된 경위를 알아보고 임시 숙소로 보내. 따로 쓸 수 있는 변소도 마련해주어야겠지?"

"예, 알겠습니다."

"그럼 이만 가봐."

그리어가 묵례를 하더니 피터를 향해 얼른 '행운을 빈다'라고 말하는 듯한 눈빛을 보내고 나서 천막 바깥으로 나갔다. 아직 이름을 알 수 없는 준장이라는 사람은 또다시 그들을 한참이나 바라보았다. 소령이 나가고 난 뒤 한결 느슨해진 자세였다.

"당신이 잭슨인가?"

피터가 고개를 끄덕였다.

"나는 텍사스 공화국군의 준장 커티스 보히스라고 한다." 그러면서 준장이 살짝 웃었다. "소령이 미리 귀띔했을는지는 잘 모르겠지만, 이 기지를 책임지는 사령관이라고 보면 된다."

"예, 들었습니다."

"좋아." 보히스가 고개를 주억거리더니 다시 일행을 한참 응시했다. "그럼…… 믿기지는 않지만 잭슨 군의 일행 여섯 명은 캘리포니아에서 여기까지 걸어왔다는 건가?"

사실 어느 정도는 걷고 어느 정도는 기차를 타고 온 것이었지만 피터는 구구절절한 설명은 생략하고 "맞습니다." 하고 간단히 대답했다.

"도대체 왜?"

피터는 대답하려고 입을 열었지만, 이번에도 진실은 말로 하기에는 너무 거대하게 느껴졌다. 한층 거세진 빗방울이 캔버스 천으로 된 지붕을 후둑후둑 두드리는 소리가 났다.

"설명하기에는 깁니다." 피터가 할 수 있는 답은 그게 전부였다.

"그렇겠지, 잭슨 군. 그런데 그 긴 이야기가 꼭 듣고 싶군. 우선 몇 가지 주의사항이 있어. 여러분은 '제2원정대'를 찾아온 민간 방문객들이야. 이곳에 머무르는 동안 여러분은 나의 지시에 전적으로 따라야 한다. 알겠나?"

피터가 고개를 끄덕였다.

"엿새 후 우리는 뉴멕시코주 로즈웰에서 제3분대와 접선하기로 되어 있어. 거기서부터 여러분을 구호대와 함께 커빌로 돌려보내줄 수 있어. 이 제안을 받아들여주었으면 하지만, 선택은 여러분의 몫이다. 아마 서로 먼저 의논을 해야 하는 사안이겠지."

피터가 일행에게로 시선을 돌리자 다들 똑같이 놀란 표정이었다. 그들의 여정이 도중에 중단될 수도 있다는 생각은 단 한 번도 하지 않았던 것이다.

"그리고 또 다른 한 가지는," 보히스 소장이 말을 이었다. "아까 그리어 소령과 내가 나눈 이야기를 들었을 거야. 여러분 일행의 여성들이 우리 부대원들과 꼭 필요한 경우 외에는 접촉하지 못하게 하도록. 여성들은 화장실을 사용할 때 외에는 텐트 안을 떠날 수 없다. 필요한 사항은 전부 피터 군, 또는 그리어 소령을 통해 전달하기 바란다. 알겠나?"

피터에게는 그 지시가 얼토당토않은 것으로 느껴질 뿐이었다. "안 될 것 같습니다."

"안 된다니?"

"안 됩니다." 피터는 어깨를 으쓱했다. 달리 표현할 말이 없었다. "우리 일행은 함께입니다. 그건 바꿀 수 없어요."

보히스 준장이 한숨을 쉬었다. "오해한 것 같은데, 부탁이라는 형식을 취한 건 예의상의 일일 뿐이다. '제2원정대'에 있어 여성들이 부대 안을 자유롭게 돌아다니는 건 부적절하고 심지어 위험하기까지 한 일이야."

"왜 위험하지요?"

그러자 준장은 얼굴을 찌푸렸다. "여성분들이 위험에 처한다는 뜻이 아니야." 그가 인내하듯 한숨을 내쉰 다음 다시 입을 열었다. "최대한 간단하게 설명해주겠다. 우리는 자원병이다. 두 번째 원정대에 소속되기 위해서는 목숨을 바친다는 의미로 피의 서약과 죽음의 맹세를 마쳐야 한다. 이 부대, 그리고 부대원들 외에 세상과의 모든 연결고리를 끊어야 함께할 수 있는 거야. 병사들은 요새를 떠날 때마다 살아서 돌아오지 못할 것을 각오하지. 죽음을 받아들이고, 나아가 동료들을 위해 행복하게 죽음을 맞기로 맹세하는 거야. 그러나 아내나 연인이 있다면 살고 싶다는 생각을 하게 되지. 그리고 소중한 사람을 잃은 병사는 이대로 기지를 나가 다시는 돌아오지 않을 수도 있어."

스스로 삶을 놓아버린다는 의미였다. 피터도 보히스 준장의 말을 충분히 이해할 수 있었다. 그러나 지금까지의 여정을 함께한 동료들, 특히 알리시아에게 텐트 안에서 나오지 말라고 말할 엄두가 도저히 나지 않았다.

"물론, 여러분 일행에 속한 여성들은 모두 뛰어난 전사겠지." 보히스 준장이 말을 이었다. "만약 그렇지 않았더라면 여기까지 오지도 못했을 테니까. 하지만 제2원정대의 규율을 존중해주길 바란다. 만약 이 규율을 받아들일 수 없다면 무기를 돌려주고 떠나달라고 할 수밖에 없다."

"알겠습니다. 떠나겠습니다."

"잠깐만, 피터."

입을 연 것은 알리시아였다. 피터가 돌아서서 알리시아를 마주 보았다. "리시, 괜찮아. 난 네 편이야. 우리더러 떠나라면 떠나지 뭐." 그러나 알리시아는 피터의 말을 듣고 있지 않은 것 같았다. 그녀의 시선은 준장에게 고정되어 있었다. 피터는 알리시아가 양팔을 옆구리에 착 붙인 차렷 자세를 취하고 있다는 것을 깨달았다.

"보히스 준장님. 제1원정대의 나일스 커피 대령의 안부를 전해드립니다."

"나일스 커피라고?" 갑자기 준장의 얼굴이 환하게 밝아졌다. "'그' 나일스 커피 말인가?"

"리시." 알리시아가 한 말의 의미가 서서히 피터에게도 와닿았다. "대령 이야기야?"

그러나 알리시아는 대답이 없었다. 피터를 쳐다보지도 않았다. 지금까지 한 번도 본 적 없는 굳은 표정을 하고 있었다.

"커피 대령은 30년 전 부대원들과 함께 실종되었는데."

"그렇지 않습니다, 준장님." 알리시아의 대답이었다. "대령은 살아남았습니다."

"커피가 살아 있다고?"

"3개월 전 전사했습니다."

그 말에 보히스가 방 안을 둘러보다가 다시 알리시아와 눈을 마주했다.

"그렇다면 너는 대체 누구지?"

알리시아가 턱을 짧게 까닥했다. "커피 대령의 수양딸, 제1원정대 소속 일병 알리시아 도나디오입니다. 피의 선서와 죽음의 서약을 마쳤습니다."

모두가 침묵했다. 무언가 돌이킬 수 없는 일이 일어나고 있는 것이 틀림없다고 피터는 생각했다. 그의 삶의 바탕이 된 중력처럼 절대적인 무언가가 갑자기, 예고도 없이 사라지는 것만 같은 공황감이 치밀어 올랐다.

"리시, 대체 무슨 소리야?"

드디어 알리시아가 몸을 돌려 피터의 얼굴을 마주 보았다. 눈에 눈물이 가득 차올라 일렁이고 있었다.

"아, 피터." 눈물 한 방울이 뺨을 따라 길게 흘러내렸다.

"미리 말하지 않아서 미안해."

"리시를 데려가서는 안 돼요!"

"미안하군, 잭슨." 준장의 말이었다. "그건 낭신이 선택할 수 있는 것이 아닙니다. 아니, 어느 누구의 선택도 마찬가지입니다." 준장이 텐트 바깥으로 재빨리 한 걸음 나서더니 외쳤다. "그리어! 누가 그리어 소령을 데려와, 지금 당장!"

"이게 무슨 일이야?" 마이클이 물었다. "피터, 리시가 하는 말이 대체 무슨 소리야?"

순식간에 모두가 한꺼번에 입을 열어 말하기 시작했다. 피터가 알리시아의 팔을 붙잡고 돌려세웠다. "리시, 뭐 하는 짓이야? 잘 생각해."

"이미 정해진 일이야." 눈물에 젖은 알리시아의 얼굴은 마치 오래도록 지고 다녔던 짐을 벗어던진 듯 안도감으로 빛이 났다. "네가 알기 전부터 정해진 일이었어. 아주 오래전, 대령이 나를 성소에 데리러 왔던 그 순간에 정해졌던 거야. 아무에게도 말하지 않기로 약속했었어."

그제야 피터는 그날 아침 알리시아가 하려던 말이 무엇인지 알 수 있었다.

"원정대의 흔적을 찾고 있었던 거구나."

알리시아가 고개를 끄덕였다. "맞아, 지난 이틀간 그랬어. 강 하류를 살펴보다가 야영지를 발견했었어. 모닥불을 지폈던 자리에 여전히 불기가 남아 있었지. 이렇게 멀리까지 온 이상 분명 원정대의 흔적이 틀림없다고 생각했어." 그녀가 희미하게 고개를 저었다. "솔직히 말하면, 피터, 정말 원정대를 만나고 싶었던 건지 아닌지는 잘 모르겠어. 내심 대령이 해준 옛이야기에 불과한 것인지도 모른다고 생각하기도 했어. 진심이야."

그리어가 빗물을 뚝뚝 흘리며 텐트 문간에 나타났다.

"그리어 소령." 준장이 입을 열었다. "여기 이 여성은 최초의 원정대의 일원이야."

그 말에 그리어가 입을 쩍 벌렸다. "그게 무슨 소립니까?"

"나일스 커피의 딸이다."

그리어가 충격으로 눈을 휘둥그레 뜨고는 낯선 짐승을 살펴보는 눈길로 알리시아를 보았다. "이런 세상에, 커피 대령에게 딸이 있었단 말입니까?"

"충성의 맹세를 마쳤다고 하는군."

혼란에 빠진 그리어가 머리카락이 하나도 없는 머리통을 움켜쥐었다. "아니, 하지만 여성이잖습니까. 도대체 어떻게 해야 하지요?"

"그건 우리가 결정할 바가 아니지. 맹세는 맹세야. 다른 대원들이 받아들여야 할 수밖에. 우선 이발소로 데려가 머리를 깎고 군복을 지급하게."

모든 일이 너무 빠르게 진행되고 있었다. 피터는 마음속에서 무언가 커다란 것이 부서지는 것 같은 느낌이 들었다.

"리시, 거짓말이라고 말해!"

"미안해. 어쩔 수가 없어. 소령님?" 알리시아의 말에 소령이 심각한 얼굴로 고개를 주억거린 뒤 그녀의 옆으로 다가왔다.

"날 떠나지 마, 리시." 그렇게 말했지만, 그 목소리는 피터 자신의 귀에도 남의 목소리처럼 낯설게 들렸다.

"가야 해, 피터. 이게 나야."

자신도 모르는 사이에 피터는 알리시아의 품에 뛰어들어 안겨 있었다. 눈물이 울컥 차올랐다. "난…… 너 없이는 아무것도 해낼 수 없어."

"아니야, 피터. 할 수 있어."

매달려도 소용없었다. 피터는 알리시아가 이미 자신을 떠나가고 있음을 느낄 수 있었다.

"안 돼, 난 못 해."

"괜찮아." 알리시아가 피터의 귀에 대고 속삭였다. "자, 이제 가만히 있어."

그리고 한순간, 오로지 두 사람만 침묵의 물거품에 둘러싸여 있는 듯한 기분이 들었다. 알리시아가 두 손으로 피터의 얼굴을 붙잡고 자신에게로 끌어오더니 이마에 딱 한 번 빠르게 입을 맞췄다. 용서를 구하는 동시에 용서하는 키스였다. 작별의 키스였다. 알리시아의 입술이 그의 이마에서 떨어지더니, 그녀가 피터를 놓고 물러섰다.

"감사합니다, 준장님." 알리시아가 입을 열었다. "그리어 소령님, 저는 준비가 되었습니다."

며칠이나 비가 왔다. 그사이에 피터는 모든 사실을 그들에게 털어놓았다.

비는 닷새간 그칠 줄 모르고 쏟아졌다. 피터는 보히스 준장의 텐트 속에 있는 긴 탁자 앞에 몇 시간이고 앉아 시간을 보냈다. 준장과 단둘이 있을 때도 있었지만 대체로 그리어 소령도 함께였다. 피터는 그들에게 에이미에 대해, 콜로니에 대해, 그들이 찾고자 하는 신호에 대해 털어놓았다. 테오에 대해서도, 모사미에 대해서도, 헤이븐, 그리고 그곳에서 일어난 일들에 대해서도 모두 말했다. 1,600킬로미터 떨어진 캘리포니아의 산 위에서 90명의 사람들이 아무 도리 없이 조명등이 꺼질 때를 기다리고 있다는 이야기도 했다.

"솔직하게 대답하지." 피터가 콜로니에 군인을 보내줄 수 있는지 묻자 보히스 준장이 대답했다. 늦은 오후였다. 알리시아는 아침 일찍 정찰을 떠났다. 알리시아는 이미 보히스가 이끄는 부대의 삶 속에 스며든 뒤였던 것이다.

"방금 한 이야기를 믿지 못하는 것은 아니지만," 보히스가 설명했다. "또, 방금 한 말이 사실이라면 벙커를 찾아 여정을 떠날 가치도 충분히 있을 거야. 그러나 이는 사단장과 논의해야 하는 사항이기에 아무리 일러도 내년 봄은 되어야 결정할 수 있어. 그곳은 우리가 알지 못하는 미지의 땅이니까."

"그때까지 콜로니가 버틸 수 있을지 잘 모르겠습니다."

"글쎄, 그래도 어쩔 수 없어. 지금 가장 걱정되는 건 우리가 눈이 내리기 전이 골짜기를 벗어날 수 있을까 하는 문제야. 비가 멎지 않으면 이곳에 발이 묶이고 말 거야. 조명등을 켤 수 있는 연료는 30일분밖에 남지 않았는데 말이지."

"그런데, 그 헤이븐이라는 곳이 궁금한걸." 그리어 소령이 끼어들었다. 텐트 밖, 다른 군인들의 눈앞에서 그리어와 보히스의 관계는 오로지 공식적인 것에 그칠 따름이었다. 그러나 지금처럼 텐트 안에 있을 때는 두 사람은 긴장을 풀고 서로를 친구처럼 대했다. 그리어 소령이 생각에 잠긴 듯 어두운 눈빛으로 준장을 바라보았다. "오클라호마의 그 사람들과 비슷한 느낌이 드는데."

"오클라호마의 사람들이라니요?" 피터가 되물었다.

"호머라는 마을이 있었지." 그 질문에 대답한 것은 보히스 준장이었다. "제3중대가 약 10년 전 저 멀리 팬핸들(텍사스주 북부의 별칭—옮긴이)까지 나갔다가 발견한 그 마을에는 남성, 여성, 아이들까지 생존자가 천백 명 이상 살고 있었어. 내가 직접 가본 것은 아니지만 이야기를 전해 들었지. 마치 100년의 세월을 거슬러 간 것만 같았다지. 심지어 그 마을 사람들은 '드락'들이 무엇인지조차 몰랐다고 해. 그렇게 불빛도, 울타리도 없이 평화롭게 살고 있었다는 거야. 중대장이 이동을 제안했지만 마을 사람들은 거절했어. 어차피 중대에는 그렇게 많은 인원을 커빌까지 이동시킬 자원이 없었지. 최악의 사태 아닌가? 생존자를 찾았는데, 당사자가 구조를 원치 않았던 거야. 중대는 마을에 분대 하나를 남겨두고 북쪽 위치타를 향해 떠났어. 그곳에서 바이럴을 만나 병력의 절반을 잃고, 나머지는 왔던 길로 퇴각했어. 그런데 중대가 호머로 돌아오자, 마을은 텅 비어 있었다고 하더군."

"텅 비어 있었다니, 그게 무슨 뜻입니까?" 피터가 묻자 보히스 준장이 눈썹을 예리하게 치켰다.

"말 그대로, 아무도 없었다는 거야. 단 한 사람도, 시체 한 구도 없었어. 모든 것이 그대로였고, 심지어 저녁 식사에 쓴 접시들마저 식탁 위에 놓여 있었다지. 남겨두었던 분대 역시 흔적도 없이 사라졌고."

혼란스러운 이야기인 건 분명했지만, 그게 헤이븐과 무슨 관련이 있는 이야기인지는 알 수 없었다.

"어쩌면 다른 곳으로 이주한 게 아닐까요?"

"그럴지도 모르지. 아니면 저녁 먹은 것을 설거지할 겨를도 없이 순식간에 바이럴이 습격해 왔는지도 모르고. 그 질문의 답을 우린 몰라. 하지만 분명히 말할 수 있는 건 하나 있지. 커빌에서 첫 번째 원정대가 출정을 시작한 30년 전에는 바이럴을 마주치지 않고는 100미터도 채 움직일 수 없었어. 하루에도 대여섯 명씩 목숨을 잃었지. 그러다 커피 대령이 실종되었을 때 모두가 이제 원정대는 끝이리라고 생각했어. 커피 대령은 살아 있는 전설이었거든. 실제로 그 순간부터 원정대가 서서히 와해되기 시작했고 말이야. 그런데 지금은 어떤가? 피터 군의 일행만 해도 캘리포니아에서 여기까지 이동하지 않았나? 한때는 스무 발자국을 걸어 변소까지도 가기 힘들었는데 말이야."

그 말에 그리어 소령이 그 말이 맞는다는 듯 고개를 까닥한 뒤 준장에게로 다시 시선을 돌렸다.

"바이럴들이 죽어가고 있다는 말씀을 하시려는 겁니까?"

"아, 물론 바이럴은 아직도 수도 없이 많지. 하지만 분명 무언가가 달라졌어. 지난 60개월간 우리는 캔자스주 허친슨까지 이어진 보급로, 또 뉴멕시코를 통과해 콜로라도까지 이어진 보급로를 사용했어. 그러면서 알게 된 건 놈들이 이제 한데 뭉쳐서 예전보다는 더 깊은 곳, 동굴이나 광산 같은 '핫스팟'을 찾아 파고들어가 있다는 사실이야. 놈들이 때로 지렛대를 써야 떼어낼 수 있을 만큼 자기들끼리 꽁꽁 뭉쳐 있기도 하더군. 도시의 주인 없는 건물에는 아직도 바이럴이 들끓고 있지만, 시골로 가면 며칠씩 행군해도 바이럴을 단 한 마리도 보지 못하는 경우도 있다는 소리야."

"커빌은 어째서 안전합니까?"

피터의 질문에 준장이 얼굴을 찌푸렸다. "커빌 역시도 100퍼센트 안전한 곳은 아니야. 사실 텍사스에서 대부분의 지역은 상당히 상황이 나쁘지. 러레이도나 댈러스 같은 곳은 발을 들일 수도 없는 지경이고, 휴스턴은 이제 흡혈귀들이 들끓는 늪지대나 마찬가지야. 화학물질로 오염된 곳이라 도대체 어떻게 그곳에서 살아남았는지는 모르지만…… 샌안토니오와 오스틴, 엘패소 같은 곳은 첫 번째 전쟁을 치르는 동안 상당히 진화가 이루어졌지. 연방정부가 불을 놓아 놈들을 쫓아내려 했던 것이 큰 실수였어. 캘리포니아주가 분리독립선언을 하게 된 계기였지."

411

"분리독립이라고요?" 피터가 묻자 보히스 준장이 고개를 끄덕였다.

"캘리포니아는 연방정부로부터 독립을 선언했어. 캘리포니아에서 유혈 사태가 일어나자 마치 그곳이 유일한 전쟁의 장인 것처럼 모두가 캘리포니아에 집중했고, 그 와중에 텍사스는 도외시되었지. 아마 정부는 두 개의 전선에서 동시에 싸우고 싶지는 않았나 보지. 미 육군이 와해되고 있던 와중이라 주지사는 손쉽게 군사자산을 손에 넣었어. 주도를 커빌로 옮기고 그곳에 정착했지. 피터 군이 말한 콜로니와 비슷하지만, 다른 점이 있었다면 그곳엔 대량의 석유가 있었다는 점이야. 프리포트 인근 지하에 매장되어 있던 석유는 790억 리터에 달했지. 석유를 손에 넣는다는 건 곧 권력을 가진다는 거였어. 벽 안에 3만 명이 거주했고, 경작 가능한 땅이 200제곱킬로미터에다가, 보급로가 연안에 위치한 정제공장까지 이어졌으니까."

"연안이라고요." 피터가 되뇌었다. 입에 담으니 묵직하게 느껴지는 단어였다. "바다 말씀이십니까?"

"멕시코만이지. 바다라고 부르는 쪽이 듣기 좋겠군. 아직도 각종 오물은 물론 뉴올리언스의 폐기물까지 그곳으로 배출되고 있어서 유막으로 뒤덮인 곳이지만 말이야. 화물차며 화물선의 잔해들 역시 조류에 휩쓸려 그곳에 널려 있어. 발을 적시지 않고 건널 수 있다는 말이 과장이 아니지."

"하지만 만약 배가 있다면 그 바다를 건너갈 수 있지 않을까요?"

"이론적으로는 그렇지만 권장하지는 않겠어. 문제는 바다를 건너가는 게 아니거든."

"지뢰가 매설되어 있기 때문이야." 그리어 소령이 설명을 덧붙였다.

보히스 준장이 고개를 끄덕였다. "그것도 아주 많은 양의 지뢰야. 전쟁이 끝나갈 무렵 우리의 아군이라고 볼 수 있는 나토 연합군이 뭉쳐서 감염의 확산을 막기 위한 최후의 시도를 했지. 연안에 폭탄을 설치했는데 일반적인 수준의 폭약이 아니라 바닷속 생물까지 씨를 말려버린 강한 폭발을 일으킨 거야. 아직도 코퍼스크리스티는 그때의 폭발로 폐허가 된 그대로지. 그다음에는 마무리로 지뢰를 매설해둔 거야."

피터는 아버지가 해주었던 이야기를 떠올렸다. 바다, '롱비치'라는 지역. 시야를 온통 장악한 커다란 배의 골조들이 녹슬어가는 모습. 지금까지 피터는 어째서 그런 일이 일어났는지 생각해본 일이 없었다. 피터는 역사가 없는 세계, 이유가 없는 세계, 모든 것이 눈에 보이는 그대로의 현상으로만 존재하는 세계를 살아왔다. 보히스 준장, 그리어 소령과 대화를 하고 있자면 페이지 위에 그어진 의미 없는 줄이 갑자기 글자가 되어 나타나는 것만 같은 기분이었다.

"동쪽으로도 병력을 보낸 적이 있습니까?" 피터가 묻자 보히스 준장은 고개를 저었다.

"지난 수십 년간은 없었다. 최초의 원정대가 2개 중대를 동쪽으로 보낸 적 있었지. 하나는 슈리브포트를 지나 루이지애나로 들어갔고, 다른 하나는 미주리를 가로질러 세인트루이스로 갔는데 둘 다 영영 돌아오지 않았어." 그러면서 준장이 어깨를 으쓱했다. "언젠가는 그곳으로도 가보겠지만, 지금 우리의 수비 범위는 텍사스라고 보면 될 거야."

"가보고 싶습니다." 잠시 망설이던 피터가 입을 열었다. "그 커빌이라는 도시 말입니다."

"물론 가볼 수 있지." 보히스가 오랜만에 미소를 지었다. "수송대를 따라가기만 하면 돼."

피터 일행은 아직 보히스의 제안에 답하지 않았고, 피터는 괴로워하고 있었다. 이곳은 안전했고, 조명도 있었다. 마침내 군대를 찾아낸 셈이었다. 물론 내년 봄이 되어야 가능한 일이지만 보히스 준장은 때가 되면 분명 콜로니로 병력을 보내 그곳의 주민들을 데려올 것이었다. 그들이 애초에 여정을 떠난 목적을 충분히 이루고도 남은 상황이었다. 친구들에게 여정을 계속하자고 부추기는 건 불필요하게 위험을 감수하는 짓밖에 되지 않는 것 같았다. 게다가 알리시아와도 함께하지 못하는 이상 피터는 내심 보히스의 제안을 받아들이고 여정을 여기서 끝내고픈 심정이었다.

자꾸만 에이미가 마음에 걸렸다. 알리시아의 말이 맞았다. 이렇게 가까이까지 다가온 다음에 돌아선다면 그 결정을 오랫동안, 아마 평생을 두고 후회할 것이 분명했다. 마이클은 준장의 텐트 안에 있는 라디오에서 신호를 잡아내려 애썼지만 부대에 있는 라디오는 전부 근거리장치라 산으로 막혀 있는 이곳에선 쓸모가 없었다. 보히스는 피터 일행의 말을 믿지만, 그 신호가 무엇을 의미하는지는 알 수 없는 일이라고 했다.

"군대가 민간인을 비롯한 모든 것을 내버려두고 떠나버린 거지. 우리 역시 이미 겪어서 잘 알고 있는 일이야."그렇게 말하는 준장은 정말로 수많은 일을 질릴 대로 겪은 사람처럼 피로한 목소리였다. "여러분 일행이 데려온 이 에이미라는 아이는 피터 군의 말대로 정말 백 살일 수도 있겠지만, 아닐 수도 있지. 피터 군의 말을 못 믿는 것은 아니지만, 겉보기엔 겁에 질린 열다섯 살짜리 아이로 보일 뿐이야. 세상의 모든 일을 다 설명할 수 있는 건 아니야. 내가 보기에 이 아이는 운 좋게 살아남았지만 안타깝게 기억을 잃은 채로 떠돌다가 여러분의 정착지에 발길이 닿았을 뿐이야."

"하지만 목에 발신기가 삽입되어 있었습니다."

"그게 중요한가?" 조롱 조가 아니라 사실을 건조하게 진술하는 목소리였다. "이 아이가 러시아인이나 중국인일 가능성도 있어. 어쩌면 그곳에서도 생존자가 있을지 모른다는 생각에 그곳에서 누군가 찾아오길 오랫동안 기다려왔지."

"생존자가 있습니까?"

그 말에 보히스가 입을 다물더니 그리어와 눈빛을 주고받았다.

"사실, 거기까지는 우리는 알 수 없어. 어떤 사람들은 격리구역을 만든 덕분에 세상의 나머지 부분은 우리 없이도 멀쩡하게 돌아가고 있을 거라고들 하지. 물론 그렇다면 어째서 아무런 통신도 들어오지 않는가 하는 문제가 남지만, 어쩌면 연합군이 지뢰를 매설할 때 일종의 전자기적 바리케이드를 함께 설치했을 가능성도 있지. 반면 ─ 그리어 소령과 나처럼 ─ 모두가 죽었다고 믿는 사람들도 있어. 전부 가설에 불과하지만, 격리구역이 제대로 작동하지 않았다는 전제에서 출발해보자고. 전염병 발발 5년 뒤 미대륙의 인구가 급격히 줄어들자 모두가 이곳의 자원을 노렸을 거야. 포트 녹스의 금광, 뉴욕 중앙은행의 금고는 물론 박물관, 금은방, 심지어 동네 신용금고들까지 지키는 사람 없이 방치되어 있었겠지. 그러나 무엇보다도 큰 수확은 미군 군수품이 누구나 손에 넣을 수 있는 곳에 방치되어 있었다는 사실일 거야. 미국이 지켜보지 않는 와중에 1만 개에 달하는 핵무기를 누가 손에 넣는가에 따라 힘의 균형이 급격히 뒤바뀔 수 있었겠지. 솔직히 말하면 중요한 건 누가, 얼마나 많은 수가 찾아왔느냐가 아니라, 누군가가 이곳에 발을 들였다는 사실 자체일 거야. 아마 그들이 바이러스를 가지고 돌아갔을 테니까."

피터는 방금 들은 말의 의미를 생각하며 잠시 침묵했다. 보히스 준장의 말이 맞는다면 세상은 그저 텅 비어 있는 곳이나 다름없었다.

"에이미가 무엇을 훔치러 온 것 같지는 않습니다." 한참이 지난 뒤에야 피터가 간신히 입을 열었다.

"나 역시 그렇게 생각해. 에이미는 아직 어린아이일 뿐이니까, 피터. 그 애가 도대체 어떻게 살아남았는지는 누구도 알 수 없어. 언젠가는 그 아이가 직접 설명해줄지도 모르지만 말이야."

"에이미는 이미 설명을 충분히 했습니다만."

"피터 군은 에이미가 한 설명을 믿는 거겠지. 나 또한 굳이 반박하지는 않겠네. 하지만 한 가지 해주고 싶은 이야기가 있어. 어린 시절, 내가 살던 동네 뒤편에 다 스러져가는 오두막에서 한 미친 노파가 살았지. 건포도처럼 쪼글쪼글해서는 고양이를 백 마리쯤 기르는 바람에 집에서 고양이 오줌 냄새가 진동했지. 그 노파는 바이럴이 하는 생각이 자기 귀에 들린다고 주장했어. 나 같은 어린애들은 노파를 죽어라고 괴롭혔지. 나중에 생각하면 후회되지만 어린 시절에는 나쁜 짓인 줄도 몰랐어. 노파는 피터 군 일행이 '워커'라고 부르는 사람들과 마찬가지로 내가 살던 정착지로 찾아온 사람이었지." 보히스는 어깨를 으쓱하는 동작과 함께 이야기를 끝맺었다. "내 말은, 누구나 때때로 그런 이야기를 들으며 살아간다는 소리야. 대체로 반쯤 정신이 나간 늙은이의 말이지, 에이미처럼 어린 소녀가 그런 말을 하는 경우는 드물긴 하다만, 새로운 이야기는 아니야."

그리어 소령이 문득 흥미라도 느낀 듯 상체를 앞으로 내밀었다. "그래서 어떻게 됐지?"

"그 노파 말인가?" 보히스 준장이 턱을 문지르며 기억을 더듬었다. "내 기억에 따르면 혼자만의 여행을 떠난 것 같아. 고양이 오줌 냄새가 나는 집 안에서 자기 목을 매달고 죽었지."

피터도, 그리어도 말이 없자 준장은 말을 이었다. "지나치게 깊게 생각할 필요는 없어. 생각해도 소용없을 테니까……. 우리의 목표는 최대한 많은 바이럴을 사살하고 놈들이 모여 있는 구역을 찾아 태워 없애는 거야. 언젠가는 그 일이 무슨 결실을 맺겠지만, 아마 그 결말을 내가 살아서 볼 수는 없겠지."

탁자 위로 상체를 내밀고 있던 준장이 뒤로 물러나자 소령도 똑같이 물러났다. 오늘의 대화는 이것으로 끝이라는 뜻이었다.

"내 제안을 숙고해보기를 바란다, 잭슨 군. 고향으로 돌려보내주겠다는 제안 말이야."

피터가 일어나자마자 남은 두 사람은 커다란 지도를 탁자 위에 펼치고 들여다보기 시작했다. 피터가 문간에서 걸음을 멈추자 보히스 준장이 찌푸린 얼굴로 고개를 들었다.

"할 말이 남았나?"

"그게……."

내가 하고 싶은 말이 정확히 무엇일까?

"알리시아가 잘 있는지 궁금해서요."

"알리시아는 잘 있다, 피터. 커피 대령이 잘 교육한 모양이더군. 지금은 완연한 원정대의 일원으로 탈바꿈해서, 아마 만나도 못 알아볼지도 몰라."

가슴이 찌릿하게 아파왔다. "알리시아를 만나고 싶습니다."

"당연히 그렇겠지. 하지만 당장은 곤란해."

그 말을 듣고도 피터가 문간에 서서 꼼짝도 하지 않자 보히스가 짜증스러운 기색을 채 숨기지도 않은 채 채근했다. "이제 용건은 끝인가?"

피터가 고개를 저었다. "제가 보고 싶어 했다고 전해주십시오."

"그러도록 하지."

텐트를 나오자 오후가 저물고 있었다. 비는 그쳤지만 습한 공기가 뼛속까지 시릴 정도로 으스스했다. 요새의 경계 바깥으로 산등성이에 짙은 안개가 걸려 있었다. 사방이 진흙투성이였다. 재킷으로 몸을 감싼 채 보히스의 텐트 바깥에 있는 공터를 가로질러 건너편에 있는 식당으로 들어갔다. 홀리스가 기다란 식탁의 한구석에 홀로 앉아 우그러진 플라스틱 식판에서 숟가락으로 콩을 떠 먹고 있었다. 식당 여기저기에서는 다른 군인들이 앉아 나직하게 이야기를 주고받고 있었다. 피터는 식판을 집어 음식을 뜬 뒤 홀리스가 앉아 있는 식탁으로 갔다.

"자리 있어?"

"자리 있지. 나도 간신히 한 자리 얻어 앉은 거야." 홀리스가 울적한 말투로 대꾸했다.

피터는 긴 의자의 한편에 앉았다. 홀리스의 말이 무슨 뜻인지 피터도 알았다. 이곳에서 피터 일행은 흔적기관으로 남은 여분의 사지나 마찬가지였다. 할 일도, 맡을 역할도 없었다. 사라와 에이미가 텐트 안에서 꼼짝도 못 하는 신세인 것에 비하면 상대적으로 자유로웠는데도 피터는 덫에 걸려 있는 기분이었다. 군인들은 모조리 그들 일행을 무시했다. 말을 걸 가치도 없는 데다가, 어차피 머지않아 떠날 거라고 생각하는 게 뻔했다.

피터는 홀리스에게 방금 듣고 온 이야기를 전해준 다음 내내 가장 궁금했던 것을 물었다.

"알리시아 봤어?"

"오늘 아침 정찰대와 함께 떠나는 모습을 봤어." 레이미가 이끄는 여섯 명으로 이루어진 정찰대는 남동쪽을 향한 단기 정찰을 떠났다. 보히스에게 정찰이 얼마나 걸릴 거냐고 묻자 그는 피터에게 '필요한 만큼'이라고 수수께끼 같은 대답을 해주었을 뿐이었다.

"좀 어때 보였어?"

"그들 중 하나로 보였어." 홀리스가 잠시 머뭇거렸다. "손을 흔들어 보였는데 날 못 본 것 같아. 다른 사람들이 알리시아를 뭐라고 부르는지 알아?"

피터가 고개를 저었다.

"'최후의 원정대'라더군." 홀리스가 그렇게 말하며 얼굴을 찌푸렸다. "내 생각엔 좀 거창한 이름 같지만 말이야."

두 사람은 잠시 침묵했다. 이제 더는 할 말이 없었다. 알리시아가 잃어버린 팔이나 다리처럼 느껴졌다. 피터는 알리시아가 있어야 할 자리를 찾아 자꾸만 기억을 되짚으며 지냈다. 알리시아가 없다는 데 영영 익숙해질 수 없을 것 같았다.

"그들은 에이미의 이야기를 믿지 않는 것 같아." 피터가 말했다.

"너라면 믿겠어?"

피터는 고개를 저었다. "안 믿겠지."

또다시 침묵이 이어졌다.

"그럼, 우리는 어떻게 하면 좋을까?" 홀리스가 물었다.

폭우가 쏟아지는 바람에 커빌로의 행군이 다음 주로 미뤄진 뒤였다.

"보히스는 우리가 떠나기를 바라는데, 그게 올바른 판단 같기도 해."

"하지만 넌 그렇게 생각하지 않잖아."

피터가 대답을 못 하고 머뭇거리자 홀리스가 포크를 내려놓더니 피터의 눈을 빤히 들여다보았다.

"피터, 너도 날 알잖아. 나는 네가 결정하는 대로 할 거야."

"왜 결정이 내 몫이지?"

"네 몫이라고 한 적 없어. 다만 이번만큼은 네 결정이 옳다는 거야, 피터. 네가 아직 모르겠다면, 그 생각이 맞아. 비가 그칠 때까지 잘 생각해보자고."

피터는 죄책감을 느꼈다. 이 요새에 닿은 뒤부터 사라와 홀리스의 관계에 대해 알고 있다고 터놓고 말할 짬을 내지 못했다. 알리시아를 잃은 뒤로, 그들을 하나로 묶어주던 힘이 약해지고 있다는 사실을 인정하고 싶지가 않았다. 피터와 홀리스, 그리고 마이클이 함께 묵는 텐트는 사라와 에이미가 카드놀이를 하며 비가 그치기만을 기다리고 있는 텐트와 인접해 있었다. 지난 이틀간 피터가 자다 깨면 홀리스의 침대는 비어 있었다. 그러나 아침이면 언제나 홀리스는 제자리로 돌아와 코를 골고 있었다. 아침마다 굳이 꼬박꼬박 돌아와 눕는 것이 피터 때문인지, 아니면 마이클 때문인지는 알 수 없었다. 어쨌거나 마이클은 사라의 동생이었으니까 말이다. 에이미는 하루 정도 불안해하는 것 같았고, 식사를 가져다주고 화장실에 데려다주는 군인조차도 무서워하는 것 같았지만, 곧 침착하게 기다림에 적응했고, 심지어 앞으로의 일을 기대하기까지 하는 것 같았다. '우리는 곧 떠날 거죠?' 그렇게 묻는 에이미의 목소리에 보채는 기색이 묻어 있었다. '눈이 오는 걸 어서 보고 싶거든요.' 피터가 할 수 있는 대답은 '잘 모르겠어, 에이미. 우선 비가 그칠 때까지 기다려보자꾸나.'가 전부였다. 사실은 그렇게 대답하는 순간에도 거짓말을 하고 있다는 기분이 들었다.

홀리스가 피터의 식판을 향해 고갯짓했다.

"좀 먹어."

피터는 식판을 한쪽으로 밀어냈다. "식욕이 없어."

곧 빗물이 송골송골 맺힌 우비를 걸친 마이클이 음식을 산처럼 쌓은 식판을 가지고 나타났다. 셋 중에서 시간을 유용하게 쓰고 있는 건 마이클이 유일했다. 보히스 준장이 그에게 남쪽으로 원정을 갈 때 쓸 차량을 수리하는 임무를 주었던 것이다. 마이클은 식판을 내려놓더니 자리에 앉아 시커먼 기름이 묻은 손으로 옥수수빵 한 조각을 숟가락처럼 쥐고 콩을 게걸스레 퍼먹기 시작했다.

"왜들 그래?" 마이클이 식판에서 고개를 들고 그렇게 묻더니 입안에 가득한 빵과 콩을 꿀꺽 삼켰다. "둘 다 꼭 죽은 사람 같은 표정을 하고 있잖아?"

군인 한 사람이 식판을 들고 그들이 앉은 식탁을 스쳐 지났다. 양쪽 귀가 손잡이처럼 불쑥 튀어나온 일등병으로, 박박 민 머리에 솜털이 엷게 나 있었다.

"러그너트, 안녕?" 군인이 마이클에게 인사하자 마이클의 표정이 환해졌다.

"안녕, 산초. 별일 없지?"

"별일 없어. 혹시 나중에 오고 싶으면 너도 오라구."

마이클이 콩이 그득 든 입을 벌리고 웃었다. "그럼, 가야지."

"저녁 7시, 식당으로 오면 돼." 산초라고 불린 군인이 마치 이제야 홀리스와 피터의 존재를 알아차렸다는 듯 두 사람을 쳐다보았다. "나머지 낙오자들도 오고 싶으면 오시든지."

'낙오자'라는 말에 영영 익숙해질 수 없을 것 같았다. 어떻게 들어도 경멸이 섞인 표현이었기 때문이다.

"어딜 오란 소리지?"

"고마워, 산초. 설명은 내가 할게." 마이클의 말이었다.

산초가 떠나고 나자 피터가 마이클을 향해 눈을 가늘게 떴다. "러그너트?"

마이클은 다시 음식을 먹는 중이었다. "별명이 좀 거창하지? '서킷'보다는 맘에 들어." 그가 식판에 남은 마지막 콩을 빵으로 싹싹 훑어낸 다음 입을 열었다. "나쁜 녀석들이 아니야, 피터."

"나쁜 녀석들이라고 한 적 없어."

잠시 후 홀리스가 입을 열었다. "그런데, 오늘 밤에 모이라는 건 뭐야?"

"아, 그거." 마이클이 아무것도 아니라는 듯 어깨를 으쓱해 보였지만 얼굴은 어쩐지 붉게 달아올라 있었다. "못 들었구나. 오늘은 영화 상영이 있는 날이야."

저녁 6시 30분에 식당에 도착하자 식탁을 전부 뒤로 밀어 만든 빈 공간에 의자가 여러 줄로 배치되어 있었다. 밤이 오자 기온이 뚝 떨어지며 건조해졌다. 비는 멎은 뒤였고, 식당 바깥에 모인 군인들은 지금까지 피터가 한 번도 본 적 없는 모습으로 즐겁게 웃고 떠들며 농담을 주고받고 술병을 주거니 받거니 하고 있었다. 피터는 식당 뒤쪽에 있는 긴 의자에 홀리스와 나란히 자리를 잡았다. 스크린은 하얗게 칠한 합판이었다. 마이클은 저 앞에서 차량 정비소에서 새로 사귄 친구들과 함께 앉아 있었다.

마이클이 영화의 원리에 대해 최선을 다해 설명해주었는데도 피터는 여전히 영화가 무엇인지 감을 잡을 수 없었다. 영화란 피터가 알고 있는 물리법칙과는 동떨어진 그 무엇처럼 느껴졌다. 등 뒤, 높은 탁자에 놓인 프로젝터가 움직이는 이미지를 스크린에 쏘아 보내는 거라고 했다. 그렇다면 그 이미지는 어디에서 나오는 걸까? 스크린 위에 이미지가 반사된다면, 반사할 원본이 있어야 하는 것이 아닐까? 프로젝터에 달린 긴 전선이 식당의 문밖에 놓인 발전기에 연결되어 있었다. 소중한 연료를 의미 없는 오락에 쓰다니 낭비로밖에는 느껴지지 않았다. 하지만 신이 난 60명의 남자들 앞에 그리어 소령이 나타나는 순간 피터 역시도 같은 흥분감을 느꼈다. 어린아이나 느낄 법한 순수한 기대감이었다.

그리어 소령이 조용히 하라는 신호로 한쪽 손을 들었지만 병사들은 점점 더 들떠서 아우성을 질러댔다.

"다들 입 다물어!"

그러자 누군가가 외쳤다. "어서 그 백작을 대령하시지요!"

환호와 고함으로 식당 안이 떠들썩해졌다. 스크린 앞에 서 있는 그리어 소령 역시 입가에 희미한 미소를 띠고 있었다. 군인 특유의 규율로 무장한 딱딱한 외피에 처음으로 금이 가는 것만 같았다. 지금까지 그리어 소령과 함께 시간을 보낸 경험에 따르면, 그건 우연이 아니었다.

그리어는 환호성이 잦아들 때까지 잠시 기다렸다가 헛기침을 해 목을 고르고 입을 열었다.

"좋아, 여러분. 백작은 곧 나타날 거야. 그 전에 전달 사항이 있다. 이곳에서의 나날이 즐거웠길 바라며……."

"아무렴요!"

누군가가 그렇게 외치자 그리어 소령이 그쪽을 향해 인상을 찌푸렸다. "먼시, 한 번만 더 끼어들면 앞으로 한 달간 변소 청소를 맡기겠다."

"여기서 '드락' 사냥하는 일이 너무 신이 나서 그랬습니다!"

군중들이 웃음을 터뜨렸고 그리어는 더 이상 토를 달지 않았다.

"말했듯, 비가 멎었으니 알릴 소식이 있다. 준장님?"

한편에서 기다리고 있던 보히스 준장이 스크린 앞으로 걸어 나왔다.

"고맙네, 소령. 제2중대 제군들, 좋은 저녁이다."

모두가 한목소리로 되받아 외쳤다. "좋은 저녁입니다!"

"비가 잠시 멎었으니 내일 아침 식사를 마친 뒤 분대별로 집합하도록. 내일 날이 밝을 때까지 출발 준비를 마치기를 바란다. '블루 스쿼드'가 귀환하는 즉시 남쪽으로 떠날 것이다. 질문 있나?"

병사 한 명이 손을 들었다. 아까 마이클과 대화를 나누던 산초였다.

"중장비는 어떻게 합니까? 진흙탕이라 나가지 못할 텐데요."

"중장비는 제자리에 두고 군장을 메고 행군한다. 각 분대장에게 문의하도록. 그밖에 질문 없나?"

아무도 입을 열지 않았다.

"좋다. 그럼 이제 영화를 즐기도록."

랜턴의 불빛이 낮아졌다. 프로젝터의 바퀴가 돌아가기 시작했다. 그러니까, 이제 결정의 순간이 온 것임을 피터는 깨달았다. 순식간에 일주일이 지나갔다. 그때 누군가가 옆자리에 슬쩍 끼어 앉는 것이 느껴졌다. 사라였다. 옆에는 추운지 어두운색 모직 담요를 어깨에 두른 에이미도 있었다.

"나오면 안 되잖아." 피터가 사라에게 속삭였다.

"내가 이런 걸 놓칠 것 같아?" 사라도 똑같이 낮은 목소리로 받아쳤다.

스크린 위에 불빛이 번쩍이더니 동그라미 속 숫자가 나타나 하나씩 작아졌다. 5, 4, 3, 2, 1.

카를 레믈 감독

"드라큘라"

브램 스토커 원작

해밀턴 딘 & 존 L. 발더스톤 각색

모두가 환호하는 소리와 함께 스크린에 마차를 끌고 산길을 내달리는 말의 이미지가 펼쳐졌고 피터는 두 눈을 믿을 수가 없었다. 화면에는 색이 없었고 기억날락말락하는 꿈속의 풍경 같은 회색조였다.

"'드락'이라는 게," 홀리스가 피터를 돌아보며 얼굴을 찌푸렸다. "'드라큘라'인 건가?"

"소리가 안 나!" 한 사람이 고함을 치자 나머지도 "소리! 소리!" 하고 외치기 시작했다.

프로젝터를 담당한 병사가 미친 듯이 연결부를 확인하고 손잡이를 여기저기 잡아당기다가 얼른 앞으로 달려 나와 스크린 아래에 놓인 상자 옆에 무릎을 꿇고 앉았다.

"잠깐만요, 아마 이게……."

갑자기 커다란 소음이 들려왔다. 화면의 이미지 ― 마차가 마을로 들어서자 사람들이 맞이하러 달려 나오는 ― 에 넋을 잃고 있던 피터가 반사적으로 벌떡 일어났다. 그러나 다음 순간 피터는 이 소리의 정체를 알아차렸다. 말발굽이 따각이는 소리, 마차의 용수철이 삐걱거리는 소리, 화면에 등장한 사람들이 알 수 없는 언어로 이야기를 나누는 소리였다. 스크린에 비친 이미지는 단순한 사진이 아니었다. 빛도 아니었다. 이미지는 생생한 소리와 함께 살아 숨 쉬고 있었다.

흰 모자를 쓴 남자가 마부를 향해 지팡이를 휘둘렀다. 남자가 입을 열자 군인들이 한목소리로 외쳤다.

"내 짐은 내리지 말게! 오늘 밤 보르고 고개로 가야 하니까!"

그 말과 함께 다들 와르르 웃음을 터뜨렸다. 홀리스를 흘깃 쳐다보았더니 그는 눈앞의 스크린 위에서 펼쳐지는 이미지를 넋을 잃고 바라보고 있었다. 사라도, 에이미도 마찬가지였다.

스크린에 건장한 남자가 나타나더니 마부에게 뭐라고 말을 했다. 알아들을 수 없는 말이 쏟아졌다. 건장한 남자가 처음 등장한 흰 모자 쓴 남자를 향해 입을 열자 또다시 병사들이 큰 소리로 대사를 따라 했다.

"마부는…… 겁이 난답니다. 착한 청년인데, 혹시 오늘 밤은 이대로 보내고 내일 아침 해가 뜨면 출발해도 되는지 여쭙습니다."

그 말에 흰 모자를 쓴 남자가 턱도 없다는 듯 거만한 몸짓으로 지팡이를 휘둘렀다. "미안하네만, 오늘 자정에 보르고 고개에서 만나기로 한 사람이 있어서 말이야."

"보르고 고개에서요? 만날 분이 누굽니까?"

"바로 드라큘라 백작이지."

턱수염이 난 건장한 남자의 눈이 공포에 사로잡힌 듯 크게 열렸다. "드라큘라…… 백작이라고요?"

"가지 마십시오, 렌필드 씨!" 이번에도 대사를 대신 읊은 것은 병사들이었다.

피터는 스크린에서 펼쳐지고 있는 것이 이야기라는 사실을 알아차렸다. 오래전 성소에서 본 책에 나와 있었던, 선생이 아이들을 둥글게 둘러앉혀 놓고 읽어주었던 그런 이야기였다. 스크린에 등장한 사람들은 이야기 속 사람들의 흉내를 냈다. 그들의 과장된 몸짓과 표정을 보자니 어린 시절 선생이 책 속 인물들의 목소리를 흉내 내며 책을 읽어주었던 일이 떠올랐다. 수염투성이의 건장한 남자는 흰 모자 쓴 남자는 모르는 사실을 알고 있었다. 눈앞에 위험이 도사리고 있다는 사실이었다. 흰 모자 남자가 경고를 무시하고 결국은 고개를 올라가자 병사들이 또다시 고함을 지르며 야유를 보냈다. 마차는 어둠 속 산길을 올라 으스스한 달빛에 물든 탑이며 벽으로 둘러싸인 커다란 성을 향했다. 그 이후에 일어날 일은 불 보듯 뻔했다. 건장한 남자가 설명해준 그대로였다. '뱀파이어.' 옛날에 쓰던 단어지만 피터도 아는 단어였다. 피터는 바이럴이 나타나서 마차를 덮친 다음 남자를 갈기갈기 찢어발길 거라고 생각했지만, 그런 일은 일어나지 않았다. 마차는 성문으로 들어섰다. 렌필드라는 남자가 마차에서 내리자 마부는 사라지고 혼자였다. 문이 저절로 열리는 삐걱 소리에 렌필드는 저도 모르게 성안으로 들어섰다. 안은 폐허가 된 커다란 동굴이었다. 헛웃음이 절로 나올 정도로 아무것도 모르는 렌필드는 저도 모르게 뒤로 물러섰는데, 그때 거대한 계단에서 검은 망토를 입은 누군가가 촛불 하나를 들고 내려왔다. 그 남자가 계단 아래에 내려서는 순간 렌필드는 돌아섰고 마치 바이럴 떼 속에 내동댕이쳐진 것처럼 공포에 질려 눈을 희번덕거렸다. 눈앞에 있는 것은 바이럴 떼가 아니라 망토를 입은 남자 한 명에 불과했는데도 말이다.

"나는…… 드라큘라다!"

그 순간 텐트가 떠나가라 환호, 휘파람, 야유가 쏟아졌다. 앞줄에 있던 병사 한 명이 벌떡 일어섰다.

"이봐, 백작, 이거나 먹으라고!" 프로젝터의 불빛 속으로 칼 하나가 빙그르르 날아가더니 턱 하는 소리를 내며 합판으로 된 스크린에 꽂혔다. 정확히 망토를 입은 남자의 가슴 부위였는데, 당연히 영화 속 남자는 칼의 존재를 아랑곳하지 않았다.

"먼시, 무슨 짓이야!" 프로젝터를 담당하던 병사가 고함을 질렀다.

"칼 좀 치워! 칼 때문에 안 보이잖아!" 다른 누군가도 고함을 질렀다.

그러나 그 누구의 목소리에도 화난 기색은 묻어 있지 않았다. 다들 우습다고 생각하는 모양이었다. 먼시는 쏟아지는 야유 속에서 스크린 앞으로 나가 칼을 뽑는 동안 프로젝터가 쏘아낸 이미지는 그의 몸 위를 어른거렸다. 먼시가 돌아서서 씩 웃더니 장난스레 절을 했다.

모두가 웃고, 방해하고, 스크린 속 인물이 입을 열기도 전에 대사를 따라 하는 난장판 속에서도 피터는 이야기에 금세 몰입할 수 있었다. 영화는 중간중간이 끊겨 있었다. 갑자기 화면이 튀더니 방금 전만 해도 성이었던 배경이 바다 위 배가 되었고, 그다음에는 '런던'이라는 곳으로 옮겨갔다. '런던'은 도시였다. '지난 역사' 속의 도시였다. 일종의 바이럴임에도 겉보기에는 전혀 바이럴 같지 않은 드라큘라 백작은 여성들을 죽이고 다녔다. 첫 희생자는 길에서 꽃을 내밀던 소녀, 그다음은 침대에서 인형 같은 얼굴로 자던 젊은 여자였다. 백작의 몸놀림은 우스꽝스러울 정도로 느릿느릿했고, 희생자들의 몸놀림 역시 마찬가지였다. 영화에 등장하는 모든 사람은 몸이 마음대로 움직여지지 않는 꿈속에서처럼 돌아다녔다. 드라큘라는 얼굴이 희고 여성스러웠고, 입술은 박쥐 날개처럼 입꼬리를 올린 모양으로 그려져 있었다. 백작이 누군가를 물려는 순간 영화는 갑자기 느려지면서 두 개의 촛불처럼 문득 빛을 내는 그의 두 눈을 비추었다.

이 영화는 분명 가짜였고, 진지하게 생각할 필요가 없었다. 그럼에도 이야기가 전개될수록 피터는 자신도 모르게 의사 ─ 피터로서는 무엇인지 알 길 없는 '요양소'라는 곳을 운영하는 수어드 박사 ─ 의 딸 미나를, 그리고 어찌할 바 모르고 무력한 얼굴로 주머니에 손이나 꽂고 어슬렁거리는 그녀의 무능한 남편 하커를 걱정하게 되었다. 이 상황을 타개할 방법을 아는 것은 오직 뱀파이어 사냥꾼 반 헬싱뿐이었다. 사냥꾼이라지만 피터가 살면서 본 사냥꾼과는 사뭇 다른, 두꺼운 안경을 쓴 노인이었고, 병사들은 신이 나서 그의 장황한 언설을 따라 하며 조롱했다. "신사 여러분, 우리는 상상조차 하기 어려운 일들을 해내고 있소!", "내일의 미신은 오늘의 과학적 진실이 될 수 있다오!" 반 헬싱이 그런 대사를 뱉을 때마다 병사들의 야유가 쏟아졌지만, 어쩐지 피터에게 그의 말 대부분은 진실하게 들렸다. "섭리를 거슬러 수명이 연장된 존재." 바이럴을 이보다 더 잘 설명할 수 있는 말이 있을까? 혹시 반 헬싱이 보석함의 거울을 사용했던 건 라스베이거스에서 피터 자신이 프라이팬으로 바이럴의 주의를 집중시킨 것과 같은 걸까? 그리고, 만약 반 헬싱의 말대로 "뱀파이어는 매일 밤 고향에서 잠들어야만 한다"라는 것이 정말이라면, 감염된 사람들이 집으로 돌아오는 것도 그 때문일까? 영화는 상당 부분 지어낸 이야기라기보다는 바이럴에 대한 설명서인 것만같이 느껴졌다. 혹시 이 이야기는 지어낸 것이 아니라 옛날에 일어났던 일을 있는 그대로 기억해놓은 것인지도 몰랐다.

결국 의사의 딸 미나는 감염되고 만다. 하커는 반 헬싱과 함께 어두운 지하실 속에 있는 뱀파이어의 은신처로 향한다. 그제야 피터는 이 이야기의 결말을 알 수 있었다. 하커와 반 헬싱은 '자비'를 행하려 하는 것이었다. 그들은 미나를 잡아서 죽일 것이고, 그 끔찍한 일을 수행하는 사람은 미나의 남편 하커가 될 것이다. 피터는 마음의 준비를 단단히 했다. 드디어 병사들도 입을 다물고 이 영화의 암울한 결말이 펼쳐지기를 기다리고 있었다.

그러나 영화의 결말은 볼 수 없었다. 한 병사가 텐트로 달려 들어왔던 것이다.

"불 켜! 게이트에 누군가가 찾아왔다!"

다음 순간 영화는 그대로 잊혀버렸다. 병사들은 벌떡 일어나 각자 권총이며 소총, 칼을 꺼내 들었다. 출구로 달려나가는 소란 속에서 누군가가 엎어지는 바람에 프로젝터의 전원선이 뽑히자 방 안이 캄캄해졌다. 모두가 고함을 지르며 몸싸움을 하고 있었다. 바깥에서 총성이 들렸다. 사람들을 따라 바깥으로 나가자 게이트 바깥의 진흙탕을 면한 벽 너머에서 불길이 두 개 피어오르는 모습이 보였다. 마이클이 산초와 함께 달려가는 것을 보고 피터가 그의 팔을 붙들었다.

"어떻게 된 거지? 무슨 일이 일어나고 있는 거야?"

하지만 마이클은 달리기를 멈추지 않았다. "블루 스쿼드가 돌아왔어! 어서 달려!"

식당 안은 혼돈 그 자체였지만 밖으로 나오자마자 군인들은 모두 질서를 되찾았다. 모두가 자기가 해야 할 일을 알았다. 병사들은 곧바로 여럿으로 나뉜 다음 몇몇은 벽에 놓인 사다리를 타고 올라갔고 나머지는 게이트 바로 안쪽에 모래주머니로 쌓아놓은 바리케이드 뒤에 자리를 잡았다. 몇몇은 앞장서서 손전등을 들고 바깥 진흙탕 위를 비추었다.

"그들이 옵니다!"

"게이트 열어! 지금 당장 열라고!" 벽 아래 서 있던 그리어 소령이 고함을 질러댔다.

성벽 위에서 은폐 사격의 총성이 쏟아지는 가운데 여섯 명의 병사들이 게이트 경첩의 도르래 장치에 연결된 밧줄에 온몸으로 매달렸다. 틈 없이 맞물리는 병사들의 움직임이 자아내는 숙련된 아름다움과 우아함에 피터는 잠시 넋을 잃고 말았다. 밧줄에 매달린 병사들이 아래로 서서히 내려옴과 동시에 게이트가 양쪽으로 열리면서 조명이 환한 바깥이 드러나더니 블루 스쿼드 대원들이 뛰어

들어왔다. 선두에 선 건 알리시아였다. 대원들이 몸을 굴려 성벽으로 진입함과 동시에 바리케이드 뒤에 있던 병사들이 총이 그들의 머리 위로 불을 뿜었다. 피터는 바이럴의 모습조차 보지 못했다. 모든 것이 너무 빠르고, 너무 소란하게 진행되더니 그렇게 갑자기 끝이 나버렸다. 게이트는 이미 굳게 닫힌 뒤였다.

피터는 알리시아가 있는 곳을 향해 달려갔다. 알리시아는 바닥에 엎드린 채 거친 숨을 몰아쉬고 있었다. 얼굴에서 위장칠이 땀에 섞여 뚝뚝 흘러내렸고, 삭발한 머리통이 손전등의 차디찬 불빛 속에서 잘 다듬은 금속처럼 빛을 냈다.

알리시아는 몸을 일으키며 짧은 순간 피터와 눈을 마주쳤다. "피터, 지금 당장 이곳을 나가."

머리 위에서 마지막 총성 몇 발이 들렸다. 바이럴은 흩어져서 빛을 피해 달아난 뒤였다.

"어서." 알리시아가 단호하게 말했다. 한 단어 한 단어가 이를 꽉 깨물고 내뱉는 말 같았다.

다른 대원들이 모여들기 시작했다. "레이미는? 대체 레이미는 어디 있는 거야!" 보히스 준장이 고함을 쳤다.

"사망했습니다."

보히스가 몸을 돌려 흙바닥에 무릎을 꿇은 알리시아를 바라보았다. 그러다 피터를 발견하는 순간 보히스의 눈이 노여움으로 번득였다.

"피터, 네가 있을 곳이 아니야!"

"준장님, 발견했습니다." 알리시아가 입을 열었다. "놈들의 근거지를 찾았습니다. 벌집처럼 수백 마리가 모여 있었습니다."

보히스가 홀리스를 비롯한 피터 일행을 향해 손을 휘둘렀다.

"전부 숙소로 돌아가, 지금 당장!"

보히스는 일행의 대답을 기다리지도 않고 다시 알리시아에게로 돌아섰다.

"도나디오 이병, 마저 보고하라."

"저희가 광산을 찾아냈습니다." 알리시아의 말이었다.

보히스가 이끄는 중대는 여름 내내 바이럴의 근거지를 찾아다녔다. 오래된 구리광산의 입구가 언덕 어딘가에 숨겨져 있었다. 그곳이 바로 보히스가 언급한 '핫스팟' 중 하나로 바이럴들이 잠을 자는 곳이었다. 그들은 오래된 지형도와 이곳저곳에 설치한 그물을 통해 수색 범위를 강 상류로 약 20제곱킬로미터의 범위까지 좁혀온 차였다. 블루 스쿼드의 목표는 철수 전에 마지막으로 한 번 더 바이럴의 근거지를 찾는 시도를 하는 것이었다. 그들이 광산을 찾을 수 있었던 것은 순전히 우연이었다. 마이클의 말에 따르면 블루 스쿼드는 해가 지기 직전 자신들도 모르는 사이에 그곳에 도착해 있었다고 했다. 땅이 움푹 꺼지더니 그 위에 서 있던 대원이 비명을 지르며 아래로 빨려 들어갔던 것이다. 다음 순간 첫 번째 바이럴이 나타나 대원들이 채 총을 꺼내기도 전에 두 명의 대원을 죽였다. 남은 대원들이 간신히 사격선을 형성했지만 이때 땅 밑에서 피에 굶주린 바이럴들이 떼를 지어 쏟아져 나왔다. 해가 지면 그들은 순식간에 바이럴들에게 잠식당할 것이 뻔했고, 광산의 입구 역시 이미 다시 시야에서 사라진 뒤였다. 가져온 총탄을 다 쓰면 시간이야 벌겠지만 그뿐일 터였다. 그들은 둘로 나뉘었다. 앞의 그룹은 죽기 살기로 요새를 향해 달리고, 뒤에 남은 그룹은 레미 중위가 주축이 되어 나머지가 탈출할 수 있도록 최대한 오랫동안, 해가 지고, 총탄이 다 떨어질 때까지 바이럴을 붙들어놓고 그대로 죽음을 맞기로 했다.

캠프 안은 밤새 분주했다. 피터 역시 변화를 감지할 수 있었다. 하염없이 기다리기만 하던 나날은 끝이었다. 보히스가 이끄는 중대는 전투에 나설 준비를 하고 있었다. 마이클은 폭약이며 연료통 따위를 운반할 차량을 마련하러 나가 있었다. 이 모든 것은 지게차에 실려 노출된 광산 속으로 곧장 던져질 것이다. 폭탄이 터지면 안에 있던 바이럴 중 다수를 사살할 수 있겠지만, 문제는 살아남은 바이럴들이 어디로 빠져나올까 하는 것이었다. 지난 100년의 세월 동안 이곳의 지형은 변했을 테고, 아마도 산사태나 지진 때문에 완전히 새로운 출구가 생겼으리라고 생각하는 수밖에 없었다. 한 소대가 폭탄을 광산 속에 투하하는 동안 나머지는 최대한 출구를 찾아볼 것이다. 운이 좋다면 폭탄이 터질 때 모두가 제 위치에서 대기할 수 있을 터였다.

새벽이 회색빛으로 밝아왔다. 밤새 기온이 떨어져 마당에 있던 웅덩이에는 얼음이 얼었다. 차량에는 필요한 물자들이 실렸고 요새를 지킬 소대 하나를 제외하고 병사들 전원이 게이트 앞에 집합해 있었다. 그때까지 알리시아는 보히스 준장의 텐트에 한참 머물러 있었다. 왔던 길을 따라 생존자들을 다시 요새까지 이끌고 온 것이 바로 알리시아였다. 준장과 나란히 험비의 후드 위에 지도를 펼쳐놓고 들여다보고 있는 알리시아의 모습이 보였다. 그리어 소령은 말에 탄 채 물자가 실리는 모습을 감독하고 있었다. 멀찍이서 이 모습을 지켜보고 있자니 피터는 점점 초조해졌으나, 지금 느껴지는 감각은 그것이 전부가 아니었다. 또 다른 감각, 호흡과 마찬가지로 본능적인 끌림이 느껴졌다. 지난 며칠간 피터는 여정을 계속해야 한다는 것을 알면서도 차마 알리시아를 두고 떠날 수 없어 망설였다. 그러나 출정 준비를 마무리하는 병사들 속에서 알리시아의 모습을 보고 있는 지금, 피터의 마음속을 차지한 열망은 단 하나였다. 보히스의 군단이 전쟁에 나서는 중이었다. 그리고 피터 역시 그 군단의 일부가 되고 싶었다.

그리어 소령이 가까이 오는 것을 보고 피터가 앞으로 나섰다. "소령님, 드리고 싶은 말씀이 있습니다."

소령은 서두르느라 정신이 없어 보였다. "뭔가, 잭슨?"

"저도 함께 가고 싶습니다."

그 말에 그리어가 피터를 한참 바라보았다.

"민간인은 함께 갈 수 없다."

"후방에서 따르겠습니다. 제가 할 수 있는 일이 분명 있을 것입니다. 일종의 주자라든가요."

그리어는 마이클을 비롯한 네 사람이 디젤유가 담긴 드럼통을 싣고 있는 트럭 쪽으로 시선을 돌렸다.

"위더스 병장! 잠시 나 대신 저쪽을 좀 지켜봐주겠나? 그리고 산초, 이 사슬도 좀 손봐야겠어."

"알겠습니다."

"이 안에 있는 건 폭탄이라고! 조심 좀 하라고." 그러더니 그리어 소령은 마침내 피터를 향해 입을 열었다. "이쪽으로 따라와."

소령이 말에서 내리더니 피터를 한쪽으로 불러세웠다.

"알리시아가 걱정되어서 이런다는 건 알아. 만약 나에게 그럴 권한이 있었다면 널 데려갔을 거야."

"준장님께 말씀드리면……."

"안타깝게도 그럴 수는 없어." 그러면서 그리어는 알 듯 말 듯한 표정을 지어보였다. 순간이지만 망설임의 빛이 그의 얼굴을 스쳐 갔다.

"에이미라는 아이에 대해 할 말이 있어." 그리어가 고개를 세차게 저었다. "맙소사, 이 말을 결국 입 밖에 내다니. 아마 숲속에서 너무 오랜 시간을 보냈나 봐. 그걸 뭐라고 하더라? 어떤 일이 꿈에서 본 것처럼, 이미 겪은 일처럼 느껴지는 현상에 이름이 있었는데."

"소령님?"

그리어는 여전히 시선을 다른 데 두고 있었다. "맞아, '기시감旣視感'이라고 하지. 너희들을 만난 순간부터 나는 쭉 그런 기분이었어. 아주 지독한 기시감을 느꼈지. 지금의 날 보면 상상도 안 되겠지만, 어릴 때 나는 하루가 멀다 하고 앓는 말라깽이였어. 부모님이 일찍 돌아가셨는데 기억이 나지 않는 걸 보니 아마 고아원에서의 일이었던 것 같아. 손발이 더러운 아이들 50명이 코를 찔찔거리며 한방에 틀어박혀 지내는 곳이었지. 그 일을 겪은 것은 거기서였어. 나는 열에 들떠 지독한 악몽을 꾸는 일이 잦았는데, 꿈의 내용은 설명할 수도 없고 기억나지도 않아. 내가 아직까지 기억나는 것은 그 꿈의 느낌뿐이야. 깜깜한 어둠 속에서 혼자 수천 년을 헤매는 듯한 기분. 그런데 중요한 건 그 꿈속에서 난 혼자가 아니었단 사실이야. 그 또한 꿈이었겠지. 그 기분을 아주 오랜 세월 잊고 살았는데, 너희들이 나타난 순간 다시 기억이 났어. 에이미라는 아이, 그 아이와 눈이 마주친 순간이었어. 내가 아무것도 모른다고 생각했겠지만, 에이미와 눈이 마주친 순간, 난 시간을 거슬러 다시금 열에 들떠 신음하는 여섯 살 아이로 되돌아간 기분이었어. 미친 소리처럼 들리겠지만, 그 꿈속에서 나와 함께 있었던 사람이 바로 에이미였어."

소령이 말을 마치자 침묵이 찾아왔다. 그의 말뜻을 이해한 피터는 부르르 떨었다.

"보히스 준장님께 말씀드렸습니까?"

"그럴 리가 있어? 너에게도 이제야 겨우 털어놓을 수 있었는데."

소령은 이야기는 여기서 끝났다는 뜻으로 말의 굴레를 움켜쥐고 안장에 도로 올라탔다.

"이야기는 여기까지야. 왜 함께 갈 수 없냐고 묻는다면 내가 할 수 있는 대답은 이것뿐이야. 우린 다시 이곳으로 돌아오지 않을 예정이고, 레드 스쿼드가 당신 일행을 로즈웰까지 데려다줄 거라고. 거기까지가 공식적인 답이야. 그러나 비공식적인 의견을 이야기한다면, 너희들이 가던 길을 계속 간다 해도 우린 막지 않겠어."

소령이 말의 박차를 가해 저쪽으로 사라졌다. 엔진이 부릉거리는 소리가 나고 게이트가 열렸다. 피터는 다섯 개 분대에 말과 차량 들이 서서히 바깥으로 움직여가는 모습을 지켜보았다. 저 중 어딘가에 알리시아가 있겠지. 아마 보히스와 함께 선두에 서 있을 것이었다. 하지만 알리시아의 모습은 보이지 않았다.

모두가 게이트 밖으로 사라지고 오랜 시간이 지난 뒤에야 마이클이 피터의 곁에 다가와 섰다.

"같이 갈 수 없다고 했던 거지?"

피터는 고개를 끄덕일 수밖에 없었다.

"나한테도 그러더라고." 마이클의 말이었다.

그들은 그날 하루가 가고 다음 날이 될 때까지 하염없이 기다렸다. 분대 하나만 남아서 지키고 있는 기지 안은 낯설고 텅 빈, 외딴곳 같은 느낌이 들었다. 이제는 에이미와 사라도 캠프 안을 자유롭게 돌아다닐 수 있었지만 갈 곳도, 할 일도 없었다. 오로지 기다림만이 남아 있었다. 에이미가 한없이 침묵하는 바람에 피터는 혹시 그 아이의 목소리를 들었던 것도 꿈이 아니었나 하는 생각이 들었다. 에이미는 온종일 무언가에 골몰하는 눈빛으로 텐트 안 자기 침대에 가만히 앉아 있었다. 결국 더 이상 참지 못한 피터는 에이미에게 혹시 기지 바깥에서 무슨 일이 일어나는 건지를 아는지 물었다.

에이미는 불분명한 목소리로 입을 열었다. 피터를 바라보면서도 보고 있지 않은 것 같은 눈빛이었다.

"그들은 길을 잃었어요. 숲속을 헤매고 있어요."

"누구 얘기니, 에이미? 누가 헤매고 있다는 거야?"

그제야 에이미는 현재로 돌아와 피터의 존재를 알아차린 듯했다.

"피터, 우리 이제 곧 떠나는 거죠?" 에이미가 또다시 채근했다. "어서 떠나고 싶어요." 그러더니 설핏 웃었다. "눈 천사를 만들고 싶거든요."

혼란스러운 정도가 아니라, 사람을 미치게 하는 소리였다. 처음으로 에이미에게 화가 났다. 머뭇거리다가 발이 묶여버린 지금만큼 무력한 기분이 든 건 처음이었다. 며칠 전에 떠났어야 했는데, 이제 이곳에 갇힌 신세가 되고 말았다. 그러나 피터로서는 알리시아가 안전하다는 확신 없이는 도저히 떠날 수가 없었다. 그는 벌떡 일어나 여자들이 쓰는 텐트를 나가서 부대 안을 서성거리며 시간을 흘려보냈다. 누구에게 말을 걸지도 않고 남들과는 거리를 유지했다. 하늘은 맑았지만 저 멀리 동쪽으로 보이는 산꼭대기에 얼음이 덮여 반짝이고 있었다.

어쩌면 영영 이 기지를 떠나지 못할 수도 있을 것 같았다.

그러다가 사흘째 되는 아침, 마침내 엔진 소리가 들렸다. 피터는 사다리로 달려가 캣워크 위로 올라갔다. 소대장인 유스터스가 그 위에서 쌍안경을 들고 남쪽을 살피고 있었다. 기지에 남은 소대원들 중에서 피터 일행과 대화를 나눌 권한이 있는 건 오직 유스터스뿐이었고 그는 항상 요점만 간결하게 전달했다.

"그들이 왔습니다." 유스터스가 말했다. "일부만 돌아온 것 같습니다."

"몇 명이나 왔습니까?" 피터가 물었다.

"2개 소대가 온 것 같습니다."

게이트 안으로 들어온 병사들은 전부 기진맥진한 상태로 꼴이 말이 아니었다. 그들의 행동에서 패배의 기색이 짙게 풍겼다. 그중에 알리시아는 없었다. 줄의 맨 끝에 말에 탄 그리어 소령이 보였다. 홀리스와 마이클이 텐트를 나와 그리어에게 달려가자 그는 넋이 나간 얼굴로 말에서 내려 물을 한참 들이켠 다음에야 입을 열었다.

"우리가 맨 먼저 도착한 건가?" 그리어가 피터에게 물었다. 굉장히 혼란스러워 보였다.

"알리시아는 어디 있습니까?" 피터가 따져 물었다.

"지독하기 그지없었습니다. 언덕 전체가 전부 놈들로 우글거리고 있었단 말입니다. 사방에서 덮쳐드는 바람에 완전히 포위되고 말았습니다."

피터는 더 이상 참지 못하고 그리어의 어깨를 거칠게 붙든 뒤 억지로 눈을 맞췄다.

"씨발! 알리시아는 어디 있냐니까!"

그러나 그리어는 저항조차 하지 않았다.

"모르겠어. 미안하군. 어둠 속에서 모두가 흩어지고 말았어. 알리시아는 보히스 준장과 함께였어. 대피처에서 하루를 꼬박 기다렸지만 나타나지 않았어."

또 기다려야 하다니, 참을 수가 없이 화가 났다. 무력감을 견딜 수가 없었다. 잠시 후 성벽에서 고함치는 소리가 들렸다.

"2개 소대가 귀환하고 있습니다!"

걱정을 그치지 못하고 식당에 앉아 있던 피터가 그 소리를 듣고 바깥으로 달려갔다. 게이트에 도착하는 순간 폭약을 신고 떠났던 트럭이 막 안으로 들어오는 참이었다. 화물칸에 붙은 렌치가 덜렁거리고 있었다. 총 3개 소대를 이루던 24명이 2개 소대로 재편되어 돌아왔던 것이다. 피터는 그들의 넋 나간 얼굴을 훑으며 알리시아를 찾았다.

"도나디오 이병! 도나디오 이병이 어떻게 되었는지 아시는 분 없습니까?"

아무도 알리시아의 행방을 몰랐다. 그들이 하는 이야기는 하나같이 똑같았다. 폭탄이 터지자 발밑의 땅이 갈라지더니 바이럴이 쏟아져 나오는 바람에 모두가 깜깜한 어둠 속에서 흩어졌다는 것이다.

누군가는 보히스가 죽는 모습을 봤다고 했고 누군가는 보히스가 블루 스쿼드와 함께였다고 했다. 그러나 알리시아를 보았다는 사람은 아무도 없었다.

하루가 느릿느릿 지나갔다. 피터는 아무에게도 말을 걸지 않고 연병장을 하염없이 걸었다. 이제 기지의 총사령관이 된 그리어는 피터에게 희망을 잃지 말라고 전했다. 보히스 준장을 믿으라고, 누군가가 살아서 돌아온다면 그건 커티스 보히스라는 것이었다. 하지만 그렇게 말하는 그리어의 얼굴을 보자 그 역시 누구도 돌아오지 않을 거라고 생각하기 시작했음을 알 수 있었다.

어둠이 내리자 피터의 희망도 사라졌다. 텐트로 돌아가자 홀리스와 마이클이 카드 게임을 하고 있었다. 그가 들어오는 기척에 둘 다 고개를 들었다.

"딴생각하지 않으려고 하는 거야." 홀리스가 말했다.

"변명할 필요 없어."

피터는 진흙 범벅이 된 부츠를 벗지도 않고 그대로 침대에 누워 이불을 덮었다. 온몸이 지저분한 데다가 피로에 찌든 상태였다. 지난 몇 시간은 현실이 아닌 것처럼 비몽사몽한 상태로 지나갔다. 며칠째 음식을 입에 거의 대지도 않았는데 배가 고프다는 생각조차도 들지 않았다. 차가운 겨울바람이 텐트의 벽을 흔들고 있었다. 잠들기 전에 피터가 마지막으로 한 생각은 알리시아가 남긴 마지

막 말이었다. '이곳을 어서 떠나.'

그러다가 저 멀리서 고함 소리가 들려오는 바람에 피터는 잠에서 깨어 벌떡 일어나 앉았다. 홀리스가 텐트의 덮개를 젖히고 고개를 내밀어 바깥을 살피고 있었다. "누군가가 게이트에 와 있어."

그 말에 피터는 이불을 벗어 던지고 조명등이 환한 바깥으로 달려나갔다. 의심은 확신이 되었고, 연병장을 반쯤 가로질렀을 즈음 피터가 기다리고 기다리던 그 사람이 시야에 들어왔다.

알리시아가 돌아왔던 것이다.

알리시아가 게이트에 서 있었다. 처음에는 혼자인 것 같았지만 모여 있는 사람들을 뚫고 더 가까이 다가가다 보니 땅바닥에 무릎을 꿇고 앉아 있는 또 다른 병사가 보였다. 먼시였다. 양 손목이 앞으로 묶여 있었다. 조명등 불빛에 땀범벅이 된 먼시의 얼굴이 드러났다. 덜덜 떨고 있었지만 추워서가 아니었다. 한 손이 피에 젖은 헝겊으로 둘둘 감겨 있었던 것이다.

병사들이 거리를 유지한 채 두 사람을 둘러싸고 섰다. 경건한 침묵이 모두를 휘감은 뒤였다. 그리어가 알리시아에게 다가갔다.

"보히스 준장은?"

알리시아가 고개를 저었다. 전사했다는 뜻이었다.

먼시는 피투성이가 된 한 손을 멀찍이 든 채 가쁜 숨을 몰아쉬고 있었다. 그리어가 먼시 앞에 몸을 낮추어 앉았다.

"먼시 하사." 달래는 듯한 낮은 목소리였다.

"예." 먼시가 혀를 내밀어 느릿하게 입술을 축였다.

"죄송합니다."

"죄송하다고 할 필요 없다. 잘했어."

"제 손을 이렇게 만든 놈을 놓치고 말았습니다. 개처럼 저를 물어뜯는 것을 도나디오가 처치했습니다." 그러면서 먼시가 알리시아를 향해 고갯짓했다.

"싸우는 모습만 보면 도나디오가 여성이라는 것을 아무도 모를 것입니다. 저를 결박해서 이곳으로 돌려보내달라고 제가 도나디오에게 부탁한 점을 죄송하게 생각합니다."

"먼시, 자네에겐 그럴 권리가 있어. 원정대에 소속된 군인으로서 마땅한 권리야."

그때 먼시가 몸을 떨며 세 번 거칠게 경련했다. 입술이 말려 들어가 벌어진 잇새가 드러나 보였다. 군인들의 몸이 뻣뻣이 굳더니 다들 무의식중에 허리에 찬 칼로 손을 잽싸게 뻗었다. 그러나 경련하는 먼시 앞에 쭈그리고 앉아 있는 그리어는 미동도 없었다.

"이제 때가 된 것 같습니다." 경련이 멎자 먼시가 말했다. 먼시의 눈에는 작은 두려움도 묻어 있지 않았다. 그는 차분하게 운명을 받아들이고 있었다. 물이 배수구로 빠져나간 것처럼 그의 얼굴에는 핏기가 하나도 없었다. 먼시가 묶인 양 손목을 들어 피 묻은 헝겊으로 이마의 땀을 훔쳐냈다.

"소령님, 저는 가급적 칼로 마지막을 맞고 싶습니다."

그리어가 고개를 끄덕였다. "그러도록 하지."

"가능하면 도나디오가 해주었으면 합니다. 좋은 곳으로 데려다준 사람과 춤을 춰야 한다고 저희 어머니가 늘 말씀하셨습니다. 도나디오는 거절할 수도 있었는데 너그럽게도 저를 여기까지 데려다주었습니다." 땀을 비 오듯 흘려대는 가운데 먼시가 눈을 끔벅였다. "이렇게 마지막을 맞을 수 있다는 점이 영광스럽다는 말을 남기고 싶습니다. 이 말을 하기 위해 돌아오고자 했습니다. 그래도 소령님, 이제 저에게서 물러나 주십시오."

그리어가 일어서서 뒤로 물러나자 모두가 차렷 자세를 취했다. 그리어가 모두에게 들리도록 목소리를 높였다.

"먼시 하사는 원정대의 자랑스러운 군인으로서 이제 머나먼 여행을 떠나고자 한다. 자, 모두 먼시에게 만세 삼창을 보내도록 하자. 만세!"

"만세!"

그리어가 칼을 뽑아 알리시아에게 건넸다. 알리시아는 차분한 무표정이었다.

임무를 수행하는 군인의 얼굴이었다. 알리시아가 칼을 쥐더니 고개를 숙이고 묶인 양손을 무릎 위에 놓은 채 기다리고 있던 먼시의 앞에 무릎을 꿇었다. 알리시아는 고개를 숙여 먼시의 이마에 자기 이마를 댔다. 알리시아의 입술이 움직이며 먼시에게 낮게 속삭이는 모습이 보였다. 피터는 그 모습이 두렵지 않았다. 그저 놀라울 뿐이었다. 시간이 멈춘 듯했던 그 순간은 마치 사건들의 흐름 속에 있는 것이 아니라 영원히 고정된 단일한 순간, 한번 건너가면 돌아올 수 없는 선인 것만같이 느껴졌다. 먼시가 죽음을 맞는다는 사실 또한 그 사건이 가진 의미의 일부에 지나지 않는 것만 같았다. 칼이 순식간에 움직이며 피터가 채 눈앞에 펼쳐진 광경을 이해하기도 전에 임무를 완수했다. 알리시아가 손을 떼자 칼자루만 남기고 먼시의 가슴팍에 깊이 꽂힌 칼이 보였다. 먼시는 눈물이 고인 눈을 크게 뜨고 입은 벌린 채였다. 알리시아는 아이를 어르는 어머니처럼 부드럽게 먼시의 얼굴을 손으로 받친 채로 "잘 가십시오, 먼시." 하고 중얼거렸다. 먼시의 입에 피가 고였다. 먼시는 공기가 아니라 그 이상의 것, 모든 것이 끝나고, 모든 걱정이 사라진 달콤한 자유를 들이켜듯 마지막 호흡을 들이쉬었다. 그러더니 생명이 그의 육체를 떠나며 먼시는 앞으로 엎어졌고 알리시아가 두 팔로 먼시의 몸을 받쳐 기지 안의 흙바닥에 조용히 내려놓았다.

다음 날 피터는 온종일 알리시아의 모습을 보지 못했다. 그다음 날도 마찬가지였다. 그리어를 통해 말이라도 전할까 하는 생각은 했지만, 무슨 말을 해야 할지도 알 수 없었다. 사실 피터도 알았다. 예전의 알리시아는 이미 사라진 것이나 다름없었다. 이제 그녀는 피터가 속하지 않은 다른 세계로 들어간 것이었다.

희생자는 보히스 준장을 포함해 46명이었다. 모두가 전사한 것은 아니고 일부는 납치되었을 가능성도 있었다. 수색대를 보내자는 사람들도 있었지만 그리어는 허락하지 않았다. 제3중대와 접선하려면 곧 떠나야 했다. 그리어는 72시간 내로 이곳을 비우고 떠날 것을 선언했다.

둘째 날 저녁에는 떠날 채비가 거의 다 갖추어졌다. 식량, 무기, 장비, 그리고 식당 텐트를 제외한 대형텐트 대부분이 전부 꾸려진 뒤였다. 조명등이며 거의 바닥을 드러낸 대형 연료 수송차, 그리고 험비는 두고 가기로 했다. 중대는 둘로 나뉘어 이동할 것인데, 일부는 알리시아가 지휘하는 정찰대를 꾸려 말을 탈 것이고 나머지는 트럭을 타거나 도보로 이동하기로 했다. 희생자가 많아 알리시아 역시 전장에서의 임무를 맡게 되었다. 이제 알리시아는 도나디오 중위였다.

그리어는 사라와 에이미를 격리시키는 조치 역시 거두었다. 사람일 뿐 남녀로 나눌 필요가 없다는 것이었다. 전투에서 부상을 입은 병사들이 많았다. 대체로 긁히거나 베고 삐는 정도의 가벼운 부상이었지만 쇄골이 부러진 병사가 하나 있었고 산초와 위더스가 폭발 때문에 심한 화상을 입었다. 위생병 둘이 사망했기에 사라는 에이미의 도움을 받아 부상병들이 남쪽으로 떠날 수 있도록 최대한의 처치를 하는 임무를 맡았다. 피터와 홀리스는 두 개의 대형 보급품 텐트에 있는 내용물을 분류하고 필요한 것들을 챙기고 나머지는 기지 주변에 흩어져 있는 여러 개의 참호에 옮겨놓는 임무를 맡았다. 마이클은 수송부에서 거의 모습을 드러내지 않았다. 막사에서 잠을 자고 차량 정비를 맡은 다른 병사들과 함께 식사를 했다. 심지어 이제는 마이클이라는 이름도 잃고 모두가 그를 러그너트라고 부르고 있었다.

철수할 것인지 아닌지에 대한 질문이 허공에 걸린 칼날처럼 피터를 괴롭혔다. 그는 아직 그리어에게 대답하지 않았는데, 사실 어떻게 해야 할지 몰라서였다. 사라, 홀리스, 마이클은 물론 에이미까지도 모두 그가 시간을 두고 결정할 수 있도록 기다려주고 있었다. 그들이 그 주제에 대해 한마디도 하지 않는 걸 보면 그런 것 같았다. 아니면 단지 피터를 피하고 있는 건지도 모르지만 말이다. 철수하든, 여정을 계속하든, 이제 와서 안전한 기지를 떠나는 건 위험한 일로 느껴졌다. 그리어는 광산을 폭발시킨 이상 놈들이 숲속에 들끓을 거라고 경고했다. 어쩌면 내년 여름에 그들이 돌아올 때까지 이곳에서 기다리는 게 나을지도 모른다고 조언했다. 산 위에 무엇이 기다리고 있는지 몰라도 아주 오래전부터 그 자리에 있었던 만큼 내년까지 기다려도 사라지지 않을 거라는 소리였다.

알리시아가 돌아온 지 이틀째 되는 날 저녁 피터가 텐트에 들어와 보니 홀리스가 자기 침대에 혼자 앉아 있었다. 어깨에는 겨울용 파카를 걸치고 무릎에 기타를 올려놓은 채였다.

"어디서 났어?"

홀리스는 집중한 얼굴로 기타 줄을 퉁기고 있다가 고개를 들어 이제는 뺨을 반이나 덮을 정도로 수염이 무성한 얼굴로 미소를 지었다. "마이클이랑 친해진 정비병 하나가 가지고 있더라고." 그러면서 홀리스는 다시금 기타 줄을 퉁겨 피터로서는 잘 알아들을 수 없는 어떤 가락을 연주했다.

"너무 오랜만에 만져봐서 기타 치는 법을 잊은 것 같아."

"네가 기타 칠 수 있는 건 몰랐는데."

"사실 잘 못 쳐. 아를로가 잘 쳤지."

피터는 맞은편 침대에 걸터앉았다. "자, 어서 뭐라도 연주해봐."

"잘 기억이 안 나, 그저 한두 곡 연주할 수 있는 게 다야."

"그래도 해봐."

홀리스는 어깨를 으쓱했지만, 기타를 쳐달라는 말을 듣고 기분이 좋은 건 분명했다. "잘 못 친다고 분명 미리 말했으니까 듣고 딴소리하지 마."

홀리스가 기타 줄을 이리저리 조이고 몇 번 퉁겨보더니 노래를 연주하기 시작했다. 한참이 지나서야 피터는 그 노래가 무엇인지 기억났다. 아를로가 성소에서 아이들에게 연주해주던, 우스꽝스럽게 지어낸 노래가 분명했지만 동시에 조금 달랐다. 같은 노래는 맞았지만 완전히 똑같지는 않았다. 홀리스가 연주하는 그 노래는 가슴이 아릴 정도의 슬픔이 배어 있어서 더 깊고, 더 풍부하게 들렸다. 피터는 침대에 누워 노래에 온 마음을 내맡겼다. 연주가 끝나고 난 뒤에도 노래가 담고 있던 그리운 마음이 메아리처럼 피터의 안에 머물렀다.

"괜찮아." 한참 뒤 피터가 심호흡을 하고 텐트의 축 처진 천장을 똑바로 바라보며 입을 열었다. "너와 사라는 수송대를 따라가. 마이클도. 사라는 마이클 없이는 가려 하지 않을 테니까."

홀리스가 아무 대답도 하지 않자 피터는 팔꿈치에 상체를 지탱하고 몸을 일으켜 홀리스를 마주 보았다.

"괜찮아, 홀리스. 진심으로 하는 소리야. 내가 원하는 게 바로 그거야."

"우리가 처음 이곳에 왔을 때 보히스가 그런 말을 했지. 보히스가 이끄는 군인들은 그 어떤 존재와도 관계를 맺지 않겠다는 충성의 서약을 했다고 말이야. 그 말이 맞았어. 나는 이제 더 이상 이 여정을 할 수가 없어. 피터, 나는 사라를 진심으로 사랑해."

"설명하지 않아도 돼. 두 사람의 행복을 빌어. 네가 사라를 사랑하게 되어 다행이야."

"너는 어떻게 할 셈이야?" 홀리스가 물었다.

설명할 필요가 없는 답이었지만, 그래도 입 밖에 분명히 내어 대답할 필요는 있었다. "해야 하는 일을 할 거야."

이상한 일이었다. 슬펐지만, 슬프기만 한 것은 아니었다. 평화로웠다. 이제 결정이 내려졌으니, 피터는 결정으로부터 자유로워졌다. 아버지가 마지막 여정을 나서기 전날 밤 느낀 감정이 바로 이것이었을까? 겨울바람에 흔들리는 텐트의 천장을 보고 있자니 발전소의 제어실에 모두 함께 앉아 증류주를 마시던 밤에 테오가 했던 말이 기억났다. '아버지가 콜로니로 돌아오지 않았던 건 스스로 목숨을 버리기 위해서가 아니었어. 그렇게 말하는 사람들은 아버지에 대해 아무것도 몰라. 아버지가 성벽 밖으로 나간 건 더 이상 '모르는 채로'는 견딜 수 없어서였어.' 피터는 그 말에 담긴 진실을 깨달은 뒤 더없는 평화를 느꼈고, 가슴 깊이 감사했다.

텐트 바깥에서 발전기가 돌아가는 소음, 그리고 성벽을 지키는 병사들이 지르는 고함 소리가 들렸다. 오늘 밤이 지나면 이곳은 고요해지리라.

"설득해도 소용없겠지?" 홀리스가 물었다.

피터는 고개를 저었다. "부탁 하나만 들어줘."

"말해봐."

"날 따라오지 말아줘."

그리어 소령은 한때 보히스가 머물렀던 텐트에 있었다. 알리시아가 귀환한 뒤로 피터와 소령은 말을 주고받은 일이 없다시피 했다. 수없이 많은 희생자를 남긴 그날의 전투 이후 소령은 마음이 무거운 듯했고 피터 역시 소령과 거리를 유지하고 있었다. 그를 짓누르는 것은 사령관이 되었다는 부담감뿐만은 아니었을 것이다. 보히스와 그리어 두 사람과 오랜 시간을 지낸 피터는 두 사람 사이의 유대가 얼마나 깊은지 알고 있었다. 그리어는 친구를 잃고 슬퍼하고 있었던 것이다.

텐트 안에서 랜턴이 빛을 내고 있었다.

"그리어 소령님?"

"들어와."

피터가 덮개를 걷고 안으로 들어갔다. 장작 스토브에서 피어오르는 열기로 텐트 안은 따뜻했다. 그리어는 위장복 바지와 칙칙한 올리브색 티셔츠 차림으로 보히스가 쓰던 책상에 앉아 랜턴의 불빛에 의지해 서류를 분류하고 있었다. 온갖 물건이 들어 있는 사물함이 열린 채 그리어의 발밑 바닥에 놓여 있었다.

"피터, 언제 찾아올지 기다리고 있었어." 그리어가 의자 등받이에 뒤로 기대더니 피로한 듯 눈을 비볐다. "들어와서 이것 좀 보겠어?"

낱장의 종이들이 책상 위에 쌓여 있었다. 맨 위에는 세 사람의 그림이 실린 종이가 한 장 있었다. 여자 한 명, 어린 소녀 두 명이었다. 그림이 너무 정교해서 처음에 피터는 그것이 '지난 역사'에 찍힌 사진일 거라고 생각했다. 하지만 자세히 보니 그것은 목탄으로 그린 그림이었다. 허리 위부터 그린 초상화로, 허리 아래로는 서서히 흐려지듯 생략되어 있었다. 고작 세 살쯤 되었을까 싶은 통통한 뺨을 가진 아이는 여자의 무릎 위에 안겨 있었고, 그보다 두어 살 많아 보이는 언니는 여자의 왼쪽 어깨에 기대 있었다. 그리어가 쌓여 있던 종이 더미에서 몇 장을 더 꺼내 보여주었다. 똑같은 인물들이 똑같은 포즈로 그려져 있었다.

"보히스 준장이 그린 겁니까?"

그리어가 고개를 끄덕였다. "커트는 다른 이들처럼 애초부터 군인이었던 게 아니었지. 원정대에 들어오기 전에 아내와 두 딸이 있었어. 믿기지 않겠지만 원래는 농사를 지었어."

"그럼 보히스의 가족은 어떻게 되었습니까?"

그리어는 어깨를 으쓱했다. "누구에게나 일어나는 그 일이 일어났지."

피터는 몸을 숙여 그림을 더 자세히 살펴보았다. 있는 대로 공을 들여 세부적인 것 하나하나까지 구현해낸 그림이었다. 아내의 쓸쓸한 미소, 엄마를 쏙 빼닮은 둘째 딸의 크고 둥근 눈, 산들바람에 살짝 날리는 큰딸의 머리카락까지. 마치 기억 속 바람이 날려 보낸 재 같은 회색 먼지가 종이 위에 앉아 있었다.

"잊고 싶지 않아서 계속 그림으로 그려둔 거겠지."

그리어가 그렇게 말하자 피터는 문득 이 그림이 보히스의 아주 사적인 면을 드러내는 물건이라는 데 생각이 미쳤다.

"소령님, 실례지만 어째서 이 그림을 제게 보여주시는 겁니까?"

그리어가 종이들을 조심스레 두꺼운 종이로 된 서류철에 넣은 뒤 발치에 놓인 사물함에 집어넣었다.

"그런 말을 들은 적이 있어. 누군가의 기억 속에 살아 있다면 죽은 것이 아니라고. 이제 너도 이들을 기억하겠지." 그리어가 목에 걸어두었던 열쇠로 사물함을 잠근 뒤 다시 의자에 기대앉았다. "어쨌든, 날 찾아온 건 아마도 결정을 내렸기 때문이겠지?"

"그렇습니다. 내일 아침 떠나고자 합니다."

"그렇군." 예상했던 답이라는 듯 소령이 고개를 끄덕였다. "다섯 명 모두, 아니면 혼자?"

"홀리스와 사라는 수송대와 함께 돌아갈 겁니다. 아직 이야기를 하진 않았지만 마이클도요."

"그러면 내일은 너와 그 수수께끼의 소녀 둘이서 떠나겠군."

"에이미입니다."

그리어가 고개를 끄덕였다. "에이미." 피터는 그리어가 에이미에 대해 더 캐물을 것으로 짐작했지만, 그리어의 입에서 나온 말은 전혀 달랐다.

"내가 타던 말을 타고 떠나도록 해. 좋은 말이라 실망시키지 않을 거야. 게이트에 미리 얘기해두지. 무기가 필요한가?"

"있으면 좋습니다."

"그럼 그것도 준비해놓도록 하지."

"감사합니다."

"해줄 수 있는 건 이게 다야." 그리어는 무릎 위에 포개놓았던 자기 손을 빤히 내려다보다가 다시 입을 열었다.

"홀로 산을 올라간다는 게 자살행위에 가깝다는 것은 이미 알겠지."

"그럴 수도 있지만, 지금은 그게 최선인 것 같습니다."

이해한다는 듯한 침묵이 잠시 이어졌다. 차분하고 꿋꿋한 그리어를 그리워하게 될 거라는 생각이 들었다.

"그럼, 이만 작별 인사를 해야겠군." 그리어가 일어나더니 손을 내밀어 악수를 청했다.

"언젠가 커빌에 오면 날 찾아오도록 해. 결말이 궁금하니까."

"결말이라니요?"

그러자 소령은 커다란 손으로 피터의 손을 감싼 채 미소를 지었다.

"그 꿈의 결말 말이야, 피터."

막사 안에 불이 밝혀져 있었다. 캔버스 천 너머에서 잠꼬대 소리가 들렸다. 제대로 된 문이 없으니 노크를 할 도리가 없었다. 하지만 피터가 가까이 다가가자 한 병사가 몸에 두른 파카를 여미며 덮개를 열고 나왔다. 월코라는 이름의 병사로, 마이클과 같이 차량을 정비하는 일을 하는 사람이었다.

"잭슨." 피터를 발견한 월코가 놀란 표정을 했다. "혹시 러그너트를 찾아왔습니까? 지금 저쪽에서 다른 병사들과 탱크에 남은 연료를 옮기고 있습니다. 지금 그쪽으로 가는 길입니다만."

"리시를 찾아왔습니다." 윌코가 못 알아듣은 표정을 짓자 피터가 고쳐 말했다. "도나디오 중위 말입니다."

"글쎄요⋯⋯."

"제가 왔다는 말만 전해주세요."

윌코가 어깨를 으쓱하더니 다시 막사 안으로 들어갔다. 피터는 안에서 무슨 말이 오가는지 들으려고 귀를 쫑긋 세웠지만 막사 안은 갑자기 조용해졌다.

한참을 기다려도 알리시아가 나오지 않아서, 못 나오는 걸까 하고 생각하려던 찰나 덮개가 옆으로 젖혀지더니 알리시아가 나타났다.

알리시아가 변한 것 같아 보인다는 말은 사실이 아닌 것 같다고 피터는 생각했다. 변한 것 같아 보이는 것이 아니라, 실제로 변했다. 지금 피터의 눈앞에 서 있는 여자는 그가 오래전부터 알던 알리시아인 동시에 완전히 다른 사람이었다. 알리시아는 가슴 앞에 팔짱을 끼고 서 있었고, 날씨가 추운데도 티셔츠 한 장만 걸치고 있었다. 박박 밀었던 머리가 약간 자라 있어서, 불빛에 비치니 투명하게 빛나는 막을 쓰고 있는 것 같았다. 하지만 이 순간이 낯설게 느껴지는 것은 알리시아의 외모 때문이 아니었다. 알리시아가 피터에게 가까이 다가오지 않은 채 멀찍이 떨어져 있다는 사실 때문이었다.

"진급했다는 소식 들었어. 축하해."

알리시아는 아무 대답이 없었다.

"리시⋯⋯."

"여기 오면 안 돼, 피터. 난 너와 이야기해선 안 되고."

"널 이해한다는 말을 하고 싶어서 왔어. 한동안은 이해되지 않았지만, 이제는 이해가 돼."

알리시아가 추운 듯 자기 몸을 두 팔로 끌어안았다. "어째서 생각이 달라진 거야?"

뭐라고 대답해야 할지 알 수 없었다. 하려고 마음먹었던 이야기가 전부 머릿속에서 달아나 버린 것만 같았다. 먼시의 죽음도, 아버지도, 에이미도 전부 피터의 생각에 영향을 준 건 맞지만, 진짜 이유는 무어라 말로 설명할 수가 없었다.

그래서 피터는 머릿속에 떠오르는 단 한 가지 이유를 말했다.

"사실은 홀리스의 기타 때문이었어."

그러자 알리시아가 멍한 표정을 했다. "홀리스에게 기타가 있어?"

"병사 중 한 사람이 줬대." 거기까지 말한 뒤 피터는 입을 다물었다. 도저히 설명할 도리가 없었던 것이다.

"미안해. 무슨 말인지 잘 이해가 안 되지?"

가슴 한구석이 횅한 것만 같았는데, 피터는 그 감정이 무엇인지 알 수 있었다. 아직 떠나지 않은 어떤 사람을 그리워하는 고통이었다.

"그래, 이야기해줘서 고마워. 그런데 이제 들어가 봐야 해."

"리시, 잠깐만."

안으로 들어가려던 알리시아가 다시 돌아서더니 눈썹을 치켰다.

"왜 대령에 대해서 한 번도 이야기하지 않았어?"

"그걸 물어보려고 온 거야?" 알리시아가 한숨을 쉬더니 시선을 돌렸다. 이야기하고 싶지 않은 화제인 것 같았다.

"대령이 자기가 누군지 아무에게도 알리고 싶어 하지 않았으니까."

"하지만 어째서 그랬을까?"

"왜 그런지 모르겠어, 피터? 대령은 부하들을 모두 잃고 혼자가 됐어. 차라리 당신도 그때 같이 죽었더라면 하고 생각하며 살았다고." 알리시아는 잠시 말을 멈추고 숨을 골랐다. "대령은 자신만의 방식으로 나를 길렀다고 생각해. 솔직히 말하면 처음에는 재미있었어. 용감한 사람들이 '어둠의 땅'을 건너가서 싸우다가 죽었던 이야기라든지, 서약을 한다든지, 그런 이야기들은 나에게 아무런 의미도 없는 그냥 재미있는 이야기일 뿐이었어. 그러다가 나는 화가 났지. 피터, 나는 그때 여덟 살이었어. 고작 여덟 살이던 나를 대령은 성벽 바깥으로 몰래 데리고 나가 그곳에 혼자 뒀어. 밤이었고 나는 칼 하나도 없는 빈손이었어. 이 이야기는 처음 듣지?"

"이럴 수가, 리시. 그래서 어떻게 됐어?"

"아무 일도 없었어. 무슨 일이 일어났더라면 그때 난 죽었겠지. 나는 나무 밑에 앉아서 밤새도록 울었어. 그날 밤 대령이 시험하자고 한 게 내 용기인지, 아니면 내 운인지 아직도 잘 모르겠어."

피터는 이 이야기에는 어딘가 빠진 구석이 있는 것 같다는 생각이 들었다.

"분명 대령도 성벽 바깥 어딘가에서 내내 널 지켜보고 있었을 거야."

"그랬을지도 모르지." 알리시아는 겨울 하늘을 바라보았다. "어떤 때는 그랬을 거란 생각이 들다가도, 또 어떤 때 생각하면 아닌 것 같아. 그 사건 이후로 나는 오랫동안 대령을 미워했어. 온 힘을 다해 진심으로 미워했지. 하지만 미워하는 데도 유효기간이 있잖아."

알리시아가 다시 한번 깊은숨을 들이쉬었다. 체념한 것 같은 한숨이었다.

"너도 그랬으면 좋겠어, 피터. 언젠가는 날 용서하길 바라."

그 말을 남기고 알리시아는 코를 훌쩍인 뒤 눈시울을 훔쳤다. "할 말은 이게 다야. 너무 많이 말해버린 것 같아. 그냥…… 지금까지 내게 있어줬다는 것만으로도 감사해."

피터는 알리시아를, 그녀의 괴로워하는 얼굴을 바라보았다. 그리고 그제야 깨달았다.

진짜 비밀은 대령이 아니었다. 피터였다. 알리시아가 숨기고 있던 비밀은 바로 피터였던 것이다. 두 사람이 서로에게서, 나아가 자기 자신에게조차 숨기고 있던 비밀이었다. 피터는 알리시아에게 손을 뻗었다.

"알리시아……."

"이러지 마, 제발." 그러면서도 알리시아는 물러서지 않았다.

"지난 사흘간 네가 죽은 줄 알았을 때, 네 곁에 내가 없다는 게 너무 괴로웠어." 목에 주먹만 한 덩어리가 콱 걸려 있는 것만 같았다.

"마지막 순간에 네 옆에 있지 못할 거란 생각은 한 번도 한 적 없었어."

"피터, 이러지 마." 알리시아는 떨고 있었다. 알리시아가 스스로와 얼마나 고통스러운 싸움을 하고 있는지 피터는 알 수 있었다.

"이제 와서 이러면 어떡해. 너무 늦었어, 피터. 이젠 늦었다고."

"알아."

"말하지 마, 제발. 이해한다고 했잖아."

그 말대로였다. 피터는 알리시아를 이해했다. 지금까지 두 사람이 서로에게 가졌던 모든 의미가 이해라는 단순한 사실로 정리되었다. 놀랍지도, 후회스럽지도 않았다. 오히려 갑작스러우면서도 깊디깊은 감사, 그리고 명확함이 겨울 바람을 불어넣듯 피터를 가득 채웠다. 이 느낌은 뭘까 하고 생각하던 피터는 깨달았다. 지금 그는 알리시아를 놓아주는 것이었다.

피터가 알리시아를 끌어안고 열린 재킷 앞섶 속에 품자 알리시아는 가만히 있었다. 보히스의 텐트에서 헤어지던 그 순간처럼 피터가 알리시아를 안고, 알리시아도 피터를 안았다. 똑같은 작별 인사였지만 이제는 떠나는 사람이 바뀌었다. 피터의 품속에서 알리시아가 잠깐 바짝 굳었다가 다시 긴장을 풀면서 작아지는 것만 같았다.

"떠나는구나." 알리시아가 말했다.

"약속 하나만 해줘. 다른 친구들을 지켜줘. 안전하게 로즈웰로 데려가 줘."

알리시아가 미약하지만 분명히 고개를 끄덕이는 게 느껴졌다.

"너는?"

피터는 알리시아를 사랑했다. 그러나 두 사람은 결코 그 말을 할 수 없을 것이다. 피터는 알리시아를 안은 채 눈을 감고 지금의 감각을 잊지 않을 수 있도록 기억 속에 새겨 넣었다.

"지금까지 나를 충분히 돌봐줬잖아?" 피터가 고개를 들어 마지막으로 알리시아의 얼굴을 바라보았다.

"이제 됐어. 그리고 고마워."

그 말을 남기고 피터는 고요한 막사 앞에 휘몰아치는 얼음장처럼 차가운 바람 속에 알리시아를 남겨둔 채 뒤돌아서 떠났다.

피터는 밤새 초조하게 몸을 뒤채며 잠을 자려 애썼지만 동이 트기 직전 더는 기다릴 수가 없다는 생각이 들어 일어나 급히 짐을 쌌다. 추위가 가장 문제였다. 담요, 여분의 양말처럼 따뜻한 것, 몸이 젖지 않게 해줄 것들이 필요했다. 침낭, 우비, 그리고 튼튼한 밧줄이 달린 방수포도 챙겨야 했다. 전날 밤 막사에서 돌아오는 길에 피터는 보급품 텐트에 들어가 야전삽과 손도끼, 그리고 두툼한 파카두 벌을 슬쩍했다. 홀리스는 담요 속에 푹 파묻혀 아무것도 모른 채 코를 골고 있었다. 홀리스가 깨어났을 때 피터는 떠나고 없을 것이다.

어깨에 짐 가방을 둘러메고 바깥으로 나왔더니 폐 속으로 스며드는 찬 공기가 깜짝 놀랄 정도로 매서웠다. 고요한 기지 안을 돌아다니는 사람은 몇 없었다. 식당 쪽에서 불을 피우는 연기 냄새며 따뜻한 음식 냄새가 나자 배가 고파왔지만, 식사를 할 시간은 없었다. 여자들이 쓰는 텐트에 들어가자 에이미는 무릎 위에 자기 짐을 놓고 앉아 있었다. 피터가 아무 말도 하지 않았는데 말이다. 사라가 아직 병원에서 산초를 비롯한 부상병들을 간호하는 중이어서 텐트 안에는 에이미 혼자였다.

"지금 떠나나요?" 에이미가 물었다. 눈빛이 반짝거리고 있었다.

"그래, 지금 갈 거야."

둘은 함께 방목지로 갔다. 그리어가 몰던 덩치 큰 검은 말은 다른 말들과 함께 풀을 뜯고 있었다. 피터는 헛간에서 굴레 하나를 꺼내 와서 말을 울타리 쪽으로 끌고 왔다. 안장이 있으면 편하겠지만, 그러면 둘이 탈 수는 없었다. 피터는 두 사람의 짐을 묶어 말의 양어깨 사이에 실었다. 그것만으로도 벌써 추위에 손가락이 뻣뻣해져 왔다. 그는 에이미를 안아 올려 말 등에 태운 뒤 자신도 울타리를 밟고 올라서서 말에 타고 게이트를 향했다. 어둠이 걷히는 것이 아니라 녹아내리는 것처럼 하늘빛이 부드럽게 회색으로 밝아오며 동이 트고 있었다.

공기를 굳혀놓은 것처럼 투명하게 하얀 눈발이 눈앞을 흩날리기 시작했다.

게이트를 지키는 보초는 한 명이었다. 피터에게 소대의 귀환을 알렸던 유스터스 중위였다.

"내보내도 된다는 소령님의 지시를 받았습니다. 또, 이것을 전하라더군요." 유스터스가 초소에서 더플백을 꺼내 땅바닥에 펼쳐놓았다. "필요한 걸 골라서 가져가라고 하셨습니다."

피터가 말에서 훌쩍 내려 바닥에 무릎을 꿇고 더플백을 열었다. 소총, 탄창, 권총 두 개, 수류탄이 달린 탄띠였다. 피터는 잠시 생각에 잠겼다.

"고맙습니다." 피터는 아무것도 집지 않은 채 자리에서 일어선 뒤 허리에 차고 있던 칼을 뽑아 유스터스에게 건넸다. "받으십시오. 소령님을 위한 선물입니다."

유스터스는 얼굴을 찌푸렸다. "무슨 소린지 모르겠습니다. 이 칼을 소령님께 전하라는 뜻입니까?"

"예, 어서 받으십시오."

유스터스는 내키지 않는다는 듯 칼을 받아들어 마치 그것이 숲에서 발굴한 이상한 유물이라도 되는 것처럼 빤히 들여다보기만 했다.

"그리어 소령에게 전해주십시오. 아마 그분은 이해하실 겁니다."

그 말을 남긴 뒤 피터는 돌아서서 말에 탄 에이미를 올려다보았다. 에이미는 떨어지는 눈송이를 바라보느라 턱을 치켜들고 있었다.

"준비됐니?"

에이미가 고개를 끄덕였다. 얼굴에는 희미한 미소를 띠고 있었다. 속눈썹에 반짝이는 먼지처럼 눈송이 하나가 내려앉아 있었다. 피터는 유스터스의 부축을 받아 말에 올라탄 뒤 손에 고삐를 쥐었다. 게이트가 열렸다. 피터는 마지막으로 막사 쪽을 되돌아보았으나, 막사는 변함없이 고요할 뿐이었다. 안녕, 피터는 생각했다. 안녕. 그리고 피터가 박차를 가함과 동시에 그들은 동이 터오는 바깥을 향해 달려 나갔다.

X
산 위의 천사

잊힌 곳에 거하는 궁색한 은둔자같이,
시간이 치유할 수 없는 비애를 몰아내고자
오로지 사랑만이 찾을 수 있는 자리에서
끝없는 의심으로 나날을 보내리라.

— 월터 롤리 경, 『피닉스의 둥지』

그들은 정오쯤 다시 강가에 닿았다. 느릿하지만 꾸준히 날리며 숲속을 하얗게 채우는 눈발 속에서 둘은 말없이 말을 타고 달렸다. 강 가장자리는 얼어붙어 있었고 좁아진 수로 속에서 검은 물이 무심하게 졸졸 흘러가고 있었다. 에이미는 피터의 등에 기댄 채 잠들어 있었다. 에이미의 체온이, 숨을 쉬며 낮게 부풀었다 꺼지는 가슴이 느껴졌다. 풀과 흙냄새를 맡고 킁킁거리는 말의 콧구멍이 뜨거운 콧김을 뿜었다. 나뭇가지에는 검은 새들이 앉아서 서로를 찾아 우짖었지만 눈이 계속 내리자 새들의 노랫소리도 잦아졌다.

말을 달리는 동안 오래전의 기억이 되돌아오면서 순서 없이 조합된 이미지들이 연기처럼 피터의 의식 위를 떠돌고 있었다. 어머니가 세상을 떠나기 얼마 전, 피터가 문간에서 어머니의 잠든 모습을 지켜보다가, 탁자 위에 놓인 안경을 보고 어머니가 곧 떠날 것을 직감했던 순간. 발전소에서 침대에 나란히 앉아 피터의 다친 발을 들어 살펴보던 테오 형. 농장 주택의 문간에 형이 모사미와 나란히 서서 그들이 떠나는 것을 지켜보던 모습. 뜨뜻한 부엌에 앉아 있던 앤티와 지독한 맛이 나던 앤티의 차. 그리고 벙커 안에서 보낸 마지막 밤에 앞으로 어떤 어마어마한 일이 일어날지 까맣게 모른 채로 다 함께 증류주를 마시며 케일럽이 하는 우스꽝스러운 짓에 웃음을 터뜨리던 기억. 그리고 첫눈이 내린 다음 날 사라가 통나무에 기대앉아 일기장을 무릎에 펼쳐놓은 채로 얼굴에 햇빛을 듬뿍 받은 채 '아름답지 않아?'라고 말하던 목소리. 그리고 알리시아.

알리시아.

동쪽으로 방향을 바꾸자 울퉁불퉁하게 솟은 낯선 지형이 나왔다. 나무가 울창하고 흰 눈으로 덮인 산이 사방을 둘러싸고 있었다. 눈발이 누그러지다가 멎는가 싶더니 다시금 휘날렸다. 그들은 산을 오르기 시작했다. 피터는 이제 사소한 것들에 주의를 집중하고 있었다. 느리고 리드미컬한 말의 발걸음, 고삐를 쥔 손에 느껴지는 낡은 가죽의 촉감, 목을 부드럽게 스치는 에이미의 머리카락. 모든 것이 오래전에 꾼 꿈속에 나왔던 것처럼 익숙하게 느껴졌다.

어둠이 내리자 피터는 강가에 자리를 잡고 삽으로 땅을 고른 뒤 방수포를 매달았다. 강가를 굴러다니는 나무들은 축축해서 불쏘시개로 쓸 수 없었지만, 울창한 나무 그늘 속에는 장작이 될 만한 것들이 충분했다. 칼은 없었지만 피터의 짐 속에 있던 조그만 주머니칼로 통조림을 딸 수 있었다. 두 사람은 저녁 식사를 마치고 온기를 얻기 위해 서로 꼭 붙어 누운 채 잠들었다.

눈을 떴을 땐 뼈가 시릴 정도로 추웠다. 폭풍우가 물러간 하늘은 차디찰 정도로 새파랬다. 에이미가 모닥불을 지피는 동안 피터는 말을 살펴보러 갔다가 밤사이에 말이 줄을 풀고 어디론가 가버린 것을 알았다. 다른 상황이었더라면 순식간에 공황감에 빠질 일이었지만 그날 아침에는 피터도 당황하지 않았다. 말이 남긴 발자국을 따라 강 하류로 100미터쯤 내려가 보니 말은 주둥이에 흰 눈을 묻혀가며 강어귀에 난 풀을 뜯고 있었다. 방해하고 싶지 않았던 피터는 말이 풀을 먹는 모습을 한참 지켜본 뒤에야 다시 말을 야영지로 몰고 왔다. 에이미가 불을 피우는 데 성공했는지 나뭇가지가 타닥타닥 소리를 내며 연기를 피우고 있었다. 통조림을 좀 더 먹고 강에서 길어 온 차가운 물을 마신 다음 모닥불 앞에 둘러앉아 몸을 녹였다. 아마 오늘이 그들이 맞는 마지막 아침일 거라고 피터는 생각했다. 서쪽, 그들이 떠나온 기지는 지금쯤이면 병사들이 모두 남쪽으로 떠나고 텅 비어 고요할 것이다.

"여기까지인 것 같아." 피터는 말 등에 짐을 싣고 끈으로 여미다가 에이미에게 말했다.

"이제 10킬로미터나 더 갈 수 있을지 모르겠구나."

에이미는 말없이 고개만 끄덕였다. 피터는 말을 이끌고 쓰러진 나무둥치 쪽으로 다가갔다. 1미터 높이는 되는 썩은 나무둥치를 밟고 말 등에 올라간 뒤 짐을 고정시키고 몸을 뻗어 에이미를 끌어 올렸다.

"친구들이 보고 싶어요?" 에이미가 물었다.

피터는 고개를 들어 눈 쌓인 나무들을 바라보았다. 햇빛이 반짝이는 조용한 아침이었다.

"그래. 하지만 괜찮아."

얼마 지나지 않아 갈림길이 나왔다. 몇 시간째 한때 도로였음 직한 곳을 따라온 참이었다. 눈이 쌓이긴 했지만 도로는 단단했고 심지어 중간중간 녹슨 표지판이며 세월에 닳아버린 가드레일도 있었다. 두 사람은 좁아지는 골짜기 안쪽으로 점점 더 깊이 들어가고 있었다. 양쪽에 바위투성이 절벽이 버티고 있었다. 그러다가 길이 두 갈래로 갈라졌다. 강을 따라 쭉 나아가는 길이 하나 있었고, 다른 하나는 대들보가 드러난 눈 덮인 아치형 다리에 올라 강을 건너가는 길이었다. 강 건너편에 다시 도로가 나타나 숲속으로 이어지고 있었다.

"어느 쪽이니?" 피터가 묻자 에이미는 잠시 침묵하다가 "건너가야 해요."라고 했다.

두 사람은 말에서 내렸다. 가루 같은 눈이 높이 쌓여 피터의 부츠 신은 발이 거의 파묻히다시피 할 정도였다. 강둑으로 가서야 길이 없다는 것을 알았다. 나무로 되어 있었을 다리의 바닥은 이미 썩어 없어진 것이었다. 다리는 50미터 길이였다. 아마 드러난 뼈대를 밟고 건너갈 수 있겠지만 말은 건너지 못할 것이었다.

"이 길이 확실하니?"

에이미는 피터의 옆에 서서 눈을 가늘게 뜬 채 빛 속을 빤히 쳐다보고 있었다. 피터와 마찬가지로 손을 소매 속에 집어넣어 숨긴 채였다.

에이미가 고개를 끄덕였다.

피터는 다시 말이 있는 쪽으로 가서 말 등에 실었던 짐을 끌렀다. 그리어가 준 말을 이대로 묶어놓을 생각은 없었다. 여기까지 데려다준 고마운 존재를 위험에 노출시킬 수는 없었기 때문이다. 피터는 짐을 내린 다음 말의 굴레를 풀어준 뒤 뒤쪽으로 가서 말 엉덩이를 세게 때리며 "가거라!" 하고 외쳤다. 아무 일도 일어나지 않았다. 더 큰 소리로 다시 한번 외쳤지만 마찬가지였다. "가, 가라고!" 양팔을 휘저어대도 말은 꼼짝도 하지 않고 무표정한 채 커다란 눈으로 두 사람을 바라보고 있을 뿐이었다.

"고집도 세지. 움직일 생각이 없는 것 같구나."

"말을 걸어보세요."

"말이 어떻게 사람 말을 알아듣겠니, 에이미."

하지만 그다음에 일어난 일은 너무나 이상했음에도 어쩐지 예기치 못한 일이라는 생각은 들지 않았다. 에이미가 두 손으로 말의 얼굴을 감쌌다. 버둥거리던 말은 에이미의 손길이 닿자 잠잠해지더니 콧구멍을 벌렁거리며 거센 콧김을 뿜었다. 에이미와 말은 잠시 조용히 그대로 서서 서로를 빤히 바라보았다. 그러더니 말은 빙글 돌아서 왔던 방향을 향해 걸어가기 시작했다. 발걸음이 점점 빨라지더니 말은 곧 숲속으로 사라져버렸다.

에이미가 눈밭에 놓여 있던 짐을 들어 어깨에 걸쳤다.

"이제 가요."

피터는 무슨 말을 하면 좋을지 알 수 없었다. 아니, 무슨 말을 덧붙일 필요가 없는 것 같기도 했다.

두 사람은 강둑을 내려갔다. 수면에 햇살이 춤추듯 반사되며 폭발적으로 반짝였다. 강 가장자리부터 얼기 시작한 단단한 얼음에 빛이 반사되며 한층 더 눈부시게 빛나는 것만 같았다. 피터는 노출된 다리의 뼈대로 이어지는 해치처럼 생긴 입구로 에이미를 먼저 올려 보냈다. 에이미가 올라간 뒤 가방을 건네주고 피터도 올라갔다.

난간을 붙잡고 가로대에서 가로대로 내디딜 수 있는, 다리 가장자리를 따라가는 게 가장 안전할 것 같았다. 손에 닿는 난간이 너무 차가워서 불에 손을 덴 것처럼 날카로운 통증이 느껴졌다. 오래 걸릴 것 같았다. 에이미가 앞장서서 자신감 있게 가로대 틈새를 건너뛰며 나아가기 시작했다. 뒤를 따르기 시작하자마자 피터는 문제는 견고하게 느껴지는 가로대 자체가 아니라는 사실을 알아차렸다. 쌓인 눈 아래에 미끄러운 얼음이 한 겹 얼어 있었던 것이다. 피터는 두 번이나 미끄러질 뻔하며 차디찬 난간을 꽉 붙들고 간신히 버텼다. 만약 이제 와서 손을 놓친다면 얼어붙은 강물에 빠지고 말 텐데, 상상하기도 싫었다. 그는 서서히 한 칸 한 칸 다리를 건너갔다. 다리를 다 건넜을 무렵에는 손에 감각이 없었다. 몸이 덜덜 떨려왔다. 잠시 멈춰서 모닥불을 피워 몸을 덥히고 싶었지만 이제 서둘러야 했다. 벌써 그림자가 길어지기 시작했으니 해가 짧은 겨울날은 금세 저물어버릴 것이었다.

두 사람은 강둑을 올라선 다음 산을 오르기 시작했다. 어디로 가는지 모르겠지만 몸을 숨길 은신처가 있기를 바랐다. 은신처 없이는 그날 밤을 버틸 수 없을 것 같았다. 바이럴이 문제가 아니라 밤새 얼어 죽고 말 것이다. 중요한 것은 걸음을 멈추지 않는 것이었다. 에이미가 앞장서서 성큼성큼 산을 올랐다. 피터는 에이미를 따라잡으려 애쓰는 게 고작이었다. 숨이 가빠오고, 나무들은 바람에 흔들리며 흐느끼는 소리를 냈다. 한참이 지난 뒤 뒤를 돌아보자 저 멀리 골짜기 사이로 강이 흐르는 것이 내려다보였다. 그들은 이제 그늘 속에 있었지만 반대편 산마루는 지는 금빛 태양 빛에 물들어 있었다. 에이미는 나를 세상의 꼭대기로 데려가려는 거구나. 세상의 가장 높은 곳으로, 하고 피터는 생각했다.

해가 졌다. 어둠이 내리자 산길은 한 치 앞을 알 수가 없었다. 산꼭대기라고 생각했던 곳은 알고 보니 여러 개의 봉우리 중 하나에 불과했고 나아가면 나아갈수록 더 헐벗고 바람이 거칠게 휘몰아치는 지점이 나왔다. 서쪽으로는 깎아지른 절벽이었다. 추위가 뼛속까지 파고들어 감각이 무뎌져버린 것 같았다. 말을 되돌려 보낸 건 실수였다는 생각이 들었다. 최악의 상황이 왔을 때 다시 내려가서 말의 몸뚱이로 온기와 쉴 곳을 얻을 수 있었을 테니까. 말을 죽이겠다는 생각은 한 번도 해보지 않았다. 그러나 산이 어둠에 물들고 있는 지금에 와서는 필요한 상황이 온다면 그럴 수 있었을 거라는 생각이 들었다.

에이미가 걸음을 멈춘 것이 보였다. 피터가 힘겹게 에이미를 따라잡아 옆에 서서 숨을 몰아쉬었다. 바람이 불어 눈이 날려간 덕에 이곳은 눈이 얇게 쌓여 있을 뿐이었다. 에이미는 눈을 가늘게 뜬 채 마치 멀리서 나는 소리에 귀를 기울이는 것 같은 모습으로 하늘을 쳐다보고 있었다. 머리카락과 가방에 얼음조각이 대롱대롱 맺혀 있었다.

"왜 그러니?"

에이미는 왼편에 늘어선 나무들로 시선을 옮겼다.

"저기예요." 에이미가 대답했다.

그러나 울창하게 늘어선 나무 말고는 아무것도 보이지 않았다. 눈앞에 보이는 건 나무, 눈, 무심한 바람이 전부였다.

그러다가 드디어 덤불 사이에 난 작은 틈이 피터의 시야에 들어왔다. 에이미는 벌써 그쪽으로 다가가고 있었다. 가까이 다가가자 피터는 그것이 반쯤 무너진 울타리의 입구라는 사실을 알아차렸다. 입구 양쪽의 울타리에 이제는 잎이 다 떨어지고 눈에 덮인 나무 덩굴이 빽빽하게 감겨서 울타리를 감추고 있었다. 그렇게 이 울타리는 사람들의 눈을 피해 아주 오랫동안 이곳에 있었던 것 같았다. 입구 바로 안에 작은 오두막이 있었는데 이제는 건물이라기보다는 폐허에 가까웠다. 고작 가로세로 5제곱미터가 될까 싶은 이 집은 토대가 무너졌는지 한쪽으로 기울어져 있었다. 경첩이 달린 문이 반쯤 열려 있었다. 안을 슬쩍 들여다보았지만 눈과 낙엽, 벽을 뒤덮은 곰팡이 말고는 아무것도 없었다.

"에이미……."

그렇게 말하며 뒤를 돌아보자 에이미가 나무 사이를 달려가는 모습이 보였다. 뒤를 쫓았지만 에이미는 온 힘을 다해 달리고 있었다. 온몸을 뒤덮은 피로와 언 발의 둔통 속에서 피터는 그들의 여정이 끝에 다다랐음을 깨달았다. 그에게 남아 있던 마지막 기운도 추위에 떨어져 나가고 있었다.

"에이미, 거기 서." 그가 외쳤지만 에이미에게는 들리지 않는 것 같았다.

"에이미, 제발."

그러자 에이미가 돌아섰다.

"여긴 어디니? 아무것도 없잖아."

"있어요, 피터." 에이미의 얼굴이 기쁨으로 빛나고 있었다. "있어요."

"어디에?" 목소리에 화가 묻어 나왔다. 그는 무릎에 양손을 받친 채 헥헥 숨을 몰아쉬고 있었다. "어디에 있다는 거야?"

에이미가 어두워지는 하늘을 향해 고개를 들더니 조용히 눈을 감았다. "사방에 있어요……. 들어보세요."

피터는 남아 있는 온 힘을 다해 귀를 기울였다. 하지만 귀에 들리는 것은 바람 소리가 전부였다.

"아무것도 없잖아." 피터가 품었던 마지막 희망이 무너지고 있었다. "에이미, 여기는 아무것도 없어."

그런데 그 순간 피터의 귀에 그 소리가 들렸다.

목소리, 인간의 목소리였다.

누군가가 어디선가 노래를 부르고 있었다.

먼저 눈에 들어온 건 숲속의 발신기였다.

숲이 갈라지며 공터가 나타났다. 눈 속에 건물이 있었던 자리며 버려진 차량들이 보이는 걸 보니 사람이 살던 곳이 분명했다. 안테나가 세워진 곳은 움푹 파인 지형의 가장자리였는데, 아마 언젠가 아주 큰 건물이 있었던 자리인 듯했다. 그 옆에는 다리가 네 개인 철탑이 우뚝 솟아 있었다. 콘크리트 바닥에 강철 케이블로 박혀 고정된 철탑이었다. 탑 꼭대기에 뾰족뾰족한 가시가 달린 회색 구체가 달려 있었다. 구체 아래로는 탑 전체가 꽃잎 같은 넓적한 물체들로 뒤덮여 있었다. 태양광 패널인 것 같았지만 피터로서는 무엇인지 알 수 없었다. 그는 차가운 철 위에 손을 댔다. 그러고 보니 버팀대 위에 무슨 글자가 적혀 있었다. 쌓인 눈을 치우자 '미육군 공병병과'라고 적혀 있었다.

"에이미……."

그러나 옆에는 아무도 없었다. 공터 언저리에서 움직이는 에이미의 기척을 느낀 피터가 얼른 에이미를 따라 관목 숲속으로 들어갔다. 노랫소리는 이제 더 크게 들렸다. 가사가 아니라, 오르락내리락하는 음조가 반복되며 바람에 실려 온 사방에서 쏟아져 내리는 것만 같았다. 그들은 이 노랫소리의 출처에 가까이, 아주 가까이 다가온 게 분명했다. 저 앞에 분명 무언가가 있었다. 나무들이 양쪽으로 갈라지더니 하늘이 드러났다. 피터는 에이미가 서 있는 지점에 가서 섰다.

여자가 서 있었다. 그녀는 조그만 통나무집 앞마당에 서서 저쪽을 바라보고 있었다. 집 안은 불이 밝혀져 있었고 굴뚝에서 연기가 피어올랐다. 여자는 이불을 털고 있었다. 나무 사이에 매달아둔 빨랫줄에 이불이 여러 장 더 걸려 있었다. 정체를 알 수 없는 이 여자는 믿을 수 없게도 빨래를 걷고 있는 모양이었다. 빨래를 걷으며 노래를 부르고 있었다. 몸에는 두꺼운 모직 망토를 두르고 있었다. 군데군데 흰머리가 섞인 검고 숱 많은 머리가 구름처럼 어깨 위로 나부끼고 있었다. 망토 자락 아래로 맨다리가 드러나 있었고 끈으로 된 샌들 하나만 신은 맨발의 발가락이 눈에 파묻혀 있었다.

에이미와 피터가 여자에게로 다가가자 노랫소리가 점점 선명해졌다. 알 수 없는 뿌듯함이 묻어 있는, 풍성하면서도 우렁찬 목소리였다. 그녀는 두 사람의 존재를 눈치채지 못한 듯 노래를 부르며 이불을 발치에 둔 바구니 안에 집어넣고 있었다. 이제 두 사람은 여자에게서 불과 몇 미터 떨어진 곳까지 다가가 있었다.

'밤새 잘 자라, 우리 아가, 평화가 네게 깃들기를.' 여자의 노랫말이었다.

'하느님이 보낸 수호천사가 밤새 네 곁에 머물 거야. 졸음이 서서히 찾아오고, 언덕과 골짜기도 곤히 잠들면, 나는 밤새도록 내 사랑하는 아기를 지켜봐야지.'

여자가 빨랫줄에 두 손을 댄 채 노래를 멈췄다.

"에이미."

여자가 돌아섰다. 단단하고 잘생긴 얼굴에 피부색은 앤티처럼 검었다. 하지만 앤티 같은 할머니는 아니었다. 피부가 탄탄하고 눈은 또렷하게 빛이 났다. 여자가 환하게 웃었다.

"아, 만나서 정말 기쁘구나." 노래하는 것 같은 목소리였다. 여자가 샌들 바람으로 그들에게 다가와 에이미의 손을 어머니처럼 부드럽게 붙잡았다.

"우리 아기 에이미가 벌써 다 컸구나." 그러고는 그제야 피터의 존재를 발견했다는 듯 그에게로 눈길을 돌렸다.

"그리고 이쪽은 피터구나." 여자가 놀랍다는 듯 고개를 살짝 내저었다. "내가 생각한 모습 그대로야. 기억나니, 에이미? 예전에 처음 만났을 때, 내가 피터가 누구냐고 물었었지. 그때 넌 정말 어렸는데 말이야."

에이미의 눈에서 눈물이 흐르고 있었다. "내가 그 사람을 떠났어요."

"괜찮아, 아가. 어쩔 수 없었어."

"그 사람이 나에게 달려가라고 했어요." 에이미가 울부짖었다. "내가 그 사람을 떠나고 말았어요!"

그러자 여자는 에이미의 손을 꼭 잡아주었다. "다시 만날 거야, 에이미. 네가 여기까지 온 건 그래서였으니까. 오랫동안 널 지켜봐온 건 나 혼자가 아니었단다. 네가 느끼는 슬픔도 너 혼자만의 것이 아니야. 네가 느끼는 건 그 사람의 슬픔이란다, 에이미. 너를 그리워하는 그 사람의 슬픔이야."

해가 진 뒤였다. 여자의 집 앞 눈밭에 서 있는 그들은 차디찬 어둠에 둘러싸여 있었다. 하지만 피터는 입을 열 수도, 움직일 수도 없었다. 눈앞에서 일어나는 일에 자신의 역할이 있다는 것은 알았지만 무엇인지는 알 수 없었다.

한참 뒤에야 피터는 입을 열 수 있었다.

"도대체 누구십니까?"

여자의 눈 속에 문득 장난기가 번졌다.

"이야기할까, 에이미? 피터에게 내가 누군지 말해줄까?"

에이미가 고개를 끄덕이자 여자는 환하게 웃으며 고개를 들었다.

"저는 당신을 기다리고 있었던 사람입니다." 여자가 말했다.

"제 이름은 레이시 앙투아네트 쿠도토라고 합니다."

이등병 산초는 죽어가고 있었다.

사라는 수송대의 트럭 뒤 칸에 타고 있었다. 이등병들이 누운 침상은 트럭 양쪽에 매달려 오고 있었다. 짐칸 안에 물자가 든 상자가 가득해서 사라는 간신히 상자들 사이를 비집고 들어가 앉아 있었다.

또 한 명의 중상자인 위더스의 상태는 그렇게까지 나쁘지는 않았다. 화상을 입은 부위도 대부분 팔과 손이었다. 패혈증만 시작되지 않는다면 위더스는 목숨을 건질 것이다. 하지만 산초는 그렇지 않다.

광산 안으로 폭탄을 내렸을 때 무슨 일인가가 일어났다. 케이블이 엉키고, 퓨즈에 불이 붙지 않았다. 이런 이야기들은 여러 사람의 입에서 조금씩 다른 형태로 조각조각 전해졌다. 문제를 해결하기 위해 케이블을 타고 광산 안으로 들어간 것은 산초였다. 산초가 그 안에 있을 때, 아니면 막 나왔을 때, 인료가 담긴 드럼통이 폭발했고 위더스가 산초를 풀어주려고 그쪽으로 달려갔다고 했다.

산초의 온몸이 불길에 사로잡혔다. 사라는 군복을 태우면서 그의 온몸을 타고 올라가는 불꽃의 경로를 머릿속으로 생생히 그릴 수 있었다. 산초가 살아난 것은 기적이었다. 물론 그 기적은 행복한 것만은 아니었다. 두 명의 병사의 도움을 받아 사라가 산초의 몸에 들러붙은 검게 탄 군복 조각을 떼어낼 때 다리와 가슴의 피부가 같이 벗겨져 나오는 순간 그의 입에서 터져 나오던 끔찍한 비명이 잊히지 않았다. 그 아래에 있던 벌겋게 드러난 살점에서 이물질을 최대한 제거하는 동안 산초는 또다시 비명을 질렀다. 이미 다리와 발의 화상 부위가 곪아가면서 타버린 살에서 나는 들척지근한 냄새에 감염의 악취가 뒤섞이고 있었다. 산초의 가슴과 팔, 손, 어깨는 불에 완전히 타 있었다. 얼굴은 연필 꽁무니에 달린 지우개처럼 분홍색 덩어리로 변해 있었다. 고통스러운 박리를 끝내고 난 뒤부터 산초는 거의 아무 소리를 내지 않고 그대로 끝없는 잠에 들어 중간중간 물을 달라고 하면서 깨어났다. 다음 날 아침까지 산초가 살아 있다는 사실에, 그리고 그다음 날에도 살아 있다는 사실에 사라는 놀랐다. 떠나기 전날 밤 사라는 스스로도 놀랄 정도로 큰 용기를 내서 자신은 산초 옆에 남겠다고 했다. 그러나 그리어는 절대로 안 된다고 했다. 이 숲속에 충분한 인원을 남겨두었으니 사라는 수송대와 함께 가면서 최대한 산초를 편안하게 해주라는 것이었다.

한동안 수송대는 동쪽을 향했지만 지금은 남쪽으로 가고 있었다. 아까까지는 길이 너무 울퉁불퉁해서 트럭이 마구 흔들렸는데 이제는 제대로 된 길로 들어섰는지 진흙과 눈 위로 질퍽하게 돌아가는 바퀴 소리도 멎은 뒤였다. 토할 것 같았고 추위에 뼛속까지 시려왔다. 몇 시간이나 트럭 짐칸에서 시달리고 있자니 팔다리도 쑤셨다. 알리시아가 이끄는 정찰대가 앞에서 이상 무를 외치면 수송대가 뒤를 따랐다. 첫날의 목적지는 두랑고였다. 로즈웰까지 가는 길에 있는 아홉 개 은신처 중 하나인 오래된 곡물창고의 요새에서 오늘 밤을 보낼 것이었다.

아무 말도 남기지 않고 떠난 피터에게 사라는 더 이상 화가 나지 않았다. 아침을 먹는 사라에게 홀리스가 다가와 소식을 전했던 그 순간에는 화가 났다. 하지만 그 감정은 산초와 위더스를 간호하는 동안 금세 잊혔다. 사실 그녀는 이런 일이 일어날 것을 이미 알고 있었던 것 같다. 정확히 피터와 에이미가 떠날 거라고 생각한 건 아니지만 그와 비슷한, 돌이킬 수 없는 어떤 일이 일어날 것을 알았다. 지금껏 사라와 홀리스가 수송대를 따라가는 계획을 논의할 때도 둘은 피터와 에이미가 함께 가지 않을 거라는 무언의 전제를 하고 있었던 것이다.

그러나 마이클은 화가 났다. 단순히 화가 난 정도가 아니라 노발대발 날뛰는 바람에 눈밭을 달려 두 사람을 뒤쫓아가려는 것을 홀리스가 몸으로 막아야 할 정도였다. 지난 몇 달간 마이클은 이상하리만치 용감해졌다. 거의 무모할 정도였다. 사라는 오래전부터 자신이 마이클에게 부모를 대신하는 존재이며, 그 점은 변치 않을 거라고 생각했었다. 그런데 언제부턴가 그런 감정은 내려놓게 되었다. 그러니까 변한 것은 마이클이 아니라 사라 자신일는지 몰랐다.

커빌이 어떤 곳인지 어서 보고 싶었다. 그 이름이 그녀의 마음속에 한없이 가볍게 빛을 내며 둥둥 떠다녔다. 3만 명이 살고 있는 곳이라니. 커빌을 떠올리면 선생이 그녀를 성소 밖 망가진 세상으로 데리고 나온 그날 이후로 한 번도 느껴본 적 없는 희망이 샘솟았다. 그러니까 결국, 세상은 망가지지 않았던 것이다. 어린 사라, 성소의 큰 방에서 잠을 자고 친구들과 놀고 얼굴에 햇볕을 듬뿍 쬐며 마당의 타이어 그네를 타던, 세상이 멋진 곳이며 언젠가 자신도 그 세상 속으로 나아갈 수 있으리라고 믿었던 그 어린 소녀가 결국은 옳았다. 사라가 원하는 것은 지극히 단순한 것이었다. 인간으로서, 인간다운 삶을 사는 것. 커빌에 가면 홀리스와 함께 그렇게 살아갈 수 있을 것이다. 홀리스, 그녀를 사랑하고, 수도 없이 사랑한다고 말해주는 홀리스. 홀리스는 마치 그녀의 안에서 굳게 걸어 잠겨 있던 문을 열어준 것만 같았다. 유타주 어딘가에서 함께 불침번을 서던 밤, 그가 소총을 내려놓고 그녀에게 키스했던 그 순간부터 사랑이 그녀의 마음을 가득 채웠다. 홀리스가 마치 가장 깊이 숨겨두었던 비밀을 털어놓는 것처럼 그녀의 얼굴에 자신의 얼굴을 바짝 가져다 대고 수줍음이 담긴 낮은 목소리로 사랑한다고 말할 때면 홀리스의 수염이 뺨을 간지럽혔다. 홀리스가 사라를 사랑한다고 말하는 순간 사라 역시도 홀리스를 영원히 사랑하게 되었다. 사라는 운명을 믿지 않았다. 세상이란 그보다 훨씬 위태로운, 수많은 불행 속에서 가까스로 살아남는 일의 연속이었다. 그런데 홀리스를 사랑하는 것은 마치 운명처럼 느껴졌다. 어딘가에 두 사람의 이야기가 이미 쓰여 있는 것처럼, 사라는 그 이야기 속에서 살아가고 싶었다. 부모님도 서로에게 이런 감정을 느꼈을까? 부모님을 생각하면 슬퍼져서 잘 생각하지 않는 사라였지만, 트럭의 차디찬 짐칸에 앉아 있는 지금은 두 분이 살아 계셨다면 물어보았을 텐데 하는 생각이 들었다.

부모님이 한 선택은 공정치 못했다. 끔찍했던 그날 아침 헛간에서 두 분을 발견한 것은 불쌍한 마이클이었다. 마이클이 열한 살, 사라가 막 열다섯 살이 되었을 때였다. 어쩌면 부모님은 사라가 마이클을 보살펴줄 수 있을 정도로 자랄 때까지 기다렸으리라는, 그러니까 사라의 나이 역시도 부모님이 한 선택의 이유가 되었을지 모른다는 생각을 사라는 내심 했다. 마이클이 지르는 비명 소리를 들고 잠에서 깨어 계단을 달려 내려간 사라가 마당을 가로질러 집 뒤 현관으로 갔을 때 마이클은 두 팔로 부모님의 다리를 떠받치려 안간힘을 쓰고 있었다. 사라는 문간에서 말을 잃고 꼼짝도 하지 못한 채 섰고, 마이클은 도와달라고 울부짖었다. 부모님이 돌아가셨음을 알면서도 그랬다. 그 순간 사라가 느낀 감정은 두려움도, 슬픔도 아닌 놀라움이었다. 눈앞에 펼쳐진 인정사정없는 장면이 너무나도 사실적이라는 데서 오는 놀라움이었다. 두 분은 밧줄과 나무 의자 두 개를 사용했다. 목에 밧줄을 걸고 매듭을 단단히 조인 다음 의자를 발로 차 목을 매달았다. 하나, 둘, 셋, 하고 숫자를 센 다음에 동시에 의자를 찼을까, 아니면 순서대로였을까? 마이클은 빌고 있었다. '누나, 제발 나 좀 도와줘. 엄마 아빠를 구해줘.' 하지만 사라의 눈에 보이는 장면은 그게 전부였다. 전날 밤 엄마는 옥수수빵을 만들었다. 그 옥수수빵이 담긴 그릇이 아직도 부엌 식탁 위에 그대로 있었다. 다시는 보지 못할 아이들을 위해 먹지도 않을 아침 식사까지 준비한 다음이었다는 것을 알면서도 사라는 기억을 되짚어 혹시 엄마에게서 무언가 달라진 기색이 있었는지를 열심히 생각해보았지만 아무것도 기억나지 않았다.

사라와 마이클은 마치 암묵적인 명령에 복종하기라도 하는 것처럼 옥수수빵을 남김없이 먹어치웠다. 다 먹었을 즈음에야 사라는, 그리고 아마도 마이클 역시도, 앞으로 사라가 동생을 돌보아야 한다는 것을. 그리고 둘 다 영원히 부모님에 대한 이야기를 입 밖에 내지 않아야 한다는 것을 깨달았다.

수송대의 움직임이 느려졌다. 머리 위에서 멈추라는 고함 소리가 들리더니, 트럭 옆으로 말 한 마리가 눈밭을 달려 스쳐 가는 소리가 들렸다. 일어서니 위더스가 눈을 뜨고 두리번거리는 모습이 보였다. 붕대를 감은 팔을 가슴에 덮은 이불 위에 올려두고 있었다. 얼굴은 땀투성이에 통통 부어 있었다.

"도착했습니까?"

사라가 손목으로 위더스의 이마를 짚어보았다. 열은 없는 것 같았다. 아니, 오히려 살갗이 너무 차가운 것 같았다. 사라는 바닥에 있던 수통을 집어 위더스의 입에 물을 조금 흘려 넣어주었다. 열은 없지만 상태는 더 심각해진 것 같았다. 고개를 아예 가누지도 못하는 것 같았다.

"아직인 것 같아요."

"미치도록 가렵습니다. 개미 떼가 팔을 온통 기어오르는 것 같아요."

사라는 수통의 뚜껑을 덮어 한쪽으로 치웠다. 열이 있든 없든 안색만으로도 걱정스러웠다. "화상이 나아가고 있다는 좋은 신호예요."

"아닌 것 같아요." 위더스가 숨을 들이쉬더니 낮게 욕을 내뱉었다.

산초는 온몸이 붕대로 감겨 동그란 분홍색 얼굴만 내놓은 채 위더스의 아래층 침상에 누워 있었다. 사라가 산초 옆에 무릎을 꿇고 앉아 구급상자에 들어있던 청진기를 그의 몸에 대보았다. 깡통 속에서 물이 출렁이는 것 같은 찔꺽찔꺽하는 소리가 들렸다. 탈수상태인 동시에 폐에 물이 가득 차 있었다. 얼굴이 너무 뜨거워서 만지기도 힘들었다. 산초에게서 감염된 상처의 악취가 풍겼다. 사라는 산초에게 담요를 덮어준 뒤 헝겊에 물을 축여 입술을 적셔주었다.

"좀 어떻습니까?" 위더스가 물었다.

사라가 일어섰다.

"얼마 안 남았나 보군요. 당신의 표정만 봐도 알겠습니다."

그 말에 사라는 고개를 끄덕였다. "오래 남지 않은 것 같아요."

위더스는 다시 눈을 감았다.

사라는 파카를 걸쳐 입은 다음 짐칸을 내려와 눈과 햇빛으로 환한 바깥으로 나왔다. 줄을 맞춰 걷던 군인들은 이제는 두셋씩 모여 있었다. 지루해 안달이 난 표정으로 후드를 머리에 뒤집어쓰고 한기 때문에 코를 훌쩍거리고 있었다. 앞을 보니 왜 행렬이 멈춰 선 건지 알 수 있었다. 트럭 중 한 대가 열린 후드에서 연기를 뿜어내고 있었다. 군인들이 트럭을 둥그렇게 에워싸고 마치 길에서 친 커다란 짐승의 시체를 바라보듯 어리둥절한 얼굴로 차체를 들여다보는 중이었다.

마이클이 범퍼를 밟고 서서 엔진 속에 팔꿈치까지 팔을 집어넣고 있었다. 말에 타고 있던 그리어 소령이 물었다. "고칠 수 있겠나?"

후드 위로 마이클의 머리가 쑥 나왔다. "호스가 문제인 것 같아요. 하우징이 망가진 게 아니면 교체하면 됩니다. 냉각수도 더 필요하고요."

"얼마나 더 걸릴 것 같나?"

"30분 안으로 해결될 겁니다."

그리어가 고개를 들더니 지시했다. "방위선을 가다듬도록! 블루 스쿼드가 선두에 서도록 해. 도나디오! 도나디오는 대체 어디 갔지?"

앞쪽에 있던 알리시아가 말을 몰고 돌아오고 있었다. 가슴 앞에 소총을 메고 얼굴에서 열기를 뿜어내고 있었다. 추운데도 파카를 벗고 저지 위에 구획이 나뉜 조끼만 걸친 차림이었다.

그리어가 말했다. "잠시 여기에 발이 묶인 것 같아. 그동안 길 아래쪽을 정찰하고 오도록."

알리시아가 말에 박차를 가하더니 행렬 앞쪽에 서 있다가 다가오는 홀리스에게는 눈길도 주지 않은 채 달려가 버렸다. 홀리스는 그리어의 지시로 보급품 트럭에 있는 식량과 물을 병사들에게 나누어 주고 있었다.

"무슨 일이야?" 홀리스가 사라에게 물었다.

"잠시만 기다려. 그리어 소령님!" 사라가 그리어를 불렀다.

벌써 선두를 향해 돌아가고 있던 그리어가 말을 돌렸다.

"산초가 죽어가고 있는 것 같습니다."

그리어가 고개를 끄덕였다. "그렇군. 알았다."

"소령님이 사령관이시니 마지막으로 산초를 찾아주시면 좋을 것 같습니다."

그리어는 무표정이었다. "피셔 간호사, 우리는 앞으로 6시간을 달려야 하는데 4시간 안에 해가 질 거야. 지금 내 가장 큰 걱정은 그것뿐이야. 그저 최선을 다해주게. 용건은 그걸로 끝인가?"

"산초가 친하게 지내던 사람은 없습니까? 마지막을 지켜봐줄 사람 말입니다."

"미안하지만 지금은 손이 부족해. 산초도 이해해줄 테지. 그럼 이만." 그리어는 그 말을 남기고 떠나버렸다.

사라는 눈 속에 선 채 치밀어 오르는 눈물을 애써 참았다.

"괜찮아, 사라." 홀리스가 사라의 손을 잡았다. "내가 도와줄게."

둘은 함께 트럭으로 돌아왔다. 위더스는 다시 잠든 뒤였다. 두 사람은 상자 두 개를 산초의 침상 옆에 놓았다. 숨소리가 더 가빠져 있었다. 산소결핍으로 파래진 입가에 거품이 일고 있었다. 맥박을 짚어보지 않아도 심장박동이 미친 듯 내달리고 있음을 알 수 있었다.

"산초를 위해 뭘 해줄 수 있을까?" 홀리스가 물었다.

"옆에 있어주기만 해도 돼." 산초는 죽을 것이다. 처음부터 알고 있었던 사실이지만 막상 눈앞에서 그가 죽어가는 모습을 보자니 사라는 자신이 한 모든 노력이 부질없었던 것만 같은 느낌이 들었다. 두 사람이 지켜보는 가운데 그의 숨이 서서히 잦아들었다. 눈꺼풀이 파르르 떨렸다. 마지막 순간 사람의 일생이 눈앞을 주마등처럼 스쳐 지나간다는 말을 들은 적이 있다. 그 말이 사실이라면 산초는 지금 무엇을 보고 있을까? 그리고 사라에게도 때가 온다면, 그녀는 또 무엇을 보게 될까? 사라는 붕대가 감긴 산초의 손을 잡고 무슨 말이라도 해보려 애썼지만 아무 말도 나오지 않았다. 산초의 이름 말고는 그에 대해 아는 것이 하나도 없어서였다.

산초의 숨이 끊어지자 홀리스가 그의 얼굴을 담요로 덮었다. 머리 위에서 위더스가 잠에서 깬 기척이 들렸다. 일어서자 땀이 번들번들한 회색빛 얼굴을 한 위더스가 눈을 깜박였다. "산초는……."

사라는 고개를 끄덕였다. "정말 안타깝습니다. 산초와 친했다는 사실을 알고 있어요."

하지만 위더스는 다른 생각을 하고 있는 것 같았다.

"제기랄," 위더스가 신음했다. "지독한 악몽이었습니다. 정말 진짜 같았다니까요."

어느새 홀리스가 사라의 옆에 서 있었다. "방금 위더스가 뭐라고 했지?"

"위더스 병장님, 꿈이라니요?"

위더스는 자신을 사로잡은 꿈의 기억에서 놓여나려는 듯 몸을 부르르 떨었다. "정말 끔찍했습니다. 그 여자 목소리는 말입니다. 그 냄새도."

"목소리라니요, 경사님?"

"뚱뚱한 여자였습니다." 위더스의 대답이었다. "덩치가 산만 하고 추하기 짝이 없는 뚱뚱한 여자가 입으로 연기를 뿜어내고 있었더란 말입니다."

못 쓰게 된 5톤 트럭의 엔진을 고치다 고개를 든 마이클은 말을 탄 알리시아가 눈을 뚫고 산등성이를 달려오는 모습을 보았다. 그녀는 그대로 마이클을 지나쳐 줄 끝으로 가며 그리어를 고함쳐 불렀다.

무슨 일이지? 옆에 서 있던 윌코가 입을 헤벌린 채 눈으로 알리시아를 좇았다. 알리시아가 이끌던 정찰대의 나머지도 산등성이를 올라오고 있었다.

"마무리는 네가 해줘." 마이클이 말했다. 윌코가 대답하지 않자 마이클은 렌치를 그의 손에 억지로 쥐어주었다. "서둘러야 해. 곧 출발할 것 같으니까."

마이클은 알리시아가 눈 위에 남긴 궤적을 따라갔다. 다가가면 갈수록 불길한 느낌이 거세졌다. 알리시아가 산 너머에서 무언가를 보고 온 것이 틀림없다. 그것도 아주 나쁜 것을. 홀리스와 사라도 트럭에서 내리더니 말에서 내린 그리어와 알리시아에게 다가갔다. 알리시아가 산 너머를 가리키며 팔을 마구 흔들더니 바닥에 무릎을 꿇고 앉아 미친 듯이 눈 위에 그림을 그려대기 시작했다. 마이클이 다가가자 그리어의 말소리가 들렸다.

"몇이나 있었지?"

"어젯밤 이동한 것 같습니다. 발자국이 아직 선명했습니다."

"그리어 소령님……." 사라가 입을 열었지만 그리어가 한 손을 들어 그녀의 말을 막았다.

"그러니까 몇이나 되느냐고!"

알리시아가 자리에서 일어났다. "몇이나 되느냐가 문제가 아닙니다. '다수'입니다. 그들이 저 산을 향해 가고 있습니다."

테오는 소스라치게 놀라는 대신 삶을 향해 굴러떨어지듯이 잠에서 깼다. 눈은 뜬 채였다. 그러고 보니 한참 전부터 눈을 뜨고 있었던 것만 같았다. 아기. 그런 생각이 들어 팔을 뻗으니 옆에 잠들어 있는 모사미가 만져졌다. 테오의 손이 닿자 모사미가 움칠거리며 무릎을 위로 끌어 올렸다. 그래, 꿈에 아기가 나왔었다.

뼛속까지 시렸지만 몸은 땀으로 흥건했다. 열이 있는 걸까? 열을 내리려면 땀을 흘려야 한다고 선생이 늘 말했다. 그리고 어머니 역시도 열에 들떠 침대에 누워 있는 그의 얼굴을 손가락으로 어루만지며 그렇게 이야기했었다. 하지만 그건 아주 오래전, 기억 속의 기억이다. 열이 난 것이 무척 오랜만이라 이런 기분을 잊고 있었다.

그는 이불을 치우고 일어섰다. 땀이 봄에 남은 얼마 안 되는 마지막 온기를 앗아가 몸이 덜덜 떨렸다. 그는 종일 마당에 장작을 쌓는 내내 걸치고 있던 그 셔츠를 그대로 입은 채였다. 이제 겨울을 날 장작이 모두 준비된 참이었다. 그는 입고 있던 셔츠를 벗고 새것을 꺼내 왔다. 농장의 딴채에 옷이 가득 든 옷장이 있었는데 그중에는 아직도 상점의 포장지에 그대로 싸인 것도 있었다. 셔츠, 바지, 양말, 방한 내의, 그리고 촉감은 면과 비슷하지만 면이 아닌 소재로 만들어진 스웨터. 쥐와 나방이 쏠았지만 멀쩡한 것도 있었다. 누가 갖다 놓은 옷들인지는 모르겠지만 오랜 기간 버틸 채비를 해둔 것 같았다.

그는 문간에 두었던 부츠와 산탄총을 집어 들고 계단을 내려갔다. 거실 벽난로의 장작이 모두 타고 깜부기불만 남아 있었다. 몇 시인지는 알 수 없었지만 동이 틀 때가 가까워지고 있다는 느낌이 들었다. 지난 몇 주간 테오와 모스는 밤에는 자고 창가에 해가 들면 깨어나는 리듬에 적응했는데, 그러면서 테오는 자연스러우면서도 그에게는 생경하게 느껴지는 방식으로 시간의 흐름을 받아들이게 되었다. 인류의 기억 속에서 아주 깊은 곳에 묻혀 있던 본능을 다시금 찾아낸 것 같았다. 조명등이 없어서가 아니었다. 이 공간 자체 때문이었다. 모스 역시 이곳에 온 첫날 강가에서, 그리고 나중에는 부엌에서, 두 사람이 안전하다고 말하던 순간부터 그 사실을 실감하고 있었던 것 같다.

앉아서 부츠를 신고 옷걸이에 걸려 있던 두꺼운 스웨터를 집어 든 뒤 산탄총의 탄창을 확인한 다음 현관으로 나섰다. 동쪽 계곡 위로 늘어선 산봉우리들 너머로 부드러운 빛이 솟아오르고 있었다. 첫 한 주 동안 테오는 모스가 자는 동안 밤새 현관에 앉아 있었다. 새벽이 밝아올 때마다 놀랍도록 가슴이 쓰려왔다. 그는 한평생 어둠, 그리고 어둠이 불러올 것들을 두려워하며 살았다. 누구도, 심지어 아버지조차도 밤하늘이 얼마나 아름다운지, 밤하늘을 보고 있으면 자신이 얼마나 작고도 동시에 커진 것처럼, 한편으로 거대하고 영원한 무언가의 일부가 된 것처럼 느껴지는지 알려주지 않았던 것이다. 그는 잠시 차가운 바깥에 서서 별을 바라보며 밤공기를 들이마셨다 뱉기를 반복하며 잠을 떨쳐냈다. 모사미가 일어날 때 집이 얼음장처럼 차가워서는 안 되니까 곧 그는 벽난로에 불을 지필 것이다.

테오는 현관을 나서서 마당으로 내려갔다. 지난 며칠간 그는 나무를 주워다 장작을 패는 일만을 반복했다. 강가에는 쓰러진 나무들이 잔뜩 있었는데 전부 불을 피우기 좋게 바싹 말라 있었다. 농장 안에서 찾아낸 톱은 날이 무뎌지고 녹이 잔뜩 슬어 쓸 수 없었지만 도끼는 쓸 만했다. 그의 고된 노동의 대가는 이제 헛간 안에 차곡차곡 쌓여 있었다. 지붕 아래 다락에는 더 많은 장작이 방수포에 덮여 보관되어 있었다.

'그 사람들.' 살짝 열려 있는 헛간 문을 향하며 테오는 그가 찾다가 벽난로 위에 올려두었던 사진 속 사람들을 생각했다. 그들은 이곳에서 행복하게 살았을까? 집 안에 다른 사진은 없었고, 이틀 전에야 차 안을 뒤져보아야겠다는 생각이 들었다. 정확히 무엇을 찾고 있는 건지는 스스로도 알 수 없었지만 잠시 운전석을 뒤지며 무엇이라도 나오길 바라며 버튼을 누르고 스위치를 올려대던 테오는 자신이 찾던 것을 찾아냈다. 대시보드에 달린 작은 문이 열리더니 지도 무더기가 나왔고 그 아래에 갈색 지갑이 하나 있었다. 지갑 안에 들어 있던 카드 겉면에 '유타주 세금 위원회', '유타 차량관리국', 그리고 그 아래에 '데이비드 콘로이'라는 이름이 적혀 있었다. '데이비드 콘로이. 유타주 프로보 맨사드 플레이스 1634번지.' 테오는 이 면허증을 모사미에게 보여주었다. '이곳에 살던 사람들은 콘로이 가족이었어.'

그런데, 어째서 헛간 문이 저렇게 약간 열려 있지? 닫는 걸 잊었나? 하지만 분명히 어제 헛간 문을 닫았던 기억이 있었다. 그때 귓가에 낯선 소리가 들렸다. 안에서 무언가가 움직이는 낮은 기척이었다.

테오는 제자리에 딱 굳었다. 그대로 한참 동안 귀를 기울였다. 잘못 들은 건지도 몰라.

그때 또다시 그 소리가 났다.

헛간 안에 있는 것이 무엇인지는 모르겠지만 다행히도 아직 테오의 존재를 눈치채지는 못한 것 같았다. 만약 놈이 바이럴이라면 단 한 방이 모든 것을 결정할 것이었다. 집 안으로 돌아가서 모사미에게 알려야 할까? 하지만 그렇다고 갈 곳이 딱히 있는 것도 아니었다. 헛간 안에서 최대한 대치해보는 수밖에 없었다. 테오는 숨을 참고 조심스럽게 산탄총을 꺼낸 뒤 탄창 속에 첫 번째 탄환이 미끄러져 들어가는 짤깍 소리에 귀를 기울였다. 헛간 깊숙한 안쪽에서 나직한 툭 소리가 나더니 곧이어 인간의 한숨 소리 같은 것이 들렸다. 테오가 총을 앞으로 든 다음 총구로 문을 살며시 밀어 여는데 등 뒤의 어둠 속에서 모사미의 목소리가 들렸다.

"테오, 뭐 하는 거야?"

모사미는 기다란 잠옷 셔츠에 머리를 어깨 위로 늘어뜨린 채였다. 동이 트기 전 어둠 속에서 모사미의 모습은 마치 유령처럼 현실과 동떨어져 있는 것 같았다. 테오가 돌아가라고 말하려고 입을 열려던 찰나 문이 벌컥 열리면서 무언가가 산탄총 총신에 거세게 부딪히는 바람에 테오는 비틀거렸다. 그 순간 의도치 않게 총이 발사되었고 그 반동으로 테오는 뒤로 밀려났다. 그림자 하나가 펄쩍 뛰어 마당으로 달려갔다.

"쏘지 마!" 모사미가 외쳤다.

개 한 마리였다.

달려가던 개는 모사미의 앞 몇 미터 떨어진 곳에 미끄러지듯 멈춰 서더니 뒷다리 사이로 꼬리를 내렸다. 하얗게 세어가는 은색 털에 군데군데 검은 점박이 무늬가 찍힌 개였다. 개는 마치 절이라도 하는 듯이 가느다란 다리로 버티고 서서 고개를 숙이고 두 귀를 뒤로 납작 눕혔다. 어디를 보아야 할지, 도망쳐야 할지 덤벼들어야 할지 망설이는 눈치였다. 목을 울려 낮게 으르렁거리고 있었다.

"모스, 조심해." 테오가 경고했다.

"물지 않을 거야. 안 물 거지?" 모스가 바닥에 쭈그리고 앉더니 냄새를 맡으라는 듯이 개에게 한 손을 내밀었다. "그냥 배가 고픈 거지? 먹을 걸 찾으러 들어온 거잖아?"

개는 테오와 모사미 사이에 있었다. 만약 개가 모사미에게 덤벼든다면 산탄총으로는 막을 수 없을 것이다. 테오가 산탄총을 몽둥이처럼 쥔 뒤 조심스레 앞으로 한 걸음 내디뎠다.

"총 내려놔." 모사미의 말이었다.

"모스……."

"테오, 총 내려놓으라니까." 모사미는 뻗은 손을 거두지 않은 채 개에게 미소를 지어 보였다. "자, 이 착한 아저씨한테 네가 얼마나 착한 개인지 보여드리자. 이리 오렴, 손 냄새 맡아볼래?"

개가 까맣고 동그란 코를 킁킁거리며 앞으로 한 발짝 나왔다가 다시 물러서더니 또다시 한 걸음 나왔다. 테오가 말을 잃은 채 지켜보는 가운데 개는 모사미의 손에 얼굴을 묻더니 그대로 손바닥을 핥기 시작했다. 어느새 모스는 흙바닥에 주저앉은 채 개의 얼굴을 만지고 털을 흐트러뜨리며 어르는 소리를 내고 있었다.

"봤지?" 개가 기분이 좋은지 몸을 부르르 떤 뒤 재채기를 하자 모스가 웃었다. "그냥 늙고 착한 개라고. 친구야, 이름이 뭐니? 너도 이름이 있니?"

테오는 그제야 자신이 아직도 산탄총을 머리 위로 치켜든 채라는 사실을 깨닫고는 조금 부끄러운 기분이 되어 얼른 총을 내렸다.

모사미가 이해한다는 듯 얼굴을 찌푸려 보였다. "괜찮아, 개도 용서해줄 거야." 그러더니 다시 개의 주둥이를 열심히 문지르며 개에게 물었다. "자, 괜찮지? 너무 말랐네. 아침 먹을까? 좋아?"

해가 언덕 위로 솟아올라 있었다. 개가 찾아온 것과 동시에 밤이 끝났다.

"콘로이." 테오가 말했다.

모사미가 테오를 올려다보았다. 개는 이제 쳐다보기 민망할 정도로 모사미에게 꼭 붙어서 그녀의 귀를 할짝거리고 있었다.

"이름은 콘로이라고 짓자."

모사미가 개의 얼굴을 양손으로 감싸고 빰을 들었다. "네 이름이 콘로이니?" 그러면서 모사미는 개의 머리를 손으로 끄덕이게 한 다음 행복하게 웃었다. "콘로이가 맞대."

테오는 개를 집 안에 들이고 싶지 않았지만 모사미는 고집을 부렸다. 문이 열리는 순간 콘로이는 계단을 펄쩍펄쩍 뛰어 들어가더니 기다란 발톱이 바닥에 탁탁 부딪히는 소리를 내면서 방마다 제집처럼 돌아다녔다. 모스가 개의 몫으로 생선과 감자를 라드에 튀긴 다음 밥그릇에 담아 식탁 밑에 놓아주었다. 콘로이는 이미 소파에 자리를 잡고 누운 뒤였지만 밥그릇 소리가 나자 부엌으로 뛰어 들어와서 긴 코로 그릇을 이리저리 끌고 다니며 밥을 먹어치웠다. 모스는 물그릇도 만들어 바닥에 두었다. 콘로이는 아침 식사를 마시다시피 먹고 물도 벌컥벌컥 들이켠 다음 부엌을 나가 다시 소파 위로 올라가더니 만족스러운 한숨과 함께 자리에 누웠다.

콘로이라는 개는 어디서 온 걸까? 사람이 키우던 개가 분명했다. 주인이 있는 개였을 것이다. 말랐지만 영양실조는 아니었다. 털이 더럽고 까끌까끌한 씨앗 같은 것들이 잔뜩 붙어 있었지만 그 밖에는 건강해 보였다.

"욕조에 물 채워줘." 모스의 명령이었다. "저렇게 소파에 올라가니 목욕을 시켜야겠어."

피터는 바깥으로 나가 불을 피워 물을 끓였다. 욕조에 더운물이 준비되었을 때쯤엔 아침 해가 이미 높이 떠 있었다. 겨울이 문 앞까지 성큼 다가와 있었지만 그래도 낮에는 소매 없는 셔츠를 입어도 될 만큼 따뜻했다. 테오는 통나무 위에 걸터앉아 모스가 콘로이를 씻기는 모습을 지켜보았다. 귀한 비누를 회색 털에 박박 문지른 뒤 손가락으로 엉킨 털을 풀어주고 털에 붙은 씨앗도 떼어냈다. 개의 얼굴에 떠오른 표정은 비굴한 수치심 그 자체였다. 마치 '목욕이라니? 그딴 생각은 대체 누구 머릿속에서 나온 거람?' 하고 말하는 것만 같은 얼굴이었다. 목욕이 끝나자 테오가 푹 젖은 콘로이를 욕조에서 꺼냈고 모스는 다시 무릎을 꿇고 — 날이 갈수록 그녀는 이런 단순한 동작조차도 어려워했다 — 개를 담요로 감싸주었다.

"질투하지 마."

"질투는 무슨." 하지만 모사미의 말이 맞았다. 테오는 자신도 모르게 개를 질투하고 있었던 것이다. 콘로이는 담요를 벗어 던진 뒤 몸을 세차게 흔들어 온 사방에 물방울을 튀겼다.

"이제 슬슬 적응해야지."

모사미의 말이 맞았다. 아기가 태어날 날이 머지않았다. 몸속에서 아기가 자라면서 모사미의 모든 신체 부위가 점점 더 커지는 것만 같았다. 심지어 머리카락도 한층 더 풍성해진 것 같았다. 외모가 변했다고 투덜거리지 않을까 했는데 모스는 그런 말은 입 밖에도 내지 않았다. 결국 모사미의 손길에 굴복한 콘로이가 담요에 몸을 맡기고 있는 모습을 보고 있자니 테오는 문득 모든 것이 한없이 감사하게 느껴졌다. 독방에 갇혀 있는 내내 테오는 오로지 죽고 싶다는 생각뿐이었다. 아니, 사실은 독방에 갇히기 전부터 이미 그랬다. 테오의 내면에 있는 또 다른 테오는 오래전부터 삶을 포기하고픈 생각과 싸워왔다. 허기처럼 날카로운 욕망이었다. 자신을 내놓고자 하는, 아무것도 없는 어둠 속으로 걸어 들어가고자 하는 욕망이었다. 그렇게 시간이 흐르자 테오는 자신이 이미 절반은 죽은 것이나 다름없다는 사실을 숨긴 채 모두를, 피터마저도 속이고 있는 듯한 기분으로 지냈다. 죽고 싶다는 생각이 커질수록 속이기는 더욱 쉬워져서 마침내는 그 기만이 테오를 버티게 했다. 콜로니의 조명등을 유지하는 배터리가 닳고 있다는 마이클의 말을 들었던 날, 한편으로는 드디어 모든 것이 끝나 다행이라고 생각하기도 했다.

그런데 지금은 어떤가? 테오는 삶을 되찾았다. 아니, 되찾은 정도가 아니라 완전히 새로운 삶을 얻은 것 같은 기분이었다.

해가 지자 하루 일과를 끝낸 두 사람은 집 안으로 들어갔다. 콘로이는 침대 발치에 누웠고, 테오와 모스는 매일 밤 하던 대로 사랑을 나누었다. 두 사람 사이에서 아기가 발길질을 하는 것이 느껴졌다. 관심을 끌려는 듯, 암호를 보내는 듯 끈질긴 박자였다. 처음에는 아기의 기적에 붙인김을 느꼈던 테오도 이제는 아무렇지도 않았다. 이 순간을 이루는 모든 것, 따뜻한 몸속에 들어 있는 아기의 발길질, 모사미의 낮은 흐느낌, 그리고 두 사람이 자아내는 리듬, 심지어 지금 침실 바닥에 엎드려 있는 콘로이의 존재마저도 평화로웠다. 스르르 잠에 빠져들 때 테오의 머릿속에 떠오른 단어는 '축복'이었다. 이곳은 축복 그 자체였다.

그런데, 그 순간 갑자기 헛간 문이 번득 생각났다.

분명 테오는 빗장을 내렸었다. 경첩을 삐걱이며 문을 닫고 빗장을 내려놓은 다음 집 쪽으로 걸어왔던 것이 선명하고 자세하게 기억났다.

하지만 그렇다면 무슨 수로 콘로이가 헛간 안에 들어갔던 걸까?

테오는 벌떡 일어나 바지를 꿰어 입고 한 손으로는 부츠를 신으며 다른 손으로 스웨터를 집었다. 온종일 집 안팎을 돌아다녔으면서, 정작 헛간 안을 단 한 번도 살펴본 적 없다는 생각이 그제야 떠올랐던 것이다.

"테오, 왜 그래? 뭐가 잘못됐어?"

모사미가 담요를 걷고 일어나 앉았다. 테오의 움직임을 느낀 콘로이도 벌떡 일어나 긴 꼬리로 바닥을 탁탁 울리며 방 안을 맴돌고 있었다.

테오는 문간에 있던 산탄총을 쥐었다. "여기 가만히 있어."

콘로이는 모사미 곁에 두고 오려고 했지만 개는 아랑곳하지 않고 따라왔다. 현관문을 열자마자 콘로이는 마당으로 뛰어나갔다. 테오는 그날 들어 두 번째로 산탄총의 개머리판을 어깨에 바짝 댄 채 헛간을 향해 살금살금 다가갔다. 문은 아까 테오가 열어둔 그대로 열려 있었다. 콘로이가 내달리더니 헛간의 어둠 속으로 훌쩍 뛰어들었다.

테오는 산탄총의 발사 준비를 마친 채 조심스레 헛간 안으로 들어갔다. 개가 땅에 코를 대고 킁킁 냄새를 맡으며 돌아다니는 소리가 들렸다.

"콘로이? 왜 그래?" 테오가 낮은 목소리로 물었다.

눈이 어둠에 적응하고 나자 콘로이가 헛간 안에 세워진 볼보 뒤의 공간을 빙글빙글 맴돌고 있음을 알 수 있었다. 장작더미 옆 바닥에 며칠 전 테오가 가져다 둔 랜턴이 놓여 있었다. 테오가 얼른 바닥에 무릎을 꿇고 심지에 불을 붙였다. 콘로이가 흙 속에서 무언가를 발견한 모양이었다.

통조림 깡통이었다. 집어 들자 누군가가 칼을 사용해서 연 것 같은 깔쭉깔쭉한 자국이 테두리에 나 있었다. 캔 안쪽 면은 축축했고 고기 냄새가 났다. 랜턴을 더 높이 들었다. 발자국이 보였다. 먼지 속에 나 있는 것은 인간의 발자국이었다.

누군가가 이곳에 왔던 게 분명했다.

레이시를 살린 사람은 박사였다. 레이시는 마지막 순간에 그에게 자신이 작은 위로를 선물할 수 있었기를 바랐다.

시간이 지나며 오래전 그날 밤의 기억이 차츰 변해가는 것이 낯설었다. 비명, 연기. 죽어가는 사람들, 죽은 사람들이 부르짖던 비명. 세계를 뒤덮던 거대한 어둠의 물결. 때로 그 기억은 수십 년 전이 아니라 고작 며칠 전처럼 생생하게 다가왔다. 또 어느 때는 그 장면이 아주 작고, 멀고, 불확실하게 느껴지기도 했다. 마치 그녀가 오랜 세월 실려 가고 있는 시간이라는 물결 위의 작은 지푸라기인 것만같이 느껴졌다.

카터라는 자가 기억났다. 울가스트의 차에서 뛰어내린 레이시가 팔을 마구 휘저으며 그에게 고함을 질렀을 때 카터는 아주 크고 슬픈 새처럼 그녀의 앞에 내려앉더니 말했다. '내…… 이름은…… 카터다.' 카터는 다른 자들과는 달랐다. 괴물이 되어버린 껍데기 속에 숨겨진 진정한 카터는 자신이 저지르는 일을 통해 아무런 기쁨도 느끼지 못한다는 것을, 깊은 절망에 빠져 있다는 것을 알고 있었다. 사방은 혼돈 그 자체였다. 비명 소리, 총성, 연기. 그녀 옆을 달려가는 사람들이 고함을 지르고 총질을 하다가 죽어갔다. 그들의 운명은 세계가 시작될 때 이미 예언되어 있었던 것만 같았다. 하지만 이미 레이시는 그 공간을 벗어난 뒤였다. 카터가 그녀의 목에 입을 대고, 낮게 뛰던 그녀의 심장박동이 카터의 심장박동과 만나던 바로 그 순간 레이시는 느꼈다. 그의 모든 고통과 혼란, 그의 인생이라는 길고 슬픈 이야기가 레이시에게로 흘러 들어왔다. 고가도로 아래에 있는 누더기를 엮어 만든 침대, 기나긴 여정 속에서 그의 온몸을 뒤덮은 땀과 때. 번쩍이는 차 한 대가 옆에 멈춰 서더니 한 여자의 목소리가 세계의 누추한 굉음 속에서 살던 그를 불러냈다. 갓 깎은 잔디가 풍기는 달큼한 향기, 아이스티가 담긴 유리잔에 맺히던 물방울. 그의 몸을 아래로 끌어당기던 물, 그를 붙잡고 아래로, 아래로 끌어당기던 그 여자, 레이철 우드의 팔. 카터라는 인간의 작디작은 삶이 레이시의 안에서 느껴졌다. 카터의 내면에 영혼이 되어 깃들어 있는 그 여자를 ― 레이시도 그녀의 존재를 느낄 수 있었다 ― 사랑한 만큼도 사랑하지 못한 삶이었다. 카터의 이가 부드럽게 휘어진 레이시의 목을 파고들어 그의 뜨거운 숨결이 그녀의 감각을 가득 채우는 순간 레이시는 중얼거렸다. '하느님의 축복이 있기를, 카터 씨, 하느님이 당신을 축복하고 지켜주시기를.'

　다음 순간 카터는 사라졌다. 피를 흘리며 바닥에 누워 있는 채로 시간이 지나자 구토감이 밀려왔다. 레이시는 눈을 감고 하느님의 계시가 내리기를 기다렸지만 아무 조짐도 없었다. 오래전 어느 날, 남자들이 어린 소녀였던 레이시를 들판에 버리고 갔던 그때와 마찬가지였다. 어둠 속에서 시간이 흐르는 동안 마치 하느님이 그녀를 까맣게 잊은 것만 같은 느낌이 들었다. 그러나 어둠이 걷히고 서서히 동이 트자 정적 속에서 한 남자가 나타나 그녀에게 다가왔다. 땅을 자박자박 밟는 발소리가 가까워지자 남자의 살갗과 머리카락에 묻은 연기 냄새가 코끝을 스쳤다. 레이시는 입을 열고 싶었지만 말이 나오지 않았다. 남자 역시 아무 말도 하지 않았다. 자신의 이름조차 말해주지 않았다. 남자가 말없이 레이시를 일으켜 아이처럼 안아 들자 레이시는 이 사람이 바로 하느님이라고, 이제 그녀를 천국으로 데려가려고 온 것이라고 생각했다. 남자의 눈은 그늘에 가려져 보이지 않았다. 검은 머리카락은 얼굴을 빽빽하게 뒤덮은 회색 수염과 마찬가지로 거칠고 아름답게 뻗어 있었다. 남자는 레이시를 안아 들고 연기가 피어오르는 폐허를 가로질렀고, 레이시는 남자가 울고 있다는 것을 알아차렸다. 하느님의 눈물이야, 그렇게 생각한 레이시는 손을 뻗어 그 눈물을 만져보고 싶었다. 하느님이 눈물을 흘릴 수도 있단 생각은 한 번도 해본 적 없었는데, 그러고 보면 그렇게 생각한 것 자체가 잘못이었다. 하느님은 언제나 눈물을 흘릴 것이다. 하염없는 울음을 그치지 않을 것이다. 노곤한 평화가 밀려왔다. 그러다 잠시 잠이 들었다. 그다음에 무슨 일이 일어났는지는 기억나지 않았지만, 모든 것이 끝나고 구토감이 사라진 뒤 눈을 뜬 레이시는 그가 자신을 구원했음을 깨달았다. 에이미에게로 가는 길을 마침내 찾아낸 것이다.

'레이시.'

목소리가 들렸다.

'귀를 기울이거라.'

레이시는 그 말대로 귀를 기울였다. 목소리는 수면을 스치는 바람처럼, 혈관을 휘도는 피처럼 조용히 흘렀다. 온 사방에서 목소리가 레이시를 둘러싸고 있었다.

'듣거라, 레이시. 모든 소리에 귀를 기울이거라."

그렇게 그녀는 오랜 세월을 기다리게 되었다. 그녀, 레이시 앙투아네트 쿠도토 수녀, 그녀를 숲에서 데리고 나온, 알고 보니 하느님이 아니라 인간이었던 한 남자와 함께. 레이시는 그 남자를 속으로 '좋은 의사'라고 불렀다. 물론 그의 이름은 조나스였지만 말이다. 조나스 리어. 세상에서 가장 슬픈 남자. 두 사람은 함께 협곡에 집을 지었고 레이시는 아직까지도 그 집에 살고 있었다. 집은 어린 시절의 기억 속에 있는, 먼지 낀 도로와 붉은 진흙땅에 있던 오두막보다 크지 않았지만 훨씬 튼튼하고 오래 버틸 수 있게 지어졌다. 의사는 오래전 메인주의 숲속 호숫가에 통나무집을 지은 적 있었다는 이야기를 했다. 아내인 엘리자베스와 함께 지은 집이라고 했다. 사별한 아내라고 굳이 설명하지 않음에도 알 수 있었다. 버려진 군부대에는 당장 거두어서 쓸 만한 자재들이 아주 많았다. 불에 타고 남은 샬레의 잔해에서 집을 지을 목재를 구했다. 창고였던 건물에는 망치와 톱, 대패며 못은 물론 자루에 든 콘크리트와 혼합기가 있었고 두 사람은 콘크리트를 이용해 집의 기틀을 만들고 주위 온 돌로 벽난로를 만들었다. 여름 한철 내내 두 사람은 오래된 막사의 지붕널을 벗겨왔지만 막상 쓰려고 보니 여기저기 구멍이 뚫려서 비가 샜다. 결국 그들은 지붕에 흙을 이어 뗏장을 올렸다. 총도 있었다. 온갖 종류의 총이 수백 자루나 있었다. 이렇게 많은 총을 없애는 것은 쉽지 않았다. 오랫동안 두 사람은 땅에 묻을 가치도 없는 볼트와 너트, 번들거리는 금속부품만 남을 때까지 총을 분해했다.

그가 그곳을 떠난 것은 단 한 번, 산 위에서 함께 맞은 세 번째 여름에 씨앗을 거두러 떠났을 때였다. 그는 딱 하나 남겨둔 소총과 식량, 연료를 비롯해 필요한 것들을 챙겨 여정에 쓰려 마련해둔 픽업트럭에 실었다. 사흘 뒤에 돌아오겠다고 했지만, 2주가 지나서야 산을 올라오는 픽업트럭의 엔진 소리가 들렸다. 운전석에서 내리는 그의 자포자기한 표정을 보고 레이시는 그가 그녀에게 돌아오겠다고 약속하지 않았더라면 아예 돌아오지 않았을 것을 알 수 있었다. 그는 그랜드정크션까지 가서야 마음을 고쳐 되돌아왔다고 털어놓았다. 트럭에는 약속한 대로 씨앗이 실려 있었다. 그날 밤 그는 벽난로에 불을 피운 뒤 입을 다물고 지독하게 외로운 모습으로 불꽃을 한참이나 응시하고 있었다. 레이시는 한 인간의 눈빛에 이만한 괴로움이 깃든 것을 처음 보았다. 자신이 덜어줄 수 없는 슬픔임을 알았음에도 그날 밤 레이시는 그를 찾아가 앞으로 우리가 남편과 아내의 연을 맺고 살아가야 하는 것 같다고 말했다. 그에게 이 사랑을, 이 용서의 맛을 전하는 것은 그리 큰일같이 느껴지지 않았다. 그리고 시간이 흐르자 그녀는 자신이 준 사랑은 동시에 자신이 오랫동안 찾아 헤맨 사랑이기도 하다는 사실을 알게 되었다. 오래전, 어린 시절 쓰러져 있던 그 빈터에서 시작된 여정이 마침내 끝을 맺었던 것이다.

그는 다시는 떠나지 않았다.

오랜 세월 동안 그녀는 늙지 않는 몸으로 늙어가는 그의 몸을 사랑했다. 산속에 단둘이 살면서 그녀는 그를 사랑하고 그도 그녀를 사랑했다. 세월이 지나며 죽음이 서서히 그에게 찾아와 그를 모서리부터 야금야금 갉아먹다가 자꾸만 더 깊이 파고들었다. 눈과 머리카락, 이와 피부. 다리, 심장, 폐. 레이시는 그가 마지막 여행을 홀로 떠나지 않도록 자신도 같이 죽었으면 하고 빌었다.

어느 날 아침 정원 일을 하던 레이시는 그가 사라졌음을 깨달았다. 그의 이름을 부르며 집 안을, 숲속을 찾아다녔다. 한여름이었다. 상쾌하고 반짝이는 공기가 나뭇잎 위로 햇빛을 뚝뚝 뿌리듯 쏟아지고 있었다. 그가 택한 장소는 나무가 적어 하늘이 환히 보이는 곳이었다. 골짜기가 내다보이고 그 너머 한없이 잔잔한 바다와 같이, 파도를 닮은 산이 푸른 지평선 속으로 서서히 녹아드는 모습이 보이는 그런 장소였다. 이제 그는 머리가 세고 피부가 창백한 노인이 되어 있었음에도 흙에 구덩이를 파고 있었다. 이 구덩이는 뭐지요, 하고 레이시가 묻자 그는 대답했다. 내가 들어갈 곳입니다. 내가 죽고 나서 당신이 내 무덤을 파지 않아도 되도록. 벌써 여름이니 어서 구덩이를 파두어야겠지요. 저녁이 올 때까지 그는 흙을 한 삽 한 삽 퍼내며 구덩이를 넓혀갔다. 그가 레이시의 도움을 원치 않았기에 그녀는 빈터 귀퉁이에서 그 모습을 지켜보았다. 구덩이의 크기가 충분해지자 그는 두 사람이 오랜 세월 함께 살았던 집, 목재와 밧줄을 엮어 만든, 이제는 두 사람의 몸과 같은 모양으로 푹 꺼져 있는 침대로 돌아갔고, 다음 날 아침에는 죽어 있었다.

얼마나 오래전이었는지 모르겠어요. 레이시가 이야기를 멈추었을 때는 에이미, 그리고 피터라는 젊은 남자가 방 맞은편에서 그를 바라보고 있었다. 이렇게 오랜 세월이 흐른 뒤에 조나스며, 그 끔찍한 밤, 이곳에서 일어난 모든 일을 이야기하자니 기분이 참 이상하네요. 레이시가 벽난로에 불을 피우고 냄비를 올려둔 터라 커튼으로 둘로 나눈, 천장이 낮은 방은 불빛에 환히 밝혀져 따뜻했고 좋은 냄새가 났다.

"54년 전이군요." 레이시는 자신이 던진 질문에 스스로 답했다. 그러고는 다시 한번 54년, 하고 혼자 중얼거렸다. 54년 전 조나스가 세상을 떠난 뒤로 레이시는 쭉 혼자였다. 그녀가 냄비 속의 스튜를 저었다. 덫으로 잡은 살진 포섬 고기와 푸짐한 채소, 겨울을 위해 저장해두었던 감자나 고구마 따위를 넣어 만든 스튜였다. 선반에는 그녀가 매년 파종하는 씨앗이 담긴 단지들이 나란히 자리하고 있었다. 오래전 조나스가 가져왔던 씨앗의 후손들이었다. 주키니, 토마토, 감자, 스쿼시, 양파, 순무, 상추다. 레이시는 많은 것을 필요로 하지 않았다. 추위에도 상하지 않았고, 며칠에서 몇 주씩 음식을 먹지 않아도 문제없었다. 그러나 피터는 배가 고플 테지. 피터는 레이시가 상상한 것과 똑같은, 결연한 얼굴을 한 젊고 강인한 청년이었다. 단 한 가지 상상과 다른 점이 있었다면 레이시는 어쩐지 피터가 좀 더 키가 클 거라고 상상했다는 것이었다.

그러다가 레이시는 피터가 자신을 보며 얼굴을 찌푸리고 있음을 알아차렸다.

"그럼…… 50년이나 혼자 계셨단 말입니까?"

레이시는 어깨를 으쓱했다. "그렇게 오랜 세월은 아니에요."

"당신이 신호를 보낸 거군요."

신호. 잊고 있었다. 하지만 당연히 피터가 물을 만한 질문이었다.

"아, 그건 박사님이 한 거예요."

그 순간 레이시는 참을 수 없이 그가 그리워졌다. 그녀는 시선을 피한 뒤 행주에 손을 닦고는 그릇 위에 있던 그릇을 집었다. "그 사람은 항상 그런 걸 뚝딱거리며 만들었답니다. 하지만 이야기는 나중에 하고 우선 식사부터 해요."

레이시가 스튜를 차려놓았다. 피터가 배불리 먹는 모습을 보자니 흐뭇했지만, 에이미는 먹는 척만 하고 있었다. 레이시는 식욕이 전혀 없었다. 음식을 먹는 것은 배가 고파서라기보다는 궁금해서였다. 마치 그녀의 마음이 불쑥 날씨나 시간 이야기를 하는 것처럼 아무렇지 않은 목소리로 '지금 음식을 먹는 게 좋겠어' 하고 한마디 툭 던지는 것만 같았다.

레이시는 자리에 앉아서 감사하기 그지없는 기분으로 피터를 바라보았다. 바깥에서는 산 위로 어둠이 내리고 있었다. 자신이 또 한 번의 밤을 볼 수 있을지 그녀는 알 수 없었다. 곧 그녀는 자유로워질 테니까.

식사가 끝나자 레이시는 일어나서 침실로 갔다. 작은 침실에는 가구라고는 박사가 만든 침대, 그리고 그녀가 몇 없는 필요한 물건들을 보관하는 서랍장이 전부였다. 상자는 침대 밑에 있었다. 피터가 커튼을 쳐서 만든 문간에 서서 조용히 기다리는 가운데 그녀는 바닥에 무릎을 꿇고 상자를 끌어내 바닥에 펼쳐놓았다. 군용 금고 두 개였다. 한때는 총이 들어 있던 물건이었다. 어느새 에이미가 피터 뒤에 서서 호기심 어린 눈길로 이쪽을 쳐다보고 있었다.

"부엌으로 옮기는 걸 도와주세요."

이 순간을 얼마나 오랜 세월 동안 상상했던지! 그들은 금고를 식탁 옆 바닥에 옮겨놓았다. 레이시는 다시 바닥에 꿇어앉아 에이미를 위해 보관해두었던 첫 번째 금고의 자물쇠를 열었다. 안에는 에이미가 수녀원에 올 때 메고 왔던 파워퍼프걸 배낭이 들어 있었다.

"네 거야." 레이시가 배낭을 식탁 위에 올려주었다.

에이미는 한동안 배낭을 가만히 쳐다보고만 있었다. 그러더니 조심스러운 손길로 지퍼를 열고 안에 들어 있는 물건들을 꺼냈다. 칫솔. 반짝이 조각들로 '발칙한'이라는 글자가 새겨진, 오랜 세월에 흐늘흐늘해진 작은 티셔츠, 올이 풀린 청바지 한 벌, 그리고 맨 밑에 갈색 면벨벳 소재로 만든 토끼 인형 하나가 나왔다. 연한 푸른색 재킷을 걸치고 있었다. 천이 낡아 부스러지고 있었다. 한쪽 귀가 떨어져 나간 자리에 철사로 만든 심이 드러나 있었다.

"클레어 자매가 사다 준 티셔츠였지." 레이시가 말했다.

"아네트 자매님은 못마땅해하셨지만 말이야."

에이미는 다른 물건들은 한쪽으로 밀어놓고 토끼 인형을 쉬어 든 채 얼굴을 빤히 마주 보고 있었다.

"자매들." 에이미가 말했다. "그런데…… 진짜 자매는 아니라고 했었죠."

레이시가 에이미 앞에 의자를 놓고 앉았다. "맞아, 에이미. 내가 그렇게 말했었지."

"하느님이 보시기에는 다 같은 자매라고 했잖아요."

에이미가 다시 시선을 내리깔더니 엄지손가락으로 토끼 인형을 어루만졌다.

"그 사람이 피터를 가져다줬어요. 병원에 누워 있을 때였어요. 깨어나라고 말하던 목소리가 기억나요. 하지만 대답해줄 수가 없었어요."

레이시는 이쪽을 주시하는 피터의 눈길을 느꼈다.

"누구 말이니, 에이미?" 레이시가 물었다.

"울가스트요." 먼 과거를 떠도는 듯한 목소리였다.

"에바 이야기도 해줬어요."

"에바?"

"에바는 죽었어요. 울가스트는 에바한테 자기 심장이라도 줄 수 있다고 했어요."

아이는 다시 눈을 가늘게 뜬 채 레이시의 눈을 빤히 바라보았다.

"레이시도 거기 있었죠. 기억나요."

"맞아, 그랬어."

"다른 아저씨도 있었어요."

레이시가 고개를 끄덕였다. "도일 요원이었지."

에이미가 금세 인상을 찌푸렸다. "난 그 아저씨가 싫었어요. 그 아저씨는 내가 자길 좋아하는 줄 알았지만, 안 좋았어요." 아이는 눈을 감고 기억을 되새겼다. "우리는 차를 타고 가고 있었어요. 차를 타고 가다가…… 멈췄죠." 그러더니 아이가 다시 눈을 떴다. "레이시는 피를 흘렸어요. 왜 피를 흘렸어요?"

레이시는 그 일을 거의 잊고 있었다. 피를 흘렸다니, 온갖 사건들이 지나간 지금에 와서는 한없이 사소한 일로 느껴질 뿐이었다.

"솔직히 말하면, 나도 내가 왜 피가 나는지 몰랐어! 아마 군인의 총에 맞았나 봐."

"레이시는 차에서 내렸어요. 왜 그랬어요?"

"여기서 널 만나기 위해서였어, 에이미." 레이시의 대답이었다. "네가 돌아올 때 누군가가 이곳에서 널 맞아줘야 할 테니까."

다시금 침묵이 흘렀다. 아이는 토끼 인형을 부적처럼 지분거리고 있었다.

"그들은 슬퍼하고 있어요. 끔찍한 악몽을 꾸거든요. 항상 그들의 목소리가 들려요."

"무슨 소리가 들린다는 거니, 에이미?"

"'나는 누구지, 나는 누구지, 나는 누구지?'라고 물어요. 끊임없이 묻는데, 대답해줄 수가 없어요."

레이시가 에이미의 얼굴을 두 손으로 감쌌다. 눈에 눈물이 고여 촉촉했다.

"때가 오면 대답해줄 수 있을 거란다."

"그들은 죽어가고 있어요, 레이시. 죽어가고 있는 걸 멈출 수가 없어요. 왜 멈출 수 없는 거예요, 레이시?"

"네가 그들에게 방법을 알려주길 기다리고 있는 것 같아."

두 사람은 한참이나 그대로 있었다. 레이시의 마음이 에이미의 마음과 만나자, 아이의 슬픔과 외로움이 고스란히 느껴졌다. 아니, 그뿐만은 아니었다. 에이미의 용기도 느껴졌다.

이제는 피터와 이야기할 차례였다. 피터는 울가스트처럼 에이미를 사랑하지는 않았다. 그가 뒤에 남겨두고 온 사람은 따로 있다는 걸 레이시는 알 수 있었다. 그러나 신호에 응답한 것이 피터였다. 그 신호를 듣고 에이미를 데려온 사람, 그가 누구건 간에 레이시와 한편이 될 터였다.

레이시는 바닥에 놓인 두 번째 금고를 향해 몸을 숙였다. 안에는 수많은 세월이 지났는데도 아직도 희미한 연기 냄새가 배어 있는, 노랗게 퇴색한 서류들이 가득한 마닐라 봉투들이 꽉꽉 들어차 있었다. 불이 샬레의 지하로 번졌을 때 에이미의 배낭과 함께 이 서류를 꺼내온 사람은 박사였다. '누군가는 알아야 해.' 박사는 그렇게 말했었다.

레이시가 첫 번째 파일을 꺼내 피터의 앞에 놓았다. 파일의 표지에는 이렇게 적혀 있었다.

EX ORD 13292 TS1 브래드퍼드 J. 울가스트 외 열람 엄금

CT3 SUBJ 1 자일스 J. 뱁콕 프로파일

"이 세계가 어떻게 만들어졌는지 당신이 알아야 할 때예요." 레이시 수녀가 말한 뒤 파일을 열었다.

알리시아를 선두로 한 다섯 명의 일행은 해가 저물 때까지 말달렸다. '다수' 가 지나간 자리는 눈 위의 발자국이며 부러진 나뭇가지, 바닥에 가득한 잔해물 등으로 널따란 자취를 남겼다. 가면 갈수록 다수의 자취는 조밀해지는 동시에 마치 더 많은 개체들이 합류하기라도 한 것처럼 영역 역시 넓어졌다. 눈 위에 중간중간 운 나쁜 사슴이나 토끼, 다람쥐가 단숨에 목숨을 잃은 흔적인 핏자국 이 눈에 띄었다. 이 흔적들이 남겨진 지는 12시간이 채 되지 않은 것 같았다. 저 위쪽, 나무 그늘과 바위 절벽, 어쩌면 쌓인 눈 아래에서 수천 마리로 이루어진 거대한 바이럴 군단이 낮의 햇살을 피해 도사리고 있을지도 몰랐다.

늦은 오후가 되자 결정을 내릴 시간이었다. 산 위로 올라가는 가장 빠른 길을 택하는 대신 바이럴 무리의 중심으로 들어갈 것인가, 아니면 북쪽으로 선회해 다시 강줄기를 찾은 뒤 서쪽에서부터 들어갈 것인가 중에 선택해야 했다. 마이 클이 말 위에서 지켜보는 가운데 알리시아와 그리어가 상의를 하고 있었다. 홀 리스와 사라는 그 옆에서 파카 지퍼를 턱 끝까지 채운 채 소총을 무릎 위에 올 려두고 기다리고 있었다. 매서운 추위였다. 너무 조용해서 모든 소리가 실제보 다 훨씬 더 크게 들렸다. 얼어붙은 땅 위를 부는 바람이 라디오수신기의 잡음 같았다.

"북쪽으로 가자." 알리시아의 선언이었다. "경계를 늦추지 마."

바이럴을 추격할 인원에 대해서는 논의가 필요 없었다. 단 하나 예상치 못한 사람은 그리어였다. 네 사람이 출발하려고 말에 올라타고 있는데 그리어가 말 을 타고 오더니 아무런 설명 없이 합류한 뒤 유스터스에게 지시를 내렸다. 마이 클은 그리어가 지휘관 노릇을 하려나 싶었지만 일행이 절벽을 벗어나자마자 그 리어는 알리시아를 향해 돌아서서 그저 이렇게 말했다. "도나디오 중위에게 지휘를 맡기도록 하지. 모두 동의하나?" 그 말에 모두가 동의했던 것이다.

그들은 말을 타고 북쪽으로 나아갔다. 어둠이 내리기 시작할 즈음 마이클은 강물이 졸졸 흐르는 소리를 들을 수 있었다. 숲을 빠져나온 그들은 강의 남쪽 둑을 만났고 어둠 속에서 강줄기를 길잡이 삼아 동쪽으로 방향을 틀었다. 그리어는 맨 뒤에서 말을 몰았다. 중간중간 말이 발을 헛디디기도 했고, 알리시아가 말을 세우더니 그들에게 가만히 귀를 기울이라고 신호를 보낸 다음 깜깜한 나무 사이를 살펴보았다. 그러고 나면 그들은 다시금 앞으로 나갔다. 몇 시간째 누구도 입을 열지 않았다. 달도 없는 밤이었다.

그때 언덕에서 한 줄기의 불빛이 솟아났다. 그들은 곧 골짜기에 둘러싸인 지대에 도착했다. 동쪽으로 별이 총총한 하늘 위로 우뚝 솟은 산등성이가 보이고, 그 위에 시커먼 구조물 하나가 보였는데 가까이 다가가 보니 얼음으로 뒤덮인 강 위를 가로지르는 콘크리트 지주가 달린 다리였다. 알리시아가 말에서 내리더니 바닥에 무릎을 꿇고 살펴보았다.

"발자국이 두 사람 몫이야." 그녀가 소총으로 발자국을 가리키며 말했다. "반대쪽에서 다리를 건너왔어."

그들은 산을 오르기 시작했다.

얼마 지나지 않아 그들의 눈앞에 그 말이 나타났다. 그리어는 이 말이 피터와 에이미에게 주었던 자신의 말이 맞는다는 의미로 힘주어 고개를 까딱했다. 전부 말에서 내려 말의 시체를 둘러싸고 모여 섰다. 눈 위에 옆으로 쓰러진 채 뻣뻣하고 쪼글쪼글한 시체가 되어 있는 말의 목에 찢긴 피투성이 상처가 보였다. 얕은 물을 딛고 강을 건너온 것 같았다. 죽기 전, 서쪽 방향에서부터 공포에 질린 채 달려온 발자국이 선명하게 보였다.

사라가 바닥에 무릎을 꿇고 앉아 말의 옆구리를 만졌다.

"아직 체온이 식지 않았어."

그 말에 아무도 대답하지 않았다. 곧 날이 밝을 것이었다. 먼동이 터오기 시작했다.

그들은 범죄자였다.

피터는 거의 밤을 지새우다시피 한 뒤에야 피로한 눈을 비비며 마지막 파일을 내려놓았다. 에이미는 한참 전부터 침대 위의 담요 옆에 몸을 둥글게 웅크리고 누워 잠들어 있었다. 레이시는 부엌에서 의자를 가져와 침대 옆에 앉아 있었다. 일어나서 다 읽은 파일을 상자에 도로 집어넣고 새 파일을 꺼내 와 이야기를 머릿속에서 최대한으로 짜 맞추고 있노라면 커튼 뒤에서 잠든 에이미가 잠꼬대를 웅얼거리는 소리가 들리곤 했다.

에이미가 잠든 뒤 레이시는 한동안 피터와 함께 탁자 앞에 앉아 피터 혼자서는 이해할 수 없는 일들을 설명해주었다. 두꺼운 파일에는 피터가 알지 못하는, 본 적도 살아본 적도 없는 세계에 대한 정보가 잔뜩 담겨 있었다. 그러나 레이시의 도움을 받아 시간을 들이니 피터의 머릿속에서 이야기가 서서히 모습을 드러내기 시작했다. 파일 속에는 사진도 있었다. 삶에 지친 듯 퉁퉁 부은 얼굴에 흐리고 번들거리는 눈빛을 가진 성인 남성들의 사진이었다. 몇 명은 글자가 적힌 판을 가슴 앞에 들고 있거나 목걸이처럼 목에 걸고 있었다. 어떤 판에는 '텍사스 교정청', 다른 판에는 '루이지애나 교정청'이라고 적혀 있다. 그 밖에도 켄터키, 플로리다, 와이오밍, 델라웨어 등등. 글자 없이 숫자만 적힌 판도 있었다. 판을 아예 들고 있지 않은 남자도 있었다. 피부색도, 몸매도 다양했지만 얼굴에 묻은 무기력한 체념은 똑같았다. 피터는 파일을 읽어 내려갔다.

실험체 12호. 앤서니 L. 카터. 1985년 9월 12일 텍사스주 베이타운 출생. 2013년 텍사스주 해리스 카운티에서 일급 살인으로 사형선고.

실험체 11호. 윌리엄 J. 라인하르트. 1987년 4월 9일 미주리주 제퍼슨 시티 출생. 2012년 플로리다주 마이애미 데이드 카운티에서 3건의 일급 살인 및 특수 강간으로 사형선고.

실험체 10호. 훌리오 A. 마르티네스. 1991년 5월 3일 텍사스주 엘파소 출생. 2011년 와이오밍주 라라미 카운티에서 치안관에 대한 일급 살인으로 사형선고.

실험체 9호. 호레이스 D. 램브라이트. 사우스다코다주 오글라라 출생. 2014년 애리조나주 마리코파 카운티에서 일급 살인 2건 및 특수강간으로 사형선고.

실험체 8호. 마틴 S. 에콜스. 1984년 6월 15일 워싱턴주 에버렛 출생. 2012년 로스앤젤레스주 캐머런 패리시에서 일급 살인 및 무장 강도로 사형선고.

실험체 7호. 루퍼트 I. 소사. 1989년 8월 22일 오클라호마주 털사 출신. 2009년 인디애나주 레이크 카운티에서 차량을 이용한 2급 과실치사로 사형선고.

실험체 6호. 데이비드 D. 윈스턴. 1994년 4월 1일 메인주 블루밍턴 출생. 2014년 델라웨어주 뉴캐슬 카운티에서 1건의 일급 살인 및 3건의 특수강간으로 사형선고.

실험체 5호. 새디어스 R. 터럴. 1990년 12월 26일 로스앤젤레스주 뉴올리언스 출생. 2014년 뉴올리언스 연방 주거구역에서 국토안보군 장교에 대한 일급 살인으로 사형선고.

실험체 4호. 존 T. 배프스. 1992년 2월 12일 플로리다주 올랜도 출생. 2010년 플로리다주 파스코 카운티에서 일급 살인 1건 및 2급 과실치사 1건으로 사형선고.

실험체 3호. 빅터 Y. 차베스. 1995년 7월 5일 뉴욕주 나이아가라 폴스 출생. 2012년 네바다주 엘코 카운티에서 일급 살인 1건 및 미성년자에 대한 특수강간으로 사형선고.

실험체 2호. 조지프 P. 모리슨. 1992년 1월 9일 켄터키주 블랙 크리크 출생. 2013년 켄터키주 루이스 카운티에서 일급 살인으로 사형선고.

그리고 마지막으로,

실험체 1호. 자일스 J. 뱁콕. 1994년 10월 29일 네바다주 데저트 웰스 출생. 2013년 네바다주 나이 카운티에서 일급 살인으로 사형선고.

뱁콕, 데저트 웰스라.
'그들은 반드시 집으로 돌아간다.'
에이미의 파일은 다른 파일보다 얇았다. 표지에는 이렇게 적혀 있었다. "실험체 13호, 에이미 NLN. 자비의 성모 동정회 수녀원. 테네시주 멤피스." 신장, 체중, 머리색, 그리고 피터의 눈에는 마이클이 에이미의 목에 심긴 칩에서 찾아냈던 것과 비슷한, 의료 데이터로 보이는 숫자들이 나와 있었다. 그 페이지에는 여섯 살 남짓한 어린아이의 사진이 실려 있었다. 마이클이 짐작한 대로였다. 머리카락이 얼굴을 덮을 듯 흘러내리는 채로 나무 의자 위에 무릎을 감싸고 웅크리고 앉아 있는 모습이었다. 피터가 실제로 아는 사람의 사진을 본 것은 난생처음이어서, 이 사진을 옆방에서 자고 있는 바로 그 아이의 사진이라고 연결 짓기가 힘들었다. 하지만 사진 속 아이가 에이미라는 데는 의심의 여지가 없었다. 사진 속 눈빛이 에이미의 눈빛이었기 때문이다. '알겠어?' 마치 이렇게 말하는 듯한

눈빛이었다. '내가 아니면 누구겠어?'

피터는 브래드퍼드 J. 울가스트의 파일에 손을 뻗었다. 사진은 없었다. 첫 페이지에는 원래 사진을 클립으로 철했던 자리에 붉은 녹이 남아 있었다. 하지만 레이시, 그리고 에이미의 말에 따르면 '트웰브'를 이곳으로 데려온 장본인인 울가스트라는 사람의 얼굴은 사진 없이도 피터의 머릿속에 생생하게 그려졌다. 키가 크고 건장하며 우묵하게 팬 눈, 회색으로 세어가는 머리카락, 일하기 적합한 커다란 손을 가진 사람이었을 것이다. 얼굴은 온화하지만 표면 아래에서 꿈틀대는 고통을 간신히 숨기고 있었을 것이다. 파일에 따르면 울가스트는 결혼을 하고 아이를 가진 적이 있었다. 에바라는 이름의 그 딸은 사망한 것으로 기재되어 있었다. 울가스트가 마침내 에이미의 조력자가 되기로 한 것은 아마 그 아이 때문이 아니었을까. 피터는 본능적으로 그렇다는 것을 알았다.

하지만 다른 무엇보다도 많은 정보를 알 수 있었던 것은 맨 마지막 파일을 통해서였다. 콜이라는 사람이 미육군 특수무기사단의 사이크스 대령에게 보낸 보고서로, 그 안에는 조나스 리어 박사의 연구와 '프로젝트 노아'에 대한 내용이 담겨 있었다. 이 파일에 담겨 있는 또 다른 문서는 그보다 5년 뒤 작성된 것으로 12명의 인간 실험체를 콜로라도주 텔루라이드에서 '작전 전투 시험'을 위해 뉴멕시코주 화이트샌즈로 이송한 기록이었다. 피터가 이 두 가지를 끼워 맞추는 데는 시간이 좀 걸렸다. 그러나 '전투'라는 말의 의미는 명백했다.

그렇게 오랜 세월 동안 군대를 기다렸는데, 결국 이 일을 벌인 것은 군인이었던 것이다.

마지막 파일을 내려놓는데 레이시가 일어나는 소리가 들렸다. 그녀가 커튼을 걷고 나오더니 문간에 멈춰 섰다.

"다 읽었군요."

그녀의 목소리를 듣자 갑자기 피로가 쏟아졌다. 레이시가 벽난로에 새 장작을 집어넣은 다음 피터의 맞은편에 앉았다. 피터는 책상에 쌓인 서류 무더기를 손짓했다.

"정말 그 박사가 한 일입니까?"

"그래요." 레이시가 고개를 끄덕였다.

"박사님 혼자 한 일은 아니지만, 맞아요."

"그 이유를 이야기한 적이 있습니까?"

레이시 뒤에서 갓 넣은 장작이 부드러운 폭 소리를 내면서 방 안을 환히 밝혔다.

"할 수 있어서 한 것이 아닐까요? 세상의 거의 모든 일은 그 때문에 이루어지니까요. 피터, 박사님은 악인이 아니었어요. 모든 게 박사님 잘못인 것도 아니었고요. 저는 여러 번 물었죠. '세계가 오직 인간의 힘으로 멸망할 수 있다고 생각하세요?' 절대 그렇지 않다고 저는 말했지만, 박사님은 제 말을 믿지 않았죠."

그녀가 책상 위에 있는 파일을 향해 고갯짓했다.

"당신을 위해 이 파일들을 남기셨어요."

"저를 위해서라니요? 저를 알지도 못하잖아요."

"여기로 돌아오는 이를 위해 남긴 거였어요. 이곳에서 무슨 일이 일어났는지 알 수 있도록."

피터는 무슨 말을 해야 할지 몰라 가만히 앉아 있었다. 알리시아의 말이 맞았다. 성소를 나온 이래 피터는 평생 동안 어째서 세계가 이런 모습인지 궁금해했다. 하지만, 진실을 알게 된다고 해서 그 숙제가 풀리는 것은 아니었다.

식탁 위에는 에이미의 토끼 인형이 그대로 놓여 있었다. 피터가 인형을 집어들었다.

"에이미도 그 일을 기억할까요?"

"그들이 그 아이에게 저지른 일 말인가요? 모르겠어요. 아마 기억하겠지요."

"아니, 그전, 평범한 아이였던 시절 이야기입니다." 그는 잠시 딱 맞는 단어를 찾아 고민했다.

"인간이었던 시절요."

"그 애는 아직도 인간이에요."

피터는 레이시의 말이 이어지기를 기다렸으나 그녀가 아무 말도 하지 않자 토끼 인형을 한쪽에 내려두었다.

"영원히 산다는 건 어떤 기분이지요?"

그 질문에 레이시는 곧바로 웃음을 터뜨렸다.

"전 영원히 살 것 같지 않은데요."

"하지만 당신에게도 바이러스가 있잖아요. 당신도 에이미와 같은 존재 아닙니까?"

"피터, 세상에 에이미 같은 사람은 에이미밖에 없어요."

레이시가 어깨를 으쓱한 뒤 말을 이었다.

"하지만 여태까지 오랜 세월을 살아온 이야기가 궁금하다면, 조나스가 죽고 나서는 무척 외로웠다는 말밖에 할 수가 없네요. 스스로도 놀랄 만큼 외로웠어요."

"박사가 그리우신 거군요."

피터는 그 말을 뱉자마자 곧장 후회했다. 들판 위를 날아가는 새 그림자가 스치듯 레이시의 얼굴에 슬픔의 빛이 지나갔기 때문이었다.

"죄송합니다. 그런 뜻이……."

그러나 레이시는 고개를 저었다. "아니에요. 충분히 할 수 있는 질문이에요. 이렇게 오랜 세월이 지난 뒤 그 사람 이야기를 하자니 힘들지만, 당신 말대로예요. 그가 그리워요. 제가 그를 그리워하는 만큼 누군가가 자신을 그리워한다는 건 참 대단한 일이라고 생각해요."

한동안 두 사람은 벽난로의 불빛에 물든 채 말없이 앉아 있었다. 피터는 알리시아도 자신을 생각하고 있을지, 그녀는 지금 어디 있을지 궁금했다. 다시 알리시아를, 아니, 친구들을 다시 만날 수 있을까?

"레이시, 저는…… 제가 하고 있는 일이 무엇인지 잘 모르겠어요." 한참이 지난 뒤에야 피터의 입에서 나온 말이었다.

"도대체 어떻게 해야 할지 전혀 모르겠어요."

"여기까지 찾아왔잖아요. 그게 중요해요. 시작이니까요."

"에이미는요?"

"에이미가 왜요?"

하지만 피터는 도대체 어떻게 질문을 더 다듬어야 할지 알 수 없었다. '에이미는요?' 그가 묻고 싶은 질문은 말 그대로였으니까.

"저는……." 피터는 한숨을 쉬고는 에이미가 자고 있는 방 쪽으로 시선을 돌렸다. "저기, 저는 잘 모르겠어요."

"그들을 물리칠 수 있을지 모르겠다고요? 이곳에서 답을 찾을 수 있을지 모르겠다고요?"

"예." 피터가 다시 레이시에게 눈길을 돌렸다.

"방금 전까지는 제가 뭘 모르는지조차 알 수 없었지만, 맞아요."

레이시는 피터를 빤히 바라보았다. 그녀가 피터의 얼굴에서 무엇을 찾고 있는지는 피터로서는 알 수 없었다. 내가 하는 말이 미친 소리는 아닐까? 그럴지도 모르겠다.

"피터, 노아 이야기를 알고 있나요? '프로젝트 노아'가 아니라, 노아라는 사람의 이야기요."

처음 들어보는 이름이었다.

"모르겠습니다."

"옛날이야기예요. 실제로 일어났던 일을 다룬 이야기죠. 어쩌면 이 이야기가 당신에게 도움이 될지도 모르겠네요."

의자에서 살짝 몸을 일으킨 레이시의 얼굴에 문득 생기가 감돌았다.

"하느님이 노아라는 남자에게 아주 커다란 배를 만들라고 명했답니다. 먼 옛날에 있었던 일이지요. '어째서 배를 만들어야 합니까?' 노아가 물었습니다. '날이 화창하고, 할 일이 많습니다.' 그러자 하느님이 말씀하셨지요. '세상이 사악해지고 있기에 큰 홍수를 보내 파괴하고자 한다. 살아 있는 것은 모두 물에 잠겨 죽을 것이나 노아 너는 의인이니 내 명령대로 배를 만들어 너와 너의 가족

그리고 모든 동물을 종마다 한 쌍씩 태우면 네 가족들만은 살려주겠다.' 그래서 노아가 어떻게 했을까요, 피터?"

"배를 만들었습니까?"

그러자 레이시가 눈을 크게 떴다.

"당연히 만들었지요! 하지만 곧바로 만든 것은 아니었답니다. 이 이야기가 재미있는 건 그래서예요. 노아가 하느님이 시키는 대로 곧이곧대로 배를 만들었다면 이 이야기에는 아무런 교훈이 없었겠지요. 그러나 노아는 다른 사람들이 그를 비웃을까 봐 꺼림칙한 마음이 들었습니다. 배를 만들었는데 홍수가 나지 않는다면 얼마나 바보 같아 보이겠어요? 사실 하느님은 세상을 구제할 만한 가치가 있는 것으로 만들어줄 인간이 존재하는지 시험하시고자 했던 것입니다. 노아가 그 일을 할 수 있는지 알고자 했지요. 그리고 결국 하느님의 생각이 옳았답니다. 노아는 배를 만들었고 하늘에 구멍이 난 것처럼 큰비가 쏟아져 세상이 물에 잠기고 말았습니다. 오랜 세월 노아와 그 가족은 배에 탄 채 물 위를 떠다니며 잊혀 있었지만 결국 노아를 기억해내신 하느님은 비둘기를 보내어 그들을 뭍으로 이끌었고 세상은 새로 태어났답니다."

이야기를 끝낸 레이시가 흡족하다는 듯 손뼉을 짝 쳤다.

"자, 아시겠어요?"

피터는 이 이야기를 전혀 이해할 수 없었다. 성소에서 교사가 아이들을 둥글게 둘러앉혀놓고 해주던, 동물들이 등장하고 끝에 가서 교훈을 이끌어내던 우화들이 떠올랐다. 들을 때는 재미있고, 또 틀린 말도 아니었지만, 아이들을 위한 이야기이기에 늘 너무 쉽게 끝이 났다.

"피터, 제 말을 믿지 못하는 걸까요? 괜찮습니다. 언젠가는 믿게 될 테니까요."

"못 믿는 게 아닙니다." 피터가 간신히 대답했다.

"죄송합니다. 하지만…… 이야기는 이야기일 뿐이잖아요."

"그럴 수도 있지요." 레이시가 어깨를 으쓱했다.

"만약 누군가가 피터 당신에게 그런 말을 한다면, 뭐라고 대답할까요?"

피터는 알 수 없었다. 늦은 시각, 아니, 이른 시각이었다. 곧 아침이 올 터였다. 파일을 읽으며 많은 것을 알게 되었는데도 처음보다 오히려 더 혼란스러웠다.

"그래요, 그 말대로 제가 노아라고 치면, 에이미는 누구인가요?"

피터의 말에 레이시가 못 믿겠다는 얼굴을 했다. 금방이라도 웃음을 터뜨릴 것만 같은 표정이었다.

"놀랍네요, 피터. 제가 설명이 부족했나 봅니다."

"아닙니다. 설명에는 문제가 없었지만, 저는 잘 모르겠어요."

그러자 레이시가 상체를 앞으로 기울이더니 다시금 미소를 지었다. 묘하고 슬픈 미소였지만, 믿음이 가득 담긴 미소였다.

"배예요, 피터. 에이미가 그 배예요." 레이시가 말했다.

피터가 그 수수께끼 같은 대답을 이해하려 애를 쓰는데 레이시가 갑자기 동요하기 시작했다. 그녀는 얼굴을 찌푸리더니 방 안을 다급히 훑어보기 시작했다.

"레이시, 왜 그러십니까?"

하지만 레이시에게는 그 말이 들리지 않는 것 같았다. 그녀가 탁자를 밀치고 일어섰다.

"너무 오래 머물렀던 것 같군요. 곧 해가 뜰 거예요. 가서 에이미를 깨우고 채비를 하십시오."

아직도 그 밤의 기묘한 사건에 사로잡혀 있던 피터는 레이시의 말에 흠칫 놀랐다.

"떠나야 하나요?"

자리에서 일어났더니 에이미가 침실 문간에 서 있었다. 헝클어진 검은 머리채 뒤로 커튼이 흔들리고 있었다. 레이시가 느낀 것이 무엇인지는 알 수 없지만 에이미 역시도 느낀 게 분명했다. 얼굴에 다급함이 배어 있었다.

"레이시……."

"알아. 날이 밝기 전에 그가 올 거야." 레이시는 망토를 걸치며 피터에게 한 번 더 재촉하는 눈빛을 보냈다.

"서두르세요."

밤사이의 평화가 순식간에 사라지고 이해할 수 없는 위급한 기운이 감돌고 있었다.

"레이시, 누구 얘기를 하는 거예요? 누가 온다는 거지요?"

하지만 에이미에게로 시선을 돌리는 순간 피터는 그 질문의 답을 알 수 있었다. 뱁콕. 뱁콕이 오고 있다는 뜻이었다.

"피터, 어서요."

"레이시, 당신은 모릅니다." 마비된 것처럼 무력한 기분이었다. 그에게는 뱁콕과 맞서 싸울 수단이, 칼 한 자루조차도 없었다.

"우리에겐 무기가 없습니다. 뱁콕의 가공할 위력은 이미 보았고요."

"총과 칼보다도 더 강한 무기가 있습니다." 레이시의 대답이었다. 그녀의 얼굴에는 두려움의 기색이라고는 없이, 오로지 결의만이 가득했다.

"이제 당신에게 보여주어야 할 때예요."

"무엇을 본다는 말입니까?"

"당신이 여기까지 찾으러 온 바로 그것요." 레이시가 말했다.

"'패시지' 말입니다."

피터는 어둠 속에 있었다. 레이시가 그들을 집에서 데리고 나와 숲속으로 이끌었다. 나무 사이로 지독하게 찬바람이 으스스한 소리를 내며 불었다. 조각달이 일렁이는 달빛을 뿌려대 사방에서 그림자들이 꿈틀거리고 있었다. 그들은 산등성이를 오르내렸다. 이곳에는 눈이 더 깊이 쌓여 있었고 단단한 얼음으로 굳은 눈이 찬바람에 실려 사방으로 날리고 있었다. 그들이 있는 곳은 산의 남쪽 사면이었다. 아래쪽에서 강이 흐르는 소리가 들렸다.

문득 발 디딜 데 없는 허공이 나타났을 때 피터는 눈으로 보기도 전에 그것을 느꼈다. 반사적으로 에이미를 향해 손을 뻗었지만 에이미는 이미 사라지고 없었다. 발 한번만 잘못 디뎌도 어둠 속으로 떨어질 것 같은 아찔한 절벽이었다.

"이쪽이에요." 앞에서 레이시가 외쳤다. "서둘러요, 어서요."

피터는 레이시의 목소리에 의지하며 앞으로 나아갔다. 깎아지른 절벽이라고 생각했던 것은 알고 보니 가파르지만 발 디딜 자리는 충분히 있는 험한 내리막길이었다. 에이미는 벌써 꼬불꼬불한 길을 따라 내려가고 있었다. 피터는 두려움을 잊으려 얼음처럼 차가운 공기를 깊이 들이쉰 다음 뒤따랐다.

길이 점점 좁아지면서 마치 캣워크처럼 산등성이에 수평으로 바짝 붙은 채이어졌다. 왼쪽은 얼음이 덮인 바위가 달빛에 반들거리고 있었고 오른쪽으로는 캄캄한 심연 같은 어둠이었다. 바라보기만 해도 그 안으로 쓸려가버릴 것 같은 암흑이었다. 레이시와 에이미의 그림자는 이미 빠른 동작으로 저만치 앞서 가 있었다. 레이시는 우리를 어디로 데려가려는 걸까? 레이시가 말한 그 '무기'란 대체 무슨 의미일까? 아래쪽 깊은 곳에서 다시금 강물이 흐르는 소리가 들려왔다. 별이 마치 얼음조각처럼 날카롭게 번득였다.

모퉁이를 돈 피터가 걸음을 멈췄다. 레이시와 에이미가 산의 사면에 파인, 파이프를 닮은 널따란 구멍 앞에 서 있었다. 구멍의 높이는 피터의 키만 했고 깊이를 알 수 없는 구멍 속은 암흑 그 자체였다.

"여기로 들어가야 해요." 레이시의 말이었다.

두 걸음, 세 걸음, 네 걸음. 어둠이 피터를 완전히 둘러쌌다. 레이시가 그들을 산의 내부로 데려가고 있었다. 갑자기 외투 주머니에 성냥이 들어 있다는 것이 생각났다. 피터가 걸음을 멈추고 성냥을 꺼내 불을 일으켰지만 불이 붙자마자 거센 바람이 불꽃을 꺼뜨려버렸다.

한참 앞쪽에서 레이시의 목소리가 들려왔다. "서둘러요, 피터."

그는 한 걸음 한 걸음 레이시를 믿고 나아갔다. 그때 누군가가 피터의 팔을 힘주어 붙들었다. 에이미였다. "멈춰요."

아무것도 보이지 않았다. 날이 추운데도 파카 안이 이미 땀투성이였다. 레이시는 어디 있지? 제자리에서 빙빙 돌며 아까 들어온 입구를 찾고 있는데 등 뒤에서 금속이 삐걱거리는 소리, 이어 문이 열리는 소리가 났다.

곧바로 사방이 눈이 아플 정도로 환해졌다.

그들이 있는 곳은 산을 파서 만든 기다란 복도였다. 벽에는 파이프와 금속 도관이 붙어 있었다. 레이시는 입구 근처에 달린 차단기 패널 앞에 서 있었다. 머리 위에 달린 형광등이 켜져 사위가 환했다.

"전원공급은 어떻게 하는 겁니까?"

"배터리예요. 박사님이 알려주셨죠."

"이렇게 오래가는 배터리는 없을 텐데요."

"이건…… 다른 것과는 달라요." 레이시가 등 뒤의 묵직한 문을 닫았다. "박사님은 이곳을 '지하 5층'이라고 부르셨죠. 제가 안을 안내해드릴 테니 따라오세요."

복도가 끝나자 어둠에 뒤덮인 더 큰 공간이 나왔다. 레이시가 벽 쪽으로 가서 스위치를 찾았다. 젖은 부츠 바닥 아래로 웅웅거리는 진동이 느껴졌다. 기계설비가 되어 있는 것이 분명했다.

조명이 깜박이더니 환하게 켜졌다.

이 공간은 일종의 병원이었다. 모든 것이 오래전부터 버려진 것 같은 분위기가 감돌았다. 들것, 길고 높은 카운터 위의 먼지 낀 도구들, 버너, 비커, 세월의 때가 묻은 크롬 대야까지도 그랬다. 쟁반 위에는 플라스틱 포장에 밀봉된 주사기들이 놓여 있었고 녹이 묻은 기다란 천 위에 철제 탐침과 메스가 놓여 있었다. 안쪽 벽의 복잡하게 얽힌 도관들 속에 배터리로 보이는 것이 있었다.

'그녀를 찾으면 여기로 데려와라.'

여기였구나. 그저 산으로 데려오라는 것이 아니라, 여기, 바로 이 방으로 데려오라는 뜻이었다. 하지만 여긴 어딜까? 레이시는 벽에 고정된 옷장처럼 보이는 금속 케이스로 다가갔다.

케이스 겉면에는 손잡이, 그리고 그 옆에 키패드가 붙어 있었다. 피터가 보는 앞에서 레이시가 키패드에 긴 숫자열을 입력하더니 묵직한 소리를 내며 손잡이를 돌렸다.

처음에는 케이스 안이 텅 빈 줄만 알았다. 그러나 다음 순간 맨 아래 선반에 놓인 금속 상자가 피터의 눈에 들어왔다. 레이시가 상자를 꺼내더니 피터에게 건넸다.

한 손에 잡히는 크기의 상자는 놀라울 만치 가벼웠다. 이음새조차 없는 것처럼 생긴 그 상자에는 걸쇠가 달려 있었고 그 옆에는 피터의 엄지손가락에 딱 맞는 크기의 작은 버튼이 하나 있었다. 피터가 버튼을 누르자 상자가 열리더니 완벽하게 반반 나누어졌다. 상자 속에 충전재가 차 있고 그 안에는 반짝이는 초록색 액체가 든 작은 유리 약병이 두 줄로 나란히 뉘어져 있었다. 열한 개였다. 열두 번째 칸은 비어 있었다.

"이게 바로 최후의 바이러스예요." 레이시가 말했다.

"박사님이 에이미에게 주입한 바이러스. 에이미의 피로 만들었어요."

피터는 레이시의 얼굴을 가만히 바라보았다. 그러나 그녀의 표정을 보지 않아도 그 말이 진실임을 피터는 이미 알 수 있었다. 아니, 느낄 수 있었다.

"비어 있는 하나는 당신 몫이었군요. 리어 박사가 당신에게 준 약이었어요."

레이시가 고개를 끄덕였다. "맞아요."

피터가 상자를 닫자 걸쇠가 단단하게 여며지는 소리가 났다. 피터는 메고 있던 배낭을 풀어 안에서 담요를 꺼낸 다음 상자를 담요로 싸서 다시 배낭에 집어넣었다. 카운터 위에 있던 밀봉된 주사기도 한 줌 집어넣었다. 새벽이 오기 전에 일을 완수하고 산을 내려가야 했다. 그 뒤로는 어떻게 될지 피터는 알 수 없다. 그는 돌아서서 에이미를 보았다.

"시간이 얼마나 남았지?"

그러자 에이미는 고개를 저었다. 얼마 남지 않았다는 의미였다.

"그는 아주 가까이까지 다가왔어요."

"그가 저 문으로 들어올 수 있습니까, 레이시?"

레이시는 그 말에 대답하지 않았다.

"레이시?"

"그럴 거라고 생각해요."

그들은 강에서 높이 올라간 들판에 있었다. 피터와 에이미가 남긴 발자국은 날리는 눈에 지워진 지 오래였다. 알리시아는 한참 앞장서서 가버렸다. 마이클은 이미 날이 밝았을 시간이라고 생각했다. 그러나 보이는 것은 지난 몇 시간 내내 보았던 똑같은 회색 하늘뿐이었다.

"대체 어디로 간 거야?" 홀리스가 말했다.

피터와 에이미 이야기인지, 바이럴 이야기인지 마이클은 모르겠다는 생각을 했다. 또한 그들이 여기서 죽을 거라는, 그들 중 누구도 이 얼어붙은 황량한 지대를 떠나지 못할 거라는 생각을 마이클은 이미 어느 정도 받아들인 뒤였다. 사라와 그리어는 말이 없었다. 아마 두 사람도 똑같은 생각이겠지, 아니면 너무 추워서 입을 열지 않는 것인지도 모르겠다. 손이 너무 꽝꽝 얼어붙어서 소총을 쏠수 있을지 알 수 없었고, 쏘더라도 재장전을 할 수 있을 것 같지는 않았다. 마음을 진정시키려고 수통의 물을 마시려고 했지만 물 역시 얼어 있었다.

어둠 속에서 알리시아의 말이 잰걸음으로 돌아오는 말발굽 소리가 들렸다. 알리시아가 일행의 옆에 말을 멈췄다.

"발자국이 있어." 알리시아가 머리를 기울여 뒤쪽을 가리켰다.

"울타리 사이로 들어갈 수 있는 입구가 있어."

그 말을 남긴 뒤 알리시아는 기다리지도 않고 다시 말에 박차를 가해 왔던 길로 가버렸다. 그리어는 말없이 알리시아를 따라갔고 나머지도 뒤따랐다. 알리시아는 빠른 속도로 눈 위를 달리고 있었다. 마이클도 말을 재촉했다. 옆에서 사라는 눈앞을 가로막은 나뭇가지들을 피하려고 말 위에서 몸을 수그리고 있었다.

머리 위 나무들 속에서 무언가 움직이는 기척이 느껴졌다.

마이클이 고개를 드는 순간 뒤에서 총성이 울려 퍼졌다. 다음 순간 뒤에서 어떤 난폭한 힘에 밀쳐진 것처럼 숨이 턱 막히더니 그는 말의 머리 너머로 굴러 떨어지며 소총을 떨어뜨렸다. 한순간 그는 아무런 고통도 없이 허공에 붕 떠 있는 듯한 느낌이었지만 — 아직 이 놀라운 사실을 채 이해하지 못한 상태였던 것이다 — 그 감각은 오래 지속되지 않았다. 그는 눈 위에 등부터 떨어졌다. 자신의 말이 이쪽으로 달려오고 있는 것을 보고 마이클은 옆으로 몸을 굴리며 아무 도움이 되지 않을 것을 알면서도 두 손으로 머리를 감쌌다. 공포에 질려 달리는 말의 말발굽이 고작 3센티미터쯤의 차이로 그를 비껴나갔다.

그렇게 말은 사라져버렸다. 아니, 모두가 그렇게 사라져버렸다.

마이클이 몸을 일으켜 앉자마자 그를 말에서 떨어뜨린 바이럴이 보였다. 놈은 몇 미터 떨어진 곳에 개구리처럼 등을 웅크린 채 쭈그리고 앉아 있었다. 마치 푸르스름한 녹색 물속에 잠겨 있는 것처럼 몸에서 빛을 뿜어내는 바이럴은 팔죽지를 눈 속에 푹 파묻은 채였다. 팔과 가슴에도 눈이 묻어 있었다. 얼굴에서 물기가 뚝뚝 떨어졌다. 저 멀리서 총성이 울려 퍼지는 소리에 자신의 이름이 섞여 들렸지만, 그 모든 소리가 전부 머나먼 별에서 보내오는 신호처럼 느껴졌다. 그를 감싸고 있는 광대한 어둠처럼 이런 소리들도 전부 마이클이 아니라 완전히 다른 사람을 부르는 소리처럼 느껴졌다. 바이럴이 쩝쩝거리는 소리를 내며 턱을 꿈틀거리기 시작했다. 그러더니 놈은 고개를 기울이며 마치 서두를 것 없다는 듯, 시간은 얼마든지 있다는 듯 느릿하게 이를 드러냈다. 바로 그 순간, 마이클은 지금까지 자신의 공포가 자리했던 곳이 텅 비어 있다는 사실을 깨달았다. 그는, '서킷' 마이클은 조금도 두렵지 않았다. 지금 그가 느끼는 감정은 두려움이 아니라 분노였다. 마치 얼굴 앞을 맴도는 파리가 도무지 비켜주지 않을 때 느끼는 어마어마한 짜증과 비슷한 감정이었다. 제기랄, 마이클은 그렇게 생각하면서 허리에 찬 칼로 손을 가져갔다. 나는 이제 이따위 일들은 지긋지긋해. 너 같은 것들이 세상에 4천만 마리는 더 있을 수도 있고 아닐 수도 있겠지. 적어도 2초 뒤에 그중 한 마리는 줄어들겠지.

마이클이 일어서자 바이럴도 팔다리를 뻗고 앞으로 성큼 다가왔다. 칼을 휘두를 시간도 없었다. 눈이 저절로 감겼다. 칼이 꽂히는 감각을 느끼던 바로 그 순간 바이럴이 그의 몸을 덮치며 그와 한 덩이가 되어 바닥을 굴렀다.

몸을 굴려 빠져나오자 바이럴이 눈 속에 똑바로 누워 있는 게 보였다. 마이클의 칼이 가슴에 꽂힌 채 팔다리를 허공에 버둥거리고 있었다. 바이럴의 시체 위에 두 사람이 서 있었다. 피터, 그리고 에이미였다. 두 사람이 어디서 나타난 걸까? 에이미는 소총을 들고 있었다. 눈이 묻은 소총은 마이클의 것이었다. 그들의 발밑에서 바이럴은 한숨인지 신음인지 모를 소리를 내고 있었다. 에이미가 개머리판을 어깨에 걸치더니 총구를 내려 바이럴의 벌린 입속에 쑤셔 박았다.

"미안해." 그 말을 남긴 뒤 에이미가 방아쇠를 당겼다.

쓰러져 있던 마이클이 벌떡 일어섰다. 바이럴은 이제 고통의 몸부림을 멈추고 미동도 없었다. 눈 위로 피가 넓게 뿌려졌다. 에이미는 총을 피터에게 쥐여주었다. "가져가요."

"괜찮아?" 피터가 마이클에게 물었다. 마이클은 그제야 자기가 벌벌 떨고 있다는 사실을 알아차렸다. 그가 고개를 끄덕였다.

"이리 와."

산등성이에서 총성이 쏟아지기 시작했다. 그들은 달렸다.

레이시는 자신이 한 행동이 옳지 않았다는 걸 알고 있었다. 피터와 에이미가 자신도 그들의 길을 따라갈 것이라고 생각하도록 놔둔 것 말이다. 시한폭탄의 타이머를 맞추고, 그들을 터널 문으로 이끌고, 반대쪽에 서 있게 한 것도. 그들이 보는 앞에서 문을 닫고 빗장을 걸어 잠근 것도.

바깥에서 두 사람이 문을 두드리던 소리, 에이미의 고함 소리가 아직도 머릿속에서 메아리치고 있었다.

'레이시, 레이시, 가지 말아요!'

'도망쳐. 그가 곧 올 테니까.'

'레이시, 제발요!'

'그들을 도와줘, 에이미. 그들이 두려워할 거야. 그들은 이곳에서 무슨 일이 일어났는지 모를 거야. 그들을 도와줘, 에이미.'

이곳에서 일어난 모든 일은 깨끗이 지워져야 했다. 마치 노아의 시대에 하느님이 홍수를 보내 세상을 싹 쓸어버렸던 것처럼, 그리고 커다란 배를 띄워 세상을 처음부터 다시 만든 것처럼.

내가 그분의 대홍수가 될 것이다.

폭탄이라는 것은 아주 무서운 것이다. 조나스가 알려주었다. 이 폭탄은 위성에 잡히지 않을 만큼 크기는 작지만 이 500톤의 폭탄으로 샬레와 그 지하에 있는 모든 것들을 날려버리고 그들이 했던 실험의 모든 흔적을 없애버릴 수 있는, 바이럴의 탈출에 대비한 안전장치였다. 그러나 바이럴들이 풀려났을 때 지상층의 전기가 나가고 사이크스가 죽어버렸다. 조나스가 직접 폭탄을 터뜨릴 수도 있었지만, 그는 결국 그러지 못했다. 에이미가 이 안에 있었기 때문이었다.

피터와 에이미가 보는 앞에서 레이시는 폭탄 앞에 무릎을 꿇고 앉아 비밀번호를 입력했었다. 폭탄은 군대의 물건들이 다 그렇듯 투박하게 마감된 작은 케이스 모양의 물체였다. 폭탄을 터뜨리는 법은 조나스가 알려주었다. 옆에 있는 작은 홈을 누르면 키보드, 그리고 문자열 한 줄이 들어갈 만큼 작은 스크린이 달린 패널이 튀어나왔다. 레이시는 비밀번호를 눌렀다.

ELIZABETH

스크린이 깜박이더니 글자가 나타났다.

무장을 완료하였습니까? Y/N

레이시는 'Y'를 눌렀다.

시간?

레이시는 잠시 고민하다가 5를 눌렀다.

5:00

확인하였습니까? Y/N

그녀는 다시 한번 Y를 눌렀다. 스크린에 시간이 나타나더니 줄어들기 시작했다.

4:59

4:58

4:57

레이시는 패널을 닫고 일어났다.

"서둘러요." 그녀는 피터와 에이미를 이끌고 복도를 걸었다.

"이제 밖으로 나가야 해요."

그렇게 레이시는 두 사람을 밖으로 내보내고 안에서 문을 걸어 잠갔던 것이다.

'레이시, 이러지 말아요! 우린 어떻게 해야 할지 모른다고요! 어떻게 해야 할지 알려주세요!'

'알게 될 거야, 에이미. 때가 오면, 네 안에 무엇이 있는지 알게 될 거야. 그들을 어떻게 자유롭게 해줄지, 그들을 최후의 길로 떠나보내주는 방법이 무엇인지 알게 될 거야.'

이제 레이시는 혼자였다. 해야 할 일은 거의 끝났다. 피터와 에이미가 떠난 게 확실하다는 생각이 든 뒤에야 그녀는 빗장을 풀고 문을 활짝 열었다.

'내게로 오렴.' 레이시는 생각했다. 그녀는 문간에 서서 심호흡을 크게 하며 마음을 가라앉히며, 기도했다. '네가 만들어진 그곳으로 돌아오렴.'

레이시는 가만히 기다렸다. 5분. 이렇게 오랜 세월 끝에 5분이라니 눈 깜짝할 사이처럼 느껴졌다. 실제로도 그랬다.

산 위로 동이 트고 있었다. 피터와 에이미, 그리고 마이클은 총성이 들리는 방향을 향해 달렸다. 산마루에 올라 아래를 내려다보니 저 아래 집 한 채가 있고 바깥에 말들이 있었다. 사라와 알리시아가 집 앞에서 손을 흔들고 있었다.

바이럴들이 나무 사이로 움직여 그들의 뒤를 바짝 따라오고 있었다. 세 사람은 언덕을 달려 내려와 온 힘을 다해 집 안으로 뛰어 들어갔다. 커튼 뒤에서 그리어와 홀리스가 기다란 서랍장 하나를 들고 나타났다.

"놈들이 바로 뒤를 쫓아오고 있어요." 마이클이 말했다.

그들은 문 앞으로 책상을 끌어와서 문을 막았다. 마이클이 보기에 소용없을 것 같지만, 그래도 1, 2초는 벌어줄 것이었다.

"창문은 어떡하지?" 알리시아의 말이었다. "창문을 막을 건 없을까?"

찬장을 옮기려 했지만 너무 무거웠다.

"그냥 놔두자." 알리시아가 말하더니 허리에 차고 있던 권총을 뽑아 마이클에게 쥐여주었다.

"그리어 소령과 홀리스가 침실 창문을 지키고, 나머지는 전부 여기 머물러. 한 사람은 문을 지키고, 앞쪽 창문, 뒤쪽 창문에 한 사람씩. 서킷, 너는 굴뚝을 지켜. 놈들은 말들을 먼저 공격할 거야."

다들 제 위치를 찾아갔다. 침실에 있던 홀리스의 고함 소리가 들렸다.

"놈들이 왔다!"

무언가가 잘못되었다고 레이시는 생각했다. 그들이 이미 이곳에 도착하고도 남았을 시간이었다. 그들의 존재가 사방에서 느껴졌고 그들의 허기, 그리고 그들의 궁금증이 그녀의 마음속을 가득 채우고 있었다.

'나는 누구야, 나는 누구지?'

레이시는 터널 안으로 들어갔다.

'이리 오렴. 이리 와, 나에게 와.'

레이시는 터널 안을 가로질러 입구로 돌아갔다. 산이라 동이 천천히 트고 있어 구멍 밖은 부드러운 회색으로 밝아가고 있었다. 해가 뜨면 골짜기 저쪽의 얼음과 눈에 햇빛이 반사되어 서쪽부터 밝아올 것이었다.

터널 입구에 도착한 레이시는 바깥으로 나갔다. 바이럴의 발자국이 눈 덮인 언덕을 올라간 흔적이 보였다. 수천 마리도 더 되는 바이럴 군단의 흔적이었다.

놈들이 이곳을 그대로 지나쳐 갔던 것이다.

레이시는 절망에 사로잡혔다. '어디에 있어?' 레이시의 머릿속 생각이 자신도 모르게 입 밖으로 나왔는지 그녀의 노여운 목소리가 메아리가 되어 골짜기에 울려 퍼졌다. "어디에 있는 거야?" 그러나 아무런 대답도 돌아오지 않았다.

바로 그때, 정적 속에서 대답이 들려왔다.

'나는 여기 있다.'

바이럴이 문과 창문을 동시에 공격하면서 유리와 나무가 박살 나는 요란한 소리가 울려 퍼졌다. 어깨로 책상을 누르고 있던 피터는 에이미가 있던 자리까지 튕겨 나갔다. 홀리스와 그리어가 침실에서 고함을 지르는 소리가 들렸다. 알리시아, 마이클, 사라, 에이미의 목소리도 들렸다. 모두가 총을 쏘며 고함을 지르고 있었다.

"물러나! 문이 부서지고 있어!" 알리시아가 고함을 질렀다.

피터는 에이미의 팔을 잡고 아이를 침실로 끌어당겼다. 홀리스가 창가에 서 있었고 그리어는 침대 옆 바닥에 쓰러져 머리에서 피를 흘리고 있었다.

"유리에 다친 거야!" 홀리스의 총이 불을 뿜는 가운데 그리어가 총성에 묻히지 않으려 고함을 질렀다.

"그냥 유리에 찔린 것뿐이야."

"홀리스, 창문 앞을 떠나지 마!" 알리시아가 그렇게 말하더니 빈 탄창을 바닥에 던지고 새 탄창을 끼운 다음 방아쇠를 당겼다. 이곳이 그들의 최후의 보루였다. "다들 준비해!"

문이 함락되는 소리가 들렸다. 침실 커튼 앞에 서 있던 알리시아가 돌아서더니 발포를 시작했다.

알리시아를 죽인 것은 첫 번째도, 두 번째도, 심지어 세 번째도 아닌 네 번째 바이럴이었다. 알리시아의 총탄이 다 떨어진 뒤였다. 시간이 지난 후 피터는 그 장면을 순차적으로 떠올리곤 했다. 마지막 탄피가 바닥에 떨어지는 소리. 공기에 감돌던 화약 냄새. 알리시아가 빈 탄창을 떨어뜨리면서 조끼에서 새 탄창을 꺼내려고 뻗던 손. 그리고 총구멍이 뚫려 너덜너덜해진 커튼 뒤에서 나타나 그녀를 덮치던 바이럴의 얼굴에 떠오른 자비 없는 무표정, 번들거리던 눈, 쩍 벌린 입. 알리시아가 쓸모없어진 소총의 개머리판을 들어 올리며 번개처럼 칼을 향해 손을 뻗던 것, 그러나 너무 늦었던 것이다. 바이럴의 공격은 잔혹했고 멈추지 않았으며, 알리시아가 뒤로 쓰러지는 순간 바이럴의 기다란 이빨이 그녀의 목 뒤를 파고들었다.

바이럴이 고개를 들었을 때 한 걸음 다가서서 그의 입안에 총구를 집어넣고 방아쇠를 당긴 것은 홀리스였다. 침실 벽에 피가 분수처럼 흩뿌려졌다. 피터가 달려가 알리시아의 겨드랑이 사이에 팔을 넣고 그녀를 안으로 끌고 들어왔다. 목에서 시뻘건 피가 콸콸 흘러내려 알리시아가 입고 있던 조끼를 적셨다. 누가 알리시아의 이름을 끝없이 외치며 비명을 지르고 있었다. 어쩌면 그건 피터 자신이었는지도 모른다. 피터는 벽에 몸을 받친 채 알리시아를 품에 안고 두 다리로 그녀가 쓰러지지 않게 받치면서 한 손으로는 자신도 모르게 흐르는 피를 막으려고 상처를 덮고 있었다. 에이미와 사라도 바닥에 쓰러져 있었다. 또 한 마리의 바이럴이 커튼 뒤에서 나타나자 피터는 권총을 들어 마지막 남은 두 발을 쏘아버렸다. 첫 발은 빗나갔지만 두 번째는 명중했다. 피터의 품에 안긴 알리시아는 딸꾹질과 신음이 덮인 이상한 호흡을 하고 있었다. 피를 너무 많이 흘렸다.

피터는 눈을 감고 알리시아를 꽉 끌어안았다.

레이시가 돌아서자 뱁콕이 터널의 입구 위에 걸터앉아 있는 게 보였다. 하느님이 만든 피조물 중에서도 가장 거대하고 끔찍한 것이었다. 뱁콕이야말로 하느님이 세계를 집어삼키기에 적합하게 만드신 존재였다. 그리고 뱁콕이 뿜어내는, 마치 천사의 후광과 같은 환한 빛을 보자 레이시는 자신이 틀리지 않았다는 생각에, 기도로 보낸 기나긴 밤이 자신의 예상대로 끝나리라는 생각에 가슴이 부풀었다. 오래전 테네시주 멤피스의 '자비의 성모 동정원' 문을 열었다가 한 어린 소녀를 마주한 그 봄날 아침에 시작된 기도였다.

'조나스, 내 말이 맞았죠?' 레이시는 생각했다.

'모든 것은 용서받아요. 잃어버린 건 모두 다시 찾을 수 있어요. 조나스, 지금 당신에게 가서 알려줄게요. 이제 나는 당신과 함께예요.'

레이시는 터널 안으로 뛰어 들어갔다.

'이리 와, 이리 와.'

레이시는 달렸다. 그녀는 지금 동시에 두 군데에 존재했다. 지금 그녀는 뱁콕을 안으로 끌어들이기 위해 터널 속을 달리고 있었다. 하지만 한편으로 그녀는 들판에 누워 있는 어린 소녀기도 했다. 달콤한 흙냄새가 코끝을 감돌고 뺨에 사가운 밤공기가 느껴졌다. 저 멀리에서 언니들과 어머니의 목소리가 들렸다. '온 힘을 다해 달리고 또 달리렴!'

문을 찾은 즉시 레이시는 형광등이 켜진 복도를 달렸다. 그리고 들것과 비커, 배터리, 옛 세계의 사소한 물건 들과 피로 물든 끔찍한 악몽이 담긴 그 방 안으로 들어섰다.

그녀는 발걸음을 멈추고 빙글 돌았다. 눈앞에 그가 있었다.

'나는 뱁콕. 트웰브 중의 하나.'

'나는 레이시 수녀.' 그렇게 생각하는 순간 뒤에 있던 폭탄의 시계가 0:00이 되더니 폭발했고 그녀의 마음은 천국의 순수한 흰빛으로 영영 물들었다.

THE PASSAGE
69

그녀의 이름은 에이미, 그녀는 죽지 않는 존재였다. 그녀는 '트웰브' 중 하나 이자 다른 하나, 모든 것의 위에, 그리고 뒤에 있는, '제로'였다. 그녀는 '문득 나타난 소녀', '난데없이 나타난 자', 천 년을 산 아이였다. '무수한 이들의 에이미.' '영혼을 실은 소녀.'

그녀는 에이미였다. 그녀는 에이미였다. 그녀는 에이미였다. 천둥, 지진, 전율, 포효가 끝난 뒤 처음으로 일어난 것이 에이미였다. 레이시의 작은 집은 몸부림치는 말처럼, 거친 바다에 뜬 조각배처럼 온통 뒤흔들렸다. 모두가 비명을 질러대며 벽에 붙어 버렸다.

그러나 다음 순간 모든 것이 끝났다. 발아래의 땅이 잠잠해졌다. 공기 중에 먼지가 잔뜩 일었다. 모두가 숨이 막힌 듯 기침을 토해냈다. 살아 있다는 사실이 믿기지 않았다.

그들은 살아남았다.

에이미가 피터를 비롯한 일행을 이끌고 죽은 이들의 시체를 넘어 '다수'가 기다리는 새벽빛 속으로 나왔다. 더 이상 뱁콕의 군단이 아닌 '다수'였다. 그들의 눈과 얼굴이 온 사방에서 빛났다. 서서히 밝아오는 아침 빛 속에서 무수히 많은 수의 그들이 에이미를 향해 다가왔다. 그들의 내면에 뱁콕이 심어놓았던 꿈이 빠져나간 빈자리에 깃들어 있는 맹렬하고 끈질긴 질문이 느껴졌다.

'나는 누구지 나는 누구지 나는 누구지?'

그리고 에이미는 알았다. 에이미는 그들 하나하나를 전부 알았다. 레이시가 말한 대로 에이미는 배, 수많은 영혼을 실은 큰 배였다. 에이미는 이날이 오기까지 그 영혼을 내내 간직하고 있다가, 그들이 그들의 항해를 마치는 날이 왔을 때 그들이 받아야 할 몫, 바로 그들의 이야기를 돌려주는 존재였다. '이리 와.'

에이미는 생각했다. '이리 와. 이리 와. 이리 와.'

그러자 그들이 다가왔다. 나무에서, 눈 쌓인 들판 저쪽에서, 숨어 있던 곳곳에서 나타나 다가왔다. 에이미는 그들 사이를 돌아다니고, 손을 대고 어루만지면서 그들이 그토록 알고 싶어 했던 것을 알려주었다.

당신은…… 스미스입니다. 당신은…… 테이트예요. 당신은…… 듀프리군요. 당신은 에리, 당신은 라모스, 당신은 워드, 당신은 초, 당신은 싱.

앳킨슨 존슨 몬테푸스코 코헨 머레이 응우옌 엘버슨 라자로 토레스 라이트 원본 프랫 스칼라몬티 멘도자 포드 정 프로스트 밴다인 칼린 박 디에고 머피 파슨스 리치니 오닐 마이어스 자파타 영 스키어 타나카 리 화이트 굽타 솔닉 제섭 라일 니콜스 마하라나 레이번 케네디 뮐러 도이어 골드먼 풀리 프라이스 칸 코델 이바노프 심슨 웡 팔룸보 김 라오 몽고메리 버스 미첼 월시 매커보이 본딘 올슨 자월스키 퍼거슨 자코스 스펜서 러셔…….

당신은 크로스 당신은 플로레스 당신은 하스켈 바스케스 앤드루스 맥콜 바바쉬 설리번 샤피로 자블론스키 최 자이드너 클라크 휴스턴 로시 컬헨 백스터 누네스 아타나시언 킹 힉비 젠슨 롬바르도 앤더슨 제임스 사쏘 린퀴스트 매스터스 하킴제다 라벤더 츠지모토 미치 오스터 두디 벨 모랄레스 렌지 안드리야코바 왓킨스 보닐라 피츠제럴드 틴틴 어스먼슨 아일로 데일리 하퍼 브루어 클라인 웨더럴 그리핀 페트노바 케이츠 하다드 라일리 매클라우드 우드 패터슨…….

에이미는 그들의 슬픔을 느낄 수 있었다. 그러나 그 슬픔은 이전과는 달랐다. 그것은 이제 성스러운 승천이었다. 수천 개의 목숨, 수천 개의 사랑과 일, 부모님과 아이들, 의무, 기쁨, 슬픔에 대한 이야기가 에이미의 몸을 통해 지나쳐가고 있었다. 잠들었던 침대, 먹었던 음식, 육체의 환희와 고통, 비 오는 날 아침 창가에서 여름의 무성한 나뭇잎을 보던 기억, 외로운 밤, 사랑을 나누던 밤, 몸이 간직했던, 스스로를 드러내고자 했던 영혼이었다. 그녀는 눈 위에 누워 있는 그들 사이를 돌아다녔다. 이제 더 이상 '다수'가 아닌 그들은 자신이 원하는 자리를 찾아 누워 있었다.

눈 천사.

'기억해.' 에이미가 말했다. '기억해.'

나는 플린 나는 곤잘레스 나는 영 벤첼 암스트롱 오브라이언 리브스 파라지안 와타나베 멀로니 체르네스키 로건 브레이버맨 리빙스턴 마틴 캄파나 콕스 토리 스왈츠 토빈 헥트 스튜어트 루이스 레드와인 포 마르코비치 토드 마스쿠치 코스틴 라지터 살립 헤네시 카스텔리 메리웨더 리언 바클리 키어넌 캠벨 라모스 마리온 꽝 케이건 글레이즈너 두보이스 이건 챈들러 샤프 브라우닝 엘렌스와이그 나카무라 자코모 존스 나는 나는 나는······.

해가 뜨면 모든 것이 끝날 것이다. 곧 그들은 죽고, 재가 되고, 마침내 아무것도 남지 않을 것이다. 그들의 육체가 바람에 흩어질 것이다. 그들이 마침내 에이미를 떠날 것이다. 에이미는 그들의 영혼이 솟아올라 먼 곳으로 떠나가는 것을 느꼈다.

"에이미."

피터가 에이미의 옆에 있었다. 피터의 얼굴에는 말로 표현할 수 없는 고통스러운 표정이 떠올라 있었다. 곧 피터에게 이야기해줄 것이다. 그녀가 알고 있는 모든 것, 그녀가 믿고 있는 모든 것. 앞으로 함께할 머나먼 여정까지. 하지만 지금은 그 이야기를 할 때가 아니었다.

"안으로 들어가요." 에이미는 피터의 손에 들려 있던 텅 빈 총을 빼앗아 바닥에 버렸다.

"들어가서 알리시아를 살리세요."

"내가 살릴 수 있을까?"

그 말에 에이미는 고개를 끄덕였다.

"살려야만 해요."

사라와 마이클이 알리시아를 침대에 눕히고 피로 흠뻑 적셔진 조끼를 벗겨놓은 뒤였다. 알리시아의 감긴 눈꺼풀이 떨리고 있었다.

"붕대가 있어야 해!" 사라가 외쳤다. 알리시아의 손과 머리카락에 아까보다 더 많은 피가 묻어 있었다.

"지혈을 할 수 있게 뭐라도 좀 줘!"

홀리스가 칼로 침대 시트를 길게 잘라냈다. 깨끗하지 않았지만 어쩔 수가 없었다.

"알리시아를 결박해야 해."

"피터, 상처가 너무 깊어." 사라는 절망적이라는 듯 고개를 저었다.

"어차피 상관없을 거야."

"홀리스, 칼 이리 줘."

피터는 레이시의 침대 시트를 길게 잘라내 단단히 꼬면서 나머지에게 해야 할 일을 알려주었다. 그들은 알리시아의 손발을 침대 기둥에 묶었다. 사라는 알리시아의 출혈이 불길하다고 했다. 맥박이 가늘게 빨리 뛰었다.

"살아남는다면 이 시트로는 어차피 묶어놓을 수 없을 거야."

하지만 피터는 이미 듣고 있지 않았다. 그는 거실로 가서 무너진 폐허 속에서 자기 배낭을 찾아왔다. 주사기가 든 금속 상자는 배낭 안에 그대로 있었다. 피터가 약병을 하나 꺼내 침실로 가서 사라에게 약병을 건넸다.

"이걸 주사해줘."

사라가 약병을 받아 들어 살펴보았다.

"피터, 이게 뭐야?"

"에이미야." 피터의 대답이었다.

사라는 약병에 있던 것의 절반을 알리시아에게 주사했다. 그들은 밤이 될 때까지 기다렸다. 알리시아는 의식을 서서히 찾아가고 있는 것 같았다. 피부가 뜨겁고 건조했다. 목의 상처는 아물면서 보라색 멍이 되어 부풀고 있었다. 때때로 깨어나 정신이 든 듯 신음하기도 했지만 곧 다시 눈을 감아버렸다.,

그들은 바이럴의 시체를 밖으로 끌고 나갔다. 바깥의 시체들은 이미 회색 재가 되어 아직도 바람에 날리며 더러운 눈처럼 사방에 내려앉고 있었다. 아침이 되면 모두 사라지고 없을 것이다. 마이클과 홀리스가 창문에 판자를 대어 막고 떨어져 나간 문도 다시 달아놓았다. 어둠이 내리자 그들은 부서진 책상의 잔해를 땔감 삼아 불을 피웠다. 사라는 그리어의 머리에 난 상처를 꿰맨 뒤 침대 시트로 만든 붕대로 감았다. 그들은 둘씩 짝을 지어 알리시아를 지켜보는 가운데 순번을 정해 잠을 잤다. 피터가 밤을 새우며 알리시아를 지켜보겠다고 했지만 그 역시 무척 피로했던 지라 결국은 알리시아의 침대 옆 차가운 바닥에 웅크린 채 잠이 들었다.

아침이 되자 알리시아가 줄에 묶인 팔다리를 꿈틀거리기 시작했다. 피부에서 핏기가 싹 빠져나갔고 눈의 혈관이 터질 것처럼 부풀어 붉은색이었다.

"바이러스를 더 주입해줘."

"피터, 내가 무슨 일을 하는지 잘 모르겠어." 사라는 지쳐서 무척 예민한 상태였다. 모두가 마찬가지였다.

"이러다 알리시아가 죽을지도 몰라."

"그래도 해."

결국 남은 양 전부를 알리시아에게 주사했다. 바깥에는 다시 눈이 내리기 시작했다. 그리어와 홀리스가 나가서 1시간 동안 숲속을 살펴보고 몸이 바짝 얼어서 돌아왔다. 그들은 눈이 심하게 내리고 있다고 말했다.

홀리스가 피터를 한쪽으로 불러왔다.

"식량이 문제가 될 거야." 홀리스가 나직하게 말했다. 이미 레이시의 찬장을 살펴봤지만 음식을 보관했던 단지가 거의 다 깨져버리고 말았다.

"알아."

"문제가 또 하나 있어. 폭탄이 터진 건 지하였지만, 방사능이 있을지 몰라. 마이클의 말로는 지하수도 오염되었을 거라고 해. 이곳에 오래 머물러서는 안 된다는 게 마이클 생각이야. 골짜기 반대편에 또 다른 구조물이 있어. 산등성이 하나를 넘어가면 동쪽으로 넘어갈 수 있을 것 같아."

"그럼 리시는? 리시를 옮길 수는 없어."

그러자 홀리스가 잠시 입을 다물었다.

"내 말은 이러다가 우리가 이곳에 고립될지도 모른다는 얘기야. 그러면 정말 곤란해져. 눈보라 속에서 굶어 죽을지도 몰라."

홀리스의 말이 맞는다는 걸 피터도 알았다.

"정찰을 나가볼 생각이야?"

"눈이 그치면."

피터가 양보한다는 듯 고개를 끄덕였다.

"마이클을 데려가."

"나는 그리어와 함께 갈 생각이었는데."

"그리어는 여기 있어야지." 피터가 말했다.

홀리스는 피터의 말뜻을 생각하며 한참 가만히 있었다.

"알았어."

밤새 돌풍이 불었고 아침이 되자 하늘이 새파랗게 맑았다. 홀리스와 마이클은 출발 준비를 했다. 별일이 없다면 어두워지기 전에 돌아올 거라고 홀리스가 말했다. 하지만 하루 내내 걸릴지도 몰랐다. 눈 덮인 마당에서 사라지는 홀리스와 마이클을 차례로 끌어안았다. 그리어와 에이미는 집 안에서 알리시아의 곁을 지키고 있었다. 두 번째로 바이러스를 주입하고 나서 지난 24시간 동안 알리시아의 상태는 안정기에 들어간 듯싶었다. 하지만 아직도 열이 높았고 눈은 점점 심하게 충혈되고 있었다.

"너무…… 오래 끌지는 마." 홀리스가 말했다.

"알리시아도 그러길 원치 않을 거야."

그들은 기다렸다. 에이미는 알리시아의 옆에 바짝 붙어 곁을 조금도 떠나지 않았다. 알리시아에게 무슨 일이 일어나고 있는지는 명백했다. 방 안에 불빛이 살짝만 비쳐도 알리시아는 움찔거리며 손발을 묶은 줄을 끌어당기곤 했다.

"맞서 싸우고 있는 거예요. 하지만 지고 있는 것 같아요." 에이미가 말했다.

어둠이 내렸지만 마이클과 홀리스는 아직 돌아오지 않았다. 피터는 태어나서 가장 무력한 기분이었다. 레이시에게는 통했던 이 바이러스가 왜 효과가 없는 거지? 하지만 피터는 의사가 아니었다. 추측하는 수밖에 없었다. 두 번째 주사약이 알리시아를 죽음에 이르게 할 수도 있을 것이다. 그리어가 피터가 행동을 하기를 기다리고 있는 것이 의식되었다. 하지만 아무것도 할 수 없었다.

사라가 피터를 흔들어 깨운 것은 동이 튼 직후였다. 그는 의자에 앉은 채 고개를 숙이고 졸고 있었다.

"그 일이…… 시작된 것 같아." 사라의 말이었다.

알리시아의 호흡이 무척 가빴다. 온몸에 팽팽하게 힘이 들어가 있었고 턱의 근육이 피부밑에서 꿈틀거리고 있었다. 목 안에서 낮은 신음이 힘겹게 새어 나오고 있었다. 그러다 알리시아가 잠깐 힘을 풀었지만, 잠시뿐이었다.

"피터."

돌아보니 문간에 그리어가 서 있었다. 손에는 칼을 들고 있었다.

"때가 왔어."

피터는 일어서서 그리어와 알리시아 사이를 몸으로 막았다.

"안 돼요."

"괴로우리라는 건 알아. 하지만 그녀는 군인이야. 원정대의 군인으로서 마지막 여행을 떠날 때가 온 거야."

"아니, 그건 당신 몫이 아니라는 뜻입니다."

피터가 손을 내밀었다.

"칼을 제게 주세요, 소령님."

그리어는 피터의 눈빛을 살피며 머뭇거렸다.

"그러지 않아도 돼."

"아니요, 제가 하겠습니다."

두려움은 없었다. 느껴지는 것은 체념뿐이었다.

"알리시아와 약속했어요. 오로지 저만이 할 수 있는 일입니다."

그리어는 내키지 않는 것 같았지만 결국 피터에게 칼을 건넸다. 쥐고 보니 손에 익어서, 피터는 그것이 기지를 떠날 때 유스터스에게 주었던 자기 칼임을 알았다.

"괜찮다면 알리시아와 단둘이 있고 싶습니다."

모두 알리시아에게 작별 인사를 건넸다. 문이 열렸다가 닫히는 소리가 났다. 피터는 창가로 달려가 창문에 덧대어두었던 판자 하나를 뜯어서 부드러운 아침빛이 침실 안으로 스미게 했다. 알리시아가 신음하며 고개를 뒤틀었다. 그리어의 말이 맞았다. 시간이 얼마 없었다. 감염이 순식간에 이루어진다고 했던 먼시의 말이 떠올랐다. 그리고 그가 그 고통을 얼마나 빨리 잊고 싶어 했는지도.

피터는 칼을 들고 침대에 걸터앉았다. 마지막으로 무슨 말이라도 하고 싶었지만, 지금 그가 느끼는 감정에 비하면 말이라는 것은 작고도 작았다. 그는 잠시 아무 말 없이 가만히 앉아서 머릿속을 알리시아의 생각으로 가득 채웠다. 지금까지 두 사람이 나누었던 대화, 함께 했던 일, 그리고 두 사람 사이에 아직은 말하지 않은 감정. 그 밖에는 무엇을 해야 할지 알 수 없었다.

그렇게 하루를, 아니 1년을, 100년을 머무를 수도 있을 것 같았다. 하지만 더이상 머뭇거려서는 안 된다는 것을 피터도 알았다. 피터는 자리에서 일어나서 침대 위로 올라가 알리시아의 허리 위에 양다리를 벌리고 걸터앉았다. 피터는 양손으로 칼을 잡고 칼끝을 가슴뼈 아래에 댔다. 급소였다. 피터는 자신의 삶이 둘로 쪼개지는 것을 느꼈다. 지금까지의 삶, 그리고 앞으로의 삶이었다. 아래에서 알리시아가 몸에 힘을 주어 꿈틀거리는 것이 느껴졌다. 피터의 손이 벌벌 떨리고 눈물 때문에 눈앞이 흐렸다.

"미안해, 리시." 그 말을 남긴 뒤 피터는 눈을 감고 칼을 들어 올린 다음, 그 칼을 아래로 내리꽂을 용기를 내려고 온 힘을 끌어모았다.

봄이 되었고 아이가 태어나기 직전이었다. 며칠째 가진통이 느껴졌다. 부엌을 청소하던 중에, 침대에 누워 있을 때, 마당에서 일을 하는 테오를 보고 있을 때 배가 갑작스레 수축하면서 숨이 턱 막히곤 했다. 지금이야? 지금 아기가 태어나는 거야? 테오가 물었다. 그럴 때면 모스는 고개를 한쪽으로 기울이고 잠시 먼 데서 나는 소리에 귀를 기울이는 것처럼 먼 곳을 바라보다가 다시 테오를 보며 미소를 지었다. 자, 끝났어. 아무것도 아니었어. 그러니까 가서 하던 일 마저 해, 테오.

그러나 이번에는 진짜 진통이었다. 한밤중이었다. 테오는 꿈을 꾸고 있었다. 황금빛 들판에 햇살이 내리쬐는 소박하고 행복한 꿈을 꾸고 있는데 자신의 이름을 부르는 모스의 목소리가 들렸다. 모스 역시 테오의 꿈속에 있었다. 하지만 그녀의 얼굴이 보이지 않았다. 두 사람은 숨바꼭질을 하고 있었던 것이다. 모스가 피터의 앞으로 달려갔다가, 또 뒤로 숨었다가, 그러다가 알 수 없는 곳에 숨어버렸다. '테오.' 콘로이가 풀숲에서 컹컹 짖으며 저 멀리 달려갔다가 다시 뛰어와 테오더러 같이 놀자고 보챘다. '일어나, 테오. 양수가 터진 것 같아.'

그 순간 테오는 잠에서 깨어 벌떡 일어나 어둠 속에서 허둥지둥 부츠를 신었다. 콘로이도 자다 일어나 꼬리를 흔들며 랜턴에 불을 붙이려고 무릎을 꿇은 테오의 얼굴에 축축한 코를 들이밀고 있었다. '아침이야? 나가 노는 거야?'

모사미가 잇새로 숨을 몰아쉬었다. "으으." 그녀가 매트리스 위에서 등을 구부렸다.

출산의 순간이 오면 어떻게 해야 하는지, 뭐가 필요한지는 이미 모사미가 테오에게 가르쳐준 뒤였다. 피와 분비물을 받을 수 있도록 시트와 수건을 몸 밑에 깔아야 하고, 탯줄을 자를 칼과 낚싯줄도 필요하다고 했다. 아이를 씻길 물, 아이를 감쌀 담요도 있어야 했다.

"가만히 있어. 금방 돌아올게."

"그럼 가만히 있어야지 내가 어딜 가?" 모사미가 신음했다. 그때 또 한 번의 진통이 찾아와 모사미는 이를 꽉 깨물고 고통스러워하며 손바닥에 손톱이 박힐 정도로 테오의 손을 꽉 쥐었다. "아, 아파." 그러다가 모사미는 돌아누워 바닥에 토해버렸다.

방 안이 토사물의 악취로 가득 찼다. 콘로이는 그게 자기를 위한 멋진 선물인 줄 알았는지 마구 달려들었다. 테오가 개를 쫓은 다음 모사미의 허리에 베개를 받쳐주었다.

"뭔가 잘못됐어. 이렇게 아플 리가 없어." 모사미의 얼굴이 아픔으로 창백했다.

"모스, 내가 뭘 하면 돼?"

"내가 어떻게 알아!"

테오가 아래층으로 달려 내려가자 콘로이도 따라 내려왔다. 아기, 아기가 태어나고 있다. 필요한 물건을 한곳에 모아둘 생각이었지만 미처 준비해두지 못했었다. 불이 꺼진 집 안은 추웠다. 아이가 태어나면 몸을 따뜻하게 해야 할 터였다. 그는 벽난로 안에 장작을 한 아름 넣고 그 앞에 무릎을 꿇고 앉아 잉걸불의 불씨가 옮겨붙도록 후후 불었다. 부엌에서 헝겊과 들통도 가져왔다. 물을 끓여 소독할 계획이었지만 지금은 너무 늦었다.

"테오, 왜 안 와!"

테오는 들통에 물을 채운 뒤 날카로운 칼을 챙겨 침실로 돌아갔다. 모스는 일어나 앉은 자세였고 고통에 찬 얼굴에 긴 머리카락이 온통 흩어져 있었다.

"바닥에 토해서 미안해."

"진통이 계속되고 있어?"

모사미가 고개를 저었다. 콘로이는 또다시 바닥의 토사물을 들쑤시고 있었다. 테오가 콘로이를 바깥으로 쫓아낸 다음 숨을 참은 채 바닥의 토사물을 치웠다. 이상했다. 모사미가 아이를 낳을 텐데 자신은 토사물 냄새에 오만상을 찌푸리고 있다는 사실이 말이다.

"아아." 모사미가 신음했다.

테오가 일어났을 때 모사미는 다시금 진통으로 괴로워하고 있었다. 무릎을 세워 다리를 벌리고 발꿈치가 엉덩이에 닿도록 끌어당기고 있었다. 눈에서 눈물이 비어져 나오고 있었다.

"아파, 너무 아파!" 그러더니 모스가 갑자기 옆으로 돌아누웠다.

"내 등 좀 눌러줘, 테오!"

처음 듣는 부탁이었다.

"어디? 어딜 눌러야 해?"

모사미는 베개에 얼굴을 묻은 채 고함을 질렀다. "아무 데나!"

테오는 망설이며 일단 모사미의 등을 꽉 눌렀다.

"더 밑에! 아, 제발!"

테오는 손으로 주먹을 쥔 다음 손마디로 모사미의 등을 꾹 눌렀다. 모사미의 등에 힘이 들어가는 게 느껴졌다. 테오는 속으로 초를 셌다. 10초, 20초, 30초.

"아기가 내 등뼈를 머리로 눌러서 아픈 거야. 그러면 어서 힘을 주고 싶어지는데, 아직은 안 돼. 테오, 내가 참을 수 있게 도와줘."

모사미가 몸을 둥글게 말았다. 그녀는 티셔츠 한 장만 걸친 차림이었다. 몸아래의 침대 시트가 푹 젖어서 베어놓은 건초처럼 달짝지근한 향을 풍기고 있었다. 꿈에 나왔던 들판과 물결치던 금빛 햇살이 떠올랐다.

또 한 번 진통이 찾아오자 모사미가 신음하며 얼굴을 매트리스 위에 묻었다.

"그냥 가만히 서 있지만 말고!"

테오가 모사미의 옆으로 다가와서 주먹으로 그녀의 척추를 누르고 힘을 주었다.

그렇게 격심한 진통이 하루 내내 계속되었다. 테오는 모사미의 옆에서 손에 감각이 없고 팔에 힘이 다 풀릴 때까지 그녀의 척추를 힘주어 눌렀다. 하지만 모사미가 겪는 고통에 비하면 이 정도의 불편은 아무것도 아니었다. 테오는 딱

두 번 모사미 곁을 떠났다. 한 번은 마당을 뛰놀던 콘로이를 집 안으로 불러들일 때였고, 그다음은 저녁이 되어갈 때 콘로이가 바깥으로 나가고 싶다고 문간에서 낑낑거리는 걸 데려올 때였다. 두 번 다 테오가 막 계단을 올라오려고 할 때 모사미가 그의 이름을 고래고래 외쳤다.

출산이라는 건 원래 이런 걸까? 테오는 아무것도 몰랐다. 지금까지 테오가 겪어본 그 어떤 것과도 다른 이 출산이라는 것은 너무 무섭고, 끝이 없었다. 분만의 순간이 올 때 모사미에게 아이를 밖으로 밀어낼 힘이 남아 있을까 하는 생각이 들었다. 진통과 진통 사이에 모사미는 잠과 현실 사이를 떠다니는 듯했다. 다음번 진통이 오기 전까지 정신을 집중하려고 애쓴다는 걸 알 수 있었다. 테오가 할 수 있는 일은 모사미의 등을 눌러주는 게 전부였는데 큰 도움이 되지 않는 것 같았다. 아니, 아무런 소용도 없는 것만같이 느껴졌다.

테오가 랜턴에 불을 붙이는데 ─ 이틀째 밤, 하고 생각하는데 절망감이 느껴졌다. 어떻게 아이를 낳는 데 이틀이나 걸릴 수가 있지? ─ 모스가 날카로운 비명을 질렀다. 돌아보니 모스의 다리 사이에서 피가 흥건하게 흘러나오고 있었다.

"모스, 피가 나."

모스는 등을 대고 누운 채 다리를 위로 들고 있었다. 숨이 가빠지고, 얼굴은 땀범벅이었다.

"잡아줘, 내 다리." 모스가 간신히 말을 뱉었다.

"어떻게?"

"지금 힘줄 거야, 테오."

테오가 침대 발치에 앉아 두 손으로 모스의 무릎을 잡았다. 다음번 진통이 찾아오자 모사미가 허리를 구부리고 온 힘을 다해 힘을 주었다.

"아, 세상에. 아이가 보여."

모스의 몸이 꽃이 피듯이 열리더니 그 사이로 젖은 검은색 머리를 지닌 분홍색 머리가 쑥 나왔다. 그런데 다음 순간 꽃잎이 다시 닫히더니 아이의 머리는 안으로 다시 들어가버렸다.

세 번, 네 번, 다섯 번, 모스는 다시 힘을 주었다. 그때마다 아이의 머리는 나오다가 다시 쑥 들어가버렸다. 테오의 머릿속에 갑자기 아기는 태어나고 싶은 게 아닌 것 같다는 생각이 떠올랐다. 아이는 모스 안에 그대로 머물러 있고 싶은 것 같았다.

"도와줘, 테오." 모스가 애원했다. 이제 모스는 힘이 없었다.

"꺼내줘, 꺼내줘. 그냥 네가 꺼내줘."

"모스, 한 번만 더 힘을 줘야 해." 하지만 모사미는 이제 완전히 힘을 잃고 무너지기 직전이었다.

"내 말 듣고 있어? 힘주라고."

"못 해, 못 하겠어!"

그때 다음번 진통이 밀려왔다. 모스가 고개를 바짝 들더니 짐승의 울음소리 같은 비명을 질렀다.

"힘줘, 모스. 힘을 줘!"

그리고 모스는 성공했다. 아이의 머리가 나타나자 테오가 몸을 숙여 모스의 축축하고 뜨거운 몸속에 집게손가락을 집어넣었다. 아이의 둥그런 눈구멍과 섬세한 콧대가 느껴졌다. 그러나 아이를 꺼낼 수가 없었다. 붙잡을 곳이 없었다. 아이가 힘을 내서 나오는 수밖에 없었다. 그는 한 손을 모스의 엉덩이 아래에 받친 채 모스를 도울 수 있도록 어깨로 그녀의 다리를 밀었다.

"거의 다 됐어! 멈추지 마!"

그 순간, 마치 테오의 손길을 통해 태어나고자 하는 의지를 얻은 것처럼 아이의 얼굴이 나타나더니 모스에게서 쑥 하고 빠져나왔다. 아이의 귀가, 코가, 입이, 그리고 개구리처럼 툭 튀어나온 눈이 나타났다. 테오가 부드럽고 축축한 아이의 머리를 두 손으로 감쌌다. 피가 가득 찬 투명한 탯줄이 아기의 목에 감겨 있었다. 아무도 알려주지 않았는데도 테오가 손가락으로 탯줄을 부드럽게 치웠다. 그러고는 아이의 팔 아래에 한 손가락을 넣어 쑥 꺼냈다.

아기가 모사미의 몸속에서 완전히 빠져나오면서 푸른 살빛을 가진 미끄러운 존재감을 테오의 양손에 가득 채웠다. 아들이었다. 하지만 아직까지 아기는 숨을 쉬지도, 무슨 소리를 내지도 않았다. 세상에 태어났지만 아직은 불완전했던 채였던 것이다. 하지만 모스는 아기가 태어난 다음 해야 할 일을 이미 테오에게 잘 설명해준 뒤였다. 테오가 자기 팔뚝만 한 아기를 엎드린 자세로 돌려 눕히고 손바닥으로 얼굴을 받친 다음 나머지 한 손으로 등을 둥글게 문지르기 시작했다. 심장이 미친 듯이 뛰었지만 공황감은 느껴지지 않았다. 머릿속이 깨끗하고 집중력도 온전했다. 지금 그의 온 존재는 눈앞의 과제 하나에 집중하고 있었던 것이다. 어서, 숨 쉬어. 방금 한 일에 비하면 어려운 것도 아니잖아? 팔에 안긴 작은 회색 덩어리는 방금 태어났을 뿐인데도 테오는 이 아기가 앞으로 자신의 인생을 송두리째 바꿔버릴 거라는 사실을 알 수 있었다. 아가, 어서. 숨 쉬어. 폐를 활짝 열고 숨을 쉬렴.

그때 아기가 숨을 쉬기 시작했다. 아기의 조막만 한 가슴이 살짝 부풀더니 아기가 재채기를 하듯 따뜻하고 끈적한 무언가를 그의 손 위에 뱉어냈다. 그다음에 아기는 다시 한번 폐를 부풀리며 두 번째 숨을 쉬었다. 생명이 아이에게 흘러 들어가고 있는 것이 느껴졌다. 테오가 아기를 다시 바로 돌려 눕힌 다음 손을 뻗어 천 조각을 집었다. 아기가 울음을 터뜨렸다. 테오가 기대한 것처럼 맹렬한 울음이 아니라 고양이가 우는 것 같은 낮은 울음이었다. 테오가 천으로 아기의 코와 입, 뺨을 닦아내고 아기의 입에 묻은 점액을 손가락으로 훔쳐낸 다음 여전히 탯줄이 달려 있는 아기를 모사미의 가슴 위에 올려놓았다.

모스는 기진맥진한 얼굴이었다. 눈가에 어제까지만 해도 없었던 주름이 생겨 있었다. 모사미는 간신히 약하지만 기쁜 미소를 지어 보였다. 드디어 끝났다. 마침내 아기가 세상에 태어났다.

테오가 두 사람에게 담요를 덮어둔 다음 자신도 그 옆에 앉았다. 긴장이 풀린 그는 울기 시작했다.

테오가 잠에서 깬 것은 한밤중이었다. 콘로이가 어디 갔지? 모사미와 아기는 자고 있었다. 두 사람은 ─ 정확히는 모스가 결정하고 테오가 곧바로 동의한 것이었지만 ─ 아기에게 케일럽이라는 이름을 붙이기로 했다. 두 사람은 아기를 담요로 단단히 감싸 모스 바로 옆에 뉘어 재웠다. 방 안은 아직도 피와 땀과 출산의 냄새가 감돌았다. 모스가 아이에게 젖을 먹이려 했지만 아직 젖이 돌기 전이라 일단 모스가 먼저 지하실에서 가져온 감자를 익혀서 간 것과 겨울을 위해 저장해놓았던 사과 몇 입으로 요기를 했다. 곧 모스는 단백질이 필요해질 것이다. 그래도 날이 따뜻해졌으니 근처에 사냥할 만한 작은 동물들이 있을 것이었다. 아기가 안정을 찾는 대로 테오가 사냥을 하러 나설 것이다. 문득 그들이 다시는 이곳을 떠날 일이 없다는 확신이 들었다. 생활을 꾸리기에 필요한 것은 무엇이든 다 있었다. 집은 오랜 세월 그 자리에서 기다리며 누군가가 찾아와 다시 이 집을 집답게 만들어주기를 기다리고 있었을 것이다. 어째서 이제야 깨달았을까. 피터가 돌아오면 테오는 그에게 말할 것이다. 어쩌면 산 위에 무언가가 있었을지도 모르지, 없었을지도 모르고. 하지만 상관없어. 여기가 우리 집이야, 다시는 떠나지 않을 거야.

그는 잠시 동안 그대로 앉은 채 자신의 내면 아주 깊은 곳에 자리 잡은 이 새로운 생각을 말없이 놀라워하다가, 결국은 다시 피로가 몰려오는 바람에 두 사람 옆에 도로 누워 잠들었었다.

잠에서 깬 지금에야 테오는 콘로이를 잊고 있었다는 사실이 떠올랐다. 기억을 되짚어보니 마지막으로 개를 본 건 늦은 시간, 해가 질 때가 가까워진 때였던 것 같았다. 콘로이가 밖으로 나가고 싶다고 낑낑거리기 시작했다. 모사미의 곁을 잠시도 떠나기 싫던 테오는 얼른 문을 열어주었다. 콘로이는 멀리 가는 법이 없었고 볼일이 끝나면 돌아와서 문을 긁었다. 아기가 태어난다는 사실로 머리가 가득했던 테오는 콘로이를 내보내자마자 문을 닫고 계단을 올라와 지금까지 콘로이에 대해 잊고 있었던 것이다.

그런데 아직까지 콘로이에게서 아무런 기척이 없다는 점이 이상했다. 문을 긁는 소리도 들리지 않았다. 헛간에서 발자국을 발견한 뒤 오랫동안 테오는 경계를 늦추지 않은 채 집에서 멀리 나가지 않고 항상 산탄총을 손에 들고 다녔다. 모사미를 걱정시키고 싶지는 않았기 때문에 그녀에게는 아무 말도 하지 않았다. 하지만 그 밖에 아무런 조짐 없이 시간이 지나자 그의 관심 역시 자연히 곧 태어날 아기에게 쏠렸던 것이다. 어쩌면 자신이 오해한 걸지도 모른다고도 생각했다. 그 발자국은 테오 자신의 것일 수도 있고, 통조림 깡통은 쓰레기 속에서 콘로이가 꺼내놓은 건지도 몰랐다.

테오는 조용히 침대에서 일어나 랜턴과 부츠, 산탄총을 챙겨 거실로 내려갔다. 계단에 걸터앉아 부츠를 꿰어 신었다. 끈은 굳이 묶지 않았다. 난로에 남은 불씨로 랜턴에 불을 붙인 다음 문을 열었다.

콘로이가 현관에서 자고 있을 거라고 생각했지만 그 자리에 콘로이는 보이지 않았다. 테오는 랜턴 불빛이 멀리까지 비치도록 랜턴을 높이 들어 올린 다음 마당으로 나갔다. 달도, 별도 없는 밤이었다. 비를 품은 습한 봄바람이 불고 있었다. 고개를 들자 이슬비가 촉촉이 묻어왔다. 개가 어디로 달려갔는지 모르겠지만 테오를 보면 좋아할 것 같았다. 비를 피할 수 있는 집 안으로 어서 들어가고 싶어 할 것이었다.

"콘로이! 어디 갔니?"

다른 집들은 고요했다. 여태껏 콘로이는 다른 집에는 털끝만치도 관심을 보인 적이 없었다. 마치 개의 본능으로 다른 건물에는 아무런 가치도 없다는 걸 아는 것만 같았다. 안에는 이 집의 여자와 남자 들이 사용할 만한 물건들이 잔뜩 있겠지만 그건 개에게는 아무런 상관이 없는 일이었다.

테오는 한쪽 팔에 산탄총을 끼고 다른 팔로는 랜턴을 들고 주변을 살피며 천천히 흙길을 걸었다. 비가 쏟아지기 시작하면 분명 랜턴도 꺼질 것이었다. 하필이면 이런 때에 달아나버리다니.

"콘로이, 도대체 어디로 간 거야?"

테오가 콘로이를 발견한 것은 맨 마지막 집 앞에서였다. 죽어 있었다. 깡마른 몸은 미동도 없이 누워 있었고 은빛 주둥이는 피로 물들어 있었다.

그 순간, 집 안에서 ─ 그 소리가 화살처럼 날아와 테오의 심장을 꿰뚫었다 ─ 모사미의 비명 소리가 울려 퍼졌다.

30걸음, 50걸음, 100걸음. 랜턴은 이미 죽은 콘로이 옆에 집어 던져버린 뒤였다. 어둠 속을 미친 듯이 달리는 동안 끈을 묶지 않은 부츠가 한 짝씩 발에서 벗겨져 나갔다. 현관으로 뛰어올라 문을 벌컥 열고 계단을 달려 올라갔다.

침실은 텅 비어 있었다.

테오가 모사미의 이름을 부르며 집 안을 온통 헤집고 달렸다. 몸싸움의 흔적은 없었다. 모사미와 아기는 흔적도 없이 사라졌다. 그가 부엌을 통해 바깥으로 달려 나가자마자 다시금 모사미의 비명이 들려왔다. 깊은 물 속에서 나는 것처럼 이상하게 작아진 목소리였다.

비명은 헛간에서 나고 있었다.

테오가 온 힘을 다해 헛간 문을 밀치고 들어가서 산탄총을 든 채 빙글 돌았다. 모스는 아기를 가슴에 꼭 안은 채 낡은 볼보 뒷좌석에 타고 있었다. 그녀가 미친 듯이 테오를 향해 손을 흔들고 있었는데 그녀의 말소리는 두꺼운 유리창에 막혀 잘 들리지 않았다.

"테오! 뒤에!"

그가 돌아서는 순간 그의 손에서 빼앗긴 산탄총이 나뭇가지처럼 꺾였다. 무언가가 테오의 온몸을 낚아채더니 그의 몸이 허공에 붕 떴다. 그가 하늘로 붕 떠올랐을 때 모사미와 아기가 타고 있는 차가 저 아래에 보였다. 그는 먼저 차의 후드에 한 번 부딪힌 다음 바닥에 떨어졌는데 다음 순간 '그것'이 다시 그를 움켜쥐었다. 그는 다시 허공에 붕 떴다. 이번에 그가 던져진 곳은 연장과 연료 깡통이 담긴 선반이 놓인 벽이었다. 그가 얼굴부터 선반에 부딪히는 순간 유리가 산산이 부서지고 나무가 쪼개지며 모든 것이 우수수 비가 되어 쏟아졌다. 바닥에 떨어지는 순간 뼈가 우두둑 꺾이는 것이 느껴졌다.

고통스러웠다. 눈앞에 온통 별이 번쩍였다. 어디선가 먼 곳에서 보낸 메시지를 받은 것처럼 그는 자신이 죽을 것을 직감했다. 사실 이미 죽었어야 했다. 바이럴이 그를 죽였어야 했다. 하지만 오래 걸리지 않을 것이었다. 입안에서 피 맛이 느껴졌고, 따끔거리는 피가 눈 속으로도 흘러드는 것이 느껴졌다. 그는 한쪽 다리는 부러지고 한쪽 다리는 뒤틀린 채 놈 아래에 깔려 헛간 바닥에 엎어져 있었다. 놈은 그의 몸 위에 우뚝 서서 최후의 일격을 가하기 직전이었다. 차라리 이쪽이 낫다고 테오는 생각했다. 차라리 먼저 죽는 게 나았다. 모사미와 아기가 죽는 모습을 보고 싶지가 않았다. 깨어진 머리가 흐려져 오는 가운데 모스가 테오의 이름을 부르짖는 소리가 들렸다.

이쪽을 보지 마, 모스. 테오는 생각했다. 사랑해, 이쪽을 보지 마.

XI
새로운 존재

아름다운 그대여, 내 눈에 그대는 영영 늙지 않는다.
처음 보았던 그 모습 그대로 그대 아름다움은 변치 않으리라.

— 셰익스피어, 「소네트 104번」

산을 내려오니 얼었던 강물이 녹아가고 있었다. 그들은 배낭을 메고 칼을 휘두르며 하나가 되어 나아가고 있었다. 그들은 골짜기로 내려왔다. 마이클이 스노캣Sno-Cat의 운전대를 잡고 옆에는 그리어가 탔으며 나머지는 전부 바람과 햇볕을 얼굴에 고스란히 받으면서 스노캣의 지붕 위에 올라탄 채였다. 드디어 그들은 산을 벗어나 거친 시골 땅으로 나왔다.

산 위에서 112일을 보낸 뒤였다. 그동안 단 한 마리의 바이럴도 보지 못했다. 산등성이를 지나오자 며칠간 폭설이 왔고 그들은 오래된 호텔 안에서 지냈다. 돌로 지은 커다란 호텔은 문과 창문에 전부 합판을 대어 단단한 나사로 고정해놓은 채였다. 안에 시체가 있을 거라고 생각했지만 아무것도 없었다. 커다란 프론트 룸에 있는 가구들은 전부 유령 같은 흰 천을 덮어쓰고 있었고, 널따란 부엌에는 온갖 통조림이 가득했다. 지하실에는 불이 꺼진 커다란 난방기가 있었고 벽에 붙은 기다란 받침대에는 스키가 보관되어 있었다. 호텔 안은 무덤처럼 시렸다. 굴뚝이 막혀 있는지 아닌지 알 수 없었다. 막히지 않더라도 낙엽과 새집이 가득 차 있을 게 뻔했다. 모닥불을 피우는 것이 최선이었다. 사무실에 들어가니 벽장 안에 종이 상자가 쌓여 있기에 그것을 불쏘시개로 쓰고 피터가 가지고 있던 도끼로 식당의 의자를 쪼개어 땔감을 만들었다. 몇 분간 연기만 풀풀 났지만 결국 모닥불이 붙자 방 안이 빛과 온기로 가득 찼다. 그들은 2층에 있던 매트리스를 끌고 내려와 불가에서 잠을 잤고 그동안 바깥에는 눈이 쌓여갔다.

다음 날 아침 그들은 호텔 뒤 차고에 묶여 있던 스노캣 세 대를 찾았다. '작동하는 법 알겠어?' 마이클이 물었다.

그렇게 그들은 겨울이 다 갈 때까지 스노캣을 작동시키는 데 몰두했다. 어느 정도 다룰 줄 알게 되자 다들 어서 이곳을 벗어나고 싶어 안달이 나 미쳐가고 있었다. 낮이 길어지고 볕이 따뜻했지만 여전히 호텔 주변에는 눈이 높이 쌓여 있었다. 호텔 안의 가구와 현관 난간까지 불 때는 데 써버린 후였다. 마이클은 스노모빌 세 대의 부품을 모아 간신히 한 대를 움직일 수 있게 만들었다. 문제는 연료였다. 차고 뒤에 있던 커다란 탱크는 텅 비고 녹슬어 있었다. 이제 남은 연료는 스노캣 안에 있던 것이 전부였다. 합쳐도 몇 리터 안 되는 데다가 녹이 묻어 오염되어 있었다. 마이클이 연료를 빨아들여 플라스틱 들통에 모은 다음 깔때기에 헝겊을 덮고 걸렀다. 그렇게 하룻밤을 둔 뒤에 그 과정을 반복해서 몇 번이나 불순물을 걸러냈지만 그 과정에서 연료의 양은 점점 줄어들었다. 만족할 만큼 걸러지자 스노캣에 넣을 연료는 19리터가 전부였다.

"장담은 할 수 없어." 마이클의 경고였다. 그는 눈을 녹인 물을 몇 리터나 넣어 연료탱크를 청소했지만 그래도 찌꺼기가 다 청소되지는 않았다. "100미터만에 멎을지도 몰라." 하지만 누구도 그 경고를 심각하게 받아들이지 않았다.

그들이 차고에서 스노캣을 끌고 나온 뒤 떠날 준비를 마쳤을 때는 화창한 아침이었다. 호텔 입구에 기다랗고 번쩍이는 송곳니를 닮은 거대한 고드름이 매달려 있었다. 마이클을 도와 스노캣을 수리한 그리어 — 알고 보니 그도 한때 정비병이어서 엔진에 대해 조금은 알았다 — 가 마이클의 옆에 탔다. 나머지는 스노캣의 지붕 위 난간이 달린 널찍한 플랫폼에 올라타기로 했다. 얼마 안 남은 연료로 조금이라도 더 멀리 가기 위해 서래를 떼어 무게를 줄였다.

마이클이 창문을 열더니 차 뒤쪽을 향해 외쳤다. "다들 탔어?"

피터가 스노캣 뒤에 실린 짐을 줄로 동여매어 고정하는 중이었다. 에이미는 난간을 잡고 홀리스와 사라 그 뒤에 서 있었다. "잠시만 기다려." 피터가 그렇게 말하더니 훌쩍 올라탄 다음 손을 입가에 둥글게 모아 대고 외쳤다.

"리시, 어서 가자!"

그러자 호텔 안에서 알리시아가 모습을 드러냈다. 다른 일행처럼 알리시아 역시도 등판에 '스키 순찰대'라는 글자가 적힌 붉은 나일론 재킷에 스키에 맞는 작은 가죽 부츠 차림이었다. 하의는 레깅스 차림에 캔버스 소재의 각반을 무릎까지 덮고 있었다. 깎았던 머리는 예전보다 더 선명한 빨간색으로 자랐는데 지금은 긴 차양이 달린 모자의 밴드 속에 숨겨져 있었다. 눈에는 선글라스를 쓰고 있었고 렌즈에 가죽 조각이 달려 고글처럼 얼굴을 감싸고 있었다.

"떠나기 전에 이 호텔에 작별 인사를 하려고 했어." 알리시아의 대답이었다.

알리시아는 10미터 떨어진 현관에 서 있었다. 알리시아가 갑자기 씩 미소를 짓더니 머리를 이리저리 기울이는 걸 보니 스노캣까지의 거리와 각도를 재어보는 것 같았다. 그녀가 모자를 벗어 햇빛 속에 붉은 머리카락을 드러내더니 벨크로가 달린 재킷 안쪽으로 머리카락을 다시 집어넣어 숨겼다. 그러고는 뒤로 세 걸음 물러나 무릎을 굽혔다. 허리께에 두었던 손이 살짝 흔들리다가 멎었다. 그녀가 발끝으로 일어섰다.

"리시……."

이미 늦었다. 알리시아가 도움닫기를 크게 두 발짝 하더니 펄쩍 뛰어올랐다. 방금까지 알리시아가 서 있던 현관은 텅 비고 그녀는 이미 허공을 날고 있었다. 볼만한 광경이라고 피터는 생각했다. 알리시아 블레이드. '그날' 이후 최연소 사령관이자, '최후의 원정대' 알리시아 도나디오가 날고 있는 모습 말이다. 알리시아는 두 팔을 활짝 펼치고 양발을 모은 채 하늘을 가로질렀다. 정점에 솟구쳤을 때 그녀는 턱을 가슴으로 바짝 끌어당기더니 공중에서 한 바퀴 돌면서 스노캣의 지붕에 착지한 뒤 무릎을 구부려 충격을 흡수했다.

"이런!" 운전대를 잡고 있던 마이클이 외쳤다. "방금 뭐야?"

"아무것도 아니야." 피터는 아직도 알리시아가 착지할 때의 진동이 느껴졌다. "리시였어."

알리시아가 일어서더니 운전석 유리를 툭툭 쳤다.

"진정하라구, 마이클."

"젠장, 엔진이 터진 줄 알았잖아!"

홀리스와 사라가 올라탔다. 알리시아가 난간 쪽에 자리를 잡더니 피터를 향해 돌아섰다. 선글라스를 쓰고 있었는데도 동공의 오렌지색 테가 보였다.

"미안." 그러면서 알리시아는 정말 미안하다는 듯이 씩 웃어 보였다.

"이렇게 요란할 줄은 몰랐어."

"난 네가 그러는 거 영영 적응 못 할 것 같아." 그가 대답했다.

피터는 결국 알리시아의 가슴에 칼을 꽂지 못했다. 아니, 정확히 말하면 꽂았지만 갑자기 칼끝이 멈췄다.

모든 것이 그 순간 멎었다.

피터의 손목을 붙잡아 멈춘 것은 알리시아였다. 그녀의 가슴에 칼끝이 꽂히기 직전이었다. 알리시아를 묶고 있던 천이 종이처럼 찢겨나갔다. 피터를 붙든 알리시아의 팔에서 느껴지는 힘은 인간의 힘이 아니었다. 피터는 너무 늦어 감염이 진행된 게 틀림없다고 생각했다.

하지만 알리시아가 눈을 떴을 때, 그 눈빛은 예전의 알리시아 그대로였다.

'피터, 미안하지만 창문 좀 닫아줄래? 너무, 너무 밝아서 눈을 뜰 수가 없어.'

'새로운 존재.' 그들이 알리시아에게 붙인 이름이었다. 바이럴이라고도, 인간이라고도 할 수 없는, 동시에 그 둘 모두인 존재였다. 알리시아는 에이미처럼 바이럴의 존재를 느끼거나 그들의 질문을 듣거나 세상의 슬픔을 느낄 수는 없었다. 단 한 가지만 제외하면 알리시아는 예전과 아무것도 변한 것이 없었다.

지금의 알리시아는 마음만 먹는다면 놀라운 일들을 해낼 수 있었다. 하지만 피터는 생각했다. 예전의 알리시아 역시 그렇지 않았느냐고.

스노캣은 골짜기의 바닥이 보일 때쯤 멈췄다. 털털거리고 윙윙거리더니 배기구에서 마지막 연기가 한 줄기 피어올랐다. 그들은 일단 휴식하기로 했다.

"어쩔 수 없어. 여기서부턴 끌고 가야지." 운전석의 마이클이 말했다.

모두가 스노캣에서 내렸다. 나무들 틈에서 얼음이 녹아 강물이 흐르는 소리가 들려왔다. 그들의 목적지는 기지였다. 끈적거리는 봄눈을 뚫고 이틀은 더 가야 하는 길이었다. 그들은 스노캣에서 장비를 내리고 각자 스키를 신었다. 그들은 호텔에 있던 『노르딕 스키 기초』라는 얇은 노란색 책을 보면서 스키 타는 법을 익혀둔 뒤였다. 물론 책에 나온 그림과 글에 비하면 실제의 스키 타기는 훨씬 어려웠지만 말이다. 개중에서도 그리어는 똑바로 서기조차 어려워했으며 근근이 몸을 바로 세운 뒤에도 곧 아무렇게나 미끄러져 가서 나무에 부딪히기 일쑤였다. 금세 스키 타는 법을 배워서 우아하게 눈 위를 미끄러져 다니던 에이미가 그리어를 최선을 다해 도왔다. "이렇게 해보세요. 눈 위를 날아다닌다고 생각하면 쉬워요." 쉽지 않았다. 나머지도 스키를 배우느라 엄청나게 넘어지고 굴렀지만 어쨌든 모두가 스키에 몸을 싣고 눈 위를 다닐 수 있을 만큼은 능숙해질 수 있었다.

"다들 준비됐어?"

피터가 바인딩(스키나 보드의 상판에 설치하여 부츠와 연결하는 장치—옮긴이)을 고정시키며 물었다. 다들 웅얼거리며 고개를 끄덕였다. 곧 정오였다. 해가 하늘 높이 떠 있었다.

"에이미?"

에이미가 고개를 끄덕였다.

"다 된 거 같아요."

"좋아, 모두 경계를 늦추지 마."

그들은 낡은 다리를 건너 서쪽을 향했고 하룻밤 야영을 한 뒤 이튿날 저녁 기지에 도착했다. 골짜기는 봄이었다. 고도가 낮은 곳은 눈이 녹았고 드러난 땅은 질척한 진흙탕이었다. 그들은 스키 대신 분대가 두고 간 험비를 타고 식량과 연료, 무기를 챙겨서 다시 출발했다.

연료는 유타 경계까지, 아니면 그 이상 갈 수 있을 정도였다. 그다음에 새로운 연료탱크를 발견하지 못한다면 다시 걸어야 할 것이다. 그들은 산을 빙 둘러 남쪽, 핏빛 바위들이 환상적인 형태로 솟아 있는 건조한 지대로 들어섰다. 밤이 오면 잘 곳을 찾았다. 곡물 창고일 때도 있고, 빈 세미트레일러, 아니면 티피tepee 형태의 주유소일 때도 있었다.

그들은 자신들이 안전하지 않다는 걸 잘 알았다. 뱁콕이 이끌던 바이럴들은 죽었지만 다른 바이럴도 있었다. 소사가 이끄는 무리, 램브라이트의 무리, 그밖에도 배프스, 모리슨, 카터 등등의 무리가 있을 터였다. 여기까지가 그들이 알게 된 사실이었다. 레이시가 폭탄을 터뜨렸을 때 보여준 것, 눈 위에 누워 죽어가는 '다수'들 사이에 서 있던 에이미가 알려준 것이 바로 그것이었다. '트웰브'가 누구인지, 그리고, 어떻게 하면 나머지를 자유롭게 해줄 수 있는지 말이다.

"벌들을 생각하면 될 것 같아." 마이클은 그렇게 말했다. 산 위의 호텔에서 오랜 나날을 보내는 동안 피터는 레이시의 파일을 모두에게 보여주었고 그들은 오랫동안 토의했다. 그러나 결국 여러 가지 사실들을 조합해 하나의 가설을 만든 것은 마이클이었다.

"이 열둘의 원실험체들이," 마이클이 파일을 가리키며 말을 이었다. "각각의 변종바이러스를 가진 여왕벌인 셈이야. 그리고 해당 바이러스를 가진 존재들은 전부 숙주와 연결된 집단정신의 일부인 거야."

"그걸 어떻게 알아?" 홀리스가 물었다. 모든 의견에 하나하나 의문을 제기하며 가장 회의적인 태도를 견지하는 사람이 바로 홀리스였다.

"우선 그들의 움직임을 보면 알 수 있지. 지금까지 눈치채지 못한 거야? 그들의 움직임이 조직적으로 보였던 건 그들이 실제로 조직을 이루고 있기 때문이었던 거야. 올슨이 말한 대로야. 생각하면 할수록 점점 더 말이 되는 것 같아. 그들은 항상 무리 지어 다니지. 벌들이 떼 지어 다니는 것과 마찬가지야. 분명 새로운 벌집을 지으려고 정찰대를 보낼 거야. 그 광산 속에 숨어 있던 놈들처럼 말이야. 그리고 또 어째서 그들이 열 명 중 한 명을 납치하는지도 설명이 되지. 특정한 바이러스를 유지하기 위한 일종의 번식 행위라고 생각하면 돼."

"가족 같은 건가?" 사라가 말했다.

"음, 너무 신사적인 설명이긴 해. 우리가 이야기하고 있는 건 인간이 아니라 바이럴이라고. 하지만 맞아. 그렇게 이해하면 될 것 같아."

그때 피터는 바이럴이 군집 생활을 한다고 했던 보히스의 말이 떠올라서 이 이야기를 일행에게 해주었다.

"그것 또한 지금까지의 가설과 일치해." 마이클이 고개를 끄덕이며 동의했다. "자, 이제 큰 사냥감은 거의 없고 인간도 거의 남지 않았어. 식량도 없고, 감염시킬 새로운 숙주도 없지. 이들은 다른 종들과 마찬가지로 생존하기 위해 프로그래밍되어 있어. 그러니까 에너지를 비축하기 위해 군집 생활을 하는 게 일종의 적응 행위라고 볼 수 있지."

"그럼…… 놈들이 더 약해졌다는 뜻인가?" 홀리스가 물었다.

마이클은 조금 자란 수염을 만지작거리면서 그 말을 곰곰이 생각해보았다. "'더 약해졌다'는 비교급이 맞는지는 모르겠지만, 맞아. 나는 그렇게 생각해. 다시 벌에 대한 비유로 돌아가서 이야기해볼게. 벌집에서 일어나는 모든 일은 여왕벌을 보호하기 위한 거야. 보히스의 말이 맞는다면 이들은 원실험체인 '트웰브'를 둘러싸고 군집을 이루고 있어. 우리가 헤이븐에서 보았던 것이 바로 그것인 것 같아. 그들은 우리를 필요로 하지, 그것도 살아 있는 채로. 헤이븐 같은 벌집이 어딘가에 열한 개 더 있을 거야."

"그래서 그걸 찾으면 어떻게 할 건데?" 피터가 묻자 마이클이 얼굴을 찌푸렸다.

"우리가 트웰브의 나머지를 모두 찾아서 죽인다면 어떻게 되는 거야?"

"여왕벌이 죽으면 벌집에 있는 다른 벌들도 모두 죽어."

"뱁콕이 죽었을 때 '다수'가 함께 죽은 것과 마찬가지군."

그러자 마이클은 조심스레 나머지 일행을 둘러보았다.

"잠깐만, 이건 전부 다 가설일 뿐이야. 우리가 눈으로 본 사실에서 추론했지만 내 가설이 틀릴 수도 있어. 그리고 무엇보다도, 무슨 수로 그들을 찾을 수 있겠어? 놈들이 이 거대한 대륙 어디에 도사리고 있을지 모른다고."

문득 피터는 모두가 자신을 쳐다보고 있다는 사실을 알아차렸다.

"피터?" 옆에 앉아 있던 사라가 물었다.

"왜 그래?"

'그들은 항상 집으로 돌아간다.' 피터는 그 말을 생각하고 있었다.

"난 놈들이 어디 있는지 알 것 같아." 피터의 말이었다.

그들은 계속해서 앞으로 나아갔다. 출발한 지 닷새째 되는 날이었다. 유타 경계에서 가까운 애리조나주에 있을 때 그리어가 갑자기 피터에게 말을 걸었다.

"우스운 얘기 하나 해줄까? 나는 그게 지어낸 이야기라고 생각했어."

그들은 메스키토로 피운 모닥불 옆에 앉아 있었다. 알리시아와 홀리스가 불침번을 서고 나머지는 잠들어 있었다. 이곳은 아무것도 없는 널따란 골짜기였고, 그들은 바싹 마른 소협곡을 지나는 다리 아래에서 밤을 보내는 중이었다.

"뭐가 말입니까?"

"그 〈드라큘라〉라는 영화." 그리어는 지난 몇 주간 몸이 더 야위었다. 짧게 깎았던 머리가 회색으로 다시 자랐고 수염도 덥수룩해져 있었다. 이제 그리어가 그들의 일행이 아니었던 때를 떠올리기가 어려웠다.

"결말을 못 봤지?"

식당에서 〈드라큘라〉를 봤던 그 밤이 아주 오래전인 것만 같았다. 피터는 기억을 되살려 영화 내용을 떠올려보았다.

"맞아요. 하커와 반 헬싱이 그 여자를 죽이려고 하는 찰나에 블루 스쿼드가 귀환했거든요." 피터가 어깨를 으쓱한 뒤 말을 이었다.

"그 장면을 못 본 게 차라리 다행이라는 생각도 들어요."

"아니, 문제는 그거야. 그들은 여자를 죽이지 않아. 그들이 죽인 건 뱀파이어 백작이었어. 그놈의 급소에 말뚝을 박아버리지. 그러자 미나는 예전 모습 그대로 정신을 차리고 말이야." 그리어가 어깨를 으쓱했다.

"솔직히 말하면 난 그 부분은 말도 안 된다고 생각했었지. 하지만, 그 산에서의 일이 있고 난 뒤로는 확신이 없어." 그가 잠시 말을 멈췄다가 말을 이었다. "그들은 자신의 예전 모습을 기억할까? 자신이 누구인지 알기 전까지는 죽음을 맞지 못하는 걸까?"

"에이미는 그렇게 말했어요."

"너는 그 말을 믿는 거지?"

"예."

그러자 그리어는 고개를 끄덕인 뒤 잠시 침묵했다.

"정말 이상해. 평생 동안 놈들을 죽이며 살았는데, 단 한 번도 그들이 예전에 어떤 인간이었을지는 생각한 적이 없거든. 왠지 그게 중요하지 않게 느껴졌네. 그런데 지금 생각하니 그들이 안타깝게 느껴져."

피터는 그리어의 마음을 이해할 수 있었다. 자신도 같은 생각을 했기 때문이다.

"나는 군인일 뿐이야, 피터. 아니, 군인이었지. 지금은 탈영병이나 마찬가지인 신세지만 말이야. 하지만 지금까지 일어난 일들에는 다 무슨 의미가 있는 게 아닐까? 심지어 지금 너희들과 함께 내가 여기에 있다는 것까지도, 전부 우연이 아닌 것만 같아."

피터는 레이시가 해주었던 노아와 큰 배 이야기가 기억났다. 그러면서 여태까지 한 번도 떠올리지 않았던 사실에 생각이 미쳤다. 노아는 혼자가 아니었다. 배 안에는 물론 동물들도 실려 있었지만 그것이 전부가 아니었다. 노아는 그 배에 가족과 함께 올랐던 것이다.

"우리가 어떻게 해야 하는 걸까요?" 그가 물었다.

그리어는 고개를 저었다.

"그건 내가 결정할 수 있는 문제가 아닌 것 같아. 약병을 가지고 있는 것은 바로 너니까. 그녀는 다른 사람이 아니라 피터 너에게 그것들을 줬잖아. 결정은 네가 할 일인 것 같아."

그러더니 그리어가 소총을 집어 들고 일어섰다.

"하지만 군인으로서 말하자면, 도나디오 같은 사람이 열 명 더 있다면 그보다 더 큰 무기는 없을 거라고 말해두지."

그날 밤의 대화는 그것으로 끝이었다. 이틀 뒤면 모아브에 도착할 예정이었다.

그들은 남쪽에서부터 농장에 도착했다. 사라가 험비를 운전했고 피터는 지붕에 올라가 쌍안경으로 동태를 살피고 있었다.

"뭐가 보여?" 사라가 소리쳤다.

늦은 오후였다. 사라는 드넓은 골짜기 바닥에 험비를 세웠다. 거센 먼지바람이 일어서 피터의 시야가 가렸다. 나흘간 따뜻한 날씨가 계속되다가 다시 기온이 떨어져 겨울처럼 추워졌다.

"건물은 보이는데 움직임은 느껴지지 않아. 먼지가 너무 많아서 앞이 잘 보이지 않아."

다들 앞으로 보게 될 광경을 두려워하며 말이 없었다. 최소한 그들에게는 연료가 있었다. 블랜딩이라는 마을 남쪽에서 그들은 우연히 커다란 정유소를 발견했다. 녹이 길게 흘러내리는 연료탱크가 스무 개도 넘게 거대한 버섯처럼 우뚝 서 있는 곳이었다. 길을 제대로 온 것이 맞는다면 분명 콜로니로 돌아갈 때까지 필요한 연료를 충분히 구할 수 있을 것이다.

"직진하자." 피터가 말하자 사라가 천천히 다시 차를 출발시켜 작은 집들이 가득한 거리로 나섰다. 어쩐지 모든 것이 그들이 처음 이곳을 발견한 그때와 마찬가지로 텅 비고 황폐한 것만 같아서 마음이 철렁 내려앉았다. 지금쯤이면 테오와 모사미가 엔진 소리를 듣고도 남았을 텐데. 사라가 가장 큰 집 현관 앞에 차를 세우고 시동을 껐다. 모두가 차에서 내렸지만 여전히 안에서는 어떤 기척도 들리지 않았다.

피터의 어깨에 손을 얹으며 먼저 입을 연 것은 알리시아였다.

"내가 들어가볼게."

하지만 피터는 고개를 저었다. 그건 자신의 몫이라는 생각이 들었기 때문이었다.

"아니야, 내가 갈게."

피터는 현관 계단을 올라 문을 열었다. 집 안이 완전히 달라졌다는 건 금방 알 수 있었다. 가구들의 위치가 변하고 더 편안한, 심지어 안락한 분위기로 꾸며

져 있었다. 재가 가득한 벽난로 위에는 오래된 사진도 놓여 있었다. 불기를 느끼려고 다가가 보았지만 난롯불은 이미 오래전에 식어 차가웠다.

"테오?"

대답이 없었다. 부엌으로 들어가니 모든 것이 깔끔하게 정돈되어 있었다. 문득 보히스가 했던, 사람들이 모두 사라진 마을에 대한 이야기가 떠올라 소름이 돋았다. 그 마을 이름이 뭐였더라? 호머, 오클라호마주의 호머라고 했다. 식탁 위에는 그릇이 그대로 놓여 있고 모든 것이 깨끗이 정돈된 채로 사람들만 간데 없이 증발했다고 했다.

계단을 올라가자 복도가 나오고 문 두 개가 나왔다. 첫 번째 문을 열어보니 방 안은 텅 비어 있었다.

희망을 잃은 채 피터는 두 번째 문을 열었다.

커다란 침대 위에 테오와 모스가 누워 잠들어 있었다. 모스는 어깨까지 이불을 덮은 채 검은 머리카락을 베개 위에 흐트러트린 채로 저쪽을 보고 잠들어 있었다. 테오는 뻣뻣한 자세로 똑바로 누워 있었고 왼쪽 다리는 발목부터 골반까지 부목을 대고 있었다. 두 사람 사이에는 아기가 꽁꽁 싸인 강보 속에서 조그만 얼굴을 쏙 내밀고 누워 있었다.

"아니, 이럴 수가." 테오가 눈을 뜨고 미소를 짓자 이가 다 부러진 치열이 드러났다.

"모스, 일어나. 바람이 누굴 실어왔는지 보라고."

모스가 처음 한 부탁은 콘로이를 땅에 묻어달라는 것이었다. 직접 하고 싶었
지만 도저히 그럴 수가 없었다고 했다. 테오와 아기를 돌보느라 콘로이는 사흘
이나 죽은 자리에 그대로 방치되어 있었던 것이다. 피터는 불쌍한 개의 잔해를
수습해 묘지로 가져갔다. 홀리스와 마이클이 다른 무덤들 옆에 구덩이를 파고
다른 무덤들과 마찬가지로 돌을 옮겨 묻은 자리를 표시했다. 갓 파낸 흙만 빼면
콘로이의 무덤은 다른 무덤들과 똑같아 보였다.

그날 밤 헛간에서의 공격에서 어떻게 살아남았는지 테오도 모사미도 정확히
설명할 수 없었다. 낡은 차의 뒷좌석에서 갓 태어난 아기 케일럽을 안은 채 고
개를 바닥에 파묻고 있던 모사미는 산탄총의 총성을 들었다. 고개를 들자 바이
럴은 헛간 바닥에 죽어 쓰러져 있었다. 그녀는 테오가 바이럴을 쏘았다고 생각
했으나 테오에게는 그런 기억이 없었다. 테오의 다음 기억은 어둠 속에서 모사
미의 얼굴이 나타나 그의 이름을 부르던 것이었다. 그래서 테오는 어떻게 했는
지는 몰라도 모사미가 총으로 바이럴을 쏘았다고 생각하는 수밖에 없었다.

결국 남은 가능성은 제삼자, 즉 테오가 헛간에서 찾아낸 발자국의 주인이 그
들을 구해주었다는 것뿐이었다. 하지만 그 사람이 무슨 수로 정확히 그 순간에
나타나서 아무도 모르게 사라졌는지는 ─ 그리고, 심지어 어째서 그 사람이 그
런 일을 했는지는 ─ 설명할 수가 없었다. 새로운 발자국도, 누군가가 그곳에 왔
었다는 다른 증거도 찾을 수 없었다. 마치 유령이 그들의 목숨을 구한 것만 같
았다.

또 하나의 의문은 바이럴이 어째서 그들을 그냥 곧바로 죽이지 않았는가 하
는 것이었다. 공격이 있었던 후 테오도, 모사미도 헛간으로 다시 돌아가지 않았
다. 그래서 바이럴의 시체는 햇볕에 드러나지 않은 채 그 자리에 그대로 누워

있었다. 그러나 알리시아와 피터가 시체를 살펴보러 헛간에 들어간 순간 수수께끼는 풀렸다. 둘 다 죽은 지 며칠이 지난 바이럴의 시체를 보는 것은 처음이었는데, 어둠 속에서 시간이 지나가면서 예기치 못한 일이 일어났다. 바이럴의 피부가 수축하며 뼈에 바짝 달라붙어서 얼굴이 원래 인간이었을 때의 모습을 닮아간 것이었다. 바이럴의 눈은 훤히 뜬 채로 대리석처럼 허옇게 흐려져 있었다. 한 손은 손가락으로 산탄총에 맞은 총구를 덮고 있었는데 놀라움, 어쩌면 충격의 몸짓으로 보이기도 했다. 어쩐지 익숙한 얼굴이었다. 마치 아주 먼 곳에서, 아니면 우연히 어딘가에 비친 아는 사람의 얼굴을 보는 것만 같았다. 그리고 알리시아가 그 사람의 이름을 말하는 순간에서야 피터의 머릿속에서 불확실함이 완전히 걷혔다. 눈썹뼈의 굴곡, 얼굴에 떠오른 혼란의 표정, 그리고 무엇보다도 그 멍한 시선, 그리고 자신에게 무슨 일이 일어났는지 확인하려는, 마지막으로 상처를 만져보는 최후의 동작. 헛간 바닥에 쓰러져 있는 사람은 다름 아닌 게일런 슈트라우스였다.

어째서 게일런이 여기까지 왔을까? 두 사람을 찾으러 나선 길에 감염된 걸까, 아니면 그 반대일까? 그가 손에 넣고자 했던 것은 모사미였을까, 아기였을까? 그는 복수하러 왔을까, 아니면 작별 인사를 하러 왔을까?

게일런 슈트라우스에게 집이란 무엇이었을까?

알리시아와 피터는 시체를 방수포에 감싸 집 밖으로 끌고 나왔다. 불에 태울 생각이었지만 모사미가 반대했다. 지금은 바이럴일지 몰라도 한때 자신의 남편이었다는 것이었다. 그는 이런 취급을 받아서는 안 된다고, 다른 이들처럼 무덤에 묻혀야 한다고, 최소한 그 정도는 해주어야 한다고 모사미는 말했다.

그래서 그들은 게일런을 땅에 묻었다.

게일런을 안식에 들게 해준 건 일행이 농장에 도착한 뒤 이틀째 아침이었다. 아직 침대를 떠날 수 없는, 그리고 앞으로도 한동안은 움직일 수 없을 테오를 제외하고 모두가 마당에 모였다. 사라는 모두 게일런에 대해 기억나는 이야기를 하나씩 해보자고 했다. 시작부터 아주 애를 먹었는데, 모스 외에는 아무도 게일런에 대해 잘 알지도 못했고, 그를 그렇게 좋아하지도 않았기 때문이다. 하지만 결국은 다들 게일런이 했던 우습거나 충성스럽거나 친절한 말과 행동들을 하나씩 꺼내놓을 수 있었고 그리어와 에이미는 조용히 그 의식을 지켜보았다. 이야기가 끝날 때쯤 피터는 문득 방금 한 일은 아주 중요한 것, 일단 한번 실행한 이상 되돌릴 수 없는 의식임을 알았다. 그들이 땅에 묻은 시체는 바이럴의 것일 수도 있다. 그러나 그들이 묻은 것은 인간이었다.

마지막으로 입을 연 것은 모사미였다. 그녀는 잠든 케일럽을 안고 있었다. 모사미가 헛기침을 해 목을 골랐다. 피터는 모사미의 눈이 눈물로 촉촉하다는 사실을 알았다.

"나는 게일런이 사람들이 생각한 것보다 용감했다는 말을 하고 싶어. 사실 게일런은 앞이 거의 보이지 않았어. 눈이 얼마나 나쁜지 다른 사람들에게 비밀로 하려 했지만 나는 알고 있었어. 그는 자존심이 너무 강해서 그 사실을 털어놓지 못했던 거야. 그를 속여서 정말 미안해. 게일런은 아버지가 되고 싶어 했고, 아마 그래서 여기까지 왔을 거라고 생각해. 이렇게 말하면 이상하지만, 게일런은 좋은 아버지가 될 수 있었을 거야. 게일런에게 아버지가 될 기회가 있었더라면 좋았을 텐데."

말을 끝낸 모사미는 아기를 어깨 위로 옮겨 안은 뒤 한 손으로 눈물을 훔쳤다.

"내가 할 말은 여기까지야. 게일런에게 이런 일을 해줘서 모두에게 고마워. 괜찮다면 잠시 혼자 있고 싶어."

그 말에 모사미를 그 자리에 혼자 남겨두고 모두가 자리를 떠났다. 피터가 계단을 올라가 침실로 들어가니 테오는 부목을 댄 다리를 쭉 뻗고 일어나 앉아 있었다. 테오의 상태를 살펴본 사라는 다리뿐 아니라 갈비뼈도 부러졌다고 말했다. 살아 있는 게 기적이라고 했다.

피터는 마당이 내려다보이는 창가로 다가갔다. 모스는 아직 무덤 앞에 서 있었다. 아기가 잠에서 깨 칭얼거리고 있었다. 모사미가 손으로 아기의 뒤통수를 감싼 채 이리저리 걸으며 아기를 어르는 중이었다.

"모스는 아직도 거기 있어?" 테오가 물었다. 피터가 돌아보자 테오는 천장을 보고 있었다.

"괜찮아. 그냥…… 궁금해서."

"응, 모스는 아직 거기 있어."

테오는 더 이상 아무 말도 하지 않았다. 표정을 읽을 수가 없었다.

"다리는 어때?" 피터가 용기를 내서 물었다.

"죽겠어." 테오는 혀를 내밀어 부러진 치열을 핥았다.

"하지만 이가 부러진 게 제일 힘들어. 있어야 할 게 없어진 느낌이라서 통 적응이 안 돼."

피터는 다시 창밖을 바라보았다. 방금 전까지 모사미가 서 있던 자리는 텅 비어 있었다. 아래에서 부엌문이 닫혔다 열리는 소리가 나더니 그리어가 소총을 들고 나왔다. 그는 잠시 가만히 서 있다가 마당을 가로질러 헛간 옆에 쌓인 장작더미로 가더니 벽에 소총을 기대놓고 도끼를 집어 들어 장작을 패기 시작했다.

"내가 뒤에 남겠다고 했을 때 네가 실망한 거 알아." 테오가 다시 입을 열었다.

피터는 돌아서서 형의 얼굴을 바라보았다. 집 안 어디선가 다른 사람들이 부엌으로 모여드는 말소리가 들려왔다.

"괜찮아."

너무나 많은 일이 일어난 이후인 지금에 와서 생각하면 그런 실망감은 이미 잊은 지 오래였다.

"모스에겐 형이 필요했잖아. 나라도 똑같이 여기 남았을 거야."

하지만 테오는 고개를 저었다.

"잠시 내 말 들어줘. 네가 한 일은 용기가 없으면 할 수 없는 일이었어. 내가 그걸 모른다고 생각하지 않았으면 좋겠어. 하지만 지금 내가 하려는 말은 그런 게 아냐. 용기를 내지 않으면 죽는 상황에서, 용기를 내기는 쉬워. 하지만 용기의 반대편에 있는 것이 죽음이 아니라 희망일 때는 어렵지. 너는 다른 사람의 눈으로는 볼 수 없는 무언가를 보았고 그것을 따르기로 하는 거야. 그건 나로서는 결코 할 수 없는 일이야. 나도 그런 사람이 되고자 노력했어. 아버지가 내가 그런 사람이기를 바랐기 때문이었어. 하지만 나는 그런 사람이 아니었어. 우스운 게 뭔지 알아? 그 사실을 알았을 때 나는 내심 기뻤어."

화가 난 것 같은 목소리였지만, 그렇게 말하는 형의 얼굴은 아까보다 밝아져 있었다.

"언제?" 피터가 물었다.

"뭐가?"

"그 사실을 언제 알았던 거야?"

그러자 테오가 다시 천장을 쳐다보았다.

"언제 진실을 알게 되었느냐고? 내가 어떤 사람인지는 오래전부터 알았던 것 같아. 하지만 네가 어떤 사람인지 확실히 알게 된 건 발전소에서 보낸 첫날 밤이었어. 네가 바깥으로 나가서만은 아니야. 그건 분명 알리시아의 생각이었을 테니까. 중요한 건 그때의 네 표정이었어. 마치 그곳에서 네 남은 평생을 보고 온 것만 같은 그 얼굴. 그때 나는 너에게 야단을 쳤지. 어리석었다고, 우리 모두 다 죽을 뻔했다고 말이야. 하지만 사실 나는 안심했어. 더 이상 용감한 사람인 척할 필요가 없다는 걸 알았으니까."

테오가 한숨을 쉬더니 고개를 저었다.

"피터, 나는 아버지처럼 되고 싶었던 적이 한 번도 없었어. 아버지가 마지막 여정을 떠나기 이전부터, '긴 여정'은 미친 짓이라고 생각했었어. 말도 안 되는 짓이라고 생각했지. 하지만 이제 너와 에이미를 보니, 중요한 건 말이 되느냐 아니냐가 아닌 걸 알겠어. 사실 이 모든 건 말도 안 돼. 너는 이성이 아니라 믿음 때문에 움직이는 거야. 난 너를 질투하지 않아. 또, 앞으로 남은 평생 너를 걱정하겠지. 그럼에도 네가 무척 자랑스러워."

거기까지 말한 테오는 말을 멈췄다.

"더 알고 싶은 거 있어?"

피터는 지금까지 들은 이야기에 너무 놀라서 대답할 수가 없었다. 고개를 끄덕이는 게 고작이었다.

"나는 우리의 목숨을 구해준 게 유령이라고 생각해. 모스에게 물어봐, 모스도 그렇게 말할 테니까. 그게 정확히 뭔지는 모르겠지만, 이곳은 어딘가 달라. 나는 내가 죽었다고 생각했어. 우리 모두가 죽었다고 생각했어. 아니, 생각이 아니라, 분명히 알았어. 그런데 마치 이 장소 자체가 우리를 지켜보고, 우리를 돌봐주는 것만 같아. 이곳에 있는 한 안전할 거라고."

테오가 홀린 듯한 눈으로 피터를 바라보았다.

"내 말 믿지 않아도 좋아."

"그렇게 말한 적은 없어."

테오가 웃음을 터뜨렸다가 붕대를 감은 갈비뼈의 아픔에 얼굴을 찌푸렸다.

"잘됐네." 그러더니 테오는 다시 베개 위에 머리를 뉘었다.

"나도 널 믿거든."

당분간 일행은 아무 데로도 가지 않고 이곳에 머무르기로 했다. 사라는 테오의 다리로는 적어도 60일은 더 지나야 걷는 것을 시도라도 해볼 수 있을 것이라고 했다. 또 모사미는 길고 고통스러운 출산 과정을 겪으며 아주 약해진 상태였다. 이들 중에서 건강한 것은 아기 케일럽뿐이었다. 태어난 지 며칠 되지도 않았는데 반짝이는 눈으로 세상을 두리번거리고 있었다. 모두에게 방긋 웃어주었지만 특히 에이미를 보고 많이 웃었다. 에이미의 목소리가 들릴 때마다, 아니, 방안으로 들어오는 에이미의 기척을 느낄 때마다 아기는 행복한 듯 까르르 웃으며 팔다리를 휘저었다.

"케일럽이 널 좋아하는 것 같아." 어느 날 부엌에서 아기에게 젖을 먹이려 애쓰던 모사미가 말했다.

"안아보고 싶으면 안아도 돼."

피터와 사라가 지켜보는 가운데 에이미가 식탁 앞에 앉자 모사미가 케일럽을 조심스레 에이미의 품에 안겨주었다. 케일럽의 한 팔이 강보 안에서 빠져나와 있었다. 에이미가 아기의 얼굴을 향해 고개를 숙이더니 아기가 조그만 손가락으로 자기 코를 움켜쥐도록 내버려두었다.

"아가." 에이미가 그렇게 말하며 미소를 지었다.

모사미가 피로한 듯 미소를 지었다.

"그래, 맞아. 아가야." 그러더니 모사미는 젖이 돌아 아픈 가슴에 한 손을 대고 누르며 신음했다.

"아가 처음 봐요."

에이미가 아기의 얼굴을 빤히 바라보았다. 아기의 온몸이 너무나도 새것이었다. 마치 생명을 주는 신비로운 물속에 담갔다 뺀 것 같았다.

"안녕, 아가."

집은 모두가 머무르기에는 너무 작았고 케일럽에게는 조용한 환경이 필요했다. 피터 일행은 남는 매트리스를 집 밖으로 꺼낸 뒤 흙길 건너편에 있는 다른 집들로 옮겨갔다. 이런 일을 한 게 얼마 만이지? 하나 이상의 집에 사람들이 사는 모습을 본 지가 얼마 만이지? 강가에는 커다란 라즈베리 덤불이 햇볕에 달콤하게 익어가고 있었다. 물속에는 물고기가 뛰놀았다. 알리시아는 매일 사냥을 나갔다가 먼지투성이가 된 채 웃으며 등에 걸친 줄에 사냥감을 달랑이면서 돌아왔다. 귀가 긴 산토끼, 살이 통통한 자고새, 생김새는 다람쥐와 호저의 중간쯤이고 맛은 사슴 고기 같은 동물. 알리시아는 총도, 활도 없이 오로지 칼만 가지고 사냥을 했다. "내가 있는 한 아무도 배가 고플 일은 없어." 알리시아의 말이었다.

그 말이 맞았다. 행복하고, 편안한 시간이 흘러갔다. 식량이 풍부하고, 날은 따뜻하며 해가 점점 길어졌고, 하늘에 별이 총총히 뜨는 밤은 조용하고 안전했다. 하지만 피터는 여전히 꾸준한 불안감을 느꼈다. 이런 나날이 한순간에 불과하다는 것을 알았으며, 곧 떠날 것을 생각하면 식량이며 연료 들을 실어 나를 것이 걱정이었기 때문이었다. 그들이 가진 것은 험비 한 대뿐이었는데 모두가 간신히 탈 수 있는 크기였다. 게다가 아기가 있는 모스까지 타야 했으니 물자를 실을 공간이 부족했다. 또, 콜로니로 돌아갔을 때 그들 앞에 무엇이 기다리고 있을지도 문제였다. 조명이 여전히 켜져 있을까? 산제이가 그들을 체포할까? 며칠 전만 해도 이 같은 문제들은 걱정하기에는 너무나 먼일만 같았지만 이제는 그렇게 느껴지지 않았다.

하지만 불행히도 피터를 짓누르는 진짜 고민은 그런 것들이 아니었다. 문제는 바이러스였다. 번쩍이는 금속 케이스 속에 담긴, 남은 열 개의 약병 말이다. 그것들은 지금 피터가 그리어, 마이클과 함께 쓰는 집의 벽장 안에 들어 있었다. 그리어의 말이 맞았다. 레이시가 그것들을 피터에게 건넨 데는 모두 이유가 있었다. 이미 그 바이러스로 알리시아의 목숨을 구하기까지 했다. 이것이 바로 레이시가 말한, 총보다, 칼보다, 석궁보다, 심지어 뱁콕을 죽였던 그 폭탄보다 강하다던 그 무기였다. 하지만 금속 상자에 담긴 채로는 그 바이러스는 아무 일도 해낼 수 없었다.

그러나 그리어의 말 중에 틀린 것도 있었다. 결정은 피터의 몫이 아니었다. 모두의 동의가 필요했다. 농장은 그가 하려는 일에 적합한 곳이었다. 물론, 그들은 우선 피터를 결박해야 할 것이었다. 빈집의 방 하나를 쓸 수 있을 것이다. 만약 일이 잘못되면 그리어가 피터를 처리해줄 수 있을 것이다. 피터는 이미 그리어의 결단력을 보았던 것이다.

어느 날 밤 피터가 모두를 불러모았다. 위층에서 쉬고 있는 모사미, 그리고 케일럽을 돌보고 있는 에이미를 제외한 모두가 마당에 모여 모닥불을 피웠다. 모두 피터가 계획한 바대로였다. 그는 에이미가 이 사실을 알길 바라지 않았다. 에이미가 반대할 거라는 생각에서는 아니었다. 그 아이가 반대할 것 같지는 않았다. 그럼에도 피터는 에이미를 이 결정으로부터, 이 결정이 가지는 의미로부터 보호하고 싶었다. 테오는 홀리스가 나무토막을 잘라 얼기설기 만들어준 목발을 짚고 간신히 밖으로 나왔다. 며칠이 지나면 부목을 떼어낼 예정이었다. 피터는 가방에 약병을 넣어서 가지고 나와 있었다. 모두가 동의한다면 더 미룰 이유가 없었다. 그들은 불가에 둥글게 놓아둔 돌 위에 앉았고 피터는 자신이 하고

자 하는 일을 설명했다.

가장 먼저 입을 연 것은 마이클이었다.

"난 동의해. 해봐야 할 것 같아."

"아니, 나는 미친 소리라고 생각해." 사라가 마이클의 말을 자르더니 고개를 들고 모두를 빤히 바라보았다.

"이게 뭔지 모르겠어? 아무도 그 말은 차마 하고 싶지 않겠지만, 내가 해야겠어. 이건 악이야. 이 상자에 든 것 때문에 수백만 명의 사람들이 죽어나갔어. 우리가 이런 이야기를 왜 하고 있는지도 모르겠다. 당장 이 불 속에 집어넣자는 게 내 의견이야."

"누나 말이 맞을지도 몰라." 마이클이 대답했다. "하지만 우리는 아무것도 하지 않고 가만히 있을 여유가 없어. 뱁콕, 그리고 그가 이끌던 '다수'는 죽었지만 열둘이었던 '트웰브' 중 뱁콕을 제외한 나머지는 아직 세상을 돌아다니고 있어. 알리시아, 그리고 에이미의 능력을 다들 눈으로 확인했잖아. 우리가 바이러스를 손에 넣게 된 데는 다 이유가 있어. 에이미가 우리에게 온 것처럼 말이야. 이제 와서 이 바이러스에 등을 돌릴 수는 없어."

"피터, 네가 죽을 수도 있어."

"그 위험은 감수할 수 있어. 게다가 리시도 죽지 않았잖아."

사라가 홀리스를 향해 돌아섰다.

"홀리스, 어서 말해. 이 이야기가 미친 소리라고 말해."

그러나 홀리스는 고개를 저었다.

"미안해. 나는 피터와 의견이 같아."

"설마."

"피터의 말이 맞아. 바이러스를 우리가 갖게 된 데는 이유가 있을 거야."

"우리가 살아남았다는 그 사실을 이유라고 생각하면 안 돼?"

홀리스가 팔을 뻗어 사라의 손을 잡았다.

"사라, 그것만으로는 충분하지 않아. 맞아, 우린 살아남았어. 그런데 그다음은? 나는 너와 함께 진짜 삶을 살아가고 싶어. 조명도 벽도 없는, 파수도 보지 않는 그런 삶 말이야. 어쩌면 그 삶은 우리가 아닌 다른 사람에게, 먼 미래에나 가능할지도 모르지만 말이야. 하지만 기회가 있는 지금 피터의 제안에 반대할 수는 없어. 그리고 사라 너도 마음속 깊은 곳에서 똑같은 생각을 하고 있다는 걸 알고 있어."

"그럼 우리는 계속 그들과 맞서 싸우는 거구나. 남아 있는 트웰브를 찾아서 그들과 싸우는 거야. 우리로서, 인간으로서."

"그래, 약속할게. 그건 절대 변하지 않아."

사라는 입을 다물었다. 피터는 두 사람 사이에 이해가 오간다는 사실을 알아차렸다. 홀리스가 시선을 피하는 순간 피터는 그가 무슨 말을 하려는지 곧바로 알아차렸다.

"만약 성공한다면 그다음은 내가 할게."

피터는 사라를 바라보았다. 그러나 사라는 반박하지 않았다. 이미 모든 걸 받아들였던 것이다.

"홀리스, 그러지 않아도 돼."

홀리스는 고개를 저었다. "널 위해서가 아니야. 내가 네 선택에 동의하는 이상 반드시 해야 하는 일이야."

피터가 그리어를 바라보자 그는 고개를 끄덕였다. 다음으로 피터는 형을 향해 시선을 돌렸다. 테오는 모닥불 반대편에서 부목을 댄 다리를 쭉 뻗은 채 통나무 위에 걸터앉아 있었다.

"젠장, 피터. 내가 뭘 알겠어? 말했잖아. 선택은 네 몫이라고."

"아니야. 선택은 모두가 함께 하는 거야."

테오는 잠시 침묵했다가 입을 열었다.

"내가 이해한 대로라면 너는 일부러 바이러스에 감염되려고 하면서 나한테 '좋아, 그렇게 해.'라고 대답하길 바란다는 거지. 그리고 홀리스는 네가 그 과정에서 죽지도, 우리 모두를 죽이지도 않으리라는 전제하에 자기도 똑같이 하겠다는 거고."

테오의 직설적인 표현이 마음에 와닿자 처음으로 피터는 자신에게 그만한 용기가 있는지 되돌아보게 되었다. 테오의 질문은 피터에 대한 시험이었던 것이다.

"맞아. 내가 하려는 말이 바로 그거야."

테오가 고개를 끄덕였다.

"그래, 알았어."

"알았다고? 그게 전부야?"

"사랑한다, 동생. 내가 설득해서 네 결정을 막을 수 있다는 생각이 들었다면 그렇게 했을 거야. 하지만 그럴 수 없단 걸 알아. 내가 널 걱정하게 될 거라고 이미 얘기했었지. 그 걱정이 지금부터 시작될 것 같구나."

마지막으로 피터는 알리시아를 바라보았다. 알리시아는 선글라스를 벗고 모닥불 불빛을 받아 더 선명하게 빛나는 동공의 오렌지빛 테두리를 드러내고 있었다. 피터는 그 누구보다도 알리시아의 동의를 필요로 했다. 알리시아의 동의를 받지 못하면 아무 의미도 없었다.

"그래." 알리시아는 고개를 끄덕였다. "이렇게 말하고 싶지 않지만, 나도 동의해."

더 기다릴 이유가 없었다. 피터는 이 선택이 미칠 결과를 너무 오래 생각하면 용기가 사그라질 수도 있다는 것을 알았다. 피터는 미리 준비해둔 빈집으로 친구들을 이끌었다. 흙길 맨 끝에 있는 마지막 집이었다. 이 집은 거의 겉모습만 남아 있다고 해도 좋을 지경이었다. 내벽은 거의 허물어져서 대들보가 드러나 있었다. 벽에는 판자가 대어져 있었는데 이 또한 피터가 이 집을 선택한 이유 중 하나였다. 또 하나는 이 집이 가장 멀리 떨어져 있다는 점이었다. 홀리스는 피터가 헛간에서 가져다 둔 밧줄을 집어 들었다. 마이클과 그리어가 옆집에서 매트리스를 가져왔다. 누군가는 랜턴을 가져왔다. 홀리스가 밧줄을 대들보에 묶는 동안 피터는 상의를 벗고 매트리스 위에 누웠다. 갑자기 초조해지더니 주변의 모든 것이 고통스러울 만치 생생하게 인식되었고 심장이 무척 빠르게 뛰기 시작했다. 눈을 들어 그리어를 바라보았다. 두 사람 사이에 무언의 약속이 체결되었다. 필요한 때가 오면 망설이지 말고 피터를 처리해주겠다는 약속이었다.

홀리스가 피터의 팔다리에 밧줄을 묶자 그는 바닥에 사지를 쭉 펼친 모습이 되었다. 매트리스에서 쥐 냄새가 났다. 피터는 마음을 진정시키려고 심호흡을 했다.

"사라, 지금이야."

사라는 바이러스가 든 상자를 안고 있었다. 다른 손에는 아직도 플라스틱 포장에 싸인 주사기가 들려 있었다. 사라의 손이 바르르 떨리는 게 보였다.

"네가 해줘." 사라가 상자를 마이클에게 건네며 애원했다. "제발."

"내가 어떻게 해?" 마이클이 상자를 다시 그녀의 손에 쥐여주었다. "간호사는 누나잖아."

짜증이 치밀었다. 조금만 더 시간을 끌면 결심이 무너지고 말 것 같았다.

"미안하지만 누구라도 좋으니까 빨리 해줘."

"내가 할게." 알리시아가 대답하더니 마이클에게서 상자를 건네받아 열었다.

"피터······."

"이번엔 또 뭐야, 리시."

알리시아가 돌아서더니 손을 들어 올려 상자 안을 보여주었다.

"상자가 비어 있어."

에이미의 짓이다, 하고 피터는 생각했다. 에이미, 도대체 무슨 짓을 한 거야?

그들이 에이미를 찾아냈을 때 아이는 모닥불 앞에 무릎을 꿇고 앉아 마지막 약병을 불 속에 집어넣고 있었다. 담요로 감싼 케일럽을 안은 채였다. 마지막 병에 들어 있던 액체가 끓어오르며 병이 터지는 소리가 퍽 하고 났다.

피터가 에이미 옆에 쭈그리고 앉았다. 너무 큰 충격을 받아서 화조차도 나지 않았다. 무슨 감정을 느껴야 할지 도무지 알 수 없었다.

"에이미, 왜 그랬니?"

에이미는 그를 올려다보는 대신 바이러스가 완전히 사라졌는지 확인하려는 듯 불 속을 빤히 바라보며 케일럽의 까만 머리를 쓰다듬었다.

"사라의 말이 맞았어요." 한참 뒤에야 에이미가 입을 열었다. "확실히 하려면 이 방법밖에 없었어요."

에이미가 불을 바라보던 시선을 들었다. 그 눈빛을 보는 순간 피터는 알아차렸다. 에이미는 피터로부터, 그들 모두로부터 짐을 덜어주기를 택했던 것이다. 자비였다.

"미안해요, 피터. 하지만 피터를 나처럼 만들 수는 없었어요." 에이미의 말이었다.

그들은 다시는 그날 밤에 일어난 일을 입에 올리지 않았다. 바이러스에 대해서도, 모닥불에 대해서도, 에이미가 한 일에 대해서도. 가끔 그날 밤의 기억이 떠오르면 피터는 이상하게도 다 꿈인 것 같다고, 만약 꿈이 아니라면, 꼭 꿈과 마찬가지로 피할 수 없는 결말을 맞은 사건 같다는 생각이 들었다. 그리고 시간이 가면서 피터는 서서히 바이러스를 파괴한 것은 그들이 두려워하던 재난이 아니라 그들이 함께할 여행의 새로운 한 발짝이라는 생각을 하게 됐다. 그 여행의 끝에 무엇이 기다리고 있을지는 알 수도, 알 필요도 없었다. 에이미라는 존재 그 자체와 마찬가지로, 이 여행 역시도 오로지 믿음 하나만으로 받아들여야 했다.

출발하는 날 아침 피터는 마이클, 테오와 함께 현관에 서서 해가 떠오르는 모습을 지켜보고 있었다. 드디어 테오는 부목을 뗐다. 하지만 눈에 띄게 다리를 절었고 금방 지쳤다. 마당에서는 홀리스와 사라가 험비에 짐을 싣고 있었다. 에이미는 집 안에서 출발 전에 마지막으로 케일럽에게 젖을 먹이는 모스 옆에 있었다.

테오가 입을 열었다.

"어쩐지 언젠가 이곳으로 돌아온다면, 이곳은 지금 이 모습 그대로일 것 같다는 생각이 들어. 세상 모든 것에서 외떨어져 있는 것처럼, 시간이 흐르지 않는 것처럼 말이야."

"어쩌면 다시 돌아오겠지." 피터가 말하자 테오는 갑자기 입을 다물고 먼지 낀 거리를 바라보다가 고개를 저었다.

"모르겠어. 그래도 그렇게 생각하니 기분은 좋네."

에이미와 모사미까지 집 안에서 나오자 모두가 험비 주변에 모였다. 또 한 번의 떠남, 또 한 번의 이별이었다. 포옹, 행운을 비는 말과 눈물이 이어졌다. 사라가 운전석에 타고 홀리스가 옆에 탔다. 테오와 모사미는 짐을 가지고 뒷좌석에 탔다. 그 밖에도 레이시가 피터에게 주었던 문서들을 함께 실었다. 책임자에게 전달하라는 피터의 부탁이었다.

에이미가 마지막으로 케일럽을 한번 끌어안았다. 사라가 시동을 걸자 그리어가 열려 있는 운전석 창문을 향해 다가갔다.

"잘 기억해. 정유소가 있는 곳에서 191번 고속도로를 타고 똑바로 남쪽으로 가다가 여기에서 60번 국도를 타. 거기가 기지로 곧바로 이어지는 로즈웰 로드야. 100킬로미터에 한 번씩 요새가 나와. 홀리스가 가진 지도에 표시해놓았지만 분명 붉은 십자가 표시가 보일 거야. 근사한 곳은 아니지만 머물 만은 해. 연료, 탄환 같은 필요한 물자들이 구비되어 있어."

사라가 고개를 끄덕였다. "알겠어요."

"그리고 무슨 수를 써서라도 앨버커키 가까이로는 가지 마. 그곳엔 바이럴이 득시글거리니까. 홀리스? 경계를 늦추지 마."

조수석에 타고 있던 홀리스가 고개를 끄덕였다. "알았습니다, 소령님."

그리어가 물러서 피터가 다가올 자리를 만들어주었다.

"그럼, 이제 헤어질 시간인 것 같네." 사라가 말했다.

"그런 것 같아."

"마이클을 잘 돌봐줘, 알았지?" 사라가 코를 훌쩍이더니 눈물을 훔쳤다.

"마이클은…… 누군가 돌봐줘야 한다고."

"나만 믿어." 피터는 손을 뻗어 홀리스와 악수를 하며 행운을 빈다고 말한 다음 험비의 뒷좌석을 향해 목소리를 높였다. "테오? 모스? 전부 출발할 준비 됐어?"

"준비됐지. 커빌에서 만나자고, 동생."

피터가 물러나자 사라가 험비에 기어를 넣고 커다란 원을 그리며 서서히 길로 나갔다. 다섯 사람 ― 피터, 알리시아, 마이클, 그리어, 그리고 에이미 ― 은 말없이 서서 떠나는 험비의 뒷모습을 지켜보았다. 먼지가 풀풀 피어오르더니 엔진 소리가 멀어지고 곧 험비는 시야에서 사라져버렸다.

"자, 그럼." 피터가 한참 만에 입을 열었다.

"가만히 서 있는다고 어제로 돌아갈 수 있는 건 아니니까 말이야."

"농담이라고 하는 소리야?"

마이클이 말하자 피터는 어깨를 으쓱했다. "그런가 봐."

그들은 다시 배낭을 찾아 어깨에 둘러멨다. 피터가 바닥에 놓았던 소총을 집어 들 때, 에이미가 아직 현관 앞에 선 채 험비가 떠나면서 일으킨 먼지구름을 눈여겨보는 모습이 보였다.

"에이미? 왜 그러니?"

에이미가 피터를 향해 돌아보았다.

"아무것도 아니에요." 에이미의 말이었다.

"무사할 거예요. 사라는 운전을 잘하니까요."

이제 더는 나눌 말이 없었다. 떠날 시간이 가까워져왔다. 아침 해가 골짜기 위로 떠올랐다. 모든 것이 생각대로 잘된다면 한여름에는 캘리포니아에 도착하게 될 것이었다.

그들은 걷기 시작했다.

아른아른한 거리에서 그것이 보였다. 너른 들판 위, 바람에 빙글빙글 돌아가는 날개들.

풍력터빈이었다.

그들은 뜨겁고 건조한 사막을 걸으며 적당한 장소를 찾아 밤을 보내고 때로는 몸을 누일 곳이 없어도 불을 피우고 불침번을 서며 묵어갔다. 살아 있는 바이럴을 본 건 딱 한 번이었다. 셋으로 이루어진 무리였다. 애리조나주, 지도에 따르면 '페인티드 데저트'라는 이름의 장소에서였다. 바이럴은 다리 아래 대들보에 매달린 채 그늘 속에서 졸고 있었다. 그들의 존재를 먼저 느낀 것은 에이미였다. 내가 처리할게, 하고 알리시아는 말했다.

알리시아가 칼 하나로 셋 모두를 처리했다. 지하 배수로에서 알리시아가 마지막 한 마리의 가슴에 꽂힌 칼을 뽑아낼 때는 이미 시체가 연기를 피워내고 있었다. 별거 아니었어, 알리시아는 그렇게 말했다. 놈들은 알리시아의 존재를 채 알아차리지도 못했던 것 같다. 어쩌면 알리시아도 자기들과 같은 바이럴이라고 생각했는지도 몰랐다.

다른 바이럴의 흔적도 있었다. 거의 제 모습을 잃은 시체들이었다. 검게 변한 갈비뼈, 재처럼 변해 부스러져가는 손뼈나 두개골, 아니면 아스팔트 위에 남은 무언가를 태운 것 같은 자국. 보통 마을을 지나쳐오는 동안 이 같은 바이럴의 흔적을 맞닥뜨리곤 했다. 그들이 잠을 청하는 집들에서 멀지 않은 곳에서 햇볕에 노출되어 죽음을 맞이한 바이럴의 시체가 발견되곤 했다. 피터 일행은 라스베이거스 외곽을 빙 둘러 가는 먼 길을 택했다. 도시 안은 텅 비어 있겠지만 그래도 만약의 사태를 대비해 안전한 길을 택해야 했다. 그즈음은 이미 한여름에 접어들어 해가 떠 있는 시간이 길고 괴로웠다. 콜로니까지 최대한 지름길로 가기 위해 벙커에는 들르지 않기로 했다.

그렇게 일행은 드디어 풍력터빈이 있는 곳에 도착한 것이다. 그들은 발전소를 향하며 대형을 넓게 펼쳤다. 철조망이 열려 있었다. 마이클은 기계장치를 덮고 있던 해치의 덮개를 떼어낸 뒤 칼끝으로 굴대를 돌려 수동으로 조작해 문을 열었다.

피터가 먼저 안으로 들어갔다. 발밑에 금속성의 무언가가 짤강 하고 밟히는 소리가 났다. 주워들어보니 소총에 넣는 카트리지였다.

계단실의 벽은 총을 맞아 너덜너덜했다. 콘크리트 파편이 계단에 흩어져 있었다. 조명등 역시 깨져 있었다. 알리시아가 쓰고 있던 선글라스를 벗으며 서늘하고 어두운 내부를 앞장서서 올라갔다. 어둠은 이제 알리시아에게는 아무런 장애도 되지 않았다. 피터를 비롯한 나머지는 알리시아가 소총을 들고 제어실까지 내려가서 아무 이상 없다는 의미로 휘파람을 불 때까지 기다렸다.

계단 아래에서 알리시아는 랜턴을 찾아 심지에 불을 붙였다. 제어실 안은 엉망진창이었다. 중앙에 놓여 있던 긴 탁자는 뒤집혀 있었는데 방어 수단으로 삼았던 게 분명했다. 바닥에는 카트리지며 빈 탄창들이 널려 있었다. 그러나 컨트롤패널 자체는 멀쩡하게 빛을 내고 있었다. 그들은 뒤쪽 저장실과 막사를 확인하러 들어갔다.

아무도 없었다. 시체도 없었다.

"에이미." 피터가 입을 열었다. "여기서 무슨 일이 있었는지 넌 알겠니?"

에이미 역시 다른 모두와 마찬가지로 엉망이 된 눈앞의 광경들에 크게 놀란 채였다.

"모르겠니? 아무것도 느껴지지 않아?"

에이미는 고개를 저었다.

"제 생각엔…… 사람들이 저지른 일 같아요."

총을 숨겨두었던 곳을 가렸던 선반은 밀쳐져 있었다. 지붕 아래에 보관했던 총도 사라지고 없었다. 눈앞의 광경은 무슨 의미일까? 전투가 일어났던 건 분명했다. 그러나 누가 누구를 상대로 싸운 것일까? 복도와 제어실만 해도 수백 발의 총탄을 쏜 흔적이 있었고 막사 안은 더 심각했다. 그런데 시체는 왜 하나도 없지? 핏자국은?

"그러니까, 전력은 무사해." 컨트롤패널 앞에 앉은 마이클이 말했다. 그는 머리가 어깨까지 길어 있었다. 얼굴은 햇볕과 바람에 검게 그을렸고 광대뼈 쪽의 살갗이 벗겨지기 시작했다. 그가 키보드를 두드리더니 스크린 위로 날아오르는 숫자열들을 읽었다. "진단에 따르면 산 위로 공급되는 전력은 충분해. 다만……." 마이클이 말을 끝맺지 않은 채 손가락으로 입술을 톡톡 두드리더니 다시금 키보드를 사납게 두드리고 일어서서 수치를 확인한 다음 다시 자리에 앉았다. 그가 기다란 손톱 끝으로 스크린을 탁 쳤다.

"이게 문제야."

"마이클, 그냥 설명해줘." 피터가 말했다.

"이건 시스템 백업 로그야. 배터리가 40퍼센트 이하로 내려갈 때마다 발전소로 신호를 보내지. 전부 자동화된 시스템이야. 처음에 배터리 부족 신호가 뜬 건 6년 전, 그리고 그 뒤로 거의 매일 밤 같은 신호가 보내졌어. 하지만 지금은…… 자, 마지막으로 배터리가 부족했던 건 323주기 전이야."

"주기라니?"

"323일 전이라는 뜻이야, 피터."

"마이클, 무슨 말인지 하나도 모르겠어."

"그럴 가능성은 거의 없다고 생각하지만 누군가가 배터리를 고쳤거나, 아니면 콜로니에서 더 이상 전력을 쓰지 않는다는 뜻이야."

그 말을 듣고 알리시아가 얼굴을 찌푸렸다.

"말도 안 돼, 대체 왜?"

마이클이 말을 잇지 못하고 망설였다. 피터는 마이클의 표정을 보고 진실을 알 수 있었다.

"누군가가 조명을 껐다는 뜻이야." 마이클의 말이었다.

그들은 벙커에서 밤을 뜬눈으로 지새우다시피 한 뒤 아침이 오자 다시 출발했다. 정오쯤 배닝에 도착한 그들은 산을 오르기 시작했다. 키 큰 소나무 그늘 아래에서 잠시 멈춰 휴식을 취하는 동안 알리시아가 피터를 향해 입을 열었다.

　　"만에 하나 마이클의 생각이 틀려서 우리가 체포된다면 나는 내가 사람들을 죽였다고 말할 거야. 내가 어떤 처분을 당하더라도 감당하겠지만 절대 널 그들의 손에 넘겨주지 않을 거야. 에이미와 서킷에게도 손끝 하나 대지 못하게 할 거야."

　　이미 피터가 예상한 바였다.

　　"리시, 그럴 필요 없어. 그리고 산제이가 이제 와서 우리한테 무슨 짓을 할 것 같지도 않아."

　　"그럴 수도 있겠지만 일단 말을 맞춰야 하니까. 또, 이건 부탁이 아니라 통보였어. 마음의 준비를 해. 그리어 소령님도 이해하셨습니까?"

　　소령이 고개를 끄덕였다.

　　그러나 알리시아의 경고는 아무 소용 없는 것이 되고 말았다. 그들이 목초지 위쪽의 마지막 커브 길을 도는 순간 그들은 알아차렸다. 나무들 위로 우뚝 솟아 있는 성벽 위 캣워크에는 파수단의 흔적이 없었다. 모든 것이 기괴한 정적에 휩싸여 있었다. 활짝 열린 게이트를 지키는 사람도 없었다.

　　콜로니는 텅 비어 있었던 것이다.

　　발견한 시체는 두 구였다. 하나는 글로리아 파탈이었다. 그녀는 텅 빈 요람과 침대가 있는 성소의 큰 방에 목을 매고 죽어 있었다. 긴 사다리의 발판을 밟고 올라가 문 근처 서까래에 줄을 묶은 것 같았다. 그 사다리는 그녀의 발끝 아래에 쓰러진 채 그녀가 목에 올가미를 건 뒤 사다리를 발로 차 쓰러뜨린 그 순간에 멈춰 있었다.

　　또 하나의 시체는 앤티의 것이었다. 앤티의 집 앞 작은 공터에 부엌 의자를 갖다 놓고 앉아 있는 앤티의 시체를 발견한 것은 피터였다. 죽은 지 몇 달은 된 것이 분명했지만 그래도 겉보기에는 살아 있을 때와 크게 달라진 것이 없었다. 하지만 무릎 위에 놓인 앤티의 두 손을 만져보자 죽음의 차디찬 뻣뻣함이 느껴졌다. 앤티는 목을 뒤로 젖힌 채였다. 얼굴은 마치 잠든 사람처럼 평화로운 표정이었다. 어둠이 내리고 조명이 들어오지 않은 밤 앤티가 바깥으로 나온 게 분명했다. 앤티는 의자를 마당으로 가지고 나와 앉아서 별을 바라보았던 것이다.

"피터."

앤티의 시체 옆에 쭈그려 앉은 피터에게 다가온 알리시아가 그의 팔에 손을 얹었다.

"피터, 어떻게 하고 싶어?"

피터는 알리시아의 시선을 애써 피하고서야 자신의 눈에 눈물이 그렁그렁하다는 사실을 깨달았다. 알리시아 뒤에 다른 일행도 말없이 서 있었다.

"여기 묻어드려야 해. 집 앞 정원에."

"그래야지." 알리시아가 부드러운 목소리로 대답했다.

"내 말은, 조명 말이야. 곧 밤이 될 거야. 마이클은 필요하다면 전력을 충분히 사용할 수 있다고 했어."

마이클에게로 시선을 돌리자 그가 고개를 끄덕였다.

"그렇게 해." 피터는 대답했다.

라이트하우스로 간 마이클을 제외한 일행은 게이트를 닫고 선스팟에 모였다. 땅거미가 지면서 머리 위 하늘이 보라색으로 어스름해지고 있었다. 모든 것이 그대로 멈춘 것만 같은 순간이었다. 심지어 새조차 울지 않았다. 그리고 그때 퍽 소리가 나더니 한꺼번에 콜로니 전체에 불이 들어오면서 눈이 시릴 만큼 온 사방이 강렬하고 단호하게 빛을 내기 시작했다.

마이클이 돌아와 옆에 섰다.

"오늘 하루는 충분해."

피터는 고개를 끄덕였다. 그들은 그대로 가만히 서서 누구도 입 밖에 내지 않은 진실을 생각했다. 오늘 밤이 지나면 퍼스트 콜로니의 조명은 영원히 꺼지고 말 것이다.

"자, 이젠 어떡하지?" 알리시아가 물었다.

정적 속에서 피터는 친구들이 자신의 곁에 있음을 느꼈다. 알리시아의 용기는 자신의 일부이기도 했다. 마이클은 그사이 늘씬하고 건장해진, 완연한 남성이 되어 있었다. 그리고 현명하고 군인다운 기상을 갖춘 그리어. 마지막으로 에이미. 그는 지금까지 그들이 함께 본 모든 것들을, 그리고 지금까지 그들이 잃은 모든 목숨을 ─ 그들이 알았던 사람뿐 아니라, 알지 못했던 사람들의 것까지도 ─ 생각했다. 답은 분명했다.

피터가 입을 열었다.

"이제 우리가 전쟁에 뛰어들 때야."

해가 지기 직전 에이미는 혼자 집을 살짝 빠져나왔다. 앤티라는 이름의 죽은 여자가 살던 집이었다. 그들은 앤티를 침대에 깔려 있던 퀼트 천에 싸서 그녀가 앉아 있던 자리에 묻었다. 피터는 앤티의 가슴에 침실에 있던 사진 한 장을 올려놓았다. 땅이 단단해서 무덤을 파는 데 오랜 시간이 걸렸고, 앤티를 묻은 다음에는 일행이 모두 앤티의 집에서 잠을 청하기로 했다. 피터는 그 집이 다른 집과 마찬가지로 머물 만하다고 했다. 에이미는 피터에게도 자기 집이 있다는 사실을 알았다. 아마 그는 그곳으로 돌아가고 싶지 않았겠지.

피터는 앤티의 부엌에 앉아 밤을 지새우다시피 하면서 그녀가 남긴 책을 읽었다. 랜턴 불빛에 의지해 눈을 가늘게 뜨고 페이지를 가득 메운 앤티의 작고 단정한 글씨들을 읽어갔다. 차를 한 잔 끓였지만 마시지는 않았다. 찻잔은 그가 책을 읽는 내내 그대로 테이블 위에 놓여 있었다.

마침내 피터가, 그리고 마이클이, 또 알리시아와 교대하고 들어온 그리어가 잠들었다. 이제 알리시아가 캣워크에 올라가 파수를 보고 있었다. 에이미는 현관으로 나가 문이 닫히는 소리가 나지 않도록 문을 잘 잡았다. 맨발에 닿는 흙의 촉감이 차가웠고, 바닥에 쌓인 바늘잎들의 감촉이 폭신했다. 에이미는 어렵지 않게 성벽에 난 전력공급 선 밑에 숨겨진 터널을 찾아서 해치를 열고 바깥으로 나갔다.

에이미는 며칠 전부터, 몇 주 전부터, 몇 달 전부터 그의 존재를 느꼈다. 이제 에이미도 알았다. 에이미는 아주 오래전부터, 처음부터 그의 존재를 느끼고 있었다. 밀라그로에서도, 말을 잃었던 때에도, 큰 배를 보았던 때에도, 그리고 아주 오래전, 에이미의 내면에 자리한 기나긴 시간 내내 그 사람은 에이미를 따라왔고, 항상 곁에 있었으며, 그의 슬픔은 에이미가 느끼는 슬픔이었다. 에이미에 대한 그리움으로 만들어진 슬픔이었다.

그들은 항상 집으로 돌아온다. 그리고 에이미가 있는 이곳이 바로 집이었다.

에이미는 터널을 나왔다. 몇 분만 지나면 동이 틀 것이었다. 벌써 하늘이 밝아오면서 눈앞의 어둠이 수증기처럼 걷히고 있었다. 에이미는 성벽에서 걸어나와 나무들 속으로 들어간 다음 눈을 감고 마음을 멀리멀리 실어 보냈다.

'내게 와. 이리 와.'

정적.

'이리 와, 이리 와, 이리 와.'

바로 그 순간 그 기척이 느껴졌다. 귀로는 들리지 않았지만 그녀의 온몸을 산들바람처럼 쓸어내리는 그 감각을 에이미는 느낄 수 있었다. 손, 목, 얼굴, 두피, 속눈썹 끝까지, 갈망을 실은 나지막한 바람이 불며 그녀의 이름을 속삭였다.

'에이미.'

'당신이 거기 있는 줄 알고 있었어요.'

그렇게 말한 뒤 에이미는 울기 시작했다. 그 역시도 가슴으로 울었다. 그의 눈은 더 이상 눈물을 흘릴 수 없었기 때문이다.

'당신이 거기 있다는 걸 알고 있었어요.'

'에이미, 에이미, 에이미.'

눈을 뜨자 그가 눈앞에 몸을 웅크리고 앉아 있었다. 에이미가 그에게 다가가 그의 얼굴을 찾아 만약 그에게 눈물이 있었다면 눈물이 지나갔을 자리를 손으로 더듬었다. 두 팔로 그를 끌어안았다. 그렇게 그를 안고 있는 순간 에이미는 자신 안에 있는 다른 어떤 영혼과도 다른, 자신의 영혼이기도 한 그의 영혼의 존재를 느꼈다. 기억이 물처럼 쏟아져 들어왔다. 눈 쌓인 산속에 있던 집, 호수, 불빛을 뿜어내던 회전목마, 그리고 두 사람이 함께 천국의 지붕 아래로 솟구치던 밤 그녀의 손을 잡던 그의 커다란 손의 감각.

'알고 있었어요. 처음부터 알았어요. 나를 사랑한 사람이 당신이라는 걸.'

산 위에서 동이 터오기 시작했다. 햇볕이 칼날을 휘두르듯 그들을 향해 다가

오고 있었다. 그럼에도 에이미는 용감하게 그를 안고 있었다. 그를 자신의 심장속에 품고 있었다. 머리 위, 캣워크 위에서 알리시아가 자신을 지켜보고 있다는 것을 에이미도 알았다. 상관없었다. 알리시아는 지금 본 광경을 머릿속에 기억하되 영영 입 밖에 내지 않고 둘만의 비밀로 지켜줄 테니까. 마치 그녀에게 피터라는 존재의 의미처럼 말이다. 에이미는 알리시아 역시 그 사실을 알고 있다고 믿었다.

'기억해요. 꼭 기억해야 해요.'

하지만 그는 이미 사라진 뒤였다. 그녀의 품은 어느새 텅 비어 있었다. 올가스트는 하늘을 향해 떠오르고 있었다.

나무들 사이에서 한 줄기 빛이 일렁였다.

로즈웰 로드

사라 피셔의 일기 (『사라의 서』 중에서)

북아메리카 격리기간에 관한 제3차 국제회의 발표 자료

인도-오스트레일리아 공화국 뉴사우스웨일스대학교

인류 문명 및 갈등 연구소

A.V. 1003년 4월 16일–21일

[발췌 시작]

268일

농장을 떠난 지 사흘째 되는 날이다. 우리는 오늘 아침 해가 뜬 직후 뉴멕시코로 들어왔다. 도로 상태가 아주 나쁘지만 홀리스는 여기가 60번 고속도로가 확실하다고 한다. 뻥 뚫린 평지로 이루어진 시골이라 북쪽 산이 훤히 보인다. 가다 보면 길가에 글자가 다 지워진 커다란 표지판들이 있고, 온 사방에 버려진 자동차가 있고, 그것들이 진로를 방해하는 바람에 움직임이 더뎌진다. 아기는 자꾸 보채고 운다. 에이미가 있었으면 아기를 조용히 시킬 수 있었을 텐데. 어젯밤에 야외에서 노숙을 하는 바람에 다들 지쳐서 서로에게 날이 서 있다. 심지어 홀리스조차도. 또다시 연료가 걱정되기 시작했다. 이제 우리가 가진 연료는 탱크에 있는 것을 제외하면 저장소에서 가져온 여분의 연료 한 통이 전부다. 홀리스는 로즈웰까지 닷새, 어쩌면 엿새가 걸릴 거라고 한다.

269일

다시 기운이 난다. 오늘 첫 번째 십자가를 찾았다. 50미터 높이의 곡식 창고 옆면에 새빨간 색으로 그려져 있는 십자가였다. 지붕에 타고 있던 모스가 제일 먼저 십자가를 발견했다. 다들 환호하기 시작했다. 오늘 밤은 곡식 창고 바로 뒤에 있는 콘크리트 벙커에서 보내기로 했다. 홀리스는 아마 이곳이 일종의 펌프장으로 쓰였던 공간이었을 거라고 했다. 어둡고 눅눅하고 파이프가 잔뜩 있는 곳이다. 그리어가 했던 말대로 연료가 든 드럼통들이 쌓여 있기에, 잠들 채비를 하기 전에 우선 호스로 연료를 뽑아내 험비의 탱크에 채웠다. 몸을 누일 데가 딱히 없어서 딱딱한 시멘트 바닥에서 자야 하지만 다들 이제 앨버커키가 가까워진 터라 야외에서 자면 안 된다고 생각한다.

아기와 한방에서 잠을 자다니 기분이 이상하면서도 좋다. 아기는 자면서도 작게 웅얼거리는 소리를 낸다. 확실해질 때까지 기다려야겠다는 생각에 아직 홀리스에게 임신 소식을 이야기하지 않았다. 내 얼굴에 다 쓰여 있는데 어째서 눈치채지 못하는 걸까? 자기 전 연료를 옮기다가 나를 쳐다보는 모스와 눈이 마주쳤다. '왜 그래? 왜 쳐다보는 거야?' 내가 묻자 모스는 '아무것도 아니야.' 했다. '그냥, 만약 나한테 하고 싶은 말이 있으면 해도 된다고.' 그 말에 나는 최대한 아무렇지 않은 듯한 표정을 짓고 — 쉽지 않았다 — 무슨 소리냐고 묻자 모스는 웃더니 '알았어, 괜찮아.' 했다.

아들일지 딸일지는 모르겠지만 부모님 이름을 따서 남자아이면 조, 여자아이면 케이트라고 이름을 지어주고 싶다. 아기를 생각하며 행복해하는 한편으로 부모님이 떠올라 슬퍼지다니 참 이상하다.

다른 일행의 안부를 모두 걱정하고 있다. 잘 있기를 바란다.

270일

아침에 일어나니 험비 근처에 바이럴의 발자국이 잔뜩 찍혀 있었다. 세 마리가 왔던 것 같다. 우리의 체취를 분명 맡았을 텐데 왜 벙커에 침입하려 하지 않았는지는 수수께끼로 남아 있다. 밤을 안전하게 보낼 수 있도록 소코로에 일찍 도착했으면 좋겠다.

270일 (다시)

소코로에 도착했다. 홀리스는 오늘 밤 우리가 묵을 벙커는 아마 오래된 송유관 시스템의 일부였던 것 같다고 한다. 오늘 하루의 일과를 마쳤으니 이제 *판*

271일

놈들이 또 나타났다. 이번엔 세 마리 정도가 아니라 훨씬 많았다. 밤새도록 벙커의 벽을 긁어대는 소리가 들렸다. 아침에 벙커 밖으로 나가보니 온 사방에 찍힌 발자국이 너무 많아서 셀 수 없을 정도였다. 험비의 앞 유리창은 물론 다른 창문들도 거의 다 깨져 있었다. 험비 안에 있던 물건들은 전부 바닥에 던져져 박살이 나 있었다. 놈들이 벙커 안으로 침입하는 게 시간문제일까 봐 겁이 난다. 볼트로 박은 문이 버텨줄까? 모스가 아무리 달래도 케일럽은 밤새도록 울어댄다. 그러니까 놈들도 우리가 벙커 안에 있다는 걸 충분히 알 것이다. 그런데 왜 들어오진 않는 걸까?

우리는 이제 바이럴들과 경주를 하고 있다. 다들 그 사실을 안다. 오늘은 화이트샌즈 미사일 발사장을 가로질러 캐리조조에 있는 벙커로 왔다. 홀리스에게 아기가 생겼다고 말하고 싶지만, 그럴 수가 없다. 이런 식으로 전할 이야기는 아닌 것 같다. 기지에 도착할 때까지 기다릴 것이다.

내가 얼마나 두려워하는지 아기도 알까?

272일

오늘 밤엔 바이럴의 흔적이 없었다. 놈들을 따돌린 것이면 좋겠다고 생각하면서 다들 안도하고 있다.

273일

로즈웰에 도착하기 전에 있는 마지막 벙커가 나타났다. 여기는 혼도라는 곳이다. 어쩌면 이 일기가 마지막이 될지도 모르겠다. 놈들은 오늘 온종일 나무 그늘에 숨어 우리를 따라왔다. 지금은 고작 땅거미 질 무렵인데 벌써 바깥에서 놈들이 움직이는 기척이 들린다. 케일럽은 좀처럼 진정해주질 않는다. 모스는 케일럽을 가슴에 꼭 끌어안은 채 끊임없이 울기만 할 뿐이다. 놈들이 원하는 건 케일럽이라고 모스는 자꾸만 말한다.

아, 홀리스. 농장을 떠나지 말 걸 그랬어. 우리도 그런 삶을 살 수 있었더라면 얼마나 좋았을까. 사랑해, 사랑해, 사랑해.

275일

마지막으로 쓴 일기를 보고 있자니 그 무서운 밤을 견디고 지금까지 우리가 살아 있다는 사실이 믿기지 않는다.

그날 밤 바이럴은 우리를 공격하지 않았다. 아침에 문을 열자 우리의 험비는 마치 날개가 꺾여 땅에 떨어진 새처럼 물웅덩이 속에서 옆으로 쓰러져 있었다. 엔진이 박살 나서 고칠 수 없는 지경이 되어 있었다. 떨어져 나간 후드는 100미터 바깥으로 날아가 있었다. 놈들은 타이어를 찢어발겼다. 그날 밤 살아남은 것만으로도 기적이었지만, 이제 타고 갈 차량이 없는 신세였다. 지도에 따르면 기지가 나올 때까지는 아직 50킬로미터를 더 가야 했다. 걸어갈 수 있는 거리일는지도 모르지만, 테오의 몸으로는 불가능할 것 같았다. 모스는 자신이 테오와 함께 남겠다고 했지만 당연히 테오가 거부했고 어차피 우리 중 누구도 허락하지 않았을 터였다. 테오는 이렇게 말했다. '어젯밤에 놈들에게 죽지 않은 이상, 며칠 더 버틸 수도 있을 거야. 너희들은 일단 쓸 수 있는 모든 조명을 다 써서 어떻게든 기지로 가. 도착하거든 차를 보내줘.' 홀리스는 험비에서 뜯어낸 좌석에다 밧줄을 잘라 연결해서 케일럽을 태울 만한 것을 만들어주었다. 테오가 모스와 케일럽에게 입을 맞추고 작별 인사를 한 뒤, 안에서 문을 닫고 볼트를 박아 고정했다. 그리고 우리는 마실 물과 소총만 들고 다시 길을 떠났다.

알고 보니 목적지까지 남은 거리는 50킬로미터 정도가 아니었다. 기지는 마을이 끝나는 곳에 있었던 것이다. 그러나 정오가 조금 지났을 때 정찰대를 마주치는 바람에 결국은 상관없는 일이 되었다. 심지어 우리를 발견한 사람은 다른 누구도 아닌 유스터스 중위였다. 우리를 본 것만으로도 무척 혼란스러운 것 같았지만 중위가 벙커로 험비를 보내준 덕분에 지금은 우리 모두 건강하고 안전하게 요새 안에 들어와 있다.

지금 이 일기를 쓰는 곳은 민간인용 식당 텐트 속이다(식당으로 쓰는 텐트는 총 셋인데 하나가 병사용, 하나가 장교용, 다른 하나가 민간인 용역이 사용하는 곳이다). 나머지는 모두 잠들었다. 이곳의 지휘관은 크룩섕크라는 사람이다. 보히스처럼 계급은 준장이지만 공통점은 그것이 끝이다. 보히스는 군인 특유의 준엄한 태도로 무장하고 있지만 그 안에 있는 인간적인 모습을 엿볼 수 있었다. 그러나 크룩섕크는 평생 작은 미소도 한번 지어보지 않은 사람 같았다. 또, 그리어가 상당히 곤란한 상황에 처해 있으며 곧 우리에게까지 그 곤란이 닥치리라는 것 역시 알 수 있었다. 그러나 내일 오전 6시에 임무 수행 보고를 할 예정이니 그때 모든 걸 이야기할 수 있을 것이다. 로즈웰 기지에 비하면 콜로라도 기지는 조악하게 느껴졌다. 로즈웰 기지는 거의 콜로니만큼이나 넓었으며 기지를 둘러싼 거대한 벽을 떠받친 금속 지주대의 다리가 연병장까지 뻗어 있는 모습이 마치 뒤집어놓은 거미를 보는 것 같았다. 저녁 내내 운전석에 불을 밝힌 커다란 화물차들이 군인과 총, 물자가 담긴 컨테이너를 싣고 줄줄이 들어왔다. 공기 중에 엔진의 소음과 석유 냄새가 떠돌고 횃불이 일렁거렸다. 내일은 병원을 찾아가 내가 도울 만한 일이 있는지 알아볼 것이다. 부대 안에 있는 몇 없는 여자는 대부분 의병대 임무를 맡고 있다. 민간인 구역을 떠나지 않는 한 얼마든지 자유롭게 돌아다닐 수 있다.

불쌍한 홀리스. 홀리스가 너무 지쳐 있어서 아기 소식을 전할 틈이 없었다. 아무튼 오늘 밤이 내가 아무도 모르는 비밀을 홀로 간직하는 마지막 밤이 될 것이다. 이곳에 있는 이들 중 결혼식 증인이 되어줄 만한 사람이 있을까? 크룩섕크에게 부탁해볼 수는 있겠지만, 그런 걸 해줄 사람으론 보이지 않는다. 게다가 커빌에서 마이클을 다시 만날 때까지 기다려야 할 것이다. 신부 입장을 함께 해줄 사람이 바로 마이클이니까. 마이클 없이 결혼식을 하는 건 그 애한테 너무한 일이다.

피곤해야 할 텐데, 그렇지가 않다. 너무 긴장되어서 잠이 오지 않는다. 상상에 불과하겠지만 눈을 감고 가만히 앉아 있으면 몸속에 있는 아기의 기척이 느껴지는 것 같다. 물론, 움직임이 느껴지는 건 아니다. 그러기엔 아직 너무 이르니까. 그냥, 세상에 태어나길 기다리는 내 아이에게 깃든 따뜻하고 희망찬 새 영혼이 느껴진다. 나는…… 그 단어가 뭐였더라? 행복하다. 그래, 나는 행복하다.

바깥에서 총성이 들린다. 나가봐야겠다.

*** 문서의 마지막 부분 ***

로즈웰 전지("로즈웰 학살")에서 발굴
16구역, 267지점
북위 33도 39, 서경 104도 50.
제2단층. 깊이: 2.1미터.
자료번호 BL1894.02

패시지 2

1판 1쇄 인쇄 2019년 10월 14일
1판 1쇄 발행 2019년 10월 21일

지은이 저스틴 크로닌   **옮긴이** 송섬별
펴낸이 김영곤
펴낸곳 ㈜북이십일 아르테
오리진사업본부 본부장 신지원
책임편집 곽선희   **미디어믹스팀** 강소라 이은
마케팅팀 임동렬 이한나 황은혜   **영업팀** 김한성 오서영 이광호
해외기획팀 장수연 이윤경
홍보기획팀장 이혜연   **제작팀** 이영민 권경민

ISBN 978-89-509-8279-9 04840

아르테는 ㈜북이십일의 문학 브랜드입니다.

출판등록 2000년 5월 6일 제 406-2003-061호
주소 (우 10881) 경기도 파주시 회동길 201(문발동)
대표전화 031-955-2100 **팩스** 031-955-2151

(주)북이십일 경계를 허무는 콘텐츠 리더

아르테 채널에서 도서 정보와 다양한 영상자료, 이벤트를 만나세요!
북이십일과 함께하는 팟캐스트 '북팟21] 책 이게 뭐라고'
페이스북 facebook.com/21arte   블로그 arte.co.kr
인스타그램 instagram.com/21_arte   홈페이지 arte.book21.com